MW01127799

EL JOROBADO

o Enrique de Lagardère

EL JOROBADO

o Enrique de Lagardère

Paul Féval

Título: El Jorobado o Enrique de Lagardere
Autor: Paul Féval
Editorial: Plaza Editorial, Inc.
email: plazaeditorial@email.com
© Plaza Editorial, Inc.

ISBN-13: 978-1519544353
ISBN-10: 1519544359

www.plazaeditorial.com
Made in USA, 2015

ÍNDICE

PRIMERA PARTE: LOS MAESTROS DE ESGRIMA **9**
I. EL VALLE DE LOURON. 9
II. COCARDASSE Y PASSEPOIL 17
III. LOS TRES FELIPES. 25
IV. EL PARISIÉN 34
V. LA ESTOCADA DE NEVERS. 41
VI. LA VENTANA DEL FOSO 50
VII. DOS CONTRA VEINTE 57
VIII. LA BATALLA 63

SEGUNDA PARTE: EL HOTEL DE NEVERS. **69**
I. «LA CASA DE ORO». 69
II. LOS REAPARECIDOS. 74
III. LA SUBASTA 80
IV. GENEROSIDADES 87
V. DONDE SE EXPLICA LA AUSENCIA DE FAËNZA Y DE
SALDAÑA. 95
VI. DOÑA CRUZ. 102
VII. EL PRÍNCIPE DE GONZAGA 110
VIII. LA VIUDA DE NEVERS. 116
IX. EL INFORME. 124
X. ¡YO SOY! 133
XI. DONDE EL JOROBADO SE HACE INVITAR AL BAILE DE
LA CORTE 139

TERCERA PARTE: LAS MEMORIAS DE AURORA. . . . **147**
I. LA CASA DE DOS PUERTAS 147
II. RECUERDOS DE LA INFANCIA 154
III. LA GITANILLA. 159
IV. DONDE FLOR SE SIRVE DE UN ENCANTO PARA SAL-
VARNOS 166
V. DONDE AURORA SE OCUPA DE UN MARQUESITO . . 172
VI. PONIENDO LA MESA 179
VII. MAESE LUIS 186
VIII. LAS DOS JÓVENES. 194
IX. LOS TRES DESEOS. 201
X. LOS DOS DOMINÓS. 209

CUARTA PARTE: EL PALACIO REAL 217
I. LA TIENDA INDIA 217
II. AUDIENCIA PARTICULAR. 224
III. UNA PARTIDA DE SACANETE 230
IV. RECUERDOS DE LOS TRES FELIPES 237
V. LOS DOMINÓS ROSA. 244
VI. LA HIJA DEL Mississipi. 251
VII. FRENTE A FRENTE. 259
VIII. RESULTADO DE LA ENTREVISTA. 267
IX. DEMASIADO TARDE 274
X. LA EMBOSCADA. 283

QUINTA PARTE: EL CONTRATO DE MATRIMONIO 295
I. OTRA VEZ «LA CASA DE ORO». 295
II. UNA JUGADA DE BOLSA BAJO LA REGENCIA 302
III. CAPRICHO DE JOROBADO 309
IV. GASCÓN Y NORMANDO 317
V. LA INVITACIÓN 324
VI. LA CENA 332
VII. UN SITIO VACÍO 338
VIII. UN ALBÉRCHIGO Y UN RAMO. 344
IX. LA NOVENA CAMPANADA 350
X. TRIUNFO DEL JOROBADO 357
XI. FLORES DE ITALIA 363
XII. LA FASCINACIÓN 369
XIII. LA FIRMA DEL CONTRATO 376

SEXTA PARTE: EL TESTIMONIO DEL MUERTO 385
I. LA ALCOBA DEL REGENTE 385
II. LA DEFENSA 391
III. TRES PISOS DE CALABOZOS. 398
IV. IR POR LANA 404
V. CORAZÓN DE MADRE 408
VI. CONDENADO A MUERTE 415
VII. LA ÚLTIMA ENTREVISTA. 420
VIII. ANTIGUOS GENTILESHOMBRES 426
IX. EL MUERTO HABLA. 429
X. SATISFACCIÓN PÚBLICA. 437

PRIMERA PARTE: LOS MAESTROS DE ESGRIMA

I. EL VALLE DE LOURON

En este lugar existió en los pasados tiempos la ciudad de Lora, con templos paganos, anfiteatros y un notable Capitolio. Hoy es un valle desierto, por donde la pesada carreta del labrador gascón parece temer que se embote y resbale el hierro de sus ruedas, sobre el mármol de las columnas medio enterradas en la arena. La montaña está cerca. La alta cordillera de los Pirineos desgarra a trechos el nevado horizonte y deja ver el azulado cielo del territorio español. Los senderos que recortan sus cimas, sirven de caminos a los contrabandistas vascos. A algunas leguas de allí, París tose, baila, chancea y sueña que alivia su incurable bronquitis en los manantiales de Bagnéres-de-Luchon; un poco más allá, otro París, el París reumático, cree dejar sus ciáticas en el fondo de las sulfurosas piscinas de Baréges-les-Bains. La fe salvará a París, más que el hierro, la magnesia y el azufre.

El valle de Louron se halla entre el de Aura y el de Barrousse y es el menos conocido quizá por los desenfrenados *turistas* que todos los años recorren esos salvajes contornos. El valle de Louron con sus oasis floridos, sus torrentes prodigiosos, sus rocas fantásticas, su río deslizándose entre dos escarpadas riberas, sus selvas extrañas y su viejo y vanidoso castillo es todo un poema caballeresco. Al descender de la montaña, sobre la vertiente del pico Vejan, puede abarcarse todo el paisaje. El valle de Louron forma el punto extremo de la Gascuña y se abre como un abanico entre los hermosos bosques de Ens y Fréchet, que juntan, a través del valle de Barrousse, los paraísos de Mauleón, Nestes y Campan. La tierra es pobre a pesar de su aspecto espléndido y deslumbrador.

El bosque de Ens sigue la prolongación de una colina que se corta en medio del valle para dar paso al río Clarabide. El extremo oriental de esta colina es tan escarpado y abrupto, que no se ve en él ningún sendero: está formado en sentido inverso que las montañas que le rodean, y cierra el valle, como una enorme barricada tendida de una a otra montaña, dejando solamente el espacio preciso para que pase el río. Se llama en el país este corte milagroso El Hachazo. Tiene su correspondiente y romántica leyenda, de que os hacemos gracia. Allí se levantó el Capitolio de la ciudad de Lora, que sin duda ha dado su nombre al valle de Louron y todavía se ven las ruinas del castillo de Caylus-Tarrides.

De lejos, estas ruinas tienen un soberbio aspecto. Ocupan un espacio considerable y, a más de cien pasos de El Hachazo, se ven aún asomar entre los árboles las estropeadas cimas de las viejas torres. De cerca, parece una aldea fortificada. Los árboles casi han abierto los escombros, introduciendo sus retoños por entre las piedras que antes formaron pilares esbeltos y atrevidas bóvedas. Pero la mayor parte de estas ruinas pertenecen a humildes construcciones, en que la madera y el légamo sustituyeron con frecuencia al sólido granito.

Cuenta la tradición que un Caylus-Tarrides —que era el nombre de esta familia importantísima por sus inmensas riquezas—, hizo levantar una muralla alrededor de la aldea de Tarrides para proteger a sus vasallos hugonotes después de la abjuración de Enrique IV. Llamábase Gastón de Tarrides y tenía el título de barón. Si vais a las ruinas de Caylus, se os enseñará como una reliquia el árbol del barón. Es una encina. Sus raíces penetran en la tierra cerca del viejo foso que defiende el castillo por Occidente. Herido en noche tormentosa por un rayo, el gran árbol cayó atravesado junto al foso. Desde entonces vegeta nutriéndose por la corteza, que es la única que quedó sana después de la catástrofe. Lo más curioso es que un retoño desprendido del tronco, a treinta o cuarenta pies del foso, ha arraigado, siendo hoy una encina soberbia, una encina milagrosa, sobre la cual dos mil quinientos *turistas* han escrito sus nombres.

Los Caylus-Tarrides se extinguieron hacia principios del siglo XVIII en la persona de Francisco de Tarrides, marqués de Caylus, uno de los personajes de nuestra historia. En 1699, el marqués de Caylus era un hombre de sesenta años. Después de seguir a la Corte, al empezar el reinado de Luis XIV, se retiró descontento a sus tierras con su única hija Aurora de Caylus. Se le conocía en el país con el sobrenombre de Caylus-Verrou (cerrojo). Véase por qué.

Antes de cumplir los cuarenta años y viudo de su primera mujer, que no le había dado herederos, se enamoró de la hija del conde de Sotomayor, gobernador de Pamplona. Inés de Sotomayor tenía entonces diecisiete años. Era hija de Madrid, tenía los ojos de fuego y el corazón aún más ardiente que los ojos. El marqués gozaba fama de no haber hecho dichosa a su primera mujer, que vivió siempre encerrada en el viejo castillo, donde murió a los veinticinco años. Inés manifestó francamente a su padre que no sería nunca la compañera de aquel hombre; pero el negocio se terminó sin hacerle caso, y la joven fue sacrificada a mezquinas conveniencias. Una noche, la desgraciada Inés, oculta detrás de su celosía, escuchó por última vez la sentida serenata que en honor suyo tocaba en la guitarra el hijo más pequeño del corregidor. Al día siguiente, partió muy velada para Francia con el marqués. Cuando llegaron al castillo de Caylus, se produjo un febril movimiento de curiosidad entre los gentileshombres del Valle de Louron. Y aunque entonces no había importunos *turistas*, acometidos de la fiebre de la curiosidad, la guerra con España sostenía en la frontera partidas de atrevidos aventureros que molestaban al marqués.

Y, aunque aceptó la situación, porque no tenía otro remedio, tomó sus medidas. El galán que hubiese pretendido la conquista de Inés, habría precisado pertrecharse antes de buenos cañones de sitio.

No se trataba solamente de apoderarse de un corazón: el corazón estaba al abrigo de una sólida fortaleza. Los tiernos billetes no llegaban a su destino; las dulces miradas perdían su lánguido fuego; la misma guitarra era impotente. La hermosa Inés era inabordable. Ningún galán, cazador de osos, paisano o capitán, pudo nunca alabarse de conocer el color de sus ojos. Estaba bien guardada. Al cabo de tres o cuatro años, la pobre Inés abandonó al fin aquel triste albergue para ir al cementerio. Había muerto de soledad y de fastidio. Dejó una hija. El odio de los galanes burlados dio al marqués el sobrenombre de Verrou. De Tarbes a Pamplona, de Argelia a Saint-Gaudens, no hubierais encontrado ni una mujer, ni un hombre, ni un niño, que llamase al marqués de otro modo que Caylus-Verrou.

Muerta su segunda esposa, trató de volver a casarse, pues pertenecía a la potente raza de los Barba Azul, que no se desaniman nunca; pero que el gobernador de Pamplona no tenía más hijas, y las señoritas casaderas, conociendo su horrible reputación, se negaron al ser solicitadas.

Permaneció por lo tanto viudo, esperando con impaciencia la época en que su hija pudiera contraer matrimonio. Los gentileshombres del país le odiaban, y, a despecho de su opulencia, faltábale frecuentemente compañía. El fastidio le arrojó fuera de sus dominios. Tomó la costumbre de ir todos los años a París, donde las jóvenes cortesanas se mofaban de él, luego de explotarle.

Durante sus ausencias, Aurora quedaba custodiada por dos o tres dueñas y un viejo capellán.

Aurora era hermosa como su madre, y en sus rasgados ojos se adivinaba la sangre española que corría por sus venas. Cuando tuvo dieciséis años, los habitantes de la aldea de Tarrides oyeron ladrar con frecuencia a los perros de Caylus, durante las noches oscuras.

Por esta época, Felipe de Lorena, duque de Nevers y uno de los más brillantes señores de la corte de Francia, fue a habitar su castillo de Buch, en el Juranzon. Representaba difícilmente veinte años; pues por haber abusado muy pronto de la vida, iba medio muerto de una enfermedad de languidez. El aire puro de las montañas le reanimó. Pasadas algunas semanas, que dedicó a cazar por el valle de Louron, sintiose fuerte y rejuvenecido.

La primera vez que los perros de Caylus ladraron durante la noche, el joven duque de Nevers, rendido de cansancio, pidió hospitalidad a un leñador del bosque de Ens.

Nevers estuvo un año en su castillo de Buch. Los pastores de Tarrides decían que era un señor muy generoso.

Los pastores de Tarrides refieren dos aventuras nocturnas que ocurrieron durante su estancia en el país. Una vez se vio hacia la media noche luz a través de los vidrios de la vieja capilla de Caylus.

Los perros no ladraron; pero una forma sombría, que las gentes de la aldea creyeron reconocer, por haberla visto con frecuencia, se deslizó en los fosos favorecida por la oscuridad. Estos antiguos castillos están siempre llenos de fantasmas.

Otra vez, hacia las once de la noche, doña Marta, la más joven de las dueñas del castillo, salió sigilosamente por la gran puerta de Caylus y dirigiose a la cabaña del leñador, donde el joven duque de Nevers solía recibir hospitalidad. Una silla de manos atravesó el bosque de Ens. A poco, gritos de mujer salieron de la cabaña del leñador. Al día siguiente, el leñador abandonó el país y su cabaña quedó cerrada. Doña Marta dejó también el mismo día el castillo de Caylus.

Hacía cuatro años que todo esto sucediera y nada se ha vuelto a saber del leñador ni de doña Marta. Felipe de Nevers tampoco habitaba ya en su castillo de Buch. Pero otro Felipe, no menos brillante, no menos gran señor, honraba con su presencia el valle de Louron. Era Felipe de Mantua, príncipe de Gonzaga, a quien el marqués de Caylus pretendía casar con su hija Aurora.

Gonzaga era hombre de unos treinta años, un poco afeminado de rostro; pero de una belleza notable. Imposible encontrar más noble conjunto que el suyo. Sus cabellos negros, sedosos y brillantes, se rizaban alrededor de su frente, más blanca que la de una mujer, formando, sin artificio alguno, ese peinado amplio y apelmazado que los cortesanos de Luis XIV solo conseguían hacerse añadiendo dos o tres pelucas a su cabellera natural. Los ojos negros, tenían la mirada clara y orgullosa de los italianos. Era de buena estatura y tenía el talle esbelto y elegante; su andar y sus gestos revelaban una majestad teatral.

Nada diremos de la casa de que procedía. Los Gonzaga gozan tanto prestigio en su historia, como los Buillon, los Este y los Montmorency. Sus relaciones valían tanto como su nobleza. Tenía dos amigos, dos hermanos, el uno era Lorena y el otro Borbón. El duque de Chartres, sobrino de Luis XIV, después duque de Orleáns y Regente de Francia, el duque de Nevers y el príncipe de Gonzaga eran inseparables. La corte les llamaba los tres Felipes. El tierno afecto que los unía, recordaba los bellos tipos de la amistad antigua.

Felipe de Gonzaga era el mayor, el futuro regente no tenía más que veintiocho años y Nevers uno menos. Puede suponerse cuánto halagaría la vanidad de Caylus un yerno de esta clase.

La opinión pública atribuía a Gonzaga un caudal inmenso en Italia y además era primo y heredero único de Nevers, a quien todo el mundo pronosticaba una muerte muy próxima.

Y Felipe de Nevers, último descendiente de su nombre, poseía uno de los más cuantiosos y bellos dominios de Francia.

Aunque nadie podía suponer razonablemente que el príncipe de Gonzaga deseara la muerte de su amigo, él no podía impedirla y caso de heredarle sería diez o doce veces millonario.

Suegro y yerno, fácilmente se pusieron de acuerdo sin consultar a Aurora. Sistema Verrou.

Era una hermosa tarde de otoño del año 1699. Luis XIV, ya viejo, cansado de la guerra, acababa de firmar la paz de Ryswick. A pesar de esto, las escaramuzas de partidas continuaban en la frontera; y en el valle de Louron, sobre todo, había gran número de incómodos huéspedes.

En el comedor del castillo de Caylus media docena de convidados se hallaban sentados alrededor de la amplia mesa, espléndidamente servida. El marqués tendría muchos defectos; pero su mesa era siempre una de las mejores.

Excepto el marqués de Gonzaga y la señorita Caylus, que ocupaban las cabeceras de la mesa, los demás convidados eran gentes de humilde posición que dependían del castillo. En primer término, veíase a don Bernardo, capellán de Caylus que tenía a su cargo la dirección religiosa de la aldea de Tarrides y llevaba en la sacristía de su capilla los registros de defunciones, nacimientos y matrimonios; a su lado, a doña Isidora, que había sustituido a doña Marta, en sus funciones cerca de la señorita de Caylus; y, por último, en tercer lugar, figuraba el señor de Peyrolles, gentilhombre agregado a la servidumbre del príncipe de Gonzaga.

Debemos dar a conocer a este personaje, que ocupa un lugar importante en nuestra historia.

Peyrolles era un hombre de edad indefinible, delgado, pálido y de cabellos escasos, de alta estatura y un poco encorvado. En nuestra época nos representaríamos con lentes un personaje semejante; pero, entonces, no los consentía la moda. Su fisonomía era bastante vulgar. Sin embargo, su miope mirada era atrevida e insolente. Gonzaga aseguraba que Peyrolles se servía muy bien de la espada que llevaba al costado. En suma, el príncipe le elogiaba y distinguía mucho porque tenía necesidad de él. Los otros convidados, servidores del castillo, desempeñaban en la mesa el papel de meros comparsas.

Aurora de Caylus hacía los honores con una dignidad fría y taciturna. Generalmente, puede decirse que a las mujeres las hacen bellas y amables los sentimientos que las embargan en el instante en que se las observa.

Son adorables cerca de las personas que aman y displicentes al lado de las que les desagradan.

Era Aurora, empero, de esas mujeres que agradan a pesar suyo, y a las cuales se admira, cualquiera que sea la situación de ánimo en que se hallen.

Iba vestida a la moda española. Tres hileras de puntillas caían por su espalda entre el ondulante azabache de sus cabellos.

Aunque aún no tenía veinte años, en las puras y gallardas líneas de su boca, veíanse ya huellas de sufrimiento y de tristeza. ¡Qué luz, qué belleza debía prestar la sonrisa a aquellos jóvenes y divinos labios! ¡Qué brillo a aquellos ojos, largamente sombreados por la curvada seda de las largas pestañas!

Mucho tiempo hacía que la sonrisa no plegaba los labios de Aurora.

Su padre decía:

—Ya cambiará cuando sea princesa.

Cuando todavía no había terminado la comida, Aurora pidió permiso para retirarse. Doña Isidora arrojó una mirada de sentimiento sobre los dulces y conservas que los sirvientes conducían para postres; pero su deber de dueña la obligaba a seguir a su joven ama.

Después de la partida de Aurora, el marqués recobró su aire campechano.

—Príncipe —dijo—, me debéis mi revancha de ajedrez... ¿Estáis dispuesto?

—Siempre a vuestras órdenes, querido marqués —replicó Gonzaga.

A una orden de Caylus, les llevaron una mesa de ajedrez.

En los quince días que el príncipe habitaba el castillo, la partida que iban a empezar era la número quinientos y tantos.

A los treinta años y teniendo la figura y el nombre de Gonzaga, aquella afición por el ajedrez era muy sospechosa. Estaba ardientemente enamorado de Aurora, o tenía mucho interés por apoderarse de su dote.

Todos los días, después de la comida y de la cena, jugaban al ajedrez. El señor de Caylus era un buen jugador, y Gonzaga se dejaba ganar una docena de partidas, al fin de las cuales Verrou, triunfante, dormíase en su butaca tranquila y plácidamente, como un justo, delante del mismo campo de batalla.

De este modo hacía la corte Gonzaga a Aurora de Caylus.

—Príncipe —dijo el marqués colocando sus piezas—, voy a señalaros hoy una combinación que he leído en el docto tratado de Cessolis. Yo no juego al ajedrez como todo el mundo, y mi mayor gusto es aprender cada día una combinación nueva en buenas fuentes. No todos podrían deciros que el ajedrez fue inventado por Atalo, rey de Pérgamo, para divertir a los griegos durante el largo sitio de Troya. Son, pues, unos ignorantes o gentes de mala fe los que atribuyen este honor a Palamede… Vamos, prestad atención al griego, si gustáis.

—No sabría explicaros, querido marqués, todo el placer que siento al acompañaros en vuestras partidas.

Cuando empezaron, los convidados siguieron el juego con curiosidad.

Al perder la primera partida, Gonzaga hizo una seña a Peyrolles, que dejando apresuradamente su servilleta, partió. Poco a poco, los demás convidados hicieron lo mismo, y los dos jugadores se quedaron solos.

—Los latinos —continuó el marqués—, llamaban a este juego *latrunculi* o ladrones; los griegos, *latrikión*. Sarrazin hace observar en su excelente libro…

—Marqués —dijo Felipe de Gonzaga interrumpiéndole—, perdonad mi distracción; pero ¿me permitiréis retirar esta pieza?

Distraídamente, acababa de avanzar un peón que le hacía ganar la partida. Verrou se hizo rogar un poco; pero al fin dijo con magnanimidad:

—Retiradlo, príncipe; pero os ruego que esto no vuelva a suceder. El ajedrez no es un juego de niños. Y como Gonzaga lanzase un suspiro, agregó con burlón acento:

—Sí, sí. Ya sé que estáis enamorado.

—¡Como un loco, marqués!

—Conozco eso, príncipe. ¡Atención al juego!

—No acabasteis ayer de referirme —dijo Gonzaga como hombre que quiere distraerse de penosos pensamientos—, la historia de aquel gentilhombre que quiso introducirse en vuestra casa.

—¡Ah, demonio! —exclamó Verrou—. ¿Tratáis de distraerme? No importa: yo soy como César, que dictaba cinco cartas a la vez. ¿Sabéis si jugaba César al ajedrez? Aquel gentilhombre recibió media docena de cuchilladas junto al foso. Esta misma aventura ha sucedido más de una vez; pero la maledicencia no ha tenido nunca nada que decir sobre la conducta de las señoras de Caylus.

—Y eso que hacíais entonces en calidad de marido —preguntó negligentemente Gonzaga—, ¿seríais capaz de hacerlo como padre?

—Lo mismo, exactamente lo mismo: no conozco otro medio de guardar a las hijas de Eva *Schah moto*, príncipe, como dicen los persas. Estáis derrotado.

Y se arrellanó en su butaca.

—De estas dos palabras, *Schah moto* —añadió mientras se acomodaba para dormir la siesta—, que significan *el Rey ha muerto*, nosotros hemos hecho *jaque* y *mate*, según Menage y Frére. En cuanto a las mujeres, creedme: buenas rejas y altos muros, son la mejor garantía de su virtud.

Y cerrando los ojos se quedó a poco dormido. Gonzaga salió del comedor para reunirse con Peyrolles, que le aguardaba paseando por las galerías.

—¿Y nuestros bribones? —le preguntó Gonzaga al verle.

—Ya han llegado seis —respondió Peyrolles.

—¿Dónde están?

—En la hostería de *La Manzana de Adán*, al otro lado de los fosos.

—¿Quiénes faltan?

—El maestro Cocardasse, de Tarbes y Passepoil, su preboste.

—¡Dos buenas espadas! ¿Y el otro negocio?

—Doña Marta está en este instante en las habitaciones de la señorita de Caylus.

—¿Con la niña?

—Con la niña.

—¿Por dónde han entrado?

—Por la ventana que hay bajo el puente de los fosos.

Después de reflexionar un momento, agregó Gonzaga:

—¿Has interrogado a don Bernardo?

—Es mudo.

—¿Cuánto le ofreciste?

—Quinientas pistolas[1].

—Doña Marta debe saber dónde está el registro. Es preciso que no salga del castillo.

—Está bien —respondió Peyrolles.

El príncipe, paseándose agitadamente, añadió:

—Quiero hablarle yo mismo. ¿Estás seguro de que mi primo Nevers ha recibido el mensaje de Aurora?

—Lo ha llevado nuestro alemán.

—¿Y Nevers debe llegar?…

—Esta noche.

Estaban a la puerta de la habitación de Gonzaga.

En el castillo de Caylus, tres corredores cortábanse en ángulo recto: uno daba acceso a las habitaciones; los otros dos comunicaban con ambas alas.

La habitación del príncipe se hallaba situada en el ala occidental y concluía en una escalera que conducía a los lavaderos.

Se oyó un ligero ruido en la galería central: era doña Marta que iba a reunirse con la señorita Caylus. Gonzaga y Peyrolles se entraron precipitadamente en la habitación del príncipe, dejando la puerta entreabierta.

Un instante después, doña Marta atravesaba el corredor con paso rápido y receloso. Era la hora de la siesta y como la costumbre española había

1   Doblón de oro. Moneda imaginaria de Francia, que valía 40 reales.

franqueado los Pirineos, todo el mundo dormía en el castillo de Caylus. Doña Marta esperó esta hora para evitar un mal encuentro. Cuando pasó por delante de la puerta de Gonzaga, Peyrolles lanzose de improviso sobre ella y apretándola fuertemente la boca con un pañuelo, la impidió que gritara. Luego, tomándola en sus brazos, la condujo desvanecida a la estancia del príncipe.

II. COCARDASSE Y PASSEPOIL

Caminaba el uno en un viejo caballo de labor, de enredadas crines y zambas patas; el otro, como los antiguos castellanos, iba sentado sobre las ancas del asno que le servía de palafrén.

El primero, a pesar de su modesta montura, que caminaba con la cabeza colgando entre las dos patas delanteras, tenía un gallardo continente. Vestía un jubón de piel de búfalo con cordones y pechera, calzón de lana que la polilla había hecho una criba y fuertes botas de campaña a la moda de Luis XIII.

Llevaba un enorme fieltro chambergo y colgaba de su costado izquierdo un enorme espadón. Era este el maestro Cocardasse, natural de Tolosa y antiguo maestro de armas de la ciudad de París, que a la sazón estaba establecido en Tarbes, donde no era muy estimado.

El segundo tenía apariencia tímida y modesta. Su traje hubiera convenido a un clérigo. Un largo jubón, de la hechura de una sotana, le cubría los calzones, en otro tiempo negros, pero que el uso había puesto relucientes y pardos. Un gorro de lana, cuidadosamente encasquetado hasta las orejas y unos brodequines forrados, a despecho del calor asfixiante, completaban su extraño atavío.

Diferenciándose de su compañero, Cocardasse, que lucía una espesa cabellera negra, larga y rizada, Passepoil ostentaba sobre las sienes algunos mechoncillos de cabellos de un rubio descolorido. Igual contraste se advertía entre el poblado mostacho del gascón y los tres pelos blanquecinos y erizados que adornaban el labio superior de su preboste.

Porque era un preboste de armas, nada menos, el pacífico viajero que tan secamente iba sentado, y certificamos que, a pesar de su aspecto extravagante, cuando llegaba la ocasión, manejaba diestra y vigorosamente la espada, que azotaba el flanco izquierdo de su asno. Llamábase Passepoil, y era natural de Villedieu, en la Baja Normandía. Sus amigos le llamaban el hermano Passepoil, ya debido a su aspecto clerical, bien porque antes de ceñir espada había sido criado de un barbero y dependiente de una oficina de farmacia. Era horriblemente feo y extraordinariamente enamorado. Cuando unas faldas se cruzaban en su camino, adoptaba un aire sentimental y un vivo resplandor iluminaba sus ojillos azules. Cocardasse, por el contrario, podía pasar en el país por un gallardo bribón.

Iban caminando los dos despacio bajo el sol de mediodía. Cada piedra del camino hacía tropezar al jaco de Cocardasse, y de veinticinco en veinticinco pasos el rocín de Passepoil hacía una significativa paradita…

—¡Esto es horrible, amigo mío! Hace dos horas que estamos viendo ese endiablado castillo y nunca acabamos de llegar a él. ¡Parece que anda delante de nosotros con más velocidad que nuestras monturas! —dijo Cocardasse con marcado acento gascón.

—¡Paciencia, paciencia, ya llegaremos! ¡Demasiado pronto llegaremos para lo que vamos a hacer allá abajo!…

—¡Voto al chápiro, hermano Passepoil! —añadió suspirando fuertemente—. Si tuviéramos un poco de conducta, con nuestros talentos hubiéramos podido escoger cosa que conviniese más a nuestra condición que este endemoniado oficio…

—Tienes razón que te sobra, amigo Cocardasse; pero nuestras pasiones nos han perdido.

—Ciertamente… El vino, el juego…

—¡Y las mujeres! —agregó Passepoil poniendo los ojos en blanco.

Marchaban entonces por la ribera del río Clarabide, que atraviesa el valle de Louron. El Hachazo, que sostenía cual inmenso pedestal sólidos los cimientos del castillo de Caylus, se levantaba ante ellos. Como por aquella parte no había murallas, se descubría perfectamente el antiguo edificio, que con su aspecto soberbio y pintoresco habría llamado la atención de otros viajeros menos preocupados y más entusiastas de las bellas artes que ellos.

El castillo de Caylus, coronaba dignamente aquella prodigiosa muralla, hija de alguna gran horrible convulsión del suelo, cuyo recuerdo se había perdido en la noche de los tiempos. Entre el musgo y la maleza que cubría su cimentación, podían reconocerse las líneas de las construcciones paganas. La mano fuerte de los soldados romanos, debía haber trabajado allí. Sin embargo, todo lo que sobresalía de la tierra, pertenecía al estilo lombardo del décimo o undécimo siglo. Las dos torres principales que flanqueaban el cuerpo del edificio de Norte a Sur, eran cuadradas y más anchas que altas. Las ventanas, colocadas debajo de saeteras, eran pequeñas, sin ornamentos, y sus arcos reposaban sobre simples pilastras, desprovistas de molduras. El único lujo que se permitió el arquitecto, consistía en unos raros mosaicos. Las piedras, cortadas y dispuestas con simetría, estaban separadas por ladrillos salientes. El orden austero del primer plano armonizaba con la desnudez de El Hachazo. Detrás de la línea derecha de este viejo cuerpo de edificio, que parecía edificado por Carlomagno, unas fachadas en forma de conos y algunas torrecillas seguían el plano ascendente de la colina, mostrándose en forma de anfiteatro. La torre del homenaje era alta, octógona y terminada en una galería bizantina, de arcadas en forma de trébol; coronaba esta batahola de tejados pizarrosos que cubría el castillo, parecida a un gigante de pie entre dos enanos.

Decíase en el país que el castillo era mucho más antiguo que los Caylus mismos.

A derecha e izquierda dos torres lombardas, dos trincheras se cruzaban. Eran los dos extremos de los fosos que en otro tiempo estuvieron protegidos por espesos muros para contener el agua que los llenaba.

Poco más allá de los fosos del Norte, las últimas casitas de la aldea de Tarrides aparecían bajo las encinas.

Dentro, veíase la fecha de la capilla construida al empezar el siglo XIII, según el estilo ojival, y cuyos vidrios de color resplandecían heridos por el sol de la tarde, como láminas de oro encerradas en marcos de granito.

El castillo de Caylus era la maravilla de los valles pirenaicos.

Pero Cocardasse y Passepoil estaban demasiado preocupados para fijarse en maravillas. Continuaron su marcha y las miradas que dirigían a la sombría ciudadela, eran para calcular la distancia que aún les faltaba por recorrer.

Iban al castillo de Caylus, y, aunque a vuelo de pájaro les separaba de él solo media legua, la necesidad de rodear El Hachazo prolongaba el camino hasta una hora de andar a buen paso.

Cocardasse debía ser un excelente compañero con la bolsa llena, y Passepoil, con su figura romántica, mostraba indicios de un buen humor habitual; pero en aquel momento ambos estaban tristes y ciertamente tenían sobradas razones para ello.

El estómago vacío, la garganta seca y en perspectiva un negocio peligroso; y lo peor del caso era que el asunto no podía rehuirse ni rechazarse, porque en sus faltriqueras habíanse concluido los escudos: sus pasiones, desgraciadamente, los habían dilapidado.

Por esto, Cocardasse decía a su amigo:

—¡Por mi vida, que no volveré a tocar ni una carta ni un vaso!

—Y yo renuncio para siempre al amor de enamorado —añadió Passepoil.

Y ambos, durante largo rato, soñaron mil bienandanzas, hijas de las futuras economías que pensaban desde entonces hacer.

—¡Me compraré un equipo completo! —exclamó Cocardasse con entusiasmo—. Y me haré soldado de la compañía que manda nuestro bravo parisién.

—Y yo soldado o criado del médico mayor —respondió Passepoil.

—¿No haré yo un excelente cazador del rey?

—El regimiento en que yo sirva, puede estar seguro de que será sangrado con limpieza.

Y añadieron ambos a la vez:

—¡Veremos a nuestro parisién! ¡Le evitaremos de vez en cuando algún peligro!

—¡Y me llamará todavía su viejo Cocardasse!

—¡Y se burlará del hermano Passepoil, como otras veces!

—¡Fuego del cielo! —exclamó el gascón dando un fuerte puñetazo a su cabalgadura—. Hemos descendido bien bajo en nuestra noble profesión… ¡Pero todo pelado puede alcanzar misericordia! Conozco que al lado de mi parisién podría enmendarme.

Passepoil movió tristemente la cabeza.

—¡Quién sabe —dijo dirigiendo una mirada desconsoladora a su compañero— si querrá reconocernos!

—¡Cómo no! Es un gran corazón, ese muchacho.

—¡Qué guardia y qué celeridad la suya! —suspiró Passepoil.

—¡Qué espera sobre las armas, qué molinete!

—¿Te acuerdas de su quite en retirada?

—¿Has olvidado los tres golpes rectos que anunció en el asalto de casa de Delespine?

—¡Un corazón!

—¡Un verdadero corazón! Afortunado en el juego y buen bebedor.

—¡Y dislocando a todas las mujeres!

A cada exclamación, entusiasmados, se detenían para estrecharse las manos. Su emoción era sincera y profunda.

—¡Por Barrabás! Seremos sus criados, sus esclavos, si él quiere.

—Y haremos de él un gran señor. Si el dinero de Peyrolles no nos proporciona algún disgusto —concluyó Passepoil.

Era, pues, Peyrolles el hombre de confianza del príncipe de Gonzaga, quien hacía viajar de tan extraño modo a aquellas dos malas cabezas.

Los dos bribones conocían bien a Peyrolles y aún mejor a Felipe de Gonzaga.

Antes de haberse establecido en Tarbes para enseñar a los hidalgüelos, después, el noble y digno arte de la esgrima italiana, habían tenido sala de armas en París en la calle de Croix-des-Petits-Champs, a dos pasos del Louvre. Y si las pasiones no les hubiesen oscurecido el entendimiento, podían haber hecho fortuna, pues todos los grandes señores de la corte frecuentaban su casa.

Eran dos pobres diablos, que, sin duda, por una mala idea tenían que acusarse de cualquier horrible fechoría. Pero jugaban muy bien la espada.

Seamos clementes y no busquemos la razón que les obligó a dejar un día la llave bajo la puerta de la casa, y abandonar luego precipitadamente París.

Es muy cierto, que en aquella época los maestros de armas tenían frecuente trato con todos los altos personajes de la Corte. Y sabían, generalmente, todos los secretos importantes tan bien como ellos. Eran Gacetas vivas. ¡Imagínese, por tanto, si Passepoil, que además había sido en otra época barbero, sabría cosas buenas!

En aquellas circunstancias, ambos contaban con sacar provecho de su ciencia. Passepoil dijo al salir de Tarbes:

—Es un negocio donde se juegan millones. Nevers es la primera espada del mundo después del parisién. Si Nevers cae en manos del príncipe, es preciso que este sea muy generoso.

Cocardasse aprobó entusiasmado el sabio discurso de su amigo y colega.

Serían las dos de la tarde cuando llegaron a la aldea de Tarrides. Un campesino que encontraron les encaminó a la posada de *La Manzana de Adán*.

Cuando llegaron, la sala del piso bajo estaba casi llena de parroquianos. Una joven, vestida de aldeana, servía con prisa vasos, frascos llenos de vino y fuego para las pipas, que era todo lo que deseaban aquellos valientes después de una larga jornada bajo el sol a través de los valles pirenaicos.

En la pared, colgaban de sus tahalíes seis fuertes espadas.

No había entre los congregados uno solo que no tuviese el aspecto y los ademanes de consumado espadachín. Todos tenían rostros bronceados, miradas imprudentes y retorcidos bigotes.

Un honrado burgués, al entrar en aquella sala, hubiera vuelto prudentemente las espaldas al fijarse en aquellas hechuras de bravos.

En una mesa, cerca de la puerta, había tres españoles. Se les conocía a la legua. En otra, un italiano con la cara llena de cuchilladas, y frente a él un bandido de aspecto siniestro, cuyo acento denunciaba su origen alemán. En una tercera mesa, un aldeano de cuerpo fornido y larga e inculta cabellera, hablaba el dialecto de Bretaña.

Los tres españoles se llamaban Saldaña, Pinto y Pepe *el Matador*, y los tres eran espadachines consumados. Eran naturales, el uno de Murcia, de Sevilla el otro y el tercero de Pamplona. El italiano era un bravo hijo de Spoleta y se llamaba Giuseppe Faënza. El alemán se apellidaba Staupitz; el bretón, Joël de Jugan.

El señor Peyrolles era quien allí había congregado a todos aquellos matones de oficio. Todos se conocían.

Cuando Cocardasse y Passepoil franquearon la puerta de la hostería de *La Manzana de Adán*, después de haber dejado sus pobres monturas en la cuadra, se detuvieron un momento, sorprendidos, a la vista de aquella respetable asamblea. En la sala del mesón, iluminada solamente por una pequeña ventana, el humo de las pipas había formado una densa nube que apagaba aún más la luz indecisa que la esclarecía.

Nuestros dos conocidos no vieron al pronto más que los retorcidos bigotes y las espadas pendientes del muro. Pero seis voces roncas por el alcohol, exclamaron a la vez al verles:

—¡Maestro Cocardasse!

—¡Hermano Passepoil!

Y una sarta de juramentos en todos los idiomas, les saludó como un aplauso.

Cocardasse se puso la mano en forma de pantalla ante los ojos.

—¡Cuerpo de Satán! ¡Todos camaradas!

—¡Todos antiguos amigos! —añadió Passepoil con la voz un poco temblorosa.

Passepoil era pacífico por naturaleza, y solo la necesidad y las circunstancias le habían llevado al peligroso oficio de *valiente*.

Poníasele carne de gallina por cualquier cosa; pero él, sobreponiéndose a sus nervios, se batía, cuando llegaba la ocasión, como un diablo.

Cambió con todos apretones de manos, de esos apretones que descoyuntan las falanges, y para todos tuvo una palabra de lisonja y una amable sonrisa. En aquella reunión los jubones de seda se veían al lado de otros de pelado terciopelo. Todas las telas del mundo tenían allí digna representación. Lo que no se veía por parte alguna en aquellos raros y exóticos trajes, era el lienzo blanco. ¿Para qué lo necesitaban aquellos bravos?

En nuestros días los maestros de armas o para hablar como ellos, los *señores profesores de esgrima*, son sabios y honrados industriales que cumplen a maravilla sus deberes de padres, esposos y ejercen decentemente su arte.

En el siglo XVII, un maestro de esgrima era un bribón obligado por la necesidad a correr de aventura en aventura, prestando toda clase de servicios a quien los pagaba mejor, hasta dar con su garganta en la cuerda que había de ahorcarle.

Nuestros camaradas de *La Manzana de Adán* habrían gozado sin duda hermosos días de gloria y de fortuna; pero en el instante en que los vemos el sol de la prosperidad habíase eclipsado para ellos. La misma tempestad los reunió.

Antes de la llegada de Cocardasse y Passepoil, los tres grupos estuvieron separados. El bretón no conocía a nadie; el alemán no fraternizaba más que con el italiano y los tres españoles estaban orgullosamente separados de los demás. Pero París era un centro a propósito para las bellas artes. Personas como Cocardasse y su compañero, que habían tenido casa abierta en la Calle de Croix-des-Petits-Champs, debían conocer a todos los pillos de Europa. Sirvieron, pues, de lazo de unión entre los tres grupos, y muy pronto fueron todos buenos amigos. Roto el hielo, se aproximaron las mesas, los vasos se chocaron, y las presentaciones se hicieron conforme a las reglas de la más exigente etiqueta.

Cada uno enumeró sus proezas y títulos. ¡Eran para poner los pelos de punta! Aquellas seis espadas pendientes del muro, habían cortado más cabezas cristianas que las hachas de todos los verdugos reunidos de Francia y de Navarra.

Cuando bebieron la primera ronda de vasos y cada uno hubo satisfecho su individual vanidad, Cocardasse dijo:

—Ahora, amigos, hablemos un poco de nuestros negocios.

Se llamó a la aldeana, que temblaba de miedo ante aquellos caníbales, y le pidieron más vino. Era una muchacha morena, regordeta y un poco bizca. Passepoil la había ya asestado los cañones de sitio de sus ojos y hasta intentó seguirla, con el pretexto de que llevara vino más fresco; pero Cocardasse le sentó bruscamente a su lado.

—Has prometido dominar tus pasiones, querido mío —le dijo con dignidad.

Passepoil se sentó lanzando un fuerte suspiro. Cuando la maritornes llevó el vino, dieron la orden de no volver a interrumpirlos.

—Amigos míos —dijo Cocardasse—, en verdad que no esperábamos mi compañero y yo encontrar tan excelente compañía lejos de los centros populosos donde generalmente ejercéis vuestros talentos.

—¡Oh, nosotros vamos donde se nos llama! Donde se nos necesita, *caro mío…* —contestó el de Spoleta.

Todos asintieron con un movimiento de cabeza.

Luego, preguntó Saldaña a Cocardasse:

—¿Sabes tú para qué se nos ha reunido aquí?

El gascón iba ya a abrir la boca para responder, cuando el pie del hermano Passepoil le hizo una seña significativa.

Cocardasse, aunque jefe nominal, tenía la costumbre de seguir los consejos de su preboste, que era un normando prudente y sabio.

—Ya sé —contestó—, que se nos ha convocado…

—He sido yo —interrumpió Staupitz.

—Y que en los casos ordinarios —concluyó el gascón—, nos bastamos Passepoil y yo para dar un golpe de mano.

—¡Rayos y truenos! —gritó *el Matador*—. Donde yo estoy, no hace falta nadie más.

Cada uno ponderó su valor según le vino en gana, hasta que Cocardasse prosiguió:

—¿Por lo visto, tenemos que combatir con un ejército?

—Batiremos —respondió Staupitz— a un hombre solo.

Staupitz estaba al servicio del señor Peyrolles, el confidente del príncipe de Gonzaga.

Una carcajada general acogió esta declaración.

Cocardasse y Passepoil reían aún más alto que los otros. Sin embargo, el pie del normando no se quitaba de encima de la bota del gascón.

Con lo cual quería decir: «Déjame llevar esto.»

Passepoil preguntó cándidamente:

—¿Y cuál es el nombre de ese gigante que va a combatir contra ocho hombres?

—Cada uno de los cuales vale lo menos media docena, ¡voto al chápiro! —agregó Cocardasse.

Staupitz respondió:

—Es el duque Felipe de Nevers.

—¡Pero si está muriéndose! —exclamó Saldaña.

—¡Ahogándose! —añadió Pinto.

—¡Un enfermo, un tísico! —acabaron los otros.

Cocardasse y Passepoil no dijeron nada. Este último sacudió lentamente la cabeza; después, cogiendo un vaso, lo vació de un trago. El gascón hizo lo mismo.

Su repentina gravedad excitó la curiosidad de los congregados.

—¿Qué tenéis? ¿Qué os pasa? —preguntaron todos.

Cocardasse y su preboste se miraron en silencio.

—¿Qué es eso? ¿Qué diablo significa eso? —gritó Saldaña asombrado.

—Diríase —añadió Faënza—, que queréis abandonar la partida.

—Amigos míos —replicó gravemente el gascón—, estáis muy equivocados en vuestras noticias respecto a Nevers. Os han engañado.

Un tropel de preguntas y de reproches ahogó su voz.

—Nosotros hemos visto, en nuestra sala de París, a Felipe de Nevers —dijo dulcemente Passepoil—. Hemos tenido el honor de tirar con él. Es un moribundo que os cortará las orejas.

—¡A nosotros! —dijeron con jactancia los que le escuchaban.

Y se encogieron desdeñosamente de hombros.

—Veo —continuó Cocardasse mirando a todos—, que no habéis oído nunca hablar de la estocada de Nevers.

Todos le miraron sorprendidos y escucharon con atención.

—La estocada del viejo maestro Delapalme, que derribó siete prebostes desde el barrio de Roule a la Puerta de Saint-Honoré.

—Me río yo de esas estocadas secretas —exclamó *el Matador*.

—Buen pie, buen ojo, buena guardia —añadió el bretón—; y me burlo de todas las estocadas secretas.

—¡Ah, no! ¡Eso no, queridos! Bien sabéis —dijo Cocardasse con orgullo— que yo tengo buena mano y buen ojo; pues nada me ha servido…

—Ni a mí tampoco —agregó Passepoil.

—Y sin embargo —concluyó Cocardasse—, ambos hemos sido tocados por él en nuestra academia.

—Tocados tres veces —apoyó su compañero—. ¡Tres veces seguidas; en plena frente, entre los dos ojos!

—Tres veces, sin poder parar su espada.

Los seis espadachines se habían quedado pensativos. Nadie reía ya.

—Entonces —dijo Saldaña—, no es una estocada secreta. Es un encuentro.

—Por eso nos han congregado a todos. Eso os dirá más que todas mis advertencias —replicó Cocardasse con solemnidad—. Hablabais de ejército. Quisiera mejor tenérmelas que haber con un ejército. No hay en el mundo más que un solo hombre capaz de hacer frente a Felipe de Nevers con la espada en la mano.

—Y ¿quién es? —preguntaron todos.

—El parisién.

—¡Ah, sí, ese sí! —gritó Passepoil con entusiasmo—. ¡Ese es el diablo!

—Un hombre que todos conoceréis: se llama el caballero Lagardère.

Todos, en efecto, parecían conocerle, porque todos guardaron silencio.

—Nunca le he visto —dijo Saldaña.

—Tanto mejor para ti —replicole el gascón.

—¿Es el que llaman el hermoso Lagardère? —preguntó Pinto.

—¿Es ese que mató tres prebostes flamencos bajo los muros de Senlis? —preguntó Faënza, bajando la voz.

—¿Es el que?… —quiso añadir Joël de Jugan.

Pero Cocardasse, interrumpiéndole, exclamó con énfasis:

—Sí, ese es. ¡No hay dos Lagardère en el mundo!

III. LOS TRES FELIPES

La única ventana de la sala de la posada de *La Manzana de Adán* daba a un bosquecillo plantado de hayas que se extendía hasta los fosos de Caylus. Un camino carretero atravesaba el bosque y conducía a un puente tendido sobre los fosos, que eran muy profundos y largos. Rodeaban el castillo por sus tres lados y se abría sobre El Hachazo.

Desde que se construyeron los muros destinados a contener el agua, los fosos se habían destinado por sí mismos y su suelo daba al año dos magníficas cosechas de heno, destinadas a las cuadras del marqués.

Acababa de segarse la segunda cosecha y desde el sitio donde estaban los ocho aventureros podía verse a los trabajadores atar cuidadosamente los haces de heno bajo el puente.

Aparte del agua que faltaba, los fosos se mantenían en buen estado. Su borde interior se elevaba en escarpada pendiente hasta la explanada. Solo tenía una brecha practicada de intento para dar paso a las carretas cargadas de heno hasta el camino carretero que se veía desde la ventana de la hostería.

Desde el suelo hasta el fondo del foso, el muro estaba cubierto de numerosas saeteras; pero solo había una capaz de dar paso a una persona. Era una ventana colocada justamente bajo el puente fijo que había reemplazado desde hacía mucho tiempo al levadizo. Esta ventana estaba cerrada con reja. Daba luz al cuarto de baño de Caylus, gran sala subterránea que conservaba aún algo de su antigua magnificencia. Es sabido que en la Edad Media y en el Mediodía principalmente, se elevaba a la exageración el lujo de los baños.

Las tres acababan de dar en el reloj de la torre del Homenaje. Aquel terrible matamoros que se llamaba el bello Lagardère, no estaba allí ni era probable que fuese, por lo que nuestros maestros de armas, después del primer momento de estupor, recobraron su habitual fanfarronería.

—Pues bien —exclamó Saldaña—, te digo, amigo Cocardasse, que daría diez pistolas por ver a tu caballero Lagardère.

—¿Con la espada en la mano? Si ese día llega, amigo mío, ponte antes en gracia de Dios, te lo recomiendo.

Saldaña se puso el sombrero atravesado. Un lance iba sin duda a salir de aquella discusión y milagro era que no hubiese ocurrido ya entre tales fanfarrones, cuando afortunadamente Staupitz, que estaba asomado a la ventana, exclamó interrumpiendo la disputa:

—¡Haya paz, hijos míos! Ahí viene el señor Peyrolles, el confidente del príncipe de Gonzaga.

En efecto, se veía al señor Peyrolles avanzar a caballo por la carretera.

—Hemos hablado mucho y nada hemos dicho de provecho —dijo precipitadamente Passepoil—. Nevers y su estocada secreta valen muchísimo oro, compañeros, es preciso que lo sepáis. ¿Tenéis deseos de hacer un buen negocio, quizá vuestra fortuna?

No hay para qué decir que todos contestaron afirmativamente.

—Pues si tal cosa queréis, dejadnos obrar a Cocardasse y a mí y apoyadnos en cuanto digamos al señor Peyrolles.

—¡Entendido! —contestaron todos.

—Así, al menos —acabó Passepoil sentándose—, aquellos que de esta jornada saquen el pellejo libre de la espada de Nevers, podrán mandar que se recen misas por el alma de los difuntos.

Peyrolles entró.

Passepoil se quitó el primero, con gran reverencia, su gorro de lana.

Los otros saludaron al recién llegado, también.

Peyrolles llevaba un gran saco de dinero bajo el brazo, le arrojó sobre la mesa, diciendo:

—¡Tomad, valientes! ¡Ahí va vuestra paga!

Luego los contó.

—¡Todos puntuales! Eso me gusta. Voy, pues, a deciros en dos palabras lo que tenéis que hacer.

—Os escuchamos atentamente, señor Peyrolles —dijo Cocardasse apoyando los codos sobre la mesa.

—Os escuchamos —dijeron todos.

Peyrolles, tomando una postura de orador, dijo:

—Esta noche, a las nueve, un hombre vendrá por ese camino que veis desde la ventana. Dejará su caballo atado en uno de los pilares del puente y después franqueará el foso. Mirad. Allá, bajo el puente, ¿veis una ventana con reja?

—Muy bien, querido señor Peyrolles —respondió Cocardasse—. No somos ciegos.

—El hombre se acercará a la ventana.

—¿Y en ese momento, nosotros le atenderemos?

—Precisamente —contestó Peyrolles con una sonrisa siniestra…— y habréis ganado ese dinero.

—¡Cuerpo del diablo! —gritó Cocardasse—. ¡Este buen señor Peyrolles dice las cosas de un modo que hace reír!

—¿Está entendido?

—Perfectamente; pero no nos dejaréis todavía, ¿verdad?

—Es necesario, mis buenos amigos —dijo Peyrolles preparándose a salir.

—¡Cómo! —exclamó el gascón—. ¿Sin decirnos el nombre del que debemos… acostar?…

—Ese nombre no os interesa.

Cocardasse guiñó un ojo y al instante un murmullo general de descontento partió de los labios de todos los espadachines. Passepoil, sobre todo, se indignó fieramente.

—¿Sin decirnos siquiera quién es el poderoso señor a cuyo servicio vamos a trabajar?

Peyrolles se detuvo para mirarle. Su largo rostro tenía una expresión de inquietud.

—¿Qué os importa? —preguntó con altanería.

—Nos importa mucho, estimado señor Peyrolles.

—¿Qué queréis decir?

Cocardasse se levantó y todos le imitaron.

—¡Rayos y truenos! —exclamó el gascón cambiando bruscamente de tono—. ¡Hablemos francamente! Todos los aquí reunidos somos hombres de armas y por lo tanto caballeros. Sobre todo yo, que soy gascón, amo la claridad en los negocios. Nuestras espadas —y requirió la suya que no se había quitado— quieren saber lo que de ellas se exige.

—¡Vamos, sentaos! No tengáis tanta prisa. Con hombres como nosotros se entendió siempre todo el mundo, hablando como es debido —dijo Passepoil al mismo tiempo que ofrecía cortésmente una silla al confidente de Felipe de Gonzaga.

Todos aplaudieron a Passepoil. Peyrolles pareció dudar un momento.

—Mis valientes, puesto que tenéis tanto entendimiento, bien podíais haber adivinado —dijo al cabo el adlátere del príncipe—. ¿A quién pertenece ese castillo?

—¡Pardiez, al marqués de Caylus, a cuyo lado no envejecen las mujeres! A Caylus Verrou. ¿Y bien?

—¡Vaya una pregunta! —dijo bonachonamente Peyrolles—. Trabajáis por el marqués de Caylus.

—¿Creéis eso? —preguntó insolentemente Cocardasse.

—No —contestó Passepoil.

—No —contestaron los demás a coro.

La sangre coloreó las mejillas del señor Peyrolles.

—¿Cómo, bribones, dudáis?

—Mis nobles compañeros murmuran… Tened cuidado —añadió el gascón—. Discutamos con calma cual buenos amigos. A ver si hemos comprendido; he aquí, según vos, los hechos: el señor marqués de Caylus ha sabido que un caballero gallardo y apuesto penetra de vez en cuando durante la noche en el castillo por esa ventana del foso. ¿No es esto?

—Sí —contestó Peyrolles.

—Y sabe que la señorita Aurora de Caylus, su hija, ama a ese caballero…

—Es verdad —volvió a decir Peyrolles.

—Esto, según vos, explica nuestra presencia en la hostería de *La Manzana de Adán*. Otros podrían satisfacerse con esa explicación; pero yo tengo mis razones para no aceptarla.

—Vos no habéis dicho la verdad, señor Peyrolles.

—¡Por el diablo, esa es ya mucha imprudencia!

Su voz fue ahogada por la de los espadachines que exclamaron a un tiempo:

—¡Habla, habla, Cocardasse!

El gascón no se hizo de rogar.

—Por lo pronto, mis amigos, como yo, saben que ese visitante nocturno, recomendado a nuestras espadas, es nada menos que un príncipe…

—¡Un príncipe! —dijo Peyrolles encogiéndose de hombros.

—Sí, el príncipe Felipe de Lorena, duque de Nevers.

—¡Sabéis más que yo, he ahí todo!

—No, no. Eso no es todo. Hay todavía otra cosa que mis nobles amigos puede que no sepan. Aurora de Caylus no es la querida del duque de Nevers.

—¡Ah! —exclamó el confidente.

—Es su mujer —dijo resueltamente el gascón.

Peyrolles balbuceó diciendo:

—¿Cómo sabes tú todo eso?

—Lo sé y eso debe bastaros. Cómo lo sé, no os importa.

—Y ahora voy a demostraros que sé otras muchas cosas. Un matrimonio secreto se celebró hará cuatro años en la capilla de Caylus, y si no estoy mal informado vos y vuestro noble amo…

Se interrumpió para alzar su sombrero con aire de burla.

—Servisteis de testigos, señor Peyrolles —prosiguió Cocardasse.

Este no negaba ya.

—¿Adónde vais a parar con tales comentarios?

—A descubrir —respondió tranquilamente el gascón—, el nombre del ilustre personaje a quien vamos a servir esta noche.

—Nevers se casó con Aurora a disgusto de su padre y el marqués de Caylus se venga. ¿Hay nada más natural? —dijo Peyrolles.

—Nada habría más natural si el bueno de Verrou conociera ese matrimonio. Pero habéis sido tan discretos que el marqués de Caylus lo ignora todo. ¡Rayos y truenos! El viejo celoso se guardaría bien de despachar de la manera que vos proponéis, tomando su nombre, al más rico partido de Francia. Todo esto estaría arreglado hace mucho tiempo, si el duque de Nevers hubiera dicho a Caylus: «El rey quiere casarme con una hija de la casa de Saboya, nieta suya; pero yo me niego porque hace tiempo que estoy secretamente unido a vuestra hija.» Pero la reputación de Caylus Verrou ha impedido esta explicación. El príncipe, que adora a su mujer, tiene miedo.

—¿Y cuál es la consecuencia de todo eso?

—Que nosotros no trabajamos para el señor de Caylus.

—¡Es claro! —dijo Passepoil.

—¡Cómo él dice! —gruñó la concurrencia.

—¿Para quién creéis, pues, trabajar?

—¡Cien mil bombas! ¿Para quién? Qué gracia, ¿para quién? ¿Conocéis la historia de los tres Felipes? ¿No? Pues voy a contárosla en dos palabras.

Son tres nobles señores, ¡vive Dios! El uno es Felipe de Mantua, príncipe de Gonzaga, vuestro amo, señor Peyrolles; un alteza arruinado que se vendería de buena gana al diablo. El otro es Felipe de Nevers, a quién nosotros esperamos, y el tercero es Felipe de Orleáns, duque de Chartres. ¡Los tres son hermosos como un amor, a fe mía! Y los tres jóvenes y brillantes. Si tratarais de concebir la más fuerte, la más heroica, la más sublime de las amistades, tendríais solo una débil idea de la que se profesan los señores Felipes. Eso es lo que se dice en París. Dejaremos a un lado, si os parece, al sobrino del rey, y nos ocuparemos solo de Nevers y de Gonzaga, de Pythias y de Damon.

—¿Qué, acusaríais a Damon de querer asesinar a Pythias?

—¿Por qué no, si a nuestro Damon le conviene?

—El Damon del tiempo de Denys, tirano de Siracusa, y el verdadero Pythias, no sabían lo que eran seiscientos mil escudos de renta.

—Que nuestro Pythias posee —interrumpió Passepoil—, y de los cuales.nuestro Damon es el presunto heredero.

—Ya comprenderéis, mi buen señor Peyrolles —prosiguió Cocardasse—, que esto esclarece el asunto. Añado que el verdadero Pythias no tenía una mujer como Aurora de Caylus, de quien Damon estuviese perdidamente enamorado, o mejor dicho, de su dote.

—¡Eso es! —concluyó Passepoil.

Cocardasse llenó su vaso.

—Señores —dijo después—: ¡A la salud de Damon!… quiero decir, de Gonzaga, que mañana poseerá seiscientos mil escudos de renta, la señorita de Caylus y su dote, si Pythias, o sea el duque de Nevers, muere en ese camino esta noche.

—¡A la salud del príncipe Damon de Gonzaga! —exclamaron a una los espadachines apurando sus vasos.

—¿Qué decís de esto, señor Peyrolles? —le preguntó Cocardasse con aire de triunfo.

—¡Que son puros sueños, infames mentiras!

—La palabra es dura; pero mis nobles amigos serán jueces y a su testimonio apelo.

—¡Has dicho la verdad, tú has dicho toda la verdad! —contestaron todos unánimemente.

—El príncipe Felipe de Gonzaga —exclamó Peyrolles adoptando un tono de soberana dignidad—, está muy alto para que puedan mancharle semejantes infamias. No tengo, por tanto, necesidad de disculparle.

Cocardasse le interrumpió:

—Vamos, sentaos, querido señor Peyrolles. No os alarméis por tan poca cosa.

Y como el confidente del príncipe se resistiese, le hizo sentar a la fuerza.

—No hemos llegado todavía a las grandes infamias. Todavía hay más. ¡Passepoil!

—¿Cocardasse? —respondió el normando.

—Puesto que el señor Peyrolles no se rinde habla tú, amigo mío.

El normando enrojeció hasta las orejas y bajó modestamente los ojos.

—Yo no sé hablar en público —balbuceó con modestia hipócrita.

—Anda, no temas —contestó Cocardasse retorciéndose el bigote—. ¡Vamos, hijo mío, estos señores excusarán tu inexperiencia y tu juventud!

—Cuento con su indulgencia —murmuró tímidamente Passepoil.

Y con una voz meliflua, afeminada, el digno preboste empezó así su discurso:

—El señor Peyrolles hace bien en tener a su amo por un perfecto caballero. He aquí lo que conozco de su vida, os lo diré sin malicia, aunque otros podrían quizá juzgarle severamente. Mientras los tres Felipes llevaban una vida alegre, tan alegre que el rey Luis amenazó a su sobrino con el destierro —os hablo de hace dos o tres años—, y estaba al servicio de un doctor italiano, discípulo del sabio Exili, llamado Pedro Garba.

—¡Pedro Garba de Gaetu! —interrumpió Faënza—. Lo he conocido. Era un gran bribón.

Passepoil se sonrió bondadosamente.

—Era un hombre severo, de costumbres tranquilas, muy religioso en apariencia, sabio como pocos y cuyo oficio era componer brebajes bienhechores que él llamaba *Licor de larga vida*.

Los espadachines se echaron a reír a una vez.

—¡Prosigue, hijo mío! Hablas como un libro —dijo Cocardasse.

El señor Peyrolles se enjugó la frente bañada de sudor frío.

—El príncipe Felipe de Gonzaga —continuó Passepoil—, frecuentaba mucho la casa del buen Pedro Garba.

—¡Más bajo! —interrumpió el confidente sin poderse contener.

—¡Más alto! —contestaron los valientes.

Todo esto los divertía extraordinariamente, pues comprendían que el final sería un aumento de sueldo.

—¡Habla, habla, Passepoil! —dijeron todos formando círculo en derredor suyo para no perder ni una sola palabra.

Cocardasse, acariciando la nuca de su preboste, dijo con acento paternal:

—¡Este pillo ha conseguido un éxito!

—Lamento —prosiguió Passepoil— tener que repetir una cosa que disgusta al señor Peyrolles; pero lo cierto es que el príncipe de Gonzaga iba con frecuencia a casa de Garba, sin duda para instruirse. Por aquel tiempo el joven duque de Nevers tuvo una enfermedad de languidez.

—¡Calumnia! ¡Eso es una odiosa calumnia! —dijo Peyrolles.

Passepoil preguntó cándidamente:

—¿Y a quién he acusado, mi querido señor, queréis decírmelo?

Y como el confidente se mordiera los labios hasta hacerse sangre, Cocardasse dijo:

—¡Este buen señor Peyrolles es demasiado vehemente!

El aludido se levantó con un movimiento brusco.

—¿Creo que me dejaréis marchar, no es eso? —dijo con reconcentrada rabia.

—¡Sin duda! Y haremos más, os escoltaremos hasta el castillo. El bendito de Verrou debe haber dormido ya su siesta y nos entenderemos con él.

Peyrolles cayó en su asiento. Su cara cambiaba a cada instante de color. Cocardasse, implacable, le alargó un vaso.

—Bebed, para reponeros. No debéis estar bueno. ¡Sí, bebed un trago! ¿No? Entonces, tened un poco de paciencia y escuchad al hermano Passepoil que habla mejor que un abogado.

Este saludó a su jefe, y continuó:

—Empezaba a decirse por todas partes: «Ese pobre duque de Nevers se muere.» La Corte se inquietaba. ¡Es una casa tan noble la de los Lorenas! El rey se enteró también de estas noticias. Felipe, duque de Chartres, estaba inconsolable…

—¡Todavía había un hombre más desconsolado! —interrumpió Peyrolles.

—¡Ese hombre era Felipe, príncipe de Gonzaga!

—¡Líbreme Dios de contradeciros! —continuó Passepoil, cuya serenidad amena e inalterable debiera servir de ejemplo a los que discuten—. Yo creo, sin esfuerzo, que el príncipe de Gonzaga estuviera más apenado por este hecho y la prueba de ello es que iba todos los días a casa del maestro Garba, repitiéndole sin cesar desanimado: «¡Esto es muy largo, doctor, esto es muy largo!»

Aunque los reunidos en la sala de *La Manzana de Adán* eran hombres que no se asustaban fácilmente, todos sintieron un escalofrío en las venas, todos se estremecieron… El robusto puño de Cocardasse golpeó violentamente la mesa. Peyrolles inclinó la cabeza y quedó mudo.

—Una noche —prosiguió el normando bajando la voz a pesar suyo—, una noche Felipe de Gonzaga fue más temprano a casa de Garba. El doctor le esperaba. Tomole el pulso, tenía fiebre. —«¿Habéis ganado mucho dinero al juego?» —le preguntó Garba que le conocía bien. —«He perdido dos mil pistolas.»— y añadió en seguida: —«Nevers ha querido sostener un asalto en la Academia y no ha tenido fuerzas para manejar la espada.» —«Entonces —murmuró Garba—, se acerca el desenlace. Tal vez mañana…» Pero a pesar de esto —añadió en tono alegre el orador—, como los días se suceden y no se parecen, al otro día precisamente el duque de

Chartres metió a Nevers en su carroza y se lo llevó a Turena. Su alteza llevaba a Nevers a sus dominios. Y como el sabio Garba no estaba cerca, Nevers se puso bueno. De allí, buscando el sol, el calor, la vida, cruzó el Mediterráneo y se fue al reino de Nápoles. Felipe de Gonzaga fue a buscar a mi amo y le mandó hacer inmediatamente su equipaje. Ya estaba preparado todo para la partida, cuando desgraciadamente una noche reventó su alambique y perdió de repente la existencia al aspirar los vapores de su elixir.

—¡Ah, era un gran sabio! —exclamaron todos.

—Sí —dijo simplemente Passepoil—. ¡Yo bien lo he sentido por mi parte! He aquí el fin de la historia. Nevers estuvo dieciocho meses fuera de Francia. Cuando regresó a la corte todos se quedaron sorprendidos; todos exclamaron: —«¡Nevers se ha rejuvenecido diez años!» Estaba tan fuerte, sano, infatigable, como siempre. Otra vez volvió a ser, después del bello Lagardère, la primera espada de Francia y sigue siéndolo.

Passepoil callose, tomando una actitud modesta y Cocardasse concluyó:

—Tan vigoroso se encuentra hoy Nevers, que el señor Peyrolles ha creído conveniente reunir aquí ocho maestros de esgrima para dar buena cuenta de él… solo. ¿No es eso?

Todos guardaron silencio durante un momento. El señor Peyrolles lo rompió por fin, diciendo:

—¿A qué ha venido toda esta conversación? ¿A aumentar la paga?

—Considerablemente —contestó el gascón—. En conciencia no puede tasarse lo mismo el agravio de un padre que venga el honor de su hija, que la codicia de Damon por heredar a Pythias.

—¿Cuánto pedís?

—Esa suma triplicada.

—Sea —replicó Peyrolles sin dudar.

—En segundo lugar, queremos la promesa de formar todos parte de la casa de Gonzaga, después del negocio.

—Sea —dijo todavía el confidente.

—Y en tercer lugar…

—¿Todavía más? —preguntó Peyrolles.

—¡Cuerpo del diablo! ¡Y cree que nos excedemos en pedir!

—Seamos justos —dijo conciliadoramente el preboste—. Podría suceder que el sobrino del rey quisiera vengar la muerte de su amigo y entonces…

—En ese caso —dijo Peyrolles—, pasaremos la frontera; Gonzaga rescatará sus bienes de Italia y todos viviremos seguros allí.

Cocardasse consultó con la mirada a sus compañeros.

—¡Negocio concluido! —contestó después.

Peyrolles le tendió la mano.

El gascón la rechazó y requiriendo su espada le dijo:

—Este es el signo que me corresponde de vos, mi querido señor Peyrolles. ¡Seguros estamos de que no trataréis de engañarnos!

Peyrolles, libre al fin, ganó la puerta.

—Si no le matáis —dijo desde el dintel—, no hay nada de lo dicho.

—¡Eso no hay para qué advertirlo! Dormid tranquilo, mi querido Peyrolles.

Una alegre carcajada estalló a la marcha del confidente y todas las voces dijeron a un tiempo:

—¡A beber! ¡A beber!

IV. EL PARISIÉN

Próximamente serían las cuatro. Nuestros espadachines tenían aún mucho tiempo de libertad. Salvo Passepoil, que había mirado demasiado a la maritornes bizca y suspiraba tiernamente, todos los demás estaban alegres. Se bebía, se cantaba y se gritaba en la sala de *La Manzana de Adán*, como en día de boda. En los fosos de Caylus los trabajadores, pasado el calor, activaban sus tareas procurando rápidamente hacer la espléndida recolección de heno.

De pronto, ruido de pisadas de caballos se sintió hacia el bosque de Ens y algunos instantes más tarde se oyeron gritos de terror en los fosos.

Eran los obreros que huían de los golpes de una partida de soldados que buscaban forraje. Y ciertamente no debieron quejarse de la cosecha.

Nuestros valientes se asomaron a la ventana de la hostería para enterarse de lo que pasaba.

—¡Los bellacos son atrevidos! —dijo Cocardasse.

—¡Ir a robar bajo las mismas ventanas del marqués! —agregó Passepoil.

—¿Cuántos son? Tres, seis, ocho…

—¡Tantos como nosotros!

Mientras tanto, los soldados, haciendo su recolección de heno, reían alegremente comentando el susto de los trabajadores y la inutilidad de las saeteras de Caylus.

Entre ellos se veían, ya ajados, los uniformes de todos los cuerpos regulares del ejército; y, excepto dos o tres, cuyos bigotes empezaban a aparecer grises, todos los demás eran mozos jóvenes y robustos. Más que un destacamento de soldados, parecía una partida de bandoleros. En aquellos tiempos los aventureros que se conocían con el nombre de voluntarios reales, no tenían nada que envidiar a los honrados ciudadanos que en los caminos piden de noche la bolsa al transeúnte.

Cuando concluyeron la faena, subieron al camino. El jefe, que llevaba galones de oficial, determinó los alrededores y dijo:

—Por aquí, señores: precisamente veo a pocos pasos lo que nos hacía falta.

Y señaló con el dedo la hostería de *La Manzana de Adán*.

—¡Bravo! —gritaron todos.

—Amigos míos, os aconsejo que descolguéis las espadas —dijo Cocardasse.

Y en un abrir y cerrar de ojos, los maestros de armas se pusieron sus tahalíes y se sentaron en las mesas.

Todos estos preparativos presagiaban un cercano zafarrancho. Passepoil sonreía tranquilamente bajo los tres pelos de su bigote.

—Decíamos, pues, que parar los golpes de un contrincante zurdo, es difícil y peligroso —dijo Cocardasse aparentando indiferencia.

—¡Hola! —exclamó en aquel momento el jefe de los merodeadores asomándose a la puerta de la hostería—. ¡La sala está llena!

—Es preciso desocuparla —respondieron los que le seguían.

Como la proposición era muy cuerda, el jefe, que se llamaba Carrigue, no tuvo nada que objetar. Se apearon de los caballos y ataron sus monturas cargadas de heno a las anillas que pendían de la fachada de la hostería.

Hasta entonces los espadachines no se habían movido.

—Vamos, señores, daos prisa —dijo Carrigue entrando el primero—. Es menester dejar el sitio a los voluntarios *del* rey.

Nadie contestó. Cocardasse, volviéndose a los suyos, murmuró por lo bajo:

—Calma, amigos; sin exaltarnos hagamos bailar a los señores voluntarios.

Los hombres de Carrigue se acercaron también a la puerta.

—Y bien, ¿qué decís?

Los maestros de armas se levantaron y saludaron muy ceremoniosamente.

—Se os ruega que salgáis por la ventana —dijo uno de los soldados, mientras vaciaba el vaso de Cocardasse.

Carrigue, añadió:

—¡No veis, zafios, que necesitamos vuestras mesas y vuestros asientos!

—Muy bien. Todo eso os lo vamos a dar en seguida, queridos míos —contestó Cocardasse.

Y estampó su vaso sobre la cabeza de uno de los voluntarios. A su vez Passepoil arrojó su banqueta al pecho de Carrigue. Las dieciséis espadas salieron a un tiempo de sus vainas. Todos eran valerosos, diestros y amigos de pendencia.

Se oía entre el tumulto la voz de Cocardasse, que gritaba a los suyos:

—¡Voto a sanes! ¡Servirles bien!

A lo que Carrigue y los suyos contestaron, arreciando el ataque.

—¡Adelante! ¡Paso a Lagardère!

Este nombre produjo un efecto teatral. Cocardasse y Passepoil que estaban en la primera fila, retrocediendo, cesaron en la lucha.

—¡Abajo las armas! —gritó el gascón con voz de trueno.

Ya habían maltratado a tres o cuatro voluntarios. El asalto, que no se había esquivado, les convenía ahora suspenderlo.

—¿Qué habéis dicho? —preguntó Passepoil tembloroso de emoción.

Los maestros de armas dijeron:

—¡Comámonoslos como si fueran alondras!

—¡Haya paz! —dijo con autoridad Cocardasse.

Y añadió dirigiéndose a uno de los voluntarios:

—Dime, ¿por qué habéis gritado paso a Lagardère?

—Porque él es nuestro jefe —respondió Carrigue.

—¿El caballero Enrique de Lagardère?

—Sí.

—¡Nuestro parisién! ¡Nuestra alhaja! —añadió Passepoil con los ojos húmedos.

—¡Cómo puede ser! Nosotros dejamos hace poco a Lagardère en París, donde era caballerizo de la Casa Real.

—Y eso, ¡qué importa! Lagardère se ha aburrido de su destino, y ahora manda una compañía de voluntarios, destacada en los valles.

—Entonces ¡basta ya de combate! ¡Guárdense las espadas! Los amigos de Lagardère son nuestros amigos. Bebamos y brindemos juntos por la primera espada del mundo.

—Perfectamente —contestó Carrigue coreado por los suyos.

—¿No nos darán al menos sus excusas? —preguntó Pepe el Matador.

—Tendrás la satisfacción de batirte conmigo, si lo deseas. En cuanto a estos señores, desde este momento se hallan bajo mi protección. ¡A la mesa! ¡Venga vino! Me siento muy alegre. Vamos bebed —y tendiendo el vaso a Carrigue—. Tengo el honor —prosiguió—, de presentaros a Passepoil, que os dará, dicho sea sin ánimo de ofenderos, una lección de esgrima. Estáis poco fuertes, creedlo. Es como yo, gran amigo de Lagardère.

—¡Es un adulador! —dijo Passepoil.

—En cuanto a estos señores, perdonadles su mal humor. Erais su presa… y yo se la he quitado de la boca… Siempre, claro está, sin molestaros. ¡Vaya, bebamos!

Bebieron. Las últimas palabras del gascón halagaron a los espadachines. Además, los voluntarios no parecían ya dispuestos a continuar un ataque en que se habían visto demasiado estrechados.

Mientras la maritornes, casi olvidada por Passepoil, iba a buscar vino fresco a la cueva, se sacaron las mesas y banquetas bajo el emparrado, pues la sala de la hostería era demasiado pequeña para contener tan numerosa reunión.

En pocos minutos estuvieron todos a gusto y cómodamente sentados en la explanada.

—Hablemos de Lagardère —dijo Cocardasse—. Le he dado las primeras lecciones de esgrima. Tenía solo dieciséis años; ¡pero qué maravillosa disposición para manejar la espada!

—Ahora no tendrá más de dieciocho. Es todo un valiente —contestó Carrigue.

A su pesar, los maestros de armas se interesaron por aquel héroe desconocido, de quien estaban oyendo hablar desde la mañana. Todos escuchaban atentamente sus proezas, y a buen seguro que ninguno de ellos quería ya encontrarse enfrente.

—Sí, lo creo —prosiguió Cocardasse animándose—. Ese muchacho, amigo, es bello como un serafín, tiene el corazón de un león.

—¡Siempre afortunado con las mujeres! —murmuró Passepoil poniéndose colorado.

—¡Siempre disipador y mala cabeza!

—¡Terror de los fuertes y protector de los débiles!

—¡Matador de maridos!

Los dos maestros de armas alternaban con creciente entusiasmo en sus alabanzas.

—¡Atrevido, jugador!

—¡Arrojando el oro por la ventana!

—¡Todos los vicios le tienen por modelo!

—¡Todas las virtudes!

—Una mala cabeza…

—¡Y un corazón… de oro!

Y cuando Passepoil hubo prorrumpido en esta última exclamación, Cocardasse le abrazó afectuosamente.

—¡A la salud del parisién! ¡A la salud de Lagardère! —exclamaron ambos bebiendo a un tiempo.

Carrigue y sus hombres levantaron también sus vasos con entusiasmo. Todos se levantaron para beber, y los demás espadachines no pudieron excusarse.

—¡Pero por el diablo! —exclamó Joël de Jugan—. Decidnos ya quién es vuestro Lagardère…

—Nos mortificáis las orejas con su nombre, sin decirnos quién es, dónde está, ni lo que hace —añadió Saldaña.

—Amigos míos —respondió Cocardasse—, es tan gentilhombre como el rey, viene de la calle de Croix-des-Petits-Champs, y hace de las suyas… ¿Os habéis enterado? Si queréis saber detalles, echad de beber.

Passepoil le llenó el vaso, y el gascón continuó después de un momento: —Es una historia maravillosa, o mejor dicho, una de esas historias que no pueden referirse. Es preciso ver sus obras. He dicho y sostengo que es más noble que el rey; pero si he de deciros verdad, no sé que tenga padre ni madre. Cuando le conocí tenía doce años. Fue en la plaza de las Fuentes, delante del palacio real, en el instante en que rechazaba el ataque de media docena de vagabundos, todos mayores que él. La causa de la riña era que aquellos jóvenes bandidos pretendían desvalijar a una pobre anciana que vendía rosquillas bajo las bóvedas del hotel Montesquieu. Pregunté cuál era su nombre y me dijeron: —El pequeño Lagardère—. ¿Quién en su familia? —No la tiene—. ¿Quién cuida de él? —Nadie—. ¿Dónde vive? —En las ruinas del antiguo hotel Lagardère, en la calle de Saint-Honoré—. ¿Cuál es su oficio? —Tiene dos: zambullirse en el río bajo el Puente Nuevo y descoyuntarse en la plaza de las Fuentes. ¡Son dos magníficos oficios!

Vosotros, casi todos extranjeros, no sabéis lo qué es esa profesión de zambullirse bajo el Puente Nuevo. París es la ciudad de los desocupados. Los desocupados de París arrojan monedas desde el parapeto del Puente Nuevo, que los chicos intrépidos van a buscar al fondo del río con peligro de su vida. Y esto es una gran diversión para los desocupados. ¡Vive Dios, que sería una gran diversión moler las costillas a los que de tal manera se entretienen! Respecto al oficio de descoyuntarse, poco es necesario decir, porque se ve por todas partes. El pillete de Lagardère hacía maravillas con su cuerpo: todo cuanto quería se alargaba, se encogía, saltaba, se doblaba y hacía de los pies brazos y de los brazos pies. Aún me parece verle remedar al viejo sacristán de Saint-Germain-l'Auxerrois, que era jorobado por delante y por detrás. Me pareció encantador aquel muchacho con sus cabellos rubios y sus mejillas sonrosadas. Le libré de las manos de sus enemigos y le dije: Oye, bribón, ¿quieres venirte conmigo? Y él me respondió: No; yo velo por la madre Bernard. La madre Bernard era una pobre mendiga que vivía en un agujero de las ruinas que habitaba Lagardère, y a quien el compasivo muchacho llevaba todas las noches el producto de sus zambullidas y contorsiones.

Entonces le describí el delicioso cuadro de una sala de armas. Sus ojos brillaban, cuando me dijo lanzando un suspiro:

—Cuando la madre Bernard muera, iré a buscaros.

Y se marchó. Os juro que no volví a pensar en él. Tres años después, Passepoil y yo vimos entrar un día en nuestra sala a un muchacho, bello como un querubín, que tenía el aire tímido y embarazado.

—Soy el pequeño Lagardère —nos dijo—. La madre Bernard ha muerto.

Algunos que había en la sala se echaron a reír. El muchacho se puso rojo, dio un salto e hizo rodar a los imprudentes por el suelo. Era un verdadero parisién, delgado, ágil y gracioso como una mujer; pero duro como el hierro. A los seis meses, riñó con uno de nuestros prebostes, que le recordó malignamente sus talentos de gimnasta y de nadador: el preboste quedó inutilizado.

Al cabo de un año, cuando tirábamos al sable, jugaba conmigo como yo jugaría con cualquiera de los señores voluntarios… Dicho sea sin ofensa. Entonces se hizo soldado. Por una cuestión baladí, mató a un capitán y desertó. Después se alistó en el regimiento de voluntarios de Saine-Lue, cuando la campaña de Alemania. Enamoró a la cantinera y desertó. Villars le hizo encerrar en Fribourg-en-Brisgaw. Hizo solo una salida, sin que nadie se lo mandase, y volvió con cuatro soldados alemanes prisioneros. Villars le hizo corneta. Mató a su coronel, y fue apresado. Pero Villars le quería mucho. ¿Quién podrá no quererle? Y le encargó de llevar al rey la noticia de la derrota del duque de Bade. El duque de Anjou le vio, y le hizo su paje. Las damas de la Delfina se disputaban su cariño. Y tuvieron que quitarle su puesto. Luego ha sido caballerizo del rey. No sé si ha sido por una mujer o por un hombre por quien ha dejando la corte. ¡Si es por una mujer, feliz ella! ¡Si es por un hombre, tenedle por difunto!

Cocardasse guardó silencio para beberse un vaso de vino. Lo tenía merecido. Passepoil no encontró modo más elocuente de felicitarle por su peroración, que apretándole la mano.

El sol se ocultaba detrás del bosque. Carrigue y sus compañeros hablaban ya de retirarse e iban a beber el último vaso de vino, cuando Saldaña vio a un niño que se deslizaba hacia los fosos, tratando de ocultarse cuanto podía. Era un muchacho de trece o catorce años, que parecía muy asustado. Vestía el traje de los pajes; pero como no llevaba colores, ni distintivo alguno, no era fácil averiguar la casa a que pertenecía.

Saldaña, mostró el muchacho a sus compañeros.

—¡Demonio! —exclamó Carrigue—. A ese pillete ya le hemos perseguido en más de una ocasión. Pero se nos ha desaparecido siempre como un espectro. Debe ser un espía del gobernador de Venasque, y es preciso que nos apoderemos de él.

—Perfectamente —replicó el gascón—. No creo, sin embargo, que sea lo que decís. Hay por estos contornos pasajeros de más consideración. Señor voluntario, ese pez es para nosotros, dicho sea sin molestaros.

Cada vez que el gascón pronunciaba su impertinente fórmula, lograba un grado más en la consideración de sus compañeros de armas.

Se llegaba de dos modos al fondo de los fosos. Por la carretera y por una escalerilla formada a pico a la cabeza del puente. Nuestros hombres se dividieron en dos grupos, y cada uno se dirigió tras el paje por un camino. Cuando el muchacho viose cercado, renunció a huir y empezó a llorar. Su mano se deslizó entre los pliegues de su jubón.

—¡Buenos señores, no me matéis! ¡Yo no llevo nada de valor, no llevo nada! —exclamó.

El infeliz tomaba a nuestros hombres por simples bandidos.

—No mientas. Di, ¿has pasado los montes esta mañana? —le preguntó Carrigue.

—¿Yo? —dijo el paje—. ¿Yo he pasado los montes?

—¡Qué diablo! —interrumpió Saldaña—. Vienes directamente de Argeles, ¿no es eso, pequeño?

—¿De Argeles? —replicó el muchacho.

Sus ojos, de vez en cuando, miraban la ventana que había bajo el puente.

—Vamos a ver, pequeño —dijo Cocardasse—. No deseamos hacerte daño; pero queremos saber a quién llevas esa carta amorosa.

—¿Una carta de amor?

—¿Has nacido en Normandía, bribón?

—¡En Normandía, yo!

—Hay que registrarle —dijo Carrigue.

—¡Oh, no! ¡No! —exclamó el muchacho, cayendo de rodillas—. No me registréis, buenos señores.

Aquello era soplar sobre el fuego para extinguirlo. Passepoil, maravillado, dijo:

—¡No es de Normandía! No sabe mentir.

—¿Cómo te llamas? —preguntó Cocardasse.

—Berrichon —respondió el chico sin titubear.

—¿A quién sirves?

El paje se calló. Espadachines y voluntarios empezaban a perder la paciencia. Saldaña le cogió del coleto mientras los demás le preguntaban a coro:

—Vamos, dinos a quién sirves.

—¿Piensas, granuja, que podemos perder el tiempo jugando contigo? —añadió Cocardasse—. Andando, pronto; registradle y concluyamos.

Entonces pudo verse un espectáculo singular. El temeroso paje, desprendiéndose bruscamente de Saldaña, sacó de su pecho con aire resuelto un pequeño puñal y de un salto pasó entre Faënza y Staupitz, dirigiéndose hacia la parte oriental de los fosos. Pero Passepoil, que había ganado varias veces el premio en las carreras de Villadiego, salió tras él como una flecha.

Hipomene, que con sus piernas en más de una ocasión había ganado la mano de Atalanta, en algunas zancadas estuvo cerca del pobre Berrichon. Este se defendió valientemente. Alcanzó a Saldaña con su pequeño puñal, mordió a Carrigue y dio furiosas patadas a Staupitz; pero la lucha era demasiado desigual. Ya el pobre paje caído en tierra sentía cerca de su pecho la mano de sus perseguidores cuando el rayo cayó sobre ellos. ¡El rayo! Carrigue rodó tres o cuatro pasos, Saldaña dio multitud de traspiés, Staupitz rugió como un toro herido y hasta el mismo Cocardasse, tras un salto inexplicable cayó nulamente en el suelo.

¿Qué había pasado? Un solo hombre fue quien produjo este barullo en un abrir y cerrar de ojos y casi de un solo golpe.

Un ancho círculo se hizo alrededor del recién llegado y del paje. Ni una sola espada salió de su vaina y todos los ojos miraron al suelo.

—¡Tunante! —gruñó Cocardasse oprimiéndose los costados.

Estaba furioso, pero a pesar suyo una sonrisa frunció sus labios.

—¡El parisién! —dijo Passepoil temblando de emoción y de espanto.

Los hombres de Carrigue, sin preocuparse de los que rodaban por el suelo, llevándose las manos a sus fieltros, exclamaron con respeto:

—¡El capitán Lagardère!

V. LA ESTOCADA DE NEVERS

Era el propio Lagardère, el bello Lagardère, la espada temible, el verdugo de los corazones.

Las dieciséis espadas de aquellos hombres permanecían envainadas ante un niño de dieciocho años que sonreía, con los brazos cruzados sobre el pecho.

—¡Pero era Lagardère!

Cocardasse y Passepoil tenían razón. Y aun se habían quedado por bajo de la verdad. Lagardère era la juventud que atrae y que seduce; la juventud que los victoriosos no conquistarán, que la fortuna codiciosa no podrá comprar nunca, ni el envidioso genio que domina al vulgo arrodillado logrará jamás; la juventud espléndida y radiante, de rizosa cabellera dorada, con alegre sonrisa en los labios y el relámpago fascinador en los ojos.

Suele decirse: todo el mundo es joven una vez en su vida. ¿Para qué, pues, ponderar lo que todos disfrutamos? ¿Habéis visto hombres jóvenes? ¿Cuántos conocéis que lo sean verdaderamente? Yo sé de muchos niños de veinte años y bastantes viejos de dieciocho. Yo busco jóvenes. Yo entiendo que aquellos que saben al mismo tiempo que pueden y aquellos otros que presentan, cual los benditos naranjos del país del sol, el fruto al mismo tiempo que la flor, desmienten el más verdadero de los proverbios. Aquellos que son a la vez honor, corazón, savia, locura, y que van, brillantes y fogosos, esparciendo a manos llenas el inagotable tesoro de su existencia, solo son flor de un día; pues el contacto de la mansedumbre es como el agua que apaga toda llama. Con frecuencia, toda esta riqueza se prodiga en vano y esa frente que Dios había marcado con el signo del heroísmo, solo ciñe la corona de la orgía. Es muy común. Es la ley. La humanidad lleva escrupulosamente su libro mayor, como el usurero su balance de ganancias y pérdidas.

Enrique Lagardère era de una estatura más que mediana. No era un hércules; pero sus miembros tenían ese vigor y agilidad propios del tipo parisién, tan lejos de la musculatura del Norte como de la lobreguez huesosa de esos adolescentes de nuestras plazas públicas, inmortalizados por el sainete picaresco y banal. Tenía cabellos rubios, que, formando naturales bucles, encuadraban una frente alta, noble e inteligente. Como el retorcido bigote, sus cejas eran negras. Nada más gallardo que este contraste, sobre todo en los momentos en que sus ojos garzos iluminaban la palidez un poco mate de su rostro.

El corte de su cara, regular y un poco alargado, la línea atrevidamente curva de sus cejas, el dibujo firme de su nariz aguileña y de su boca, daban nobleza a los rasgos generales.

La sonrisa de la alegría jamás se borraba en su boca sonrosada, fresca y de labios gruesos. Pero lo que no le es dado a la pluma describir, es el atractivo, la gracia, la juvenil gallardía de todo este conjunto, ni la movilidad de aquella fisonomía tan cambiante que podía languidecer en las horas de amor, como el dulce semblante de una mujer, y sembrar el terror, como la cabeza de Medusa, en el estruendo del combate.

Estos dos aspectos solo podían verlos aquellos a quienes amaba y aquellos a quienes hundía el acero en la garganta.

Llevaba el elegante traje de las caballerizas reales, un poco deteriorado; pero que realzaba una rica capa de terciopelo caída negligentemente sobre sus hombros; una banda de seda roja, con franjas de oro, indicaba el rango que tenía entre los aventureros. Apenas si la ruda lucha que con ellos acababa de tener, había llevado un poco de sangre a sus mejillas.

—¡No tenéis vergüenza! —les dijo con desdén—. ¡Maltratar a un chico!

—Capitán —dijo Carrigue levantándose.

—Cállate. ¿Quiénes son esos bravos?

Cocardasse y Passepoil estaban cerca de él con los sombreros en la mano.

—¡Cómo, son mis dos protectores! —añadió fijándose—. ¿Qué diablos hacéis tan lejos de la calle de la Croix-des-Petits-Champs?

Y les tendió la mano con el aire del príncipe que da a besar sus dedos. Cocardasse y Passepoil estrecharon aquella mano con devoción. Es preciso decir que aquella mano se les había tendido con frecuencia llena de oro. Los protectores no podían quejarse de su protegido.

—¿Y esos otros? —añadió Enrique—. Yo los he visto en otras partes. ¿Dónde ha sido? —preguntó a Staupitz.

—En Colonia —replicó el alemán confuso.

—¡Ah, sí, recuerdo que me tocaste una vez!

—¡Por doce que vos me tocasteis a mí!

—¡Ah, ah! —continuó Lagardère, mirando a Saldaña y Pinto—. Mis dos campeones de Madrid… ¡Buena parada!

—¡Ah, excelente! —dijeron a la vez los dos españoles—. Era una apuesta. Nosotros no teníamos costumbre de luchar dos contra uno…

—¡Cómo, cómo! ¡Dos contra uno! —exclamó el gascón.

—Decían —añadió Passepoil—, que no se conocían.

—Y ese —prosiguió Cocardasse señalando a Pepe *el Matador*—, hacía votos por hallarse frente a frente de vos.

Pepe hizo cuanto pudo por contener la mirada de Lagardère. Este dijo:

—¿Eso es cierto?

El bravo bajó la cabeza gruñendo:

—En cuanto a esos valientes —señalando a Pinto y Saldaña—, cuando estaba en España no llevaba el nombre de Enrique… Señores todos nos conocemos y sabéis quién soy. No tenéis de mí buenos recuerdos. Pero por quien soy que merecíais una buena lección por la villanía que estabais cometiendo. Acércate, hijo mío —añadió dirigiéndose al paje.

Berrichon obedeció.

Cocardasse y Carrigue quisieron explicarle el motivo que les había impulsado a registrarle. Lagardère les impuso silencio.

—¿Qué vienes a hacer aquí? —preguntó al paje.

—Como vos sois bueno, no os lo ocultaré. Traigo una carta.

—¿Para quién?

Berrichon dudaba y dirigía significativas miradas a la ventana del foso.

—Para vos —respondió el muchacho.

—Dámela.

El muchacho le alargó un pliego que había sacado del jubón. Luego, empinándose un poco, le dijo al oído.

—Traigo también otra carta.

—¿Para quién?

—Para una dama.

Lagardère le dio su bolsillo.

—Toma y vete, pequeño, nadie te molestará.

El muchacho partió corriendo y desapareció a poco entre los fosos.

Entonces Lagardère abrió la carta.

—Os podéis retirar, señores —dijo a los voluntarios y a los espadachines—: tengo costumbre de despachar solo mi correspondencia.

Todos se apartaron algunos pasos.

—¡Bravo! —exclamó Lagardère cuando leyó las primeras líneas—. Es un excelente mensaje. Justamente vine aquí para recogerlo. ¡Por el cielo, este Nevers es un caballero muy galante!

—¡Nevers! —exclamaron los espadachines llenos de asombro.

—¿Qué quiere decir eso? —preguntaron Cocardasse y Passepoil.

—¡Vamos a beber! —dijo Lagardère dirigiéndose al emparrado de la hostería bajo el cual se veían las mesas—. Estoy alegre, ¡vive Dios! ¡Muy alegre! Y os quiero contar una historia. Siéntate aquí, a mi derecha, Cocardasse, y tú, Passepoil, a mi izquierda. Vosotros donde queráis —añadió dirigiéndose a los demás.

El gascón y el normando, orgullosos con esta distinción, sentáronse donde su héroe les había indicado. Enrique Lagardère, después de beberse un vaso de vino, dijo:

—Habéis de saber, señores, que estoy desterrado. Dentro de poco dejaré Francia…

—¡Desterrado! Me llamo Cocardasse.

—¡Le veremos ahorcado! —añadió Passepoil.

—¿Y por qué es el destierro? —le preguntaron los demás.

Por fortuna suya, esta última pregunta hizo olvidar la exclamación tierna pero irreverente de Passepoil. Lagardère no sufría tales familiaridades.

—¿Conocéis a ese diablo de Bélissen?

—¿El barón de Bélissen?

—¿Bélissen el matón?

—Bélissen el difunto —rectificó Lagardère.

—¿Ha muerto? —preguntaron varias voces.

—Le he matado yo. El rey me había hecho noble para que pudiese entrar en su compañía. Prometí portarme prudentemente y he sido un santo durante seis meses; pero una noche ese Bélissen maltrató bárbaramente a un pobre muchacho que no tenía ni un solo pelo de barba en la cara.

—¡Siempre lo mismo: un verdadero caballero andante! Dijo Passepoil.

—Me aproximé a Bélissen —prosiguió Lagardère—, y como había prometido al rey cuando me hizo caballero no decir a nadie palabras injuriosas, me contenté con tirar de las orejas al barón, como se hace en las escuelas con los chiquillos traviesos. Esto no le gustó.

—¡Es claro! —exclamaron todos.

—Me lo dijo demasiado alto y yo le oí detrás del Arsenal, y le di lo que tenía merecido desde hacía mucho tiempo; un golpe derecho, de seguros resultados… una estocada a fondo.

—¡Ah, cómo te creces! —exclamó Passepoil olvidando que los tiempos habían cambiado para ellos.

Lagardère se echó a reír. Luego, golpeó la mesa violentamente con un vaso de estaño. Passepoil se creyó perdido.

—He aquí la justicia. En vez de darme un premio porque libro a la sociedad de un bandido, se me destierra.

Toda la honorable reunión convino unánimemente en que aquel destierro era un abuso. Cocardasse juró y perjuró que las artes no estaban protegidas. Lagardère continuó.

—En resumen: obedezco y parto. La tierra es grande y espero encontrar algún sitio donde vivir bien; pero antes de pasar la frontera tengo que solventar dos asuntos: un duelo y una aventura galante. De este modo daré dignamente mi adiós a Francia.

—Contadnos eso, caballero Lagardère —dijo Cocardasse con curiosidad.

—Decidme, valientes —preguntó Lagardère en vez de contestar—. ¿Habéis oído hablar por casualidad de la estocada secreta de Nevers?

—¡Diablo! —dijeron todos.

—De eso precisamente tratábamos cuando vinisteis.

—¿Y qué decíais?

—Las opiniones estaban divididas. Unos aseguraban que esa idea es una simpleza y los otros pretendían por el contrario que el viejo maestro Delapalme vendió en efecto al duque una estocada, tal vez una serie de estocadas, por medio de las cuales Nevers está perfectamente seguro de tocar a un hombre, quienquiera que sea, en medio de la frente.

Lagardère se quedó un instante pensativo: después preguntó de nuevo:

—Decidme: ¿y qué pensáis de las estocadas secretas en general, vosotros que sois todos maestros de esgrima?

Tras de mucho discutir, la opinión que prevaleció, fue la de que las estocadas son engañabobos y que todo golpe a fondo podía evitarse con la ayuda de las paradas conocidas.

—Esa era también mi opinión antes de cruzar mi acero con el de Nevers.

—¿Y ahora? —preguntaron todos con interés. Un interés muy explicable, puesto que quizá dentro de algunas horas aquella famosa estocada de Nevers dejaría a tres o cuatro hombres fuera de combate.

—Ahora —continuó Lagardère—, es diferente. Esa maldita estocada ha sido mi pesadilla durante largo tiempo. Os lo aseguro bajo mi palabra: me ha quitado el sueño. Convenís en que Nevers da demasiado que hablar. En todas partes, a cualquier hora, desde su regreso de Italia, no oigo a mi alrededor sino esta música: ¡Nevers, Nevers, Nevers! ¡Nevers es el más hermoso! ¡Nevers es el más valiente!

—Después de otro que todos conocemos —interrumpió Passepoil con voz melosa.

Esta vez sus palabras obtuvieron la aprobación general.

—Nevers por aquí, Nevers por allá —continuó Lagardère—. ¡Siempre Nevers! ¡Los caballos de Nevers, las armas de Nevers, la fortuna de Nevers! Sus chistes, su fortuna en el juego, la lista de sus queridas… y su estocada secreta por último. ¡Por el infierno, tanta alabanza y tanta fama me producía un dolor de cabeza! Una noche mi patrona me sirvió chuletas a la Nevers, arrojé el plato por la ventana y me fui sin cenar. En la puerta me encontré a mi zapatero que me llevaba unas botas a la última moda, a la Nevers. Maltraté a mi zapatero, lo que me costó diez luises que le tiré a la cara. El majadero me contestó: —El duque de Nevers me pegó una vez; pero me dio cien pistolas.

—¡Eso era ya demasiado! —exclamó gravemente Cocardasse.

Passepoil sudaba la gota gorda escuchando las contrariedades de su querido parisién.

—Creedlo. Pensé que la locura se apoderaba de mí. Comprendiendo que era menester poner término a semejante situación, monté a caballo y me fui a esperar al duque a la puerta del Louvre. Cuando salió, le llamé por su nombre.

—¿Qué deseáis? —me preguntó.

—Señor duque, como tengo gran confianza en vuestra cortesía, vengo a pediros que me enseñéis vuestra estocada secreta a la luz de la luna.

—Me miró atentamente. Creí que me tomaba por un escapado del manicomio.

—¿Quién sois?

—El caballero Enrique de Lagardère, por la magnificencia del rey caballerizo de palacio, antiguo cometa de la Ferté, subteniente de Conti, capitán del regimiento de Navarra y siempre víctima de mi escasa prudencia…

—¡Ah! ¡Sois el bello Lagardère! —me dijo bajándose del caballo—. Me han hablado con frecuencia de vos y eso me fastidiaba.

—Fuimos juntos hacia la iglesia de Saint-Germain-l'Auxerrois.

—¿Si no me encontráis demasiado pequeño para medir con vos mi acero?…

Fue encantador, os lo aseguro. Debo hacerle esta justicia. En lugar de responderme, me plantó su espada entre las dos cejas con un impulso tan vigoroso y rápido que si no hubiera sido por un salto que di a tiempo, aún estaría allá abajo.

He aquí mi estocada —me dijo—. A fe mía, que le di las gracias de buena gana. Era lo menos que podía hacer.

—¿Queréis repetir la lección, si no es abusar? —le dije.

—A vuestras órdenes.

—¡Peste! Esta vez me hizo una picadura en la frente. Yo estaba tocado. ¡Yo, Lagardère!

Los maestros de armas cambiaron inquietas miradas. La estocada de Nevers adquiría para ellos espantosas proporciones.

—¿No visteis más que el brillo de la espada? —insinuó tímidamente Cocardasse.

Vi también el juego y el artificio de la estocada; pero no pude parar. Ese hombre es rápido como el rayo —contestó Lagardère.

Todos estaban admirados.

—¿Y el fin de la aventura?

—Llegó una ronda y nos separamos como buenos amigos, prometiéndome el duque la revancha.

—Pero tendréis siempre la misma. ¿Y su estocada?

—Ya no me importa —replicó Lagardère.

—¿Qué, habéis descubierto el secreto?

—Demonio, lo he estudiado a solas bastante tiempo.

—¿Y bien?

—Es una chiquillada.

Los maestros de armas respiraron. Cocardasse se levantó y dijo solemnemente:

—Señor caballero, si aún recordáis las lecciones que con tanto gusto os di en otros tiempos, no rehusaréis concederme un favor.

—¿De qué se trata? —preguntó Lagardère llevándose instintivamente la mano a la bolsa.

Passepoil tuvo un gesto de dignidad.

—No es de eso de lo que se trata. Quiero que me enseñéis la estocada secreta de Nevers —dijo Cocardasse.

Lagardère se levantó en seguida.

—Es muy justo —contestó—. Esto es conveniente a tu profesión.

Y se pusieron en guardia. Los voluntarios y los espadachines formaron círculo a su alrededor. Estos últimos, sobre todo, miraban con una atención extraordinaria.

—¡Truenos! —exclamó Lagardère cruzando su espada con la de Cocardasse—, ¡qué flojo estás, maestro! ¡Veamos, tira en tercera, golpe derecho y sostenido! ¡Para! ¡Tira derecho… a fondo… para en primera y contesta! ¡Pasa sobre la espada y a los ojos!

Y unió la acción a la palabra.

—¡Centellas! —exclamó Cocardasse saltando de costado—. He visto un millón de luces. ¿Y la parada? —prosiguió poniéndose de nuevo en guardia.

—Sencillísima. ¡Firme! ¡Prepárate para contestar… primera dos veces! ¡Evita! Espera sobre las armas… y todo está hecho.

Envainó y entonces Passepoil le dio las gracias efusivamente.

—¿Os habéis enterado? —dijo Cocardasse a los espadachines enjugándose la frente—. ¡Mil bombas, qué parisién! ¡Vaya un niñito!

Los maestros de armas hicieron con la cabeza signos afirmativos. Cocardasse se sentó mientras decía:

—Esto puede servir.

—Va a servir en seguida —replicó Lagardère cuando cesó de beber.

Todos le miraron con extrañeza.

Bebió lentamente su vaso, y luego, sacando la carta que el paje le había entregado, dijo:

—Ya os he referido que Nevers me tiene prometida la revancha.

—Sí, pero…

—Es preciso concluir esta aventura antes de partir para el destierro. He escrito al duque de Nevers que sabía se encontraba en su castillo de Béarn. Esta carta es la respuesta.

Los espadachines no pudieron reprimir una exclamación de asombro.

—Continúa tan encantador. Después de que me bata con él, me siento capaz de amarle como a un hermano. Acepta cuanto le propongo… La hora, el sitio…

—¿Y cuál es la hora? —preguntó turbado Cocardasse.

—La del anochecer.

—¿De hoy?

—De hoy.

—¿Y el sitio?

—Los fosos del castillo de Caylus.

El silencio que siguió a estas palabras fue absoluto y general. Passepoil se había puesto uno de sus dedos sobre la boca y todos los espadachines fueron prudentes.

—¿Por qué escoger ese sitio? —preguntó, sin embargo, Cocardasse.

—Es otra historia —añadió Lagardère riendo—. He oído decir varias veces por estos contornos, desde que mando mis voluntarios, que el marqués de Caylus es el más celoso carcelero del Universo. ¡Es preciso que tenga grandes méritos cuando lleva el sobrenombre de Caylus-Verrou! El mes pasado, durante las fiestas de Tarbes, tuve ocasión de ver a su hija Aurora. Os doy mi palabra de que es bellísima. Después de habérmelas con el duque de Nevers, quiero consolar un poco a esa encantadora prisionera.

—¿Tenéis la llave de la prisión, capitán? —preguntó Carrigue señalando el castillo.

—He tomado por asalto fortalezas más temibles. Entraré por la puerta, por la ventana, por la chimenea. No sé dónde… pero entraré, estad seguros.

El sol hacía ya rato que se había ocultado tras el bosque de Ens. La noche se acercaba. Dos o tres luces se vislumbraban tras las ventanas de Caylus. Un bulto se deslizó rápidamente por la sombra hacia los fosos. Era Berrichon que sin duda llevaba algún nuevo mensaje. Desde lejos saludó a Lagardère, su salvador.

—Y bien. Explicadme ¿por qué os habéis quedado tan serios? ¿No encontráis gallarda mi aventura?

—Sí, por cierto. ¡Muy gallarda! —contestó Passepoil.

—Desearía saber si habéis hablado en vuestra carta de la señorita de Caylus al duque de Nevers —preguntole con gravedad Cocardasse.

—¡Por qué no! Le he explicado mi asunto a grandes rasgos. Era necesario explicarle por qué elegía para encontrarnos este lugar.

Los espadachines se miraron.

—¡Ah! ¿Qué tenéis? —preguntó bruscamente el parisién.

—Reflexionamos —respondió Passepoil—. Y nos consideramos dichosos de encontrarnos aquí; porque de esta manera os haremos un gran servicio.

—Es verdad, ¡rayos y truenos! —replicó Cocardasse—. Os vamos a causar un disgusto.

Lagardère se echó a reír.

—No riáis, señor caballero. Cuando sepáis cierta noticia…

—Venga la noticia.

—Nevers no vendrá solo a la cita.

—¿Por qué, queréis decírmelo?

—Porque después que le habéis dicho vuestros propósitos, no se trata ya de un duelo cualquiera. Uno de los dos debe quedar en el campo. Nevers es el esposo de la señorita de Caylus.

Cocardasse se equivocó en creer que Lagardère dejaría de reír; pues apretándose los vacíos empezó a reír a carcajadas, como quien es presa de un ataque de hilaridad.

—¡Bravo! —exclamó al cabo de un rato—. ¡Un matrimonio secreto! ¡Una novela! No esperaba que mi última aventura tuviese tanto incentivo.

—¡Y pensar que se destierra a un hombre como este! —murmuró Passepoil con tono sentencioso.

VI. LA VENTANA DEL FOSO

La noche se anunciaba oscura. La masa sombría del castillo de Caylus se destacaba confusamente a la débil claridad del cielo.

—¡Vamos, caballero! —dijo Cocardasse en el momento en que Lagardère, levantándose, se ceñía el cinturón de su espada—. ¡Nada de milagros! Aceptad nuestros servicios en ese desigual combate.

Lagardère se encogió de hombros. Passepoil le puso por detrás el brazo y le dijo enrojeciendo:

—La *Moral en acción* afirma, bajo la fe de un filósofo griego, que el rubor es el color de la virtud. —Passepoil enrojecía ruborizado con frecuencia; pero carecía en absoluto de virtud.

—¡Por Satanás! Ya sabéis, camaradas, que tengo costumbre de arreglar solo mis asuntos. La maritornes llega. Que eche una última ronda y dejadme luego. Es el único servicio que reclamo de vosotros.

Los soldados fueron hacia donde estaban sus caballos; pero ninguno de los espadachines se movió. Cocardasse llevó aparte a Lagardère, y le dijo con embarazo:

—Me haría matar por vos como un perro; pero…

—¿Pero qué?

—Cada uno tiene su oficio, bien lo sabéis. No podemos dejar este sitio.

—¡Ah! ¿Y por qué, si gustas?

—Nosotros también esperamos a uno.

—Muy bien. ¿Y quién es?

—No os enfadéis. Ese que esperamos es el duque de Nevers.

El parisién se estremeció.

—¡Hola! ¿Y para qué esperáis al duque?

—Por cuenta de un digno gentilhombre…

No acabó, porque la mano de Lagardère, apretándole la garganta, se lo impidió.

—¡Una alevosa celada! ¡Y es a mí a quien lo dices!

—Debéis observar… —empezó a decir Passepoil.

—No escucho nada. Os prohíbo, ¿me entendéis bien? Os prohíbo en absoluto que toquéis a un solo cabello de Nevers, pues si tal hacéis os las tendréis que entender conmigo. Nevers me pertenece, y si debe morir, morirá por mi mano, en lucha noble y leal. ¡Vosotros no pondréis mano sobre él mientras yo viva!

Se había erguido y estaba majestuoso. Aunque no era de esos cuya voz tiembla a impulsos de la cólera, su acento vibraba más sonoramente entonces.

—¡Ah! ¡Era para eso para lo que quisisteis que os enseñara la estocada de Nevers! Y he sido yo… ¡Carrigue!

El interpelado apareció en seguida, seguido de sus compañeros, que llevaban de la brida sus caballos cargados de forraje.

Lagardère prosiguió:

—Es una vergüenza que hayamos bebido en la compañía de semejantes gentes.

—¡Eso es muy duro! —murmuró Passepoil con los ojos húmedos.

Cocardasse juraba en su interior desesperado.

—¡Montad y a galope! No necesito de nadie para castigar a estos cobardes.

Carrigue y sus hombres, que habían ya probado las espadas de los maestros de esgrima, no se hicieron repetir la orden.

—En cuanto a vosotros —continuó Lagardère—, os vais a marchar de aquí al momento. Porque, de lo contrario, os daré una segunda lección… pero con todos los requisitos del arte.

Y al mismo tiempo sacó la espada.

Cocardasse y Passepoil hicieron retroceder a los espadachines, que, animados por su número, se disponían a hacer frente al parisién.

—¿Para qué oponernos a sus deseos? —dijo Passepoil—. Sería necio. Él solo hará lo que debíamos hacer entre todos.

En lógica, había pocos que ganasen al buen normando. Y la opinión general fue que debían retirarse.

—¡Vámonos, vámonos! —dijeron.

—¡Rayos y truenos! —exclamó Cocardasse emprendiendo la retirada—. ¡Nos vamos; pero no por miedo! Caballero, os cedemos el sitio, porque nos lo aconseja el buen sentido.

—¡Para complaceros! —añadió Passepoil—. ¡Adiós!

—¡Que os lleve el diablo! —contestó el parisién volviéndoles la espalda.

Los espadachines se olvidaron de pagar, si bien Passepoil, a cambio del dinero que les pedía la bizca maritornes, le envió de lejos un dulce beso. Lagardère fue quien saldó las cuentas de todos.

—Muchacha —le dijo—, cierra bien todas las ventanas y asegura todas las puertas. Aunque oigas ruido en los fosos o cerca de la hostería, permanece tranquila. Esos son negocios que no te interesan.

La maritornes hizo cuanto le dijo con la escrupulosidad del que tiene miedo.

La noche era ya completa. Una noche sin luna y sin estrellas. Una luz amarillenta, colocada en el extremo del puentecillo, ardía ante una Virgen colocada en una hornacina tallada en la roca. Su débil luz no disipaba las sombras más allá de diez o doce pasos, y no podía alumbrar el foso porque lo ocultaba el piso del puente. Lagardère se quedó solo. El galope de los caballos casi no se oía ya. El valle de Louron se abismaba en densas sombras, cuyo manto rasgaba penosamente en algunos puntos la luz de la cabaña de un pastor o de la casa de un colono. El triste sonido de las campanillas de las colleras del ganado llegaba hasta su oído, en alas del viento, mezclado con el sordo murmullo del arroyo de Aran que vierte sus aguas en el río Clarabide al pie mismo de El Hachazo.

—¡Ocho contra uno! ¡Miserables! —se decía el joven parisién siguiendo el camino que conducía a los fosos. ¡Un asesinato! ¡Qué bandidos! ¡Es para deshonrar el noble arte de la esgrima!

Llegó al sitio donde Carrigue y sus hombres estuvieron recogiendo el heno.

—¡Demonio! —prosiguió mientras sacudía su capa—. Un temor me asalta. El paje prevendrá al duque de que anida por estos sitios una bandada de asesinos, y si no viene hará fracasar una de las combinaciones más bellas que pueden soñarse. ¡Si así fuese, mañana esos ocho granujas morderán el polvo!

Llegó bajo el puente. Sus ojos iban habituándose poco a poco a la oscuridad. Los voluntarios habían formado con sus sables una plazoleta ante la ventana del foso. La idea de penetrar en el castillo le preocupaba. Sin embargo, él se reía de cerrojos, murallas y guardianes. El bello Lagardère hubiera abandonado al instante una aventura fácil.

—Reconozcamos el terreno —añadió recobrando su alegre y burlón carácter—. El duque llegará dentro de poco terriblemente indignado, y es conveniente saber dónde estamos. ¡Qué noche! ¡Habrá que tirar a tientas! ¡Ni el diablo vería la punta de una espada!

Estaba entonces al pie del muro. El castillo alzaba su masa enorme cortada a pico, por encima de la cabeza del joven, y el puente trazaba un círculo negro sobre el cielo. Para escalar a fuerza de puños aquel muro, era necesario toda una noche. Pero al palpar el muro, la mano de Lagardère encontró la ventana.

—¡Ah, qué dicha! ¿Quién podía esperar tanta fortuna? ¿Y qué le diré a esa orgullosa beldad? ¡Ya veo el fruncimiento de indignación de sus cejas, y la mirada despreciativa de sus ojos negros!

Y se frotó satisfecho las manos.

—¡Delicioso, delicioso! Le diré… Es preciso decirle algo a propósito…

—Le diré… No sé lo qué le diré. Hay que ahorrar la elocuencia inútil. ¿Pero qué es eso? —dijo interrumpiéndose y escuchando—. ¡Ese Nevers es magnífico!

Se oía en efecto el rumor de unos pasos al otro lado del foso.

—¡Oh! —pensó Lagardère—. ¡Cocardasse tendría razón!

¡Se habrá hecho acompañar el duque! Parece que se oyen los pasos de más de una persona.

El ruido fue haciéndose más distinto, y la luz de la imagen, colocada en la hornacina del muro de Caylus, permitió ver dos hombres embozados cuidadosamente en amplias capas. Quedaron inmóviles. Sus ojos, al través de la oscuridad, parecían buscar algo.

—No veo a nadie —dijo uno de ellos en voz baja.

—Sí, hay uno junto a la ventana —respondió el otro.

Y llamó muy quedo.

—¡Cocardasse!

Lagardère permaneció inmóvil.

—¡Faënza! —llamó el segundo—. ¡Soy yo, Peyrolles!

Me parece que conozco el nombre de ese truhán —se dijo Lagardère.

Peyrolles llamó por tercera vez:

—¡Passepoil! ¡Staupitz!

—¡Si no fuera de los nuestros! —murmuró su compañero.

—Es imposible —replicó Peyrolles—. He ordenado que quedara aquí uno de ellos de centinela. Es Saldaña, le reconozco, ¡Saldaña!

—¡Presente! —dijo Lagardère, que fingió el acento español.

—¿Veis? —exclamó Peyrolles—. Estaba seguro. Bajemos la escalera. Aquí está el primer escalón.

—¡Que el diablo me lleve si no voy a representar un papel importante de comedia! —pensó Lagardère.

Los dos hombres se le reunieron. El compañero de Peyrolles dejaba adivinar bajo su amplia capa elegante talle y rico porte. Lagardère creyó notar en su acento una reminiscencia de la lengua italiana.

—Hablemos bajo —dijo a Peyrolles—; hay que ser prudentes.

—Esa prudencia es inútil, monseñor. Nadie puede oírnos.

—¡Monseñor! Es todo un personaje —pensó Lagardère.

—Y si me advertís la prudencia por estos hombres, debéis saber que conocen perfectamente el nombre de la persona a quien van a servir esta noche.

—¡Y que daría cualquier cosa por saberlo! —dijo el parisién para sí.

—Amigo, lo he procurado; ellos no han querido creer que servían al marqués de Caylus.

—Eso ya es saber algo —pensó Lagardère—. Es indudable que tengo ante mí dos solemnes tunantes.

—¿Vienes de la capilla? —dijo el que parecía ser el amo.

—Sí; pero he llegado demasiado tarde —respondió Peyrolles con acento fingido.

El otro dio coléricamente con el pie en el suelo.

—¡Torpe!

—He hecho cuanto he podido, monseñor. He encontrado el registro; pero la partida de casamiento de la señora Aurora de Caylus, como la de nacimiento de su hija…

—¿Y bien?

—Han sido arrancadas.

Lagardère era todo oídos.

—Se nos han anticipado. ¿Quién habrá sido? ¿Aurora? Sí, ella ha debido ser. Piensa ver esta noche a Nevers y querrá entregarle con la niña las pruebas que justifican su estirpe. Doña Marta no ha podido decirme esto, porque lo ignoraba; pero yo lo adivino.

—¿Y eso qué importa, entonces? —dijo Peyrolles—. Estamos prevenidos y una vez muerto Nevers…

—Una vez muerto Nevers, la herencia pertenecerá a la niña.

Hubo un corto silencio durante el cual Lagardère retuvo hasta el aliento.

—La niña… —empezó a decir Peyrolles muy bajo.

—La niña desaparecerá —agregó interrumpiéndole el que parecía amo—. Hubiese querido evitar este extremo; pero ya que es necesario, no me detendré. ¿Qué clase de hombre es ese Saldaña?

—Un bribón muy atrevido.

—¿Se puede confiar en él?

—Pagándole bien, sí.

El embozado a quien llamaban monseñor, pareció reflexionar.

—Desearía no mezclar en este asunto a un tercero; pero ni tú ni yo tenemos una figura parecida a Nevers.

—Es verdad. Vos sois demasiado alto y yo demasiado delgado.

—La noche es oscura como la boca de lobo y como ese Saldaña tiene la estatura del duque… Llámale.

—¡Saldaña! —dijo en voz más alta Peyrolles.

—Presente —contestó el parisién.

—Ven aquí.

Lagardère avanzó algunos pasos, después de levantar el embozo de su capa.

—¿Quieres ganarte cien pistolas, a más del sueldo convenido para todos? —le preguntó el que acompañaba a Peyrolles.

—¡Cien pistolas!, ¿qué hay que hacer?

Mientras hablaba procuraba distinguir la fisonomía del desconocido, pero le fue imposible porque estaba tan bien embozado como él.

—¿Adivinas? —le preguntó a Peyrolles, al mismo tiempo.

—Sí.

—¿Qué te parece?

—Apruebo lo que intentáis. Pero vuestro hombre tiene una palabra como contraseña.

—Doña Marta me lo ha dicho. Es la divisa de Nevers.

—¿*Adsum*? —preguntó Peyrolles.

—Acostumbra a decir en la lengua corriente: ¡*Presente*!

—¡Presente! —murmuró involuntariamente Lagardère.

—Dirás esa palabra en voz baja ante la ventana —añadió el desconocido acercándosele—. La ventana se abrirá entonces y detrás de la reja aparecerá una mujer. Ella te hablará, pero tú procura no pronunciar una palabra. Pones un dedo sobre tus labios. ¿Comprendes?

—¿Para hacerle creer que nos espían? He comprendido.

—Sí. Esa mujer te entregará una cosa que me darás.

—¿Y vos me abonaréis las cien pistolas?

—En el acto.

—Soy vuestro.

—¡Silencio! —dijo Peyrolles.

Y se pusieron a escuchar. A lo lejos se oía un ruido indefinible.

—Separémonos —dijo el acompañante de Peyrolles—. ¿Dónde están tus camaradas?

—Emboscados entre el heno.

—Está bien. ¿Te acuerdas de la contraseña?

—¡Presente!

—Pues buena suerte y hasta luego.

—Hasta muy pronto.

Peyrolles y su compañero subieron la escalerilla. Lagardère les siguió con la vista mientras enjugaba el sudor que humedecía su frente.

—¡Que Dios me tome en cuenta, en la hora de mi muerte, la violencia que he tenido que hacerme para no hundir mi acero en el pecho de esos miserables! Pero es preciso llegar hasta el fin. Además quiero saber.

Con la cabeza entre sus manos reflexionó un momento. Podemos asegurar que ya no se acordaba del duelo ni de la aventura amorosa que allí le habían llevado.

—¿Qué hacer? —se preguntaba perplejo—. ¿Me llevaré esa niña? Porque, indudablemente, lo que me van a dar por esa ventana es una niña. ¿Pero a quién confiarla? No conozco en este país más que a Carrigue y a sus bandoleros, a los cuales no puede confiárseles una niña. ¡Será, pues, preciso que la lleve conmigo! Si no la arranco de estos lugares, esos infames matarán a la hija como piensan matar a su padre. ¡Cuerpo de Lucifer! Para algo vine aquí.

Se paseaba rápidamente sobre el rastrojo del heno. Su agitación era extraordinaria. A cada momento miraba a la ventana para ver si se abría. No veía nada, pero oía un débil ruido en el interior del castillo. Al fin la reja de la ventana rechinó sobre sus viejos goznes y apareció un bulto en ella.

—*¡Adsum!* —dijo una voz dulce y temblorosa de mujer.

—*Presente.*

—¡Gracias a Dios! —dijo suspirando la voz femenina.

Aunque la noche era oscura, los ojos del parisién, que estaban acostumbrados a las tinieblas, reconocieron en seguida en la mujer que se asomó a la ventana a la bella Aurora de Caylus. Si en aquel momento hubieseis preguntado a Lagardère si persistía en su propósito de entrar en la habitación de Aurora y sorprenderla, os habría respondido que no. En el espacio de algunos minutos, su fiebre se había calmado y su locura habitual desapareció por completo. Quizá nuevos sentimientos despertaban en él otro hombre.

Aurora, miró a las sombras que ante ella se extendían.

—No veo nada —dijo—. ¿Dónde estás, Felipe?

Lagardère le extendió una mano, que ella estrechó con cariño. Lagardère se conmovió.

—Felipe, ¿estás seguro de no haber sido seguido? —preguntó Aurora con acento trémulo—. ¡Estamos vendidos, hemos sido traicionados!…

—Tened valor, señora —balbuceó Enrique.

—¿Eres tú quien hablas? Yo estoy loca. A tal extremo he llegado, que no reconozco ni aun tu voz, Felipe mío.

Una de sus manos sostenía un bulto, sin duda aquel de que había hablado el acompañante del señor Peyrolles, y con la otra se oprimía la frente como queriendo fijar sus ideas.

—¡Tengo tantas cosas que decirte!

—No tenemos tiempo —contestó Lagardère, a quien repugnó descubrir ciertos secretos—. Démonos prisa.

—¿Por qué ese acento frío? ¿Por qué no me llamas tu Aurora? ¿Tienes alguna queja contra mí?

—¡No hay tiempo que perder, Aurora!

—¡Te obedezco! ¡Te obedeceré siempre, mi amado Felipe! Ahí va nuestra querida niña, tómala: así estará más segura que conmigo. Ya te lo he dicho en mi carta. ¡Contra nosotros, se trama alguna infamia!

Le alargó la niña, que dormía envuelta en una capa de seda. Lagardère la recibió, sin decir nada.

—¡Permíteme que la abrace una vez más! —dijo la pobre madre sollozando—. Devuélvemela, Felipe. Yo creía tener el corazón más fuerte. Quién sabe cuándo volveré a ver a mi hija.

Las lágrimas le ahogaron la voz. Lagardère vio que le alargaban también un pequeño paquete blanco.

—¿Qué es eso?

—Tú lo sabes… Pero sin duda estás tan turbado como yo. Son las páginas arrancadas al registro de la capilla. ¡Todo el porvenir de nuestra pobre hija!

Lagardère tomó los papeles en silencio. Temía que su comedia pudiera descubrirse. En el momento en que recibía los papeles bajo un sobre sellado con el sello parroquial de Caylus, el sonido vibrante de una corneta resonó en el valle.

—¡Debe ser una señal! —exclamó Aurora—. ¡Sálvate, Felipe, sálvate!

—¡Adiós! —dijo Lagardère, representando hasta lo último su papel para no destrozar el corazón de la pobre madre—. ¡Adiós! ¡Nada temas, Aurora, tu hija queda segura!

Y ella, atrayendo su mano, la besó ardientemente y le dijo entre lágrimas:

—¡Te amo, Felipe mío!

Luego, cerrando la ventana, desapareció.

VII. DOS CONTRA VEINTE

Era, en efecto, una señal. Tres hombres, provistos de cuernos de pastor, estaban apostados a lo largo del camino que, a su llegada a Argeles, debía seguir el duque para dirigirse al castillo de Caylus, adonde le llamaban la carta suplicante de Aurora y la insolente misiva del caballero Lagardère.

El primero de estos hombres debía avisar cuando Nevers atravesase el río Clarabide, el segundo cuando entrase en el bosque y el tercero cuando llegara a las primeras casas de la aldea de Tarrides. En todo este trayecto, había excelentes puntos donde cometer un asesinato. Pero Felipe de Gonzaga quería disfrazar su crimen. Le convenía que el asesinato pareciese una venganza, y que las sospechas de este recayesen sobre el marqués de Caylus.

Lagardère, el incorregible batallador, el calavera sin enmienda, la primera espada de Francia y Navarra, se encontraba mientras tanto con una niña de dos años en los brazos. Confuso y embarazado con su nuevo papel, mecía a la niña con la solicitud y la suavidad de una madre. No tenía más que una preocupación: ¡que no despertase la pequeña!… A pesar de su situación no pudo menos de reírse.

—¡Qué diablo! Heme aquí convertido en niñera. ¡Si me vieran más de cuatro!

Si le hubieran visto sus amigos, sus camaradas, ninguno habría reconocido en él al terrible Lagardère. Al andar examinaba el camino para no dar tropezones, y hubiese querido tener un almohadón de pluma en cada mano.

Una señal, despertó los dormidos ecos del valle.

—¡Rayos! ¿Qué es eso? —se dijo Lagardère.

Pero continuó mirando a la pequeña Aurora, sin dar más importancia al hecho. No se atrevía a abrazarla. Era una niña blanca y rosada. Sus cerrados párpados, dejaban ver las largas pestañas de seda que heredara de su madre. ¡Era un ángel, un ángel dormido! Lagardère escuchaba su respiración tranquila.

—Esta calma, este reposo —se decía—, ¡qué terrible contraste es en este momento en que su madre llora y su padre…! ¡Ah! Esto hará cambiar las cosas. Se ha confiado esta criatura a un loco, que para defenderla recobra su razón. ¡Cómo duerme! ¿En qué pensarán estos pequeños seres con la frente coronada de rizados bucles? ¡Aquí dentro hay un alma, un corazón! Esta niña será mañana una mujer capaz de amar, de agradar y de sufrir… ¡Qué dulce debe ser conquistar poco a poco, a fuerza de desvelos y de ternuras, el corazón de un niño! ¡Qué dicha merece su primera sonrisa y lograr su primera caricia! ¡Qué agradable debe ser sacrificar toda una existencia por evitarles un dolor! ¡Dios mío, yo no había tenido nunca un niño en los brazos!

Entonces sonó la tercera señal detrás de las primeras cabañas de la aldea de Tarrides. Lagardère se estremeció y volvió a la realidad de aquel momento supremo. Un paso vivo que se oía cerca de la hostería, le hizo volver la cabeza. Escuchó un momento y dijo en seguida:

—¡Es él!

Nevers debía haber dejado su caballo a la salida del bosque. Al cabo de un minuto la arrogante figura de Nevers apareció en el puente. Bajó las escalerillas y llegó al fondo de los fosos.

Cuando sus pies tocaron al suelo el parisién le oyó decir, mientras desenvainaba la espada:

—Dos antorchas no vendrían mal aquí.

Avanzó a tientas. Los montones de heno le hacían tropezar de vez en cuando.

—Ese diablo de caballero parece que desea jugar a la gallina ciega —dijo Nevers con impaciencia.

Después se detuvo y exclamó:

—¿No hay nadie aquí?

—Yo —respondió el parisién—. Y más valiera que estuviese solo.

Nevers no oyó la segunda mitad de esta réplica y se dirigió vivamente hacia el sitio donde la voz había sonado.

—Vamos, caballero, en guardia. Sé ya dónde estáis y no puedo perder tiempo.

El parisién mecía siempre a la niña que dormía como un serafín.

—Y sin embargo, es preciso que antes me sigáis.

—Os desafío a que me persuadáis. Después del mensaje que me habéis enviado esta mañana, no puedo oíros. Vamos, pues, en guardia.

Lagardère no se movió. Su espada, que generalmente salía sola de su vaina, parecía dormir como el angelito que arrullaba en sus brazos.

—Cuando os envié mi mensaje, ignoraba lo que ahora sé.

—¡Oh! —dijo el duque—. ¡Vamos a acuchillarnos a tientas!

Y avanzó con la espada alta. Lagardère desenvainó y dijo:

—Escuchadme un momento.

—¡Para que insultéis una vez más a Aurora de Caylus!

La voz del duque temblaba de cólera.

—No, a fe mía, no. Tengo que deciros… ¡Diablo de hombre! —dijo parando el primer ataque de Nevers.

—¡Tened cuidado!

Nevers furioso, creyendo que se burlaba, le acometió con más brío. Y le dirigía estocada sobre estocada con la peculiar ligereza que le hacía tan temible en el combate. Lagardère paraba sus golpes y cada vez que detenía su espada gritaba con más fuerza:

—¡Escuchadme, escuchadme, escuchadme!

—¡No, no, no! —contestaba Nevers acompañando cada negación de una vigorosa estocada.

A fuerza de retroceder el parisién llegó junto al muro. La sangre subiéndosele a la cabeza le mareaba. Resistir tanto tiempo, al placer de poner su espada entre las cejas de Nevers, era el colmo del heroísmo.

—Escuchadme —dijo una vez más.

—No —contestó el otro.

—Ved que ya no puedo retroceder.

—Mejor.

—¡Rayos y truenos! —gritó Lagardère cansado de paradas y sintiendo que se le acaba la paciencia—. ¿Será preciso abriros el cráneo para que no matéis a vuestra hija?

—¡Mi hija! —dijo Nevers estupefacto—. ¡Mi hija en vuestros brazos!

Y como si el rayo le hubiera herido, la espada cayó de sus manos.

Lagardère había envuelto su preciosa carga en uno de los embozos de su capa.

En las tinieblas, Nevers había creído hasta entonces que el parisién tenía la capa enrollada al brazo izquierdo, pues tal era la costumbre. Su sangre se le heló en las venas cuando recordó las furiosas estocadas que había tirado al caballero.

Su espada hubiera podido…

—Caballero —dijo—. Somos dos locos, dos temerarios. Si me dijeran ahora que estabais vendido al marqués de Caylus no lo creería, os doy mi palabra.

—Os lo agradezco —dijo el parisién jadeando—. ¡Qué lluvia de estocadas! Señor duque, parecéis un molino de viento con la espada en la mano.

—¡Dadme mi hija!

Nevers al decir esto quiso coger el bulto que el otro escondía bajo la capa. Pero Lagardère le contuvo diciéndole:

—Más suavemente. ¡Vais a despertarla!

—¿Me explicaréis al menos?…

—¡Diablo de hombre! ¡Antes no quería escucharme y ahora pretende que le cuente una porción de historias! Vamos, abrazadla; pero despacito, con mucho tiento, para que no se despierte.

Nevers, maquinalmente, hizo cuanto le decían.

—¿Habéis visto alguna vez un asalto de armas parecido? —dijo Lagardère con sencillo orgullo—. ¿Sostener un ataque de Nevers colérico, sin contestar ni una vez sola, con una niña dormida en los brazos y sin despertarla?

—¡En nombre del Cielo! —suplicó el joven duque.

—¡Decidme al menos que es un hermoso trabajo! Estoy cubierto de sudor. ¿Queréis saber lo que sucede? ¡Pero basta de abrazos! La niña y yo somos ya dos buenos amigos. Apuesto cien pistolas, y me lleve el diablo si las tengo, a que me sonríe cuando despierte.

Y recogiéndola de los brazos del duque con los cuidados y el esmero de una antigua nodriza, después de envolverla en su capa, la colocó sobre un montón de heno.

—Señor duque —dijo con acento de seriedad y el brío del antiguo Lagardère—: respondo con mi vida de vuestra hija suceda lo que suceda. Esto me hará expiar el haber hablado ligeramente de su madre, que me congratulo en confesar que es una noble, santa y hermosa mujer.

—Conseguiréis matarme de impaciencia —gimió el duque—. ¡Habéis visto a Aurora?

—La he visto.

—¿Dónde?

—En esa ventana.

—¡Y ha sido ella quien os ha dado la niña!

—Sí, ella que creía poner a su hija en brazos de su marido.

—¡Yo me vuelvo loco!

—¡Ah, señor duque, pasan aquí cosas muy extrañas! Y puesto que traéis deseos de pelea, a Dios gracias tendréis tiempo de satisfacerlos, porque pronto nos atacarán.

—¡Un ataque!

El parisién se agachó y aplicó el oído en el suelo.

—Creo que ya vienen.

—¿De quién habláis?

—De los bravos que tienen el encargo de asesinaros.

Y le refirió cuanto sabía y cuanto había sucedido.

Nevers le escuchaba estupefacto.

—De manera —concluyó Lagardère—, que he ganado esta noche cien pistolas sin ningún peligro.

—Ese Peyrolles —decía Nevers hablando consigo mismo—, es el hombre de confianza de Felipe de Gonzaga, mi mejor amigo, que se halla en el castillo para servirme.

—No conozco al príncipe de Gonzaga y no sé si era él.

—¡Él! —exclamó Nevers—. ¡Imposible! Peyrolles, que es un bandido, se habrá vendido al marqués de Caylus.

—No era el señor de Caylus. Era joven. Pero no perdamos tiempo en suposiciones. Cualquiera que sea el miserable, es cierto y ha tomado bien todas las medidas. Sabe hasta vuestra contraseña para ver a Aurora. Con ella he podido yo hablarle. ¡Ah, hubiese querido poder besar sus pies, para hacer penitencia por mis locas vanidades! Veamos, ¡no tengo más que deciros! Solo que me ha entregado con la niña un paquete sellado que contiene un acta de matrimonio y otra de nacimiento. ¡Ah, hermosa! ¡Mi fiel espada! —continuó viendo que su acero brillaba reflejando la escasa luz del cielo—. Tú vas a defender la causa de esa señorita que duerme sobre el heno… ¡A ver cómo te portas!

Nevers le cogió la mano.

—Lagardère —le dijo emocionado—: no os conocía. Sois un noble corazón.

—Yo —exclamó el parisién riendo— no tengo más que una idea: casarme cuanto antes para tener un ángel rubio a quien acariciar… ¡Pero, callaos!…

Y escuchó otra vez junto al suelo.

—Esta vez no me engaño.

Nevers escuchó también.

—No oigo nada —dijo.

—Es que vos sois duque. Vienen por allá abajo, por el lado de El Hachazo y hacia aquí.

—Si pudiera hacerle saber a Gonzaga el conflicto en que nos encontramos, tendríamos una buena espada más.

—Preferiría mejor a Carrigue y mis soldados, con sus carabinas. ¿Habéis venido solo?

—Con un niño, con Berrichon, mi paje.

—Si fuera posible hacerle venir…

Nevers silbó de un modo particular. Otro silbido igual le contestó detrás de la hostería.

Un instante después apareció Berrichon sobre el puente.

—¡Eres un bravo! —dijo Lagardère—. ¡Salta!

Y el paje cayó en sus brazos.

—Daos prisa —le dijo el muchacho—. ¡Vienen por arriba!

—¡Y yo que creía que venían por abajo!

—Vienen por todas partes.

—¿Son ocho, verdad?

—Son veinte lo menos.

—¡Qué importa! —replicó Lagardère—. Vas a montar a caballo, pequeño. Mis gentes están allá abajo, en la aldea de Gau. Tienes media hora para ir y volver. ¡Marcha!

Y cogiéndole de las piernas lo subió sobre el puente.

Algunos segundos más tarde su silbido les indicaba que había entrado en el bosque.

—¡Qué diablo! —dijo el parisién—. ¿No podremos sostenernos media hora contra esos bandidos?

—¡Ved! —le dijo el duque enseñándole un objeto que brillaba débilmente al otro lado del puente.

—Es la espada de Passepoil, un bribón que siempre está limpiando su tizona. Cocardasse debe estar con él. Esos no nos atacarán. Un apretón de manos, señor duque, antes de empezar la lucha.

En el foso había montones de heno esparcidos, tablas y algunos troncos de árboles. Con todo eso y una carreta a medio cargar, formaron en un momento una trinchera suficiente para contener un primer ataque. El parisién dirigía los trabajos. ¡Media hora nada más que resistiese aquella elemental fortificación y estaban a salvo!

—¿De modo que os decidís a batiros por mí, caballero?

—Es preciso, señor duque. ¡Y la niña! —Y la colocó al mismo tiempo en el lugar más seguro que pudo encontrar.

—No olvidaré vuestra acción, caballero. En adelante, solo la muerte podrá separarnos.

Lagardère le tendió la mano, y el duque le abrazó.

—Desde este momento sois mi hermano. Si vivo todo será común entre los dos, si muero…

—No moriréis —interrumpió el parisién.

—Y si muero… —repitió Nevers.

—Entonces yo seré el protector, el padre de vuestra hija.

Y permanecieron un instante abrazados. ¡Jamás dos corazones más valientes habían latido juntos! Después Lagardère se desasió.

—A nuestro puesto. ¡Ya están aquí!

Apagados rumores rodaron de eco en eco en la noche sombría. De pronto las tinieblas parecieron animarse, gritos siniestros se oyeron muy cerca, y los asesinos, todos juntos y por todos lados, cayeron sobre ellos.

VIII. LA BATALLA

El paje no se había equivocado: eran lo menos veinte.

El señor Peyrolles encontró emboscados a los espadachines, después de separarse de Lagardère. Al ver a Saldaña quedó asombrado.

—¿Por qué no estás en tu puesto? —le preguntó.

—¿En qué puesto?

—¿No acabo de decírtelo hace un instante?

—¿A mí?

Todos se explicaron. Cuando Peyrolles conoció su engaño y el nombre de la persona a quien había entregado su secreto, quedó espantado. Y aunque los espadachines le explicaron que la presencia de Lagardère en los fosos de Caylus tenía por objeto batirse con Nevers, no por eso quedó tranquilo. Comprendió instintivamente el efecto que en el alma leal de Lagardère debía haber producido el descubrimiento de la traición que se llamaba contra su adversario. En aquel momento no se le ocultaba que Lagardère sería el aliado del duque. Y Aurora estaría también prevenida. Lo que Peyrolles no se explicaba, era la conducta de Lagardère. El secretario de Gonzaga no podía tampoco suponer que el joven parisién se hubiera encargado de la niña momentos antes del combate. Staupitz, el Matador y Saldaña, fueron encargados de reclutar más gente y de vigilar a Aurora de Caylus. En aquel tiempo, y sobre todo en las fronteras, se encontraban siempre espadas vendibles. Nuestros cuatro espadachines volverían bien acompañados.

¡Quién podría pintar la perplejidad, el dolor y el remordimiento que apenaba aquella noche a Cocardasse y a Passepoil! Insignes bribones, su espada no valía más que el estilete de un bravo o la faca de un bandido, y mataban a precio; pero los pobres diablos, en el fondo, no eran del todo malas personas. Era su medio de ganarse la vida. Sus faltas eran hijas del tiempo y de las costumbres. Ese siglo tan grande, tan glorioso, que iluminaba al mundo con su brillo, bajo un exterior agradable, ocultaba el caos del cieno. Y aun la superficie dorada y magnífica, tenía innumerables manchas sobre el brocado. La guerra era absolutamente mercenaria. Generales y soldados usaban la espada como un medio, y el valor parecíales requisito indispensable para ganarse la vida.

Cocardasse y su preboste amaban a Lagardère y sentían por él esa admiración que el grande inspira al pequeño. Cuando el afecto arraiga en corazones perdidos, se desarrolla más tenazmente. Cocardasse y Passepoil aparte de esta afección cuyo origen ellos no se explicaban bien, no eran completamente inasequibles a los sentimientos buenos y honrados. Tenían buenos instintos y la protección otorgada al huérfano del arruinado hotel de Lagardère no era la única buena acción que habían hecho en su vida a la casualidad y sin darle importancia.

Su ternura hacia Enrique era en ellos una debilidad y hasta se mezclaba con un poco de orgullo. Su glorioso discípulo satisfacía su amor propio por completo. Puede decirse que en la amistad que le tenían, no entraba para nada el interés. Los dos espadachines hubieran arriesgado su vida por Lagardère. ¡Y la suerte les ponía enfrente de él aquella noche! ¡No había medio de desdecirse! Sus espadas estaban vendidas al señor Peyrolles. Huir o abstenerse era faltar al honor, profesado, ante aquellas gentes.

Estuvieron una hora sin dirigirse la palabra. Desde que abandonaron *La Manzana de Adán*, Cocardasse no había jurado ni una sola vez, lo que era en él signo de una profunda contrariedad. De vez en cuando, mirándose con tristeza, lanzando un suspiro. Cuando recibieron orden de secundar el asalto, se dieron la mano.

Passepoil, dijo:

—¿Qué te parece que debemos hacer?

—No nos queda más que un recurso.

Y sacando del bolsillo un botón de acero que le servía en la sala de armas, lo puso en la punta de su espada. Su compañero le imitó.

Entonces respiraron más a gusto.

Los maestros de esgrima y sus nuevos aliados, se dividieron en tres grupos.

El primero rodeó los fosos para llegar al lado del Oeste, el segundo se situó un poco separado del puente y el tercero, compuesto de bandoleros y contrabandistas conducidos por Saldaña, atacó de frente, bajando por la escalerilla. Lagardère y Nevers vieron perfectamente a estos últimos.

—¡Atención! —dijo Lagardère—. Siempre espalda con espalda y buscando el apoyo del muro. La niña no tiene nada que temer al pie del puente.

—Tirad con cuidado, señor duque. Os prevengo que esos hombres son capaces de enseñaros vuestra propia estocada, si por acaso la olvidáis. ¡Yo he sido quien ha cometido la necedad! —añadió con desprecio.

Sin las precauciones que habían tomado, el primer choque de los asaltantes, hubiera sido terrible. Los espadachines se lanzaron a la vez sobre ellos gritando:

—¡Muera Nevers! ¡Muera Nevers!

Y entre este grito general, oyeron las dos voces amigas del gascón y del normando que les llevaba la seguridad de que ellos no harían armas contra su antiguo discípulo.

Los asesinos no podían imaginarse los obstáculos que encontraron en su camino. Todos aquellos hombres quedaron enredados entre los montones de heno. Al fin llegaron hasta los dos campeones.

Hubo ruido, confusión, y un bandolero rodó por tierra. Pero la retirada no se pareció al ataque. Cuando el grueso de los asesinos empezó a replegarse, Nevers y su amigo tomaron la ofensiva.

—¡Yo soy! ¡Yo soy! —gritaron a su tiempo mientras avanzaban.

Lagardère, en un momento, mandó dos bandoleros al otro mundo y de un golpe rompió el brazo a un tercero. Luego, no pudiendo reprimir su ardor, de una estocada atravesó al alemán, que cayó a sus pies pesadamente.

Nevers, entretanto, tampoco perdía el tiempo. Un bandolero cayó junto a la rueda de la carreta, y *el Matador* y Joël quedaron mal heridos. Iba a proseguir la lucha con los demás, cuando vio dos sombras que se deslizaban a lo largo del muro, en dirección al puente.

—¡A mí, caballero! —gritó dirigiéndose precipitadamente hacia allá.

—¡Yo soy! ¡Yo soy!

Lagardère no se entretuvo más tiempo que el preciso para dejar a Pinto desorejado para toda la vida.

—¡Vive Dios! —dijo juntándose a Nevers—. ¡Casi había olvidado a este angelito! ¡Al amor de mis amores!

Las dos sombras huyeron. Un silencio profundo reinó en los fosos, Había transcurrido un cuarto de hora desde que empezó la lucha.

—Tomad un poco de aliento, señor duque, pues esos bandidos no nos dejarán descansar largo rato. ¿Estáis herido?

—Un arañazo.

—¿Dónde?

—En la frente.

El parisién apretó los puños y no contestó. Eran las consecuencias de su lección de esgrima.

Pasados dos o tres minutos, el asalto empezó de nuevo; pero con más brío y atacando todos los asesinos de una vez. Los bandidos formaban dos líneas y tenían cuidado de apartar los obstáculos antes de avanzar.

—Ha llegado la hora de batirse con coraje —dijo Lagardère en voz baja—. No os ocupéis más que de vos: yo cubriré a la niña.

A poco se hizo un círculo sombrío alrededor de ellos y diez espadas les amenazaron a un tiempo.

—¡Yo soy! —dijo el parisién.

Y dando un salto atravesó a uno de los bandidos. Los otros retrocedieron algunos pasos; pero los que iban detrás, gritaron:

—¡Muera Nevers, muera Nevers!

Y el duque les respondía:

—¡Yo soy, aquí me tenéis! ¡Aún estoy vivo!

Y a cada una de estas palabras, su espada penetraba en la carne de sus enemigos, saliendo humeante y roja.

¡Eran dos luchadores admirables!

—¡Venid; acercaos! —decía Lagardère—. Necesitaría una lanza para llegar hasta vosotros.

En la ventana apareció en aquel momento un bulto. No era Aurora de Caylus. Eran dos hombres que presenciaban el combate llenos de terror. Eran Peyrolles y su amo.

—¡Miserables! —dijo el amo—. ¡No pueden diez contra uno! ¡Será necesario que tome yo parte en la contienda para decidir el éxito!

—¡Tened cuidado, monseñor!

—¡El peligro está en que quede vivo!

—¡Yo soy! ¡Yo soy!

El círculo de los asesinos se ensanchaba: los bribones retrocedían. Solo faltaban algunos minutos para que transcurriese la media hora. Lagardère no tenía ni una herida. Nevers solo el leve rasguño de la frente. El socorro iba a llegar. Ambos luchadores podían esperar aún de aquel modo todavía una hora.

La fiebre del triunfo empezaba a apoderarse de ellos. Sin advertirlo se habían separado de sus respectivos sitios para dar la cara a los asesinos. ¿El círculo de cadáveres y heridos no les probaba su superioridad? Aquello les exaltó. La prudencia huye cuando llega la embriaguez. Era la hora del verdadero peligro. Y no conocieron que todos aquellos cadáveres y todos aquellos heridos, eran auxiliares puestos a la vanguardia para cansarlos. Los maestros de armas permanecían a distancia sin detrimento en sus personas. Se habían dicho: Después de cansados, separémoslos, y si son de carne y hueso daremos de ellos buena cuenta. Todas sus maniobras se encaminaron a atraer adelante a uno de los campeones, mientras obligaban al otro a retroceder hasta el muro.

Después de un falso ataque se oyó el grito de: ¡Sálvese el que pueda!

—¡Adelante! —dijo el parisién.

—¡Adelante! —contestó el Duque—, y ambos gritaron:

—¡Yo soy! ¡Yo soy!

Todo cedió al ímpetu de Lagardère, que en un abrir y cerrar de ojos se encontró al borde del muro; pero el duque encontró ante él un muro de hierro. A sus esfuerzos retrocedieron algo los que le atacaban. Como no era hombre que llamase en su socorro, siguió luchando solo.

En aquel momento, la reja giró sobre sus goznes y dos hombres saltaron al foso. Nevers no los vio. Llevaban las espadas en la mano y el más alto cubría su rostro con un antifaz.

—¡Victoria! —gritó Lagardère, que se había desembarazado de sus enemigos.

Nevers le contestó con una queja de agonía.

El enmascarado que saltó por la ventana le había atravesado por detrás, a la italiana. Nevers cayó. Las cobardes estocadas que le dieron después eran inútiles: el golpe fue certero. Al caer Nevers, pudo volverse. Sus moribundos ojos se fijaron en el del antifaz. Una expresión de amargo dolor contrajo los músculos de su fisonomía. La luna menguante se levantaba entonces por detrás de las torrecillas del castillo. La luz pálida disipó algo las tinieblas.

—¡Tú! ¡Has sido tú! —murmuró Nevers expirante—. ¡Tú, Gonzaga! ¡Tú, mi amigo! ¡Tú, por quien yo hubiera dado la vida cien veces!

—Yo no la tomo más que una —respondió fríamente el enmascarado.

El duque dejó caer su lívida cabeza.

—¡Ya ha muerto! —dijo Gonzaga—. Ahora, al otro.

No fue necesario ir a buscarle; el otro iba ya hacia ellos.

Cuando Lagardère oyó el grito de agonía que lanzó el duque, no fue un juramento, fue un rugido lo que salió de su boca. Los espadachines quisieron cerrarle el paso; pero ¿puede detenerse a un león que salta? Dos de ellos rodaron por la hierba y pasó. Cuando llegó al sitio donde el duque había caído moribundo, este, haciendo un esfuerzo sobrehumano, se incorporó y le dijo con voz débil:

—¡Hermano, acuérdate y véngame!

—¡Lo juro por Dios! —exclamó Lagardère conmovido—. Todos esos que están ahí, morirán por mi mano.

La niña empezó a llorar bajo el puente como si el estertor de su padre la hubiese despertado. Sus débiles gritos pasaron desapercibidos.

—¡A él! —gritó el enmascarado.

—Solo a ti no te conozco —le dijo Lagardère dirigiéndose hacia él por en medio de todos—. No, necesito señalarte para poder cumplir mi juramento cuando llegue la hora de la venganza.

Entre él y el enmascarado se pusieron los espadachines. Con su espada, que parecía el rayo, destrozó el centro de aquel humano muro. Solo quedaban ya entre él y el enmascarado, Saldaña y Peyrolles. El del antifaz se puso en guardia. El parisién, evolucionando maravillosamente con su acero, le hizo un corte en una mano.

—¡Ya estás marcado! —le dijo retirándose.

Había oído el llanto de la niña. En tres brincos estuvo bajo el puente. La luna, que en aquel momento rebasaba las agujas de las torres de Caylus, le iluminó. Todos vieron que tomaba un bulto entre sus brazos.

—¡A él! ¡A él! —gritó Gonzaga sofocado por la rabia—. Es la hija de Nevers la que se lleva. Es preciso recobrarla a toda costa.

Lagardère la tenía ya entre sus brazos. Los espadachines parecían perros apaleados. Cocardasse aumentaba su desanimación diciéndoles:

—¡El bribón dará cuenta de nosotros!

Para ganar la escalerilla, Lagardère no tuvo que hacer uso de su espada, que resplandecía a los rayos de la luna. Le bastó con decirles:

—¡Plaza, granujas!

Y todos se apartaron instintivamente. Subió los escalones de dos saltos. A lo lejos oyó el galope de unos caballos. Lagardère, desde lo alto del muro, dando su bello rostro a la luna, levantó a la niña, que al verle empezó a sonreír.

—¡Sí, esta es la hija de Nevers! ¡Ven a buscarla, asesino! ¡Tú, que has cometido la villanía de asesinar por detrás a su padre, ven por ella! Quienquiera que seas, tu mano guardará mi marca. ¡Y cuando sea tiempo, no necesitarás ir a buscar a Lagardère. Lagardère irá a ti!

SEGUNDA PARTE: EL HOTEL DE NEVERS

I. «LA CASA DE ORO»

Hacía dos años que había muerto Luis XIV, después de extinguirse dos generaciones de herederos: el Delfín y el duque de Borgoña. El trono correspondió a Luis XV, su último nieto, niño de corta edad. El gran rey se murió del todo. Eso que queda de todo muerto, no pudo sobrevivirle. Menos dichoso que el más humilde de sus súbditos, no pudo hacer valer su última voluntad. Es verdad que su pretensión parecía exorbitante. ¡Disponer por testamento ológrafo de treinta millones de seres, era demasiado! Vivo podía haberlo hecho. El testamento de Luis XIV, a su muerte, no fue más que un papelote sin valor. Se le rasgó y asunto concluido. Nadie se conmovió, fuera de sus hijos legítimos.

Durante el reinado de su tío, Felipe de Orleáns, fue como Brutus, el bufón de la Corte. Sus farsas le dieron el resultado que apetecía. Apenas se dijo a la puerta de la cámara real: «¡El rey ha muerto!» Felipe de Orleáns arrojó la careta. El Consejo que había nombrado para la regencia Luis XIV, fue a parar al Limbo. Solo hubo un regente, y este fue Felipe de Orleáns.

Los príncipes vociferaron, el duque de Maine trató de agitarse y su mujer produjo un estruendo enorme; pero la nación, que no se interesaba en estas luchas, permaneció tranquila. Salvo la conspiración de Cellamare, que Felipe de Orleáns ahogó con su hábil política, la regencia fue una época de gran tranquilidad.

Una época extraña. No puede decirse que ha sido calumniada. Algunos escritores protestan contra el menosprecio en que generalmente se la tiene; pero la mayoría la dirigen agrias censuras. La historia y las crónicas están de acuerdo al juzgarla. En ningún otro tiempo, el hombre, hecho de un poco de lodo, se ha acordado menos de su origen. La orgía reinaba, el oro era el único Dios.

Leyendo las locas seducciones de la especulación, encarnada en los créditos de Law, se creería ciertamente asistir a las pascuas financieras de nuestros tiempos. El Mississipi era la preocupación y el incentivo único. ¡Y eso que había para los incautos cebos tentadores! La civilización no había dicho todavía su última palabra. Era el arte niño, pero niño sublime.

Era el mes de septiembre del año 1717. Diecinueve años han transcurrido desde los acontecimientos que hemos referido en los anteriores capítulos de esta historia. El inventor del Banco de la Luisiana, hijo del platero Juan Lavre de Lariston, estaba entonces en todo el apogeo de su popularidad. El creador del papel moneda, del Banco general y de la *Compañía de Occidente*, transformada a poco en Compañía de las Indias, era el verdadero ministro de Hacienda del reino, aunque Argenson tenía la cartera.

El Regente, cuya inteligencia había oscurecido, primero la educación y después los excesos del libertinaje, se dejó seducir, creemos que de buena fe, con las maravillas de aquel poema financiero. Law pretendía transformarlo todo en oro. Pero llegó un momento en que los especuladores, teniendo en sus arcas muchos millones, no pudieron comer.

Como el audaz escocés no es uno de los personajes de nuestro relato, no examinaremos su obra. Vamos no más a fijarnos en los sorprendentes efectos de su invención.

En el mes de septiembre de 1717, las nuevas acciones de la Compañía de las Indias se llamaban *hijas*, para distinguirlas de las primitivas, que por la misma razón recibieron el nombre de *madres*. Las nuevas acciones se vendían con un 50 por 100 de beneficio. Las *nietas*, creadas algunos días después, obtuvieron la misma favorable acogida. Nuestros abuelos compraban por quinientas libras en buenos escudos, contantes y sonantes, un papel gris donde se prometía pagar mil a la vista. Al cabo de tres años, esos orgullosos papelotes valían quince sueldos el ciento. Los usaban las señoras para recoger de noche sus rizos, por lo que cualquier mujer podía ostentar, sin gran esfuerzo, bajo la redecilla, cinco o seis mil libras Law.

Felipe de Orleáns tuvo con el escocés las complacencias más exageradas. Las crónicas de aquel tiempo aseguran que no eran desinteresadas. En cada nueva emisión, Law reservaba la parte del lobo, es decir, de la Corte. Los grandes señores se disputaban estos papelitos con espantosa avidez.

El abate Dubois, arzobispo de Cambray en 1720 y cardenal y académico en 1722, que acababa de ser nombrado embajador de Inglaterra, amaba las acciones de Law, fuesen madres, hijas o nietas, con entrañable afecto.

Nada diremos de las costumbres de aquel tiempo, descritas hasta la saciedad. La Corte y la ciudad se vengaban del aparente rigorismo de los últimos años del reinado de Luis XIV. París era una inmensa mancebía. Si una gran nación pudiese ser deshonrada, la regencia sería una mancha indeleble en el honor de Francia. ¡Pero cuántas magníficas glorias traía en su seno, aquel siglo iniciado bajo tan míseros auspicios!

Era una mañana de otoño, triste y fría. Numerosos grupos de carpinteros y albañiles, con la herramienta a la espalda, subían por la calle de Saint-Denis y volvían la esquina de la calle de Saint-Magloire. En la mitad de esta calle, y casi enfrente de la iglesia del mismo nombre, que aún existía en el centro de su cementerio parroquial, veíase un portal de noble apariencia adornado con esculturas y columnas caprichosas. Los obreros entraban en él, pasaban el zaguán y se detenían en un gran patio empedrado, al que daban tres fachadas de noble y severa construcción.

Era el antiguo hotel de Lorena, habitado durante la Liga por el duque de Mereoeur. Desde Luis XIII se le conocía con el nombre de hotel Nevers. Y entonces se llamaba hotel Gonzaga. Felipe de Mantua, duque de Gonzaga, vivía en él.

Era este, sin duda, después del Regente y Law, el personaje más rico y de más importancia del reino. Disputaba los bienes de Nevers, bajo dos conceptos; primero como pariente y heredero presunto del duque, luego como marido de su viuda, Aurora Caylus. Este matrimonio le dio además la inmensa fortuna de Caylus Cerrojo, que hacía tiempo se había ido a reunir al otro mundo con sus dos difuntas mujeres. Al que se admire de este casamiento, le recordaremos el solitario castillo de Caylus y a las dos primeras mujeres del marqués, muertas dentro de aquella lóbrega prisión. Hay cosas que solo pueden explicarse por la violencia física o moral. El bueno de Caylus no era hombre escrupuloso y de la delicadeza de Gonzaga; tenemos suficientes pruebas. Hacía dieciocho años que la viuda de Nevers llevaba el nombre de princesa de Gonzaga. Ni un solo día se quitó el luto en tan largo periodo, excepto el instante que fue al altar. La noche de la boda, cuando Gonzaga fue a su cámara, le mostró la puerta con la mano. En la otra tenía un puñal, que apoyaba a su pecho palpitante.

—Vivo para la hija de Nevers —le dijo—, pero el sacrificio humano tiene sus límites. Si dais un solo paso más, iré a esperar a mi hija al lado de su padre. —Gonzaga tenía necesidad de su mujer, para disfrutar las rentas de los dominios de Caylus. Al ver su actitud resuelta, saludó profundamente y se alejó. Desde aquella noche, jamás la princesa volvió a pronunciar una palabra delante de su marido. Él era cortés, solícito, afectuoso. Ella, muda y fría. Todos los días, a la hora de la comida, Gonzaga enviaba un criado para que avisase a la princesa. Jamás se sentó a la mesa antes de llenar esta fórmula. Era un gran señor. Pero todos los días, también, una doncella de Aurora le respondía que su ama estaba indispuesta y le suplicaba la dispensase su ausencia. Esto sucedía trescientos sesenta y cinco días al año. Delante de sus amigos hablaba de su mujer con gran respeto y ternura.

Gonzaga era un espíritu fuerte, incontestablemente hábil, atrevido y calculador. Tenía los modales dignos y un poco ficticios de su país. Mentía y disimulaba con un descaro y una perfección casi heroicos, y aunque era el más desvergonzado libertino de la corte, en público cada uno de sus actos y de sus palabras llevaba el sello de la más remilgada decencia. El regente le llamaba su mejor amigo. Ambos habían hecho esfuerzos sobrehumanos para encontrar a la hija de Nevers; pero todas sus pesquisas habían sido inútiles. Fue imposible encontrarla, tan imposible, como comprobar su fallecimiento. Por esta circunstancia, Gonzaga continuaba siendo su tutor natural. Probada la muerte de la hija de Nevers, la herencia del duque Felipe le hubiera pertenecido.

Cuando Aurora, cediendo al paternal deseo, consintió en casarse con Gonzaga, mostrose inflexible para todo aquello que podía redundar en perjuicio de los intereses de su hija. Quiso que al mirar a Gonzaga constase su cualidad de viuda de Nevers y el nacimiento de su hija. Gonzaga tuvo indudablemente sus razones para aceptar todo esto.

Hacia fines de aquel verano, había hablado por primera vez de regularizar esta posición y nombrar un tribunal de familia que arreglase la cuestión de intereses. ¡Pero tenía tanto que hacer; era tan terco!

Lo probaban todos aquellos obreros que acabamos de ver entrar en su palacio y cuya misión era transformarlo por completo.

Aquella soberbia morada que contenía sorprendentes riquezas y maravillas, iba a convertirse muy pronto en colosal casa de cambio. El Regente, después de una cena, había concedido al príncipe de Carignan el derecho de establecer en su casa una sucursal del Banco de las Indias. Decíase que el príncipe disfrutaba el favor de hacer que se rechazasen las acciones que no llevaran el sello de su casa. Felipe de Gonzaga tuvo envidia. Y a la sazón de otra cena, el Regente, para consolarle, le concedió el monopolio de cambiar acciones contra mercancías. ¡Aquello llevaría a su casa montones de oro!

Era, pues, preciso dejar sitio para todo el mundo, puesto que todos debían pagar el espacio muy caro. Al día siguiente de ser otorgada la concesión llegó la cuadrilla de demoledores. Como el jardín, las estatuas y los árboles, no daban nada, fueron demolidos, derribados y arrinconados. Desde una ventana del primer piso, una mujer enlutada miró tristemente la obra devastadora. Era hermosa, pero tan pálida que los obreros la compararon a un fantasma. Se dijeron unos a otros: —Miradla; es la viuda de Nevers y la esposa del príncipe de Gonzaga—. Ella estuvo mirando largo rato a los trabajadores. Ante su ventana había un olmo secular en cuyo ramaje los pájaros en verano y en invierno, saludaban contentos la aparición del día. Cuando el viejo olmo cayó bajo el hacha, la enlutada corrió las cortinillas que cubrían los cristales.

No se la volvió a ver más. Todos los árboles cayeron. Los umbríos paseos desaparecieron; los rosales, los jazmines, las violetas, las madreselvas y los geranios, fueron arrancados sin compasión; las estatuas y las fuentes se llevaron a los sótanos. Había que hacer sitio, mucho sitio. Aquel jardín, inútil hasta entonces, produciría mucho dinero. ¡Sabe Dios cuánto haría valer el agio cada uno de los pies de aquel terreno! Cada una de las barracas que allí iba a hacer construir Gonzaga, rentaría tanto como un palacio espléndido.

A los que se burlaban de sus propósitos, decíales Gonzaga:

—Dentro de cinco años, con los millones que gane, podré comprar al rey Luis XV las Tullerías. Él será rey, pero estará arruinado.

La mañana en que por vez primera entramos en el palacio de Gonzaga, la obra de devastación había terminado; los tres pisos del palacio estaban como de tenduchos y una triple hilera de jaulas de pino se veía alrededor del patio principal. Los vestíbulos estaban transformados en oficinas. El patio estaba completamente lleno de solicitadores de barracas. Era el día en que aquello se convertiría en un mercado, en que iba a abrirse *La Casa de Oro*, como ya se la llamaba. Entraba todo el que quería en el hotel. Todo el primer piso, excepto las habitaciones de la princesa, se había habilitado para recibir mercancías. El olor de la madera fresca de pino estropeaba el olfato y el ruido incesante de los martillos martirizaba los oídos. Los criados no sabían a quién atender. Las proposiciones de venta mareaban la cabeza.

En la escalera principal, rodeado de un lúcido estado mayor de comerciantes, veíase un gentilhombre recargado de terciopelo, seda y puntillas, que llevaba una magnífica cadena de oro colgada al cuello. En todos los dedos tenía ricas sortijas. Era Peyrolles, confidente, consejero íntimo y adlátere de Gonzaga. No estaba muy viejo. Era siempre el mismo personaje, delgado, amarillo y encorvado, cuyos ojos saltones y miopes reclamaban perentoriamente la moda de los lentes. Tenía sus aduladores y lo merecía, porque Gonzaga le dispensaba toda su confianza.

Hacia las nueve, hora en que el apetito —al cual se rinden hasta los especuladores—, desembarazó el patio de solicitantes, dos hombres que no tenían ciertamente trazas de bolsistas, salvaron el umbral del palacio, a algunos pasos de distancia el uno del otro. Aunque la entrada era libre, no parecían muy seguros de su derecho a permanecer allí. El primero disimulaba mal su inquietud tras su aire impertinente y el segundo, al contrario, se esforzaba en aparentar aún más humilde de lo que era. Sus largas espadas les denunciaban por espadachines a tres leguas. Debemos advertir que el oficio andaba por entonces bastante desacreditado. La regencia había perseguido sañudamente a los bravos de oficio. La truhanería ocupaba el lugar que antes tuvo la espada del aventurero. Progreso patente que habla muy en favor de las nuevas costumbres.

Nuestros dos bravos se confundieron pronto con el gentío. El primero se abría paso a empujones y a codazos; el otro, se deslizaba como un gato por entre los grupos demasiado ocupados para fijarse en él. El insolente que se abría paso empleando sus codos llenos de remiendos, tenía poblado bigote de largas y retorcidas guías, llevaba un sombrero desfondado, cuyas largas alas le tapaban los ojos, un coleto demasiado viejo y grasiento y unos calzones cuyo primitivo color habría sido un problema difícil pretender descubrir. Su espada, enmohecida por todas partes, aparecía bajo una capa tan desgarrada que parecía la del propio don César de Bazán. Nuestro hombre llegaba de Madrid.

El otro aventurero, humilde y tímido, mostraba tres pelos rubios y erizados bajo la encorvada nariz. Su sombrero, sin alas, parecía el solideo de un capellán sin licencias. Un viejo jubón remendado, de mil colores, unas medias, que aunque recosidas, por todas partes dejaban ver la carne y unas botas que fueron nuevas hacía muchos años, completaban su traje y hubieran convenido mejor a un escribano que a un maestro de esgrima. La espada le golpeaba humildemente las canillas.

Después de haber atravesado el patio, los dos hombres llegaron casi al mismo tiempo a la puerta del gran vestíbulo. Ambos se miraron atentamente, y un mismo pensamiento se les ocurrió, después de un prolijo examen:

—¡He ahí un pobre diablo que no viene, a buen seguro, a comprar *La Casa de Oro!*

II. LOS REAPARECIDOS

Ambos estaban en lo cierto. Roberto Macaire y Bertrand disfrazados de espadachines hambrientos, harapientos y llevando una espada del tiempo de Luis XIV al costado, no tendrían otra apariencia. Macaire, sin embargo, tenía piedad de su colega, del que solo podía ver el perfil, pues el resto de su cara ocultábase tras la gola de su jubón, cuidadosamente levantada para ocultar la falta de camisa.

—¡Imposible encontrar cuadro más perfecto de la miseria! —se decía.

Y Bertrand, para quien el rostro de su compañero desaparecía tras las greñas descuidadas de su larga melena negra, pensaba bondadosamente:

—El pobre diablo parece un pordiosero. Es doloroso ver a un hombre de armas en tan calamitoso estado. Al menos, yo conservo la apariencia.

Y dirigió una mirada de satisfacción sobre las ruinas de su vestido. Macaire hacía lo mismo a su vez y se dijo:

—Yo no inspiraré la confianza de las gentes, siquiera.

Y recordó, más orgulloso que Artaban, los tiempos en que podía estrenar un traje.

Un criado de cara alargada e impertinente, apareció en el vestíbulo. Los dos pensaron a la vez:

—¡El desgraciado no entrará!

Macaire llegó el primero.

—¿Qué deseáis? —le preguntó el doméstico.

—¡Qué gracia! ¡Quiero comprar! —replicó Macaire derecho como un huso mientras echaba mano a la empuñadura de su espada.

—¿Qué vais a comprar?

—Lo que me agrade, tunante. ¡Mírame bien! Soy amigo de tu amo y hombre de dinero. ¡Rayos y truenos!

Y agarrando al criado de una oreja le hizo girar sobre sus talones, mientras pasaba diciendo:

—Esto se hace así.

El criado, después de hacer una pirueta, se encontró frente a Bertrand, que se quitó su solideo políticamente para saludarle.

—Amigo mío —le dijo en tono confidencial—, soy amigo de tu amo y vengo a tratar con él algunos negocios financieros.

El criado, aturdido, le dejó pasar.

Macaire estaba ya en la primera sala y dirigía a todas partes miradas desdeñosas.

—¡No debe vivirse mal aquí! —pensó.

Bertrand decía:

—¡El príncipe está perfectamente instalado!

Cada uno se hallaba en un extremo del salón. Macaire apercibió a Bertrand.

—¡Rayos y truenos! —dijo—. Parece imposible que hayan dejado pasar a ese hombre. ¡Qué hechuras!

Y se echó a reír.

—¡Quién lo creería! —decíase en tanto Bertrand—. ¡Palabra, que se está burlando de mí!

Y volviéndose se oprimió los costados porque la risa le ahogaba.

—Es un magnífico ejemplar —dijo.

Macaire, viendo reír a su compañero, reflexionó:

—Después de todo, este es el mercado. Ese grotesco personaje tal vez haya encontrado en el rincón de una calleja algún rico comerciante. ¡Si tuviera los bolsillos llenos! Trabaré conversación con él.

—¡Quién sabe! —meditaba al mismo tiempo Bertrand—. Aquí debe venir gente de todos los colores. El hábito no hace al monje. Ese tragaguantes quizá haya dado ayer noche algún golpe de mano. ¡Si tuviera buenos y relucientes escudos en sus bolsillos! Deseos me vienen de hablarle…

Macaire se adelantó.

—¡Caballero! —dijo, saludándole con énfasis.

—¡Caballero! —decía en el mismo momento Bertrand, haciendo una profunda reverencia.

Se miraron a la vez fijamente.

El acento de Macaire había llamado la atención de Bertrand, y el saludo melado y gangoso de este hizo estremecer a Macaire.

—¡Rayos y truenos! —dijo este último—, creo que este bribón es Passepoil.

—¡Cocardasse! —exclamó el normando con los ojos húmedos—. ¿Eres tú?

—En carne y hueso. Rayos, abrázame.

Y Passepoil se precipitó en los brazos que su antiguo amigo le tendía. Permanecieron abrazados largo rato. Su emoción era sincera y profunda.

—¡Basta de abrazos! Háblame; que oiga tu voz, gran tunante —dijo el gascón.

—Diecinueve años separados —murmuró Passepoil limpiándose los ojos con la manga de su ropilla.

—¡Voto al chápiro! —exclamó el gascón—. ¿No tienes pañuelo?

—Me lo habrán robado en estos apretones —replicó dulcemente el antiguo preboste.

Cocardasse registró vivamente sus bolsillos, aunque sabía bien que nada podía encontrar, y dijo con indignación:

—¡El mundo está lleno de rateros! A mí también me lo han robado. ¡Ah, querido, diecinueve años sin vernos! ¡Entonces qué jóvenes éramos!

—Nuestra edad era la de las locuras amorosas. Sin embargo, mi corazón no ha envejecido.

—Yo bebo lo mismo que antes.

Se miraron al blanco de los ojos.

—Los años no te han embellecido, Cocardasse.

—Francamente, mi viejo Passepoil, los años te han hecho más feo.

Passepoil tuvo una sonrisa de orgullosa modestia, y murmuró:

—No es esa la opinión de las damas. Cuando te vi me dije: ¡He ahí un gentilhombre! Conservas tu gallardía de siempre.

—Yo también al verte pensé en seguida: Ese es un caballero de importancia y muy gentil.

—¡Qué quieres! El trato del bello sexo. La afición y las hechuras no se pierden del todo.

—Dime, palomo, ¿dónde fuiste después del asunto?

—¿Del asunto de los fosos de Caylus? —contestó Passepoil bajando la voz a pesar suyo—. No me hables de eso. Tengo siempre delante de mí la mirada de Lagardère.

—¡Estuvo magnífico aquella noche, cuernos de Satanás!

—¡Qué espada la suya!

—Ocho muertos quedaron en el foso.

—Sin contar los heridos.

—¡Qué granizada de estocadas! Era digno de verse. ¡Cuando pienso que debimos tomar su partido arrojando el dinero recibido a Peyrolles!

Si nos reunimos con Lagardère, Nevers no hubiera muerto y habríamos hecho nuestra fortuna.

—Sí, debíamos haber hecho eso —respondió Passepoil suspirando.

—No fue bastante poner los botones a nuestras espadas; debimos ayudar a nuestro querido discípulo.

—¡Nuestro maestro!

El gascón le apretó la mano y quedaron un instante pensativos.

—Lo que está hecho ya no puede remediarse —dijo Cocardasse—. No sé cómo te habrá ido, amigo, pero yo no he sido feliz. Cuando los voluntarios de Carrigue cargaron sobre nosotros con sus carabinas, me refugié en el castillo. Tú desapareciste. En lugar de cumplir su promesa, Peyrolles nos licenció al día siguiente, con el pretexto de que nuestra presencia en el país despertaría sospechas. Era justo. Se nos pagaba en la moneda que merecíamos. Partimos. Yo pasé la frontera, preguntando en todas partes por ti. He permanecido en España todo el tiempo, siempre con varia fortuna. Al fin he vuelto a la patria, pero sin un maravedí.

El gascón vació sus bolsillos con ademán significativo.

—¿Y tú?

—Yo —respondió el normando—, fui también perseguido por los hombres de Carrigue. Pensé como tú pasar a España, pero en el camino me encontré a un benedictino que me tomó a su servicio. Iba a Kehl, a posesionarse de una herencia en nombre de su comunidad. Creo que le dejé sin dinero y sin equipaje, no estoy cierto. Pasé a Alemania. ¡Vaya un país! Allá se baten con jarros de cerveza. La mujer de un posadero de Mayence me desembarazó de los ducados del benedictino. ¡Era hermosa y me amaba! ¡Ah, Cocardasse amigo! ¿Por qué tendré la desgracia de agradar tanto a las mujeres? Sin las mujeres hubiese podido comprar una casa de campo donde pasar los días de mi vejez tranquilamente. Una casa que tuviera un jardín, una pradera sembrada de campanillas rosadas y un molino.

—¡Y en el molino, una molinera! —le interrumpió el gascón.

Passepoil se golpeó el pecho.

—¡Las pasiones, las pasiones, hasta dónde conducen! El tormento de la vida y la ruina de los hombres. Me ha pasado como a ti. He corrido de ciudad en ciudad, de país en país, Y no he encontrado la dicha. Desesperado, vuelvo también a la patria sin un escudo.

—Querido maestro, ¿ha sido solamente el amor a la patria y la falta de dinero lo que te han traído a la patria? Dilo con franqueza —preguntó Passepoil.

—¿Y a ti?

Passepoil movió la cabeza, Cocardasse bajó los ojos.

—Y también otra cosa —dijo este último—. Una noche, al volver una esquina, me encontré… ¡adivínalo!

—Lo adivino… El mismo encuentro me ha hecho dejar Bruselas.

—A su vista, sentí que el aire de Cataluña me sentaba mal. ¿No es una vergüenza ceder siempre el paso a Lagardère?

—Ignoro si será vergonzoso; pero estoy seguro de que es prudente. ¿Conoces la historia de nuestros compañeros en el negocio Nevers?

—Sí, sí —respondió el gascón—, el tunante lo dijo aquella noche: «¡Moriréis todos por mi mano!»

—Y cumple su palabra. Éramos nueve en el ataque, contando a Lorrain, jefe de los bandoleros.

—¡Nueve buenas espadas! —añadió Cocardasse preocupado.

—De los nueve, Staupitz y Lorrain han muerto los primeros, los dos de una estocada en la frente, entre los dos ojos.

Passepoil puso uno de sus dedos en el sitio indicado. Instintivamente Cocardasse hizo lo mismo, mientras decía:

—Los demás hicieron suerte, pues Gonzaga solo se ha olvidado de nosotros. Pinto se casó en Turín, *el Matador* tenía una academia en Escocia, y Joël de Jugan había comprado un dominio en la baja Bretaña. Sí, todos estaban contentos y a gusto. Pero Pinto murió en Turín, y *el Matador* en Glasgow.

—Joël de Jugan en Morlaix —continuó Passepoil—. ¡Siempre la misma estocada! La estocada Nevers.

Guardaron un silencio profundo.

—Todavía queda Faënza —agregó Cocardasse enjugando su frente sudorosa con el embozo de su capa.

—Y Saldaña…

—Gonzaga los ha protegido. Faënza es caballero.

—Y Saldaña, barón. Ya les llegará su turno.

—Más o menos tarde, será lo mismo para todos. ¡También a nosotros nos llegará el turno!

—¡Es verdad! —replicó Passepoil.

—¡Qué vamos a hacerle! —dijo Cocardasse como hombre que ha tomado su partido—. Cuando me haya derribado con el terrible agujero entre los dos ojos, pues yo no he de defenderme, le diré como en otro tiempo: —«¡Eh, bribón, dame la mano y perdóname para que tu viejo amigo Cocardasse muera contento!»

Passepoil no pudo contener un gesto.

—Yo también procuraré que me perdone, pero no tan tarde —dijo.

—Por ahora, al menos, podemos vivir tranquilos. Está desterrado de Francia, y es seguro que no le encontraremos en París.

—¡Seguro! —replicó el normando con aire de duda.

—En fin, aquí es donde tenemos menos probabilidades de encontrarle. Por esto he venido.

—Y yo.

—Y también para recordar mis servicios a Gonzaga.

—Algo está obligado a hacer por nosotros.

—Saldaña y Faënza nos protegerán.

—Y tal vez lleguemos a ser grandes señores como ellos.

—¡Por Belcebú! Seremos buena pareja de galanes.

El gascón hizo una pirueta, y el normando dijo con seriedad:

—Un buen traje me vendrá bien.

—Cuando he preguntado por Faënza me han dicho: «El señor caballero no está visible.» ¡El señor caballero no está visible! Todavía me acuerdo de cuando le hacía girar ante mi espada, como una veleta —agregó Cocardasse encogiéndose de hombros.

—Cuando me presenté a la puerta de Saldaña —dijo Passepoil—, un lacayo me trató bastante irreverentemente y me dijo con insolencia:

—«El señor barón no recibe.»

—¡Ah! ¡Cuando nosotros tengamos lacayos, qué gusto! El mío quiero que sea muy insolente.

—¡Ah! ¡Yo solo deseo un ama de gobierno!

—Ya llegará eso, querido. Ahora lo comprendo todo. ¿Aún no has visto al señor Peyrolles?

—No. Quiero hablar con el príncipe.

—¡Se dice que es riquísimo!

—¡Tiene millones! Esta es *La Casa de Oro*. Así se la llama. Yo no soy orgulloso. Seré también comerciante si quiere.

—¡Tú, hombre de negocios! —exclamó Cocardasse—. ¡Triste caída! Sin embargo si así se hace fortuna…

—Pero, ¿tú no sabes lo que es esto?

—He oído decir algunas cosas. Pero, ¡cómo creer en tales prodigios!

—Será preciso creer. Las maravillas abundan. ¿Has oído hablar del jorobado de la calle Quincampoix?…

—¿El que presta su joroba a los endosadores de acciones?

—No la presta, la alquila. En dos años, dícese que ha ganado ciento cincuenta mil libras.

—¡Pero, es posible!

—Tan cierto, que va a casarse con una condesa.

—¡Producir ciento cincuenta mil libras una simple joroba! ¡Rayos y truenos! Eso no es creíble.

—Amigo mío, hemos perdido muchos años; pero consuélate, llegamos en el momento de la abundancia. Figúrate, no hay sino bajarse para recoger una buena fortuna. ¡Esto será la pesca milagrosa! Mañana nada valdrán los luises de oro. Al venir, he visto chicos que jugaban a las chapas con escudos de seis libras.

Cocardasse se relamió los labios.

—¡Ah! En estos tiempos es necesario recurrir al arte. Un golpe de fondo, y nuestra suerte estará hecha. ¿Eh, tunante?

Y Cocardasse se restregó las manos con regocijo.

Passepoil guiñó uno de sus ojos.

—Cállate, viene gente.

Después, en voz baja, añadió al oído de Cocardasse:

—Mi opinión es que aún valemos mucho… Antes de una hora, el príncipe habrá señalado un buen precio a nuestros antiguos servicios. Hay que aprovechar la abundancia…

III. LA SUBASTA

La sala donde el normando y el gascón, hablaban, estaba situada en el centro del edificio. Las ventanas, cubiertas con pesadas colgaduras de Flandes, daban a un pequeño patio, donde había un poco de césped y unas cuantas flores, que pomposamente debía llamarse desde entonces «el jardín particular de la señora princesa». Más afortunado que otros departamentos del palacio, invadidos ya por obreros de todos los oficios, nada en él se había tocado.

Era el gran salón de ceremonias del palacio y estaba amueblado opulenta y severamente. Un gran estrado, frente a la enorme chimenea de mármol negro, levantábase en uno de los testeros principales recubierto con rico dosel de Turquía y daba al salón aspecto de tribunal.

En él se habían reunido, en efecto, más de una vez los ilustres miembros de las casas de Lorena, Chevreuse, Joyeuse, Aumale, Elbeuf, Nevers, Mayenne y Guisa, en tiempos en que los grandes barones disponían de los destinos y negocios del reino.

Gracias a la gran confusión que reinaba en el hotel de Nevers, los dos aventureros pudieron llegar hasta aquel sitio.

El gran salón conservaba aún por un día su antiguo aspecto de grandeza, porque en él debía verificarse una reunión de familia. Después los obreros construirían en su recinto cuantos tenduchos fuese posible.

—Una palabra todavía sobre Lagardère —dijo Cocardasse, cuando el ruido de pasos que les había alarmado se alejó—. Cuando le encontraste en Bruselas, ¿iba solo?

—No —respondió Passepoil—. ¿Y cuando tú le viste?

—Tampoco.

—¿Con quién iba?

—Con una muchacha.

—¿Hermosa?

—Bellísima.

—¡Es singular! También iba con una joven muy guapa cuando le hallé en Flandes. ¿Te acuerdas de ella?

Cocardasse respondió:

—Era encantadora e iba vestida de gitana. ¿Y la que viste en…?

—Tenía cara de ángel y vestía ricamente.

—¡Es singular! —dijo Cocardasse—. ¿Qué edad tendría?

—La edad que podría tener entonces la niña.

—La otra, también. Aún no lo hemos dicho todo. Entre los que esperamos la estocada de Lagardère se hallan también Peyrolles y el príncipe.

La puerta se abrió en aquel momento. Passepoil solo tuvo tiempo de decir:

—¡Vivir para ver!

Un criado, con lujosa librea, entró seguido de dos obreros. Tan distraído estaba, que no vio a los dos espadachines que se apresuraron a esconderse entre las cortinas de una ventana.

—¡Aprisa! —dijo—. Trazad el trabajo para mañana. Cuatro pies cuadrados para cada cajón.

Los dos obreros se pusieron a trabajar. Mientras el uno medía, el otro señalaba con tiza cada espacio de cuatro pies, poniéndose además un número de orden. El primero que señalaron tenía el número 927.

—¿Qué diablos hacen esos ahí? —preguntó a su compañero el gascón, saliendo de su escondite.

—¿No lo sabes? Cada uno de esos espacios señala el lugar en que han de levantar los carpinteros un nuevo cuchitril de madera. Y el número 927 indica que hay ya cerca de mil cajones en casa del príncipe.

—¿Para qué sirven esos cajones?

—Para hacer oro.

Cocardasse abrió desmesuradamente los ojos. Passepoil le explicó a grandes rasgos la concesión que Felipe de Orleáns acababa de hacer a su amigo Gonzaga.

—¡Cómo! —exclamó el gascón—. ¿Cada uno de esos cajones valdrá tanto como un dominio en Beance o en Brie? ¡Ah, mi amigo! Unámonos válidamente al príncipe.

Un medidor marcaba. El criado decía:

—Números 935, 936, 937. Medid escrupulosamente, buen hombre. Cada pulgada vale mucho oro, no lo olvidéis.

—¡Bendición! ¿Tanto valen esos papelitos?

—Tanto valen, que el oro y la plata se mirarán dentro de poco con desprecio.

—¡Viles metales! —dijo gravemente el gascón—. Bien merecida se tienen su ruina. No sé si será a causa de la costumbre; pero siento cierta predilección por las pistolas.

—Número 941 —dijo el criado.

—Sobran dos pies y medio —añadió el obrero levantándose.

—Que los aprovechen para un hombre muy flaco —observó Cocardasse.

—En seguida que concluya la Asamblea, vendrán los carpinteros a construir los cajones para mañana —dijo el criado.

—¡Una Asamblea! ¿Y para qué?

—Tratemos de saberlo. Cuando se entra en una casa como esta con el propósito que nosotros, es menester averiguar todo lo que en ella pasa.

Cocardasse, al oír esta observación tan sabia y justa, acarició el mentón de Passepoil con la ternura de un padre cariñoso.

El criado y los medidores se fueron. De pronto se oyó un gran vocerío detrás de la puerta del salón. Gritaban:

—¡A mí! ¡A mí! ¡Tengo mi inscripción! ¡Que nadie se me adelante!

—¡Tranquilidad, señores! —dijo una voz imperiosa.

—¡El señor de Peyrolles! —dijo Passepoil—. Escondámonos.

Y se ocultaron tras los tapices.

El señor Peyrolles franqueó en aquel instante la puerta seguido, o más bien aprisionado, entre la multitud compacta de solicitantes. Solicitadores del espacio escaso y precioso, que iban a dar mucho dinero por un poco de humo.

El señor Peyrolles iba ricamente vestido. Por entre la nube de puntillas que cubría sus manos secas, veíanse brillar los diamantes.

—¡Vamos, señores —dijo jugando con su pañuelo guarnecido de encaje de Alençon—, retiraos un poco! ¡Sois muy irrespetuosos!

—¡Ah, el granuja es magnífico! —suspiró Cocardasse.

Con el bastón que llevaba en la mano separaba a los más atrevidos. A su lado marchaban dos secretarios que llevaban grandes libretas.

—Guardad un poco de compostura —añadió sacudiendo un resto de tabaco que había caído en el encaje de su cuello.

Hizo un gesto tan magnífico para apoyar sus palabras, que los dos espadachines tuvieron deseos de aplaudir. Pero los comerciantes no se satisfacían con tales monadas.

—¡A mí! ¡A mí! ¡Yo soy el primero! ¡A mí me corresponde ahora!

Peyrolles volvió a decir:

—¡Señores!

En seguida callaron.

—Os he pedido un poco de calma —continuó—; represento directamente la persona del príncipe de Gonzaga y soy su intendente. A pesar de esto, veo a todo el mundo cubierto.

Todos se descubrieron.

—Perfectamente. Ahora escuchadme.

—¡Silencio! ¡Silencio! —gritaron todos.

—Los departamentos de esta galería se construirán en breve y serán entregados mañana.

—¡Bravo!

—Es el último espacio que nos queda. Y estos serán los últimos cajones que podrán alquilarse.

Peyrolles saludó.

El coro dijo:

—¡A mí! ¡Yo estoy inscrito! ¡No será justo que se me quite la vez!

—No me empujéis, mal educado —decía a un comerciante una mujer—. ¡Maltrataréis a una dama!

—¡Váyase de aquí la vieja! —replicaron cuatro o cinco.

—¡Fuera!

—¡A mí!

—¡Orden!

Allí revueltos estaban los abuelos de esas mujeres feas que en nuestros días espantan al transeúnte amigo de la estética.

—¡Sinvergüenza!

—¡Escandalosa!

—¡Estúpido!

Así continuaron insultándose por largo rato los grupos. Había llegado el instante de tirarse de los pelos.

Cocardasse y su compañero asomaron un poco la cabeza para enterarse del barullo.

Cuando el escándalo adquiría proporciones aterradoras, la puerta del fondo, situada detrás del estrado, se abrió de par en par.

—¡Gonzaga! —exclamó el gascón.

—¡El millonario! —añadió Passepoil.

Instintivamente se descubrieron.

Gonzaga apareció, en efecto, en lo alto del estrado, acompañado de dos jóvenes señores. Continuaba bello, aunque se acercaba a los cincuenta. Su talle conservaba la gallardía de la juventud. No tenía ni una arruga en la frente. Su cabellera sedosa y espesa caíale a los lados, en rizos brillantes como el azabache. Llevaba un frac de terciopelo de forma sencilla y elegante. Su lujo no se parecía al de Peyrolles. Su chorrera valía cincuenta mil libras y llevaba más de un millón en diamantes en el collar, distintivo de una orden de caballería, y del que solo se veían algunos trozos bajo la vesta de satén blanco.

Los dos jóvenes que le acompañaban eran Chaverny, primo suyo por parte de los Nevers, y el hijo menor de Navailles. Ambos llevaban pelucas, según la moda del tiempo. Eran dos jóvenes encantadores, un poco afeminados y de fisonomía algo cansada; pero cuyos ojos, a causa de libaciones matinales de Champagne, tenían como la seda y el terciopelo de sus trajes una admirable insolencia.

El hijo menor de Navailles tenía veinticinco años, el marqués de Chaverny solo veinte. Detuviéronse un instante para examinar a los reunidos y luego lanzaron una carcajada.

—¡Señores, señores! —dijo Peyrolles, descubriéndose—, respetad un poco al menos, al señor príncipe.

La multitud, ya dispuesta a venir a las manos, se tranquilizó como por encanto. Todos los candidatos a los tenduchos de Gonzaga se inclinaron a la vez. Hasta las damas le hicieron reverencia.

Gonzaga saludó con la mano, y dijo:

—Despacha, Peyrolles. Necesitamos este salón.

—¡Oh, qué figuras! —dijo Chaverny.

Peyrolles se acercó a su amo.

—Están muy excitados y pagarán lo que se quiera.

—¡Empezad la subasta, eso nos distraerá! —dijo Chaverny.

—¡Silencio, loco! —dijo Gonzaga—. Aquí no estamos en la mesa.

Pero la idea no le pareció del todo mal, y añadió:

—¡Sea! ¡Subastaremos! ¿Qué precio elegiremos?

—¡Quinientas libras mensuales, por cada cuatro pies cuadrados! —dijo Navailles, creyendo excederse.

—¡Mil libras por semana! —dijo Chaverny.

—Pongamos mil quinientas libras —concluyó Gonzaga—. Decidlo así, Peyrolles.

—Señores —dijo este, volviéndose a los solicitantes—: como estos son ya los últimos departamentos y los mejores, se adjudicarán al que más dé. Número 927, mil quinientas libras.

Se produjo un murmullo, pero nadie dijo una palabra.

—Primo, voy a animar a tus compañeros —dijo Chaverny.

Y adelantándose un poco, gritó:

—¡Dos mil libras!

Los pretendientes se miraron con angustia.

—¡Dos mil quinientas libras! —añadió el de Navailles.

Los verdaderos candidatos estaban consternados.

—¡Tres mil! —dijo con voz débil un rico comerciante en lanas.

—¡Adjudicada! —contestó Peyrolles apresuradamente.

Gonzaga le dirigió una mirada terrible. Peyrolles era un espíritu estrecho que temía ver llegar a su límite la locura humana.

—¡Esto va bien! —dijo Cocardasse a su amigo.

Passepoil escuchaba reteniendo el aliento y con las manos juntas.

—Número 928 —volvió a decir el intendente.

—Cuatro mil libras —dijo con negligencia Gonzaga.

—¡Pero si es igual al anterior! —exclamó una vieja, que había casado a su nieta con un conde, al precio de veinte mil luises, ganados en su comercio de modas de la calle de Quincampoix.

—¡Yo la tomo! —dijo un boticario.

—¡Doy cuatro mil quinientos! —agregó un quinquillero.

—¡Cinco mil!

—¡Seis mil!

—Adjudicada —respondió Peyrolles—. Número 929...

A una significativa mirada de Gonzaga, añadió:

—¡Diez mil libras!

—¡Cuatro pies cuadrados! —dijo Passepoil asombrado.

Cocardasse añadió gravemente:

—¡Los dos tercios de una sepultura!

La subasta continuó. El vértigo se apoderaba de todos. Se disputó el número 929 como una fortuna; y cuando Gonzaga tasó la siguiente en quince mil libras, nadie se asombró. Debe decirse, que el precio se pagaba al contado en buenas especies y en magníficos billetes de Estado.

Uno de los secretarios de Peyrolles recibía el dinero y el otro anotaba en un registro el nombre de los compradores. Chaverny y Navailles ya no veían. Estaban asombrados.

—¡Qué increíble locura! —decía el marqués.

—Es preciso verlo para creerlo —respondió Navailles.

Y Gonzaga les contestó con su sonrisa burlona:

—¡Ah, señores! Francia es un gran país. Pero concluyamos: todas las que quedan a veinte mil libras.

—¡Una bagatela! —exclamó Chaverny.

—¡A mí! ¡A mí! —gritó el corro.

El oro corría a oleadas por los escalones del estrado, que servían de contador. Producía placer y estupor a un tiempo ver el apresuramiento con que aquellas gentes vaciaban sus bolsillos. Los que habían obtenido un cajón se retiraban satisfechos. Los vencidos se tiraban de los pelos.

Peyrolles y sus acólitos no daban abasto ni sabían a quién atender. El frenesí llegaba. Los últimos chiribitiles se habían adjudicado. Solo quedaba ya el número 942, aquel que solo tenía dos pies y medio. Fue alquilado en veintiocho mil libras. Peyrolles, entonces, cerrando su cuaderno, dijo:

—La subasta ha concluido.

Hubo un momento de silencio.

Gonzaga dijo a Peyrolles:

—Es preciso despejar el salón.

En aquel momento un grupo se presentó a la puerta; pero aquel grupo lo formaban cortesanos, nobles y caballeros que acudían a la cita del príncipe.

—¡Entrad, señores! —les dijo Gonzaga al verles—. El salón quedará pronto despejado.

—¡Entrad! —añadió Chaverny—. Estas buenas gentes os cederán el sitio que han comprado con un ciento por ciento de beneficio.

—Harían mal —añadió Navailles.

Todos los recién llegados eran parientes lejanos de Nevers, convocados por Gonzaga para una solemnidad: la Asamblea de que había hablado el señor Peyrolles.

—¿Qué tal la subasta? —preguntó uno de ellos.

—Mal —respondió fríamente Gonzaga.

—¡Oyes! —dijo Cocardasse a su compañero.

Passepoil, que sudaba la gota gorda, replicó:

—Tiene razón. Esos gallinas le hubieran dado, si se lo pide, el resto de sus plumas.

—¡Vos tan hábil en los negocios!

—Parece mentira —contestó el que antes había preguntado.

—Juzgad. He subastado mis últimos departamentos en veintitrés mil libras uno con otro.

—¿Por año?

—Por semana.

Los recién llegados miraron entonces a los compradores.

—¡Veintitrés mil libras! —se decían deslumbrados—. ¡Eso es un furor!

—Un frenesí. Todavía veremos muchos otros. He alquilado el patio, el jardín, el vestíbulo, las escaleras, toda la casa… Será preciso que me vaya a vivir a cualquier parte. Y lo más sorprendente es que, conforme va disminuyendo el espacio, las peticiones aumentan. Nada me queda por alquilar.

—Busca bien, primo. Démosle a estos señores el placer de presenciar una subasta.

Al oír la palabra subasta los que no habían conseguido sitio, se acercaron apresuradamente.

—¡No queda nada! —repitió Gonzaga.

Después, como quien recuerda, exclamó:

—¡Ah! ¡Sí! Queda un sitio para alquilar.

—¡Que se subaste! —gritaron todos los compradores.

—Es la covacha de mi perro.

Una carcajada salió del grupo de los cortesanos; pero los comerciantes hicieron un movimiento de interés. Reflexionaron.

—¿Creéis que me burlo? —preguntó el príncipe a sus amigos—. Os apuesto a que me dan treinta mil libras por la habitación de mi perro.

Las risas redoblaron.

De improviso apareció una figura extraña ante Chaverny y Navailles, que reían más que los otros. Era un jorobado. Tenía la cabellera enmarañada y crespa. Toda su persona era ridícula.

Cuando estuvo cerca del príncipe, le dijo con voz cascada y chillona:

—¡Yo me quedo con la covacha de vuestro perro, en treinta mil libras!

IV. GENEROSIDADES

Debía ser un jorobado de mucho ingenio, a pesar de la extravagancia que cometía en aquel momento. Tenía los ojos vivos y la nariz aguileña. Su frente se dibujaba bien bajo la grotesca y enmarañada peluca, y la sonrisa burlona que plegaba sus labios finos, revelaba una malicia infernal. ¡Era un verdadero jorobado!

La joroba era espléndida, magnífica, y estaba perfectamente situada en mitad de la espalda. Por detrás le levantaba para acariciar la nuca y por delante el pecho le tocaba el mentón. Tenía las piernas zambas, pero no tan delgadas como generalmente son las de los jorobados. Llevaba traje negro de buen corte con puños y chorrera de tableada muselina, muy blanca. Todas las miradas se fijaron en él, lo que no parecía molestarle.

—¡Bravo, sabio Esopo! —exclamó Chaverny—. ¡Me parece un especulador atrevido y diestro!

—Bastante atrevido… —contestó Esopo mirándole fijamente—. En cuanto a diestro… ya lo veremos.

Su voz chillona y atiplada parecía la de un niño.

Todos exclamaron:

—¡Bravo, Esopo! ¡Bravo!

Cocardasse y Passepoil miraban aquella escena sin asombrarse; pues su asombro ya no hubiese tenido razón de ser. Cocardasse, que miraba curiosamente al jorobado, preguntó en voz baja a su compañero:

—¿Hemos conocido nosotros algún jorobado?

—No, que yo recuerde.

—¡Por Baco! Me parece que he visto esos ojos, antes de ahora en alguna parte.

También Gonzaga miraba atentamente al jorobado.

—Amigo —dijo—, ¿sabéis que se paga al contado?

—Lo sé —respondió Esopo, nombre por el que todos le conocieron desde aquel momento.

Chaverny le había bautizado.

Esopo sacó una cartera y de ella sesenta billetes de quinientas libras, que puso en manos del señor Peyrolles. Casi se esperaba ver desaparecer esos papeles, convertidos en hojas secas; tan fantástica había sido la aparición del jorobado. Pero era buena moneda corriente.

—Mi recibo.

Guardó el recibo en el lugar de donde había sacado los billetes y dijo saludando políticamente:

—¡Buen negocio, señores; hasta la vista!

Los nobles se separaron para dejarle paso. Reían aún; pero sentían al mismo tiempo algo así como frío en las venas. Gonzaga se quedó pensativo.

Peyrolles y sus gentes empezaron a desalojar el salón.

—Señores —dijo Gonzaga—, mientras se arregla el salón, os agradeceré que me acompañéis a mis habitaciones.

—¡Vamos, ahora o nunca! —dijo Cocardasse—. Este es el momento.

—No me atrevo —contestó tímidamente Passepoil.

—¡No hay más remedio! Yo iré delante.

Y tomando a Passepoil de la mano, se adelantó hacia Gonzaga con el sombrero en la mano.

—¡Diablo! —exclamó Chaverny al verlos—. Nuestro primo ha querido hacernos presenciar hoy una comedia. Es el día de las máscaras. ¡El jorobado no estaba mal del todo; pero he ahí la más hermosa pareja para degollar codornices que he visto en mi vida!

Cocardasse les miró de soslayo. Navailles y los demás les rodearon con curiosidad.

—¡Sé prudente! —murmuró Passepoil al oído del gascón.

—¡Rayos y truenos! —contestó este—. Jamás me he echado a la cara más necios gentileshombres.

—¡El alto es muy arrogante! —dijo Navailles.

—¡El otro es más interesante!

—No hay más cajones que alquilar —díjole a un tiempo soltando la carcajada—. ¿Qué queréis?

Dichosamente ya estaban cerca de Gonzaga, quien al verlos se estremeció.

—¡Ah! ¿Qué quieren esos valientes? —dijo.

Cocardasse le saludó con la majestuosa gravedad que caracterizaba todos sus movimientos. Passepoil se inclinó hasta el suelo. Cocardasse, mientras miraba fijamente al grupo de los burlones, dijo con voz clara:

—Este gentilhombre y yo, viejos conocidos de monseñor, veníamos a ofrecerle nuestros respetos.

—¡Ah! —dijo Gonzaga.

—Si ahora monseñor está ocupado en importantes negocios, volveremos a la hora que tenga a bien indicarnos —respondió el gascón inclinándose de nuevo.

—Eso es —añadió Passepoil—. Tendremos el honor de volver.

Tercera reverencia.

—¡Peyrolles! —llamó Gonzaga.

El intendente volvía después de haber echado del palacio a los comerciantes.

—¿Reconoces a estos gallardos muchachos? —le preguntó Gonzaga—. Alójales, y dales lo que quieran de comer y beber.

Y volviéndose a los dos hidalgos:

—Esperad mis órdenes.

—¡Ah, monseñor! —exclamó Cocardasse.

—¡Generoso príncipe! —dijo Passepoil.

—¡Id! —ordenó Gonzaga.

Retrocedieron, andando al revés, mientras hacían profundas reverencias y barrían el suelo con las viejas plumas de sus sombreros. Cuando llegaron al grupo de los burlones, Cocardasse se puso el sombrero sobre la oreja y levantó con la contera de la espada la parte posterior de su capa. Passepoil, le imitó. Ambos, altaneros, magníficos, con la cabeza alta y la mano en la empuñadura de su espada, dirigieron a los burlones miradas terribles, mientras atravesaban la sala en pos de Peyrolles. Cuando llegaron a la repostería, su equipaje y sus maneras asombraron a todos los servidores del príncipe.

Comiendo, decía Cocardasse:

—Amigo, nuestra fortuna está hecha.

—¡Dios lo quiera! —respondió Passepoil, siempre menos fogoso, con la boca llena.

—¡Ah! Primo —dijo Chaverny—, ¿desde cuándo te sirves de semejantes auxiliares?

Gonzaga dirigió a su alrededor una mirada de desconfianza, y no contestó.

Los nobles hablaban bastante alto, para que el príncipe pudiese oír los ditirambos que cantaban en honor suyo. Todos eran nobles más o menos arruinados. Ninguno había cometido acciones punibles dentro de la ley; pero no había uno que tuviese limpia la conciencia. Desde el primero hasta el último tenían necesidad del príncipe, que era entre ellos señor y rey, como ciertos patricios de la vieja Roma entre la famélica muchedumbre de sus clientes. Gonzaga dominábales por la ambición, por el interés, por las necesidades y por los vicios. El único que había conservado algo de independencia, era Chaverny, demasiado loco para especular y demasiado altanero para venderse. Aunque el príncipe, en el apogeo de la riqueza y del poderío, no parecía necesitarles para nada, tenía precisión de ellos; y en el transcurso de nuestro relato, verá el lector lo que de su adhesión agradecida esperaba.

—¡Se habla de las minas del Perú! —decía uno muy obeso, llamado Oriol, en voz alta, para que Gonzaga, que estaba un poco distante, le oyese—. ¡El hotel del príncipe, será dentro de poco todas las minas del Perú juntas!

—¡A fe mía! —replicó Taranne, banquero arruinado—, ¡esto es Eldorado!

—¡La casa de oro! —añadió el señor Montaubert—. O mejor dicho: ¡la casa de los diamantes!

—Algunos grandes señores —apoyó Gironne— vivirían todo un año con lo que recoge en una semana el príncipe.

—¡Es que el príncipe de Gonzaga es el rey de los grandes señores! —contestó Oriol.

—Gonzaga, primo mío —exclamó Chaverny—, pon término, por favor, a tan fastidiosas alabanzas. De lo contrario, los hosannas no terminarán nunca.

El príncipe pareció despertar de un sueño.

—Señores —dijo, sin responder al marqués, cuyas chanzas le desagradaban—, hacedme el favor de seguirme a mis habitaciones. Es preciso que esta sala quede libre un momento.

Cuando estuvieron en su gabinete, dijo el príncipe dirigiéndose a todos:

—Ya sabéis para lo que os he convocado.

—He oído hablar de un consejo de familia —respondió Navailles.

—Más que eso, señores. Vamos a celebrar una solemne Asamblea o tribunal de familia, donde Su Alteza Real el Regente estará representado por los tres primeros dignatarios del Estado: el presidente Lamoignon, el mariscal Villeroy y el vicepresidente d'Argenson.

—¡Peste! —dijo Chaverny—. ¿Se trata de la sucesión de la corona?

—Marqués —dijo secamente Gonzaga—, estamos hablando de cosas serias. Así, pues, ahorradnos vuestros chistes.

—Entonces, mientras tratáis de cosas tan serias, dadme, primo mío, un libro con estampas, para entretenerme.

Gonzaga sonrió para hacerle callar.

—¿De qué se trata, príncipe? —preguntó el señor de Montaubert.

—Se trata de demostrarme vuestra amistad, señores —contestó Gonzaga.

Todos se apresuraron a decir:

—Estamos dispuestos a hacer cuanto nos digáis.

El príncipe sonrió, saludándoles.

—Os he convocado, especialmente a vosotros, Navailles, Gironne, Chaverny, Nocé, Montaubert, Choisy y Lavallade por vuestra calidad de parientes de Nevers. Vos, Oriol, representáis a nuestro primo Chatillon, y vos, Taranne y Albret, sois mandatarios de los dos Chatellux.

—Entonces, ¿si no es la sucesión de los Borbones, es la sucesión de Nevers la que está sobre el tapete? —dijo Chaverny.

—Se trata de los bienes de Nevers y de algunas otras cosas —contestó el príncipe.

—¿Y qué necesidad tenéis de los bienes de Nevers, primo, vos que ganáis un millón por hora?

Gonzaga reflexionó un momento antes de contestar.

—¿Soy yo solo? —preguntó con acento reconcentrado—. Tengo que hacer también vuestra fortuna.

Hubo un vivo movimiento de gratitud en la Asamblea. Todas las fisonomías estaban conmovidas.

—Ya sabéis, príncipe, hasta qué punto podéis contar conmigo —dijo Navailles.

—Y conmigo —gritó Gironne.

—Y con todos —dijeron los demás.

—Y conmigo también, ¡pardiez! —agregó Chaverny—: Quisiera únicamente saber…

Gonzaga le interrumpió con acento severo.

—Eres demasiado curioso y eso te perderá, primo. Los que se pongan a mi lado deben seguir mi camino, bueno o malo, derecho o tortuoso, sin preguntarme dónde voy.

—Sin embargo…

—Esa es mi voluntad. Cada uno es libre de seguirme o de quedarse, pero aquel que no me acompañe nada tiene que ver conmigo. Mis amigos deben ver con mis ojos, oír por mis oídos y pensar con mi inteligencia. La responsabilidad no será para ellos que, son el brazo, sino para mí que soy la cabeza. Entiéndeme bien, marqués, no quiero amigos que hagan otra cosa.

—Y nosotros solo pedimos que nuestro ilustre pariente nos marque el camino —contestó Navailles.

—Poderoso primo —dijo Chaverny—, ¿me es permitido dirigiros esta pregunta? ¿Qué he de hacer?

—Guardar silencio y darme tu voto en el consejo.

—No quisiera herir el tierno sentimiento de fidelidad de estos amigos: pero creo que mi voto vale tanto como un vaso de *champagne* vacío y…

—¡Basta! —interrumpió Gonzaga.

—¡Basta! —dijeron todos los reunidos, con entusiasmo.

—Siempre estaremos al lado de monseñor —añadió Oriol.

Taranne, el banquero quebrado, agregó:

—Monseñor sabrá acordarse de aquellos que le sirven bien.

La interrupción podía no ser oportuna, pero era una clara indirecta. Todos tomaron un aspecto indiferente, como desentendiéndose de lo dicho por su compañero. Chaverny dirigió a Gonzaga una sonrisa triunfal y burlona. Gonzaga le amenazó con el dedo como a un chico revoltoso.

—La adhesión de Taranne me agrada —dijo con ligero acento de menosprecio en la voz—. Taranne, amigo mío, desde ahora la granja de Epernay es vuestra.

—¡Ah, príncipe! —dijo el agraciado, con lágrimas en los ojos.

—Nada de gracias. Os ruego, Montaubert, que abráis la ventana: me siento un poco mal.

Todos se abalanzaron a los postigos. Gonzaga estaba pálido y gruesas gotas de sudor le humedecían los cabellos. Mojó el pañuelo en un vaso de agua que le presentó Gironne y se lo puso en la frente.

Chaverny se acercó con verdadero interés.

—No será nada —dijo el príncipe—; he pasado la noche sin dormir, porque estaba de guardia en la cámara del rey.

—¿Y qué necesidad tenéis de mataros así?… —exclamó Chaverny—. ¿Qué puede daros el rey? ¿Qué más podríais pedir a Dios?

El príncipe estrechó afectuosamente la mano de Chaverny. Podemos decir que hubiera pagado de buena gana a un buen precio la pregunta de Chaverny.

—¡Ingrato! ¿Es por mí por quién solicito? —contestó Gonzaga.

Los cortesanos del príncipe fueron a arrodillarse a sus pies. Chaverny no contestó.

—¡Ah, señores! Nuestro joven rey es un niño encantador. Sabe vuestros nombres y siempre me pide noticias de mis amigos.

—¿De veras? —contestó el coro.

—Cuando el regente, que estaba detrás de un biombo, descorrió las cortinas del lecho del rey, el joven Luis abrió sus bellos ojos soñolientos y nos pareció que la aurora brillaba en el cielo.

—¡La aurora con dedos de rosa! —dijo el incorregible Chaverny.

Todos sintieron deseos de apedrearle.

—Nuestro joven rey —prosiguió el príncipe— tendió las manos a Su Alteza, y luego, al verme, dijo: «Buenos días, príncipe. La otra tarde os encontré en la calle rodeado de vuestros amigos. Es preciso que me cedáis al señor Gironne que es un gallardo caballero.»

Gironne se llevó las manos al corazón. Los demás se mordieron los labios.

—«El señor de Nocé también me agrada; Saldaña debe ser el rayo de la guerra» —agregó el príncipe recordando las palabras del rey.

—¿A qué viene eso? El barón Saldaña no está, ni el caballero Faënza, tampoco.

Gonzaga prosiguió:

—Su Majestad me ha hablado de vos, Montaubert, de vos, Choisy, y de otros muchos.

—¿Y se ha fijado Su Majestad en la noble y galante figura del señor Peyrolles? —preguntó el marqués.

—Su Majestad —contestó secamente Gonzaga—; se ha acordado de todos menos de vos.

—¡Muy bien hecho! ¡Eso me hará aprender!

—Se conocen ya en la corte vuestros negocios de minas —continuó Gonzaga, dirigiéndose a Albret—. «¿Y vuestro Oriol? ¿Sabéis que me han dicho que es más rico que yo?» —me preguntó el monarca.

—¡Qué ingenio el de ese niño augusto!

Y se oyó un grito general de admiración.

—Pero eso, al fin, no son más que palabras —continuó el príncipe sonriendo.

¡Algo mejor tengo que anunciaros, a Dios gracias! Amigo Albret, vuestra concesión está firmada.

—¡Qué no podréis vos, príncipe! —contestó el aludido.

—Oriol, vos ya sois noble. Podéis ir pensando en los atributos que vais a poner en vuestro escudo.

El rechoncho Oriol bufaba como un buey.

—Oriol —exclamó Chaverny—, tu escudo lo he discurrido ya. En un cuartel pondrás, sobre campo de gules, muchas barras de oro apiladas y en el otro tres medias rojas y un gorro de dormir. Abajo esta inscripción: *Utile et dulce.*

Todos sonrieron menos Oriol y Gonzaga. Oriol había nacido en un rincón de la calle Munconseil, en una tienda de paquetería y tejidos de algodón.

Si Chaverny guarda el chiste para la comida, hubiera obtenido un éxito loco.

—Tenéis concedida vuestra pensión, Navailles —prosiguió el príncipe—. Y vos, Montaubert, vuestro nombramiento.

Montaubert y Navailles se arrepintieron de haberse reído.

—Gironne, cuando estemos solos, os diré lo que he conseguido para vos.

Gonzaga continuó todavía largo rato distribuyendo mercedes que nada le costaban. Nadie se quedó sin algo, incluso el barón de Batz.

—Ven acá, marqués —dijo luego el príncipe.

—¿Yo? —dijo Chaverny.

—¡Ven aquí, niño mimado!

—¡Primo, yo conozco de antemano mi suerte! —exclamó alegremente el marqués—. Cuando todos mis condiscípulos se hacían sabios y lograban premios por sus virtudes… yo quedaba castigado a pan y agua… ¡Ah! —prosiguió dándose en el pecho—. ¡Conozco que lo he merecido!

—El señor Fleury, preceptor del rey, estaba en su alcoba —dijo Gonzaga.

—¡Naturalmente, es su cargo!

—El señor Fleury es cerero.

—Cosa lógica en su oficio.

—El señor Fleury ha sabido tu historia con la señorita de Clermont en las Feuillantines.

—¡Ay! —dijo Navailles.

—¡Ay! ¡Ay! —dijeron todos.

—¿Y has impedido que sea desterrado? ¡Gracias, primo! —respondió Chaverny.

—No se trata de destierro, marqués.

—¿De qué se trata, pues, primo?

—Se trataba de la Bastilla.

—¿Y tú lo has impedido? ¡Mil veces gracias!

—He hecho algo mejor.

—¡Más que eso todavía, primo! ¿Será preciso que me prosterne?

—Tus tierras de Chaneilles, fueron confiscadas durante el reinado del difunto rey Luis XIV.

—Sí, cuando el edicto de Nantes.

—¿Rentaban mucho esas tierras? —le preguntó el príncipe.

—¡Veinte mil escudos! Por la mitad me daría al diablo.

—Tus tierras de Chaneilles están redimidas.

—¿Es verdad? —exclamó asombrado el marqués.

Luego, tendiendo la mano al príncipe, dijo con tono serio:

—Entonces, dicho está. ¡Me doy al diablo!

Gonzaga frunció las cejas. El cenáculo no esperaba sino una señal para lanzarse contra el imprudente.

Chaverny dirigió sobre todos una mirada despreciativa.

—Primo —dijo al príncipe en voz baja—, solo os deseo venturas; pero si la desgracia llegara para vos y los aduladores os abandonasen… entonces acordaos de mí. ¡Cuando estéis solo, os quedaré yo!

V. DONDE SE EXPLICA LA AUSENCIA DE FAËNZA Y DE SALDAÑA

La distribución había concluido. Nocé pensaba en el traje que tendría que ponerse para acompañar al rey en su carroza. Oriol, gentilhombre desde hacía cinco minutos, buscaba en la memoria, entre sus antepasados, los nombres de aquellos, que, sin duda, debían haber realizado hazañas heroicas en la época de San Luis. Todos estaban contentos.

El príncipe no había perdido seguramente el tiempo, mientras Su Majestad se levantaba.

—Primo, a pesar del magnífico obsequio que acabas de hacerme, necesito todavía más.

—¿De qué se trata?

—Ignoro si a causa del asunto de la señorita Clermont el señor Bois-Rosé me ha negado obstinadamente una invitación para la fiesta de esta noche en el palacio real. Me ha dicho que todas las invitaciones estaban ya distribuidas.

—¡Claro, se vendían esta mañana en la calle Quincampoix a diez luises! ¡Bois-Rosé ha debido ganar en un momento quinientas o seiscientas mil libras!

—¡Cuya mitad será para su buen amo el abate Dubois!

—He visto vender una en cincuenta luises —añadió Albret.

—A mí me han ofrecido una en sesenta.

—Y se las disputan.

—Ahora valdrán ya más caras.

—Es que la fiesta será espléndida, señores —dijo Gonzaga—. Todos los que a ella asistan, tienen ya seguro un título de nobleza o un aumento en las fortunas. Yo no creo que el pensamiento del Regente haya sido especular con las invitaciones. Pero no me parece mal que Bois-Rosé o el abate, hagan un pequeño negocio con esas bagatelas. ¡Señales de los tiempos!

—¡De esta manera, los salones del Regente se llenarán de banqueros y de traficantes! —observó Chaverny.

—¡La nobleza de mañana! ¡El movimiento es ese! —respondió Gonzaga.

Chaverny tocó en el hombro a Oriol y le dijo:

—Tú que eres de la nobleza de hoy, ¡con qué desdén mirarás a esas gentes!

Nos es preciso decir algo de esa peste. Era el escocés Law quien la había concebido y él también quien costeaba sus enormes gastos. Allí debía verificarse el triunfo simbólico del *sistema*, como se decía entonces; la consagración oficial y brillante de la victoria del crédito sobre la moneda. Para que esta apoteosis fuese más solemne, Law había conseguido del

Regente que le prestase los salones y los jardines del palacio real. Además, las invitaciones se hicieron en nombre del Regente, por cuyo motivo el triunfo del Dios-papel venía a ser una fiesta nacional.

Law, según se decía, habría puesto sumas enormes a disposición del Regente, para que nada faltase al prestigio de la solemnidad. Todas las maravillas que la prodigalidad puede producir encantarían los ojos de los invitados. Ponderábanse, sobre todo, los fuegos artificiales y el baile. Los fuegos artificiales representarían la construcción completa del palacio que se pensaba edificar a orillas del Mississipi. Aquello sería una maravilla, un portento, nadie lo ignoraba. Se levantaría un palacio de mármol, adornado con todo el oro que el crédito vencedor arrojaría fuera de la circulación. ¡Un palacio grande como una ciudad, adonde se llevarían las riquezas metálicas de todo el globo! ¡La plata y el oro no servían para otra cosa! El baile, obra alegórica del gusto del tiempo, debía representar al crédito, personificando la edad de oro de Francia, en que estaría a la cabeza de todas las naciones. ¡El hambre, la miseria y las guerras, se habían acabado para siempre! El crédito, nuevo Mesías enviado a la tierra por Dios clemente, esparciría por el globo entero las delicias del paraíso. Después de aquella fiesta, el crédito, deificado, no necesitaría más que un templo. El Regente había fijado en tres mil el número de las invitaciones. Dubois aumentó en un tercio, la cifra, y Bois-Rosé, su maestro de ceremonias, la dobló en provecho suyo.

En aquella época, el agio lo dominaba todo: nada escapaba a su embriagadora influencia. Hasta los niños, contagiados con el ejemplo, comerciaban balbuceando, con sus juguetes y sus meriendas. Y esto a nadie le parecía mal.

El príncipe que pensaba como todo el mundo dijo:

—¡Dios mío! ¿Qué mal hay en que Bois-Rosé gane unos escudos con esas futesas?

—Me parece haber oído decir a Peyrolles —agregó sacando su cartera—, que le han ofrecido tres mil luises por este paquete de invitaciones, que Su Alteza ha tenido a bien enviarme. Pero yo las he reservado para mis amigos.

Un viva entusiasta acogió la declaración del príncipe. Algunos de aquellos caballeros tenían ya en su bolsillo una invitación; pero, ¿qué les importaba tener otra más, si cada una valía cien pistolas? Verdaderamente, no había hombre más amable que Gonzaga, en el mundo.

Abierta su cartera sacó un grueso paquete de rosadas invitaciones que tenían espléndidas y brillantes viñetas que representaban, entre amorcillos y flores, al crédito con el cuerno de la abundancia en la mano. Se hizo el reparto. Cada uno tomó para sí y para sus amigos y el grueso Oriol debía tener muchos, porque se llenó los bolsillos. Solo el marqués, que era a pesar de todo un perfecto gentilhombre, esperó a que le diesen la suya. Gonzaga les miraba con curiosidad. Sus miradas encontraron las de Chaverny y se echaron ambos a reír. Si alguno de aquellos señores creía que el príncipe les concedía gratuitamente tantas mercedes, se equivocaba por completo. Gonzaga llevaba su propósito al agasajarlos y se reía de su ambición y de su necedad.

—Señores —dijo irónicamente el príncipe—; ved que es preciso dejar dos invitaciones para Faënza y Saldaña. Me sorprende verdaderamente que no hayan venido por aquí. Creed que he tenido una verdadera satisfacción en haberos hecho este pequeño servicio. No olvidéis, sin embargo, que por donde yo vaya, tenéis que ir vosotros. Sois alrededor mío un batallón sagrado y vuestro interés estriba en seguirme. Haciéndolo así prosperaréis sin cesar. Solo me resta una cosa que deciros. Los acontecimientos que se avecinan, serán enigmas para vosotros. No busquéis jamás la razón de mis actos. Yo no pido, exijo. No pretendáis averiguar el fin que me propongo. Recibid la orden y obrad solamente.

Si el camino es largo y difícil, nada puede importaros; puesto que yo os aseguro bajo mi palabra, que encontraréis la fortuna al final.

—¡Os seguiremos! —exclamó Navailles.

—¡Todos! —añadieron los demás.

Y Oriol, que parecía un globo con su inmenso vientre, concluyó con un gesto caballeresco:

—¡Hasta el infierno!

—¡Peste! Primo, que entusiastas son nuestros amigos. Y, sin embargo, yo apostaría…

Una exclamación de sorpresa y de admiración le cortó la palabra. Él mismo se quedó con la boca abierta, mirando a una joven de admirable belleza que acababa de aparecer en la puerta de la alcoba del príncipe. Indudablemente la joven no esperaba encontrar allí tan numerosa compañía. Cuando apareció en el dintel del dormitorio de Gonzaga, sus labios sonreían; pero al ver a los compañeros del príncipe, se detuvo confusa, avergonzada; y mientras enrojecía intensamente, con un movimiento rápido, se echó sobre el rostro un espeso velo de encaje, quedándose inmóvil como una encantadora estatua. Chaverny la devoraba con los ojos. Los demás hacían sobrehumanos esfuerzos para suprimir sus miradas curiosas. Gonzaga, que al pronto había hecho un movimiento de sorpresa, se llegó a la joven, y cogiéndole la mano la llevó a sus labios con más respeto que galantería. La joven no dijo una palabra.

—¡La bella reclusa! —murmuró Chaverny.

—¡La española! —añadió Navailles.

—¡La que vive en la casa que el príncipe tiene detrás de Saint-Magloire!

Todos admiraban, como buenos jueces que eran en la materia, su talle esbelto y noble a la vez, su pie de hada y la espléndida corona de cabellos, sedosos y negros como el azabache, que encuadraba su rostro hechicero.

Su desconocida estaba admirable con rico traje de elegante corte.

—Señores —dijo el príncipe—, debíais conocer hoy mismo, aunque un poco más tarde, a esta niña que me es querida por más de un título. No puedo tener el honor de presentárosla en este momento: aún no es hora. Esperadme aquí, os lo ruego. Dentro de algunos instantes os necesitaré.

Y tomando la mano de la joven, la hizo entrar en su dormitorio, cuya puerta se cerró tras de ellos.

El semblante de los que allí había, varió instantáneamente con la salida de Gonzaga. Solo el de Chaverny conservó su habitual expresión impertinente.

El amo no estaba ya allí y todos empezaron a hacer sabrosos comentarios.

—¡Qué sea enhorabuena! —exclamó Gironne.

—¡Recobremos nuestro buen humor! —dijo Montaubert.

—¡Señores —añadió Nocé—, el rey hizo una salida semejante con la condesa Montespan, ante toda su corte reunida! Tu tío, Choisy, lo cuenta en sus memorias. Monseñor el conde de París estaba presente, el canciller, los príncipes, tres cardenales y dos abades y además el padre Letellier… El rey y la condesa debían despedirse, solemnemente para entrar cada uno por un lado en el camino de la virtud… Pero en fin de cuentas… la condesa llora, Luis el Grande lagrimea y cogiéndose de la mano salen de la sala juntos después de hacer una profunda reverencia a la austera asamblea.

—¡Es hermosísima! —dijo Chaverny medio soñando.

—¡Ah! ¿Sabéis lo que se me ocurre? Que esta Asamblea de familia puede ser que tenga por objeto un divorcio.

La idea se desechó al principio; pero luego, como nadie ignoraba la radical separación que existía de hecho entre el príncipe y su mujer, la especie no pareció tan disparatada.

—¡Ese diablo de hombre que es fino como el ámbar, es capaz de rechazar la mujer y quedarse con la dote! —arguyó Taranne.

—Tal vez solicita para eso nuestros votos —añadió Gironne.

—¿Qué piensas tú, Chaverny? —preguntó al marqués el grueso Oriol.

—Pienso que seríais muy infames si no fueseis tan necios.

—¡Por Dios! —exclamó Nocé—. Ya estás en edad de corregir las malas costumbres y deseo…

—Vamos, vamos, eso no es nada —dijo el pacífico Oriol interponiéndose entre Chaverny, que ni siquiera había mirado a Nocé, y agregó:

—¡Es hermosísima!

—¡Chaverny está enamorado! —exclamaron todos a una voz.

—Por eso le perdono —añadió Nocé.

—Pero, en resumidas cuentas, ¿qué se sabe de esa joven?

—Nada —respondió Navailles—. Lo que únicamente se sabe es que el príncipe la oculta cuidadosamente, y que Peyrolles es el esclavo encargado de obedecer y satisfacer todos sus caprichos.

—¿Peyrolles no ha dicho nada?

—Peyrolles no habla nunca.

—Por eso se le conserva en su puesto.

—Debe estar en París desde hace una o dos semanas a lo sumo; pues el mes pasado la Nivelle era aún reina y señora del pequeño hotel del príncipe.

—Desde entonces, no hemos cenado ni una sola noche en aquel delicioso retiro —añadió Oriol.

—Y existe una especie de pequeño cuerpo de guardia en el jardín —añadió Montaubert—. Los jefes del puesto son ya Faënza y Saldaña.

—¡Misterio! ¡Misterio!

—Tengamos paciencia. El príncipe nos ha ofrecido para hoy la explicación.

—Chaverny, ¿qué te sucede que estás tan pensativo?

El joven marqués se estremeció, como si despertara repentinamente de un sueño.

—¡Chaverny, estás soñando!

—¡Chaverny, te has vuelto mudo!

—¡Chaverny, habla, aunque sea para decirnos injurias!

El marqués apoyó el mentón sobre su blanca mano.

—Señores —dijo—, vosotros os vendéis diariamente por algunos billetes de banco, y yo me condenaría para toda la eternidad por esa muchacha. Eso es lo que se me ocurre deciros.

Cuando dejó a Cocardasse y a Passepoil ante una buena comida en la repostería, el señor Peyrolles salió del hotel por la puerta del jardín. Se dirigió a la calle de Saint-Denis y pasando por detrás de la iglesia de Saint-Magloire, se detuvo ante la puerta de otro jardín, cuyos muros desaparecían casi bajo las ramas enormes de una avenida de copudos olmos. El señor Peyrolles llevaba en el bolsillo de su bello coleto la llave de aquella puerta. Entró. El jardín estaba solitario. Se veía al final de una alameda, llena de sombra y de misterio, un pabellón nuevo, construido a la griega y cuyo peristilo estaba rodeado de estatuas. ¡Era una alhaja aquel pabelloncito; la última obra del arquitecto Oppenort! Peyrolles se internó en la sombría alameda y llegó a la puerta del hotelito. En el vestíbulo había varios criados con librea.

—¿Dónde está Saldaña? —preguntó.

Nadie había visto al barón.

—¿Y Faënza?

Obtuvo la misma respuesta.

Por su aceitunada y huesosa fisonomía pasó una sombra de inquietud.

—¡Qué querrá decir esto! —pensó.

Sin preguntar más, se enteró de que la señorita estaba visible. Hubo un movimiento de criadas, después del cual, la primera camarera anunció a Peyrolles que su señorita le esperaba.

—¡No he podido dormir en toda la noche! —gritó al verle—. ¡No quiero vivir más en esta casa! ¡La callejuela que hay al otro lado de este muro, es un degolladero!

Era la joven, admirablemente hermosa, que acabamos de ver en casa del príncipe. Sin menospreciar todo su tocado, estaba todavía más hermosa, si es posible, en su sencillo traje de mañana. Un blanco peinador cubríala el busto, dejando adivinar encantos dignos de un sueño de opio. Sus negros y abundantes cabellos caían en oleadas, destrenzados, sobre sus espaldas, y sus pequeños pies desnudos jugaban dentro de unas zapatillas de raso. Para acercarse sin peligro a tan preciosa criatura, era menester ser de mármol. Peyrolles reunía todas las cualidades requeridas para el cargo de confianza que desempeñaba cerca del príncipe. Se hubiera disputado el premio de la impasibilidad a Masrur, jefe de los eunucos negros del califa Harún-al-Rashid. En lugar de rendirse a los encantos de su bella compañera, le dijo:

—Doña Cruz, el príncipe desea que vayáis a su hotel hoy por la mañana.

—¡Milagro! —exclamó la joven—. ¡Salir de mi prisión! ¡Atravesar la calle! ¡Yo libre! ¿Estáis seguro de no soñar despierto, señor Peyrolles?

Y mirándole fijamente lanzó una carcajada. Después dio un sorprendente salto doble.

El intendente añadió sin pestañear:

—Para ir a su hotel, el príncipe desea que os pongáis vuestro mejor traje.

—¡Mi mejor traje! ¡Bien decía yo que debíais soñar! ¡Santa Virgen! Este hombre está loco. Sabed que no creo una palabra de cuanto me estáis diciendo.

—Y sin embargo, hablo muy seriamente, doña Cruz. Dentro de una hora es necesario que estéis arreglada.

Doña Cruz se miró a un espejo y se echó a reír. Luego con aire petulante empezó a decir:

—¡Angélica, Justina, señora Sanglois! ¡Qué pelmas son estas francesas! —añadió colérica, porque no se presentaron en seguida las interpeladas.

Y llamó otra vez.

—Es preciso darles tiempo para llegar —dijo flemáticamente el señor Peyrolles.

—Vos podéis iros —gritole doña Cruz—. Ya habéis cumplido vuestra misión. Cuando concluya me dirigiré al palacio.

—Soy yo quien he de conduciros —rectificó Peyrolles.

—¡Oh, qué fastidio, María Santísima! —suspiró doña Cruz—. ¡Cuánto me alegraría de no volveros a ver más en mi vida, mi buen Peyrolles!

Las tres camareras parisienses llegaron en aquel momento. Doña Cruz ya no se acordaba de que las había llamado.

—No quiero que esos dos hombres se queden todas las noches en mi casa. Me dan miedo —dijo a Peyrolles.

Se refería a Faënza y a Saldaña.

—Esa es la voluntad de monseñor.

—¿Soy yo, acaso, su esclava? ¿He pedido yo venir aquí? —añadió la joven, roja de cólera—. Ya que estoy prisionera, que se me deja escoger mis carceleros. Decidme que no volveré a ver más a esos dos hombres o no iré al hotel del príncipe.

La señora Sanglois, primera camarera de doña Cruz, se aproximó a Peyrolles y le dijo algunas palabras al oído.

El rostro del intendente, que de ordinario estaba pálido, se puso lívido.

—¿Habéis visto eso? —preguntó con voz temblorosa a la que le había hablado.

—Lo he visto.

—¿Cuándo?

—Hace un momento se ha encontrado a los dos.

—¿Dónde?

—En la callejuela de detrás.

—¡No me agrada que se hable aparte en mi presencia! —dijo con altivez doña Cruz.

—Perdón, señora —dijo humildemente el señor Peyrolles—. Debo deciros que los dos hombres que os molestaban tanto con su presencia, no los volveréis a ver más.

—Entonces voy a vestirme.

—Cenaron anoche —continuó la camarera acompañando hasta la escalera al intendente— en el pabellón del jardín, juntos. Saldaña, que estaba de guardia, acompañó a Faënza. A poco, oímos un ruido de espadas en la callejuela que hay a espaldas del hotel.

—Doña Cruz me ha hablado de esto —interrumpió Peyrolles.

—El ruido no duró mucho tiempo —continuó la camarera—. Hace un momento ha salido un criado y ha encontrado los dos cadáveres.

—¡Sanglois! ¡Sanglois! —gritó en aquel instante la hermosa reclusa.

—Id —añadió la interpelada, subiendo precipitadamente la escalera—. Están a la salida del jardín.

En el tocador, las tres camareras empezaron la obra fácil y encantadora de vestir a una preciosa muchacha. Doña Cruz se entregó por entero a la dicha de verse tan hermosa. El espejo le sonreía. ¡Santa Virgen! Desde que había llegado a París no se sintió nunca tan dichosa.

—¡En fin! —decía—; mi bello príncipe me va a cumplir su promesa. Voy a ver y a ser vista. ¡Conoceré a ese París que se me ha vedado hasta ahora y del cual solo conozco este pabellón solitario, con su frío jardín rodeado de muros, y algunas largas y sombrías calles, entrevistas un momento al venir aquí, en una lluviosa tarde de otoño!

Y embargada por una loca alegría, soltábase de las manos de sus camareras para bailar por la habitación.

Mientras tanto, Peyrolles se dirigió a la salida del jardín. Allí, sobre un montón de hojas secas había dos capas extendidas. Bajo las capas, se divisaba el bulto de dos cuerpos humanos. Peyrolles levantó, estremeciéndose, la primera y luego la segunda. Bajo la primera vio a Faënza, bajo la otra a Saldaña. Los dos tenían la misma herida entre los dos ojos. Los dientes de Peyrolles castañearon y se alejó medroso de aquel lugar fúnebre y sombrío.

VI. DOÑA CRUZ

Hay una historia, conmovedora y romántica, que todos los novelistas han referido siquiera una vez en su vida: la historia de la pobre niñita hija de duques, robada a sus padres por los cíngaros de Calabria, por los tziganes de Hungría, o por los gitanos de España. No sabemos, ni iremos tampoco a preguntarlo, si doña Cruz era una duquesa robada, o simplemente una verdadera bohemia. Lo cierto es que se había criado entre gitanos, que fue con ellos de ciudad en ciudad y de aldea en aldea, bailando en la plaza pública para ganar algunas monedas. Y ella misma nos contaba cómo y por qué dejó su oficio libre, pero poco productivo, para venir a habitar en París el pequeño hotel de Gonzaga.

Gonzaga, a despecho de su severidad de costumbres, no pudo menos de emocionarse un poco cuando la vio aparecer en la puerta del salón, donde conversaba con sus amigos. Al conducirla a su gabinete particular, le preguntó:

—¿Por qué no os ha acompañado Peyrolles?

—Vuestro Peyrolles —contestó la joven— ha perdido la palabra y el sentido mientras yo estaba vistiéndome. Me dejó un instante, luego de decirme que debía venir a veros, para pasearse bajo la avenida de los olmos, y cuando volví a verle, parecía un hombre herido por el rayo. ¿Pero no será para hablar de vuestro Peyrolles para lo que me habréis hecho venir aquí? —añadió variando de tono y con una voz acariciadora—. ¿Verdad?

—No —contestó riendo Gonzaga.

—Pues daos prisa y decidme lo que queréis de mí. Ya sabéis que soy muy impaciente.

Gonzaga la miró atentamente. Pensaba: —Mucho tiempo he buscado; pero, ¿será posible hallar nada mejor? ¡A fe mía que hasta se le parece! ¿No ha sido ilusión de mis ojos?

—¡Y qué! ¿No me decís nada?

—Sentaos primero, querida niña.

—Decidme, ¿volveré a mi prisión?

—No para mucho tiempo.

—¡Ay! ¿Pero volveré? Hoy he visto por primera vez la calle y el sol, desde que estoy en París, y es tan bello todo esto, que mañana mi soledad me parecerá más cruel e insoportable.

—No estamos ahora en Madrid. Es conveniente tomar ciertas precauciones…

—¿Para qué tantas precauciones? ¿He cometido alguna mala acción para que me ocultéis?

—No, doña Cruz, pero…

—¡Ah, monseñor! Dejadme que os hable —le interrumpió la joven—. Mi corazón rebosa de tristeza, y el fastidio me mata. No tenéis necesidad de recordarme que no estamos en Madrid, donde era pobre, huérfana y vivía abandonada; lo sé bien; ¡pero allí, al menos, era libre! ¡Libre como los pájaros y el aire! —Sus negras cejas se fruncieron ligeramente—. ¿Recordáis, monseñor, lo que me prometisteis?

—Cumpliré todas mis promesas y más.

—Eso es un nuevo ofrecimiento, y ya empiezo a dudar de vuestras palabras.

Sus cejas se desarrugaron, y una tierna expresión de melancolía dulcificó la brillante mirada de sus ojos.

—Allí me conocían todos, ricos y plebeyos, humildes hijos del pueblo y nobles señores. En cuanto llegaba a una plaza, oía gritar de todas partes: «¡Vamos a ver bailar a la gitanilla!»

Pronto un inmenso círculo me rodeaba, pidiéndome canciones y llenando mi bandeja de relucientes monedas de cobre y plata. Cuando, acostada en el lecho, sueño en mis interminables noches de soledad, veo los brillantes naranjos, los alcázares moriscos de calados minaretes, por donde se filtra la luz argentada de la luna, el cielo azul, el sol espléndido y aspiro la brisa embalsamada de los jardines de mi país. ¡Oh, mi España! Los perfumes, las serenatas, los colores, halagaban mis sentidos. Aquí vuestros parques sombríos, me hacen estremecer, y vuestro cielo brumoso y triste, crispa mis nervios.

Su encantadora cabeza se inclinó un poco, como cediendo a la pena que aquellos recuerdos le producían. Gonzaga, meditaba, escuchándola.

—¿Os acordáis? —prosiguió—. Fue una tarde. Yo había bailado y cantado más que de ordinario, frente a la iglesia de la Encarnación. De pronto, aparecisteis vos. Al veros, tuve miedo y esperanza. Cuando me hablasteis, vuestra voz dulce y grave oprimió mi corazón; pero no pensé en huir. Vos, colocándoos delante de mí, me preguntasteis: —¿Cómo te llamas, niña?— Cruz. Cuando vivía con mis padres, los gitanos de Granada, me llamaba Flor; pero al bautizarme más tarde, me pusieron el nombre de María de la Cruz. —¡Ah, me dijisteis, eres cristiana!— Puede ser que ya no os acordéis de nada de esto —agregó, mirándole.

—Sí —contestó Gonzaga, siempre distraído—. Yo no olvido nunca lo que me interesa.

—Yo me acordaré toda mi vida de aquella tarde —añadió María de la Cruz con voz ligeramente temblorosa—. ¡En seguida os amé! ¿Por qué? Lo ignoro. Por vuestra edad podíais ser mi padre, y, sin embargo, lograsteis conmoverme de un modo intenso y profundo, privilegio que no había tenido hasta entonces ningún otro hombre. ¡Erais tan noble, tan gallardo y teníais una voz tan persuasiva!

La joven dijo todo esto sin sonrojarse. Gonzaga la besó en la frente, como podía haberlo hecho un padre. Doña Cruz suspiró.

—Vos me dijisteis: —Niña mía, eres demasiado hermosa para divertir con tus canciones al público en medio de la calle. Deja tu pandereta, despójate de esos falsos cequíes que adornan tu frente, y vente conmigo—. Y yo os seguí. Desde entonces, ya no tuve voluntad propia. Cuando entré en vuestra casa, supe que erais embajador del rey de Francia. Al día siguiente, partimos de Madrid. Vos vinisteis en vuestra silla de posta. Jamás he podido deciros estas cosas, porque os he visto en muy contadas ocasiones, y siempre un momento nada más. Yo hice ese largo viaje en una carroza, cuyas espesas cortinillas estuvieron perpetuamente corridas sobre los cristales. Durante ese viaje, no cesé de llorar. ¡La pena me laceraba el corazón! Conocía que era una pobre desterrada. ¡Cuántas veces, durante el largo y triste camino, he echado de menos mi libertad, mi hermosa independencia! Si ahora tengo algunas comodidades, en cambio vivo sola, triste y más que nunca abandonada.

Gonzaga no la oía. Su pensamiento estaba en otra parte.

—¡París! ¡París! ¿Recordáis qué hermosa descripción me hicisteis de esta ciudad? ¡París era el paraíso para las jóvenes hermosas! París, según vos, era un sueño encantador, la riqueza poderosa, el lujo resplandeciente, la alegría inextinguible y el placer inenarrable. Aquí me esperaba una felicidad perenne y una fiesta perdurable. Con este señuelo me embaucasteis. ¡Y qué lejos está la realidad de semejantes promesas, monseñor! He visto muchas bellas flores de España en vuestro jardín, pero todas están débiles y lánguidas, casi a punto de morir. ¿Queréis, pues, matarme, monseñor?

Y echando para atrás los rizos de su opulenta cabellera con la mano, prosiguió con la mirada relampagueante:

—Escuchadme bien. Yo no soy vuestra esclava. Me agrada estar acompañada y la soledad me espanta. Me gusta el ruido, la vida, y el silencio me hiela la sangre. Necesito para vivir la luz, el movimiento y el placer. La alegría me atrae, la risa me embriaga, la música me encanta. El vino de Rota hace relampaguear como diamantes mis ojos, y cuando la sonrisa frunce mis labios, conozco que soy más hermosa.

—¡Qué loca más encantadora! —murmuró Gonzaga acariciándole las manos con solicitud de padre.

Doña Cruz las retiró.

—¡No estamos en Madrid!

Después, encolerizada, prosiguió:

—Estáis en lo cierto, soy una loca; pero pronto volveré a estar cuerda. Me iré a mi país.

—¡Doña Cruz!

La joven se echó a llorar. El príncipe, con su pañuelo bordado, enjugó dulcemente las lágrimas de aquellos bellísimos ojos. Tras de sus lágrimas, apareció pronto el sol de una deliciosa sonrisa.

—Otros me amarán. ¡El paraíso que me habíais pintado era una prisión! Me habéis engañado, príncipe. El maravilloso hotel en que vivo, al parecer construido por las hadas, los mármoles, las pinturas valiosas, los tapices de mil colores, las cortinas de terciopelo bordadas en oro, las esculturas… todo me parece odioso y aburrido. Alrededor de tanto encanto, solo hay sombras, frío, soledad, mudez espantosa. Las pobres hojas de aquellos sombríos árboles caen en silencio marchitas sobre la nieve, las flores, sin vida, no embalsaman el aire con sus perfumes delicados. Hace allí un frío que apaga los ardores juveniles. Aquellas camareras mudas, aquellos criados, aquellos feroces guardianes que tenéis en perpetua centinela, y ese mayordomo lívido, ese Peyrolles del diablo… me hacen insoportable la existencia.

—¿Tenéis alguna queja de Peyrolles?

—No. Es esclavo de mis más pequeños deseos. Me habla con humildad, me mira con respeto, y siempre que se halla en mi presencia, barre la alfombra de mi gabinete con las plumas de su sombrero.

—¡Entonces!…

—¡Os burláis, monseñor! ¿Acaso no sabéis que es mi carcelero? ¡Que me guarda como a una odalisca!

—Exageráis, doña Cruz.

—Príncipe. El pájaro enjaulado no se paga de los esplendores de su cárcel. Estoy descontenta de vos y de vuestra casa. Estoy prisionera, y mi paciencia ha llegado a su límite. Os pido, pues, mi libertad.

Gonzaga sonrió.

—¡Por qué ocultarme así! —prosiguió ella—. Respondedme, lo quiero.

Su encantadora cabeza se irguió imperiosamente. Gonzaga continuó sonriendo.

—¿Vos no me amáis? —exclamó con despecho—. Si no me amáis, no podéis tener celos. ¿A qué ocultarme? No lo entiendo.

Gonzaga llevó a sus labios una de las manos de la joven. La joven enrojeció.

—Yo creí —murmuró bajando la voz—, al menos vos me lo dijisteis una vez, que no erais casado. A todas mis preguntas sobre este particular, vuestros criados han respondido con un misterioso silencio… Yo he creído, cuando he visto que me buscabais maestros de todas clases para que aprendiese todo lo que hace el encanto de una gran dama… ¿por qué no decirlo? Sí, he creído que me amabais…

Se detuvo para mirar con el rabillo del ojo a Gonzaga, en cuyo semblante se reflejaban el placer y la admiración.

—Y he trabajado para hacerme mejor, digna de vos, cuanto no podéis imaginaros. He trabajado con ánimo, con entusiasmo. Nada ha sido difícil de aprender para mí. Todos los obstáculos los ha vencido mi voluntad indomable. ¿Sonreís? —exclamó con furor—. No sonriáis así, por la Virgen, príncipe, porque acabaréis de volverme loca. —Y plantándose delante de él con un movimiento rápido y decidido, le preguntó con un tono que no admitía réplica:

—Si no me amáis, ¿qué es lo que os proponéis hacer conmigo?

—Quiero haceros dichosa, doña Cruz —contestó dulcemente Gonzaga—. Deseo haceros feliz y rica.

—¡Hacedme libre en seguida! —exclamó la hermosa cautiva indignada.

Como Gonzaga tratase de apaciguarla, replicó ella con más energía:

—¡Hacedme libre, libre! ¿Oís? Eso es todo lo que ambiciono, eso nada más me basta.

Después, dejando desbordar su fantasía:

—¡Quiero ver París, quiero gozar el París de vuestras promesas! Ese París bullicioso y brillante que adivino a través de los muros de mi prisión. Quiero salir y verlo todo. ¿De qué sirve mi juventud, encerrada entre cuatro paredes? ¡Miradme! ¿Creéis que voy a consentir en morirme llorando?

De pronto se sintió acometida por repentino deseo de reír.

—¡Miradme, ya consolada, príncipe! Ya no lloraré más, reiré siempre si me lleváis a ver vuestras fiestas, vuestros teatros y vuestras diversiones…

—Esta noche, doña Cruz —la interrumpió Gonzaga con frialdad—, os pondréis vuestro traje más rico.

La joven le miró con curiosidad y desconfianza.

—Y os llevaré —prosiguió Gonzaga—, al baile de S. A. el Regente.

Doña Cruz se quedó asombrada. Su rostro movible y encantador, varió de expresión dos o tres veces.

—¿Es verdad eso? —le preguntó con acento de duda.

—Es verdad, absolutamente verdad.

—¡Si hacéis eso, príncipe, os lo perdonaré todo! Entonces seréis bueno y os consideraré mi amigo. ¡El baile del Regente! Aunque los muros de mi prisión son muy espesos, a pesar del jardín sombrío y de las ventanas cuidadosamente cerradas, la noticia de ese baile ha llegado hasta mis oídos y de que en él se verán maravillas. ¡Y yo iré a él!, ¡oh, me parece mentira! ¡Gracias, gracias príncipe!, os devuelvo mi estimación. ¡Sois muy bueno! ¿Es en palacio ese baile? ¡Y yo que tenía tantos deseos de ver el Palacio!

Estaba en el otro extremo de la habitación. De improviso, dio un salto y se arrodilló sobre un cojín de terciopelo a los pies de Gonzaga. Muy seria y poniendo sus manos sobre las rodillas del príncipe, le preguntó:

—¿Qué traje os parece que lleve?

Gonzaga movió con gravedad la cabeza.

—En los bailes de la corte hay una cosa que realza más que un rostro hechicero y que un traje elegante.

—¿La sonrisa? —preguntó doña Cruz con la sencillez de un niño.

—No.

—¿La gracia?

—No. Vos tenéis las gracias que encantan y la sonrisa que fascina. Aquello de que yo os hablo…

—¿No lo tengo yo? ¿Qué es?

Y como Gonzaga tardase en contestar, añadió:

—¿Me lo daréis vos?

—Yo os lo daré, doña Cruz.

—¿Qué es, pues? —preguntó la joven al mismo tiempo que sonreía al espejo que reflejaba su encantadora locura.

—¡Un nombre!

Doña Cruz cayó de lo alto de sus ilusiones en un instante. ¡Un nombre! Ella no tenía ninguno. ¡Pobre doña Cruz! Gonzaga acababa de hacerle una promesa; pero los ofrecimientos del príncipe... ¡Le daría él un nombre!

El príncipe se anticipó a sus preguntas.

—Si no tuvierais un nombre, querida niña, mi tierno cariño por vos sería impotente para complaceros. Vuestro nombre estaba oculto. Yo lo he encontrado... Tenéis un nombre ilustre entre los más ilustres de Francia.

—¿Qué decís? —exclamó la joven asombrada.

—Tenéis una familia —prosiguió el príncipe, cuyo acento se había hecho solemne—, una familia poderosa y unida por estrechos vínculos a nuestros reyes. Vuestro padre era duque.

—¡Mi padre! —dijo doña Cruz maravillada—. ¡Mi padre era duque! ¿Luego ha muerto?

Gonzaga inclinó la cabeza.

—¿Y mi madre?

La voz de la pobre joven temblaba al hacer esta pregunta.

—Vuestra madre es princesa.

—¿Y vive? —preguntó la joven cuyo corazón latía violentamente—. ¡Es princesa y vive! ¡Os lo ruego, habladme de mi madre, príncipe!

Gonzaga se puso un dedo sobre los labios.

—Ahora no puede ser.

Pero doña Cruz no tenía un carácter a propósito para conformarse con tales dilaciones y misterios y, agarrando las dos manos de Gonzaga, dijo con aire resuelto:

—Sí, vos me hablaréis de mi madre y en seguida. ¡Dios mío, cómo voy a quererla! Es muy buena y muy hermosa, ¿verdad? ¡Es singular! —añadió gravemente—. ¡Siempre tuve sueños en los que entreveía cosas parecidas a cuanto acabáis de decirme! Una voz misteriosa me dijo muchas veces al oído que mi madre era princesa.

Gonzaga a duras penas pudo conservar la gravedad.

—¡Todas son lo mismo! —pensó.

—¡Sí! —continuó—, cuando me dormía, veía siempre a una gran señora muy bella que se inclinaba para besarme. Tenía unos ojos muy grandes y muy hermosos, una sonrisa muy bondadosa, una mirada muy acariciadora y en el cuello llevaba un collar de ricas perlas. ¿Cómo se llama mi madre?

—Aún no podéis saberlo.

—¿Por qué?

—Un gran peligro...

—¡Comprendo, comprendo! He visto algunas comedias y en todas sucedía lo mismo; hasta el final no se decía nunca a los hijos el nombre de su madre —añadió la joven soñadora.

—Nunca, es verdad.

—¿Un gran peligro? No tengáis cuidado; seré discreta. ¡Hubiera guardado mi secreto hasta la muerte!

—No lo dudo. Esperaréis, sin embargo, poco tiempo. Dentro de algunas horas el secreto de vuestra madre se hará público. Por ahora, querida niña, solo debéis saber una cosa: que no os llamáis María de la Cruz.

—¿Flor?

—Tampoco.

—¿Cómo me llamo, pues?

—Os pusieron el mismo nombre de vuestra madre, que también es española. Os llamáis Aurora.

Doña Cruz se estremeció.

¡Aurora! ¡Qué casualidad más extraña!

Gonzaga la miraba atentamente.

—¿De qué os sorprendéis? —le preguntó.

—Es raro, ese nombre… —contestó distraídamente la joven—, eso me recuerda…

—¿Qué os recuerda? —preguntó el príncipe con ansiedad.

—A una joven a quien he conocido de niña que se llamaba así también. ¡Qué buena, qué hermosa era! —añadió la joven con los ojos húmedos—; yo la quería mucho.

Gonzaga hacía evidentes esfuerzos para ocultar su curiosidad. Afortunadamente, doña Cruz nada podía observar, porque estaba abstraída en sus recuerdos.

—¿Habéis, pues, conocido a una joven que se llamaba Aurora? —dijo el príncipe afectando indiferencia.

—Sí.

—¿Qué edad tenía?

—La mía. Nos amábamos tiernamente, a pesar de la diferencia de nuestras condiciones.

—¿Hace mucho tiempo de eso?

—Dos años.

Y añadió mirando a Gonzaga:

—¿Os interesa eso, monseñor?

Gonzaga pertenecía al número de los hombres a quienes jamás puede sorprenderse. Tomó la mano de doña Cruz y replicó con bondad:

—Todo lo que vos amáis me interesa, niña mía. Habladme, habladme por tanto, de esa joven que fue vuestra amiguita.

VII. EL PRÍNCIPE DE GONZAGA

La alcoba del príncipe, rica y lujosa, como el resto del palacio, comunicaba por un lado con el salón donde hemos dejado a sus amigos y por otro con la biblioteca, preciosa colección de libros sin rival en Francia.

Gonzaga era hombre instruido, sabio latinista, conocedor de los grandes escritores de Grecia y Roma, teólogo sutil en ocasiones y muy versado en los estudios filosóficos. Si hubiera sido tan honrado como sabio, nadie tal vez le hubiese resistido ni aventajado en su época. Cuando se olvida el camino del deber, el hombre cuenta con fuerzas desconocidas, que cuando menos lo espera, le hacen zozobrar quizá ante la orilla de la soñada playa.

Parecíase a esos príncipes de los cuentos de hadas, cuyo nacimiento presiden genios amigos que van por turno concediéndoles sus gracias y sus virtudes. Las hadas le dieron todo, todo lo que puede hacer la gloria y la felicidad de un hombre. Pero envidiosa de tanta perfección un hada de quien no se acordaron, llegó colérica ante su cuna y dijo:

—Poseerás todo lo que mis hermanas te han dado; pero…

Este pero bastó para que el príncipe fuese toda su vida el más desgraciado entre los más miserables.

Gonzaga era hermoso. Gonzaga nació rico y de una raza de reyes; tenía el valor acreditado, la inteligencia viva y clara, y pocos hombres poseían su elocuencia. Como político y como diplomático, era una fuerza respetada y admirada sin reservas. En la Corte todos le querían, todos se rendían a su encanto; pero… Pero careciendo de fe, desconociendo toda ley, había cometido horrendos crímenes y malas acciones que le robaban el placer en el mismo instante de ir a probarlo; su pasado tiranizaba su presente.

No podía ya detenerse en la pendiente por donde había empezado a deslizarse en su juventud. Fatalmente se veía impelido a proseguir en el camino del mal para encubrir sus malas acciones de otras épocas. Era una rica organización para ejercer el bien creado y, sin embargo, era máquina vigorosa en cuyo hogar bullían los gérmenes de todos los más odiosos y vituperables crímenes. Nunca se cansaba; para el mal era infatigable. Después de veinticinco años de incesantes y rudas luchas, todavía se sentía fuerte para afrontar el peligro, todavía soñaba con la victoria.

Gonzaga no creía en los remordimientos, como no creía en Dios. Y no consideramos necesario advertir a los lectores, que doña Cruz en sus manos, era solo un instrumento hábilmente escogido, que, por las apariencias, debía darle los resultados que esperaba.

Gonzaga no se había apoderado de aquella joven al azar. Había dudado mucho tiempo antes de escoger; pero al fin se decidió. Doña Cruz reunía todas las cualidades por él deseadas y hasta tenía, aunque vago, cierto parecido con la familia donde quería introducirla. Lo bastante para que los indiferentes pronunciasen esta palabra preciosa: *Tiene cierto aire de familia.* Y eso daría a la impostura una fuerza terrible. Pero se presentaba una contingencia en la que Gonzaga no había pensado. En aquel momento, a pesar de la revelación que doña Cruz acababa de recibir, no era ella, seguramente, la más conmovida. Gonzaga necesitaba de toda su diplomacia para ocultar su turbación; pero, a pesar de sus poderosos esfuerzos, la joven, asombrada, descubrió su azoramiento, incomprensible para ella.

Las últimas palabras del príncipe habían llevado la duda y la desconfianza al ánimo de la joven. Las mujeres no necesitan comprender para desconfiar. ¿Qué poder tenía ese nombre para conmover a un hombre tan extraño y dueño de sí mismo como el príncipe?

¿Por qué el nombre de Aurora le había hecho perder la sangre fría?

Primero, como dijo doña Cruz, porque era un hombre raro; después porque tuvo un presentimiento. Si el nombre de Aurora le había conmovido intensamente, era la violencia de la suposición la que había turbado a Gonzaga, que era terriblemente supersticioso, como buen italiano. Se dijo: ¿Será una advertencia? ¿Advertencia de qué? Gonzaga creía en las estrellas, por lo menos en su estrella y las estrellas según él tienen voz y hablan a los mortales que saben comprender su extraño lenguaje.

Y su estrella le había hablado. Si era una revelación aquel nombre pronunciado por casualidad, las consecuencias de tal descubrimiento podían ser tan graves, que él, hombre prevenido siempre, no pudo menos de turbarse y de sorprenderse. ¡Hacía dieciocho años que buscaba inútilmente! Levantose con pretexto de que en el patio se había oído un gran ruido, pero en realidad fue para calmar su turbación y sus nervios crispados. Su dormitorio daba al jardín y estaba situado en el piso principal del edificio, frente a las ventanas del departamento de la princesa. Todas aquellas ventanas se veían cerradas y tenían espesos visillos cuidadosamente corridos. Doña Cruz, al ver el movimiento de Gonzaga, se levantó para ver lo que había excitado su curiosidad.

—¡No os asoméis! —dijo este volviéndose—. Aún no es tiempo de que os vean.

Bajo las ventanas, por todo el devastado jardín, pululaba una compacta y bulliciosa multitud. El príncipe abarcó de una ojeada todo aquel ruidoso y variado conjunto. Su mirada, pensativa y sombría, se detuvo luego en las cerradas ventanas de su mujer.

—¿Irá? —se preguntó.

Doña Cruz se había sentado de mal humor.

—¡La batalla será ruda, pero decisiva! —se dijo Gonzaga.

Después tomando una resolución, agregó:

—Es absolutamente preciso que yo sepa…

En el instante en que iba a dejar la ventana para unirse a su joven compañera, creyó reconocer entre la muchedumbre de agiotistas que hormigueaban en el jardín, al excéntrico personaje cuya fantástica aparición había conseguido conmover a cuantos presenciaron la subasta, al jorobado que diera treinta mil libras por la covacha de su perro Medoro. El jorobado tenía en la mano un libro de oraciones y miraba también a hurtadillas a las ventanas de la princesa. En cualquiera otra circunstancia, no hubiera el príncipe dejado de fijar su atención en tan insignificante detalle, puesto que tenía por costumbre observarlo todo. Pero entonces su curiosidad estaba excitada por otro lado. Si se hubiera esperado un instante más en la ventana, el príncipe hubiese visto a una camarera de su mujer acercarse al jorobado y decirle rápidamente algunas palabras. El jorobado le dio su libro.

—Ese ruido procedía de una disputa entre mis nuevos inquilinos —dijo Gonzaga volviendo a su asiento cerca de doña Cruz—. ¿Qué estábamos diciendo, querida?

—Hablábamos del nombre que debo llevar en lo sucesivo.

—Y que es el vuestro, Aurora. Pero, ¿no sé qué otra cosa decíamos?

—¿Se os ha olvidado ya? —contestó doña Cruz sonriéndose maliciosamente.

Gonzaga simuló recordar.

—¡Ah, sí! Hablábamos de una joven que habéis conocido y que también se llamaba Aurora.

—Una hermosa joven, también huérfana como yo.

—¿Y vivía en Madrid con vos?

—En Madrid.

—¿Era española?

—No. Francesa.

—¿Francesa? —añadió Gonzaga con acento de perfecta indiferencia.

El príncipe fingía a maravilla. Al verle, hubierais dicho que seguía aquella conversación por pura complacencia. Sin embargo, la sonrisa de doña Cruz debía haberle dado a conocer que la joven no estaba convencida de aquella indiferencia tan perfectamente pintada.

—¿Y quién cuidaba de ella? —preguntó con aire distraído.

—Una anciana.

—¿Y quién pagaba a la dueña?

—Un caballero.

—¿Francés, también?

—Sí, francés.

—¿Joven o viejo?

—Joven y gallardo.

Ella le miraba fijamente. El príncipe ahogó una exclamación.

—¿Pero para qué me preguntáis todas estas cosas que parecen disgustaros, príncipe? —exclamó doña Cruz riendo—. No conocéis a ninguno de los dos. ¿Qué os importa? No hubiera creído nunca que fuerais tan curioso.

Gonzaga comprendió que era necesario disimular mejor.

—No soy curioso, niña mía —contestó cambiando de tono—. No me conocéis todavía. No me intereso personalmente por esa joven ni por ese caballero. Sin embargo, cuando os interrogo, comprenderéis que tengo para ello mis razones. ¿Queréis decirme el nombre de ese caballero?

Esta vez los bellos ojos de doña Cruz revelaron una verdadera desconfianza.

—Lo he olvidado —respondió secamente.

—O queréis olvidarlo en este instante.

—Os aseguro que lo he olvidado.

—Vamos, escudriñad vuestra memoria.

—¿Y qué os importa el nombre de ese caballero?

—Buscad y lo veréis.

—Aunque buscara, nada encontraría.

Fue dicha esta respuesta con tono tan resuelto, que toda insistencia era imposible.

—No hablemos más; pero hacéis mal en ser reservada conmigo. Un caballero francés establecido en España, no puede ser sino un desterrado. La desgracia puede ser que le aflija. Vos no tenéis aquí ninguna compañera de vuestra edad y la amistad no se improvisa. Yo hubiera hecho que se perdonase al caballero, y al volver a Francia con su hija, mi querida Aurora podría tener una compañera con quien entretener sus horas de soledad. Eso es todo.

Fueron dichas estas palabras con tanta sinceridad, que la joven se conmovió hondamente.

—¡Ah, sois muy bueno!

Gonzaga sonrió.

—Aún es tiempo, si queréis.

—Eso que me proponéis es mi mayor deseo; pero no me atrevía a proponéroslo. Sin embargo, vos no tenéis necesidad de saber el nombre del caballero ni de escribir a España. He visto a mi amiga.

—¿Cuándo?

—Hace poco.

—¿Dónde?

—En París.

—¡Aquí! —exclamó Gonzaga.

Doña Cruz no desconfiaba ya. Gonzaga había dejado de sonreír: estaba pálido.

—¡Dios mío! —dijo la joven sin esperar a ser interrogada—. Supe que estaba aquí el mismo día de mi llegada. Cuando pasamos la puerta de Saint-Honoré, disputaba con el señor Peyrolles para que me dejase descorrer las cortinas que obstinadamente había tenido echadas durante todo el camino. Por esto no pude ver el Palacio Real, lo que no le perdonaré nunca. Al llegar a una callejuela cerca del Palacio, el carruaje en que íbamos rozaba casi con las fachadas de las casas. Oí que cantaban en un piso bajo. Peyrolles tenía la mano sobre la cortinilla; pero aquella mano se retiró porque rompí mi abanico encima. Había reconocido la voz. Levanté la cortina con apresuramiento, y vi efectivamente a mi amiga Aurora asomada a la ventana de un cuarto bajo.

Gonzaga sacó su cartera.

—Yo lancé un grito —prosiguió doña Cruz—. Quise descender de la carroza. Todo inútil: vuestro Peyrolles es un magnífico carcelero.

—¡Ah, si hubiese podido estrangularle!

—¿Decís que era una callejuela de los alrededores del Palacio Real?

—Muy cerca.

—¿La reconoceríais?

—Sé cómo se llama. Mi primer cuidado fue preguntárselo al señor Peyrolles.

—¿Cómo se llama?

—Calle de Chartres. Pero, ¿qué estáis escribiendo, príncipe?

Gonzaga, en efecto, escribió algunas palabras sobre un papel.

—Lo necesario para que podáis volver a ver a vuestra amiguita.

Doña Cruz se levantó, ruborizada de placer.

—¡Qué bueno sois! ¡Mejor de lo que yo me había figurado!

Gonzaga guardó su cartera.

—Querida niña, vos podréis juzgar muy pronto de la bondad de mi corazón. Vais a asistir a una solemne ceremonia. No temáis mostrar en ella vuestro embarazo y vuestra turbación. Eso es una cosa natural que acrecentará vuestros encantos.

El príncipe se levantó y la tomó una mano.

—Dentro de media hora a lo más, conoceréis a vuestra madre.

Doña Cruz puso una mano sobre su pecho.

—¿Qué le diré?

—No tengáis miedo de decirle todo lo que recordéis de vuestra infancia. Toda, toda la verdad podéis decirla.

Y levantando un tapiz que ocultaba un tocador, le dije:

—Entrad aquí.

—Sí, entraré. Mientras volvéis, rogaré a Dios por mi madre.

—Rogad, doña Cruz, rogad. Esta hora es la más solemne de vuestra vida.

Gonzaga le besó la mano y el tapiz al caer los separó.

—¡He aquí mi sueño realizado! —dijo doña Cruz en voz alta—. ¡Mi madre es princesa!

Gonzaga, cuando se quedó solo, apoyó los codos en su escritorio y dejó caer la cabeza entre las manos. Tenía necesidad de recogerse y reflexionar: un mundo de ideas se agitaba en su cerebro.

—¡Calle de Chartres! —decía—, ¿vivirá sola? ¿Será él tan audaz que la habrá acompañado? ¿Será ella? Es preciso averiguarlo en seguida. —Llamó. Nadie acudió. Llamó a Peyrolles por su nombre y nuevo silencio. Gonzaga se levantó y dirigiose a la biblioteca, donde generalmente esperaba el mayordomo sus órdenes. La biblioteca estaba vacía. Sobre la mesa descubrió un pliego en que reconoció la letra de Peyrolles. Lo abrió rápidamente. Decía: «He estado aquí. Tengo muchas cosas que contaros. Han sucedido cosas muy extrañas en el pabellón.» Después, en forma de postdata: «El cardenal de Bissy se halla en las habitaciones de la señora princesa. Yo velo.» Gonzaga estrujó el papel.

—Querrán decirle —murmuró el príncipe—: «Asistid al Consejo por vos misma, por vuestra hija, si existe.» Pero se resistirá. No creo que asista. ¡Es una mujer muerta! ¿Y quién la ha matado? —se preguntó luego con la frente pálida y los ojos bajos.

—¡Altiva y hermosa mujer! Dulce como los ángeles, valerosa como un caballero. ¡Es la única mujer a quien yo hubiese amado, si es que yo puedo amar a una mujer!

Luego una sonrisa escéptica entreabrió sus labios.

—Cada uno por su camino. Yo sigo el mío. ¿Es culpa mía si para llegar a la cúspide de mis deseos tengo que hollar corazones y cabezas?

Cuando volvió a su dormitorio, dirigió una mirada sobre el tapiz que ocultaba el tocador donde estaba doña Cruz.

—Está orando. ¡Es singular! Todos esos niños, hijos de la casualidad, llevan en un rincón de su cerebro, desde que nacen hasta que lanzan su último suspiro, la extravagante idea de que su madre es una princesa. Todos buscan un rey que es su padre. ¡Qué admirablemente me va a servir sin saberlo! ¡Si una honrada campesina, verdadera madre le abriese hoy sus brazos, con qué indignación los rechazaría! ¡Cuántos ojos se humedecerán cuando cuente conmovida la historia de su infancia!…

Sobre una mesa había una botella de rico vino de España y un vaso. Llenó este y vaciándolo de un trago, dijo:

—¡Vamos, Felipe! ¡Esta es una magnífica jugada! Desde hoy en adelante, arrojaremos un velo sobre lo pasado. ¡Hermosa partida! ¡Los millones del Banco de Law pueden disiparse cual hojas secas como los cequíes de *Las mil y una noches*; pero los inmensos dominios de Nevers son cosa válida!

Estuvo un momento poniendo en orden sus notas preparadas desde hacía largo tiempo. De pronto, su frente se oscureció: un pensamiento terrible acababa de atravesarla.

—No hay que hacerse ilusiones —dijo dejando de trabajar para reflexionar—. La venganza del Regente sería implacable. Es ligero e inconstante; pero, tratándose de Felipe de Nevers, a quien amaba como a un hermano… He visto lágrimas en sus ojos cuando miraba a mi mujer enlutada, ¡a mi mujer, que es la viuda de Nevers! ¡Pero qué imaginaciones! Hace ya diecinueve años y ninguna acusación se ha dirigido contra mí.

Y pasó la mano por la frente como queriendo borrar una visión sombría.

—¡Es igual! —concluyó—. Yo arreglaré esto, yo encontraré un culpable que entierre con su cuerpo para siempre este negocio fúnebre en la tierra. Cuando se haya castigado al supuesto asesino de Nevers, yo podré dormir tranquilo.

Entre los papeles esparcidos sobre su mesa, casi todos escritos en cifra, encontró uno que decía: «¿Sabéis si la princesa de Gonzaga cree a su hija muerta o viva?» Y debajo: «¿Sabéis si el acta de nacimiento está en su poder?» Para esto era necesario que asistiese al consejo.

—Daría cien mil libras por saber si ella tiene el acta de nacimiento, si existe siquiera. ¡Si existiese, yo la tendría! ¡Y quién sabe! —respondió arrastrado por nacientes esperanzas—. ¡Quién sabe! Las madres se parecen algo también a esas pobres bohemias: en todos los niños que tienen la edad que deben tener los suyos, ven un hijo probable. ¡No creo en eso que llaman la voz de la sangre, no creo en la infalibilidad de las madres! ¡Quién sabe! Puede ser que abra los brazos a mi gitana… ¡Ah, qué victoria entonces! Fiestas, canciones, banquetes, acciones de gracias… ¡Hasta un *Te Deum*, si querían! ¡Salud a la heredera de Nevers!

El príncipe se echó a reír. Cuando pudo contener la risa, añadió:

—Luego, una princesa como cualquiera otra mortal puede morir. ¡Mueren tantas jovencitas! Duelo general, oración fúnebre por un arzobispo… Y para mí una herencia enorme que tendré, ¡truenos!, bien ganada.

Las dos dieron en aquel momento en el reloj de Saint-Magloire. Hora fijada para empezar el tribunal de familia.

VIII. LA VIUDA DE NEVERS

Aunque racionalmente no pueda suponerse que el suntuoso hotel de Nevers hubiese sido edificado con el propósito de que sirviera un día para bolsa de agiotistas, fuerza es confesar que estaba maravillosamente dispuesto para el caso. Sus tres fachadas a las calles Quincampoix, Saint-Denis y Aubry-le-Boucher, proporcionaban tres entradas distintas y cómodas. La primera sobre todo, valía en oro el peso de las piedras de granito que formaban su artístico portal. ¿Aquel mercado no era mucho más cómodo que la calle Quincampoix, ordinariamente enlodada y repleta de espantosos chiribitiles donde se saqueaba la faltriquera a los hombres de buena fe? Los jardines de Gonzaga estaban evidentemente destinados a destronar a la calle de Quincampoix. Todo el mundo lo decía, y por casualidad esta vez todo el mundo tenía razón.

Se habló durante veinticuatro horas, del difunto jorobado Esopo I. Un antiguo soldado de la guardia, llamado Gruel, y más conocido por el mote de Ballena, pretendió ocupar su puesto; pero Ballena tenía seis pies y medio de estatura, y era un pupitre poco cómodo, aunque el hombre se bajaba cuanto podía para desempeñar su cometido. Solamente que Ballena tuvo el cuidado de anunciar, con toda franqueza, que devoraría a los Jonases que tratasen de estorbarle su negocio. Y no era una vana amenaza, porque Ballena tenía talla y vigor sobrados para tragarse, uno por uno, a todos los jorobados habidos y por haber, los jorobados de la capital le cedieron el puesto, convencidos por estas elocuentes razones. No era un mal muchacho Gruel; pero necesitaba beberse seis u ocho jarros de vino, y el vino estaba bastante caro aquel año de 1717. La necesidad propia vuelve tiranos a los fuertes, y la vida tenía exigencias imperiosas con el pobre Ballena.

Cuando nuestro jorobado, arrendatario de la covacha de Medoro, tomó posesión de sus dominios, se rieron bastante cuantos ocupaban en aquel momento los jardines del príncipe. Todos los vecinos de la calle de Quincampoix fueron a verle. Desde el primer momento, le bautizaron con el sobrenombre de Esopo II, y su espalda, perfectamente gibosa y cómodo pupitre, tuvo un éxito colosal.

Ballena gruñó; Medoro también. Ballena vio en el nuevo jorobado un rival vencedor; y como Medoro no estaba menos quejoso, se unieron por el odio contra él. Ballena fue desde entonces el protector de Medoro, cuyos afilados y blancos dientes se mostraban siempre cada vez que veía al nuevo poseedor de la covacha. Todos estos detalles eran nube sombría que revelaban trágicos acontecimientos para muy pronto. No se dudó un momento de que el nuevo jorobado sería, más o menos tarde, pasto de Ballena. En consecuencia, y para ajustarse a las tradiciones bíblicas, le apodaron Jonás. Muchas gentes que tienen la columna vertebral derecha, no son, a veces, sino un largo rótulo sin sentido alguno. Esopo II, llamado Jonás, explotaba de una manera elegante y distinguida la común esperanza de ver un jorobado tragado por una Ballena. Era una oración fúnebre, rezada de antemano.

Esopo II no parecía inquietarse, ni poco ni mucho, de la espantosa suerte que le predecían. Había tomado posesión de la perrera, y la amuebló con un banco y un baúl desvencijado. Diógenes, dentro de su tonel, no estaba tan bien instalado; y es porque el filósofo, según la aseveración de los historiadores, tenía cinco pies y seis pulgadas.

Esopo II ciñó a su cintura un grueso cordón, del cual pendía una bolsa de fuerte tela. Compró una carpeta, un tintero, una bandeja y dos plumas para su negocio. En cuanto veía acercarse a su covacha un negociante, aproximábasele discretamente, mojaba la pluma en la tinta, y poniendo la carpeta sobre su joroba, se la presentaba sonriendo, como hacía Esopo I, su predecesor ilustre. Cuando el negociante concluía su endoso, le presentaba la bandeja, donde caía el precio de sus servicios, que rápidamente iba a parar con la carpeta al fondo del enorme bolsón. Esopo II, como su antecesor, no tenía tarifa: recibía cuanto le daban, menos monedas de cobre. Pero, ¿se conocía el cobre en la calle de Quincampoix? Desde las diez de la mañana hasta la una de la tarde no cesaba en su trajín lucrativo. A esa hora, compraba lo más sustancioso que por aquellos lugares hallaba, y comía apaciblemente en su perrera, rociando los manjares con una botella de buen vino. ¡El negocio marchaba! Sentado en su banco, mascaba a dos carrillos ante los especuladores que esperaban pacientemente a que terminase. Otros pupitres vivientes se ofrecían mientras tanto; pero, ¡lo que es la suerte! todos esperaban, haciendo cola, ante la covacha de Medoro. Ballena, desesperado y obligado a beber a crédito, bebía doble. Al ver la covacha de Esopo II rodeada de gente, rugía, mientras Medoro afilaba sus dientes con rabia.

—Hola, Jonás, ¿acabarás pronto de comer?

Jonás, que le gustaba comer despacio, les recomendaba a Ballena; pero ellos preferían esperar. ¡Era un gran placer y un signo de fortuna, firmar sobre la joroba! Además, Esopo II era un jorobado ingenioso y elocuente. Se citaban ya con elogio sus dichos, sus chistes y sus extravagancias.

Ballena, desde lejos, furioso, le observaba incesantemente.

Cuando Jonás concluyó su comida, le dijo con su vocecilla chillona:

—Soldado, amigo mío, ¿quieres los restos de mi pollo?

Ballena tenía hambre, pero la envidia le contuvo.

—¡Granuja! —contestó—. ¿Crees tú que yo como desperdicios?

Mientras tanto, Medoro ladraba de un modo horrible.

—Entonces envíame tu perro y no me digas injurias.

—¡Ah! ¿Quieres que te envíe mi perro? —rugió Ballena—. ¡Ahora voy en seguida, espera un poco!

Y lanzando un agudo silbido, dijo:

—¡Anda con él, Medoro!

Hacía cinco o seis días que Ballena le ejercitaba en aquella maniobra; y como los dos se entendían, lanzando un furibundo ladrido el perro se fue hacia el jorobado.

—¡Guárdate, jorobado! —le dijeron los agiotistas.

Jonás esperaba al perro a pie firme. Cuando Medoro iba a entrar en su covacha como en país conquistado, Jonás, cogiendo los restos de un pollo, se los dio a oler.

Y, ¡oh prodigio! Medoro, en lugar de incomodarse con el jorobado, se echó tranquilamente a sus pies para roer con delicia los tiernos huesecillos del ave.

Una general carcajada celebró esta afortunada e ingeniosa estratagema de guerra. Cien voces exclamaron a la vez:

—¡Bravo, jorobado!

—¡Anda con él, Medoro! ¡Anda con él! —gritaba mientras tanto el gigante.

Pero el cobarde Medoro le había traicionado por los restos de la suculenta comida de Esopo II.

El gigante se enfureció horriblemente. Su paciencia habíase concluido y se dirigió hacia la perrera.

—¡Ah, Jonás, pobre Jonás! —gritó el corro de los comerciantes—. ¡Buena merienda vas a proporcionarle!

Jonás salió de su cuchitril y se puso frente a Ballena, a quien miraba sonriendo con desprecio. Ballena le cogió por la nuca y le levantó en alto. Jonás reía siempre. En el instante en que Gruel le iba a arrojar a tierra, el jorobado, apoyando los pies sobre las rodillas del coloso, dio un salto de gato.

Nadie podía explicarse cómo hizo aquel movimiento tan rápido. Esopo II dijo tranquilamente:

—Soldado, pide perdón; si no te estrangulo.

El gigante rugía, bufaba y se revolvía en el suelo como una bestia herida. Esopo II, viendo que no pedía gracia, apretó las manos sobre su garganta. El gigante sacó la lengua y se puso rojo. El jorobado tenía músculos vigorosos. Al cabo de algunos segundos, Ballena profirió un juramento horrible y pidió perdón con voz débil. La muchedumbre aplaudió al jorobado. Este aflojó sus manos que parecían tenazas, se levantó prestamente después de arrojar una moneda de oro a los pies del vencido, cogió sus plumas y su carpeta y dijo:

—¡Vamos, señores, ya estoy listo y a vuestro servicio!

Aurora de Caylus, viuda del duque de Nevers y esposa del príncipe de Gonzaga, estaba sentada en un sillón de ébano, como los muebles de su oratorio. Llevaba perpetuo luto, que se extendía a cuanto la rodeaba. Su traje modesto y severo, se acomodaba a la austera sencillez de su retiro. Era una estancia cuadrada cuyos cuatro lienzos de pared ostentaban en su centro un medallón pintado por Eustaquio Lesueur con ese estilo ascético que marca la segunda época de su vida artística. Las ensambladuras eran de madera de nogal, pintada de negro y sin dorados.

Los huecos de las puertas estaban cubiertos con tapices que representaban asuntos religiosos. Entre las dos ventanas de la habitación había un altar todo enlutado, como si en él la última misa que se hubiese celebrado hubiera sido de oficio de difuntos. Frente al altar, veíase un retrato del duque Felipe de Nevers a los veinte años: estaba firmado por Mignard. El duque estaba vestido de brigadier de los guardias suizos. Rodeaba todo el marco un crespón negro. Parecía el retiro de una viuda pagana, a pesar de los piadosos emblemas que se veían por todas partes. Artemisa, bautizada, hubiese rendido culto menos pomposo al recuerdo del rey Mausoleo.

El cristianismo quiere en la expresión del dolor más resignación y menos pompa. ¡Pero es tan raro que haya que dirigir semejante reproche a las viudas! La princesa, que se había casado forzosamente con Gonzaga, convertía su luto en un muro de resistencia y de aislamiento.

Hacía dieciocho años que Aurora de Caylus era la mujer de Gonzaga, y sin embargo, puede decirse que no le conocía. Ni una vez había consentido en verle ni escucharle. Gonzaga hizo esfuerzos inenarrables por obtener de su mujer siquiera una entrevista. Gonzaga la había amado, la amaba aún a su modo. Tenía una alta opinión de sí mismo, y hasta cierto punto con razón. Tan seguro estaba de su elocuencia, que consideraba casi seguro su triunfo si la princesa le escuchaba; pero ella no quiso oírle. Inflexible en su desesperación, no consintió en ser consolada. Estaba sola en el mundo y se complacía en este abandono. No tenía ni un amigo, ni un confidente, y su director espiritual era el único que conocía sus secretos. Era un alma altiva, endurecida por el dolor. Un solo sentimiento quedaba en su corazón: el amor maternal. Amaba apasionadamente el recuerdo de su hija. Aquella hija perdida era lo único que la resucitaba y le hacía concebir dulces sueños para el porvenir. Nadie ignora la profunda influencia que ejercen sobre nosotros los objetos materiales.

La princesa, siempre sola, rodeada de criados a quienes estaba prohibido hablarle, y de cuadros mudos y lúgubres, sintió disminuir poco a poco gradualmente su sensibilidad y hasta su inteligencia. Con frecuencia solía decir muy fundadamente a su confesor:

—¡Estoy muerta!

Y era verdad. La pobre mujer no era un ser vivo, era un fantasma. Su vida semejaba un doloroso sueño. Cuando se levantaba, siempre muy temprano, sus doncellas procedían a vestirla en silencio; en seguida, su lectora le leía algunos capítulos de un libro piadoso. A las nueve, el capellán iba a decir su consuetudinaria misa por el alma de los difuntos. El resto del día lo pasaba sentada, inmóvil, sola e indiferente para todo cuanto la rodeaba. El mundo la hubiese creído loca. La Corte casi había alzado su pedestal, donde colocó a Gonzaga, por la resignación que mostraba en sus aflicciones domésticas. Jamás, en efecto, el príncipe había proferido una queja para lamentarse del desvío de su mujer.

En una ocasión la princesa dijo a su director espiritual, con los ojos llenos de lágrimas:

—He soñado que había encontrado a mi hija, y no era digna del apellido de Nevers.

—¿Y qué hicisteis en vuestro sueño? —preguntole el capellán.

La princesa, más pálida que una muerta, contestó:

—Lo que haría despierta: rechazar a la hija indigna.

Desde aquel instante, si es posible, la princesa estuvo más sombría. Aquella idea le atenazaba el cerebro sin descanso. Empero, no cesó de hacer las más activas diligencias para encontrar a su hija en Francia y en el extranjero. Gonzaga tenía siempre la bolsa abierta para satisfacer los deseos de su esposa. Solamente que él se arreglaba de modo que todo el mundo supiera sus generosidades.

Al empezar la estación, el confesor de la princesa recomendole una mujer de su misma edad y como ella viuda. Esta mujer se llamaba Magdalena Giraud y fue del agrado de la princesa. Desde aquel momento, Magdalena fue la doncella preferida de la princesa, su confidente fiel y cariñosa compañera. Era Magdalena la encargada de contestar a los galantes mensajes, que dos veces al día enviaba Gonzaga a su mujer.

La mañana a que nos referimos, Magdalena estaba bastante ocupada. Contra lo ordinario, numerosos visitantes pretendieron saludar a la señora princesa.

Todos eran personajes graves y de alta jerarquía social. El señor Lamoignon, el canciller d'Aguesseau, el cardenal de Bissy, los duques de Foix y de Montmorency-Luxemburgo, el príncipe de Mónaco, el duque de Valentinois y otros muchos, que aprovechando la oportunidad del consejo de familia de que eran miembros, iban a ofrecer a la princesa sus respetos.

Pretendieron conocer la situación de la princesa respecto de su marido y si tenía alguna queja que manifestarles. La princesa se negó a recibirles.

Solo recibió al viejo cardenal de Bissy que iba en representación del regente Felipe de Orleáns, mandado para decir a su noble prima que el recuerdo de Nevers vivía en su corazón siempre y que cuanto pudiese hacer en favor de su viuda lo haría sin vacilar.

—Hablad, señora —concluyó el anciano cardenal—, el Regente se halla dispuesto a serviros. ¿Qué queréis?

—No deseo nada —respondió Aurora de Caylus.

El cardenal pretendió sondearla y provocar sus confidencias o sus quejas. Todo en balde. La princesa guardó un tenaz silencio. El cardenal la dejó creyendo que en realidad estaba medio loca. La conducta de Gonzaga le pareció digna de todo encomio.

Acababa de salir el cardenal cuando nosotros encontramos a la princesa en su oratorio. Estaba inmóvil y silenciosa, según su costumbre. Sus ojos fijos no reflejaban ningún pensamiento. Hubiérase dicho al contemplarla que era una estatua de mármol. Magdalena Giraud atravesó la estancia sin que ella lo notase. Se aproximó al reclinatorio que estaba cerca de la princesa y dejó el libro de misa oculto bajo un manto. Luego se colocó detrás de su señora con los brazos cruzados sobre el pecho para esperar órdenes. La princesa volvió la cabeza y mirándola le dijo:

—¿De dónde venís, Magdalena?

—De mi cuarto.

La princesa bajó los ojos. Hacía un momento que acababa de levantarse para despedir al cardenal y había visto a Magdalena en el jardín. Esto era bastante para despertar sus sospechas y la desconfianza de la viuda de Nevers.

Magdalena, que sentía una respetuosa y sincera piedad por su señora, no se atrevía a hablar francamente.

—¿Si la señora princesa me permitiese decirle una cosa? —dijo la viuda.

Aurora de Caylus sonrió amargamente y pensó:

—¡He aquí otra a quien se paga por mentir!

¡Pero estaba equivocada! La desconfianza la hacía injusta con su fiel camarera.

—Hablad —añadió en voz alta.

—Señora princesa, tengo un hijo, que es mi vida. Daría cuanto poseo, excepto mi hijo, porque fueseis tan dichosa madre como yo.

La señora de Nevers nada contestó.

—Soy pobre —prosiguió Magdalena—, y antes de conoceros, mi pobre Carlitos carecía a veces hasta de lo más necesario. ¡Qué no haría yo, pues, para pagar a la señora princesa todo lo que por mí hace!

—¿Necesitáis algo, Magdalena?

—¡No, no; nada! Se trata de vos, nada más que de vos. Ese tribunal de familia…

—Os prohíbo que me habléis de eso, Magdalena.

—Señora, mi querida señora, aunque me arrojarais…

—Os arrojaré, Magdalena.

—Aunque así sea, cumpliré con mi deber respecto de vos, señora princesa. ¿No queréis encontrar a vuestra hija?

La princesa, temblorosa y pálida, puso sus dos manos sobre los brazos del sillón. Se incorporó un poco y en este movimiento cayó al suelo su pañuelo. Magdalena se bajó para recogerlo. En el bolsillo de su delantal sonó dinero. La princesa fijó en ella su mirada fría.

—¿Tenéis oro? —murmuró.

Con un movimiento que no correspondía a su educación, a su nacimiento ni a su altivo carácter, metió la mano en el bolsillo de Magdalena. Quería a toda costa saberlo. La camarera juntó las manos y cayó a sus pies de rodillas, anegada en lágrimas. La princesa sacó diez o doce onzas españolas.

—El príncipe de Gonzaga acaba de llegar de España —dijo.

—Señora —contestó Magdalena—, mi Carlitos estudiará con este oro. El que me lo ha dado viene también de España. ¡En el nombre de Dios, señora, no me condenéis antes de escucharme!

—¡Salid! —ordenó la princesa.

Magdalena quiso suplicar todavía; pero la princesa, mostrándola la puerta con ademán imperioso, añadió:

—¡Salid!

Cuando salió la camarera, la princesa se dejó caer de nuevo en el sillón. Sus manos delgadas y blancas cubrieron su rostro.

—¡Y yo amaba a esa mujer! —murmuró estremeciéndose de espanto.

—¡Oh! —decía con la angustia profunda que la soledad produce—. ¡Nadie, nadie! ¡No puedo fiar en nadie!

Un sollozo levantó su pecho convulsivamente.

—¡Mi hija, mi hija! —exclamó con desgarrador acento—. Virgen Santísima, desearía que hubiese muerto. Al menos la encontraría a vuestro lado.

Los accesos violentos eran raros en aquella naturaleza casi agotada; pero cuando sufría alguno, quedaba largo rato anonadada.

Pasaron algunos minutos antes de que pudiese dominar sus sollozos. Cuando pudo hablar, dijo mirando a un crucifijo:

—¡Dios mío, dadme ya la muerte! ¡He sufrido mucho y no puedo más! ¿Cuánto tiempo va a durar mi martirio?

Quedó un momento con los brazos caídos y la cabeza inmóvil recostada sobre el respaldo del sillón. Por un instante parecía que Dios hubiese oído su plegaria: parecía muerta; pero luego, débiles estremecimientos agitaron todo su cuerpo. Pasada la crisis abrió los ojos y miró el retrato de Nevers. Sus ojos se secaron y recobraron su ordinaria fijeza, que tenía algo de espantosa.

En el libro que Magdalena Giraud había dejado sobre el reclinatorio, estaba la traducción del salmo *Miserere mei, Domine*. La princesa tenía la costumbre de leerla todos los días. Al cabo de un cuarto de hora extendió la mano para coger su libro de oraciones. El libro se abrió por la página donde estaba el salmo. Durante un minuto los ojos fatigados de la princesa miraron sin ver el libro. Pero de pronto lanzó un grito, se frotó los ojos y miró a todas partes para convencerse de que estaba despierta.

—El libro no se ha movido de aquí —murmuró.

Si le hubiese visto en manos de Magdalena, no se hubiera maravillado del milagro; porque la princesa creyó que aquello era un milagro. Su esbelto talle se irguió y sus ojos relumbraron: estaba bella como en los mejores días de su juventud.

Animada por súbita esperanza, se prosternó en el reclinatorio. El libro, abierto, continuaba fascinándola.

Por segunda vez leyó al margen del salmo estas líneas trazadas por mano desconocida y que parecían una respuesta al primer versículo:

—¡Tened piedad de mí, Dios mío! «Dios tendrá piedad, si vos tenéis fe. Tened valor para defender a vuestra hija y asistid al consejo aunque estéis enferma. Acordaos de vuestra contraseña con Nevers.»

—¡Su divisa! —balbuceó Aurora de Caylus—. ¡Yo soy! ¡Hija mía! —añadió con lágrimas en los ojos—. ¡Hija mía!

Después exclamó con brío:

—¿Valor para defenderla? ¡Sí, tengo valor y la defenderé!

IX. EL INFORME

El gran salón del hotel de Lorena, deshonrado aquella mañana por innoble subasta y que más tarde sería invadido por los agiotistas, ostentaba aún todo su antiguo esplendor. Nunca, seguramente, se había reunido más ilustre asamblea bajo su dorado techo.

Gonzaga tenía sus razones para cuidar que nada faltase a la solemnidad de esta ceremonia. Las invitaciones, hechas en nombre del rey, se habían enviado a sus destinos la noche anterior. Hubiérase dicho que era un importante negocio de Estado el que se iba a tratar o una de esas asambleas secretas donde se resuelven en familia los grandes destinos de una gran nación. Todos los grandes dignatarios del reino tenían allí su correspondiente representación. Además del presidente Lamoignon, el mariscal Villeroy y el vicecanciller d'Argenson que representaban al Regente, veíase al cardenal de Bissy, al príncipe de Conti, al embajador de España, al viejo duque de Beaumont-Montmorency, a su primo Montmorency-Luxemburgo, a Grimaldi, príncipe de Mónaco, a los dos La Rechechouart, de los cuales uno era duque de Montemart y el otro príncipe de Tonnay-Charente, y a Cossé, a Brissac, Grammont, Harcourt, Croy y Clermont-Tonnerre.

Los condes y los marqueses podían contarse en la reunión por docenas.

Los simples caballeros que eran muchos y ostentaban diferentes representaciones, ocupaban los asientos bajos del estrado.

Esta respetable asamblea estaba dividida, naturalmente, en dos partes. Componían la primera, los instrumentos de Gonzaga y la segunda los miembros independientes.

Gonzaga estaba seguro de los primeros y fiaba en los recursos de su brillante palabra para conquistar a los segundos.

Antes de empezar la sesión, se habló familiarmente. Nadie sabía con seguridad el verdadero objeto de la asamblea.

Gonzaga tenía entre los congregados partidarios decididos. Solo algunos viejos señores y otros pocos nobles sentimentales, se sentían inclinados en favor de la princesa.

La cuestión pareció a todos algo más clara, cuando el buen cardenal de Bissy, que como sabemos había hablado aquella mañana con la princesa, dijo a algunos intrusos con acento de convicción:

—¡Esa pobre señora está loca!

—¡Se trata, pues, de una interdicción! —dijeron todos.

Y la creencia general fue que no comparecía ante el tribunal. Sin embargo, se la esperó como ordenaba la cortesía. El mismo Gonzaga suplicó a los concurrentes este favor. Pero en vista de que llegó la hora señalada y no se había presentado, el presidente Lamoignon ocupó su sitial. Sus asesores fueron Bissy, el vicecanciller, Villeroy y Clermont-Tonnerre. El escribano jefe del Parlamento hizo de secretario, dando lectura previamente al acta de convocatoria.

Dicha acta decía en sustancia, que Felipe de Orleáns, regente del reino, con harto dolor suyo, véiase privado del placer de presidir aquella asamblea, porque se lo vedaban los cuidados de su cargo; que en representación de Su Alteza y con plenos poderes, presidirían los señores Lamoignon, Villeroy y d'Argenson; que el cardenal haría de curador de la princesa; que el consejo sería soberano tribunal inapelable para decidir de cuantos asuntos se le diese conocimiento y sobre todo de la sucesión de Felipe de Nevers, su difunto amigo, y que podría en fin adjudicar sus bienes al heredero que el tribunal considerase con mejores derechos.

Si Gonzaga hubiese redactado el acta, no habría podido describir nada más conveniente para sus intereses.

La lectura se verificó en medio del más solemne silencio.

Luego, el cardenal preguntó al presidente:

—¿Tiene en esta asamblea defensor la señora princesa?

El presidente repitió en voz alta la pregunta. Cuando Gonzaga iba a pedir que se le nombrara uno de oficio, la gran puerta abrió sus dos hojas y los ujieres de servicio aparecieron en el dintel.

Todos se levantaron. Solo Gonzaga o su mujer podían entrar allí de aquella manera.

La princesa, en efecto, apareció vestida de luto, como de ordinario; pero tan altiva y tan hermosa, que su llegada fue acogida con un largo murmullo de admiración. Nadie la esperaba. Y menos verla tan majestuosa.

—¿Qué decís ahora, primo mío? —preguntó Montemart al oído del cardenal Bissy.

—Que me he equivocado. ¡Es un milagro!

Desde la puerta, dijo la princesa con acento claro y tranquilo:

—No necesito defensor. Heme aquí.

Gonzaga dejó su sitio, y con un ademán de exquisita galantería y supremo respeto, le ofreció la mano. La princesa no la rechazó; pero el contacto de su mano la hizo estremecerse.

El príncipe la condujo al estrado.

—¡Buena pareja! —dijeron algunos.

—¡Silencio! —contestó Oriol—. ¡Quién sabe si su presencia disgustará al príncipe!

El príncipe, quizá, no habría sabido responder al preguntárselo. Había un sillón de antemano preparado para la princesa. Estaba en el extremo derecho del estrado, cerca del sitio que ocupaba el cardenal. A la derecha de la princesa, se veía la cortina que cubría la puerta particular del hemiciclo. Esta puerta estaba cerrada, y la cortina corrida. La agitación producida por la llegada de la princesa, se calmó. Gonzaga, que sin duda tenía que variar algo su plan, quedose pensativo. El presidente ordenó que se leyese de nuevo el acta que había convocado la asamblea. Cuando concluyó su lectura por segunda vez, dijo el presidente:

—Príncipe de Gonzaga, tenéis la palabra. Haced el favor de manifestarnos cuanto deseéis.

Gonzaga se levantó. Saludó profundamente a su mujer primero, después a los representantes del Regente y por último al resto de los congregados. La princesa había bajado los ojos, después de haber dirigido una larga mirada a toda la asamblea y recobrado su inmovilidad de estatua.

Gonzaga, que era un brillante orador, empezó a hablar con voz baja y tímida.

—Nadie supondrá, seguramente, entre los reunidos, que he convocado esta respetable asamblea para hacerle una comunicación trivial. Y aunque el asunto que me obliga a usar de la palabra ante tan ilustres oyentes es muy grave y de trascendencia suma, el temor de no poder salir airoso de mi empeño, embarga de tal modo mis facultades, de ordinario modestas, que ignoro si podré siquiera haceros inteligibles mis deseos. Además, lucho con el obstáculo del acento de mi patria. Retrocedería, ciertamente, ante tan grandes dificultades, si no comprendiera que la fuerza es benévola y que vuestra superioridad me hará gracia de su inagotable indulgencia.

Al oír este exordio, algunos sonrieron maliciosamente. Excusemos decir que Gonzaga no estaba turbado ni poco ni nada.

—Ante todo, debo dar las más cumplidas gracias a los que en esta ocasión han dado una nueva prueba de consideración y de afecto a mi familia. Primero a monseñor el Regente, ese noble y digno príncipe a quien se encuentra siempre dispuesto para coadyuvar a toda empresa honrada y buena…

Inequívocas muestras de aprobación se oyeron después de estas palabras.

—¡Qué excelente abogado hubiera hecho mi primo! —dijo Chaverny al que estaba a su lado.

—Luego —prosiguió Gonzaga—, a la señora princesa, que a pesar de su delicada salud no ha vacilado en salir de su retiro para descender hasta el nivel de nuestros pobres intereses humanos. Y por último, a esos altos dignatarios, brillante representación de la más bella corona del mundo. A todos, en fin, señores, cualquiera que sea vuestra jerarquía, vuestros títulos y vuestros merecimientos, siempre mayores que los míos, mi corazón os agradecerá de por vida el que en este día hayáis honrado mi casa, que es de todos, con vuestra presencia.

Gonzaga meditó un instante. Luego continuó con acento sordo:

—Felipe de Lorena, duque de Nevers, era mi primo por la sangre, mi hermano por el corazón. Pasamos juntos los días de nuestra juventud, y puedo deciros que nuestras dos almas no formaban más que una y que nuestras penas, nuestros intereses y nuestras alegrías eran comunes. Era un generoso príncipe, y solo Dios sabe cuánta gloria le esperaba en los días de su edad madura. Aquel que tenía en su mano poderosa el destino de los grandes de la tierra, quiso detener a la joven águila cuando iba a emprender su vuelo. Nevers murió antes de cumplir los veinticinco años. En mi vida, probada varias veces por el infortunio y el dolor, he recibido golpe más cruel que el que me asestó su muerte. Dieciocho años han pasado, y todavía el tiempo, que todo lo borra, no ha logrado mitigar el duelo de mi corazón. Su memoria está aquí —y se interrumpió, poniéndose la mano sobre el pecho—. Su memoria será eterna entre nosotros, como el luto de la noble mujer que no ha desdeñado llevar mi nombre, después de llevar el de Nevers.

Todos miraron a la princesa. Su frente había enrojecido; una emoción profunda descompuso su rostro.

—¡No habléis de eso! —dijo ella con los dientes apretados—. ¡Hace dieciocho años que paso la vida llorando en mi retiro!

La parte independiente de la asamblea tomó nota de estas palabras. Los amigos de Gonzaga dejaron oír un prolongado murmullo.

Estos asalariados cumplieron con su abnegación. Aquello era tan repugnante como los alabarderos de nuestros teatros.

El cardenal se levantó y dijo:

—Suplico al señor presidente que recomiende silencio a la asamblea. Lo que diga la señora princesa debe ser escuchado con la misma consideración con que se oyen las palabras del príncipe de Gonzaga.

El cardenal, al sentarse, dijo al oído de su primo:

—¡Creo que vamos a oír cosas muy lindas!

—¡Silencio! —exclamó el señor Lamoignon, cuya mirada severa hizo bajar los ojos a los imprudentes amigos del príncipe.

Este, respondiendo a la observación del cardenal, dijo:

—No con la misma consideración, sino con mucha más, puesto que la señora princesa es la viuda de Nevers. Me asombro, creedlo, de que haya entre nosotros quien por un momento olvide el respeto profundo que se debe a la señora princesa de Gonzaga.

Chaverny se rio casi en las barbas.

—¡Si el diablo tuviese santos —pensó—, nadie más digno de figurar en su número que mi ilustre primo!

El orden se restableció. La escaramuza que había reñido sobre tal resbaladizo terreno, le fue favorable. No solo la princesa no le acusó, sino que le había dado motivo para demostrar su generosidad caballeresca.

Levantó la cabeza con altivez y continuó con acento firme:

—Felipe de Nevers murió víctima de una venganza o de una traición. Yo debo pasar muy ligeramente sobre los misterios de aquella noche trágica. El señor Caylus, padre de la princesa, hace bastantes años que ha muerto y el respeto me cierra la boca.

Y como notase que aquella se agitaba en su asiento, comprendiendo que un nuevo murmullo acogería sus palabras, se interrumpió para decir con el acento de la más perfecta cortesanía:

—Si la señora princesa tiene alguna comunicación que hacernos, le cedo la palabra.

Aurora de Caylus hacía esfuerzos para hablar; pero ningún sonido salía de su garganta. Gonzaga esperó algunos segundos, y como la princesa nada decía, prosiguió:

—La muerte del marqués de Caylus, cuyo testimonio hubiese tenido un interés inapreciable, echó un velo misterioso sobre el aleve asesinato de mi noble amigo. La huida de los asesinos y lo retirado del lugar, hicieron imposible la instrucción del proceso. Hubo dudas, suposiciones;

pero no pudo hacerse justicia. Y eso que Felipe de Nevers tenía, como todos sabéis, un poderoso amigo. ¿Necesito nombrarle? Todos le conocéis. Es Felipe de Orleáns, Regente de Francia. ¿Quién osaría, pues, decir que Nevers no tiene vengadores?

Hubo un corto silencio. Luego se oyeron entre los amigos de Gonzaga estas palabras:

—¡Es más claro que el día!

Aurora de Caylus se mordió los labios hasta hacerse sangre. La indignación la ahogaba.

—Señores —continuó—, llego por fin a los hechos que han motivado la reunión de esta asamblea. La señora princesa, al aceptar mi nombre, declaró la existencia de un matrimonio secreto y legítimo que la unía al difunto duque de Nevers. De igual modo hizo constar la existencia de una niña nacida de esta unión. Las pruebas escritas faltan. El registro parroquial de Caylus, mutilado, no consentía la comprobación. Solo el marqués de Caylus hubiese podido esclarecer con sus palabras los misterios de su casa; pero el señor de Caylus mientras vivió permaneció mudo. A la hora presente nadie puede interrogar su tumba. La comprobación se hizo bajo el único testimonio del capellán de Caylus, quien al margen del acta que daba un nuevo nombre a la viuda de Nevers, dio fe con su firma del primer matrimonio y del nacimiento de la hija del duque. La señora princesa puede deciros, señores, la absoluta sinceridad de cuanto he tenido el honor de manifestaros.

Todo lo que acababa de referir era rigurosamente exacto. La princesa nada dijo. El cardenal se inclinó hacia ella, y luego, levantándose, dijo en voz alta:

—La señora princesa no tiene nada que decir.

Gonzaga, inclinándose, prosiguió:

—La niña desapareció la noche misma del asesinato. Vosotros sabéis, señores, qué tesoros de paciencia y de ternura encierra el corazón maternal. Después de dieciocho años, el único cuidado de la señora princesa, el trabajo exclusivo de lodos sus días y de todas sus horas, es buscar a su hija. Debo decirlo: los trabajos de la señora princesa han sido completamente infructuosos hasta la hora presente. Ni una huella ni un indicio; nada, señores, había dejado tras de sí la heredera de Nevers. La señora princesa no ha avanzado en sus pesquisas hoy más que el primer día.

Al llegar a este punto, Gonzaga miró a su mujer.

Aurora de Caylus miraba al cielo. En sus pupilas húmedas, buscó en vano el príncipe la desesperación que esperaba producir con sus últimas palabras. El golpe no producía efecto.

¿Por qué? Gonzaga, por la primera vez en su vida, tuvo miedo.

Apelando a toda su sangre fría y a su poderosa voluntad, prosiguió:

—Ahora, es preciso, señores, que, aunque con manifiesta repugnancia, os hable de mí. Después del matrimonio bajo el difunto rey Luis XIV, el Parlamento de París, a instancias del también difunto duque de d'Elbeuf, tío paterno de nuestro desgraciado pariente y amigo, dio a todas las comarcas y asambleas un decreto, por el cual se suspendían indefinidamente (salvo los límites marcados por la ley) mis derechos a la herencia de Nevers. De esa manera se ponían a salvo los intereses de la joven Aurora de Nevers, si aún vivía. Estoy muy lejos de quejarme de ello; pero ese decreto, señores, ha sido la causa de mi profunda e incurable desdicha.

Todo el mundo redobló su atención.

—¡Escuchad, escuchad! —dijeron los conjurados.

Con una mirada, el príncipe acababa de advertir a sus amigos que el momento supremo iba a acercarse.

—Yo era entonces joven —prosiguió Gonzaga—, estaba bastante bien relacionado con la Corte, poseía cuantiosas riquezas, y mi nobleza era de esas que no pueden ponerse en duda. Tenía por esposa un tesoro de belleza, de talento y de virtud. ¿Cómo sustraerme, pues, a la maledicencia y a los infames ataques de la envidia? ¡Aquiles tenía un punto vulnerable!... El decreto del Parlamento me creaba una falsa situación. Algunas almas bajas, algunos corazones viles a quienes solo guía el interés, pudieron pensar que yo deseaba la muerte de la joven hija de mi amigo porque yo era su heredero. ¿Qué culpa tengo yo de que la naturaleza me haya dado el parentesco y la sociedad los derechos y de que Dios haya arrojado el infortunio y la desgracia sobre aquel a quien me unían estrechos vínculos?

Murmullos de simpatía y de aprobación acogieron las declaraciones del príncipe.

—¡Oh, señores! —continuó Gonzaga, antes de que el presidente pudiera reclamar silencio—. ¡El mundo es así y no podemos reformarlo! ¡Yo tenía el derecho? ¡Pues yo debía ser malvado! ¡Ah, señores, es muy triste! La calumnia se cebó contra mí, la calumnia me hizo su víctima explotando estas razones cobardes. Un solo obstáculo me separaba de una inmensa fortuna. ¡Parece el obstáculo! Pues se me presuponen intenciones perversas. Hasta se introdujo (debo decirlo todo al tribunal) la frialdad, la desconfianza, casi el odio entre la señora princesa y yo. Tomo como testimonio contra mí a esa figura enlutada, a esa santa mujer, que vive lejos del mundo en apacible retiro. Contra el esposo vivo se invocó la imagen del marido muerto, y empleando una vulgar expresión que encarna la dicha de los humildes y que nosotros, ¡ay!, los que somos llamados grandes, no siempre podemos gustar. ¡Se procuró por todos los medios imaginables disolver la ventura de mi matrimonio!

Gonzaga subrayó mucho esta última palabra.

—Mi matrimonio, sí, entendedlo bien. ¡El interior sagrado de mi hogar, mi reposo, mi familia, mi corazón! Todo lo han destrozado despiadadamente. ¡Oh, si supierais de qué horribles torturas pueden algunas veces hacer víctimas a los buenos, los malvados! ¡Si supierais las lágrimas de sangre que he vertido en la soledad, pidiendo vanamente, en mi desconsuelo, remedio para mis dolores a la Providencia! ¡Si supierais! Os lo aseguro por mi honor, os lo juro por mi vida, daría mis títulos, mi nombre, mi fortuna, mi sangre toda, por tener un hogar, una mujer afectuosa, un corazón amigo e hijos que hiciesen la alegría de mi existencia; por tener una familia, en fin, como esos humildes obreros que, locos, casi envidian la altura en que vivimos.

Hubiérase dicho que el príncipe había puesto su alma en aquellas frases. Fueron pronunciadas con tal acento, que la asamblea entera se conmovió aquella vez intensamente. El príncipe había logrado producir el efecto apetecido. Todos los intereses se borraron, todas las preocupaciones desaparecieron aquel hombre tan alto que confesaba en voz alta sus miserias con lágrimas en los ojos. A pesar de las costumbres de la época, el amor de padre y de esposo conmovió a todos los reunidos. Solo dos personas permanecieron frías en medio del general enternecimiento: la princesa y Chaverny.

La princesa tenía los ojos bajos; parecía soñar. El marqués murmuró:

—¡Mi ilustre primo es un pillo sublime!

Los demás comprendieron, por la actitud de la princesa, lo que debía sufrir el príncipe.

—¡Es demasiado! —dijo Montemart a Bissy—. ¡Seamos justos!

—¡Qué alma! —exclamó Taranne.

—¡Qué bella alma! —corrigió Peyrolles entrando.

—¡No ha sido comprendido! —añadió Oriol.

—¡Cuando os dije que íbamos a oír cosas lindas! —dijo Bissy a su primo—. Pero escuchemos: Gonzaga no ha terminado aún.

Gonzaga prosiguió, en efecto, pálido de emoción:

—No guardo rencor a nadie, señores. ¡Dios me libre de reprochar a esa pobre madre dolorida! Las madres son crédulas, porque aman intensamente. Y si yo sufro, ¿no sufre ella horribles torturas? El espíritu más fuerte se rinde al fin a la desgracia y la inteligencia más clara se turba con el dolor. Le han dicho que yo era el enemigo de su hija porque tenía derechos a su herencia… Fijaos bien en esto, señores. Yo, príncipe de Gonzaga y el hombre más rico de Francia después de Law…

—¡Antes! —contestaron algunas voces.

No hubo nadie que lo dudase.

—Le han dicho: ese hombre envía emisarios por todas partes en busca de vuestra hija, luego la odia... Ese hombre se ocupa de vuestra hija más que de vos...

Y volviéndose a la princesa, le preguntó:

—¿No es eso, señora, lo que os han dicho?

Aurora de Caylus, sin moverse, contestó:

—Eso me han dicho.

—¿Lo veis? —continuó dirigiéndose al concurso.

Luego, mirando de nuevo a su mujer, continuó:

—Os han dicho también, pobre madre: si buscáis en vano a vuestra hija, si vuestros esfuerzos resultan inútiles, es porque la mano de ese hombre, desde la sombra, la aleja de vos. ¿Es verdad, señora?

—Es cierto —respondió la princesa.

—¿Lo oís, jueces? ¿Y no os han dicho aún otra cosa? ¿Que esa mano pérfida ha hecho desaparecer del mundo a vuestra hija?...

Aurora de Caylus, más pálida que una muerta, respondió por tercera vez:

—Eso me han dicho.

—¿Y lo habéis creído, señora? —preguntó el príncipe con acento que la indignación alteraba.

—Lo he creído —replicó fríamente la princesa.

Estas palabras hicieron prorrumpir en sordas exclamaciones a la asamblea.

—Perderéis, señora —le dijo en voz baja el cardenal—. Cualquiera que sea la conclusión a que llegue vuestro marido, seréis condenada.

Ella continuaba en su silenciosa inmovilidad. El presidente Lamoignon se levantó quizá para amonestarla, cuando el príncipe le detuvo con un gesto respetuoso.

—Dejadme, señor presidente; perdonadla, señores. Me he impuesto sobre la tierra un penoso deber y lo cumplo como puedo. Dios tomará en cuenta mis esfuerzos. Si he de deciros la verdad, el principal motivo que he tenido para solicitar la reunión de esta asamblea solemne, ha sido proporcionarme ocasión de poder hablar una sola vez en mi vida con mi esposa. En los dieciocho años de mi matrimonio, jamás he podido obtener este favor. Quería llegar hasta ella, yo, desterrado de su lado desde la noche de nuestro desposorio: quería mostrarme una vez tal como soy, para que me conozca. Gracias os sean dadas. Por vuestra mediación, podré enseñarle el talismán que le hará abrir los ojos.

Después se dirigió a ella en medio de un silencio absoluto.

—Os han dicho la verdad, señora. Yo tengo más agentes que vos en Francia, Italia, España, en el mundo entero. Mientras dabais oídos a tan infames acusaciones, yo trabajaba por vos. Yo contestaba a esas acusaciones buscando con más orden, con más obstinación que vos. ¡Buscaba sin descanso, con la ayuda de mi oro y de mi influencia, guiado nada más que por mi corazón! Y hoy al fin veo recompensados mis afanes, mis penas y mis duelos de toda la vida. Hoy soy feliz, porque puedo deciros a vos, señora, que me despreciáis, que me odiáis injustamente. ¡Abrid vuestros brazos, madre afortunada, para recibir en ellos a vuestra hija!

Y dirigiéndose a Peyrolles, que esperaba sus órdenes, añadió:

—¡Que entre la señorita Aurora de Nevers!

X. ¡YO SOY!

Si hemos podido transcribir las palabras del príncipe, le es imposible narrar a la pluma el fuego con que fueron dichas, el brillo esplendoroso de su mirada húmeda, y los solemnes ademanes con que las apoyó.

Gonzaga era un gran actor. De tal modo se compenetraba con el papel que tenía que representar, que era imposible a los profanos descubrir el arte que suplía al sentimiento. Colocado en otro ambiente y desposeído de la ambición insaciable que corroía su alma, el príncipe hubiera removido el mundo.

Entre su auditorio había hombres sin corazón, sin entrañas, poco asequibles a las emociones, y magistrados difíciles de seducir, que de antemano se acorazaban con la desconfianza para resistir a toda elocuencia, y, sin embargo, Gonzaga consiguió conmoverlos y conquistarlos. Todos le creyeron, a todos convencieron sus palabras. Hasta sus mismos amigos se equivocaron.

—¡Ahora dice la verdad! —pensaban—. ¡La mentira llegará luego!

—¿Es posible —se dijeron todos—, que se junte en este hombre tanta grandeza a tanta perversidad?

Los pares, los nobles, que iban prevenidos contra él, sintieron profundos remordimientos de haber dudado un instante del príncipe. El caballeresco amor que había confesado sentir por su mujer, y el magnánimo perdón que le otorgó, le realzaron en el común prestigio.

En otros siglos, tanta virtud hubiese merecido un pedestal. Ni un solo corazón latía regularmente. El señor Lamoignon enjugó furtivamente una lágrima. Villeroy exclamó:

—¡Sois un hombre admirable, príncipe!

El éxito fue total. Hasta el escéptico Chaverny se conmovió entonces. La princesa experimentó una emoción vivísima. Con los ojos fijos en la puerta por donde Peyrolles había desaparecido, esperaba ansiosamente.

—¡Yo no la perdonaría en mi vida! —exclamó Choisy.

La pobre madre no podía sostenerse. El espanto y la esperanza se revelaban en su rostro, pálido como el de un fantasma. ¿Vería a su hija? ¿La profecía del libro de oraciones iba a cumplirse? Sí; defendería todos sus derechos. ¡Con qué placer la abrazaría después de dieciocho años de separación cruel! Ella esperaba agitadísima, impaciente, como todos.

Al fin apareció la joven. Gonzaga salió a su encuentro. No hubo más que esta exclamación:

—¡Qué hermosa es!

Los amigos del príncipe añadieron:

—¡Cuánto se parece a su madre!

—¡Es su misma cara! —agregó la parte neutral de la asamblea.

Ninguno dudó que aquella fuera la hija de Nevers.

El rostro de la princesa cambiaba frecuentemente de expresión. Luego el espanto se apoderó por completo de ella.

¿Era aquella su hija? ¡No era así como la había soñado! Su hija no podría ser más bonita, pero seguramente debía ser de otro modo. ¿Qué quería decir la frialdad que su corazón sentía en aquel momento? ¿Era una mala madre? Otros terrores la sobrecogían también. ¿Cuál era el pasado de aquella joven, en cuyos ojos se reflejaba el atrevimiento, y cuyo talle tenía ondulaciones? ¿La heredera de un duque podía ser tan desenvuelta?

Chaverny, repuesto de su sorpresa, murmuró:

—¡Es adorable! —le dijo a Choisy.

—¿Estás enamorado? —le preguntó este.

—Lo estaba ya; pero el nombre de Nevers no le sienta bien.

El bello casco de un coracero no brillaría tanto en la cabeza de un pillete. Hay antagonismos innegables. Gonzaga no se había fijado en esto, Chaverny lo veía. Para advertir estos detalles son precisas la juventud del marqués y el exquisito sentimiento del corazón de una madre como Aurora de Caylus.

Doña Cruz, ruborizada, con los ojos bajos y una tímida sonrisa en los labios, estaba hechicera, de pie en medio del salón. Solo el marqués y la princesa conocían los esfuerzos que le costaba tener bajados los párpados. ¡Estaba deseando levantarlos para ver la brillante asamblea!

—Señorita de Nevers —dijo Gonzaga—, id a abrazar a vuestra madre.

Doña Cruz experimentó una sincera alegría; la expresión anhelante de su rostro no fue fingida; obraba de buena fe porque creía que aquella era su madre. Su acariciadora mirada se volvió hacia la princesa. Abrió los brazos e iba ya a dirigirse hacia ella, cuando un frío ademán de la princesa la clavó en el sitio.

La princesa, llena de desconfianzas nacidas en solitarias meditaciones, pensó: ¿Será esa la hija de Nevers? ¿Cuál es su pasado?

Luego, en voz alta, dijo:

—Dios es testigo de que soy una buena madre; pero si la hija de Nevers volviese a mí con una sola mancha sobre la frente, si ella un solo minuto hubiera desconocido lo que debe a su raza, entonces, volviendo el rostro, diría: ¡Nevers ha muerto del todo para mí!

—¡Yo apostaría a que ha olvidado esos respetos en más de una ocasión! —pensó Chaverny.

Fue el único que pensó de aquel modo. La serenidad de la princesa pareció a todos intempestiva y casi desnaturalizada. Mientras habló, un leve ruido se produjo a su derecha, como si se hubiera abierto la puerta secreta del estrado. Nadie lo observó.

Gonzaga contestó, juntando las manos, como si la duda de la princesa le pareciera una blasfemia:

—Señora, ¿es vuestro corazón quien ha hablado? Esa es vuestra hija. La señorita de Nevers es tan pura como los ángeles.

—A menos que tengáis para dudar razones precisas y confesables —dijo a Aurora de Caylus el cardenal.

—¡Razones! Mi corazón permanece frío, mis ojos secos, mis brazos inmóviles, ¿no son estas suficientes razones?

—Si no tenéis otras, no podré combatir en conciencia la opinión evidente y unánime del consejo.

Aurora de Caylus dirigió a su alrededor una mirada sombría.

—¿Veis cómo no estaba equivocado? —añadió el cardenal al oído de su primo—. Esta pobre mujer está loca.

—Señores, señores, ¿se me ha juzgado ya? —exclamó la princesa.

—Tranquilizaos, señora. Todos los aquí reunidos os respetan, os aman y os escucharán; el primero el ilustre príncipe, cuyo nombre lleváis…

La princesa bajó la cabeza. El presidente continuó con voz un poco severa:

—Obrad según vuestra conciencia y no temáis nada, señora. Este tribunal no tiene la misión de castigar. El error no es crimen, es desgracia. Vuestros parientes y vuestros amigos os compadecerán, si os equivocáis.

—¡Equivocarme! —replicó Aurora de Caylus sin levantar la cabeza—. ¡Oh, sí, algunas veces puede uno equivocarse! Pero si nadie aquí me defiende, me defenderé yo sola. Mi hija debe tener consigo la prueba de su nacimiento.

—¿Cuál? —preguntole el presidente.

—La que ha designado el príncipe de Gonzaga; las hojas arrancadas del registro de la capilla de Caylus por mi mano. ¿Las trae?

Un largo murmullo se oyó en la asamblea.

—¡Llevadme, llevadme de aquí! —balbuceó doña Cruz, llorando.

El corazón de la princesa se conmovió al escuchar la súplica de doña Cruz.

—¡Dios mío, inspiradme! —dijo alzando los brazos al cielo—. ¡Sería una horrible desgracia, un horrendo crimen rechazar a mi hija! ¡Os lo suplico, Dios mío, respondedme!

De pronto se estremeció todo su cuerpo violentamente y sus ojos se iluminaron.

Ella había interrogado a Dios y una voz que nadie sino ella podía oír dijo a su espalda:

—¡Yo soy!

La princesa tuvo que apoyarse en el brazo del cardenal para no caer al suelo. ¿Aquella voz venía del Cielo?

Gonzaga, aprovechando aquella turbación, quiso quemar su último cartucho.

—Señora —dijo—, acabáis de invocar la ayuda de la providencia y ella os contestará seguramente. Mirad a vuestra hija, miradla bien y luego consultad vuestro corazón. Perla temblorosa, anonadada por vuestras dudas…

La princesa miró a doña Cruz. Gonzaga continuó:

—Ya que la habéis mirado, decidme en nombre de Dios, ¿no creéis que esta niña que os presento es vuestra hija?

La princesa tardó en responder. Involuntariamente se acercó a los tapices donde la voz había hablado antes. Aquella voz dijo entonces con un acento que nadie más que ella pudo oír:

—No.

—¡No! —contestó con energía la princesa.

Y su mirada altiva recorrió toda la asamblea. No dudó ni tuvo miedo. Cualquiera que fuese el misterioso consejero de detrás de las cortinas, la princesa confiaba en él porque combatía a Gonzaga. Además le aconsejaba invocando la divisa de Nevers.

Mil distintas exclamaciones acogieron esta contestación de la princesa.

La indignación de los amigos del príncipe no reconoció límites.

—¡Es demasiado! —dijo Gonzaga apaciguando con la mano el celo de sus partidarios—. La paciencia humana tiene su límite. Yo me dirijo por última vez a la señora princesa para decirle: Son precisas buenas razones, sólidos argumentos para combatir la evidencia.

—¡Ay, esas palabras reflejan mis propios pensamientos! —dijo el cardenal—, pero cuando a las mujeres se les mete una idea en la cabeza…

—¿Esas razones las tenéis vos? —preguntó el príncipe.

—Sí —respondió la voz misteriosa.

—Sí —contestó la princesa.

Gonzaga se puso lívido y sus labios se agitaron convulsivamente. Conocía que allí, en aquella asamblea por él convocada, tenía una influencia hostil, invencible. La buscaba en vano, aunque la conocía.

En algunos minutos varió por completo la viuda de Nevers. El mármol se había hecho carne, la estatua vivía. ¿A qué se debía tan portentoso milagro? El milagro se operó en el instante en que la princesa invocara la ayuda del Cielo; pero Gonzaga no creía en Dios.

El príncipe enjugó su frente bañada en sudor frío.

—¿Sabéis, pues, de vuestra hija? —preguntó el cardenal.

La princesa guardó silencio.

—Hay muchos impostores —dijo Gonzaga—; la fortuna de Nevers es buena prosa y habrá quien la codicie. ¿Os han presentado alguna joven?

La princesa nada replicó.

—Os dirán: esta es la verdadera, la hemos salvado, la hemos protegido. ¡Sí, todo eso os dirán para deslumbraros!

Los más finos diplomáticos se dejaron engañar. El presidente y sus graves asesores miraban con asombro al príncipe.

—¡Oculta tus uñas, tigre! —murmuró Chaverny.

El silencio de la voz misteriosa era soberanamente hábil. Mientras ella no hablase, la princesa no podía contestar y Gonzaga, furioso, dejaba de ser prudente.

—Decid —añadió Gonzaga con los dientes apretados—: ¿tenéis alguna niña que presentarnos? ¿Lo afirmáis? ¿Vive la que creéis vuestra hija? ¿Vive?

La princesa, vacilante, apoyó una de sus manos en el sillón. Hubiera dado su vida por poder levantar el portier tras del cual la voz misteriosa continuaba muda.

—¡Responded, responded! —insistió Gonzaga.

Y dijeron también los jueces:

—¡Responded, señora!

Aurora de Caylus escuchaba sin aliento. ¡Oh, cuánto tardaba el oráculo!

—¡Piedad! —dijo la infeliz volviéndose un poco.

El tapiz se agitó débilmente.

—¡Cómo podrá contestar! —decían los amigos del príncipe.

—¿Vive? —dijo Aurora interrogando al oráculo.

—«Vive» —le respondió.

E irguiéndose radiante, ebria de alegría, respondió a la asamblea:

—¡Vive a pesar de eso, príncipe, protegida por el Cielo!

Todos se levantaron tumultuariamente. Durante un momento, aquella seria asamblea fue presa de la agitación más horrible. Los amigos del príncipe hablaban a una vez y pedían justicia.

—Comienzo a creer que la princesa ya no está loca —dijo el cardenal.

Aprovechando la general confusión, la voz misteriosa dijo:

—Esta noche, en el baile del Regente, oiréis la divisa de Nevers.

—¿Y veré a mi hija? —preguntó anhelante la princesa.

El pequeño ruido de una puerta que se cerraba fue la contestación a su pregunta. Ya era tiempo. Chaverny, curioso como una mujer, se había deslizado detrás del cardenal de Bissy y levantó bruscamente la cortina. No había nadie. La princesa ahogó un grito. Era bastante. Chaverny abrió la puerta y volvió al corredor. No vio nada. Es decir, al final de la galería percibió la silueta horrible del jorobado que empezaba a bajar tranquilamente la escalera.

Chaverny, reflexionando, se dijo:

—Mi primo ha querido jugarle una mala pasada al diablo, y el diablo toma su revancha.

Entretanto en el salón, a una señal del presidente, los consejeros ocuparon sus asientos. El mismo Gonzaga, haciendo un esfuerzo poderoso, se calmó en apariencia. Saludando dijo al Consejo:

—Señores, no añadiré una palabra más a las ya dichas. Deliberad si os place y decidid entre la princesa y yo.

—¡Deliberaremos! —añadieron algunas voces.

El presidente se levantó al cabo de algunos minutos y dijo mientras se descubría:

—Príncipe, el parecer de los regios comisarios, después de haber oído al cardenal Bissy, procurador de la señora princesa, es que por el momento no ha lugar a juicio. Puesto que la señora princesa sabe donde está su hija, que la presente. Vos presentaréis igualmente la que decís heredera de Nevers. La prueba escrita que habéis invocado podrá presentarse entonces y nuestra decisión será fácil. Aplazamos, pues, en nombre del rey, este Consejo para dentro de tres días.

—Acepto —contestó Gonzaga—. Presentaré la prueba.

—Ese día tendré a mi hija y presentaré la prueba —respondió también la princesa.

El Consejo había acabado.

—En cuanto a vos, pobre niña —dijo Gonzaga a doña Cruz—, he hecho cuanto he podido. ¡Hoy solo Dios puede devolveros el corazón de vuestra madre!

—Señora —dijo la joven—. ¡Seáis o no mi madre, sabed que os respeto y os amo!

La princesa sonrió, besándola en la frente.

—Tú no eres culpable, lo sé. Yo también te amo.

Peyrolles condujo a doña Cruz. Cuando Gonzaga volvió de despedir a los comisionados regios, encontró a la princesa que salía rodeada de sus camareras. Era ya casi de noche.

Con un gesto imperioso, separó a estas, y, aproximándose a la princesa con ese aire de exquisita cortesanía proverbial en el príncipe, le besó la mano.

—Señora —le dijo con tono ligero—, ¿está declarada la guerra entre nosotros?

—No hago más que defenderme.

Gonzaga, que apenas podía ocultar tras su fría política la rabia que le dominaba, la preguntó:

—¿Tenéis, pues, misteriosos protectores?

—El Cielo me ayuda, que es el protector de las madres.

Gonzaga sonrió.

—Decid que preparen mi silla —dijo la princesa a Magdalena.

—¿Hay oficio esta tarde en la parroquia de Saint-Magloire?

—No lo sé. Voy a otra parte. Felicidad, preparad mis alhajas.

—¡Vuestras alhajas! —exclamó el príncipe con acento sarcástico—. ¿Acaso la Corte, que tanto tiempo os espera en vano, va a tener la dicha de veros?

—Voy al baile del Regente.

Gonzaga se quedó estupefacto.

—¡Vos!

La princesa le miró de tal modo, que Gonzaga tuvo que bajar los ojos.

—¡Yo, sí!

Y añadió, reuniéndose a sus camareras:

—Mi luto concluye hoy, príncipe. Hagáis lo que hagáis ya en contra mía, no os temo.

XI. DONDE EL JOROBADO SE HACE INVITAR AL BAILE DE LA CORTE

Gonzaga se quedó un instante inmóvil, mirando a su mujer que atravesaba la galería para ir a sus habitaciones.

—¡Es una resurrección! —pensó—. Hay aquí algo que yo no he visto…

Y paseándose por el salón, añadió:

—No hay que perder un instante. ¿Qué va a hacer en el baile del Regente? ¿Querrá hablarle? Indudablemente sabe dónde está su hija… y yo también lo sé —añadió sacando una cartera de su bolsillo—. En esto, al menos la casualidad me ha servido.

Hizo sonar una campanilla y apareció un criado.

—Decidle al señor Peyrolles que venga en seguida.

El criado desapareció. Gonzaga reanudó su paseo.

—Tiene algún nuevo auxiliar.

—Al fin puedo hablaros —exclamó al entrar Peyrolles—. Malas noticias tengo que daros. Al salir, el cardenal decía a los comisarios regios: «Detrás de todo esto hay un misterio inicuo…»

—Deja decir al cardenal.

—Doña Cruz, indignada, dice que le habéis hecho representar un papel indigno y que se va de París.

—Deja hacer a doña Cruz y escúchame.

—Antes debéis saber lo que sucede, Lagardère está en París.

—¡Me lo figuraba! ¿Desde cuándo?

—Desde ayer, por lo menos.

—La princesa ha debido verle —pensó—. ¿Cómo lo sabes? —añadió en voz alta.

Peyrolles dijo muy bajito:

—Saldaña y Faënza han muerto.

Indudablemente Gonzaga no esperaba esta noticia, porque los músculos de su fisonomía se alteraron. Pero esto duró un segundo no más. Cuando Peyrolles le miró nada vio anormal en el rostro del príncipe.

—De dos estocadas —agregó temblando el intendente.

—¿Dónde se han encontrado sus cadáveres?

—En el callejón que da al jardín de vuestro hotelito.

—¿Juntos?

—Saldaña en la puerta, Faënza quince pasos más allá. Ambos tenían la estocada…

—¿Aquí? —le interrumpió el príncipe señalando su entrecejo.

Peyrolles movió afirmativamente la cabeza.

—¿No tenían más heridas?

—No.

—La estocada de Nevers es siempre mortal.

Gonzaga arregló ante un espejo los encajes de su coleto.

—Está bien —dijo—. El caballero Lagardère se anuncia a mi puerta dos veces. Celebro que esté en París; le prenderemos.

—La cuerda que ha de estrangularle… —dijo Peyrolles.

—No está hilada. ¿No es eso lo que quieres decir? Yo creo que te equivocas. Ya es tiempo. De los que intervinimos en el negocio de Caylus, solo quedamos cuatro.

—Sí —dijo el confidente estremeciéndose—. ¡Ya es tiempo!

—Somos dos y con las buenas hojas de esos hidalgos…

—¿Cocardasse y Passepoil? —interrumpió Peyrolles—. Creo que tienen miedo de Lagardère.

—¡Como tú! Es lo mismo: no podemos escoger. Ve a buscarlos.

Peyrolles se dirigió a la repostería.

Gonzaga pensó:

—¡Bien decía que era preciso obrar en seguida! Esta noche sucederán extrañas cosas.

—Daos prisa —dijo Peyrolles al llegar a la repostería—. El príncipe os necesita.

Cocardasse y Passepoil habían comido hasta no querer más, y eso que eran dos heroicos estómagos. Passepoil estaba pálido, Cocardasse tenía el rostro del color del vino que quedó olvidado en su vaso. La botella produce esos resultados según el temperamento de los bebedores. La almohada es la que los iguala.

El tiempo de las privaciones había pasado. Ambos, vestidos de nuevo de la cabeza a los pies, tenían la mirada atrevida y el continente altivo de los míseros a quienes la fortuna eleva de repente.

—¡Eh, creo que ese granuja se dirige a nosotros! —dijo Cocardasse a su amigo.

Y cogiendo al mayordomo por una oreja, le hizo dar dos vueltas sobre sus talones.

—Estos bribones están borrachos —dijo Peyrolles arreglando los desperfectos que en aquella danza había sufrido su traje.

Al fin, pudo convencerles con buenas razones y los tres comparecieron a presencia del príncipe.

—¡Salud, príncipe! —dijo el gascón inclinándose.

—Basta de saludos —dijo Gonzaga previniéndose del normando mientras miraba de través a los espadachines.

Ambos quedaron inmóviles. Al que paga se le consiente todo.

—¿Tenéis firmes las piernas? —les preguntó el príncipe.

—Solo he bebido un vaso de vino a la salud de monseñor —replicó Cocardasse—. No tengo semejante cuando se trata de ser sobrio.

—Yo he bebido el vino aguado —añadió Passepoil.

—Has bebido como yo. ¡Cuerpo de Baco! No consiento que se mienta delante de mí —le interrumpió Cocardasse.

—¿Son buenas vuestras espadas?

—Inmejorables —contestó el gascón.

—Y están a vuestro servicio, monseñor —agregó melifluamente el normando.

Gonzaga conversó un momento con Peyrolles aparte. Después de recomendarle que no hablase a los espadachines del fin de Saldaña y Faënza, le entregó el papel donde había apuntado las señas que le dijo doña Cruz. En aquel momento, la grotesca fisonomía del jorobado apareció en la entreabierta puerta. Nadie le vio. Sus inteligentes ojos brillaron de un modo extraordinario al ver a Gonzaga y se ocultó, aplicando el oído a la rendija de la puerta.

Oyó a Peyrolles que descifraba trabajosamente lo escrito por su amo.

—Calle de Chartres, una joven llamada Aurora…

Los ojos del jorobado relumbraron.

—¡Lo sabe! —pensó—. ¿Quién ha podido decírselo?

—¿Comprendes? —preguntó Gonzaga a su mayordomo.

—Entendido.

—¿Dónde llevamos a la joven?

—Al pabellón de doña Cruz.

—¡La gitana! —se dijo el jorobado—. Pero, ¿cómo ha sabido ella el retiro de Aurora?

—¿Será preciso robarla?

—Sin ruido, sin escándalo. No estamos en situación de atraer las miradas sobre nosotros. Un rapto. Ese es tu fuerte. Ten cuidado, ese hombre debe vivir allí. Yo vigilaré.

—¡Lagardère allí! —dijo el intendente con espanto.

—No tendrás que entenderte con él. Antes debes averiguar si está ausente. Apostaría que no está en su casa a estas horas.

—Si no está, he aquí un plan sencillo: toma esta invitación…

Gonzaga dio a su confidente una de las invitaciones que había reservado para Saldaña y Faënza.

—Te procurarás antes —prosiguió el príncipe— un traje como el de doña Cruz, y tendrás preparada, cerca, una silla de manos. Luego, te presentarás a la joven en nombre de Lagardère.

—Eso es jugar la vida a cara o cruz —dijo Peyrolles.

—A la vista del traje y de la invitación, se volverá loca. Solo tendrás que decirle: «Lagardère os envía esto y os espera.»

—¡Mal recurso! —dijo en aquel momento una voz chillona—. La joven no hará ningún caso de ese mensaje.

Gonzaga echó mano a su espada; Peyrolles se sobresaltó.

—¡Rayos y truenos! —exclamó Cocardasse—. ¡Fíjate. Passepoil, fíjate en ese hombrecillo!

—¡Ah! —respondió este—. Si la naturaleza me llega a dar esta figura, me hubiera suicidado.

Peyrolles se echó a reír, como todos los cobardes después de un susto. Y dijo:

—¡Esopo!

—¡Todavía este hombre! —dijo Gonzaga con mal humor—. ¿Habéis creído que por alquilar la perrera de Medoro tenéis derecho a recorrer todo mi palacio? ¿Qué queréis aquí?

—¿Y vos, qué vais a hacer allá abajo? —contestó descaradamente el jorobado.

El corazón de Peyrolles descubrió en él un adversario.

—Señor Esopo —le dijo—, ¿tendré necesidad de haceros saber el peligro que corre quien se mezcla en asuntos que no le importan?

Gonzaga dirigió una expresiva mirada a los dos aventureros. Mientras tanto, el audaz jorobado, con el mayor descaro del mundo, cogió de manos de Peyrolles la invitación que el príncipe acababa de darle.

—¡Qué haces, tunante! —le gritó Gonzaga.

El jorobado, sin responder, sacó de su bolsillo pluma y tintero.

—¡Está loco! —exclamó Peyrolles.

—¡No tal! —replicó el jorobado, hincando en tierra una rodilla poniéndose a escribir tranquilamente—. ¡Leed! —dijo con acento de triunfo, levantándose y dando la invitación a Gonzaga.

Este leyó:

Querida niña: Soy yo, vuestro amigo, quien os escribe, Vestíos con ese traje que os mando. He querido reservaros esta sorpresa. Una silla con dos lacayos irá después a buscaros, de mi parte, para conduciros al baile, donde os espero.

ENRIQUE DE LAGARDÈRE.

Cocardasse y Passepoil, que contemplaban esta escena desde lejos y nada podían oír, estaban sorprendidos.

—¡Rayos y truenos! A monseñor parece que le ha picado la tarántula —dijo el gascón.

—Ese jorobado me intriga —contestó Passepoil—. He visto sus ojos en alguna parte.

—Yo no me preocupo de los hombres que tienen menos cinco pies y cuatro pulgadas.

Gonzaga decía estupefacto al jorobado:

—¿Qué quiere decir esto?

—Quiere decir —replicó el jorobado—, que con ese escrito la joven tendrá confianza.

—¿Has adivinado nuestros propósitos?

—He comprendido que queréis apoderaros de esa joven.

—¿Y sabes a lo que se expone quien penetra ciertos secretos?

—A ganar mucho dinero —contestó Esopo II, frotándose satisfecho las manos.

Gonzaga y Peyrolles cambiaron una mirada.

—Pero —dijo Gonzaga—, ¿y esta letra?

—Tengo varias habilidades… Os garantizo la imitación perfecta. Cuando veo una vez una letra, la imitó a maravilla…

—¡Eso puede llevarte lejos! ¿Y el hombre?

—¡Oh, el hombre! Yo soy demasiado pequeño para sustituirle.

—¿Le conoces?

—Mucho.

—¿De qué?

—Un antiguo negocio me lo dio a conocer.

—¿Puedes darnos algunas señas?

—Una sola; ayer dio dos estocadas en la frente a dos amigos vuestros; mañana dará otras dos.

A Peyrolles se le puso carne de gallina de la cabeza a los pies.

Gonzaga dijo:

—Hay buenas prisiones en los subterráneos de este hotel.

El jorobado, sin hacer caso de la amenaza, contestó.

—Terreno perdido. Haced cuevas, y os las alquilará algún vinatero.

—Se me ocurre una idea: tú eres mi espía.

—¡Pobre idea! El hombre de que se trata no tiene un escudo, y vos sois millonario. ¿Queréis que os lo entregue?

Gonzaga abrió desmesuradamente los ojos.

—Dadme esa otra invitación —prosiguió Esopo II señalando la otra que el príncipe tenía en la mano.

—¿Qué haríais con ella?

—Un buen uso. Se la daré a Lagardère y seguramente no faltará a la promesa que os hago en su nombre. Lagardère irá al baile del Regente.

—¡Vive Dios! ¡Debes ser un demonio, tunante!

—¡Oh! Hay tunantes mayores que yo —contestó el jorobado.

—¿Y por qué ese celo en servirme?

—Yo soy así: sirvo a quien me agrada.

—¿Y yo he tenido la fortuna de agradarte?

—Mucho.

—¿Y para probarme tu amistad has pagado diez mil escudos?

—¡La covacha de Medoro! ¡Es una mina de oro! Esopo I ha muerto después de ganar millón y medio: yo, que le sucedo, ganaré más.

Gonzaga hizo una seña a los dos bravos, que se acercaron.

—¿Quiénes son estos? —preguntó Esopo.

—Dos que te acompañarán, si acepto tus servicios.

El jorobado saludó ceremoniosamente.

—¡Servidor, servidor, príncipe: rehusad mis servicios! No me gusta ir acompañado en mis negocios.

—Sin embargo… —dijo Gonzaga con acento de amenaza.

—¡No hay sin embargo que valga! Ya conocéis a nuestro hombre; es brusco, brutal casi y si viese tras de mí esta escolta de asesinos…

—¡Granuja! —gritó Cocardasse, indignado.

—Sois sobrado impolítico —añadió Passepoil.

—Me gusta obrar solo.

Gonzaga y Peyrolles se consultaron.

—Yo sabré vengarme de ti si me engañas —le dijo el príncipe, mirándole fijamente—. Sírveme bien y serás recompensado. En caso contrario…

Interrumpiéndose le entregó la invitación para el baile.

El jorobado la tomó y salió andando para atrás. Mientras hacía profundas reverencias, dijo:

—La confianza de monseñor me honra. Esta noche sabréis quién es el jorobado.

A una seña de Gonzaga los dos espadachines iban a seguirle.

—No tengáis tanta prisa —les dijo Esopo.

Y apretando a Cocardasse y a Passepoil con una mano, que nunca hubiesen creído tan vigorosa, traspasó el umbral de la sala. Cuando quisieron seguirle, el jorobado había desaparecido.

—¡Daos prisa! A la calle de Chartres y que se haga todo como hemos convenido —dijo Gonzaga a Peyrolles.

Por la desierta calle de Quincampoix el jorobado, andando a buen paso, murmuraba:

—Mi bolsa está casi vacía. ¡El diablo cargue conmigo si sabía cómo procurarme las invitaciones y el traje para el baile!

TERCERA PARTE: LAS MEMORIAS DE AURORA

I. LA CASA DE DOS PUERTAS

Estaba en esa estrecha y vieja calle de Chartres que hasta hace poco, como otras de su clase, deslucían los alrededores del palacio real. Eran callejuelas húmedas, sucias, oscuras y poco frecuentadas; eran un insulto al París moderno; un montón de cieno en el centro de la ciudad. En nuestros días, hemos leído con frecuencia en los diarios: «Se ha cometido ayer un horrendo crimen en las profundidades de esa noche, que el sol, ni aun en los más largos y espléndidos días del estío, logra esclarecer un momento». «Esa noche» se refería a los tres callejones de la Biblioteca, Pierre-Lescot y Chartres. La víctima era alguna sacerdotisa de la Venus del codo, estrangulada después de innoble orgía, o un pobre comerciante a quien asesinaron para despojarle. Esto producía horror y disgusto. La fetidez de esos callejones era insoportable y llegaba hasta las ventanas de ese encantador palacio, vivienda de reyes, príncipes y cardenales. ¿Pero el pudor del palacio real data de tan larga fecha? ¿No sabemos por nuestros padres las inmundas escenas que se desarrollaban en sus artísticas galerías de cedro y piedra?

Hoy el palacio es un edificio rectangular de agradable aspecto. Las galerías de cedro han desaparecido y solo quedan las de piedra, donde los transeúntes se refugian en los días de lluvia. Los *restaurantes* a precio fijo, que ocupan los pisos superiores, brindan confortables comidas a dos francos a los provincianos de edad madura que mientras hacen la digestión recuerdan las que ellos llaman *espléndidas* costumbres del palacio real en las épocas del Imperio y de la Restauración.

En nuestros días, en el sitio donde estuvieron las tres inmundas callejuelas, se levanta un hotel inmenso que ofrece a Europa su mesa de mil cubiertos. Sus cuatro fachadas son artísticas y alegres. Una da frente al palacio, otra a la de Saint-Honoré, la tercera a la de Coq y la última a la de Rívoli. Desde las ventanas del hotel se ve el Louvre nuevo, hijo legítimo del antiguo. La luz y el aire lo bañan, el lodo se ha ido no se sabe dónde, los garitos y las mancebías han desaparecido; toda aquella lepra, repentinamente curada, no ha dejado cicatrices. ¿Dónde han ido a parar los ladrones y las prostitutas?

En el siglo XVIII, esas tres calles de que acabamos de hablar, eran ya bastante feas; pero no más estrechas ni menos descuidadas que la calle de Saint-Honoré, su vecina. Aunque mal pavimentadas y sin nociones de urbanización, había en ellas hermosos portales, pertenecientes a nobles y ricas viviendas.

Los vecinos de esas calles eran, por regla general, comerciantes, empleados y artesanos. Indudablemente se hubieran encontrado peores sitios en París.

En la esquina de la calle de Chartres y Saint-Honoré había una casita de modesta apariencia, pero aseada y casi nueva. Tenía la entrada por la calle de Chartres. Desde hacía solamente una semana estaba ocupada por una familia cuyo aspecto excitó vivamente la atención de los vecinos curiosos. Era un hombre joven, apuesto, de mirada viva y rica cabellera que coronaba una noble y elevada frente; se llamaba maese Luis y era cincelador. Con él vivía una joven, bella como los ángeles y cuyo nombre nadie había logrado averiguar. Aunque vivían juntos, no debían ser esposos, porque los que los habían oído conversar aseguraban que no se tuteaban. Con ellos y en clase de sirvientes vivían en la misma casa una anciana que nunca hablaba y un muchacho de unos dieciséis años que era mucho más discreto de lo que podía esperarse a su edad. La joven no salía nunca, y habríanla creído prisionera si no la hubiesen oído cantar alegremente a todas horas.

Maese Luis, por el contrario, salía frecuentemente y acostumbraba a volver a su casa a horas muy avanzadas de la noche. Entonces no entraba por la puerta de la casita, a la que daba acceso una linda escalinata con tres escalones de mármol. La casa tenía dos entradas: la primera ya la conocemos, la segunda comunicaba con la escalera de la propiedad vecina. Esta última entrada es la que utilizaba maese Luis cuando volvía a su habitación.

Desde que aquella familia vivía en la casa, ningún extraño había ido allí. Solo un jorobadito, de fisonomía bondadosa, entraba y salía de vez en cuando, sin hablar con nadie y siempre por la escalerilla excusada. Debía ser, sin duda, algún amigo particular de maese Luis; porque los curiosos nunca le vieron en la habitación de la joven, una sala de entresuelo, fácil al fisgoneo por tener una gran ventana con reja. Antes de la llegada de maese Luis, nadie recordaba haber visto por el barrio al jorobado. Este intrigó la general curiosidad tanto como el gallardo y taciturno cincelador. ¿Quiénes serán? ¿De dónde vendrán? ¿A qué hora trabajará ese maese Luis que tiene las manos más blancas que un duque? Estas eran las preguntas que se hacían todos los vecinos.

La casa tenía la siguiente distribución: una gran sala con una cocinita a la derecha y a la izquierda una alcoba que era la habitación de la joven. La cocina daba al patio, la alcoba tenía una ventana a la calle de Saint-Honoré y la sala otra a la calle de Chartres. En la cocina había dos alcobas más: una para la anciana Francisca Berrichon y otra para su nieto Juan

María Berrichon. Este cuarto bajo solo tenía una salida: la puerta de la escalinata. Pero en el fondo de la sala, junto a la cocina, había una escalerilla que conducía al piso superior. Este piso lo formaban dos habitaciones. La de maese Luis, que comunicaba con la escalera, y otra interior, sin salida ni uso conocido. Esta segunda habitación estaba constantemente cerrada con llave. Ni Francisca ni Juanillo, ni aun la encantadora joven, obtuvieron permiso para verla. En esto, maese Luis, el más bondadoso y complaciente de los hombres, fue inflexible.

La joven hubiera deseado saber lo que había detrás de aquella puerta perpetuamente cerrada, y Francisca, que era una discreta mujer, se moría de deseos por echar una ojeada a su interior. De Juanillo nada digamos, pues este habría dado con gusto una de sus manos por poder mirar por la cerradura; pero esta estaba cuidadosamente cubierta por detrás con un lienzo. Solo una persona compartía con maese Luis el secreto de aquella estancia misteriosa: el jorobado. Mas, como todo en este misterio debía ser extraño e inexplicable, cada vez que el jorobado entraba, véiase salir a maese Luis y viceversa.

Nadie consiguió ver jamás juntos a aquellos amigos inseparables.

Entre los vecinos más curiosos, se contaba a un poeta, inquilino de la boardilla de la casa. Este, luego de haber torturado varios días su magín, explicó a las comadres de la calle de Chartres que, en Roma, las sacerdotisas de Vesta, hija del cielo y de la tierra y mujer de Saturno, estaban encargadas de conservar el fuego sagrado que jamás debía extinguirse. Por lo tanto, al decir del poeta, aquellas señoritas se relevaban: cuando una velaba, la otra iba a sus negocios. El jorobado y maese Luis, en consecuencia, debían haber hecho un pacto análogo. En su habitación debía tener el cincelador algo que no pudiese desampararse ni un segundo y por eso se relevaban.

Eran dos vestales, aparte el bautismo; eso era todo. La explicación del poeta no satisfizo a nadie; pasaba por ser un loco y desde entonces le consideraron idiota. Pero es lo cierto que nadie pudo encontrar mejor y más clara explicación que la suya.

El mismo día en que se verificó en el hotel de Gonzaga la solemne asamblea de familia a que hemos asistido, la joven que habitaba con maese Luis, hallábase sola en su aposento de la casita de la calle de Chartres. Era una linda pieza, donde reinaba el orden y la limpieza más escrupulosos. El lecho era de madera de cerezo y estaba cubierto con blancas cortinas de percal. Al lado de la cama había una pila de agua bendita con un ramo de oliva y romero encima. Algunos libros piadosos, un bastidor de bordar, unas sillas de enea, una guitarra y un jilguero en su jaula, completaban el *menage* de la habitación.

Olvidábamos un veladorcito donde había esparcidos varios papeles, y ante el cual la joven estaba escribiendo.

Aunque ya era casi de noche, la joven no dejaba de escribir.

Los últimos resplandores de la luz crepuscular se filtraban por las ventanas, cuyas cortinillas habían sido levantadas, y podemos examinarla. Era una hermosa joven de negros cabellos, boca sonriente y esbelto talle. Sus ojos, de un azul sombrío, brillaban poderosamente bajo el arco de las negras cejas que parecían de seda. Toda su persona tenía un encanto y una dulzura que fascinaba. Sus modales y sus gestos eran distinguidos, y se notaba en ellos una altivez natural.

Hay mujeres que deben ser amadas ardientemente, pero solo un día, y otras a quienes se ama siempre con una tranquila ternura. Aquella debía ser de aquellas a quienes se adora apasionadamente toda la vida. Era ángel y mujer al mismo tiempo. Su nombre, que se había prohibido pronunciar a Francisca y al joven Berrichon desde que vivían en París, era Aurora. Nombre pretencioso para una señorita de la nobleza, grotesco para una fregatriz, y conveniente para aquellos que pueden ostentarlo como una flor más en su ramillete de gracias personales. Los nombres son como los adornos: unos afean, otros realzan.

La joven estaba completamente sola. Cuando ya no vio para escribir, dejó la pluma y se puso a soñar. Los mil ruidos de la calle llegaban hasta ella sin distraerla. Su encantadora cabeza se apoyaba en su mano, mientras sus ojos miraban al cielo. Parecía sonreír a Dios y dirigirle una plegaria.

Una lágrima asomó a sus párpados, rodando después por sus aterciopeladas mejillas.

—¡Cuánto tarda! —murmuró.

Y recogiendo sus papeles, esparcidos por la mesa, los guardó en una cajita que metió bajo el almohadón de la cama.

—¡Hasta mañana! —dijo como si se despidiese de un amigo cotidiano.

Después cerró la ventana, cogió la guitarra y se puso a tocar distraídamente. Esperaba a alguien que tardaba. ¡Había tenido tiempo de leer todas las páginas encerradas en la cajita! Esas páginas constituían su historia; al menos lo que sabía de ella. La historia de sus impresiones, de sus sentimientos y de su corazón.

¿Por qué las había escrito? Las primeras líneas del manuscrito contestaban a esta pregunta. Decía Aurora:

«Comienzo a escribir una noche en que me encuentro sola, después de haberle esperado en vano todo el día. Estas páginas no son para él. Es la primera cosa que hago que no le destine. No, no quisiera que leyese estas páginas donde hablaré de él sin cesar, donde solo me ocuparé de él. ¿Por qué? Lo ignoro; no sabría contestar al que me hiciese esta pregunta.

»¡Qué dichosas son aquellas que tienen una compañera, una amiga a quien confiar los secretos de su alma, las penas y las venturas de su vida! Pero yo estoy siempre sola; no tengo nadie a quien abrir mi corazón. Es decir, tengo a él; mas cuando le veo, aunque quisiera decirle muchas cosas, permanezco muda. ¡Qué podría decirle! Y además no me pregunta nunca.

»No escribo para mí, tampoco. Y no escribiría si no tuviese el deseo de que las intimidades de mi espíritu se conozcan, después de mi muerte; porque creo que moriré joven. No lo deseo; ¡líbreme Dios! Si yo muriera, él me lloraría, como le lloraría yo a él desde el cielo. Sin embargo, cuando pienso que desde la tumba tal vez viese lo que hay dentro de su corazón, quisiera morir.

»Él me ha dicho que mi padre ha muerto. Mi madre debe vivir. Para vos, pues, madre mía, escribo. Mi corazón le pertenece por completo; pero también es todo vuestro. Yo quisiera preguntar a aquellos que lo sepan, el misterio de esta doble ternura. ¿Tendremos tal vez dos corazones?

»Escribo para vos, y me parece que a vos nada debo ocultaros. Sí; ante vuestros ojos descubriré hasta los más recónditos repliegues de mi alma. ¿Me equivoco? ¿Una madre no es la amiga que debe saberlo todo, el médico que puede curar las más graves enfermedades del espíritu?

»Una vez vi por la abierta ventana de mi cuarto, a una joven arrodillada delante de una mujer de rostro bondadoso y bello. La joven lloraba con aflicción, y su madre, conmovida, se inclinó para besarle los cabellos. ¡Oh, qué dicha, madre mía! ¡Yo creo sentir vuestros besos sobre la frente! ¡Vos también debéis ser bella y bondadosa! ¡Vos también debéis saber consolar y sonreír!

»Aquel tierno cuadro está constantemente ante mis ojos; lo veo despierta y dormida. Tengo celos de las lágrimas de aquella joven. ¡Madre mía, si os tuviese a vos y a él a mi lado, qué más podría desear en el mundo!

»Yo no me he arrodillado nunca más que delante del sacerdote. La palabra del sacerdote consuela; pero por la boca de las madres debe oírse la palabra de Dios.

»¿Me esperáis, me buscáis, me lloráis vos? ¿Pronunciáis mi nombre en vuestras plegarias de la mañana y de la noche? ¿Me veis vos también en vuestros sueños?

»Se me antoja cuando pienso en vos, que vos debéis pensar entonces en mí. Con frecuencia mi corazón os habla. ¿Me oís? Si alguna vez me concede Dios la dicha de veros, os preguntaré si en algunos instantes se ha estremecido sin motivo vuestro corazón. Y si me respondéis afirmativamente, os contestaré: ¡Es que entonces os hablaba mi corazón, madre mía!

»He nacido en Francia; pero no me han precisado el lugar. Tampoco sé la edad que tengo: próximamente creo que pronto cumpliré los veinte años. ¿Es sueño o realidad? ¡Ese recuerdo es tan vago, tan lejano!… Creo acordarme de una mujer de rostro angelical, que algunas veces he visto inclinada sonriendo sobre mi cuna. ¿Erais vos, madre mía?

»Luego veo tinieblas y me parece escuchar el ruido de una lucha formidable. ¡Puede ser que todo eso sean imaginaciones creadas durante la noche por la calenturienta cabeza de un niño! Alguien me lleva en sus brazos. Una voz, que parecía un trueno, me hizo temblar. Luego corrimos en la oscuridad. Yo tenía frío.

»Una densa bruma rodea todo esto. Mi amigo podía desvanecerla; pero cuando le interrogo sobre mi infancia, sonríe tristemente y se calla.

»Después, mis recuerdos son más precisos: me veo niña en los Pirineos españoles. Yo llevaba a pastar al campo las cabras de un granjero que nos daba hospitalidad. Mi amigo estaba enfermo y oí decir varias veces que iba a morirse. Cuando a la noche regresaba a la granja, él me hacía arrodillar delante de su lecho y juntando mis manos decíame:

—»Aurora, pide a Dios que yo viva.

»Una noche le dieron el Viático. Se confesó llorando. Él pensaba, sin duda, que yo nada comprendía, y dijo:

—»¡Ah, mi pobre hija va a quedar sola!

—»Pensad en Dios, hijo mío —le dijo el sacerdote.

—»Sí, padre, pienso en Dios. Dios es bueno. No temo por mí. Pero mi pobrecita niña quedará desamparada y sola. ¿Sería un gran pecado, padre, llevarla conmigo?

—»¡Matarla! —exclamó el sacerdote espantado—. ¡Hijo mío, estáis delirando!

»Él movió la cabeza y nada contestó.

»Yo me aproximé suavemente a su cama.

—»Amigo Enrique —le dije mirándole fijamente—; no tengo miedo de morir y quiero acompañarte al cementerio.

»¡Si vos, madre mía, hubieseis podido ver su pálido y desfigurado rostro!

»Él me tomó en sus brazos, ardientes por la fiebre, y me acuerdo que repetía sin cesar:

—»¡Dejadme solo con ella! ¡Que ella sola esté conmigo!

»Y se durmió luego de abrazarme.

»Quisieron arrancarme de allí, pero no lo consiguieron: hubieran necesitado matarme antes.

»Yo pensaba:

—»Si se va, me llevará consigo.

»Al cabo de algunas horas se despertó. Yo estaba bañada de sudor.

—»¡Me he salvado! —dijo.

»Y al verme abrazada a él, añadió:

—»¡Tú me has curado, ángel mío!

»Nunca le había mirado con atención. Un día, al contemplarle, me pareció el más hermoso de los hombres. Desde entonces no he visto otro más gallardo y bello que él.

»Dejamos la granja y nos internamos en el país. Mi amigo, repuestas sus fuerzas, trabajaba en el campo como un jornalero. Después he sabido que trabajaba para alimentarme.

»Vivíamos en una rica alquería. El dueño cultivaba la tierra y vendía de beber a los contrabandistas. Mi amigo me había recomendado que no saliese de nuestro pequeño cuarto, situado en la parte posterior de la casa, y que no bajase a la sala común. Una tarde fueron a cenar a la alquería unos señores que acababan de llegar de Francia. Yo estaba jugando con los niños del dueño de la alquería. Los niños quisieron ver a los recién llegados, y yo les seguí aturdidamente. Había dos sentados a la mesa, y estaban rodeados de criados y de gente armada. Entre todos eran siete. Aquel que parecía mandarlos hizo una seña a su compañero. Los dos me miraron. El que hacía de jefe me llamó y me acarició, mientras el otro hablaba en voz baja con el dueño de la casa.

»Cuando el otro volvió a la mesa, oí que decía:

—»¡Es ella!

—»¡A caballo! —ordenó el señor.

»Y al mismo tiempo arrojó al amo de la alquería una bolsa llena de oro.

»A mí me dijo:

—»Ven, pequeña, vamos en busca de tu padre.

»Yo no opuse resistencia, al contrario, me alegré de poderle ver un momento antes de la hora acostumbrada.

»Me montaron sobre el caballo en que subió uno de los señores.

»El camino para ir adonde trabajaba mi padre no lo conocía. Al cabo de media hora de balancearme suavemente al trote del caballo, de cantar, de reír y de ser tan dichosa como una reina, pregunté:

—»¿Llegaremos pronto a donde está mi amigo?

—»Muy pronto —me contestaron—. Transcurrió un momento y empecé a sentir miedo y quise bajarme del caballo. El señor con quien iba gritó a los suyos:

—»¡Al galope!

»Al mismo tiempo una mano se puso sobre mi boca para ahogar mis gritos. La noche se acercaba. De pronto, a través de los campos, vimos acercarse un jinete que cortaba el espacio como un torbellino. Era mi amigo montado sobre un caballo de labor sin freno y sin silla. El camino por donde avanzaba hacía un recodo a la entrada de un bosque bordeado por un río. Atravesó el río a nado y adelantó un gran trecho. Cada vez avanzaba más. Casi no conocía en él a mi padre, a mi amigo Enrique. Entonces aparecía hermoso y terrible como el cielo en día de tormenta. De un salto, el caballo se acercó a nosotros y cayó muerto. Mi amigo llevaba en la mano la reja del arado.

—»¡A ese! —gritó el hombre que me llevaba.

»Pero mi amigo estaba prevenido. Blandió la reluciente reja y descargó dos golpes. Dos criados armados con espadas cayeron al suelo, revolcándose en su sangre. Cada vez que mi amigo descargaba un golpe, decía:

—»¡Yo soy! ¡Yo soy! ¡Lagardère, Lagardère!

»El hombre que me llevaba quiso huir; pero mi amigo no le perdía de vista. Un golpe le derribó, también.

»Yo no me asusté, y mientras duraba la lucha, con los ojos muy abiertos, gritaba:

—»¡Enrique, amigo Enrique!

»Cuando terminó el combate, mi amigo montó en el caballo de uno de los muertos y me llevó de allí al galope entre sus brazos.

»No volvimos a la alquería. Mi amigo me dijo que el dueño le había hecho traición. Y luego añadió:

—»Solo en una ciudad puede uno ocultarse.

»¿Teníamos, pues, que ocultarnos? Nunca había pensado en esto. La curiosidad se despertó en mí al mismo tiempo que la vaga noción de debérselo todo. Le pregunté, y él, estrechándome entre sus brazos, me dijo:

—»¡Más tarde, más tarde lo sabrás!

»Después añadió con melancolía:

—»¿Te has cansado de llamarme padre?

»No sintáis celos, madre querida. Él ha sido para mí mi madre, mi padre, mi familia, todo a la vez.

»Cuando recuerdo los días de mi infancia, las lágrimas acuden a mis ojos. Él ha sido para mí bueno, tierno, solícito, cariñoso. Vuestros besos, madre, no hubieran podido ser más dulces que sus caricias. ¡Él tan terrible, tan valiente! Si lo vieseis, ¡cómo le adoraríais vos también!

II. RECUERDOS DE LA INFANCIA

»Nunca había estado en una ciudad. Cuando vi de lejos los campanarios de Pamplona, pregunté qué era aquello.

—»Son las iglesias —me respondió mi amigo—. Vas a ver muchas cosas, mi pequeña Aurora. Esa promesa me entusiasmó. Entramos en Pamplona. Las altas casas nos robaban la luz y el aire. ¡Ay, las flores y el campo de la alegría desaparecieron para siempre! Con el poco dinero que tenía Enrique alquiló una casita, donde viví prisionera.

»Mi amigo salía por la mañana y no regresaba hasta la noche. Cuando iba a acariciarle notaba que tenía las manos negras, la frente cubierta de sudor y los ojos tristes. Mis caricias le hacían sonreír.

»Éramos muy pobres, pero mi amigo encontraba siempre el medio de llevarme golosinas y juguetes. Cuando me llevaba alguna cosa, entraba contento y sonriente.

—»Aurora —me dijo una noche—, desde hoy me llamo Luis y tú Mariquita. Si te preguntan, no digas de ninguna manera nuestros verdaderos nombres.

»Nunca me ha dicho que es el caballero Lagardère. Lo he sabido por casualidad. Quizá querría que yo ignorase cuánto le debía.

»Enrique, madre mía, es la nobleza, la abnegación y la bravura personificadas. Si le vieseis, le amaríais tanto como yo le amo.

»Yo hubiera preferido en aquel tiempo menos ternura y más complacencia para responder a mis preguntas. ¿Por qué cambia de nombre él tan franco y tan atrevido? Me preguntaba. Esta idea me perseguía sin cesar. Por fin comprendí que solo yo era la causa de su desgracia.

»He aquí cómo supe el oficio que ejercía en Pamplona y su verdadero nombre:

»Una noche, a la hora en que él tenía costumbre de volver a casa, llamaron a la puerta. Yo creí que era Enrique. Abrí y, a la vista de dos desconocidos, retrocedí espantada.

»Eran dos caballeros altos y de altivo continente. Sus largas espadas me causaron miedo. El uno era viejo, el otro joven.

—»¡Hola niña! —dijo el primero—. ¿Vive aquí el señor Enrique?

—»No señor.

»Los dos hombres se miraron.

»Yo me encogí de hombros.

—»Aquí vive don Luis —contesté.

—»¿Don Luis? ¡Es verdad! Ese nombre quise decir. Entrad, don Sancho, sobrino mío, le esperaremos. No tengas miedo, reina.

»Don Sancho entró taciturno y silencioso. El de más edad, que se llamaba don Miguel, encendió un cigarro y empezó a hablar al otro con volubilidad.

»Oí pasos en la escalera y corrí a la puerta.

»Enrique se quedó sorprendido al ver a aquellos personajes.

—»¿Qué queréis aquí? —preguntó ásperamente.

—»Presentaros a mi sobrino don Sancho —dijo don Miguel saludándole.

—»Por el diablo, decidme pronto qué queréis —añadió Enrique golpeando el suelo con el pie.

»Cuando se ponía así, me hacía temblar.

—»Os diré aprisa y corriendo lo que aquí nos ha traído —contestó el hidalgo—, ya que no tenéis, por lo visto, ganas de conversar. Un primo mío que ha venido de Madrid os ha visto en casa del armero Cuenca y me ha dicho que sois el caballero Enrique de Lagardère.

»Enrique se puso muy pálido y bajó los ojos. Yo creí que iba a protestar, pero nada dijo.

—»¡La primera espada del mundo! —continuó don Miguel—; ¡el hombre a quien nada se resiste! No os molestéis en negar, caballero, me he asegurado de la verdad antes de venir a visitaros.

—»No niego —contestó Enrique con acento sombrío—; pero os costará muy caro el haber descubierto mi secreto.

»Y al mismo tiempo de decir esto cerró la puerta.

—»Nos costará lo que queráis, caballero; traemos los bolsillos llenos de oro.

»Y al mismo tiempo que vaciaba su bolsa, hizo seña a su sobrino para que le imitase.

»Enrique les miraba con asombro, yo me escondí en la alcoba.

»Don Miguel, removiendo el oro con sus manos, dijo a mi amigo:

—»No se gana una suma como esta cincelando espadas en casa de maese Cuenca, ¿es cierto? No os incomodéis, caballero. No pretendemos saber por qué el brillante caballero Lagardère ejerce ese oficio que estropea sus manos y fatiga su pecho. Venimos aquí para revelaros un secreto de familia y proponeros un negocio.

—»Escucho —dijo Enrique sentándose.

—»Mi sobrino, caballero, es un poco pusilánime, forzoso es confesarlo. Cortejaba a una joven muy bella, y aunque no es necio y tiene buenos escudos, la dama ha preferido a otro. Podéis figuraros el resto. Mi sobrino no se ha conformado con su suerte e insiste en el amor de su Dulcinea, por cuya testarudez recibió ayer dos bofetones de su rival. ¡Oh!, ¡qué ofensa! ¡Esa injuria necesita lavarse con sangre! ¿Vais comprendiendo lo que deseo de vos? Mi sobrino se considera incompetente para lavar su afrenta, que cae sobre toda la familia, y yo soy bastante viejo para andar en esos trotes. ¿Me habéis entendido, caballero?

»La fisonomía de mi amigo se iluminó, mientras sus ojos contemplaban el montón de onzas.

—»Creo comprender y estoy dispuesto a serviros.

—»¡Sois un digno caballero! —dijo don Miguel.

»Su sobrino dejó de estar taciturno.

—»¡Ya sabía yo que nos entenderíamos! —añadió don Miguel—; el bribón que nos ha puesto en tal apuro se llama don Ramiro Núñez. Es pequeño, barbudo, grueso…

—»No necesito saber nada de eso —le interrumpió Enrique.

—»Es preciso. Hay que cortar un error. El año pasado fui a casa del dentista para sacarme una muela que me dolía y a pesar de mis advertencias me sacó una sana.

»Yo vi oscurecerse la frente de mi amigo.

—»¿Pagamos? Pues queremos que nos sirvan bien. Creo que eso es justo. Don Ramiro tiene el cabello rojo y lleva siempre un sombrero gris con plumas negras. Todas las noches, a las siete, pasa por delante de la posada de *Los tres moros*.

—»¡Bastante, caballero! —exclamó Enrique—. Ya he comprendido. Creí que se trataba de dar unas lecciones de esgrima a su sobrino.

»Enrique no les consintió que hablasen una palabra más. Les hizo guardar el dinero y les despidió en la escalera diciendo:

—»Esos negocios no los hará nunca el caballero Lagardère.

»Aquella noche cenamos pan solo. Enrique no tenía ningún dinero.

»Yo era demasiado pequeña para comprender aquella escena y, sin embargo, me conmovió hondamente.

»Nunca olvidaré la mirada que dirigió mi amigo al oro de los dos hidalgos.

»En cuanto al nombre de Lagardère, mi edad me vedaba conocer el extraño renombre que le seguía.

»Ahora comprendo el espanto de mis raptores, cuando les atacó pronunciando su nombre.

»Más tarde he sabido completamente quién era Enrique de Lagardère, y experimenté gran tristeza.

»Su espada ha jugado con la vida de los hombres y su capricho con el corazón de las mujeres. Sentí, sí, mucha tristeza. ¿Pero era esto obstáculo para amarle?

»Madre querida: no conozco el mundo e ignoro, por tanto, cómo serán otras jóvenes y lo qué harían en mi lugar. Yo, madre mía, amo más a mi amigo desde que sé que ha pecado tanto. Conozco que necesita quien ruegue por él a Dios. Yo he sido poderoso imán de su vida. ¡Cuánto ha variado desde que es mi padre adoptivo!

»Creo que me acusáis de orgullosa; pero conozco que por mí es bondadoso, sabio y bueno. Cuando me he dado cuenta de esto, mi cariño hacia él creo que ha sufrido una transformación.

»Sus besos paternales me sonrojan y, cuando estoy a solas, lloro.

»Pero no nos anticipemos; hablemos de las cosas de mi infancia… En Pamplona, mi amigo empezó mi educación; creo que no tenía casi tiempo para instruirme, ni dinero para comprar libros; lo que ganaba apenas bastaba a cubrir nuestras necesidades. Entonces aprendía el oficio de cincelador.

»¡Él, el antiguo caballero que mataba por una palabra, por una mirada, sufría pacientemente los reproches de su maestro! ¡Pero tenía una hija! Cuando volvía a casa con el importe de su trabajo en el bolsillo, era dichoso como un rey, porque yo le sonreía.

»Otra que no fuereis vos sonreiría piadosamente al leer esto; vos derramaréis una lágrima, estoy segura de ello. Lagardère no tenía más que un libro y ese era un tratado de esgrima. Mi amigo me enseñó a leer en él. Algún tiempo después, me compró un alfabeto.

»Los libros no son nada, creedme, madre mía. El profesor lo es todo. Si conozco la teoría de la esgrima, sé también los tesoros de la bondad y de honrados sentimientos que debe poseer una joven. Los he leído en el corazón de Enrique. Con paciencia inacabable me enseñó a descifrar el secreto de los libros. Sentada sobre sus rodillas, iba nombrándome las letras, y mis torpezas, en lugar de enfadarle, le hacían reír. En vez de un trabajo, aquello era una alegría para él. Cuando leí bien, me abrazó. Después que acababan las lecciones, me hacía recitar las plegarias de la noche. ¡Os digo que era una madre amorosísima! Él me vestía, me lavaba, me peinaba y los domingos, después de componerme cuanto le era posible, me llevaba de la mano a misa, y luego a dar un paseo. No sé cómo; pero yo tenía siempre limpios y buenos vestidos.

»¡Una vez le sorprendí cosiéndome una enagua rota!, ¡oh, no os riáis, madre! ¡Sí, era el caballero Lagardère, el hombre temible, quien me cosía la ropa!

»De esta manera formó mi corazón y mi inteligencia. Él se hizo mujer para ser mi madre amantísima. Mi vida le pertenece.

»Algunas veces, después de nuestras lecciones, le interrogué sobre mi familia. Él poníase triste cuando le hablaba de vos y me decía:

—»Aurora, yo te prometo que conocerás a tu madre.

»Eso ha sido cuanto he podido saber.

»Y esa promesa se cumplirá, lo espero, estoy segura de ello; Enrique no ha mentido nunca. Además, mi corazón me dice que ese momento no está lejano. ¡Cuánto voy a adoraros, madre mía! Quiero concluir de contar cuanto se refiere a mi educación. Continué recibiendo sus lecciones mucho tiempo después de dejar Pamplona y Navarra. No he tenido otro maestro que él.

»No ha sido culpa suya. Cuando su maravilloso talento de artista se impuso y ganó bastante, me dijo:

—»Quiero que sepáis cuanto una señorita distinguida debe saber. En Madrid hay colegios célebres donde seréis perfectamente educada.

—»No quiero más maestros que vos —le contesté.

»Él, sonriendo, me dijo:

—»¡Si ya os he enseñado cuanto sé, mi pobre Aurora!

—»Perfectamente, amigo —repliqué—; no quiero valer más que vos.

III. LA GITANILLA

»Desde que tengo más edad, lloro con frecuencia; pero siempre soy como los niños: mis labios, para sonreír, no esperan a que se sequen las lágrimas.

»Tal vez diréis, al leer este incoherente relato de mi infancia, que estoy loca.

»Y puede que tengáis razón: la alegría me enloquece. No soy cobarde para el dolor, pero la alegría me embriaga. No sé lo que son los placeres mundanos y poco me importa. Lo que me atrae es la dicha sencilla y pura del corazón. Soy alegre, soy niña y todos estos recuerdos me divierten y me regocijan como si nada me hubieran hecho sufrir.

»Fue preciso dejar a Pamplona, donde empezábamos a ser menos pobres. Enrique había logrado hacer algunos pequeños ahorros que nos sirvieron de mucho.

»Creo que entonces tendría yo diez años.

»Una noche volvió Enrique inquieto y preocupado y yo aumenté sus cavilaciones, diciéndole que un hombre que recataba su rostro había estado todo el día rondando la puerta de nuestra casa. Enrique no quiso cenar. Se vistió y ciñose sus armas como si se dispusiera a emprender un largo viaje. Me puso mi mejor traje y cuando concluyó mi tocado, se fue un momento llevando su espada. Yo estaba muy inquieta: desde hacía mucho tiempo no le había visto tan agitado. Cuando regresó hizo un paquete de todos nuestros efectos y me dijo:

—»Aurora, nos vamos.

—»¿Para mucho tiempo? —le pregunté.

—»Para siempre.

—»¡Cómo! ¿Y dejaremos aquí todos nuestros muebles? —repliqué mirando tristemente los muebles de nuestra casita.

—»Sí, todo se quedará aquí —me contestó sonriendo tristemente—. Un pobre hombre que habita en esta calle, será nuestro heredero. Cuando le he comunicado mi propósito se ha puesto contento como un rey. ¡Ese es el mundo!

—»¿Pero dónde vamos, amigo mío?

—»Solo Dios lo sabe —respondió tratando de parecer alegre—. Andando, Aurora, que ya es tiempo de que nos vayamos de aquí.

»Salimos. Aquí, madre mía, tengo que deciros una cosa terrible. Mi pluma se detiene un instante… pero no quiero ocultaros nada. Cuando llegamos al portal, en la misma acera vi un bulto extraño. Enrique quiso ocultármelo con su cuerpo, pero no lo consiguió. Como iba muy cargado, pude soltarme de su mano y corrí para examinar lo que aquello era. Enrique, al comprender mi intención, lanzó un grito y me llamó. Yo no quería desobedecerle; pero ya era tarde. Ya había visto una forma humana debajo de la capa. Me fijé un poco y pude reconocer en aquel cuerpo sin vida, pues estaba muerto, al misterioso centinela que todo el día estuviera paseándose bajo nuestras ventanas. Comprendí cuanto había pasado y quedé desvanecida de horror. Enrique había arriesgado una vez más su vida por mí.

»Cuando recobré mis sentidos, estaba sola en una habitación mucho más pobre que la que acabábamos de dejar; después supe que era el cuarto de una posada. En la pieza contigua oía ruido de voces. Estaba acostada en una cama de madera, cubierta con unas cortinas encarnadas. La luz de la luna penetraba por un balcón que había enfrente. La brisa de la noche agitaba las ramas de unos árboles; sin duda el balcón daba a un huerto. Llamé a Enrique y nadie me respondió; pero vi una sombra deslizarse hasta mi cama. Era Enrique. Me hizo señas de que callara, y pegando sus labios a mi oído, me dijo muy bajito.

—»Han descubierto nuestras huellas y nos siguen. Están ahí abajo.

—»¿Quiénes?

—»Los compañeros del que viste caído frente a la puerta de nuestra casa.

—»¡Del muerto!

»Me estremecí de la cabeza a los pies y por poco no me desvanecí de nuevo.

»Enrique me abrazó y continuó diciéndome:

—»Han estado detrás de esa puerta y han intentado abrirla. Yo la he sujetado y han ido por una barra para echarla abajo. ¡Vendrán!

—»¿Pero qué les habéis hecho, amigo mío, para que os persigan con tanto encarnizamiento?

—»Les he arrancado la presa. Quieren apoderarse de ti.

—»¡De mí!

»¡Yo soy la causa de su infortunio y de sus zozobras! Todo lo comprendí. Ese hombre tan hermoso, tan noble, tan digno, se oculta siempre como un criminal por mí. Él me ha dado su existencia entera y lo que más se estima, el libre albedrío y la libertad. ¿Por qué?

—»¡Padre, padre querido; déjame y sálvate, te lo suplico! —exclamé llorando.

»Enrique, poniéndome la mano sobre la boca, añadió:

—»¡Calla, loquilla! Si me mataran, te dejaría forzosamente; pero todavía estoy vivo. ¡Levántate!

»Hice un poderoso esfuerzo para obedecerle, porque estaba muy débil.

»Luego he sabido que Enrique viose precisado a llevarme en brazos una gran jornada a pie. Llegó ante aquella retirada casa rendido y medio muerto de fatiga. Entró en ella para que nos diesen algo de comer y descansar un poco. Los dueños eran, al parecer, unas buenas personas, y nos dieron la habitación donde nos encontrábamos. Iba ya mi amigo a acostarse en un catre que había en el mismo cuarto, cuando oyó el galope de unos caballos. Los jinetes se detuvieron a la puerta de nuestro albergue. Enrique lo comprendió todo en seguida y aplazó el descanso para otra noche. En lugar de acostarse abrió suavemente la puerta y fue hasta la escalera.

»En la puerta hablaban unos hombres. Escuchó mi amigo y pudo oír al posadero que decía:

—»Soy hidalgo y no tengo por costumbre atender a mis huéspedes.

»Enrique oyó luego el sonido que produjo una bolsa llena de oro al caer sobre la mesa. Una voz conocida de mi amigo dijo al posadero:

—»Toma y calla. El negocio se hará pronto y sin ruido.

»Enrique entró apresuradamente en nuestro cuarto y cerró la puerta lo mejor que pudo. Después se asomó al balcón para ver si podía huir. Las copas de los dos grandes álamos llegaban hasta el rodapiés. A lo lejos se veía una extensa pradera y un río cuyas aguas hacía plateadas la luz de la luna.

»A poco subieron la escalera. Enrique se colocó detrás de la puerta. Trataron de abrir, pero no pudieron. Mil horrendos juramentos profirieron los asesinos: todo era en balde; sus esfuerzos resultaron inútiles. Enrique tiene los brazos de hierro.

—»Estás muy pálida, Aurora —dijo cuando me levanté—. Pero tú eres valiente y podrás secundarme. ¡Animo niña mía!

—»¡Oh, sí! —contesté alegremente—. ¡Yo te ayudaré!

»Me llevó hacia la ventana.

—»¿Podrás bajar por ese árbol hasta el suelo? —me preguntó.

—»Sí, si me prometes reunirte pronto conmigo.

—»Te lo prometo. ¡Pronto o nunca! —añadió en voz baja, mientras me levantaba en sus brazos.

»Yo estaba conmovida y no comprendí lo que quiso decirme. Enrique me dejó en una de las ramas del álamo a tiempo que se oían de nuevo pasos en la escalera.

—»Cuando estés abajo —me dijo todavía—, arrojas aquí una piedreci-
lla. Esa será la señal de que has llegado al suelo felizmente. Después corres
hasta la orilla del río y allí me esperas.

»Aún estaba en la copa del árbol cuando oí el ruido de la barra que
apalancaba la puerta. Yo quería quedarme, quería ver. Enrique me dijo
impacientemente mientras se alejaba hacia la puerta:

—»¡Baja, baja!

»Yo obedecí. Cuando estuve abajo arrojé a la estancia una piedra. Entonces oí un ruido horrible: debía ser la puerta que caía hecha pedazos.
Mis piernas se quedaron sin movimiento y permanecí clavada en el mismo sitio. Dos tiros hicieron retemblar la casa. Enrique apareció en la ba-
randilla del balcón y de un salto cayó junto a mí.

—»¡Desgraciada! —exclamó al verme—. Yo te creía ya libre de peligro.
Esos bandidos dispararán ahora.

»Y cogiéndome en sus brazos echó a correr. Varios disparos salieron
del balcón. Yo sentí estremecerse a mi amigo.

—»¿Estás herida? —me preguntó ansiosamente.

»Estábamos en pleno campo. Detúvose en plena luz y volviendo su
noble pecho a los bandidos que cargaban de nuevo sus armas, les gritó:

—»¡Lagardère, Lagardère!

»De unos cuantos saltos ganó la orilla del río.

»Se nos perseguía. El río era bastante caudaloso. Yo busqué un bar-
quichuelo con los ojos; pero mi amigo, sin detenerse y alzándome cuanto
pudo con uno de sus brazos, se arrojó a la corriente. Por fin ganamos la
orilla opuesta.

»Nuestros enemigos discutían en la que acabábamos de dejar.

—»Quieren buscar el vado. Aún corremos peligro —me dijo Enrique.

»Me estrechaba contra su pecho para calentarme, porque estaba helada. Pronto oímos de nuevo cerca el galope de los caballos. Mi amigo no
se había engañado: buscaban el vado para perseguirnos. Contaban con
que no podríamos huir durante largo rato. Cuando el ruido de su carrera
se perdió a lo lejos, Enrique volvió a pasar el río.

—»Ya estamos seguros, mi pequeña Aurora —me dijo al poner el pie
en el mismo sitio donde la primera vez se había arrojado al agua—. Ahora
es preciso secarse y curarse.

—»¡Ya sabía yo que estabais herido! —exclamé.

—»¡Bagatelas! Ven.

»Y se dirigió hacia la posada donde nos habían traicionado. El posadero y su mujer reían y hablaban en el piso bajo ante un buen fuego.
Derribar al hombre y amordazar a la mujer, fue para Enrique obra de un
instante.

—»¡Callaos! —les dijo Enrique. Gritaron como diablos al verle porque le creían ya muerto.

—»Merecíais la muerte —añadió—. Pero, ¡ese ángel os guarda!

»Y pasó la mano por mis cabellos húmedos. Yo quise ayudarle a curarse. Estaba herido en el hombro y sangraba abundantemente por los esfuerzos que había hecho al correr y al nadar. Mientras que se secaban mis vestidos, me envolvió en su capa, que se había quedado olvidada allí en la huida. Hice unas hilas y vendé su herida.

»Él me dijo:

—»¡No sufro nada, porque me has curado tú!

»Luego subió a la habitación que habíamos ocupado y recogió nuestro equipaje. Hacia las tres de la mañana dejamos aquella casa montados sobre una vieja mula que Enrique compró al aterrado posadero.

»Cuando ya salíamos, les dijo Enrique:

—»Si vuelven esos señores por aquí, dadles recuerdos del caballero Lagardère y decidles: «Dios protege a la huérfana: Lagardère no puede ocuparse ahora de vosotros; pero ya llegará la hora de que lo haga.»

»La vieja mula valía más de lo que aparentaba. Llegamos a un pueblecillo hacia el fin del día, donde descansamos un momento y en seguida partimos para Burgos a través de las montañas. Enrique deseaba alejarse definitivamente de la frontera francesa. Sus enemigos estaban en Francia.

»No os podéis hacer cargo de lo delicioso que es un viaje por esa noble y hermosa tierra de España. Todo es allí pintoresco. Sus montañas, sus campos, sus casas de labor, sus ríos, sus valles y sus cañadas, parecen poéticas imaginaciones. Su cielo es espléndido como sus flores fragantes.

»En el camino, hasta Burgos, nos ocurrieron varias aventuras; pero ninguna se relacionó con nuestros perseguidores. Sin embargo, debíamos encontrarlos antes de llegar a Madrid. Los ahorros de mi amigo desaparecieron pronto.

»Una tarde caminábamos hacia Segovia. Íbamos montados en la misma mula y no llevábamos guía. El camino era hermoso.

»El sol se ocultaba tras de la sierra. En todo el horizonte que descubrían nuestros ojos, no veíamos ni una casa, ni una choza; nada que se pareciese a un albergue donde poder pasar la noche.

»Las sombras tendían poco a poco sus invisibles gasas por el cielo. Los transeúntes se encontraban cada vez con menos frecuencia por la carretera. La hora de los malos encuentros se acercaba; pero no para nosotros, afortunadamente. En nuestro camino no hallamos aquel día sino una buena acción que hacer. Durante aquel hermoso crepúsculo, en medio del campo oloroso y teniendo por bóveda el firmamento inmenso, donde comenzaban a parpadear las estrellas, encontré a Flor, mi querida gitana; mi primera y única amiga. Aunque hace ya mucho tiempo que vivimos separadas, estoy segura de que aún se acuerda de mí. Dos o tres días más tarde de nuestra llegada a París, estaba yo en mi habitación, cantando, cuando de súbito oí un grito en la calle: juraría que fue mi amiga quien gritó. Me asomé a la ventana, y un coche de viaje pasaba en aquel momento: llevaba echadas las cortinillas. Tal vez me he equivocado; pero creí ver relucir sus ojos negros tras el vidrio de la ventanilla. Sin duda, estoy loca. ¿Qué podría venir a hacer Flor en París? Un precipicio bordeaba el camino. A la orilla del abismo había una niña dormida. La vi primero que Enrique, y le supliqué que detuviese la mula. Salté a tierra y fui a ponerme de rodillas delante de la niña. Era una gitana de mi edad, asombrosamente bella. No he visto en mi vida muchacha tan graciosa como mi amiga Flor. Hoy debe ser una hermosa joven.

»No sé por qué; pero en seguida que la vi sentí deseos de abrazarla. Mi caricia la despertó. Me besó al despertarse; mas cuando vio a Enrique se asustó tanto, que parecía pronta a desmayarse.

—»No temas nada —le dije—; es mi amigo, mi padre querido, que te amará también puesto que te amo yo. ¿Cómo te llamas?

—»Flor. ¿Y tú?

—»Aurora.

»Mi amiga sonrió.

—»El viejo poeta que escribe nuestras canciones habla con frecuencia de las lágrimas de Aurora, que brillan como perlas en el cáliz de las flores. Tú no has llorado nunca, lo comprendo. Yo sí, y mucho.

»Enrique nos llamaba con la mano. Flor se puso las manos sobre el pecho y dijo: —»¡Tengo hambre!

»La vi ponerse muy pálida, y la sostuve en mis brazos. Enrique se apeó, y Flor nos dijo que desde el día anterior no había comido nada. Enrique le dio un pedazo de pan que nos quedaba y un poco de vino generoso. Comió y bebió mi amiguita ávidamente. Después se puso a mirarnos atentamente.

—»No os parecéis —murmuró—. ¿Por qué no tengo yo nadie que me ame y a quien yo amar?

»Y besó la mano de Enrique.

—»Gracias, caballero —añadió—, sois tan bueno como hermoso. ¡Os ruego que no me dejéis de noche sola en este camino!

»Enrique dudó. Los gitanos son peligrosos por su astucia y su bribonería. Aquella niña abandonada, podía ser un lazo; pero tanto le supliqué, que al fin consintió en que la gitanilla viniese con nosotros.

»Por el camino, Flor nos contó su historia. Pertenecía a una banda de gitanos que iba de León a Madrid. La mañana del día antes ignoraba por qué los cuadrilleros de la Santa Hermandad habían perseguido a los gitanos. Flor, asustada, se escondió entre las zarzas mientras sus compañeros huían. Una vez pasado el susto, Flor quiso reunirse con los suyos; pero ya habían desaparecido. Corrió y lloró en vano. Al llegar la noche se acostó rendida junto a unos haces de paja, y durmió hasta el amanecer. Había andado todo el día sin comer. A cuantos demandaba una limosna le arrojaban piedras, y unos ladrones la despojaron de sus pendientes de plata y de su collar de falsas piedras. Cuando empezó a anochecer se había acostado donde la hallamos, porque le daban miedo la soledad del camino y los tristes aullidos de los perros.

»Los gitanos, en sus viajes, tienen siempre un punto de cita entre el punto de salida y el de llegada. Flor sabía dónde encontrar a los suyos: en las gargantas del Guadarrama, frente al Escorial. Era nuestro camino, y obtuve de mi Enrique que acompañásemos hasta allí a Flor. Compartía con ella mi lecho, mi pan y los cuidados de mi amigo.

»Desde aquel día la hermosa Flor fue nuestra compañera, y el camino se nos antojó más distraído. Era alegre, como yo, y más lista. Sabía bailar y cantar. Nos distrajo contándonos las hazañas, dignas de la horca, de sus hermanos los gitanos.

»Fue ocho días con nosotros. Cuando llegamos al punto donde debíamos encontrar a los compañeros de mi amiga y separarnos de ella, me puse triste. Me había acostumbrado a verla, a oírla, y la amaba ya como a una hermana.

»El cielo empezó una tarde a cubrirse de nubes oscuras, precursoras de la tormenta, y hacía un calor insoportable. Pronto gruesas gotas de lluvia cayeron del cielo, esparciendo un olor fuerte de tierra mojada. Enrique nos dio su capa, bajo la cual nos cobijamos. Nuestra mula caminaba perezosamente en medio de una lluvia torrencial, sacudiendo sus orejas tristemente.

»Flor nos había prometido la más cordial hospitalidad en nombre de sus compañeros los gitanos.

»Las nubes se amontonaban en el espacio. La línea del horizonte hacia el ocaso parecía un caos de sombras entre púrpuras. La luz cárdena del relámpago era la única que a intervalos nos mostraba el camino. Los truenos retumbaban tanto, repetidos por el eco de los montes, que nuestra pobre mula se estremecía intensamente. Enrique no era hombre capaz de asustarse, y nosotras dos, bajo el abrigo flotante que nos cubría, íbamos charlando tranquilamente confiadas en el escudo de su protección y de su fuerza.

—»¡Es raro! —exclamé yo de pronto—. Veo allá abajo una claridad entre la cual se mueven muchas cosas extrañas y sobre la cúspide de aquella montaña creo percibir la silueta de dos hombres.

»Enrique miró hacia donde yo le indicaba.

—»No veo nada —contestó.

—»Son muchos más —dijo Flor.

—»¿Hay realmente hombres allí? —preguntó Enrique.

»Sentí un vago terror que aumentó con la respuesta de mi amiguita.

—»Más de diez.

—»¿Armados? —continuó preguntándole Enrique.

—»Armados, sí.

—»¿Son tus compañeros?

—»No.

—»¿Te has fijado en si nos seguían?

—»Desde ayer por la mañana andan cerca de nosotros.

»Enrique miró desconfiadamente a Flor y yo misma no pude impedir que una sospecha cruzase por mi mente.

—»¿Por qué no nos has prevenido? —le dijo mi amigo.

—»Creí al pronto que serían pacíficos viajeros. Además, seguían un sendero que se dirige al Oeste, cosa acostumbrada por los hidalgos de esta tierra. Solamente desde nuestra entrada en la montaña me han inspirado desconfianza esos hombres. Nada os dije porque iban delante de nosotros y se internaban por caminos en los cuales nos era imposible encontrarlos.

»Y nos explicó que el camino por donde ellos iban, poco frecuentado por la mayoría de los viajeros a causa de su peligro, se dirigía al norte del monte Baladrón, mientras el que nosotros seguíamos volvía hacia el Sur a medida que nos internábamos en la sierra. Los dos caminos, sin embargo, se reunían en un punto que era el convenido para reunirse los gitanos.

»Después de un rato dejamos de ver sus negras siluetas recortarse sombríamente sobre el fondo escarlata del cielo. La montaña parecía desierta en todo el espacio que los ojos podían descubrir. No se oía otro ruido que el del viento agitando las copas de las encinas.

IV. DONDE FLOR SE SIRVE DE UN ENCANTO PARA SALVARNOS

»Llegó la noche. No volvimos a acordarnos de nuestros desconocidos rondadores. Enormes peñas y desfiladeros infranqueables los separaban de nosotros. Toda nuestra atención estaba reconcentrada en nuestra mula, a quien cada vez costaba más trabajo vencer los obstáculos del camino. Un hermoso espectáculo se presentó a nuestros ojos.

»Hacía algunos minutos que caminábamos entre dos montañas cuyas moles negruzcas nos ocultaban el horizonte y solo nos permitían ver sobre nuestras cabezas una estrecha franja de cielo.

»La lluvia había cesado. El viento del Noroeste, barriendo ante sí las nubes, dejó el cielo limpio y brillante como cristal de Bohemia ligeramente azulado. La luna lo iluminaba y esclarecía todo con su argentada luz.

»A la salida del desfiladero, nos hallamos ante un valle rodeado de montañas. En el primer momento se nos antojó una sima sin fondo. La luna, que iluminaba las crestas de los montes, no estaba aún suficientemente alta y dejaba el valle envuelto en sombras. Ante la garganta que acabábamos de dejar, se abría otra que parecía continuación de la primera. El valle, entre ellas, parecía una depresión inmensa engendrada por una enorme convulsión del suelo. Una gran hoguera iluminaba la entrada de la segunda garganta. Alrededor de la hoguera veíanse hombres y mujeres sentados. Eran gitanos.

»Apenas salimos del desfiladero, nuestra presencia fue notada. Esa raza nómada y extraña, tiene una finura de sentidos que no poseemos nosotros. En seguida se destacaron dos hombres, cada uno por un lado, mientras los demás continuaron tendidos tranquilamente ante el fuego. Flor vio al momento las dos sombras y lanzó un grito particular. A un segundo grito, volvieron a ocupar su puesto en la hoguera. Aún estábamos lejos del fuego. Entonces creí ver dos sombras negras detrás del círculo formado por los gitanos; pero creí aquello ilusión de la montaña y nada dije. ¡Ojalá hubiese hablado!

»En medio del valle, un hombre con una gran escopeta en la mano, agarrando nuestra mula de la brida, nos dio el ¡alto!, en una lengua que no entendimos. Flor le respondió en el mismo lenguaje.

—»Sed bien venidos —exclamó el hombre de la escopeta entonces—. Se os dará albergue y cena, puesto que nuestra hermana os conduce a nuestro lado. Los gitanos gozan justamente fama de hidalgos y caballerescos en punto a hospitalidad. Los más sanguinarios respetan como cosa sagrada a sus huéspedes. —Una vez ofrecida la hospitalidad, nada debíamos temer, según la común creencia. Nos aproximamos sin desconfianza y se nos hizo una cordial acogida. Flor se acercó respetuosamente al jefe. Este se levantó y ofreció ceremoniosamente una copa de vino a Enrique que la bebió. Hicimos también círculo alrededor del fuego. Una gitana empezó a bailar y a cantar según sus costumbres. Al cabo de diez minutos, Enrique se levantó ronco y demudado.

—»¡Bribones, qué brebaje me habéis hecho beber! —gritó.

»Quiso andar y cayó al suelo pesadamente. Sentí que mi corazón se paralizaba. Enrique revolcábase luchando con un sopor que no podía vencer. Sus párpados se cerraban a pesar suyo.

»Los gitanos reían silenciosamente alrededor del fuego. Detrás de nosotros vi aparecer varias sombras. Eran cinco o seis embozados que ocultaban su rostro completamente tras las amplias alas de sus sombreros.

No eran gitanos. Cuando Enrique dejó de moverse le creí muerto y pedí fervorosamente a Dios que me matase también.

»Uno de los recién llegados arrojó una bolsa con dinero en medio del círculo que formaban los gitanos.

—»Concluid y os daré el doble —dijo.

»El jefe de los gitanos contestó:

—»Es preciso para ello tiempo y distancia. Doce horas y doce leguas. La muerte no puede darse en el mismo sitio ni el mismo día de la hospitalidad.

—»¡Necedades! —contestó el hombre encogiéndose de hombros—. Dejadnos, si no, hacer a nosotros.

»Y avanzó hacia donde estaba inmóvil Enrique.

»El gitano se puso ante él.

—»Mientras no pase el tiempo y hayamos andado el camino que acabo de deciros, nada conseguiréis. Defenderemos entretanto a nuestro huésped aunque sea contra el rey.

»Singular fe, extraño honor. Todos los gitanos formaron fila ante Enrique.

»Entonces Flor murmuró a mi oído:

—»¡Os salvaré a los dos o moriré con vosotros!

»Era media noche. Me habían hecho acostar sobre un saco lleno de hojas secas, en la misma tienda del jefe. Este estaba echado sobre una manta, no lejos de mí, y a sus pies, tendido como un perro, un hombre roncaba tranquilamente. Ignoraba dónde se habían llevado a Enrique.

»Yo estaba bajo la vigilancia de una gitana que se acostó al lado de mi lecho y para mayor seguridad recostó su cabeza sobre mi cuerpo y tenía una de mis manos entre las suyas.

»Además, fuera de la tienda, se oían los pasos de dos centinelas.

»Yo no podía dormir. Cuando más tristes eran mis reflexiones, oí un leve ruido fuera de la tienda que hizo palpitar mi corazón. Hice un leve movimiento para ver y mi guardiana se despertó gruñendo. No vi nada. Y el ruido cesó. Pero desde entonces solo escuché los pasos de un centinela. Al cabo de un cuarto de hora el otro centinela dejó también de pasearse. Un silencio absoluto reinó en la tienda. De pronto vi oscilar la tela que cubría la entrada de la tienda; levantose luego un poco y pude conocer la risueña e inteligente cara de Flor. Echó una mirada sobre los que dormían y con la cabeza me hizo seña de que no me moviese.

—»Lo más difícil está hecho —murmuró a mi oído cuando se acercó adonde yo estaba.

»No pude contener un pequeño movimiento de alegría y la gitana se despertó de nuevo. Flor permaneció un momento con el dedo sobre sus labios y mi guardiana se durmió otra vez. Yo pensaba: Sería preciso ser hada para desembarazarme de mi guardiana. Tenía razón; pero mi amiga Flor era el hada. Dio un paso y luego otros con mucho cuidado hacia la manta donde el jefe dormía. Se colocó delante de él y le miró fijamente un instante. La respiración del dormido se hizo más tranquila. Luego, con dos deditos, le tocó las sienes.

»Entonces me miró con sus ojitos que brillaban como estrellas.

—»Ya hay uno —me dijo por señas.

»El gitano que dormía a los pies del jefe, al mirarle Flor, dejó de roncar, estiró las piernas y quedó como muerto.

—»¡Dos! —añadió mirándome de nuevo, mientras levantaba triunfalmente dos de sus dedos.

»Quedaba mi terrible guardiana.

»Flor adoptó con esta más precauciones. Se acercó a ella lenta, muy lentamente, mirándola como la serpiente que quiere fascinar al pájaro. Cuando se halló a su lado, alargó una mano y la colocó sobre los ojos de la gitana. Sentí que se estremecía interiormente. Hizo un movimiento para sustraerse al hechizo y Flor dijo con imperio:

—»¡Yo quiero!

»La mujer lanzó un gran suspiro mientras la niña bajaba las manos de la frente a su estómago, como si deseara infiltrar en sus venas un fluido misterioso. Yo sentía a través del cuerpo de la vieja echada sobre mí la influencia de una fuerza poderosa que me invitaba al sueño.

—»¡No te duermas! —me ordenó Flor.

»Las sombras que volteaban alrededor de mis ojos se disiparon.

»La mano de Flor pasó otra vez por la frente de la gitana y se detuvo entre sus dos ojos. El cuerpo de mi guardiana se puso rígido. Flor estaba de pie ante ella, grave e imperiosa. Su mano se alzó y se bajó de nuevo, sobre la cara de la mujer. Al cabo de dos o tres segundos, Flor, con su manecita, hizo extraños movimientos sobre el cráneo de la gitana.

—»¿Duermes, Mabel? —preguntó.

—»Duermo —contestó la vieja.

»Yo creí al pronto todo aquello una comedia.

»Entonces, cogiendo un medallón que yo llevaba al cuello y que contenía cabellos de Enrique y míos, sacó el pelo de mi amigo y colocándolo en la mano inerte de la gitana, dijo:

—»Quiero saber dónde está.

»La vieja se agitó. Yo tenía miedo de verla despertarse. Flor le dio mudamente con el pie para demostrarme la profundidad de su sueño.

»Después repitió:

—»¿Oyes, Mabel? Quiero saber dónde está.

—»Ya oigo. Espera, le estoy buscando.

—»¿Qué es eso? —continuó—. ¿Es un subterráneo, es una gruta? Le han quitado la capa y los vestidos. ¡Ah, ya veo: está en una tumba!

»Me quedé helada.

—»¿Vive? —preguntó Flor.

—»Vive. Está dormido.

—»¿Y dónde está esa tumba?

—»En el campo, al Norte; donde hace dos años se enterró al viejo Hadji. Tiene la cabeza apoyada sobre los huesos de este.

—»Quiero ir a esa tumba.

—»Dirígete al Norte. Entre las dos primeras rocas que encuentres, hay un subterráneo. Bajarás tres escalones. Cuando veas una losa la levantas; allí está.

—»¿Y cómo le despertaré?

—»Con tu puñal.

—»Vamos —me dijo Flor.

»Salimos de la tienda, y después de coger una luz que cubrió con un paño, nos dirigimos adonde la gitana nos había dicho. Por el camino me mostró Flor la tienda delante de la cual también ardía una hoguera.

—»Esos son vuestros enemigos.

»¡Los que habían querido asesinar a mi Enrique!

»Al cabo de algunos instantes de andar de prisa, encontramos la gruta indicada. Bajamos los tres escalones y levantamos la piedra después de enormes esfuerzos. Allí estaba mi amigo como muerto sobre la tierra húmeda. Me eché sobre él y le rodeé el cuello con mis brazos a pesar de que su cabeza reposaba sobre un repugnante esqueleto. Le llamé, pero inútilmente.

—»¿Le quieres mucho? —me preguntó Flor.

—»Despiértalo en nombre de Dios —exclamé llorando—. ¡Despiértale, amiga mía!

»Flor cogió las dos manos de Enrique después de dejar la luz en el suelo.

—»Mi encanto nada puede ahora —respondió—. Ha bebido un poderoso narcótico y dormirá hasta que un hierro ardiente toque las palmas de sus manos y las plantas de sus pies.

—»¡Un hierro ardiendo! —dije sin comprender.

—»Démonos prisa; pues arriesgo mi vida como vosotros.

»De su pecho sacó un puñalito con mango de cuerno.

—»Descálzale —me dijo.

»Mi amigo llevaba fuertes borceguíes de cuero y tan temblorosa estaba que no podía desatar las correas que los sujetaban.

—»Date prisa —me decía Flor.

»Mientras tanto enrojecía la punta de su puñal a la llama de la luz. Luego lo aplicó a las manos de Enrique. Este no se movió.

—»¡A los pies, Aurora! —me dijo Flor—. Es preciso que sienta en los cuatro puntos el dolor a un tiempo.

»Y aplicó a sus pies la hoja enrojecida mientras entonaba un extraño cántico. Los labios de Enrique se crisparon.

—»Yo le debía esto —dijo Flor al ver que despertaba—, y a ti también, querida Aurora; pues sin vosotros hubiera muerto de hambre. Además, yo soy, aunque inconsciente, la causa de que hayáis caído en esta emboscada.

»Cuando Enrique abrió los ojos, mis labios estaban apoyados sobre su frente. Dirigió sobre nosotras una mirada de asombro. Nosotras le sonreímos. Al ver el esqueleto en cuya compañía estuvo, dijo fría y seriamente:

—»¡Buen compañero me habían dado! Dentro de un mes hubiéramos estado lo mismo.

—»¡Andando! —dijo Flor—. Es menester que antes del alba huyamos dejando estas montañas.

»Enrique se levantó. A la salida de la gruta encontramos los caballos de los gitanos. Montamos en uno y Flor nos sirvió de guía, pues conocía perfectamente todos aquellos contornos. A la salida del sol, estábamos en El Escorial y por la noche llegamos a la capital de España.

»Yo estaba contenta, porque Enrique, en vista de que Flor no podía volver con los gitanos, decidió que viviese con nosotros.

—»Tendrás una hermana, mi pequeña Aurora —me dijo Enrique.

»Al cabo de tres meses de vivir con nosotros, a cuyo lado se le bautizó con el nombre de María de la Cruz, una mañana apareció ante nosotros vestida con su antiguo traje de gitana.

»Enrique le dijo sonriendo:

—»Gentil pajarillo, ¿vas a alzar el vuelo?

»Yo me eché a llorar mientras la abrazaba. Ella lloraba también y me hizo formal promesa de ir a verme todas las mañanas. No podía vivir sin libertad.

»Vivíamos en una modesta casa con relativa comodidad, pues Enrique ganaba bastante dinero.

»Ese tiempo ha sido para mí un periodo de dicha y de tranquilidad, del que conservo alegres recuerdos. Flor iba a verme todos los días y hablábamos alegremente. Cuando le proponía que volviese como antes a vivir con nosotros, se excusaba sonriendo.

»Enrique me dijo una vez que le hablé de esto:

—»No es esa, Aurora, la amiga que te conviene.

»Y nuestra amistad con Flor fue enfriándose sin saber cómo. Y, sin embargo, yo la amo…

»Yo sabía que Enrique economizaba con el propósito de emprender un largo viaje. Se proponía visitar Alemania e Italia. El porqué de ese viaje era un secreto para mí.

»Un día que, según costumbre, salió por la mañana, entré en su cuarto para arreglárselo. Encima de su mesa vi un sobre cerrado con dos sellos, bajo cuyas armas se leía esta palabra latina: *Adsum*. Pregunté a mi confesor el significado y me dijo que quería decir: *Yo soy*.

»¿Os acordáis, madre mía? Cuando Enrique corría tras los hombres que me robaron, pronunció estas palabras.

»Al lado del sobre había un papel. Era una lista de nombres al parecer de reciente fecha por el color de la tinta. Nada pude descubrir en ella que me revelase el objeto del viaje de mi amigo.

»Eran, tal vez, los nombres de las personas a quienes debía visitar en su larga excursión.

»La lista decía:

»1. El capitán Lorena. — Nápoles.

»2. Staupitz. — Nuremberg.

»3. Pinto. — Turín.

»4. El Matador. — Glasgow.

»5. Joël de Jugan. — Morlaix.

»6. Faënza. — París.

»7. Saldaña. — París.

»Luego seguían los números 8 y 9, pero carecían de nombres.

V. DONDE AURORA SE OCUPA DE UN MARQUESITO

»Quiero contaros ahora cuanto se relaciona con dicha lista.

»Cuando Enrique regresó de su viaje, después de dos años de ausencia, volví a encontrarla encima de la mesa. La mayor parte de los nombres que había escritos en ella, estaban tachados. Sin duda pertenecían a aquellos a quienes pudo encontrar. Los números 8 y 9 tenían, entonces, sus respectivos nombres.

»Los números 1, 2, 3, 4 y 5, estaban tachados: la tachadura era una gruesa línea de tinta roja. Los números 6 y 7 continuaban intactos y el 8 y el 9 llevaban los nombres de Peyrolles y Gonzaga, respectivamente, y los dos tenían esta nota: París.

»…Estuve dos años sin verle, madre mía. ¿Qué hizo en estos dos años, y por qué su conducta para conmigo fue tan misteriosa?

»¡Dos siglos, dos interminables siglos fueron para mí esos dos años! No sé cómo he podido vivir tantos días sin mi amigo. Si la separación llega a prolongarse, estoy segura de que hubiese muerto. Viví retirada en el convento de la Encarnación. Las religiosas fueron para mí muy buenas; pero ellas no podían consolarme. Toda mi alegría se había ido con mi amigo. Olvidé cantar y sonreír.

»Pero, ¡ay!, cuando volvió, mis penas tuvieron al punto término. Mi padre querido, mi amigo, mi protector, habíame sido devuelto, y al verme en su presencia no pude decirle, tanta fue mi emoción, todo lo dichosa que era al poderle abrazar.

»Después del primer beso, me miró y yo quedé asombrada de la expresión de su cara.

—»Ya eres una mujercita, Aurora. No creí encontrarte tan bella —díjome.

»¡Yo era, pues, hermosa! ¡A él le parecía yo bella!

»La belleza es un don de Dios, madre mía.

»Y yo le di a Dios gracias por habérmela dado.

»Tenía diecisiete años cuando me dijo esto. No creí que pudiera experimentarse tanta dicha al oírse llamar hermosa. ¡Enrique me lo dijo! Salí del convento de la Encarnación aquel mismo día y volvimos a nuestra antigua casa. Todo cambió. No debíamos vivir más solos Enrique y yo, puesto que ya era una señorita. En nuestra casa encontré a una buena anciana llamada Francisca Berrichon y a su nieto Juan.

»La vieja Francisca, al vernos, exclamó:

—»¡Cuánto se le parece!

»¿A quién me pareceré? Hay cosas que sin duda no debo saber, porque sobre esto se ha guardado una discreción absoluta.

»He pensado varias veces, y cada vez me afirmo más en mi opinión, de que Francisca debía ser una antigua sirvienta de mi familia. Ella ha debido tener la fortuna de conocer a mi padre y a vos, madre querida. ¡Cuántas veces he tratado de saberlo! Pero Francisca, de ordinario comunicativa, ha permanecido muda siempre a mis preguntas sobre este particular.

»Estando sola en esta época de mi vida, he sido menos feliz. Me faltaba mi amiga Flor, a quien no he vuelto a ver, y mi Enrique ha cambiado mucho. Sus modales conmigo han variado por completo: le encuentro, siempre que está a mi lado, triste y frío. Parece que una barrera, cada vez más insuperable, se alza entre nosotros.

»Sin embargo, una explicación con Enrique es imposible.

»La ausencia había aumentado la fama de mi amigo como cincelador, y todos venían a solicitarle, todos se lo disputaban. Esto hizo que la abundancia reinase en nuestra casa, en otros tiempos tan pobre. Enrique, que sufría mucho, como yo lo adiviné, se consolaba con el trabajo.

»Los meses pasaron. Yo cada vez me ponía más triste, y Enrique, que lo notó, fue más desgraciado todavía.

»Las ventanas de mi habitación daban al antiguo palacio del duque de Osuna, palacio que estaba cerrado por la muerte, en duelo, de su dueño.

»Un día vi abrirse las persianas, y que las salas vacías se llenaban de lujosos muebles. El descuidado jardín se llenó de arbustos y flores nuevas. El palacio había sido comprado.

»Yo, como todas las jóvenes, soy curiosa. Quise saber el nombre del nuevo inquilino, y cuando lo averigüé, quedé asombrada. ¡Era Felipe de Gonzaga! Este nombre había sido añadido a la lista de mi amigo durante su viaje.

»Supuse que Enrique debía ser amigo de aquel gran señor, y deseé conocerle.

»Al siguiente día, Enrique hizo clavar las ventanas de nuestra casa. Luego, me dijo muy serio:

—»Aurora, os ruego que evitéis que os vean los que se pasean por el jardín.

»Os confieso, madre mía, que con esa prohibición mi curiosidad se excitó hasta un punto inconcebible.

»No era difícil tener noticias del príncipe de Gonzaga; todo el mundo hablaba de él. Era, según decían, el hombre más rico de Francia y amigo particular del Regente. Llevaba a Madrid una misión secreta y ejercía el cargo de embajador extraordinario.

»Todas las mañanas me refería Juanillo cuanto con el príncipe se relacionaba, y eran cosas tan sorprendentes y maravillosas, que excitaron mi imaginación.

»Vivía con él un joven que se llamaba el marqués de Chaverny. Tenía los cabellos rubios, el rostro agraciado y el talle gentil. Era un demonio, según decían.

»Por las rendijas de mis ventanas veía el jardín de Osuna. Un joven elegante y de belleza algo afeminada, se paseaba todas las mañanas por sus hermosas alamedas. Aquel supuse que no debía ser el marquesito de Chaverny. Tenía el aspecto agradable y aparentaba modestia y discreción. Ya sentado en un banco, ya echado sobre la hierba naciente, ya paseando pensativo, el joven llevaba siempre un libro en la mano. ¡Debería ser muy estudioso!

»Aquel gentilhombre era el reverso de la medalla del que decían ser el marqués de Chaverny. A menos de que hubiera este sido calumniado.

»Y, sin embargo, era él. ¡Aquel joven tan juicioso, en apariencia, era el propio marqués, de quien tan malas cosas me habían contado! Yo creo que le hubiese amado si no hubiese estado Enrique sobre la tierra.

»Un buen corazón, madre mía; un corazón pervertido por aquellos que han tenido a su cargo su educación, pero noble todavía, ardiente y generoso.

»Yo creo que debió verme por mi mal cerrada celosía, porque nunca dejaba el jardín ni de mirar a mis ventanas.

»¡Yo le he ahorrado seguramente bastantes locuras! En aquel jardín era bueno como un santo. Todo lo más a que se atrevía, era a besar una flor y a arrojarla sobre mi ventana.

»Una vez, llegó hasta el pie de mi ventana, y cogiendo una piedra, atola a un papel que llevaba en la mano, y arrojándola con fuerza, la hizo llegar hasta mí. Era una carta de amor. ¡Qué carta! Decíame en ella, que me amaba y que quería casarse conmigo. «¡Arrancaréis un alma al infierno, si correspondéis a mi cariño!»

»Sentí gran pena por no poder hacer aquella buena obra. No contesté. El pensamiento de Enrique me detuvo.

»El marqués esperó en vano largo tiempo con los ojos fijos en mi ventana. Yo no me dejé ver aunque le espiaba desde lugar más reservado.

»Una noche esperaba a Enrique, que tardaba más de lo de costumbre. De pronto oí que hablaban en la calle. Puse atención y mirando por los cristales vi dos sombras en la acera: eran Enrique y el marquesito. La conversación trocose pronto en disputa.

—»¿Sabéis a quién habláis, amigo? —decía altivamente el marqués de Chaverny—. Soy primo del señor príncipe de Gonzaga.

»Al oír este nombre la espada de mi amigo pareció querer salirse de su vaina.

»Chaverny sacó la suya y se puso en guardia. Aquella lucha tan desigual me parecía un desatino, y abriendo los cristales, grité:

—»¡Enrique, Enrique, es un niño!

»Enrique le volvió la espalda. El marqués me saludó y le dijo:

—»¡Nos volveremos a ver!

»Fui al encuentro de Enrique, que un instante después llegó. Su fisonomía había cambiado por completo. En lugar de hablarme púsose a pasear por la habitación.

—»Aurora, no soy vuestro padre —me dijo con voz alterada.

»Yo lo sabía ya. Creí que iba a continuar, pero se calló y volvió a pasearse. Vi que se enjugaba la frente, cubierta de sudor.

—»¿Qué tenéis, amigo mío? —le pregunté dulcemente.

»En lugar de contestar, me interrogó.

—»¿Conocíais a ese joven?

»Yo me ruboricé un poco al contestar.

—»No, no le conozco.

»Enrique guardó silencio. Luego prosiguió:

—»Os había rogado que procuraseis no dejaros ver de los paseantes del jardín; no era por mí, era por vos, por quien os hice esa súplica.

»Su acento era sentido y amargo.

»Algo incomodada le repliqué:

—»¿He cometido algún crimen para vivir siempre prisionera?

—»¡Ah, esto debía llegar y ha llegado! —exclamó Enrique cubriéndose la cara con las manos—; ¡que Dios tenga piedad de mí!

»Solamente entonces comprendí cuánto daño le había hecho. Las lágrimas nublaron mis ojos.

—»Perdonadme, Enrique, ¡amigo mío, perdonadme! —dije tendiéndole las manos.

—»¿Y qué os tengo que perdonar?

—»La pena que os he causado. Veo que sufrís y que estáis triste.

»Se detuvo para mirarme fijamente.

—»¡Aún es tiempo! —murmuró.

»Y fue a sentarse a mi lado.

—»Habladme francamente y nada temáis, Aurora. Solo deseo una cosa en este mundo y esa es vuestra felicidad. ¿Sentiríais dejar a Madrid?

—»¿Con vos?

—»Conmigo.

—»Donde vos estéis —respondí lentamente mirándole a los ojos—, soy dichosa. Me agrada Madrid porque vos vivís aquí.

»Él me besó la mano.

—»Pero, ¿y ese joven?… —preguntó con embarazo.

»Yo puse mi mano sobre su boca, mientras reía.

—»Os perdono, amigo mío: pero no añadáis ni una palabra más. Si lo queréis, partamos.

»Sus ojos se pusieron húmedos y sus brazos hacían esfuerzos por no abrirse para recibirme. Yo creí que su emoción iba a arrastrarle; pero es fuerte contra sí mismo. Me besó la mano por segunda vez y me dijo con acento paternal:

—»Puesto que eso no os contraría, partiremos esta misma noche.

—»¡Y es, sin duda, por mí, no por vos! —exclamé con verdadera cólera.

—»Por vos, no por mí —respondió levantándose.

»Y salió, después de pedirme permiso para retirarse.

»Yo estaba deshecha en llanto.

—»¡Ah, —me decía—, no me ama, no me amará nunca! Sin embargo…

»Me quiere como si fuera su hija: me quiere por mí, no por él. Yo moriré joven.

»Partimos a las diez. Subí a una silla de posta, con Francisca, Él, Juanillo y cuatro criados, nos servían de escolta. Era ya rico.

»Os hablo de cosas recientes; pues solo hace unos meses que hemos dejado Madrid. Pero a pesar de esto el tiempo me ha parecido largo. Hay algo que se interpone entre Enrique y yo. ¡Cuánta falta me hacía vuestro corazón, madre, para verter en él el mío!

»A nuestra salida, vimos todo el palacio de Osuna iluminado; debía haber en él una gran fiesta.

»Enrique, que cabalgaba a la portezuela de la silla de posta, me preguntó:

—»¿No sentís de veras marcharos, Aurora?

—»Siento haber perdido mi amigo de otros tiempos —contesté.

»Fuimos a Zaragoza, y de allí por los Pirineos a Bayona. Allí nos embarcamos para Ostende. Luego nos dirigimos al valle de Louron.

»Sin la visita que hicimos al histórico castillo de Caylus, nada habría digno de mencionarse en nuestro viaje.

»Pero sin que pueda explicarse la causa, aquella visita constituye una de las páginas más notables del libro de mi vida. Aunque viviera cien años no olvidaré la impresión que estos lugares me produjeron.

»Enrique quiso hablar con un viejo sacerdote, llamado don Bernardo, que fue el capellán del castillo de Caylus mientras vivió el último señor de este apellido. Nos dirigimos Enrique y yo solos a caballo, hacia la pintoresca eminencia que llaman en el país El Hachazo, y sirve de cimiento sólido a la negra fortaleza de Caylus. Era una mañana de febrero, triste y fría, pero sin bruma. Las nevadas sierras que habíamos atravesado la víspera destacaban sobre el azul sombrío del cielo el brillante encaje de sus cimas. Por el Oriente, el sol quebraba su luz pálida con los colores del iris sobre la nieve.

»Vimos delante de nosotros surgir poco a poco sobre su gigantesco pedestal, hacia el Este, ese negro coloso de granito llamado el castillo de Caylus-Tarrides.

»Con solo verlo, acuden al ánimo mil pensamientos melancólicos y terribles.

»Es grande y espantoso a la vez. Nadie lo habita, y en él no ha debido ser nadie jamás tampoco dichoso.

»En el país se refieren sobre él horripilantes leyendas.

»Llegamos al castillo por un camino estrecho y tortuoso, y pasamos un puente de madera que antes fue levadizo. Enfrente de él hay una urna, donde se ve una Virgen. Enrique llamó a su gran puerta, y al cabo de bastante tiempo salió a abrirle un viejo conserje, su único morador, que era ciego y bastante sordo. Nos dijo que el dueño actual del castillo, que era el príncipe de Gonzaga, no había ido a él desde hacía muchísimo tiempo.

»El nombre de Gonzaga parece perseguirme por todas partes desde hace algún tiempo.

»El viejo añadió que don Bernardo, en cuya busca iba Enrique, había muerto hacía algunos años.

»Enrique le propuso que nos dejase ver el interior del castillo, pero él no accedió a sus ruegos.

»Pronto comprendí que aquellos lugares recordaban a Enrique algún trágico suceso. Fuimos a almorzar a una hostería, donde nos sentamos a una mesa de tosco pino.

»Una mujer de cuarenta y cinco años vino a servirnos.

»Enrique la miró atentamente.

—»Buena mujer, ¿estabais vos aquí la noche del asesinato de los fosos de Caylus? —le preguntó.

»Dejó caer un vaso que tenía en la mano, y miró a Enrique con desconfianza.

—»¡Ah! ¿Cuando habláis de ello, estaríais vos allí? —preguntó con espanto.

»Sentí frío en las venas; pero mi curiosidad estaba fuertemente excitada. ¿Qué había pasado en aquel castillo?

—»Puede ser; pero esto no os importa. Hay cosas que con aquel se refieren que quiero saber. Os pagaré espléndidamente vuestras noticias.

—»Cerraremos antes la puerta y las ventanas, si os parece —contestó—. Hay cosas que nadie debe oír.

—»¿Cuántos muertos encontraron en el foso al día siguiente?

—»Siete, contando al joven y noble señor.

—»¿Vino aquí la justicia?

—»Sí, la justicia vino; pero se volvió sin averiguar nada. Los jueces dijeron que el viejo señor había hecho bien a causa de aquella ventana que se había hallado abierta.

»Y mostró con la mano una pequeña ventana enrejada, situada en los fosos, bajo el puente.

»Comprendí que la justicia había acusado al joven señor de haber querido introducirse en el castillo por aquella ventana. ¿Pero para qué? La mujer no respondió a esta pregunta.

—»Y porque nuestra joven señorita era muy rica.

»Es una historia muy triste, y puede contarse en pocas palabras. Aquella ventana me fascinaba. Allí, sin duda, los dos jóvenes habían tenido su última conversación amorosa. Rehusé el plato que habían colocado delante de mí; Enrique hizo lo mismo. Pagó la comida, dio una buena propina a la mujer y salimos de la posada; al canto de esa misma puerta hay un camino que conduce al foso. Por él empezamos a andar. La posadera nos siguió.

—»Ahí fue donde el joven señor dejó la niña —dijo la mujer, señalando uno de los pies del puente.

—»¡Ah, había una niña! —exclamé.

»La mirada que Enrique me dirigió fue extraordinaria, y aún no la puedo definir. Algunas veces mis más sencillas palabras le causan repentinas emociones, cuyo motivo no puedo adivinar.

»Y aunque me he pasado la vida queriendo adivinar el misterio que Enrique me oculta, nada he podido descubrir.

»Madre mía, la gente se burla de las pobres huérfanas que en los más mínimos detalles de su vida ven indicios de su nacimiento. Pero yo creo que este instinto es providencial. Sí, nuestro destino es buscar siempre a los que nos dieron el ser. Ese afán, ese deseo ardiente y apasionado, injerto desde el día de nuestro abandono en nuestras almas por la mano de Dios, a veces se alienta, a veces vacila; pero solo cesa con la vida. ¡Cuántas esperanzas muertas, cuántas quimeras, cuántas decepciones!

»La mirada de Enrique parecía decirme:

—»¡Esa niña, Aurora, erais vos!

»Mi corazón latió fuertemente, y miré afectuosamente al viejo castillo.

»Pero en seguida oí a Enrique, que preguntaba a la posadera:

—»¿Y qué ha sido de la niña?

»La buena mujer contestó:

—»¡Murió!

VI. PONIENDO LA MESA

»El fondo de los fosos era una pradera. Desde el punto donde estábamos, bajo el puente, descubríase la aldea de Tarrides y los primeros árboles del bosque de Ens. A la derecha, por encima del muro, la vieja capilla de Caylus mostraba la aguda flecha de su cúpula.

»Enrique dirigió sobre el paisaje una melancólica mirada. Parecía querer orientarse. Con su espada, que le servía de bastón, trazaba extrañas líneas sobre la arena, y sus labios se movían como si hablase consigo mismo. Con el dedo indicó un sitio cercano adonde yo estaba, y dijo:

—»Allí debió ser.

—»Sí —contestó la posadera—, allí encontramos tendido el cuerpo del joven señor.

»Yo retrocedí, estremeciéndome.

—»¿Dónde se lo llevaron?

—»He oído decir que se lo llevaron a París, para enterrarle en el cementerio de Saint-Magloire.

—»Sí, en Saint-Magloire está el panteón de la casa de Lorena —contestó Enrique.

»Por lo tanto, madre, aquel joven señor que asesinaron en tan terrible noche en aquel lugar sombrío, pertenecía a la noble familia de Lorena.

»Enrique inclinó la cabeza sobre el pecho. De vez en cuando me miraba a hurtadillas. Quiso subir la escalerilla que conducía a la cabeza del puente; pero la hiedra que había crecido en sus escalones cubríalos casi por completo, y se lo impidió. Luego se dirigió hacia el muro, y con el pomo de su espada tanteó la resistencia de las hojas de la ventana.

—»Es sólida, y está reforzada por detrás con chapa de hierro. No se ha vuelto a abrir desde el día que estuvo aquí la justicia —dijo a Enrique la buena mujer que nos servía de *cicerone*.

—»¿Qué es lo que oísteis aquella noche, buena mujer, desde vuestra casa?

—»¡Ah, señor, qué miedo tan terrible pasé! Todos los demonios del infierno parecían haberse dado cita en estos fosos. Los bandidos estuvieron bebiendo por la tarde en mi casa. Cuando me acosté, dije: «¡Que Dios acoja en su seno a los que no deben ver levantarse el sol de mañana!» Oímos desde la posada el ruido de los aceros al chocarse, gritos, juramentos, blasfemias, y dos voces formidables que gritaban de vez en cuando: *¡Yo soy! ¡Yo soy!*

»Mil indeterminados pensamientos bullían en mi cerebro. Aquella palabra, que sin duda era una divisa, la había oído ya varias veces en mi vida, y siempre en situaciones solemnes. Era la misma que leí en lengua latina en los sellos del misterioso sobre que mi amigo conservaba como un tesoro.

»Enrique estaba ligado a aquel drama que referían. ¿De qué manera? Solo él podría decirlo.

»…El sol se ocultaba tras el arrebolado horizonte cuando entramos en el camino del valle. Tenía el corazón oprimido y me volví varias veces para mirar de lejos el sombrío castillo de Caylus.

»Aquella noche visiones extrañas turbaron mi sueño; veía a una mujer enlutada que con una niña en los brazos se inclinaba llorosa sobre el cadáver de un hombre.

»¿Erais vos, madre mía?

»Al día siguiente, sobre la cubierta del barco que nos llevó a las costas de Flandes, me dijo Enrique:

—»Pronto, muy pronto lo sabréis todo, Aurora mía. ¡Quiera Dios que entonces podáis ser tan feliz como yo deseo!

»Estaba muy triste cuando me dijo esto. ¿Teme que la desgracia me aflija al conocer a mi familia? Aunque así sea, madre mía, quiero abrazaros…

»Desembarcamos en Ostende. En Bruselas recibió Enrique una carta sellada con las armas de Francia. Al otro día partimos para París.

»Ya era mediodía cuando llegamos al Arco de Triunfo. Vine en una silla de posta con Francisca. Enrique caminaba a caballo delante de nosotros. Estaba muy pensativo. Una voz interior me decía: «¡Tu madre está aquí!»

»Sí, vos, madre mía, vivís en París, estoy segura de ello. Conozco el aire que respiráis.

»Nos apeamos en una larga calle bordeada de casas altas y grises. Luego entramos en una callejuela estrecha que conduce a una iglesia rodeada de un cementerio. Después he sabido que eran la iglesia y cementerio de Saint-Magloire.

»Enfrente de ella, se veía un gran hotel de aspecto altivo y señorial. Pregunté y me dijeron que era el palacio de Gonzaga. A espaldas de la iglesia una plazoleta donde se ve una verja de madera cuya puerta estaba abierta. Es la entrada del cementerio. Entramos y Enrique se detuvo ante un mausoleo de mármol sobre el cual hay esculpida la imagen de un hombre gallardo y joven. Enrique dio un largo beso en la frente a la estatua. Y le oí decir entre sollozos:

—»Hermano, veme aquí. Dios es testigo de que he cumplido la promesa que te hice del mejor modo que he podido.

»Un leve ruido me hizo volver la cabeza. Detrás de nosotros, al otro lado de la verja de madera, Francisca y su nieto se habían arrodillado y oraban sobre la arena. Enrique se arrodilló también y oró en silencio largo rato. Al levantarse me dijo:

—»Besad esa imagen, Aurora.

»Yo obedecí y pregunté el porqué. Sus labios iban a abrirse para hablar; pero dudó y al fin dijo solamente:

—»¡Porque era un noble corazón; porque yo le amaba, hija mía!

»Yo di un beso a la glacial frente de la estatua.

»Enrique me dio las gracias poniéndose las manos sobre el corazón.

»¡Cómo me ama, cuánto me quiere, madre mía! ¡Tal vez esté escrito, sin embargo, que él no pueda decírmelo nunca!

»Algunos minutos más tarde, entramos en la casa donde os escribo estas memorias, madre mía; pues Enrique la había hecho alquilar de antemano.

»Desde que entré en ella, no he vuelto a salir a la calle.

»Y vivo más sola que nunca, porque Enrique tiene ahora muchos negocios. Solo le veo a las horas de comer y eso no siempre. Me ha prohibido que salga, y para asomarme a la ventana debo adoptar antes infinitas precauciones.

»¡Ah, si yo supiera que tenía celos, con cuánto placer le obedecería! ¡Qué dichosa sería entonces al ocultarme, al velarme, al permanecer escondida para que él solo me viese, en el último rincón de la tierra! Pero, ¡ay!, me acuerdo bien de sus palabras de Madrid:

—»No es por mí, es por vos por quien deseo que os ocultéis a las miradas de todos.

»Estoy sola. A través de mis cortinillas veo la gente pasar de prisa como quien va a sus negocios. Son libres. Veo la casa de enfrente, donde en cada piso vive una familia. A los balcones se asoman dos jóvenes con sus hijos en brazos. Son dichosas. Veo, también, las ventanas de palacio, a través de cuyos vidrios se filtra la luz de los salones en que el Regente da sus espléndidas fiestas. Oigo la música del baile y la nostalgia y la tristeza se apoderan de mí. Pero si él me hace una caricia, si él me dirige una palabra de cariño antes de despedirse de mí por la noche, todo lo olvido y solo queda en mi corazón la intensa dicha de amarle.

»Estoy descontenta. No creáis, madre mía, que falta nada a mi comodidad. Enrique me colma de atenciones y prevé hasta mis más nimios deseos. Y si se muestra frío y reservado conmigo desde hace tiempo, tal vez tenga para conducirse de este modo poderosas razones.

»Ved lo que he pensado, madre mía: Como conozco la caballeresca y exagerada delicadeza de su alma, he supuesto si mi nobleza podrá ser un día mayor que la suya y más grande mi fortuna; si el temor de parecer ambicioso o interesado le alejará de mí impidiéndole amarme. Sí, se conoce. Enrique tiene miedo de quererme.

»¡Ah, si yo estuviese segura de esto, renunciaría a mi fortuna y desdeñaría mi nobleza! ¿Qué son las excelencias del nacimiento ante la dicha del corazón?

»¿Me amaríais vos menos porque fuerais pobre?

»…Hace dos días vino a verle el jorobado. Pero todavía no os he dicho nada de ese gnomo misterioso, único ser que nos visita en nuestro aislamiento absoluto. Ese jorobado visita a Enrique con frecuencia y siempre se ven en la habitación reservada que mi amigo tiene en el primer piso. La vecindad del barrio le mira como a un diablillo y murmuran de la amistad con que mi amigo le distingue. Esta amistad es muy extraña, en efecto. Nadie los ha visto jamás juntos, y, sin embargo, nunca se separan.

»Amistad, ninguna es tan sincera ni parece tan tierna como la suya.

»En casa, ni una sola vez los hemos visto tampoco juntos. Permanecen reunidos días enteros y cuando uno sale, el otro queda guardando no sé qué misterioso tesoro. Esto pasa siempre en los quince días que vivimos en París. A pesar de las promesas de Enrique, no sé más que antes, respecto de los misterios que me rodean desde mi nacimiento.

»Como os dije, hace dos días vino el jorobado a ver a Enrique y estuvieron toda la noche juntos. A la mañana siguiente mi amigo estaba más triste. Durante el desayuno hablamos de los grandes señores y damas de la Corte. Enrique dijo con profunda amargura:

—»Aquellos que viven en lo alto, se hallan poseídos de vértigo, y no hay que contar demasiado con el reconocimiento de los príncipes. Además —continuó bajando la voz—, ¿los grandes servicios pueden pagarse con la odiosa moneda del reconocimiento? Si la gran señora, por quien he arriesgado mi honor y mi vida, no pudiese amarme porque está muy alta y yo muy bajo, me iría lejos, lejísimo, antes que me insultara con su agradecimiento.

»Madre mía, estoy segura que el jorobado le había hablado de vos.

»¡Ah, es cierto! Él ha expuesto por vuestra hija su honor y su existencia mil veces. Ha hecho más, mucho más: ha dado los mejores años de su juventud por ella. ¿Con qué pagar tanta abnegación?

»Madre mía, ¿verdad que Enrique se equivoca? Vos le amaréis, ¿es cierto? Tan cierto, sí, como que vos me despreciaríais si, salva la parte que de derecho os pertenece, todo mi corazón no fuera para él.

»Yo no me atrevo a decirle esto en vuestro nombre, porque en su presencia mi lengua se paraliza y mis arrestos de la soledad se truecan en invencible timidez. Esto no es ingratitud. La ingratitud, tratándose de él, sería una infamia. Yo le pertenezco. Él me ha salvado, él me ha hecho lo que soy. ¿Qué sería yo sin él? Un poco de polvo en la tumba de un párvulo.

»¿Cuál madre, aunque fuese duquesa y prima del rey, no se sentiría orgullosa de tener por yerno al caballero Enrique de Lagardère, el más bello, el más valiente y el más leal de los hombres?

»Soy una joven inexperta y no conozco el mundo ni a los grandes; pero si por muy alta que fuese me dijera una persona:

—»Aurora, olvida a Enrique, a tu amigo…

»¡Ah, madre mía, solo pensar esto me vuelve loca!

»Una idea extravagante acaba de inundar de frío sudor mi frente. Me he dicho si vos, mi madre…

»Guárdeme Dios de escribir esas crueles palabras. Creería blasfemar.

»¡Oh, no! Vos debéis ser, madre mía, tal como os he soñado y os adoro. Tendré vuestros besos y vuestras sonrisas.

»Cualquiera que sea el nombre que el Cielo os haya dado, debéis tener algo más noble que vuestro apellido: vuestro corazón. Ese pensamiento que acaba de cruzar por mi mente os ultraja y me pongo de rodillas para pediros perdón por haberlo podido concebir.

»La luz diurna se acaba, dejo la pluma y cerrando los ojos veo vuestra dulce y bondadosa imagen. ¡Venid, madre querida, venid a mis brazos!…»

Estas eran las últimas palabras que había escritas hasta entonces en el manuscrito de Aurora. Estas páginas eran su mejor amiga y profesábales gran cariño.

Al cerrar la cajita, dijo:

—¡Hasta mañana!

Se hizo completamente de noche. La puerta abriose suavemente y la simpática cara de Juan María Berrichon apareció en el dintel.

Juan era hijo del pajecito del mismo nombre de quien nos hemos ocupado en los primeros capítulos de esta historia, y que murió en la guerra, dejando un niño de pocos meses.

—Señorita, la abuela me ha dicho que ponga la mesa aquí o en la sala.

—Pues, ¿qué hora es? —preguntó Aurora sobresaltada.

—La hora de cenar.

—¡Tan tarde! —pensó. Luego dijo en voz alta:

—Ponla aquí.

Berrichon colocó una lámpara sobre la chimenea. Desde la cocina, que como sabemos estaba al final de la sala, gritó Francisca:

—Juan, entérate antes de si las cortinas están bien corridas.

Berrichon, encogiéndose de hombros, diose prisa a obedecer.

—Palabra, diríase que estamos en una cárcel —refunfuñó el pequeño.

A Juan le sucedía lo que a Aurora. Ignoraba cuanto deseaba saber.

—¿Estás seguro de que no ha subido nadie por la escalera? —le preguntó Aurora.

—¿Seguro? Aquí no está uno seguro de nada. He visto entrar al jorobado esta tarde y me puse a escuchar.

—¡Mal hecho! —contestó Aurora severamente.

—No fue por curiosidad: solo quería saber si maese Luis había llegado.

—¿Y qué oíste?

—Nada, absolutamente nada.

Y extendió sobre la mesa el mantel.

—¿Dónde puede haber ido? —dijo Aurora mientras tanto.

—Solo el jorobado podría decíroslo. Es raro que un hombre tan gallardo como el caballero… quise decir maese Luis, tenga un amigo tan extravagante como ese. Parece un sacacorchos torcido. Nunca entra aquí, y sube y baja cuando quiere por la escalerilla reservada.

—Es el dueño de la casa y puede hacer cuanto le plazca y tratarse con quien le agrade.

—Cierto, es dueño de entrar, de salir y encerrarse con ese mono. Yo no digo nada en contrario. Lo que digo es que los vecinos hablan mal de nosotros.

—¿Hablas tú con los vecinos, Berrichon?

—¡Yo! —dijo el niño—. ¡Ah, señor! ¿Y qué podría decir? Entonces, ¿creéis que soy charlatán? Gracias. Decid, abuelita —continuó, asomando su rubia cabeza a la puerta—, ¿soy yo charlatán?

—Mucho; y un perezoso también —contestó la interpelada.

Berrichon cruzó los brazos sobre el pecho.

—¡Eso está muy bien! Entonces tengo todos los vicios reunidos en mi persona. ¡Charlatán yo, que no digo nunca ni una palabra a nadie! Al pasar escucho lo que dicen. ¿Es eso pecado? ¡Y dicen cada cosa!… Además, ¿puedo yo impedir que me paren y me pregunten?

—¿Te preguntan, pues?

—Todos, señorita.

—¿Y qué te preguntan?

—Cosas difíciles de contestar.

—Pero, en fin, ¿qué te preguntan? —dijo con impaciencia Aurora.

Berrichon se echó a reír inocentemente.

—Me preguntan infinidad de cosas. Quiénes somos, qué hacemos, de dónde venimos y adónde vamos; vuestra edad y la de maese Luis; si somos franceses, si somos católicos y si pensamos establecernos aquí; si nos disgustaba el lugar que hemos dejado, si comemos de vigilia los viernes y los sábados y si vuestro confesor, señorita, es de San Eustaquio o de San Germán.

Tomó un poco de aliento el muchacho, y prosiguió:

—Por qué hemos venido a vivir a esta calle y no a otra cualquiera, por qué vos no salís nunca, por qué maese Luis sale con tanta frecuencia y por qué el joro… ¡Ah! El jorobado les intriga hasta un punto inconcebible. Dicen que debe tener trato con Satanás…

—¿Y tú te mezclas en tan estúpidos cuentos? —dijo Aurora con acento de reconvención.

—Os equivocáis, señorita. No hay como yo para callar lo que se sabe. Pero es fuerza escuchar, sobre todo, a las mujeres. Cada vez que salgo a la calle me calientan bien los oídos. Todos me salen al encuentro. Unos preguntan: ¿Quién es esa señorita tan hermosa? ¿Qué edad tiene? ¿Qué hace? Yo contesto que no sé. Y otros: ¿Esa joven es hija de maese Luis? —No—. ¿Su sobrina? —No—. ¿Su hermana? —Tampoco—. ¿Su mujer entonces? —Menos—. ¡Ah! —dicen—: ¿No es su hija, ni su sobrina, ni su mujer, ni su hermana? ¿Entonces es una huérfana que tiene recogida por caridad?…

—¡No, no, no! —exclamo, y salgo corriendo. Solo se ocupan de vos y del jorobado…

Aurora le cogió por el brazo suavemente y le dijo con dulzura:

—Has hecho mal en mentir, Berrichon. Yo soy una pobre huérfana que él ha recogido y educado por caridad.

—¿Y he de decírselo a ellos? —exclamó asombrado Berrichon.

—Sí, la primera vez que pregunten les dirás eso. Yo no siento vergüenza de que lo sepan. ¿A qué ocultar las buenas acciones de mi amigo?

—Pero, señorita…

—¿No soy una pobre joven abandonada? Sin sus beneficios…

—¡Si maese Luis supiera que yo decía eso, se pondría contento conmigo! ¡Caridad! ¡Beneficios! ¡Buenas cosas dirían!

—¡Quiera Dios que no digan nunca nada más malo que hablar de él y de mí!

—¿Sabéis, pues? —dijo entonces Juan acercándose a la joven vivamente.

—¿Qué? —preguntó Aurora temblando.

—Nada, señorita…

—Habla, Berrichon, yo te lo mando.

Y como el muchacho dudase, añadió con imperioso acento:

—Habla, yo lo quiero.

Berrichon, bajando los ojos, retorció cuanto pudo una servilleta que tenía en la mano. El muchacho estaba completamente confundido y no sabía cómo hablar. Al fin, dijo en voz baja:

—¡Qué ha de ser! Murmuraciones, nada más que murmuraciones. «¡No sabemos! —dicen—. Él es demasiado joven para ser su padre. Y si toma tantas precauciones sin ser su hermano ni su marido…»

—Acaba —dijo Aurora que se había puesto pálida.

—¡Diablo! Cuando un hombre no es padre, ni marido, ni hermano de una mujer, puede ser…

Aurora se cubrió la cara con las manos, avergonzada.

VII. MAESE LUIS

Berrichon arrepintiose al pronto de haber pronunciado aquellas palabras imprudentes, siquiera tuviese la excusa de habérselo ella ordenado.

Al ver su pecho levantarse convulsivamente a impulso de los sollozos, pensó con espanto:

—¡Si llegase en este momento!

Aurora tenía la cabeza inclinada. Los sedosos rizos de su cabellera caían sobre sus manos, por entre cuyos dedos resbalaban las lágrimas. Cuando se puso de pie, sus ojos estaban húmedos, pero el color había vuelto a sus mejillas.

—Cuando no se es padre, ni hermano, ni marido de una pobre niña abandonada y se llama el hombre Enrique de Lagardère, es su amigo, su salvador y su bienhechor —exclamó la joven—. ¡Oh! —añadió juntando las manos—. ¡Esas calumnias me prueban cuánto vale! Otros tal vez no hubieran sido tan nobles, tan hidalgos como mi amigo. Le amo mucho; pero esas calumnias me obligarán a adorarle como a un Dios.

—¡Eso es, señorita, adoradle cuanto podáis para que rabien!

—¡Oh! En cuanto a amaros —exclamó Berrichon que no acababa nunca de poner la mesa—, os aseguro que os quiere mucho. Todas las mañanas pregunta a mi abuela: «¿Cómo ha pasado la noche? ¿Ha dormido tranquila? ¿Le habéis hecho compañía ayer? ¿Está triste? ¿Necesita alguna cosa?» Y cuando le decimos que deseáis algo, ¡se pone tan contento!

—Sí —dijo Aurora distraída—, me quiere como a una hija. Es muy bueno.

—¡Mucho más todavía! —dijo Berrichon con aire malicioso.

Aurora meneó la cabeza.

Saber algo sobre aquel punto era el gran deseo de su corazón, la gran necesidad de su vida. Así, que sin reflexionar en la edad ni en la condición de su interlocutor, le hizo su confidente.

—Siempre estoy sola y triste —dijo.

—¡Ah, cuando vuelva le sonreiréis! —respondió el muchacho.

—La noche ha llegado y no ha venido. Esto sucede todos los días desde que estamos en París…

—Eso no quiere decir nada. ¡Es tan grande París y el señor tiene tantos negocios! Ya está la mesa puesta. ¿Está preparada la comida abuela?

—Desde hace una hora, lo menos —contestó Francisca desde la cocina.

—Apostaría a que está encerrado con ese diablo de hombre, con ese maldito jorobado. Me da pena que la señorita esté triste. Si yo me atreviese…

Y atravesó la sala. Al poner el pie en el primer escalón que conducía a la habitación de maese Luis, pensó el muchacho:

—Me lo ha prohibido y no quiero verle tan enfadado como la otra vez. ¡Ah, señorita! —exclamó volviéndose—. ¿A qué ocultarse tanto? Eso da lugar a suposiciones y habladurías. Si yo fuese tan hablador como los vecinos diría: «Es un conspirador, un nigromántico.»

—¿Dicen eso? —preguntó Aurora.

En lugar de responder Berrichon se puso a reír.

—¡Ay, Dios mío! ¡Si supieran, como yo! ¡Arriba solo hay una cama, un baúl, una mesa, dos sillas y una espada colgando de la pared! Solo he visto una cosa en ese cuarto.

—¿Qué has visto? —preguntó vivamente la joven.

—¡El mar y sus peces! Fue una tarde que maese Luis olvidó tapar, como de costumbre, la cerradura.

—¿Y te atreviste a mirar por el agujero?

—Fue sin malicia, señorita, creedlo. Subí para llamarle de parte vuestra. Por el agujero vi luz, y miré…

—¿Y qué viste? Habla.

—Nada extraordinario. El jorobado, no estaba: solo vi a maese Luis sentado delante de la mesa, y sobre ella la cajita que no abandona nunca cuando va de viaje. Tenía muchos deseos de saber lo que encerraba aquella caja misteriosa. A fe mía que creí que encerraba doblones; pero, no son doblones, no. Al abrirla sacó de ella unos cuantos papeles viejos y un sobre con tres sellos de lacre encarnado.

Aurora comprendió en seguida el objeto a que se refería Juanillo; pero guardó silencio.

—¡Eso es todo lo que conserva con tanto cuidado en la caja misteriosa! Debí producir algún ruido, sin darme cuenta, porque maese Luis abrió y sin darme tiempo para bajar me dio un puntapié y llegué al portal rodando. ¡Todavía me duele el cuerpo! No volverá a sorprenderme otra vez… Pero, vos, a quien nada niega, y que nada podéis temer, podéis subir y pedirle que me dejase ir a ver entrar los convidados al baile del Regente.

Aurora no contestó.

—¿Habéis visto pasar durante todo el día los carros de flores, de dulces, de conservas y vinos? ¡Ah, qué hermoso será el baile! —añadió Berrichon, relamiéndose los labios.

—Ve a ayudar a tu abuela —le dijo Aurora.

—¡Pobre señorita, también a ella le agradaría ir al baile!

Aurora apoyó la cabeza en su mano. No pensaba en el baile. Se decía:

—¡Llamarle! ¿Para qué? No estará seguramente. Cada día, sus ausencias se prolongan más. Cuando pienso en esto, siento miedo. Ese misterio me espanta —añadió, estremeciéndose—. Me prohíbe salir, ver y recibir a ninguna persona. Oculta su nombre y disimula sus salidas. Lo comprendo perfectamente: los peligros de otras veces nos rodean. La amenaza eterna y la guerra sorda de feroces asesinos nos persiguen siempre. ¿Quiénes son esos bandidos? Poderosos, sin duda; lo han probado en todas ocasiones. ¿Son enemigos suyos o míos? Porque él me defiende, es por lo que quieren su vida. Él no me ha dicho nada; pero mi corazón amante lo adivina todo. Entra, recibe mis besos, y hace cuanto puede por sonreír. Mis ojos, que le espían sin cesar, conocen sus sufrimientos, y de una sola mirada adivinan sus esperanzas o sus decepciones. Desconfía de mí, y no quiere que yo sepa los esfuerzos que hace, los combates que libra, y es porque no comprende que necesito más valor para devorar mis lágrimas que el que sería necesario para compartir sus pesares y luchar a su lado.

Un ruido se oyó en la sala. Debía ser muy conocido de la joven, porque se puso de pie radiante de alegría. Un pequeño grito de placer salió de sus labios. El ruido lo produjo una puerta, al abrirse, en lo alto de la escalerilla interior.

Berrichon estaba en lo cierto. Sobre aquel precioso rostro, no hubierais podido hallar entonces huellas de lágrimas, ni el más pequeño reflejo de tristeza: no había en él, más que una esplendorosa sonrisa.

El corazón le latía apresuradamente, pero era de dicha. El talle de la joven se enderezó gallardo y ligero. Era esa querida flor de nuestros parterres, a quien la noche hace inclinar su tallo, y que se alza y abre más fresca y lozana sus pétalos fragantes al primer rayo del sol.

Aurora se miró en el espejo. En aquel momento, tenía miedo de no ser bastante hermosa, y maldecía sus lágrimas que quitaban a sus pupilas el brillo del diamante. Dos veces todos los días, y precisamente a la llegada de maese Luis, la joven se sentía coqueta; pero el espejo interrogado decíale siempre que sus inquietudes eran vanas.

Maese Luis bajó la escalera. Berrichon le alumbraba. Cualquiera que fuese la edad de maese Luis, era aún un hombre joven. Sus cabellos rubios se rizaban en bucles alrededor de su frente, pura como la de un niño. El sol de España no había conseguido sombrear su cutis marfileño, y el dibujo de sus facciones, por lo correcto, era algo afeminado; pero sus ojos de fuego, destacándose bajo la línea de las cejas, su nariz recta, su boca de labios carnosos sombreada por un fino bigote y su mentón de curva saliente, daban a su cabeza una admirable expresión de fortaleza y energía.

Vestía calzón corto, sobreveste y jubón de terciopelo negro con botones de azabache. Llevaba la cabeza descubierta e iba sin espada. Desde la escalerilla buscó a Aurora con los ojos. Al verla sintió un estremecimiento. Bajó los ojos, y su paso, que quería ser ligero, se hizo grave y reposado. Un observador hábil hubiese adivinado al instante el secreto de aquel hombre. Pasaba la vida conteniéndose. Cerca de la dicha, no quería disfrutarla. Lucha imposible y admirable, en que la voluntad de hierro de maese Luis salía siempre vencedora. Corazón tierno y apasionado, se escondía tras una máscara de indiferencia y de frialdad.

—¿Me esperabais, Aurora? —dijo al bajar.

Francisca Berrichon apareció en aquel momento a la puerta de la cocina.

—¡Os parece bien, maese Luis, hacer llorar a una pobre niña! —le dijo con acento de reconvención.

—¿Habéis llorado, Aurora? —preguntó con interés el recién llegado.

La joven le rodeó el cuello con sus brazos.

—Enrique, amigo mío —exclamó Aurora, presentándole su frente para que la besara—. No hagáis caso de las repentinas tristezas de una muchacha mimada. La buena Francisca ha visto mal; no he llorado. Miradme bien si no: ¿veis lágrimas en mis ojos?

Y al decir esto la joven sonreía tan dichosa, que maese Luis se quedó un instante contemplándola a pesar suyo.

—¿Qué me acabas de decir, pequeño? —dijo Francisca a Juanillo severamente—. ¿No me has dicho que la señorita estaba llorando?

—Puede que vos me hayáis entendido mal o que yo no haya visto bien. A menos que nuestra señorita no quiera confesar que ha llorado —contestó el pequeño.

Francisca puso en la mesa uno de los platos de la cena, mientras añadía:

—No importa eso, después de todo. ¿Os parece divertido el que hagáis pasar la vida sola a la señorita?

—Os ruego, Francisca, que os calléis —murmuró Aurora confundida.

Maese Luis le ofreció la mano para conducirla a la mesa donde se sentaron uno enfrente de otro. Berrichon como de costumbre se puso detrás de Aurora para servirla. Al cabo de algunos minutos, dijo maese Luis:

—Déjanos, niño, no te necesitamos ya.

—¿Será preciso traer los otros platos? —preguntó Berrichon.

—No —respondió Aurora.

—Entonces, ¿os doy el postre?

—¡Vete! —dijo maese Luis mostrándole la puerta.

Berrichon salió sonriéndose.

—Algo importante creo que tienen que decirse, abuelita —dijo Berrichon entrando en la cocina.

La vieja se encogió de hombros.

—Maese Luis parece muy incomodado.

—A tu obligación; ellos saben lo que tienen que hacer y a ti nada te importa.

—¿Sois a lo que parece desgraciada, Aurora? —dijo maese Luis cuando hubo salido Berrichon.

—¡Os veo tan de tarde en tarde!

—¿Y me acusáis vos, querida niña?

—¡Dios me libre! Sufro algunas veces, es cierto; ¿pero, quién puede impedir que la tristeza se apodere de una pobre esclava? Vos lo sabéis, Enrique, las tinieblas producen miedo a los niños; llega el día y olvidan instantáneamente sus temores. A mí me pasa lo mismo. La soledad me fastidia y me apena; pero, en cuanto vos llegáis, soy dichosa.

—Tenéis para mí la ternura de una hija sumisa y os lo agradezco —dijo maese Luis bajando los ojos.

—¿No tenéis vos para mí la ternura de un padre? —preguntó la joven.

Maese Luis se levantó y se acercó a Aurora.

—¡Venid, venid y sentaos a mi lado, como en otro tiempo! Así hablaremos mejor. ¿Os acordáis que rápidamente se nos pasaban las horas entonces? —exclamó la joven poniendo a su lado una silla con alegría inequívoca.

Pero Enrique estaba preocupado y triste, y respondió:

—Las horas no nos pertenecen ya.

Aurora tomó sus manos y le miró tan dulcemente que el pobre maese Luis contuvo a duras penas las lágrimas.

—Vos también sufrís mucho, Enrique, ¿no es verdad?

Él movió la cabeza tratando de sonreír y contestó:

—Os equivocáis, Aurora. Hubo un día en que tuve un hermoso sueño que me privó del reposo; pero aquello fue solo un sueño y no duró más que un instante. Pude despertar por fortuna y recobré mi tranquilidad. El momento en que mi vida cambiará en absoluto se acerca. Al presente soy ya muy viejo para empezar de nuevo a vivir; ¡pero qué remedio!

—¡Viejo! —contestó Aurora con una sonrisa.

Maese Luis permaneció serio.

—A mi edad, hasta los más humildes se han creado una familia.

Aurora se puso seria también.

¡Y vos no la tenéis, vos no tenéis a nadie sino a mí!

Maese Luis quiso hablar, pero la palabra expiró en su garganta. Otra vez bajó los ojos. Aurora prosiguió:

—Sí, vos no tenéis a nadie en el mundo más que a mí. ¿Y qué soy yo para vos? ¡Un obstáculo a vuestra dicha!

Quiso interrumpirla; pero la joven siguió hablando:

—¿Y sabéis lo que dicen? Que cuando no soy vuestra hija, vuestra hermana ni vuestra mujer, tal vez sea…

—Aurora —dijo maese Luis interrumpiéndola—, en dieciocho años, vos habéis sido toda mi dicha, mi solo afecto.

—Sois muy generoso y os lo agradezco.

Quedaron silenciosos un instante. El embarazo, la confusión de maese Luis eran visibles. Aurora fue la primera que habló.

—Enrique, ignoro vuestra manera de pensar y vuestras acciones no las comprendo completamente. ¿Con qué derecho, pues, podría reprocharos? Cuando estoy sola, lo que ocurre casi siempre, solo pienso en vos, que sois mi único amigo. Estoy segura de que algunas veces lo adivino todo. Cuando mi corazón está triste y las lágrimas acuden a mis ojos, me digo: Sin mí, una mujer amada y buena alegraría su soledad; sin mí, podría mostrar a todos su cara descubierta. Enrique, vos, habéis hecho más que amarme como un padre: vos me respetáis y reprimís por mi causa las aspiraciones de vuestro corazón.

Aurora, en efecto, pensaba cuanto había dicho; pero como la diplomacia es innata en las hijas de Eva, todo aquello no era más que una estratagema para provocar una expansión de maese Luis. Pero el golpe no produjo efecto. Aurora solo obtuvo esta fría respuesta:

—Os equivocáis, querida niña.

La mirada de maese Luis se hizo vaga.

—El tiempo pasa —murmuró.

Después, como si no pudiera contenerse, preguntó a la joven:

—¿Si llegara un día en que no me vieseis más, os acordaríais de mí?

Los frescos colores de la joven desaparecieron. Si maese Luis hubiera levantado los ojos hubiera visto toda el alma de la joven en la profunda mirada que le dirigió.

—¿Es que pensáis dejarme? —murmuró.

—No, no sé… tal vez… —contestó maese Luis con voz insegura.

·—¡Os lo ruego, tened piedad de mí! Si partís, Enrique, llevadme con vos.

Y como no contestase, continuó ella llorando:

—¿Queréis dejarme, tal vez, porque soy exigente e injusta con vos? ¡Oh, Enrique, amigo mío, no es por mí por quien os he hablado de mis lágrimas! ¡No lo haré más! ¡Enrique, escuchadme y creedme: no lo haré más! ¡Dios mío, he hecho mal, lo sé; pero perdonadme! Soy dichosa con solo veros una vez al día. ¿Me oís, me escucháis, Enrique?

Él tenía vuelta la cabeza y ella cogiéndosela le obligó a mirarla. Los ojos de maese Luis estaban inundados de lágrimas. Aurora dejó su asiento y se puso de rodillas ante él.

—Enrique, amigo mío querido, padre amado, la dicha podéis guardárosla toda para vos, si la queréis; pero reclamo mi parte en vuestras lágrimas.

Maese Luis la estrechó contra su pecho apasionadamente. Pero, de pronto, sus brazos se abrieron de un modo brusco.

—¡Somos dos locos! —dijo sonriendo amargamente—. ¡Si nos vieran! ¿Qué significa todo esto?

—Significa —replicó la joven—, que sois egoísta y malo esta noche, Enrique. Desde el día que me dijisteis: «Tú no eres mi hija», habéis cambiado mucho para conmigo.

—¿El día en que me pedisteis gracia para el marqués de Chaverny? Me acuerdo de eso, Aurora. El marqués está ahora en París.

La joven no contestó; pero su noble y dulce mirada reveló tan elocuente sorpresa, que maese Luis se mordió los labios.

Y besando su mano, quiso levantarse para irse. Ella le detuvo a la fuerza.

—Quedaos —dijo—. Si esto continúa, un día, al volver a vuestra casa, no me encontraréis en ella. Puesto que os molesto me iré. ¡Dios mío, no sé qué haré: pero os libraré de una carga demasiado pesada!

—No tendréis tiempo para abandonarme, Aurora; no tendréis necesidad de huir —murmuró maese Luis.

—¡Me echaréis vos! —exclamó la joven llevándose las manos al pecho como si la hubiesen dado en él un violento golpe.

Maese Luis se cubrió la cara con las manos. Aún estaban el uno cerca del otro: Aurora, sentada sobre un cojín, apoyaba la cabeza sobre las rodillas de él.

—Y sin embargo, ¡cuán poco necesitaba yo para ser completamente dichosa a vuestro lado! ¡Muy poca cosa, Enrique!

¿Tanto tiempo hace que he perdido mi sonrisa? ¿No estaba yo siempre alegre cuando otras veces salía a vuestro encuentro?

Los dedos de maese Luis alisaban los cabellos de la joven, que a la luz de la lámpara despedían reflejos de oro bruñido.

—Tratadme como otras veces —prosiguió Aurora—, solo os pido esto. Contadme todas vuestras alegrías; no me ocultéis, sobre todo, vuestros sufrimientos. Con vos me alegraré y con vuestras lágrimas confundiré las mías. Esto alivia, creedlo. Si tuvierais una hija querida, ¿no haríais esto con ella?

—¡Una hija! —dijo maese Luis, cuya frente se ensombreció.

—Ya sé que no lo soy; no me lo volváis a decir.

Maese Luis se pasó el revés de la mano por la frente.

—Aurora —dijo cual si no hubiera oído sus últimas palabras—, hay una vida brillante, una vida llena de placeres, de honores, de riquezas, que es la vida de los dichosos de la tierra. Vos no la conocéis, querida niña.

—¿Qué falta me hace?

—Quiero que la conozcáis, es preciso.

Y añadió bajando mucho la voz:

—Tal vez tendréis que escoger y para escoger es necesario comparar.

Y se levantó. La expresión de su noble cara era entonces firme y reflexiva.

—Hoy es vuestro último día de duda y de ignorancia. Aurora —dijo maese Luis lentamente—. ¡Tal vez para mí sea el postrero de juventud y de esperanza!

—¡En nombre de Dios, Enrique, explícate! —exclamó la joven.

Maese Luis levantó los ojos al cielo y contestó:

—He obrado siempre según mi conciencia… Aquel que está en lo alto me ve: nada tengo que ocultarle. Adiós, Aurora; esta noche no dormiréis… Ved y reflexionad, consultad vuestra razón y vuestro corazón. No os digo nada más, porque deseo que vuestra impresión sea repentina y completa. Al preveniros, creería hacerlo movido por el egoísmo. Acordaos solamente de que, por muy extrañas que sean las aventuras que os pasen esta noche, tienen por origen mi voluntad y por fin vuestro interés. Si tardaseis en volver a verme, tened confianza: de cerca o de lejos velaré por vos.

Y besándole la mano, dirigiose a su habitación particular.

Aurora, sorprendida, le siguió con los ojos sin decir nada.

Al llegar a lo alto de la escalera, la saludó afectuosamente con la cabeza.

VIII. LAS DOS JÓVENES

Aurora estaba sola. La conversación que tuvo con Enrique fue tan imprevista y la impresionó de tal modo, que la joven quedó estupefacta, moralmente ciega. Sus pensamientos, vagos, confusos, se mezclaban en desorden. Le ardía la cabeza, y su corazón, descontento y herido, se replegó sobre sí mismo.

Acababa de hacer esfuerzos inmensos por saber algo; provocó una explicación que disipara sus dudas, y en vez de descubrir los misterios que la rodeaban, se habían hecho más impenetrables y medrosos. De nada le sirvieron esas ingeniosidades que la ingenuidad no excluye en la mujer: en lugar de disiparse las sombras que ocultaban el horizonte de su existencia, se habían hecho más densas.

Le había dicho: «No dormiréis esta noche. Por extrañas que os parezcan las aventuras que os sucedan, acordaos de que tienen por origen mi voluntad y por fin vuestro interés.» ¡Aventuras! La vida errante de Aurora había estado hasta entonces llena de aventuras. Pero su amigo las afrontó con ella; su amigo estuvo siempre al lado suyo como centinela incansable, como salvador infalible, ahorrándole hasta el terror. Las aventuras de aquella noche, cambiarían, pues, de aspecto, pues tendría que afrontarlas sola.

¿Qué aventuras serían aquellas? ¿Qué querían decir tales palabras? ¿Iba a conocer otra vida diferente a la que hasta entonces había llevado? ¿Una vida brillante, la vida de lujo y de placeres de los grandes y dichosos del mundo?

»Para escoger» —le había dicho—. ¿Tendría que escoger, sin duda, entre su vida presente y aquella vida desconocida? ¿La elección no estaba ya hecha?

Y trataba de saber en qué platillo de la balanza estaba su amigo Enrique. El recuerdo de su madre atravesó su pensamiento y la turbó horriblemente. Sus piernas flaquearon. ¡Escoger! Por primera vez en su vida se le ocurrió esta idea: ¡Si su madre estuviese en un platillo y Enrique en el otro!…

—¡Es imposible! —exclamó desechando con energía esta idea—. ¡Dios no puede permitir esto!

Y abriendo el balcón se asomó para que el aire calmase su ardorosa frente. En la calle había gran movimiento. La multitud se apiñaba a la entrada del Palacio Real para ver llegar a los invitados. Ya las literas y las sillas formaban inmensa fila que se perdía entre las sombras. En el primer momento, Aurora no se dio cuenta de este bullicio. ¿Qué le importaba aquello? Pero cuando vio pasar en una silla dos mujeres ataviadas elegantemente para el baile, que debían ser; madre e hija, sus ojos se humedecieron.

—¡Si mi madre estuviese ahí! —pensó.

Era posible. Entonces miró más atentamente los esplendores de la fiesta. Tuvo un deseo vago al principio, más preciso luego, fue creciendo poco a poco hasta dominarla por completo. Y envidió a aquellas jóvenes espléndidamente ataviadas, lucían hermosos collares de perlas al cuello, brillantes flores en la cabeza, y que sobre todo disfrutaban la dicha de tener a sus madres a su lado.

No quiso ver más: todas aquellas alegrías y venturas insultaban su tristeza. Aquellos gritos de regocijo, aquel mundo que se agitaba sin cesar, aquel tumulto, aquellas risas y aquellas luces, unidas a los acordes suaves de la orquesta, le produjeron tedio.

En la cocina, Berrichon hacía cuanto humanamente es posible para que su abuela le dejase ir a la puerta de Palacio. Por fin, su elocuencia tuvo merecido premio, porque Francisca le dijo:

—Anda y no te entretengas mucho.

Berrichon se fue. Francisca se asomó a puerta del cuarto de Aurora.

—¡Se ha ido ya! —exclamó—. La pobre niña está otra vez sola.

La buena mujer pensaba ir a hacer compañía a la joven cuando Juanillo, que había vuelto, le dijo:

—¡Abuela, si vieseis cuánta gente con faroles, cuántos soldados y cuántas damas lujosamente vestidas hay en la calle de San Juan! Venid conmigo un momento y lo veréis.

La buena mujer se encogió de hombros.

—No puede ser.

—Venid, aunque solo sea un momento y veréis que hermoso espectáculo.

—¿Y quién guardará la casa? —dijo la anciana dudando.

—Solo nos apartaremos diez pasos y vigilaremos la puerta.

Y cogiéndola del brazo la arrastró a la calle. La puerta quedó abierta. Aurora no se enteró de su salida.

—¡Ni una amiga, ni una compañera a quien demandar consejo! —decíase la joven.

Oyó un pequeño ruido tras de ella y se volvió vivamente. Un grito de espanto salió de sus labios, al que respondió una carcajada. Una mujer cubierta con un dominó y enmascarada estaba delante de ella.

—¿La señorita Aurora? —dijo ceremoniosamente.

—¿Será sueño? ¡Esa voz!… exclamó Aurora.

La máscara se quitó el antifaz y la risueña cara de doña Cruz se mostró a los sorprendidos ojos de Aurora.

—¡Flor! ¿Es posible, eres tú?

Doña Cruz la recibió en sus brazos. Las dos jóvenes se besaron cariñosamente.

—¡Y yo que me quejaba hace un momento de no tener una amiga! —dijo Aurora—. ¡Flor, amiga mía, qué feliz soy al volverte a ver!

Después súbito escrúpulo la atormentó, y dijo:

—¿Cómo has podido llegar hasta aquí? Había prohibido que se recibiera a nadie.

—¡Prohibido! —repitió doña Cruz incomodada.

—Dispénsame —añadió Aurora enrojeciendo—, así es necesario para mi seguridad.

—Pues no hay duda de que tu prisión es segura. La puerta está abierta y los guardianes han desaparecido.

Aurora salió a la sala y no vio a nadie; en efecto, la puerta de la calle estaba abierta. Llamó a Francisca y a su nieto y ninguno le contestó. Nosotros sabemos dónde estaban; pero ella no podía explicarse su ausencia. Recordando las singulares palabras de maese Luis, pensó la joven:

—Él sin duda lo ha querido.

Y cerrando la puerta volvió adonde estaba doña Cruz, que se entretenía en sonreír a su imagen reflejada en el puro cristal del espejo.

—Déjame que te mire a mi gusto, ¡Dios mío, qué bella eres y cuánto has crecido! —le dijo doña Cruz.

—¡Y tú! —repitió Aurora.

Y las dos se contemplaron con sencilla admiración.

—¿Pero qué quiere decir ese traje? —preguntó Aurora.

—Es para el baile —contestó doña Cruz—. ¿Es bonito?

—Encantador.

Y retirándose un paso para examinarlo bien, añadió:

—Precioso y muy rico. Apuesto a que has venido a representar aquí una comedia.

—¡Yo! —exclamó doña Cruz—. ¿Qué comedia? Voy al baile, eso es todo.

—¿A qué baile?

No hay más que un baile esta noche.

—¿El del Regente?

—Sí, al baile del Regente, hermosa amiga. Me esperan en Palacio para presentarme a su Alteza Real.

Aurora abrió los ojos desmesuradamente.

—¿Eso te asombra? —dijo doña Cruz—. No me extraña que te asombres, porque yo misma estoy maravillada. ¡Son historias! Las historias llueven sobre mí desde hace algún tiempo. Ya te contaré todo eso en otra ocasión.

—¿Cómo has averiguado dónde vivo?

—Por una casualidad, hace ya mucho tiempo. Hoy me han concedido permiso para verte, pues yo también tengo un dueño…

—Yo no tengo dueño —interrumpió Aurora con altivez.

—Un esclavo, si tú quieres: un esclavo que manda. Debía venir mañana por la mañana; pero me he dicho: ¡mejor será verla ahora! Y aquí me tienes.

—¿Me sigues queriendo?

—¡Ah, loquilla! Déjame contarte una historia de primera, después te contaré otra. Ya te he dicho que abundan. Se trata de explicarte cómo he llegado hasta aquí desde la iglesia de Saint-Magloire, yo que no he puesto el pie en la calle desde que estoy en París.

—¡La iglesia de Saint-Magloire! ¿Vives por ahí?

—Sí, allí tengo mi gruta, como tú aquí la tuya. Solamente que la mía es más bonita. El señor Lagardère debía haberte instalado mejor.

—¡Silencio! —dijo Aurora.

—¡Bien, bien! Veo que seguimos habitando el mundo de los misterios. Estaba pensando cómo me las arreglaría para llegar hasta aquí, cuando llamaron a mi puerta. Iba a abrir, cuando un hombrecillo negro, feo y contrahecho, entró en mi cuarto. Me saludó inclinándose hasta el suelo, saludo que yo le devolví sin reírme, detalle que te admirará. El recién llegado me dijo: «Si la señorita quiere seguirme, la llevaré donde desea ir.»

—¿Un jorobado? —preguntó Aurora que meditaba.

—Sí, un jorobado. ¿Le has enviado tú?

—No.

—¿Le conoces?

—Nunca le he hablado, aunque le he visto de lejos algunas veces.

—Te juro que no había dicho a nadie ni una palabra de que quería adelantar mi visita a tu casa. Siento que le conozcas: me hubiera gustado poder seguir considerándole como un ser misterioso y sobrenatural. Sin embargo, es preciso que sea algo hechicero para haber podido sorprender la vigilancia de mis guardianes; pues sin mentir te digo que estoy algo mejor guardada que tú. Sabes que yo soy valiente. La proposición del jorobado excitó mi deseo de aventuras, y la acepté sin vacilar. Cuando se lo dije, me hizo un saludo tan respetuoso como el primero, y abrió una puerta disimulada que yo desconocía por completo, y que hay en mi alcoba. ¿Concibes tú esto? Luego me hizo pasar por infinidad de corredores cuya existencia jamás sospeché.

Salimos sin ser vistos, y me dio la mano para que subiera a una carroza que tenía preparada en la esquina próxima, con una cortesía y una delicadeza perfectas. Al poco rato estábamos delante de tu puerta. La carroza partió al galope y yo subí la escalinata. ¡Busco quien me anuncie y no encuentro a nadie!

Aurora escuchaba con interés.

—¡Es él! —murmuró—; ¡debe ser él!

—¿Qué dices? —preguntó doña Cruz.

—Nada. Y dime: ¿con qué pretexto vas a ser presentada al Regente, Flor, mi gitanita?

Doña Cruz se mordió los labios.

—Querida mía —respondió—; la gitana ha desaparecido. El pasado es una quimera, una mentira, un sueño, una ilusión. Soy la noble hija de una princesa.

—¿Tú? —exclamó Aurora estupefacta.

—Sí, querida amiga. Y quién sabe si te sucederá a ti lo mismo cualquier día. Los niños abandonados suelen ser casi siempre hijos de príncipes y de duques. Los gitanos acostumbran a introducirse en los palacios protegidos por las sombras, y cuando no encuentran demasiados objetos preciosos a mano, no reparan en llevarse la cuna en que duerme la heredera de un noble.

»Yo soy una de esas herederas robadas por los gitanos, y la más rica heredera de Europa, según me han dicho.

No se sabía fijamente si hablaba en serio o en broma. Tal vez no lo sabía ella misma. La volubilidad de su relato había coloreado un poco sus trigueñas mejillas aterciopeladas. En sus ojos, más negros que el azabache, brillaban la inteligencia y el atrevimiento.

Aurora la escuchaba con la boca abierta. En su rostro encantador se juntaban la sencillez y la credulidad, y se adivinaba el placer que le producía la dicha de su amiga.

—¡Eso es delicioso! —dijo—. ¿Y cómo te llamas ahora?

Doña Cruz arregló cuidadosamente los descompuestos pliegues de su traje, y respondió con énfasis:

—La señorita de Nevers.

—¡Nevers! —exclamó Aurora—, ¡uno de los más nobles nombres de Francia!

—¡Eso es! Y hasta creo que soy algo pariente de Su Majestad.

—Pero, ¿cómo?…

—¡Ah! ¿Cómo, cómo? —replicó doña Cruz dejando su tono enfático y volviendo al alegre aturdimiento que en ella era un encanto más—, aún no he tenido ocasión de conocer mi ilustre genealogía. Cuando pregunto, me dicen: «¡Silencio!» Parece que tengo enemigos. Toda grandeza provoca la envidia. Yo no sé nada, y todo me es igual. Me dejo conducir por tan brillante camino con una tranquilidad perfecta.

Aurora, que parecía reflexionar desde algunos minutos antes, la interrumpió diciéndole:

—Flor, ¿y si yo supiese más que tú sobre esa historia?

—Eso no me asombraría, como no me asombran cosas más raras. Pero si sabes mi historia, cállatela. Me gustan las sorpresas y mi tutor y amigo el príncipe de Gonzaga debe referírmela detalladamente esta noche.

—¡Gonzaga! —repitió Aurora estremeciéndose.

—¿Qué dices?

—¿Has dicho Gonzaga?

—Sí, Gonzaga, el príncipe de Gonzaga, el que defiende mis derechos, el marido de la duquesa de Nevers, mi madre.

—¡Ah! ¿Ese Gonzaga es el marido de la duquesa?

En aquel momento se acordaba de su visita a las ruinas de Caylus. El drama nocturno desarrollado en sus fosos aparecía en su memoria con todo su horrible relieve. Los personajes, desconocidos ayer, tenían hoy nombres.

¡La niña de que había oído hablar a la posadera de Tarrides, la niña que dormía durante la terrible batalla junto al pie del puente era Flor! ¿Pero y el asesino?…

—¿En qué piensas? —le preguntó doña Cruz.

—Pienso en ese nombre de Gonzaga.

—¿Por qué?

—Antes de contestarte, quiero saber si tú le amas.

—Moderadamente nada más. Yo hubiera podido amarle; pero él no ha querido.

Aurora guardó silencio.

—¡Vamos, habla! —dijo Flor con impaciencia.

—Si tú le amases… —insistió Aurora.

—Habla, te digo.

—Puesto que es tu tutor, el marido de tu madre…

—¡Mi madre! La he visto, la respeto y la amo, porque ha sufrido mucho; pero mi corazón, al verla, no se ha conmovido, ni mis brazos se han abierto para abrazarla… ¡Ah! ¡Aurora, creí que debiera morirse de dicha cuando se halla una enfrente de su madre! —exclamó la joven en un arranque de pasión.

—Eso creo yo también —exclamó Aurora.

—Pues bien, yo he permanecido fría delante de ella. Habla sin temor, si se trata de Gonzaga; y, aun cuando se tratase de la viuda de Nevers, nada temas tampoco.

—Solo se trata de que Gonzaga —replicó Aurora—, ese nombre se halla unido a todos mis terrores de niña, a todos los recuerdos de mi infancia, y a todas mis angustias de joven. La primera vez que mi Enrique expuso su vida, oí pronunciar ese nombre; le oí también cuando fuimos atacados cerca de Pamplona. Aquella noche en que utilizaste todos tus encantos para dormir a los gitanos, aquel nombre llegó a mis oídos por tercera vez. En Madrid también oí hablar de Gonzaga. Y en el castillo de Caylus el nombre de Gonzaga nos salió al encuentro.

Doña Cruz reflexionaba a su vez.

—¿Don Luis, tu cincelador, te ha dicho alguna vez que eras hija de una gran señora? —preguntó bruscamente.

—Jamás; pero yo sospecho…

—No me gusta meditar largo tiempo, mi hermosa Aurora. Tengo muchas ideas en la cabeza; pero son confusas y no quieren ordenarse. La nobleza te sentará mejor que a mí, mas no debemos rompernos la cabeza descifrando enigmas. Soy cristiana y, sin embargo, me acuerdo de mi antigua fe; por eso creo que hay que tomar el tiempo como viene y consolarse diciendo: «¡Lo quiere la suerte!» No puedo admitir que Gonzaga sea un bandolero y un asesino. Es demasiado bien educado para eso. Debo decirte que hay demasiados Gonzagas en Italia, verdaderos y fieros. Te diré además que si el príncipe fuese tu perseguidor, maese Luis no te hubiese traído a París, donde Gonzaga tiene su residencia y es poderoso.

—Pero, ¿y las precauciones de que me rodea? Me ha prohibido salir y hasta asomarme al balcón…

—¡Bah, está celoso! —dijo doña Cruz.

—¡Oh, Flor! —murmuró Aurora con reproche.

Doña Cruz dejó asomar a sus labios la más maligna de sus sonrisas.

—Como no seré princesa hasta dentro de dos horas, puedes hablar francamente. Sí, tu bello tenebroso, tu maese Luis, tu Lagardère, tu caballero arrogante, tu rey, tu Dios, está celoso.

Y bien mereces tú que pase esas fatigas.

—¡Flor, Flor! —repitió Aurora.

—¡Celoso, celoso, celoso, no te quepa duda! ¿Crees que ignoro por qué Gonzaga os ha echado de Madrid? Yo que soy un poco hechicera, no ignoro que los enamorados llegaban ya a la altura de tus celosías.

Aurora se puso colorada como una cereza y no se atrevía a levantar los ojos para mirar a su amiga.

—¡Vedla roja de orgullo y de placer! —continuó doña Cruz bajando la cara para ponerla junto a la de Aurora—. ¡Se alegra de que esté celoso de ella! ¿Es siempre bello y dulce como un niño? Vamos, dime, aquí, a mi oreja, muy bajito para que nadie se entere: ¿Le amas?

—¿Por qué bajo? —dijo Aurora enderezándose.

—Dímelo todo lo alto que tú quieras.

—Sí, yo le amo.

—Perfectamente; eso es hablar. Y te doy un abrazo por tu franqueza.

Y, después de abrazarla, añadió fijando en ella la poderosa y penetrante mirada de sus ojos negros:

—¿Eres dichosa?

—Seguramente.

—¿Muy dichosa?

—Muchísimo, puesto que él está aquí.

—El palacio no es demasiado a propósito para el amor —añadió doña Cruz dirigiendo una mirada desdeñosa sobre la estancia—: pero ya sé lo que vas a decirme: «Un palacio sin él...» Sin embargo, *el contigo pan y cebolla* no siempre es bueno...

—Si quisiera un palacio, no tendría más que pronunciar una palabra.

—¡Bah! ¡Imaginaciones!

—Créelo.

—¿Se ha hecho rico?

—No he deseado una cosa en mi vida que no me la haya dado al punto.

—En efecto —murmuró doña Cruz—, ese hombre no se parece a los demás. Hay en él algo extraño y superior. Yo no he bajado los ojos sino delante de él... Dicen que hay mágicos prodigiosos y él debe ser uno de ellos.

Doña Cruz se había puesto seria.

—¡Qué locura! —contestó Aurora.

—¡Yo lo he visto! —dijo gravemente Flor—. Para convencerme, desea alguna cosa pensando en él.

—Anda, habla para complacerle —añadió Flor acariciándola—. Eso no es difícil.

—¿Hablas seriamente? —preguntó Aurora asombrada.

Doña Cruz acercó la boca a la oreja de su amiga.

—Yo amé locamente un día a un hombre. Cuando, llevada de mi pasión ardorosa, le confesé el secreto de mi alma, él, poniéndome la mano sobre la frente, me dijo: «Flor, ese a quien amas no puede corresponder a tu cariño.» Cuando separó su mano, yo estaba curada. ¡Ya ves si debía ser hechicero!

—¿Y quién era el hombre a quien amabas?

Doña Cruz reclinó su bella cabeza sobre el hombro de su amiga y no contestó.

—¡Era él! ¡Estoy segura de que era él! —exclamó Aurora con indecible terror.

IX. LOS TRES DESEOS

Doña Cruz tenía los ojos enrojecidos por el llanto y un terror febril agitaba los miembros de Aurora. Ambas estaban poderosamente encantadoras en aquel instante, con sus hermosos rostros animados por los distintos sentimientos que embargaban sus corazones. La expresión habitual de sus fisonomías cambió por completo. Doña Cruz, de ordinario atrevida y petulante, aparecía dulce y melancólica y un relámpago de celosa pasión brotaba de los ojos de Aurora.

—¡Tú mi rival! —murmuró esta última.

Doña Cruz la estrechó contra su pecho cariñosamente, a pesar de que Aurora se resistía.

—¡Te ama, solo te amará a ti! —le dijo en voz baja.

—Pero, ¿y tú?

—Yo estoy casada y puedo contemplar sonriendo, sin odio, vuestra mutua ternura. ¿Ves cómo tu Lagardère es un hechicero?

—¿No te equivocas?

Doña Cruz, poniéndose la mano sobre el corazón, dijo a su amiga solemnemente.

—Si fuese necesario dar toda mi sangre para que fueseis felices, no dudes un instante que daría hasta la última gota.

Aurora rodeó con sus brazos el cuello de doña Cruz.

—Pero volvamos a mi proposición de antes —dijo esta—. No me niegues este gusto. Desea cualquier cosa, te lo ruego.

—¡Si no deseo nada!

—¡Cómo!, ¿no tienes ningún deseo?

—No.

Doña Cruz la obligó a levantarse y la condujo hasta el balcón. El palacio real resplandecía como un ascua encendida. En el peristilo veíase hormiguear una multitud brillante.

—¿No deseas ir al baile del Regente? —le preguntó doña Cruz.

—¡Yo! —balbuceó Aurora, cuyo corazón palpitaba violentamente.

—¡No mientas!

—¿Por qué había de mentir?

—Bueno, quien no niega, consiente. Tú deseas ir al baile de palacio.

Y doña Cruz, batiendo palmas, dijo satisfecha:

—¡Uno! Ya tenemos un deseo.

—Pero si no tengo alhajas, ni vestidos, ni adornos —objetó Aurora, que se prestaba riendo a las extravagancias de su amiga.

—¡Dos! —dijo doña Cruz de nuevo—. Deseas alhajas, vestido y adornos. Ten cuidado de pensar en él, pues de lo contrario el encanto no tendría efecto.

A medida que hablaba, la antigua gitanilla se ponía seria y sus grandes ojos negros miraban con algo de extravío. Creía en los diablos y en los conjuros, y tenía miedo; pero, en aquella naturaleza extraña, la curiosidad era superior al espanto.

—Formula tu tercer deseo.

—¡Pero si no quiero ir al baile! —exclamó Aurora—. Dejemos este juego.

—¡Cómo! ¿Estás segura de no encontrarle allí? —insinuó doña Cruz.

—¿A Enrique?

—Sí, a tu tierno y galante Enrique, que te encontrará más hermosa con tus espléndidos adornos.

—Siendo así, sí querría ir.

—¡Tres! ¡Ya están los tres deseos!

Y ambas, al oír gran ruido, al mismo tiempo se volvieron sorprendidas. Berrichon acababa de entrar en el cuarto como una tromba, gritando:

—¡Señorita, señorita, aquí os traen más de veinte cajas de vestidos, joyas y adornos! Entrad, señores, entrad. ¡Sí, aquí vive el caballero Enrique de Lagardère!

—¡Desgraciado! —exclamó Aurora espantada.

—No tengáis miedo, señorita. Sé lo que me digo —dijo Juanillo con aire de suficiencia—. ¡Ya no hay nada que ocultar! ¡Abajo los misterios, fuera las caretas! —gritó el muchacho en el colmo del entusiasmo.

¿Cómo pintar la sorpresa de doña Cruz?

Había invocado al demonio y el demonio le respondía dócilmente, sin hacerse esperar. Aquella hermosa joven era un poco escéptica y todos los escépticos son supersticiosos. Doña Cruz había pasado su infancia con los gitanos errantes y había caminado con ellos frecuentemente por el país de las maravillas. Sin embargo de esto, ante aquel portento estaba con la boca abierta y con el asombro pintado en los ojos.

Ante los pajes y camareros que llevaban los adornos y joyas, doña Cruz se preguntaba si serían ficción de su mente que se desvanecerían al quererlos tocar. Aurora no pudo menos de sonreír al ver el asombro de su amiga.

—¿Y bien, qué dices? —le preguntó.

—Es un hechicero, un mago —balbuceó la joven.

Los recién llegados, cuando obtuvieron permiso para hacerlo se desembarazaron de los objetos que llevaban. Un paje, sin divisa, avanzó hasta Aurora y haciendo una graciosa reverencia, le entregó un pliego perfumado. Sin esperar, salió de la estancia.

Berrichon corrió tras él gritándole:

—¡Esperad la respuesta!

Pero el paje estaba ya lejos. Berrichon le vio acercarse a un gentilhombre envuelto en amplia capa que le preguntó:

—¿Está ya hecho el encargo?

Y a la respuesta afirmativa del paje, añadió:

—¿Dónde has dejado a nuestros hombres?

—En la calle de Pierre-Lescot.

—¿Y la litera está allí también?

—Hay dos.

—¡Cómo! —exclamó el gentilhombre asombrado.

La sorpresa hizo caer el embozo de su capa, y si le hubiéramos examinado habríamos podido reconocer el rostro descompuesto y pálido del señor Peyrolles.

El paje contestó:

—No sé; pero hay dos literas.

—Alguna mala inteligencia, sin duda —pensó Peyrolles.

Tuvo deseos de ir a mirar desde la puerta la casa de Lagardère, pero la reflexión le detuvo.

—Si me viese, se perdería todo… Vas a volver al hotel, ¿oyes? —dijo al paje.

—Corriendo.

—En el hotel hallarás dos bravos que han estado escondidos en la repostería toda la tarde.

—¿El señor Cocardasse y su amigo Passepoil?

—Precisamente. Les dirás: «El negocio está hecho, y no tenéis más que presentaros…» Ten cuidado de no decirles el nombre del caballero que habita esa casa.

—Sí, el del caballero Lagardère.

—Diles que en la casa solo hay mujeres.

—¿Y les acompaño?

—Hasta la esquina, desde donde les enseñarás la puerta.

El paje partió a escape, y Peyrolles, subiendo el embozo de su capa, perdiose entre la multitud.

En la casa, Aurora acababa de romper el sobre de la misiva que le había entregado el paje.

—¡Es su letra! —exclamó.

—¡Y te manda una invitación para el baile! —contestó doña Cruz, que cada vez se asombraba más—. Ese mago no ha olvidado nada.

Volvió la invitación, cuyas alegres viñetas nada tenían seguramente de diabólico.

Aurora leyó:

«Querida niña: Todos esos obsequios os los envío yo. Os los mando ahora, porque he querido reservaros el placer de la sorpresa. Cuando os hayáis vestido, dos lacayos, con su litera, irán a buscaros de mi parte para conduciros al baile, donde os espera,

ENRIQUE DE LAGARDÈRE.»

Aurora entregó la carta a su amiga, que se frotó los ojos para leer.

—¿Y crees todo esto? —preguntó doña Cruz cuando la leyó.

—Por completo. Tengo mis razones para creer.

Y sonrió satisfecha. ¿No le había advertido Enrique que no se asombrara de nada? Doña Cruz consideró la seguridad de Aurora como hija del influjo del espíritu maligno.

Las cajas abiertas sobre la mesa, mostraban su brillante contenido. Doña Cruz tuvo que convencerse al fin de que aquel era, real y verdaderamente, un rico traje de baile. También vio, sorprendida, un dominó exactamente igual al suyo.

—¡Es un hechicero! —repetía doña Cruz examinándolo todo—. ¡Oh, tu bello cincelador no ha ganado en su oficio, en un año, el valor que representa este regalo!

Y se le ocurrió la idea de que, a una hora dada, todo aquello quedaría convertido en humo.

Berrichon mostraba su admiración con francas exclamaciones de alegría. Francisca movía la cabeza, no menos maravillada, con un aire que quería decir muchas cosas.

Esta escena tenía un espectador, cuya presencia nadie advirtió, y que mostraba tanta curiosidad como los otros. Estaba oculto detrás de la puerta del piso superior. Desde allí veía el contenido de las cajas, por encima de las cabezas de los asistentes.

No era el gallardo maese Luis, con su noble y melancólica cabeza; era un hombrecillo vestido de negro, el mismo que había llevado hasta allí a doña Cruz, el que había imitado la letra de Lagardère, el que había alquilado la perrera de Medoro; era el jorobado, Jonás, Esopo II, el vencedor de Ballena.

Reía y se frotaba las manos satisfecho.

—El príncipe de Gonzaga hace bien las cosas, y no es posible negar que ese bribón de Peyrolles es hombre de gusto —dijo.

El jorobado debía estar allí desde la entrada de doña Cruz, y esperaba sin duda al caballero Lagardère.

Mujer, al fin, Aurora, a la vista de aquellos espléndidos adornos, se puso roja de alegría. ¡Y se los enviaba su amigo! ¡Iba a verle! Desde aquel instante se abandonó por completo a la dicha que toda joven, por modesta que sea, experimenta al engalanarse.

Dos de las jóvenes que habían llevado las cajas se adelantaron hacia ella diciendo:

—Nosotras vestiremos a la señorita. —Las demás, a un signo de Aurora, se alejaron saludando respetuosamente.

Doña Cruz dijo a Aurora:

—¿Vas a dejar que te vistan esas diabólicas criaturas?

—¿Por qué no?

—¡Eres muy valerosa! Después de todo, ese diablo es exquisitamente galante y no intentará destruir tu belleza.

Aurora, doña Cruz y las doncellas penetraron en la alcoba. Francisca y Berrichon quedaron en la sala.

—¿Quién es esa joven que está con la señorita? —preguntó Francisca a su nieto.

—¿Qué joven?

—La del dominó rosa.

—¿Esa morena, cuyos ojos relucen como estrellas?

—¿La has visto entrar?

—No. Estaba ya aquí cuando hemos venido nosotros.

Francisca sacó la calceta de su faltriquera y, mientras movía rápidamente las agujas, púsose a reflexionar.

—No comprendo nada de lo que sucede —dijo gravemente.

—¿Queréis que os lo explique, abuela?

—No. ¿Quieres hacerme un favor?…

—¡Ah, abuela! Os burláis de mí. Vos no tenéis más que mandarme…

—Pues entonces cállate, cuando yo hablo. No puedo abandonar la idea de que en todo esto hay algún enredo grave.

—¡Pero si es muy sencillo y natural cuanto sucede!

—Hemos hecho mal en salir. El mundo es malo y quién sabe si hemos sido inducidos para…

—¡Ah, abuela! No penséis de tal modo.

—Me gustan las cosas claras y todo lo que veo no lo es.

—Tan claro es como el día lo que presenciáis. La señorita ha estado viendo toda la tarde los preparativos que se hacían para el baile. ¡Cuánto ha suspirado la pobre al contemplar las flores y los adornos que entraban en palacio! Cuando ha regresado maese Luis, ha debido hablarle de esto y habrá comprado una invitación. Porque debéis saber que las invitaciones para el baile se han vendido y a buenos precios. Y como al baile hay que llevar rico traje, ha encargado uno para la señorita. ¿Comprendéis ahora?

—¡Pero si todo eso vale una suma enorme! —exclamó la buena Francisca dejando de hacer media.

Berrichon se encogió de hombros.

En aquel momento llamaron a la puerta.

—¿Quién será? —dijo Francisca de mal humor. Y puso la barra.

—¿Para qué? Ya no hay que ocultarse.

Llamaron de nuevo más fuerte.

—¿Serán ladrones? —dijo entonces Berrichon que nada tenía de valiente.

—¡Ladrones —contestó la anciana—, ladrones, ahora que está la calle iluminada como en pleno día y llena de gente! No puede ser. Abre.

—Reflexionad abuela, pueden serlo. Mejor sería poner la barra.

Los que llamaron perdieron la paciencia y de un empujón abrieron la puerta. En la estancia penetró un hombre con enormes bigotes que dirigió a su alrededor una rápida ojeada.

—¡Rayos y truenos! —dijo después—. Ya estamos en el nido de la paloma.

Luego, volviéndose a la puerta, dijo a alguno que estaba aún en la escalera:

—Entra, amigo; no hay en la casa más que una respetable dueña y un chico.

Mientras decía esto, el de los grandes bigotes avanzó hacia Francisca y Juanillo, moviendo con gallardía su limpia capa. Una mano la apoyaba en el pomo de su espada y en la otra llevaba un paquete.

Aquel a quien había llamado «amigo mío» entró también. Era, como su compañero, hombre de guerra; pero de aspecto menos terrible. Más bajo y más delgado, ostentaba sobre su labio superior raquítico bigote, cuyas guías en vano deseaban formar ese rizo retorcido que tan bien sienta a la cara de los héroes. Llevaba, como el otro, un paquete bajo el brazo y miró la habitación con más minuciosidad. Eran Cocardasse y Passepoil.

Berrichon arrepintiose amargamente de no haber puesto la barra en tiempo oportuno. Hízoles a los recién llegados la justicia de confesarse a sí propio, que en su vida había visto dos bribones de tan mala catadura… Deslizose, pues, detrás de la abuela, que algo más valerosa les preguntó agriamente:

—¿Qué venís a buscar aquí?

Cocardasse la saludó cortésmente llevándose la mano al ala del sombrero. Después guiñó un ojo a Passepoil que hizo una seña parecida. Esto quería decir, quizá, muchas cosas y ninguna buena, y Berrichon, que les observaba, se echó a temblar.

—¡Ah, respetable dama! Tenéis un timbre de voz que me llega al alma —dijo Cocardasse—, ¿Verdad, Passepoil?

Este ya sabemos que era de esas almas tiernas a quienes la vista de una mujer impresiona hondamente. La edad de la dama nada le preocupaba. Solo detestaba en el mundo a aquellos de su sexo que tenían más poblado bigote que el suyo. Passepoil asintió con una sonrisa a lo dicho por su compañero. ¡Pero admirad su rica naturaleza! Su pasión por la más bella mitad del género humano nunca embotaba su perspicaz ingenio. Mientras su amigo hablaba, él había examinado atentamente todos los detalles de la habitación en que estaban. La paloma, como decía Cocardasse, debía estar en aquel cuarto cerrado, por debajo de cuya puerta salía viva claridad. Al otro lado de la sala había una puerta abierta que tenía la llave en la cerradura.

Passepoil tocó con el codo a su compañero y le dijo en voz baja:

—¡La llave está puesta por fuera!

Cocardasse le hizo una seña de que comprendía.

—Venerable señora —dijo Cocardasse—, venimos aquí para un negocio de importancia. ¿Vive aquí?…

—No —respondió Juanillo—, no es aquí.

Passepoil sonrió. Cocardasse se retorció más el bigote.

—¡Rayos! He aquí un niño que promete.

—A pesar de su aire cándido —añadió Passepoil.

—Tiene ingenio como nadie. ¿Cómo ha podido adivinar a quien buscamos si yo no lo he dicho?

—Vivimos solos —contestó secamente Francisca.

—¿Passepoil?

—¿Cocardasse?

Exclamaron los espadachines mirándose.

—¿Hubieras tú podido suponer que esta anciana venerable mintiese con tanto atrevimiento?

—A fe mía que no —dijo Passepoil.

—Vamos, vamos fuera de aquí, y basta de conversación —exclamó Francisca incomodada—. No es hora a propósito para venir a molestar a la gente.

—Querido, parece que tiene razón: el tiempo no debe gastarse en conversar —dijo Cocardasse a su compañero.

—Positivamente.

—Y, sin embargo, no podemos irnos sin visitar la casa y saber lo que deseamos.

—Ciertísimo.

—Propongo, pues, que hagamos nuestra faena discretamente y sin ruido. Prepara tu pañuelo que yo prepararé el mío. Apodérate del chico que yo me las entenderé con la vieja.

En las grandes ocasiones Passepoil se mostraba superior al mismo Cocardasse. Su plan estaba trazado.

Passepoil se dirigió hacia la puerta de la cocina. La intrépida Francisca se le adelantó para detenerle, mientras Juanillo intentaba ganar la puerta para pedir socorro. Cocardasse le cogió de una oreja y le dijo:

—¡Si chillas, te estrangulo, tunante!

Berrichon, aterrado, quedó mudo, Cocardasse le puso su pañuelo sobre la boca.

Mientras tanto, Passepoil, después de haber recibido tres soberbios arañazos, consiguió atar sólidamente a la vieja Francisca. Tomola en vilo en sus brazos y la condujo a la cocina, donde Cocardasse había llevado ya a Berrichon.

Hay quien pretende que Passepoil, luego de atar a Francisca, se permitió darle un abrazo. Si tal hizo, obró mal: Francisca era fea desde su más tierna juventud. ¡Tanto peor para él, si sus costumbres eran hasta ese punto ligeras!

Berrichon y su abuela fueron atados además juntos para que pudiesen consolarse mutuamente en su desgracia. Luego, la puerta de la cocina se cerró con doble vuelta de llave. Cocardasse y Passepoil quedaron dueños del campo.

X. LOS DOS DOMINÓS

En la calle de Chartres todas las tiendas estaban cerradas. Delante del palacio, las comadres del barrio comentaban de mil modos la fiesta del día. Solo en un punto se pusieron de acuerdo: ninguna recordaba haber visto entrar tanto lujo y riqueza como aquella noche, en los salones del Regente. La Corte entera asistía al baile. Concluyeron de entrar los invitados y los curiosos no se fueron. ¿A quién esperaban? A la providencia del pueblo, al escocés Law. La multitud estaba dispuesta a esperarle aunque fuera hasta la mañana.

Los poetas han acusado frecuentemente a la multitud de ligera y voluble. ¿Qué saben ellos? Esa multitud es paciente, incansable y tenaz como no puede concebirse. Por ver lo que en otra ocasión no despertaría su curiosidad, es capaz de estarse quince horas seguidas de pie sobre el barro y la humedad.

En la calle de Chartres, negra y desierta, todo parecía dormir. Dos o tres reverberos tristes, se miraban en su fangoso arroyo. A primera vista no se descubría en ella alma viviente. Fijándose más, a algunos pasos de la casa de maese Luis y al lado de un derribo, véianse seis hombres inmóviles y silenciosos. Dos sillas de manos había delante de ellos. Ellos no esperaban al escocés Law porque tenían los ojos fijos en la puerta de la casa de maese Luis. Y estaban allí desde la entrada de Passepoil y Cocardasse.

Estos quedaron en la sala, después de encerrar en la cocina a Berrichon y a su abuela, mirándose cara a cara con mutua admiración.

—¡Rayos y truenos! No has olvidado tu oficio —dijo Cocardasse.

—Ni tú tampoco; pero nos hemos quedado sin pañuelos.

Como se ve, Passepoil, entre sus muchos defectos, que en ocasiones hemos hecho resaltar, tenía algunas virtudes; entre ellas la de la economía.

—¡Y eso qué importa! Lo peor está hecho —contestó Cocardasse, que no reparaba en tales pequeñeces.

—Desde el momento en que Lagardère no se mezcla en un negocio, todo marcha como sobre ruedas —contestó Passepoil.

—Lagardère está lejos. ¡Cuernos de Satanás!

—¡La frontera nos separa de él y quién sabe además cuántas leguas! Se frotaron las manos.

—No perdamos tiempo, reconozcamos bien el terreno. Ahí se ven dos puertas —dijo Cocardasse mostrando la habitación de Aurora y la de la escalerilla.

Passepoil se acariciaba el mentón mientras discurría.

—Voy a mirar por la cerradura —dijo al fin a su compañero mientras se dirigía a la puerta de la habitación de Aurora.

Una terrible mirada de Cocardasse le detuvo.

—¡Rayos, no consentiré semejante atrevimiento! La joven estará vistiéndose *quizá*… Hay que ser decentes.

Passepoil bajó los ojos con humildad y contestó:

—¡Ah, mi noble amigo, qué dichoso eres teniendo tan buenas costumbres!

—¡Rayos y centellas! Yo soy así. Estoy seguro de que el trato de un hombre de mi clase concluirá por corregirte. El verdadero filósofo domina sus pasiones.

—¡Y yo soy esclavo de las mías! ¡Son más fuertes que mi voluntad! —suspiró Passepoil.

Cocardasse le dio unos amistosos golpecitos en la espalda diciéndole con gravedad:

—Vencer sin peligro es triunfar sin gloria. Ve a ver qué hay allá arriba.

Passepoil trepó como un gato por la escalerilla.

—Está cerrada —dijo levantando el picaporte de la puerta de maese Luis.

—¿Y qué se ve por el agujero? Ahí la decencia sí permite mirar.

—No se ve nada —contestó el otro después de hacer lo que su compañero le dijo.

—Baja, pues, y recapitulemos las instrucciones que el príncipe de Gonzaga nos ha dado.

—Nos ha prometido cincuenta pistolas a cada uno.

—Con ciertas condiciones.

En lugar de proseguir, dejó sobre la mesa el paquete que llevaba debajo del brazo; su compañero hizo lo mismo. En aquel momento la puerta que Passepoil había encontrado cerrada en alto de la escalerilla, giró sin ruido sobre sus goznes. En la penumbra apareció la silueta del jorobado, que se puso a escuchar.

Los dos maestros de esgrima miraban con aire indeciso sus respectivos paquetes.

—¿Es absolutamente preciso? —preguntó Cocardasse.

—Puro formulismo —replicó Passepoil.

—¡Cómo! ¿Y qué haremos de estos hábitos?

—Una cosa bien sencilla. Gonzaga nos ha dicho: «Llevaréis librea de lacayos.» Nosotros las llevaremos fielmente sobre nuestro brazo.

El jorobado se sonrió.

—¡Sobre nuestro brazo! —exclamó Cocardasse entusiasmado—. ¡Ah, pichón mío, tienes más ingenio que un demonio!

—Sin mis pasiones y el tiránico dominio que ejercen sobre mí, creo que hubiera llegado muy lejos —contestó seriamente Passepoil.

Cocardasse prosiguió:

—El príncipe nos ha dicho después: «Os aseguraréis antes de si la litera y sus portadores esperan en la calle de Chartres.»

—También lo hemos hecho.

—Sí, es verdad —respondió Cocardasse rascándose una oreja—. Pero en vez de una hemos encontrado dos. ¿Qué piensas de eso?

—Que la abundancia no daña. Yo no he ido nunca en silla de manos.

—¡Ni yo!

—Nos haremos conducir en la otra para volver al hotel.

—Convenido. Tercera cosa que nos ha encargado el príncipe: «Os introduciréis en la casa.»

—Ya estamos.

—«En la casa hay una joven.»

—Ya me tienes tembloroso.

—¿Por qué?

—Porque en oyendo hablar de ese sexo, causa de todas mis desgracias…

—¡Rayos y truenos! Cada uno tiene sus debilidades; pero si me rompes las orejas con tus pasiones, te cortaré las tuyas.

Passepoil se las acarició con cariño, y dijo:

—No has querido que me cerciore de si la joven está ahí.

—Está, no lo dudes, escudero.

Una carcajada resonó en la pieza vecina. Passepoil puso la mano sobre su corazón.

—«Os apoderaréis de la joven —prosiguió Cocardasse recitando su lección—, o mejor dicho, la conduciréis políticamente hasta la litera, y la conduciréis al pabellón…»

—«Y no emplearéis la violencia sino en un caso extremo» —añadió Passepoil.

—Yo digo que cincuenta pistolas es un buen precio para tan pequeño negocio.

—¡Ese Gonzaga es extraordinariamente afortunado!

Cocardasse puso la mano en la empuñadura de su espada.

Passepoil le dijo:

—Mátame, noble amigo; es la única manera de extinguir el fuego que me devora. Aquí está mi pecho: atraviésalo con una estocada mortal.

El gascón le miró un instante con aire de compasión profunda y dijo después:

—¡He aquí un tunante que no empleará ni una sola de las cincuenta pistolas en jugar y beber!

El ruido redobló en la estancia vecina. Cocardasse y Passepoil se estremecieron: una voz chillona y estridente dijo detrás de ellos lo más bajo que pudo:

—¡Ya es tiempo!

Los dos se volvieron vivamente.

El jorobado del hotel de Gonzaga cogió los dos paquetes que ellos habían dejado sobre la mesa, y desenvolviéndolos, sacó dos libreas de lacayos.

—¿Por dónde ha venido esto? —preguntó Cocardasse.

Passepoil retrocedió un poco.

El jorobado les dijo:

—Vamos, daos prisa a vestiros.

Los dos dudaban. Sobre todo Cocardasse no podía habituarse a la idea de vestirse de lacayo.

—¡Rayos y truenos! ¿Quién te manda mezclarte en este negocio?

—¡Pronto, pronto, despachad! —dijo el jorobado.

En la habitación vecina decía la voz de doña Cruz:

—Perfectamente. Solo falta la litera.

—Vamos, vestíos —dijo imperiosamente el jorobado a los espadachines.

Al mismo tiempo apagó la lámpara.

La puerta de la habitación de Aurora se abrió, arrojando sobre la sala una vaga claridad. Cocardasse y Passepoil, detrás de la escalera, se disfrazaron en un instante.

El jorobado, mientras tanto, abrió una de las ventanas que daban a la calle de Chartres, y moduló un pequeño silbido que se perdió en el silencio de la noche.

Una de las literas se puso en movimiento y se paró a poco de la puerta de la casa. Las doncellas atravesaban en aquel momento la sala a tientas. El jorobado les abrió la puerta.

—¿Estáis listos? —preguntó el jorobado en voz baja a los espadachines.

—Sí —contestaron a un tiempo Cocardasse y Passepoil.

—Pues a vuestro negocio.

Doña Cruz salía del cuarto de Aurora entonces diciendo:

—Preciso será que encuentre a la puerta una litera. El galante diablo que hasta aquí me ha traído, no me negará este servicio.

El jorobado cerró la puerta tras de ella y la sala quedó completamente a oscuras. Doña Cruz no tenía miedo de los hombres, pero como había evocado al demonio, creía a cada instante ver aparecer sus encarnados cuernos en la oscuridad. Experimentó un verdadero terror. Volvió hacia el cuarto de Aurora para abrir la puerta; pero dos manos grandes y peludas se lo impidieron: esas manos pertenecían a Cocardasse. Doña Cruz quiso gritar y de su garganta no pudo salir ni un sonido.

El espanto estrangulaba su voz.

Aurora, que dentro estaba mirándose al espejo, no oyó más que los gritos de entusiasmo de la multitud agrupada bajo sus ventanas. Acababan de anunciar la llegada de Law a palacio.

—¡Ya viene, ya viene! —gritaban por todas partes mientras la multitud se estrujaba cuanto podía para verle mejor.

—Señorita —dijo Cocardasse haciendo una profunda reverencia completamente inútil, puesto que no había luz—, permitidme que os ofrezca la mano.

Doña Cruz llegó al otro extremo de la sala. Allí encontró otras dos manos menos peludas, pero más callosas, que eran de la propiedad de Passepoil. Esta vez doña Cruz pudo gritar:

—¡Ya está aquí, ya llegó! —aullaba la multitud.

El grito de doña Cruz se perdió, pues, como el saludo de Cocardasse. La joven quiso resistirse; pero no pudo: Cocardasse la obligó a salir a la calle. En la puerta de la escalera, un hombre echó una manta sobre la cabeza de doña Cruz, que, trémula de miedo, no tuvo aliento para gritar más. La metieron en la silla y cerrando la puerta, dijo Cocardasse:

—A la calle de Saint-Magloire.

La silla se puso en movimiento. Passepoil se estremecía como un pez sobre la hierba. Cocardasse estaba pensativo.

—Es ideal la pequeña —dijo el normando.

—¡Rayos! Creo que hemos hecho bien el negocio.

—¡Qué mano tan pequeña y tan suave!

—Las cincuenta pistolas están ganadas. Ya te lo dije: «No mezclándose Lagardère en un negocio…»

Miró a su alrededor como si no estuviera completamente convencido de lo que decía.

—¡Qué talle! No envidio a Gonzaga, ni sus títulos, ni su oro; pero…

—¡Vamos andando! —le dijo Cocardasse dándole un empujón.

—¡Esa ninfa alejará el sueño de mis párpados más de una noche!

Cocardasse, agarrándole del coleto, le arrastró tras de sí, mientras le decía:

—La caridad nos obliga a desatar a la vieja y al chico.

—¿No te parece que la vieja está bien conservada?

Cocardasse le metió violentamente en el portal mientras juraba lleno de indignación. Cuando llegó ante la puerta, apareció el jorobado que les dijo:

—Estoy contento de vosotros, valientes; pero vuestra misión aquí no ha concluido todavía. Pasad.

—¡Este arrapiezo parece alguien! —dijo Cocardasse.

—Juraría que he visto sus ojos y oído su voz en otra parte. Parece, en efecto, un tunante, pero…

Un ruido seco les indicó que el jorobado frotaba yesca. La lámpara se encendió.

—¿Y qué es lo que tenemos que hacer ahora, maese Esopo? ¿No es así como os llaman? —preguntó el gascón.

—Esopo, Jonás y de otras varias maneras —respondió el jorobado—. Pero oíd bien lo que os voy a mandar.

—¡Saluda a su señoría, Passepoil! ¡Ordenad! ¡Peste de lisiado!

Y Cocardasse se quitó el sombrero. Passepoil hizo lo mismo, añadiendo con acento zumbón:

—¡A las órdenes de vuestra excelencia!

—Y haréis bien en cumplirlas —contestó secamente Esopo.

Nuestros dos espadachines se miraron. Passepoil perdió su expresión de burla y murmuró:

—¡Cuando yo digo que esa voz la conozco!

El jorobado cogió de la escalera las dos linternas, como las que acostumbraban a llevar los portadores de sillas y las encendió.

—Tomad —les dijo luego a los asombrados espadachines.

—¡Cómo! —dijo Cocardasse malhumorado—. ¿Creéis que alcanzaremos la silla?

—Debe estar ya muy lejos —añadió Passepoil.

—¡Tomadlas!

El jorobado era testarudo. Los dos bravos tomaron cada uno su linterna.

El jorobado, mostrándoles con la mano la habitación de donde había salido doña Cruz, les dijo:

—Ahí dentro hay una joven.

—¿Otra? —exclamaron a la vez Cocardasse y Passepoil.

Este último pensó:

—¡La otra litera!

—Esa joven —prosiguió el jorobado—, acaba de vestirse y va a salir por esa puerta como la otra.

Cocardasse designó, guiñando un ojo, la lámpara encendida.

—Nos verá —dijo.

—Claro que os verá.

—¿Y qué haremos entonces? —preguntó el gascón.

—Voy a decíroslo: La saludaréis con gran respeto y después le diréis: «Estamos aquí para conduciros al baile de palacio.»

—Ni una palabra de esto nos han dicho al darnos nuestras instrucciones.

Cocardasse añadió.

—¿Y nos creerá la joven?

—Os creerá si le decís el nombre de la persona que os manda.

—¿El nombre del príncipe? —preguntó Cocardasse.

—No. Y añadiréis que vuestro amo la espera a media noche junto a la estatua de Diana en los jardines de palacio.

—¡Tenemos, pues, dos amos por lo visto, cuernos de Satanás! —exclamó Cocardasse.

—No, no tenéis más que un amo; pero ese no se llama Gonzaga.

El jorobado, al decir esto, se dirigió a la escalera.

—¿Y cómo se llama nuestro amo? —preguntó el gascón, que hacía vanos esfuerzos para conservar en los labios su insolente sonrisa—. ¿Esopo, sin duda?

—¿O Jonás? —balbuceó Passepoil.

El jorobado les miró fijamente. Ambos bajaron los ojos. El jorobado dijo lentamente:

—¡Vuestro amo se llama Enrique de Lagardère!

—¡Lagardère! —exclamaron a la vez estremeciéndose.

El jorobado subió la escalera. Entonces les miró un instante, y al verlos trémulos añadió estas palabras:

—¡Andad derechos!

Y desapareció.

—¡Oh! —exclamó Passepoil, cuando la puerta de la habitación reservada de maese Luis se cerró tras el jorobado.

—¡Hemos visto al demonio! —exclamó Cocardasse.

—¡Marchemos derechos, noble amigo!

—¡Seamos sabios, cuernos de Lucifer!

—¡Figúrate que había creído reconocer!… —dijo Cocardasse.

—¿Al parisién?

—No; a la joven que hemos conducido a la silla… Esa joven juraría que era la gentil gitana que vi en España del brazo de Lagardère.

Passepoil dejó escapar un grito. La habitación de Aurora acababa de abrirse.

—¿Qué te pasa? —dijo el gascón estremeciéndose, pues todo entonces le asustaba.

—¡La joven que iba del brazo de Lagardère en Flandes! —murmuró Passepoil.

Aurora estaba en el dintel de la puerta.

—¡Flor! ¿Dónde estás? —dijo.

Cocardasse y Passepoil con sus linternas en la mano avanzaron hacia ella encorvados. Semejaban entonces los dos maestros de armas, dos perfectos lacayos.

Aurora estaba deliciosamente bella con su traje de corte. Los dos aventureros se quedaron admirados ante ella.

—¿Dónde está Flor? ¿Ha partido sin mí esa loca?

—¡Sin vos! —contestó el gascón.

—¡Sin vos! —repitió el normando como un eco.

Aurora entregó su abanico a Passepoil y su ramo a Cocardasse.

—¡Marchemos, pues, ya estoy lista!

—¡Marchemos! —contestaron los dos.

Al subir a la silla les preguntó Aurora:

—¿Ha dicho dónde le encontraría?

—Junto a la estatua de Diana, en los jardines de palacio —dijo Cocardasse.

—A media noche —añadió Passepoil, inclinándose.

La silla partió. Por encima de la silla que acompañaban con la linterna en la mano, los dos amigos cambiaron una mirada. Aquella mirada quería decir: ¡Marchemos derechos!

Algunos minutos después de ponerse en movimiento la silla, por la puerta que conducía a la habitación particular de maese Luis salió el jorobado que se deslizó a lo largo de la calle de Chartres. Avanzó por la calle de Saint-Honoré en el momento en que la carroza de Law iba a pasar, y la multitud se mofó alegremente de su joroba. Estas burlas no parecían importarle nada. Dio la vuelta al palacio real y entró en la plaza de las Fuentes.

En la calle de Valois había una puertecilla que daba acceso a las habitaciones reservadas del Regente. El jorobado llamó a ella de un modo especial y le abrieron al punto. Una voz de hombre dijo:

—¡Ah! ¿Eres tú, papagayo con cresta? ¡Sube pronto que te esperan!

CUARTA PARTE: EL PALACIO REAL

I. LA TIENDA INDIA

También las piedras tienen su destino. Las murallas que viven mucho tiempo y ven pasar varias generaciones, ¡cuántas cosas deben saber! La monografía de uno de esos bloques de granito, sería un trabajo interesante. ¡Cuántas cosas han visto! ¡Cuántas lágrimas! ¡Cuántas risas han oído!

El origen del palacio real es el siguiente:

Armando de Plessis, cardenal de Richelieu, gran hombre de Estado y detestable poeta, compró en Dufresne el antiguo hotel de Rambouillet, y al marqués de Estrées el de Mercceur. Sobre el solar de estas dos señoriales moradas, mandó construir al arquitecto Lemercier un edificio digno de su fama y de su fortuna. Para los jardines, fue necesario adquirir y derribar cuatro grandes casas vecinas. En fin, para dar vista a la fachada y luces al palacio, hubo que comprar el hotel de Sillery y abrir una ancha calle por donde la carroza de Su Eminencia podía pasar desembarazadamente. La calle debía conservar el nombre de Richelieu: el palacio pasó a poco a ser morada de más augustos inquilinos. Apenas bajó a la tumba Su Eminencia, su casa recibió el nombre de Palacio Real. Quedaron la casa y el nombre de Richelieu; sus versos, cayeron con él al sepulcro. Nerón, a pesar de lo bien que tocaba la flauta, tampoco consiguió que su nombre escalase la cumbre de la inmortalidad.

Ana de Austria y su hijo Luis XIV tomaron posesión del palacio de Richelieu. Francia se ha amotinado varias veces alrededor de sus enormes muros. Mazarino, que no escribía tragedias, escuchó más de una vez, riendo y temblando a un tiempo, los gritos de cólera del pueblo reunido bajo sus ventanas. Mazarino ocupaba los departamentos que fueron luego las habitaciones particulares de Felipe de Orleáns, regente de Francia. Estaban en el ala oriental y daban vuelta a la plaza de las Fuentes. Los jardines del palacio calificados por los contemporáneos de la regencia, de *estancia deliciosa*, eran entonces bastante más extensos que en la actualidad. Por un lado lindaban con las casas de la calle de Richelieu, y por el otro con las de la calle de Bons-Enfants. Su fondo llegaba, por la parte de la Rotonda, hasta la calle de Neuve-des-Petits-Champs. En la época de nuestra historia, enormes olmos cortados en forma de pórticos italianos, rodeaban los emparrados, los macizos y los parterres. La bella avenida de castaños de la India, plantada por el cardenal de Richelieu, estaba en todo su vigor. El árbol de Cracovia, último representante de aquella avenida, existía aún a principios de este siglo. Otras dos avenidas de olmos, con sus copas que parecían enormes bolas verdes, dirigíanse en el sentido de la longitud del jardín. En el centro, había una media luna con una fuente de abundante surtidor. A derecha e izquierda, marchando hacia el palacio, encontrábanse, rodeadas de arbustos macizos, las plazoletas donde se alzaban las estatuas de Mercurio y de Diana. Detrás de la fuente, se veía el paseo de los tilos, plantados a tresbolillo entre dos hileras de lozano césped.

El ala oriental del palacio concluía en una extensa fachada, del ancho de cinco huecos, que daba al jardín. Sus ventanas, miraban a la plazoleta de la estatua de Diana. Allí estaba el gabinete particular de trabajo del Regente.

La noche de la fiesta de Law, este jardín era un lugar encantado, un paraíso, un palacio de hadas. El Regente había adornado aquella noche su casa con inusitada magnificencia. Es cierto que Law daba el dinero; mas, ¿eso qué importa? Si Law pagaba las alabanzas que iban a cantarse en honor suyo, después de todo, no era sino un negociante que conocía bien las ventajas de la publicidad. Un hombre de su especie debía haber vivido en nuestros tiempos de anuncio y de reclamo. Hoy, en que un escritor se crea una reputación vendiendo la decimoquinta edición de un libro suyo, después de haber comprado por mediación de sus amigos las catorce precedentes; en que un dentista, para ganar diez mil pesetas, gasta antes cinco mil en reclamos, y en que un empresario de teatro llena todas las noches por invitación la sala para probar a doscientos verdaderos espectadores que su compañía es la más aplaudida, un hombre como Law hubiera logrado éxitos asombrosos. El buen escocés no es solo el inventor del agio, sino el verdadero precursor de la banca contemporánea. Esta fiesta se daba en honor suyo, y tenía por objeto glorificar su persona y su sistema. Para que el polvo parezca oro a la multitud, es necesario que se arroje desde muy alto; y al excelente Law le hacía falta un pedestal. Al día siguiente, pensaba poner en circulación una nueva serie de acciones.

Como el dinero no le costaba nada, hizo cuanto pudo para que aquella fiesta fuese espléndida. Nada diremos de los salones del palacio, decorados exprofeso con un lujo deslumbrante. La parte más hermosa de la fiesta tenía lugar en el jardín, aunque la estación era ya bastante adelantada. ¡Era un espectáculo maravilloso! El jardín representaba un campamento de colonos en la Luisiana, a las orillas del Mississipi, el río del oro. Todas las estufas de París habían sido saqueadas para formar macizos de arbustos exóticos. No se veían por doquiera sino flores tropicales y frutos del paraíso terrestre. Los faroles, que colgaban en profusión asombrosa de los árboles, de las columnas y de las estatuas, eran farolillos indianos, según se decía. Las tiendas de los indios, que había en el jardín, parecieron a algunos demasiado bonitas; pero a esta observación contestaban los amigos de Law:

—¡Es que ustedes no pueden figurarse lo civilizados e industriosos que son los naturales de ese país!

Una vez admitido el estilo un poco fantástico de las viviendas indias, el conjunto del jardín presentaba un aspecto delicioso. Había decoraciones representando selvas, cascadas que espumaban como si sus aguas fuesen de jabón y rocas horribles por lo inconmensurables.

La fuente central de los jardines estaba coronada por la estatua alegórica del Mississipi, que tenía la particularidad de parecerse un poco al insigne escocés.

Alrededor de la estatua del dios Mississipi, debía bailarse por los artistas de la Ópera, acompañados de quinientos bailarines y bailarinas, la danza indiana.

Los amigos del Regente se burlaban de todo esto; pero no con tanto humorismo como Felipe de Orleáns.

Los salones y el jardín estaban completamente llenos de máscaras a las dos horas de comenzada la fiesta. El baile había abierto en los salones y en los jardines, bajo las tiendas más o menos salvajes; los amigos de Jorge, que eran numerosísimos, jugaban al «sacanete»[2].

A pesar de los numerosos piquetes de guardias, disfrazados de indios de ópera, que guardaban las entradas, más de un intruso se deslizó en la fiesta. Ni el Regente, ni los príncipes, ni el buen Law, habían entrado aún en el baile, donde se les esperaba con impaciencia.

En una tienda de terciopelo nacarado, con franjas doradas, se jugaba en grande al sacanete. Estaba situada cerca de la plazoleta de la estatua de Diana y bajo las ventanas del gabinete del Regente. Alrededor de una mesa de mármol, numerosa reunión estaba sentada. El oro brillaba amontonado sobre ella. Los jugadores gritaban y reían de un modo ensordecedor. Algo separado de la mesa, un grupo de gentileshombres hablaba tranquilamente.

Ante la mesa de sacanete estaban sentados Chaverny, Choisy, Navailles, Gironne, Peyrolles, Nocé, Taranne, Albret y otros muchos. Peyrolles era el que ganaba siempre. Ganar al juego constituía en él una costumbre debida a sus hábiles manos. Debemos advertir que hacer trampas en el juego no era un gran pecado en la época de la regencia.

—¿Ganas, Chaverny? —preguntó un dominó azul que acababa de asomar su encapuchada cabeza a la puerta de la tienda.

Chaverny vació su bolsa sobre la mesa.

—¡Cidalisa! —exclamó Gironne—, ven a nuestro socorro.

---

2   Sacanete: Juego de naipes en el que el que las da reparte todos los naipes menos uno, perdiendo si sale otro igual al suyo.

Otro dominó apareció junto al primero.

—¡Entra, entra tú también, querida Desbois! —dijeron al nuevo dominó los jugadores.

Las dos mujeres entraron en la tienda y Cidalisa entregó su bolsa a Gironne. Uno de los gentileshombres hizo un gesto de disgusto.

—En nuestro tiempo, señor Barbanchois —dijo su vecino—, eso se hacía de otra manera.

—¡Todo está echado a perder, todo está pervertido! —contestó el interpelado.

—Empequeñecido, señor Barbanchois.

—¡Depravado, señor de la Hunaudaye!

—¡La hipocresía reina!

—¡Las malas costumbres imperan!

—¡Todo es miseria, suciedad!…

Y ambos lanzaron un gran suspiro.

—¿Dónde vamos a parar por este camino, barón?

El barón de Barbanchois prosiguió, acercándose más al oído del barón de la Hunaudaye:

—¿Conocéis esas gentes, barón?

—Eso mismo iba a preguntaros.

—¿Tienes dinero, Taranne? —preguntó en aquel momento Montaubert.

—¡Taranne! —murmuró el señor de Barbanchois—. ¡Eso no es un hombre, es una calle!…

—¿Y tú, Albret?

—Ese se llama como la madre de Enrique el Grande. ¿Dónde habrán pescado esos nombres? —dijo el barón de la Hunaudaye.

El señor de Barbanchois sacó su tabaquera. Cidalisa, que pasaba en aquel momento por su lado, metió en ella sus dedos sin pedir permiso. El barón se quedó con la boca abierta.

—¡La bailarina de la Ópera! —dijo.

—¡Señora!

Cidalisa le acarició la barbilla y se alejó con la caja, después de hacer una pirueta.

—¡Dónde vamos a parar! —repetía el señor de Barbanchois, sofocado por la indignación—. ¡Qué diría el difunto rey, si viese estas cosas!…

En la mesa del sacanete decían:

—¡Perdiste otra vez, Chaverny!

—¡No importa. Tengo todavía mis tierras de Chaneilles; mi fortuna está incólume!

—Su padre fue un digno soldado —dijo el barón de Barbanchois.

—Es amigo del príncipe de Gonzaga —añadió un tercero.

—¡Dios nos libre de los italianos!

—¿Valen más los alemanes? ¡Un conde de Horn fue condenado por asesinato!

—¡Un pariente de Su Alteza! Marchamos a despeñarnos en un precipicio.

—Os aseguro que todo esto terminará en sangrienta degollina. ¡En medio de la calle y en pleno día, se estrangularán unos a otros!

—Esa desgracia ha sucedido ya. ¿No habéis leído las noticias del día? Ayer una mujer, una agiotista, fue asesinada cerca del Temple.

—Esta mañana un comisionado del Tesoro ha sido arrojado al Sena.

—¡Por haber hablado demasiado alto de ese escocés maldito! —agregó en voz baja el barón de Barbanchois.

—¡Silencio! —dijo Hunaudaye—. ¡Es el undécimo en ocho días!

—¡Oriol, Oriol viene en nuestro socorro! —gritaron los jugadores.

El obeso comerciante entró en la tienda. Iba enmascarado con un trapo cuya riqueza grotesca había obtenido en el baile un inmenso éxito de risa.

—¡Es asombroso! —exclamó—, ¡todo el mundo me conoce!

—¡No hay en el mundo dos Oriol! —dijo Navailles.

—¡Estas señoras piensan que hay bastante con uno! —dijo Nocé.

—¡Celoso! —dijeron todos riendo.

Oriol preguntó:

—¿Señores, habéis visto a la Nivelle?

—¡Y pensar que este pobre amigo solicita en vano desde hace ocho días el cargo de banquero de nuestra querida Nivelle! —gritó burlonamente Gironne.

—¡Celoso! —volvió a decir el corro.

—¿Has visto a Hozier, Oriol?

—¿Tienes ya el título de nobleza?

—¿Has averiguado cuál de los abuelos estuvo en las Cruzadas?

Estruendosas carcajadas corearon cada una de estas preguntas.

El señor Barbanchois juntaba las manos mientras el señor de la Hunaudaye decía indignado:

—¿Y son gentileshombres los que se burlaban de esas santas cosas?

—¡Dónde vamos a parar, señor, dónde vamos a parar por tales caminos!

—Peyrolles —dijo el obeso Oriol acercándose a la mesa—; os juego cincuenta luises, si os levantáis los puños del coleto.

—¿De veras? —dijo el confidente de Gonzaga—. Yo solo bromeo con mis iguales, mi querido señor.

Chaverny miró a los lacayos, que formaban dos filas a ambos lados de la escalinata que conducía a las habitaciones del Regente y dijo:

—¡Demonio, estos tunantes parecen aburrirse esperando a Su Alteza! Ve a buscarlos Taranne, para que este buen Peyrolles tenga con quién bromear un rato.

El confidente del príncipe no se dio por entendido. Se contentó con ganar los cincuenta luises a Oriol.

—¡Papel, siempre papel! —dijo el viejo Barbanchois.

—¡Se nos pagan nuestras pensiones en papel, barón!

—¡Y nuestras rentas! ¿Qué representan esos papeluchos?

—La plata se va.

—El oro también. ¡Qué queréis que os diga, barón, me parece que caminamos derechos a una catástrofe!

—Sí, querido amigo —contestó Hunaudaye, estrechando efusivamente la mano de su interlocutor—; esa es la opinión de todas las personas sensatas.

Entre clamores, vivas y chistes, dijo Oriol:

—¿Sabéis la noticia?

—No. Veamos cuál es esa gran noticia.

—¿A que no la adivináis?

—¿Law se ha hecho católico?

—¿La señora de Berri ha aborrecido el vino?

—¿El señor Maine ha solicitado una invitación del Regente?

Y así por el estilo, cada uno fue enumerando lo que le parecía más inverosímil.

—No; ninguno acertáis, queridos. Es imposible que lo adivinéis. La princesa de Gonzaga, la viuda de Nevers, la Artemisa inconsolable…

Al oír este nombre todos escucharon más atentamente.

—Pues bien —prosiguió Oriol—; Artemisa ha concluido de beber las cenizas de Mausoleo… La princesa de Gonzaga está en el baile.

Todos gritaron:

—¡Mentira, imposible!

—La he visto con mis propios ojos, sentada al lado de la princesa palatina en el salón de baile —contestó gravemente el comerciante—. Pero he visto aún algo más extraordinario que eso.

—¿Qué es ello? —preguntaron todos.

Oriol, satisfecho del efecto que había producido, añadió con afectación:

—He visto negar la entrada en la cámara del Regente al príncipe de Gonzaga. Os aseguro que estaba bien despierto.

Un profundo silencio reinó alrededor de la mesa donde se jugaba al sacanete. Aquellos hombres que necesitaban del príncipe para hacer su fortuna, se quedaron pensativos.

—¿Qué tiene eso de extraño? —preguntó Peyrolles—. Los negocios de Estado…

—Es que cuando eso ha sucedido, Su Alteza no se ocupaba de negocios de Estado.

—Sin embargo, si un embajador…

—Su Alteza no hablaba con ningún embajador…

—Si algún nuevo capricho…

—El Regente no estaba con ninguna mujer.

Era Oriol quien formulaba estas categóricas y rotundas respuestas. La curiosidad general aumentó.

—¿Con quién estaba, pues, Su Alteza, queréis decirlo?

—Eso preguntó de mal humor Gonzaga, en la antecámara de Su Alteza.

—¿Y qué le contestaron los ujieres de servicio?

—¡Misterio, señores, misterio! Nadie lo sabe. El Regente está triste desde que ha recibido una carta de España. Y el Regente ha dado orden hoy de que se introdujera por la puerta secreta de la plaza de las Fuentes a un personaje que ninguno de sus criados conoce, excepto Blondeau, que ha visto en el gabinete de Su Alteza a un hombrecillo vestido de negro, a un jorobado.

—¡Un jorobado! —exclamaron los oyentes—. ¡Llueven jorobados por todas partes desde hace algún tiempo!

—Su Alteza habló particularmente con él y ha dado orden de que no se reciba a nadie.

Todos callaron. Por la puerta de la tienda veíanse las ventanas iluminadas del gabinete particular de Su Alteza. Oriol miró casualmente hacia aquel lado y exclamó extendiendo la mano en la misma dirección:

—¡Mirad, mirad! Todavía dura la entrevista.

Todos los ojos se volvieron a un tiempo hacia las ventanas del pabellón. Sobre las blancas cortinas, destacábase claramente la silueta de Felipe de Orleáns paseando agitado. Una sombra indecisa, colocada del lado de la luz, parecía acompañarle. Al cabo de un instante, las sombras desaparecieron. Luego volvieron a destacarse; pero entonces habían cambiado de lugar. La silueta del Regente era entonces vaga, mientras que la de su misterioso compañero dibujábase con claridad sobre la cortina. Era algo disforme aquella silueta: un cuerpo pequeño, con una enorme joroba, se movía con viveza y unos brazos largos gesticulaban con vivacidad.

II. AUDIENCIA PARTICULAR

Las siluetas de Felipe de Orleáns y del jorobado dejaron de reflejarse en la cortina. El Regente se sentó; el jorobado permaneció de pie ante él, en actitud respetuosa, pero digna.

El gabinete del Regente tenía cuatro ventanas. Dos daban al jardín y otras dos a la plaza de las Fuentes. Tenía tres entradas: una, la de la gran antecámara, era pública; las otras dos reservadas. Una de estas daba a la calle de las Risas; la otra, a la plaza de las Fuentes. La primera estaba siempre vigilada por un viejo portero, antiguo cantante de la Ópera y era la entrada habitual de las amigas de Su Alteza; la segunda hallábase al cuidado de Bréant, expalafrenero de monseñor. Este tenía, además, bajo su vigilancia, un pabelloncito situado cerca de la estatua de Diana.

La voz de Bréant fue la que habló al jorobado, cuando llamó a la puertecilla de la plaza de las Fuentes. Se le esperaba, en efecto. El Regente estaba solo y preocupado. A pesar de que hacía una hora que la fiesta estaba empezada, Su Alteza aún no se había vestido para el baile.

El Regente contaba entonces cuarenta y cinco años; pero su rostro, un poco ajado por las fatigas de los placeres, representaba algunos más. Su figura era bella, encantadora y noble. En sus ojos se reflejaba la debilidad de su carácter. Su espalda se encorvaba ligeramente cuando estaba distraído. Sus labios, y sobre todo sus mejillas, tenían esa blandura fofa y esa demacración que es el rasgo distinto de la casa de Orleáns. Su madre le había dado algo de su honradez alemana y de su espíritu meticuloso; pero se quedó con la mejor parte de sus virtudes.

Hay hombres de hierro; Felipe de Orleáns no era de estos hombres. Toda su persona pregonaba los estragos que en su organismo hacían las orgías. La muerte le acechaba desde el fondo de una botella de *champagne*.

El jorobado encontró en la puerta del gabinete de Su Alteza un criado que le anunció.

Cuando estuvo en presencia de Felipe de Orleáns, este le preguntó, mientras le dirigía una mirada escudriñadora:

—¿Sois vos quien me ha escrito desde España?

—No, monseñor —contestó respetuosamente el jorobado.

—¿Y desde Bruselas?

—Tampoco.

—¿Y desde París?

—Menos.

El Regente le miró otra vez.

—Me asombraría que fueseis vos ese Lagardère —murmuró.

El jorobado se inclinó sonriendo.

—No he querido aludir a lo que pensáis —añadió el Regente con dulzura y gravedad—. No conozco a ese Lagardère.

—Monseñor, se le llamaba el bello Lagardère, cuando era caballerizo de vuestro real tío. Yo no he podido ser jamás ni bello ni caballerizo —contestó el jorobado sin dejar de sonreír.

—¿Cómo os llamáis? —preguntó el duque de Orleáns.

—En mi casa, monseñor, me llaman maese Luis. Fuera de ella las gentes me llaman según su capricho y su humor.

—¿Dónde vivís?

—Muy lejos.

—¿Eso es una evasiva para no decirme dónde habitáis?

—Sí, monseñor.

—Tengo una policía que pasa por ser hábil y puedo saber en seguida lo que me queréis ocultar…

—Puesto que Vuestra Alteza se empeña, haré callar mis escrúpulos… Vivo en el hotel del príncipe de Gonzaga.

—¡En el hotel de Gonzaga! —exclamó el Regente asombrado.

El jorobado saludó fríamente y dijo:

—¡Los alquileres son muy caros!

El Regente parecía reflexionar.

—Hace tiempo, mucho tiempo que oí hablar por primera vez de este Lagardère. Antes era un duelista atrevido.

—Desde entonces, monseñor, ha hecho cuanto ha podido para expiar sus locuras.

—¿Sois pariente suyo?

—No, monseñor.

—¿Por qué no ha venido él mismo?

—Quiso que viniese yo.

—Y si deseara verle, ¿dónde podría encontrarle?

—No puedo contestar a esa pregunta, monseñor.

—Sin embargo…

—Puesto que tenéis una policía hábil, tratad de saberlo.

—¿Me desafiáis?

—Es una advertencia, monseñor. Dentro de una hora Enrique de Lagardère puede estar al abrigo de vuestras pesquisas y el paso que ha dado para tranquilidad de su conciencia, creedlo, no lo repetiría.

—¿Este paso lo ha dado contra su voluntad, pues?

—Contra su voluntad. Contra su corazón, esa es la palabra.

—¿Por qué?

—Porque la vida de su vida depende de esta partida de azar. De haber podido, no la habría jugado.

—¿Y quién le fuerza a obrar?

—Un juramento.

—¿Hecho a quién?

—A un moribundo.

—¿Cómo se llamaba?

—Vos lo sabéis, monseñor. Ese moribundo se llamaba Felipe de Lorena, duque de Nevers.

El Regente inclinó la cabeza sobre el pecho.

—¡Veinte años hace de su muerte y aún no lo he olvidado! —murmuró conmovido—. ¡Cuánto le amaba yo, cuánto me quería mi pobre Felipe! Desde que él ha muerto, dudo si habré estrechado la mano de un amigo sincero.

El jorobado le miraba silenciosamente. Todos los rasgos de su fisonomía revelaban una gran alteración. Abrió la boca para hablar, pero se contuvo, haciendo un poderoso esfuerzo. Su grotesca cara volvió a quedar impasible.

Felipe de Orleáns levantó la cabeza y le dijo lentamente:

—Yo soy próximo pariente del duque de Nevers. Mi hermana está casada con su primo el duque de Lorena. Como príncipe y como pariente, yo debo protección a su viuda, que además, es la esposa de uno de mis más queridos amigos. Si su hija existe, prometo que será una rica heredera y la casaré con un príncipe, si así lo quiere. Se dice de mí que no tengo más que una virtud: el olvido de las injurias. Esto es verdad. La idea de la venganza nace y muere en mi espíritu en el mismo minuto. Pero yo también, al saber la muerte de mi pobre amigo, hice un juramento; castigar al asesino. Entonces dirigía ya los destinos del Estado. Eso no será una venganza; será hacer justicia.

El jorobado se inclinó y guardó silencio. El Regente prosiguió:

—Falta averiguar por qué ese Lagardère ha tardado tanto tiempo en dirigirse a mí.

—Porque se dijo: «El día en que mi tutela concluya, la señorita de Nevers estará en edad de conocer a sus amigos y a sus enemigos.»

—¿Tiene las pruebas de que habla?

—Solo una le falta.

—¿Cuál?

—La prueba que debe confundir al asesino.

—¿Le conoce él?

—Cree conocerle. Lleva una marca que le identificará en el momento preciso.

—¿Y esa marca nos puede servir de prueba?

—Vuestra Alteza juzgará. Respecto al nacimiento y a la identidad de la joven, todo está en regla.

El Regente reflexionaba.

—¿Qué juramento hizo a Nevers, Lagardère? —preguntó el Regente después de un momento de silencio.

—Le juró ser el padre de su hija.

—¿Y Lagardère defendió con su espada a Nevers?

—Hizo lo que pudo. Después de la muerte del duque, salvó a su hija, aunque tuvo que luchar solo contra veinte.

—Ya sé que es valeroso —contestó el Regente—; pero hay algo de vaguedad en vuestras respuestas. Si Lagardère asistió a la lucha, ¿cómo decís que solo tiene sospechas de quién pueda ser el asesino?

—Señor, la noche era oscura y el asesino iba enmascarado. Ese hombre mató al duque de Nevers por la espalda.

—¿Y fue el que parecía ser el amo el que le hirió?

—Sí, monseñor. Nevers cayó diciendo: «¡Amigo, véngame!»

—¿Y el enmascarado —prosiguió Felipe de Orleáns visiblemente conmovido—, no sería el marqués de Caylus Tarrides?

—El marqués de Caylus Tarrides ha muerto hace algunos años; el asesino vive. Vuestra Alteza no tiene más que pronunciar una palabra y Lagardère os lo enseñará esta noche.

El Regente contestó con viveza:

—¿Entonces Lagardère está en París?

El jorobado se mordió los labios.

—Si está en París —añadió el Regente levantándose—, dentro de una hora caerá en mi poder.

Su mano tiró del cordón de una campanilla. Al criado que apareció le dijo:

—Que venga en seguida el señor de Machault.

El señor de Machault era el jefe de policía.

El jorobado dijo con calma mientras miraba su reloj:

—Monseñor, en este momento, Lagardère me espera fuera de París en sitio que no puedo revelaros aunque me lo preguntéis. Son las once; si a las once y media no ha recibido ningún mensaje mío, su caballo galopará hacia la frontera. Cuenta con buenos relevos y vuestro jefe de policía no podrá darle alcance.

—¡Es que vos no saldréis de aquí! —exclamó el Regente.

—Poco os costará hacerme prisionero puesto que estoy en vuestro poder —contestó sonriendo el jorobado mientras cruzaba los brazos sobre su pecho.

El jefe de policía entró en la cámara de Su Alteza. Como era miope no vio al jorobado y empezó a decir antes de que le interrogasen:

¡Hay muchas novedades! Vuestra Alteza verá si pueden seguirse teniendo tantas contemplaciones con semejantes bribones. Tengo la prueba de sus inteligencias con Alberoni. Cellamare figura en la conspiración en compañía de Villeroy, Villars, la duquesa y el duque de Maine y toda la vieja corte.

—¡Silencio! —dijo el Regente.

El jefe de policía apercibió entonces al jorobado y se quedó confundido. El duque reflexionó un instante antes de tomar la palabra. Durante este tiempo miró más de una vez a hurtadillas al jorobado, que no pestañeaba.

—Machault —dijo al fin el Regente—. Precisamente os había llamado para hablaros de Cellamare y de otros. Id a esperarme al primer gabinete.

Machault miró curiosamente al jorobado al través de su lente y se dirigió hacia la puerta. Cuando ya iba a salir de la cámara, añadió el Regente:

—Mandadme un salvo-conducto en blanco, sellado y contraseñado.

Antes de marcharse, Machault miró de nuevo al jorobado. El Regente que no podía estar mucho tiempo serio, murmuró:

—¡Al diablo se le ocurre poner en acecho a miopes!

Después dijo en voz alta:

—¡El caballero Lagardère trata conmigo de potencia a potencia. Me envía embajadores y me dicta en su última carta los términos en que debe estar redactado el salvoconducto! En este negocio, tiene sin duda algún interés en juego. ¿Ese caballero Lagardère tal vez exigirá una recompensa?

—Vuestra Alteza se equivoca —contestó el jorobado—. El caballero Enrique de Lagardère nada exigirá. Aunque Vuestra Alteza quisiera, no podría recompensarle.

—¡Peste! —exclamó Felipe de Orleáns—. Será preciso que veamos a ese misterioso y romántico personaje. Capaz es de conseguir un éxito loco en la Corte y de poner de moda el perdido modelo de los caballeros errantes. ¿Cuánto tiempo tendremos que esperarle?

—Dos horas.

—Muy bien. Servirá de intermedio entre el baile indio y la cena salvaje. Este número no estaba en el programa y será una sorpresa.

El criado entró en la cámara llevando en la mano el salvoconducto firmado en blanco por el ministro Le Blanc y el señor Machault. El mismo Regente llenó los blancos y firmó:

—Después de todo —dijo mientras firmaba—, el caballero Lagardère no ha cometido faltas que no se puedan perdonar. El difunto rey era severo con los duelistas y tenía razón. Las costumbres han cambiado, a Dios gracias, desde entonces. Hoy las espadas solo sirven de adorno a los caballeros. El perdón de Lagardère será registrado mañana. Tened el salvoconducto.

El jorobado alargó la mano. El Regente, antes de entregárselo, añadió:

—Advertid al caballero Lagardère, que toda violencia de su parte, dejará sin efecto este pasaporte.

—El tiempo de la violencia ha pasado ya —contestó solemnemente el jorobado.

—¿Qué queréis decir?

—Quiero decir que el caballero Lagardère no hubiera podido aceptar esa condición hace dos días.

—¿Por qué? —preguntó con desconfianza el Regente.

—Porque su juramento se lo hubiera impedido.

—¿Juró otra cosa, pues?

—Juró vengar a Nevers…

El jorobado se interrumpió.

—Proseguid —le ordenó el Regente.

—El caballero Lagardère —continuó el jorobado—, en el momento que subía la escalerilla de los fosos de Caylus, dijo a los asesinos: «Todos moriréis por mi mano.» Los asesinos eran nueve; el caballero conocía a siete y todos han muerto.

—¿Por su mano? —preguntó el Regente que había palidecido.

El jorobado inclinó fríamente la cabeza con un signo afirmativo.

—¿Y los otros dos?

El jorobado dudó.

—Hay cabezas, monseñor, que hasta los jefes del Estado respetan —contestó el jorobado, mirando frente a frente al duque de Orleáns—. El ruido que esas cabezas producen al caer ensangrentadas sobre el cadalso, conmueve el trono. El caballero Lagardère me ha encargado diga a Vuestra Alteza que el octavo asesino es un simple criado; pero el noveno, el del antifaz, es un poderoso señor. Ese hombre es menester que muera. Si Vuestra Alteza no quiere entregarlo al verdugo, permita Vuestra Alteza un duelo entre él y el caballero Lagardère.

El Regente alargó por segunda vez el pasaporte al jorobado, diciéndole:

—La causa es justa. Haré lo que me pedís en memoria de mi amigo. Si el caballero Lagardère tiene necesidad de ayuda…

—Monseñor, el caballero Lagardère solo pide una cosa a Vuestra Alteza.

—¿El qué?

—Discreción. Una palabra imprudente puede perderlo todo.

—Seré mudo.

El jorobado saludó profundamente, dobló con cuidado el salvoconducto, y después de meterlo en uno de los bolsillos, se dirigió a la puerta.

—¿Hasta dentro de dos horas? —dijo el Regente.

—Sí, monseñor.

El jorobado salió.

—¿Has conseguido lo que deseabas? —le preguntó el viejo conserje Bréant cuando vio al jorobado.

Este le dio un doble luis de oro.

—Sí; pero ahora quiero ver la fiesta.

—¡Diablo!… ¿Vas a bailar? —exclamó Bréant asombrado.

—Quiero, además, otra cosa —prosiguió el jorobado—; que me des la llave del pabelloncito del jardín.

—¿Y qué vas a hacer allí?

El jorobado le dio otro doble luis.

—¿Tienes algún amorío? Toma la llave.

—Quiero, en fin —añadió el hombrecillo—, que me lleves al pabelloncito el paquete que te confié esta mañana.

—¿Y no hay otro doble luis para la comisión?

—Hay dos.

—¡Bravo! Eres una excelente persona. Ahora estoy seguro de que vas a una cita amorosa.

—Puede ser —contestó el jorobado sonriendo.

—Si yo fuera mujer, te adoraría a pesar de tu joroba. ¡Tienes unos dobles luises tan relucientes!… Pero es preciso una invitación para entrar en el baile —añadió el viejo Bréant—. ¡Los guardias, sin ella, no te dejarán pasar!

—Tengo una —replicó el jorobado—. Lleva solo el paquete.

—En seguida, en seguida… Sigue el corredor, vuelve a la derecha y, cuando llegues al vestíbulo, verás la escalinata que conduce al jardín. ¡Diviértete mucho y buena suerte!

III. UNA PARTIDA DE SACANETE

En el jardín, los invitados aumentaban sin cesar.

En la plazoleta de la estatua de Diana, la aglomeración de estos era más grande, por estar ante las ventanas del Regente. Todos querían averiguar la causa de su estado. No nos ocuparemos de las intrigas y conspiraciones de aquellos tiempos; pero sí diremos que el Regente estaba rodeado de enemigos. El Parlamento le detestaba y le menospreciaba hasta el punto de disputarle siempre la presidencia; el clero érale generalmente hostil por su intento de reformar la constitución; los viejos generales del ejército activo sentían desdén por su pacífica política; en fin, hasta en el Consejo de la Regencia había ciertos miembros que le hacían una oposición sistemática. No puede negarse que el banco de Law, fue para él un recurso inmenso contra la pública animadversión.

Personalmente, nadie, excepto los príncipes legítimos, podía sentir odio por aquel príncipe del género neutro, que no tenía un ápice de maldad en su corazón y hasta cuya bondad era un poco indiferente.

Solo provocan odios aquellos a quienes hubiera podido amarse.

Felipe de Orleáns tenía muchos compañeros de placer, pero carecía de amigos.

El banco de Law sirvió para comprar a los príncipes. La palabra es dura; pero la historia, inflexible, no consiente usar otra. Una vez comprados los príncipes, los duques cayeron en la red de oro. Los que permanecieron fieles a sus ideas, quedaron en la más espantosa soledad.

Dícese que, cuando aparecieron las sátiras del poeta Langrauge, tituladas *Filípicas*, el Regente insistió de tal manera cerca del duque de Saint-Simon, su familiar, para que se las leyese, que este tuvo que acceder por fin a sus deseos. Y cuéntase que el Regente escuchó sin pestañear y sonriendo, los pasajes en donde el poeta arrastra por el lodo de su vida privada y su familia, y aquellos otros en que le muestra sentado cerca de sus hijos en la mesa de la orgía[3]. Pero se refiere, también, que lloró y se desvaneció casi, al oír los versos en que se le acusa de haber envenenado a todos los descendientes de Luis XIV. Tenía razón para afligirse. Acusaciones de ese género, aun cuando sean calumnias, producen, en el vulgo, impresión hondísima. «Siempre queda algo», ha dicho Beaumarchais, que sabía a qué atenerse sobre este punto.

El hombre que ha hablado con más imparcialidad de la regencia, es el historiador Duelos en sus *Memorias secretas*. La opinión de Duelos es: «La regencia del duque de Orleáns no habría podido sostenerse sin el banco de Law».

El joven rey Luis XV era querido de todos. Su educación fue confiada a hostiles al Regente. El público imparcial sentía grandes dudas respecto de la probidad de este príncipe.

Temíase ver desaparecer de un momento a otro al último nieto de Luis XIV como habían desaparecido su padre y su abuelo. Este era un admirable pretexto para conspirar. El duque de Maine, Villeroy y el príncipe de Cellamare con sus amigos no conspiraban en interés suyo: trabajaban para sustraer al joven rey a la perniciosa influencia que había abreviado la vida de los suyos.

Felipe de Orleáns no quiso oponer al principio a estos ataques otro escudo que su indolente indiferencia. Las mejores fortificaciones son de tierra blanda. Un colchón preserva más de las balas que una coraza de acero. El Regente pudo dormir tranquilo mucho tiempo detrás de su indiferencia.

---

3   El poeta dice aún mucho más que ésto. (N. del A.)

En la época en que nuestra historia prosigue, Felipe de Orleáns dormía tranquilamente, sin preocuparse de los clamores de la multitud. ¡Y eso que la multitud chillaba bastante alto bajo sus ventanas y hasta dentro de su propio palacio! La multitud tenía mucho que decir y de que murmurar. Salvo esas infamias, que traspasaban todo límite, fuera de esas acusaciones ilusorias de envenenamiento, que la existencia del joven rey desmentía enérgicamente, el duque de Orleáns no tenía, como vulgarmente se dice, sitio por donde el diablo pudiera agarrarle. Su vida era un escándalo perpetuo, y bajo su regencia, Francia fue un barco sin gobierno, que necesita remolque para no naufragar.

El remolque era Inglaterra. En resumen; a pesar del éxito del banco del escocés, cuantos predecían la bancarrota próxima del Estado, hallaban auditorio.

Si había aquella noche en los jardines del Regente una multitud alegre y entusiasta, los descontentos no faltaban tampoco. Descontentos políticos, descontentos financieros y descontentos morales. A esta última clase, compuesta por aquellos que en su juventud habían brillado bajo el reinado de Luis XIV, pertenecían el barón de la Hunaudaye y el barón Barbanchois. Solo eran grandes ruinas; pero se consolaban recíprocamente, diciendo que en su tiempo las damas eran más hermosas, los hombres más espirituales, el cielo más azul, el viento menos frío, el vino mejor y los lacayos más fieles.

Este género de oposición, notable por su inocencia, era ya conocido en tiempos de Horacio, quien llama al viejo «cortesano del pasado». *Laudator temporis acti.*

Pero en honor a la verdad debemos decir que entre aquella multitud dorada, sonriente y vestida de terciopelo y raso que paseaba por los salones y patios del palacio, no se hablaba de política.

Ya habían llegado a la fiesta el duque de Borbón, la princesa de Conti, el canciller d'Aguesseau, lord Stairs, embajador de Inglaterra y otras muchísimas notabilidades, cuando en los salones se produjo un movimiento de curiosidad. Los invitados olvidaron un instante al Regente y a Law para decirse unos a otros:

—¡El Czar está en el baile!

Y era cierto. Pedro de Rusia, acompañado del general Tessé y de treinta guardias de corps, que tenían el difícil cargo de guardarle, acababa de llegar a Palacio. La misión de su escolta era extremadamente complicada, porque el Czar Pedro tenía movimientos bruscos y caprichos repentinos que le arrastraban con frecuencia más lejos de donde quería ir.

Vivía en el hotel Lesdiguères. El duque de Orleáns le trataba magníficamente. La curiosidad parisién, deseosa de verle, tuvo que renunciar a su empeño porque al soberano ruso no le gustaba que se ocupasen de él.

Cuando los curiosos se estacionaban delante de su hotel, enviaba al pobre Tessé con orden de cargar sobre ellos. El infortunado mariscal hubiera preferido hacer diez campañas que estar a las órdenes del emperador ruso.

El honor de ser ayudante del príncipe moscovita le envejeció diez años.

Pedro el Grande estaba en París para estudiar las costumbres europeas. Al Regente no le agradaba la terrible visita; pero no pudiendo rehuirla, trató de deslumbrar a su huésped con los esplendores de una hospitalidad magnífica.

Fue un error: el Czar detestaba el lujo. Al entrar la primera noche en la suntuosa alcoba que se le había preparado, mandó que se le pusiera una cama de campaña en medio de la habitación y se acostó en ella. Andaba por todas partes, visitaba todas las tiendas, donde hacía numerosas compras y conversaba familiarmente con los comerciantes; pero siempre de incógnito.

La curiosidad parisién no sabría dónde encontrarle.

Precisamente por esto, unido a las aventuras que de él se referían, la curiosidad de París llegó al delirio. Los privilegiados que habían visto al Czar, trazaban de él este retrato: Alto, bien formado, moreno, un poco delgado y ojos vivos. A veces, un movimiento nervioso y convulsivo descomponía repentinamente su rostro. Atribuíase esto al veneno que el caballerizo Zoubow habíale dado en su infancia. Cuando deseaba mostrarse agradable a alguien, su fisonomía volvíase graciosa y encantadora. Pero ya se sabe el precio de las gracias de los animales feroces.

El ser que más éxito ha logrado en París es el oso del Jardín de Plantas, por su buen humor. Para los parisienses de aquel tiempo, un Czar moscovita era un animal más extraño, más fantástico y más inverosímil que un oso verde o un mono azul.

Comía como un ogro, al decir de Verton, repostero del rey, a quien se había encargado de su mesa. Hacía por día cuatro comidas, considerablemente copiosas, y en cada una de ellas bebía dos botellas de vino y una de licor con los postres. El duque de Antin, a este propósito, afirmaba que era el hombre más *capaz* de su siglo. El día en que este mismo duque le llevó a su castillo de Petit Bourg, Pedro el Grande no pudo levantarse de la mesa. Hubo necesidad de llevarle a la cama en brazos. Según dijo después, el vino de la bodega del duque de Antin era muy bueno.

Las costumbres amorosas eran aún más excéntricas; pero sobre esto, guardaremos un prudente silencio.

Desde el momento en que se supo que el Czar estaba en el baile, todo el mundo quiso verle. ¡Como el palacio Real no era la selva de Bondy, acabarían por encontrarle! Tal era la reflexión que se hicieron los curiosos.

Los únicos que continuaron impasibles fueron nuestros jugadores de sacanete. Ninguno de ellos pensaba en retirarse. El oro y los billetes formaban deslumbradores montones sobre el tapete, Peyrolles había formado una banca soberbia. Le tocaba jugar en aquel momento. Chaverny estaba un poco pálido y sonreía forzadamente.

—¡Diez mil escudos! —dijo Peyrolles.

—Yo juego —contestó Chaverny.

—¿Con qué? —preguntó Navailles.

—Sobre mi palabra.

—No se juega a crédito en casa del Regente —dijo el señor de Tresmes que pasaba entonces por allí.

Y añadió con disgusto:

—¡Esto es un garito!

—En el que vos no cobráis vuestro diezmo, señor duque —respondió Chaverny saludándole con la mano.

Una carcajada general siguió a esta respuesta. El señor de Tresmes, gobernador de París, cobraba la décima parte de los beneficios en todas las casas donde el juego era consentido. Decíase, además, que sostenía por su cuenta una de las más fuertes casas de esta clase.

—¡Diez mil escudos! —repitió Peyrolles.

—¡Juego! —dijo una voz varonil acercándose a los jugadores. Un abultado fajo de billetes cayó sobre la mesa. Todos los jugadores se volvieron hacia el que había hablado. Nadie le conocía. Era alto e iba vestido de un modo algo extravagante. Al costado llevaba un sable de marino.

Empezó el juego, y a las primeras cartas Peyrolles ganó los diez mil escudos.

—Doblo —dijo el extranjero.

—Vaya el doble —contestó Peyrolles.

Un nuevo fajo de billetes cayó sobre la mesa. Se habían invertido los papeles: es que hay corsarios que llevan millones en los bolsillos.

Peyrolles ganó de nuevo.

—¡Doblo otra vez! —dijo el corsario de mal humor.

—¡Sea doble!

Echadas las cartas, Peyrolles ganó.

—¡Peste! —exclamó Oriol—. He ahí perdidos en un instante cuarenta mil escudos.

—¡Doblo! —dijo otra vez el desconocido.

—¿Debéis ser, por tanto, muy rico? —preguntó Peyrolles.

El hombre del sable ni siquiera le miró. Las ciento veinte mil libras cayeron en la mesa.

—¡Ganó Peyrolles! —dijeron a coro los asistentes.

—¡Doblo!

—¡Bravo! —exclamó Chaverny—. ¡Es un gran jugador!

El del sable, que llevaba un dominó de color marrón, movió vigorosamente sus codos, y separando a los que estaban ante él, se colocó al lado de Peyrolles. Este ganó otra vez.

—¡Basta! —dijo el hombre del sable.

Luego añadió fríamente:

—¡Haced sitio, señores!

Y diciendo esto, desenvainó el sable con una mano, mientras que con la otra agarraba de una oreja al confidente del príncipe.

—¿Qué vais a hacer? —exclamaron todos.

—¿No lo veis, señores? —contestó el desconocido—. ¡Este hombre es un granuja!

Peyrolles sacó su espada. Estaba más pálido que un muerto.

—¡Ved qué escena, señor barón! —dijo el viejo Barbanchois—, ¿Hemos hecho nosotros algo parecido?

—Qué queréis, amigo mío —contestó Hunaudaye—; ¡es la nueva moda!

Y los dos adquirieron un aire de lúgubre resignación.

El hombre del sable no era manco y sabía servirse perfectamente de su arma. Un molinete ejecutado según las reglas del arte, obligó a retroceder a los jugadores. Un golpe seco y certero partió en dos la espada de Peyrolles.

—Si te mueves, tunante —dijo el del sable marino—, no respondo de ti; si no te mueves, solo te cortaré las orejas.

Peyrolles, que lanzaba agudos gritos, propuso devolverle el dinero. La multitud, que necesitaba menos estímulos para excitar su curiosidad, formó pronto inmensa cola delante de la tienda india donde se jugaba al sacanete. El hombre del sable, sin conmoverse por las súplicas de Peyrolles, cogió su arma como una navaja de afeitar y se disponía a empezar fríamente la operación quirúrgica, cuando un gran tumulto se produjo en el jardín.

El general príncipe de Kourakine, embajador de Rusia en la corte de Francia, entró impetuosamente en la tienda. Tenía el rostro inundado de sudor, llevaba el cabello descompuesto y el traje en desorden. Detrás de él llegó el mariscal Tessé, seguido de los treinta guardias encargados de velar la persona del emperador de Rusia.

—¡Sire, sire! —exclamaron a un tiempo el mariscal y el príncipe—. ¡En nombre de Dios, deteneos!

Los jugadores y demás personas que había en la tienda se miraron con asombro. ¡Llamaban sire a aquel extraño personaje!

El hombre del sable se volvió. Tessé se interpuso entre él y su víctima, al mismo tiempo que se quitaba el sombrero.

El hombre del sable era el Czar Pedro el Grande.

Este frunció las cejas y preguntó a Tessé:

—¿Qué queréis? Hago justicia.

Kourakine le dijo algunas palabras al oído.

Pedro el Grande soltó a Peyrolles y enrojeció un poco.

—Tienes razón —contestó—; no estoy en mi casa. Es un olvido.

Y saludando graciosamente con la mano a la estupefacta multitud, salió de la tienda seguido de su escolta.

Peyrolles, luego de componer el desorden de su traje, metió en su bolsillo la enorme suma que el Czar había desdeñado recoger.

—Insulto de príncipe y manos de mujer no ofenden —dijo mirando recelosamente a los jugadores—. Supongo que nadie de los aquí reunidos duda de mi lealtad.

—Duda, no —dijo Chaverny—. Si dijerais certeza, habríais hablado con propiedad.

—¡Enhorabuena! —murmuró el confidente de Gonzaga—. Yo no soy hombre que soporta los ultrajes.

Cuantos no se interesaban en el juego siguieron al Czar. Pero fueron burlados, porque este subió a un carruaje y se fue a descorchar tres botellas antes de meterse en la cama.

Navailles tomó las cartas de las manos de Peyrolles que abandonó prudentemente la primera línea, y empezó otra nueva partida.

Oriol llevó aparte a Chaverny y le dijo en tono misterioso:

—Quiero pedirte un consejo.

—Veamos cuál es.

—Desde que soy gentilhombre tengo miedo de no conducirme como conviene a mi nueva posición. He aquí el caso: Hace un momento aposté a Taranne cien luises; pero creo que no me ha oído.

—¿Y has ganado?

—No.

—¿Has pagado?

—No, porque Taranne nada me ha pedido.

Chaverny adoptó una actitud doctoral.

—¿Si tú hubieses ganado, le habrías pedido los cien luises?

—¡Naturalmente! —respondió Oriol—. Yo estoy seguro de haber apostado.

—¿Y el hecho de haber perdido, disminuye esta seguridad?

—No; pero si Taranne no me ha oído, aunque yo hubiera ganado, no me pagaría.

Y diciendo esto jugaba con su portamonedas. Chaverny se lo cogió.

—Esto me pareció más sencillo al principio; ahora el caso resulta complejo.

—¡Faltan cincuenta luises! —gritó Navailles.

—¡Yo los juego! —contestó Chaverny.

—¡Cómo, cómo! —protestó Oriol viéndole abrir su portamonedas. Quiso recobrar lo suyo, pero inútilmente.

Chaverny le contuvo con un gesto como de autoridad.

—La suma en litigio debe depositarse en manos de un tercero que ejerza de árbitro. Decido, pues —dijo contando los billetes y guardándose cien luises—, que la suma se reparta por igual. Soy, pues, deudor de cincuenta luises a Taranne y de otros cincuenta a ti. ¡Desafío a Salomón a que juzgue de un modo más sabio e imparcial!

Y devolvió el portamonedas a Oriol, a quien no hizo maldita la gracia el fallo del árbitro.

—¡Yo juego, yo juego! —gritó Chaverny volviendo a la mesa.

—Tú juegas mi dinero —gruñó Oriol—. No le desvalijarían a uno con tanta frescura en medio de un bosque.

—¡Señores, señores! —dijo Nocé entrando en la tienda—. Dejad las cartas; estáis jugando sobre un volcán. El Machault acaba de descubrir tres docenas de conspiraciones, la más pequeña de las cuales deja pequeño a Catilina. El Regente, lleno de miedo, está oyendo la buenaventura de labios de un jorobado vestido de negro, que ha sido introducido misteriosamente en su cámara.

—¡Bah! —contestaron—. ¿Es hechicero ese jorobado?

—De los pies a la cabeza. Ha predicho al Regente que Law se ahogará en el Mississipi y que la señora duquesa va a casarse en segundas nupcias.

—¡Cállate, cállate! contestaron los menos locos.

Los demás se pusieron a reír a carcajadas.

—Vaticina también el jorobado, que el abate Dubois logrará el capelo y que Peyrolles llegará a ser un hombre probo y honrado.

Nadie conservó entonces la seriedad. La mesa quedó vacía y los jugadores se dirigieron a la puerta de la tienda para salir.

Nocé les dijo:

—Esperaos, señores; el nigromante viene hacia aquí.

El jorobado, en efecto, se encaminaba hacia la tienda. Dos guardias le salieron al encuentro; pero enseñándoles su billete pasó sonriendo.

IV. RECUERDOS DE LOS TRES FELIPES

El hombrecillo, sirviéndose de unos gemelos, examinaba atentamente, como verdadero entendido, las decoraciones de la fiesta. Saludaba a las señoras con gracia cortesana y se reía burlonamente de todos, valiéndose de los privilegios que le daba su joroba. Conforme iba acercándose a la tienda india, nuestros jugadores le miraban cada vez con más atención. Peyrolles, sobre todo, no perdía de vista ninguno de sus movimientos.

—¡Qué criatura más extraña! —exclamó Chaverny—. Pero diríase que…

—¡Si es!… —dijo Navailles.

—¿Quién? —preguntó el grueso Oriol que era miope.

—El hombrecillo de la subasta —respondió Chaverny.

—¡El hombre de los diez mil escudos!

—¡El hombre de la perrera!

—¡Esopo II! ¡Jonás!

—¿*Es* posible que semejante ser haya estado en el gabinete del Regente? —dijo Oriol.

Peyrolles pensaba:

—¿Qué ha podido decir a Su Alteza? Nunca he tenido buena idea de ese tunante.

El hombrecillo no parecía fijarse en el grupo de la tienda india. Guiñaba los ojos picarescamente, saludaba y sonreía. ¡Imposible que hubiera en el mundo otro jorobado más cumplido y alegre!

Cuando estuvo cerca del grupo de los jugadores, murmuró entre dientes, pero lo bastante alto para que pudieran oírle:

—¡Magnífico, delicioso! Todo esto es encantador. No hay como Su Alteza Real para estas cosas. ¡Ah, estoy muy contento de haber visto el baile! ¡Muy contento, contentísimo!

—Tengo el presentimiento de que esta noche va a pasar aquí algo grave. La tardanza del Regente, su conversación con el jorobado y la defección de Gonzaga, no presagian nada bueno —dijo Chaverny a sus amigos.

—Preguntemos al hechicero —insinuó Nocé riendo.

El jorobado, cuando llegó a la puerta de la tienda, saludó a todos amablemente y dijo:

—Positivamente se prepara algún suceso extraordinario, ¿pero cuál?

Y se puso a limpiar con cuidado los cristales de sus gemelos.

Luego prosiguió:

—Positivamente, positivamente, alguna cosa ocurrirá. ¡Je, je! —continuó dando a su voz estridente y chillona un tono misterioso—. Salgo de un sitio muy caliente y tengo frío. Permitidme entrar en la tienda, señores, y os lo agradeceré.

El jorobado pareció sufrir un escalofrío. Los jugadores se apartaron para dejarle pasar. Todos los ojos estaban fijos en él. Cuando estuvo en la tienda, se volvió a los gentileshombres y, meneando la cabeza, añadió:

—Sí, sí, hay algo; algo sucede. El Regente está preocupado. Su Alteza ha ordenado que se aumente la guardia y hay postas preparadas para partir al primer aviso. Pero nadie sabe lo que sucede. El duque de Tresmes, gobernador de París y el señor Machault, jefe de policía, lo ignoran. ¿Lo sabéis vos, señor Rohan-Chabot; lo sabéis vos, señor de la Serte-Lenneterre; lo sabéis alguno de vosotros, señores?

Nadie contestó. Los aludidos se quitaron el antifaz. Era la costumbre establecida, cuando se quería forzar a alguno políticamente a mostrar su rostro. El jorobado, riendo, saludó y les dijo:

—Señores, nada adelantaríais con que me descubriese, porque ninguno de vosotros me conoce. No se trata —prosiguió con calma—, de ninguna de las cosas que ocupan ordinariamente la atención pública; no se trata, tampoco, de lo que vosotros, cada uno desde su posición y esfera distinta, secretamente teméis, no, ¡Y sin embargo, el Regente, receloso e inquieto, ha reforzado la guardia de palacio!

—¿Y de qué se trata, pues, linda máscara? —preguntó impaciente el señor de Rohan-Chabot.

El jorobado se quedó un instante pensativo. Su cabeza, que se había inclinado un momento sobre su pecho, se irguió de pronto y lanzando una carcajada hizo a los que le escuchaban esta pregunta:

—¿Creéis en los aparecidos, señores?

El hombrecillo decía esto sonriendo, y sin embargo, todos sintieron un estremecimiento.

—¿Quién cree en los aparecidos? Nadie en la calle y en medio del día; todo el mundo a media noche en el fondo de la alcoba solitaria y oscura. Entonces, la conciencia reclama su imperio y nos atormenta. Tranquilizaos, señores, no soy un aparecido.

—¿Queréis o no expresaros, bella máscara? —preguntó levantándose el señor de Rohan-Chabot.

Todos formaban un círculo alrededor del jorobado. Peyrolles se colocó en segunda fila, por prudencia, pero no perdía ni una de sus palabras.

—Señor duque, dejad los cumplimientos: no somos más bellos el uno que el otro. Se trata de un negocio del otro mundo. Un muerto levanta después de veinte años la losa de su sepulcro y vuelve a la tierra para vengarse.

Y añadió sonriendo burlonamente:

—¿Quién se acuerda en la Corte de los que murieron hace veinte años?

—¿Qué queréis decir? —preguntó Chaverny.

—No hablo con vos, señor marqués. Son sucesos del año de vuestro nacimiento. Me dirijo a aquellos que peinan canas.

Y cambiando de tono, prosiguió:

—Era un noble y distinguido señor, un esclarecido príncipe, joven, valiente, opulento, dichoso y querido. Tenía cara de serafín y talla de héroe. Poseía cuanto concede Dios a los favoritos, a los privilegiados de este mundo.

—Donde las más bellas cosas tienen el más cruel destino —interrumpió Chaverny.

El jorobado le tocó en el hombro y le contestó:

—Sabed que los proverbios mienten con frecuencia y que hay fiestas sin mañana.

Chaverny se puso pálido. El jorobado se acercó a la mesa.

—Hablo a aquellos que tienen los cabellos grises —repitió el jorobado—. A vos, señor de la Hunaudaye, que estaríais bajo seis pies de tierra en Flandes, si el hombre de que hablo no hubiera roto el cráneo al miguelete que os tenía bajo sus rodillas.

El viejo Barón se quedó con la boca abierta. Tan profundamente conmovido estaba, que no pudo hablar.

—A vos, señor de Marillac, cuya hija se hizo monja por amor suyo; a vos, señor duque de Rohan-Chabot, que fortificasteis por su causa la morada de la señorita Feron, vuestra querida; a vos, señor duque de La Ferté, a quien ganó un día vuestro castillo de Senneterre; a vos, señor de La Vangoyon, cuyo hombro conserva la señal de su estocada...

—¡Nevers! —exclamaron todos—. ¡Felipe de Nevers!

El jorobado se quitó el sombrero, y dijo lentamente:

—Sí, ¡Felipe de Lorena, duque de Nevers, asesinado en los fosos del castillo de Caylus-Tarrides el 24 de noviembre de 1697!

—Asesinado cobardemente por detrás, según se dijo —murmuró el señor de La Vangoyon.

—En una emboscada —añadió La Ferté.

—Se acusó, si no me equivoco, al marqués de Caylus-Tarrides, padre de la princesa de Gonzaga —dijo el duque de Rohan-Chabot.

—Mi padre me ha hablado de eso algunas veces —agregó Navailles.

—Mi padre era amigo del difunto duque de Nevers —dijo Chaverny.

Peyrolles se ocultaba tras de los que tenía delante.

El jorobado prosiguió con un acento que la emoción hacía más penetrante:

—Asesinado cobardemente por la espalda en una emboscada, es cierto; pero el culpable no se llama Caylus-Tarrides.

—¿Cómo se llama? —preguntaron todos.

El jorobado se desentendió de esta pregunta, y continuó con tono burlón y ligero, bajo el cual se adivinaba la amargura:

—Su muerte hizo mucho ruido, mucho ruido. Solo se habló de ella durante una semana; pero al cabo de un mes, aquellos que se acordaban de Felipe de Lorena eran muy pocos...

—Su Alteza Real no le ha olvidado —interrumpió el duque de Rohan.

—Sí, sí, ya lo sé, Su Alteza es uno de los tres Felipes. Su Alteza quiso vengar a su mejor amigo, Pero, ¿cómo? El castillo de Caylus está muy lejos, y la noche del 24 de noviembre guarda fielmente su secreto. Hay que contar también al príncipe de Gonzaga, que… ¿No estaba aquí —preguntó el jorobado interrumpiéndose— un digno servidor del príncipe de Gonzaga, que se llama Peyrolles?

Oriol y Nocé se apartaron para descubrir al confidente del príncipe. Este se desconcertó un poco.

—Iba a decir —prosiguió el jorobado— que el príncipe, vuestro señor, que es uno de los tres Felipes, ha sabido remover también cielo y tierra para vengar a su amigo. ¡Pero todo ha sido inútil! ¡No quedó ni un indicio, ni una prueba! De buena o mala gana, fue necesario dejar al tiempo, es decir, a Dios, la misión de encontrar al culpable.

Peyrolles solo deseaba una cosa: irse de allí para prevenir al príncipe. Y no obstante, se quedó. Deseaba saber hasta qué punto llevaría su traición el jorobado.

Peyrolles, oyendo hablar de la noche del 24 de noviembre, experimentaba la sensación del hombre a quien se estrangula. El jorobado tenía razón: la Corte no se acuerda de los muertos. Pero había una circunstancia excepcional en este caso. El difunto formaba parte de una trinidad, dos de cuyos miembros vivían y eran poderosos: Felipe de Orleáns y Felipe de Gonzaga. Lo cierto del caso es que, al ver el interés que se revelaba en los semblantes de los que escuchaban al jorobado, hubiérase dicho que el asesinato se había cometido el día anterior. Si el deseo del jorobado fue resucitar la emoción de este drama misterioso y lejano, consiguió completamente su propósito.

—Confiar en el Cielo, no es tal vez buen camino —dijo el jorobado,. dirigiendo a los que le oían una mirada rápida e inquisidora—. Sé, sin embargo, de sabias gentes, que tienen plena confianza en esta suprema justicia. Y francamente, señores, el Cielo tiene ojos que ven más que los de la policía. Tarda algunas veces en descubrir las iniquidades muchos años; pero cuando llega la hora…

Se detuvo. Su voz vibraba sordamente. La impresión que experimentaron todos fue tan viva y tan fuerte, como si aquella implícita y velada amenaza alcanzase a cuantos la escuchaban. Los amigos de Gonzaga, sin saber por qué, tuvieron miedo. ¿Adivinaron que la espada de Damocles estaban suspendida de un hilo sobre la cabeza del príncipe? No se sabe. Los presentimientos no tienen explicación posible.

—Cuando la hora llega —continuó el jorobado—, y llega siempre más o menos tarde, un hombre, un mensajero de la tumba, un fantasma, sale de la tierra obedeciendo la voluntad de Dios. Y ese hombre, aun a pesar suyo, algunas veces cumple su misión fatal. Si es fuerte, hiere. Si es débil, si su brazo no puede sostener, como el mío, el peso de la espada, se desliza, y subiendo sin cesar, llega… llega al nivel de la oreja de los poderosos, y pronuncia, alto o bajo, según convenga, el nombre del asesino. El vengador, asombrado entonces, cree oír la portentosa revelación desde las nubes…

Un silencio solemne y grande siguió a estas palabras.

—¿Y cuál es el nombre del asesino? —preguntó el duque de Rohan.

—¿Lo conocemos nosotros? —preguntaron Chaverny y Navailles.

—¿Que si le conocéis? ¡Qué importa! ¿Quiénes sois vosotros? ¿Qué podéis vosotros? —contestó el jorobado, a quien parecían excitar sus propias palabras—. Si yo pronunciara aquí el nombre del asesino, os espantaría como un trueno. Muy alto, en el primer escalón del trono, hay sentado un hombre. Cuando ha llegado la hora del castigo, la voz de las nubes le ha dicho: «¡Alteza, el asesino está ahí!» Y el vengador se ha estremecido. «¡Alteza, entre la dorada multitud que os rodea, se halla el asesino!» Y el vengador, abriendo los ojos, ha mirado a la multitud que paseaba bajo sus ventanas. «¡Alteza, el asesino se sentó ayer a vuestra mesa y hoy se sentará también!» Y el vengador ha repasado con la memoria la lista de sus convidados. «¡Alteza, todos los días la mano ensangrentada del asesino estrecha la vuestra!» Y el vengador ha contestado; —¡Vive Dios! ¡El Cielo será vengado! ¡Se hará justicia!

Se vio un extraño espectáculo.

Todos cuantos escuchaban al jorobado, los más grandes y los más nobles, se miraron con desconfianza.

—Ya sabéis, señores —concluyó el jorobado con viveza—, por qué el Regente de Francia está preocupado y por qué se ha aumentado la guardia de palacio.

Y el jorobado hizo ademán de salir.

—¡Ese nombre! —exclamó Chaverny.

—¡Ese nombre famoso, que se sepa! —apoyó Oriol.

—¿No comprendéis —dijo Peyrolles— que ese atrevido bufón se está burlando de vosotros?

El jorobado se detuvo en el dintel de la tienda. Colocó los gemelos ante sus ojos y miró detenidamente a su auditorio. Luego acercose a ellos sonriendo con su risita enigmática y burlona, y dijo:

—He ahí que ahora no os atrevéis a acercaros unos a otros: cada uno de vosotros cree que su vecino es el culpable. ¡Tocáis los efectos de la extraña estimación que os profesáis! Señores: los tiempos y las modas han cambiado. En nuestros días las armas brutales del antiguo régimen, la espada y la pistola, han caído en desuso. Nuestra arma es el portamonedas. Para matar a un hombre basta arruinarle. ¡Gracias a Dios, los asesinos son raros en la corte del Regente! No os apartéis los unos de los otros: el asesino de Nevers no está aquí. ¡Eh! ¿Qué os pasa para estar tan tristes? —

preguntó a los amigos de Gonzaga—. ¿Tenéis remordimientos? ¿Queréis que os divierta un poco? Pero mirad: el señor Peyrolles ha desaparecido. ¿Sabéis dónde va el señor Peyrolles?

Este, en efecto, desaparecía tras de los macizos en dirección al palacio.

Chaverny, agarrando del brazo al jorobado, le preguntó:

—¿Sabe el Regente el nombre del asesino?

—Dejemos eso, señor marqués. Ahora debemos reír. Soy un fantasma de buen humor que sabe que la tragedia no agrada demasiado. Pasemos, pues, a la comedia. Y como soy un diablillo que lo sabe todo, lo mismo lo pasado que lo presente, por eso he venido al baile. Solo cuando llegue el momento oportuno, dejaremos nuestra risa para señalar a Su Alteza con el dedo…

Y su dedo señaló el vacío.

—¡Oh, el dedo misterioso de una mano hábil, presta grandes servicios! El señala las manos ensangrentadas y muestra las iniquidades. El entre sus cómicos sigue siempre a la tragedia o al drama. Es preciso descansar, riendo del puñal, del veneno y de las intrigas nefandas. ¡Ese dedo señalará también un día a los diestros gentileshombres, que cortan la baraja en esa gran mesa de sacanete en que es banquero el poderoso Law!

Y descubriéndose devotamente al pronunciar el nombre de Law, prosiguió:

—¡A ese dedo temen los fulleros que juegan a los dados, los caballeros del agio y los escamoteadores de la calle de Quincampoix! Su Alteza el Regente es un buen príncipe a quien los escrúpulos no atormentan demasiado. ¡Pero si él supiese todo lo que pasa, cuánta vergüenza sentiría!

Los jugadores hicieron un movimiento.

El duque de Rohan dijo:

—Esa es la verdad.

—¡Bravo! —exclamaron los Barones de Barbanchois y de la Hunaudaye.

—¿No es así, señores? —prosiguió el jorobado—. Estas verdades se deben decir siempre sonriendo. Esos jóvenes de buena gana me echarían de aquí; pero vuestra edad les infunde respeto. Me refiero a los señores Chaverny, Oriol, Taranne y otros. Buena juventud cuya nobleza, un poco deslucida ya, se aja todos los días con el vicio, la orgía y el juego. ¡Por Dios! No os incomodéis, mis queridos señores, mis ilustres dueños, Estamos en un baile de máscaras y yo no soy sino un pobre jorobado. Mañana me arrojaréis un escudo para comprar mi espalda transformada en pupitre. ¿Os encogéis de hombros? ¡Enhorabuena! En conciencia solo merezco vuestro desdén.

—¡Qué vamos a hacer con ese pillo! Vámonos —dijo Chaverny cogiéndose del brazo de Navailles.

Los buenos señores reían de buena gana. Los jugadores fueron desapareciendo poco a poco.

—Y después de haber mostrado con el dedo —continuó el jorobado volviéndose hacia Rohan-Chabot y sus venerables compañeros— a los fabricantes de falsas noticias; a los realizadores y escamoteadores del alza; a los juglares de la baja y a todo el ejército de saltimbanquis que habita en el hotel de Gonzaga, señalaré a Su Alteza el Regente las ambiciones desmedidas y los odios envenenados que le rodean. Le enseñaré con el dedo a aquellos cuyo egoísmo o cuyo orgullo no puede habituarse al silencio, a los conspiradores inquietos, a los locos de cabellos blancos que quisieran resucitar la Fronda; a los amigos de la duquesa de Maine, a los concurrentes al hotel de Cellamare. ¡Sí!, yo le mostraría con el dedo toda la podredumbre social que él no ve.

El jorobado se había quedado solo en la tienda. Sus terribles invectivas dispersaron el auditorio.

Luego sacó de su bolsillo un pergamino sellado con las armas de Francia, y para leerlo cómodamente se acercó a la mesa de juego; el pergamino empezaba con estas palabras: «Luis, por la gracia de Dios, rey de Francia y de Navarra; etc.» Al pie llevaba la firma del duque de Orleáns, Regente.

—¡Está en regla! —dijo el jorobado—. Después de veinte años aparecemos de nuevo en la escena para mirar frente a frente a nuestros enemigos; para arrojar nuestro nombre a la cara de nuestros perseguidores.

¡Este pasaporte es precioso!

V. LOS DOMINÓS ROSA

Aquel pasaporte, derogando el decreto de destierro de Luis XIV, daba al caballero Lagardère permiso para volver a Francia. Era también un salvoconducto que le autorizaba a abandonar el reino siempre que quisiera, ordenando a las autoridades que no le pusieran impedimento ninguno en su camino.

—¡Con esto, Lagardère puede obrar! —dijo el jorobado—; ¡vamos, pues, a presentarle y quiera Dios que sus nobles propósitos se realicen!

El jorobado consultó su reloj y se dispuso a abandonar la tienda india. Esta tenía dos salidas. A algunos pasos de la segunda puerta de la tienda, se encontraba un sendero que conducía al pabelloncito cuya llave le había entregado Bréant.

Cuando el jorobado salió al jardín, vio reunidos bajo un cenador a los amigos de Gonzaga. Hablaban de él precisamente. Oriol, Taranne, Nocé, Navailles y los demás reían alegremente; pero Chaverny estaba pensativo.

El jorobado pasó por en medio de ellos. Hizo como si los reconociera entonces, y exclamó:

—¡Ah, los otros se marcharon también! La verdad no gusta ni aun dicha entre risas. Mi dedo, mi dedo… ¿sabéis? en un baile de máscaras se puede decir todo. ¡Señores, soy vuestro servidor!

Nadie se puso delante de él, excepto Chaverny. El jorobado se quitó el sombrero y quiso seguir su camino. Chaverny le detuvo. Esto hizo reír al batallón sagrado de Gonzaga.

—¡Chaverny quiere saber su suerte! —dijo Oriol.

—¡Chaverny ha encontrado a su dueño! —añadió Navailles.

—¡El jorobado es más cáustico y atrevido que él!

Chaverny decía al hombrecillo:

—¡Una palabra, si os place, amigo!

—Cuantas queráis, marqués.

—Esas palabras que habéis pronunciado: «Hay fiestas sin mañana», ¿*se* referían a mí?

—A vos, personalmente, sí.

—¿Queréis traducírmelas?

—No dispongo de tiempo para ello, marqués.

—¿*Y* si os obligara?

—Os desafío a que lo hagáis, marqués. ¡El marqués de Chaverny trabándose en singular combate con Esopo II, el inquilino de la perrera de Medoro! ¡Eso sería el colmo de vuestra fama!

Chaverny hizo un movimiento para cortar la retirada al jorobado y al mismo tiempo alargó la mano. El jorobado la cogió y se la apretó entre las suyas.

—Marqués —dijo en voz baja—, en mis viajes por España, donde vos también habéis estado, presencié una vez un espectáculo notable: un noble caballo de guerra, comprado por unos comerciantes judíos, iba por la carretera de Oviedo entre varias mulas de carga. Cuando volví a pasar por allí, el caballo había muerto de pena. Marqués, vos tampoco estáis en el lugar que os corresponde. Vos moriréis joven; ¡la pena de ser villano os matará!

El jorobado, después de saludar, desapareció detrás de unos arbustos.

Chaverny quedó inmóvil con la cabeza inclinada sobre el pecho.

—¡Por fin se ha marchado! —exclamó Oriol.

—¡El diablo en persona es ese hombrecillo! —dijo Navailles.

—¡Ved qué preocupado está ese pobre Chaverny!

—¿Qué pretenderá ese jorobado?

—¿Qué te ha dicho, Chaverny?

—Cuéntanoslo en secreto.

Todos sus amigos le rodearon. Chaverny les miró con aire distraído y sin darse cuenta de lo que decía, murmuró:

—¡Hay fiestas que no tienen mañana!

La música había cesado en los salones. La multitud hacíase cada vez más compacta en el jardín, donde se tramaban innumerables intrigas.

El príncipe de Gonzaga, cansado de esperar en la antecámara del Regente, entró en los salones. Su gracia natural y su brillante palabra le habían conquistado gran favor entre las damas. Carecía de los libres modales de la época. El diablo, sin embargo, no tenía nada que envidiarle.

La duquesa de Orleáns le profesaba alta estimación y el abate Fleury, preceptor del joven rey, para quien nadie era demasiado perfecto, le creía un santo.

Cuanto había pasado aquel día en el hotel de Gonzaga, fue ampliamente referido, para sacar diversas consecuencias por los gacetilleros de la Corte. Todas aquellas nobles damas creían en general que la conducta del príncipe con respecto a su mujer traspasaba los límites del heroísmo. Aquel hombre parecíales un apóstol y un mártir. ¡Veinte años de paciente sufrimiento, veinte años de bondad inagotable frente a un intransigente desdén, forman una tortura horrible! La historia antigua ha inmortalizado hechos menos notables.

Las princesas conocían ya el elocuente discurso que Gonzaga había pronunciado en el consejo de familia. La madre del Regente, que era una honrada y buena mujer, le dio amistosamente su gruesa mano bávara; la duquesa de Orleáns le cumplimentó; la joven abadesa de Chelles le prometió sus plegarias, y la duquesa de Berri le dijo que era un bobo sublime.

Y aquellas buenas mujeres tuvieron deseos de apedrear a la princesa de Gonzaga por haber labrado la desgracia de un hombre tan digno. ¡En Italia fue, bien lo sabéis, donde Molière encontró su admirable Tartufo!

Estaba Gonzaga saboreando su gloria, cuando apercibió junto a una puerta la larga figura de su confidente. De ordinario, la fisonomía de su fiel servidor no revelaba una alegría loca; pero en aquel momento tenía una clara expresión de espanto. Estaba lívido, y enjugaba con un lindo pañuelo bordado el sudor que corría por sus sienes. Gonzaga le llamó. Cuando Peyrolles estuvo al lado de su amo, le dijo algunas palabras rápidamente al oído. Este se levantó, y con una presencia de espíritu que solo poseen los grandes bribones, dijo:

—¿La princesa de Gonzaga acaba de llegar al baile? Corro a su encuentro.

Peyrolles mismo se asombró.

—¿Dónde la encontraré? —le preguntó Gonzaga.

Peyrolles, que no sabía una palabra de lo que le acababa de preguntar, se inclinó y precedió a su amo.

—¡Hay hombres que son demasiado buenos! —suspiró la madre del Regente.

Las princesas miraron enternecidas la precipitada salida del príncipe.

—¿Qué me quieres? —preguntó el príncipe a Peyrolles, cuando estuvieron en sitio que no podían oírles.

—El jorobado está en el baile —respondió este.

—¡Diantre, ya lo sé! Yo mismo le he dado la invitación.

—¡No habéis tomado informes de ese hombrecillo!

—¿Y dónde diablos quieres que fuera a buscarlos?

—Desconfío de él.

—Desconfía cuanto quieras. ¿Eso es todo?

—Ha estado hablando con el Regente esta noche durante más de una hora.

—¡Con el Regente! —dijo Gonzaga asombrado.

Pero, recobrando en seguida su sangre fría, añadió:

—Sin duda, tendría muchas cosas que decirle.

—Muchas cosas, en efecto. Vos juzgaréis.

Y Peyrolles le refirió cuanto había pasado en la tienda India. Cuando concluyó, Gonzaga se echó a reír, mientras le miraba con piedad.

—¡Esos jorobados tienen mucho talento! —contestó negligentemente Gonzaga—. Pero un talento raro, extravagante y disforme como sus cuerpos. Sin cesar representan inútiles comedias. El que quemó el templo de Éfeso, para que hubiesen hablado de él, debía haberse provisto antes de una joroba.

—¿Es eso todo lo que se os ocurre?

—A menos —prosiguió Gonzaga— que ese jorobado trate de venderse muy caro.

—¡Nos traiciona monseñor! —contestó Peyrolles con energía.

Gonzaga miró por encima del hombro, sonriendo, a su servidor.

—Mi pobre Peyrolles, da pena verte en ese estado. ¿No has adivinado todavía que ese jorobado trabaja en favor nuestro?

—No, monseñor, lo confieso. No he adivinado nada de eso.

—No me agrada el celo exagerado, y ese jorobado será enérgicamente reprendido. Pero no es menos cierto que nos ha sugerido una excelente idea.

—*Si* monseñor se digna explicarme…

Estaban en la alameda de los olmos. Gonzaga se agarró familiarmente del brazo de Peyrolles.

—Ante todo, cuéntame lo que ha pasado en la calle de Chartres.

—Vuestras órdenes han sido exactamente ejecutadas. No he entrado en palacio hasta que no he visto dirigirse la litera hacia la calle de Saint-Magloire.

¿Y doña Cruz?

—Doña Cruz debe estar aquí.

—La buscarás. Las damas con quien me has visto hablando la esperan. Todo lo tengo preparado para que logre un éxito completo. Ahora volvamos al jorobado. ¿Qué ha dicho al Regente?

—Eso es lo que no se sabe.

—Yo lo sé, o al menos lo adivino. Ha dicho al Regente «El asesino de Nevers existe.»

—¡Callad! —dijo involuntariamente Peyrolles, estremeciéndose de la cabeza a los pies.

—Y ha hecho bien —prosiguió Gonzaga sin conmoverse—. El asesino de Nevers existe. ¿Qué interés tengo yo en decírtelo, yo marido de la viuda de Nevers, yo el juez natural, yo el legítimo vengador? El asesino de Nevers existe. Yo quisiera que la Corte toda me oyera.

Peyrolles sudaba la gota gorda.

—¡Diantre! Y como existe lo encontraremos.

Se detuvo para mirar a su confidente. Un temblor nervioso hacía flaquear las piernas de este.

—¿Has comprendido? —le preguntó el príncipe.

—Comprendo que eso es jugar con el fuego, monseñor.

—Esta es la idea del jorobado —prosiguió el príncipe bajando la voz—. ¡Es una magnífica idea, palabra! Pero, sin embargo, ¿con qué derecho se mezcla en nuestros negocios?, ¿quién le manda ser más listo que nosotros? Ya esclareceremos esto. Los que tienen demasiado talento, corren el peligro de morir cuando menos lo esperan.

Peyrolles levantó vivamente la cabeza. Al fin, dejaban de hablarle en hebreo.

—¿Tal vez esta noche? —murmuró.

En aquel momento llegaron al final de la alameda de los olmos. Una mujer enmascarada con severo traje de corte y cubierta con un gran dominó negro, pasó cerca de ellos. Iba del brazo de un viejo de cabellos blancos.

Gonzaga obligó a Peyrolles a ocultarse detrás de una alta hilera de evónimos. La mujer enmascarada y su compañero pasaron por delante de ellos.

—¿La has conocido? —le preguntó Gonzaga.

—No —contestó Peyrolles.

—Querido presidente —decía entonces la mujer enmascarada—, no os molestéis en acompañarme más lejos.

—¿Necesitaréis de nuevo esta noche mis servicios? —le preguntó el viejo—. Dentro de una hora me encontraréis aquí.

—¡Es el presidente Lamoignon! —murmuró Peyrolles.

El presidente, después de saludar a su compañera, se alejó por una avenida lateral.

Gonzaga dijo:

—La princesa parece que no ha encontrado todavía lo que busca. No la perdamos de vista.

La enmascarada, que en efecto era la mujer del príncipe, levantó la capucha de su dominó y dirigiose hacia la fuente.

La multitud se agitó de nuevo. Se había anunciado la llegada del Regente y de Law.

—Monseñor no ha tenido a bien contestarme —dijo Peyrolles—. ¿A ese jorobado le perderemos de vista esta noche?

—¿Te asusta?

—Si vos lo hubierais oído como yo…

—¿Hablar de tumbas que se abren, de fantasmas, de justicia celeste? Conozco todo eso, quiero hablar con el jorobado. No, esta noche no le sucederá nada. Esta noche seguiremos el camino que nos ha indicado. Óyeme bien y trata de comprenderme. Esta noche, si cumple su promesa y la cumplirá, yo te lo aseguro, nosotros apoyaremos la promesa que él ha hecho al Regente en nuestro nombre. Un hombre va a venir a esta fiesta. Ese hombre, ya lo sabes, es el terrible enemigo de mi vida y el que os hace temblar a todos como mujeres.

—¡Lagardère!

—A ese, bajo las luces espléndidas del salón y delante de esa multitud emocionada por el vago presentimiento de que algo trágico ocurrirá en esta fiesta, a ese le arrancaremos la careta diciendo: —¡Ved al asesino de Nevers!

—¿La has visto? —preguntó Navailles.

—¡Juraría por mi honor que es la princesa de Gonzaga! —contestó Gironne.

—¡Sola en medio de esta multitud; sin caballero ni paje! —añadió Choisy.

—Buscará a alguno.

—¡Qué hermosa joven! —exclamó Chaverny de pronto despertándose de su sueño.

—¿Dónde está? ¿Es ese dominó rosa? Parece Venus en persona.

—Es la señorita de Clermont que me busca —dijo Nocé.

—¡Fatuo! —contestó Chaverny—. ¿No ves que es la mariscala de Tessé que viene a mi encuentro mientras su valiente marido corre tras el Czar?

—¡Cincuenta luises a que es la señorita de Clermont!

—¡Ciento a que es la mariscala!

—Vamos a preguntárselo.

Los dos locos se lanzaron tras de la máscara a la vez. Pero se apercibieron de que la bella desconocida iba escoltada a distancia por dos buenos mozos muy erguidos y cuyas espadas medían vara y media.

—¡Peste! —dijeron a un tiempo—. No es ni la señorita de Clermont ni la mariscala. ¡Es una aventura!

La bella desconocida, adivinábase a la legua que era la primera vez que se hallaba en una fiesta de aquel género. Su mirada interrogaba todos los grupos.

El antifaz era impotente para ocultar su embarazo. Los dos escuderos iban diez o doce pasos detrás de ella.

—¡Marchemos derechos, Passepoil!

—¡Cocardasse, mi noble amigo, marchemos derechos!

—¡Rayos y truenos! ¡Se trata de servirle!

El demonio del jorobado les habló en nombre de Lagardère, y algo les advertía que un ojo severo les vigilaba desde lejos. Caminaban detrás de la joven, graves y tiesos, como soldados de guardia.

Hacía una hora larga que la pobre Aurora, perdida entre aquel gentío, buscaba en vano a su amigo Enrique. Cuando pasó por delante de la princesa de Gonzaga diéronle deseos de hablarle, pues las miradas de los amigos del príncipe la confundían llenándola de terror. ¿Pero qué decir para obtener la protección de una de aquellas grandes damas que estaban en aquella fiesta como en su casa? Aurora no se atrevió. Y el caso es que la joven tenía prisa por llegar a la plazoleta de Diana, lugar de la cita.

—Señores —dijo Chaverny—, esa joven no es ninguna de nuestras amigas ni siquiera la conocemos. Es una maravillosa beldad, nueva en estos lugares. Un burguesita no tendría su aire de reina; una provinciana daría su alma al demonio por poseer su gracia encantadora, y una dama de la Corte no desdeñaría su encantador embarazo. Hago una proposición.

—¡Veamos tu proposición, marqués! —gritaron sus compañeros.

Y los locos formaron estrecho círculo alrededor de Chaverny.

—Esa joven busca a uno, ¿no es eso?

—Puede asegurarse —dijo Nocé.

—Sin temor a equivocarse —añadió Navailles.

Y los demás:

—Sí, sí. Busca a uno.

—¡Pues bien, señores, ese *uno* es un dichoso pillastre!

—De acuerdo. Pero eso no es una proposición.

—Es injusto que un barbilindo que no forma parte de nuestra venerable hermandad, disfrute ese tesoro —añadió el marqués.

—¡Injusto, inicuo, escandaloso, abusivo! —respondieron sus amigos.

—Propongo, pues —concluyó Chaverny—, que la hermosa niña no encuentre a su caballero.

—¡Bravo, bravo! ¡Muy bien! —gritó el coro—. ¡Ya resucitó Chaverny!

—*Item* —prosiguió el marquesito—. Propongo que la joven, en lugar del que busca, encuentre a uno de nosotros.

—¡Excelente! ¡Magnífico! ¡Viva Chaverny!

Solo faltó que le llevasen en triunfo.

—Pero, ¿a cuál de nosotros encontrará? —preguntó Navailles.

—¡A mí, a mí! —contestaron todos a la vez.

Chaverny reclamó silencio con un gesto doctoral y dijo:

—Señores, semejante discusión sería prematura. Cuando hayamos conquistado a la bella, nos jugaremos lealmente a los dados el derecho de acompañarla.

Una opinión tan discreta obtuvo la general aprobación.

—¡Al asalto, pues! —exclamó Navailles.

—¡Un instante, señores! —dijo Chaverny—, Reclamo el honor de dirigir la campaña.

—¡Concedido, concedido! ¡Al asalto!

Chaverny miró en torno suyo.

—Lo principal es no hacer ruido —añadió—. El jardín está plagado de guardias y sería doloroso que nos arrojaran de la fiesta antes de la cena. Es preciso, por tanto, valerse de alguna estratagema. ¿Alguna de vuestras amigas lleva dominó rosa?

—Cidalisa —contestó Taranne.

—Nos conviene. Poco más o menos, es de la misma estatura de la desconocida. ¡Buscad a Cidalisa!

Cuando llegó Cidalisa, díjole el marqués:

—Amor mío, Oriol, que es ya gentilhombre, te ofrece cien pistolas si nos sirves hábilmente. Se trata de despistar a dos podencos que siguen a una joven, a cuya persona deseamos sustituyas un instante. ¿Comprendes?

—Perfectamente. ¿Vamos a reírnos un rato? —preguntó Cidalisa.

—A carcajadas —respondió Chaverny.

VI. LA HIJA DEL Mississipi

Oriol no protestó de la promesa de las cien pistolas, en gracia a que habían dicho que era gentilhombre. Cidalisa, sin pedir explicaciones, contestó:

—Desde el momento en que vamos a reírnos un rato, soy vuestra y os sigo.

No fue necesario hacerle demasiadas advertencias para que comprendiese el papel que iba a representar. Un momento después se deslizaba de grupo en grupo ocupando al fin su puesto, que era entre los dos maestros de esgrima y Aurora. Al mismo tiempo, un grupo destacado por el general Chaverny marchó contra Cocardasse y Passepoil. Otro grupo maniobró para separar a Aurora.

Cocardasse recibió el primer codazo, y lanzó un terrible ¡Rayos y truenos! llevando la mano a su espada; pero Passepoil le dijo al oído:

—¡Marchemos derechos!

Cocardasse tascó el freno. Un tremendo empujón hizo vacilar a Passepoil.

—¡Marchemos derechos! —le dijo Cocardasse que vio brillar sus ojos.

Un soberbio pisotón mostró todas las estrellas a Cocardasse, en tanto que Passepoil daba un sinnúmero de traspiés al tropezar con una espada, que, sin saber cómo, se le había atravesado entre las piernas.

—¡Marchemos derechos! —dijeron ambos con admirable heroísmo.

Sus orejas, empero, estaban rojas y las mejillas les ardían.

—Amigo mío dijo Cocardasse a su compañero cuando recibió la cuarta ofensa, creo que voy a incomodarme. ¡Rayos y truenos!

Passepoil, que resoplaba como una foca, no contestó; pero cuando Taranne, el imprudente negociador de acciones, volvió cerca de él a la carga, recibió una colosal bofetada. Cocardasse lanzó un suspiro que desahogó su oprimido pecho. Él no había empezado, y de un mismo puñetazo hizo rodar por el suelo a Gironne y al inocente Oriol.

Hubo un pequeño tumulto, durante el cual el segundo grupo, mandado por Chaverny en persona, tuvo tiempo de rodear a Aurora. Cuando Cocardasse y Passepoil, después de poner en fuga a los asaltantes, miraron delante de ellos, vieron al dominó rosa en el mismo sitio en que le habían dejado. Era Cidalisa, que ganaba sus cien pistolas.

Los dos valientes, dichosos al ver que nada había sucedido a su dama mientras estuvieron repartiendo mojicones, exclamaron con aire de triunfo:

—¡Marchemos derechos!

Mientras tanto, Aurora, desorientada, y habiendo perdido de vista a sus dos protectores, seguía, forzadamente, los movimientos de los que la rodearon.

Estos aparentaban ceder al movimiento general de la multitud y se dirigían insensiblemente hacia el bosquecillo situado entre la fuente y la plazoleta de la estatua de Diana. En el centro de aquel bosquecillo estaba el pabelloncito cuya llave había entregado Le Bréant al jorobado. Los pequeños senderos que rodeaban los macizos, a diferencia de los grandes paseos del jardín, estaban desiertos; sobre todo cerca del pabellón.

Chaverny se quitó la careta y la joven dio un grito: había reconocido a su enamorado de Madrid.

Al grito, la puerta del pabelloncito se abrió. Un hombre de alta estatura, enmascarado y completamente cubierto con un amplio dominó negro, apareció en el umbral. Llevaba en la mano una espada desenvainada.

—No os asustéis —dijo a la dama el marquesito—; estos amigos y yo somos vuestros más fervientes admiradores.

Y diciendo esto, intentó rodear con su brazo el talle de Aurora, que pidió socorro. Solo pudo gritar una vez, porque Albret, que iba detrás de ella, le puso un pañuelo de seda sobre la boca. Pero aquel grito había bastado. El dominó negro tomó la espada con su mano izquierda, y con la derecha agarró a Chaverny por la nuca, enviándole a diez o doce pasos de distancia. Albret sufrió la misma suerte.

Diez espadas se desenvainaron contra el desconocido, al mismo tiempo. El dominó negro, cogiendo con la mano derecha su espada, de un solo golpe desarmó a Gironne y a Nocé, que le atacaron primero. Oriol, al ver esto, ganó sus espuelas de gentilhombre, echando a correr como un galgo. Montaubert y Choisy cargaron. Montaubert cayó de rodillas al recibir un tajo en una oreja, y Choisy, menos dichoso, salió con un chirlo en plena cara.

Los guardias del palacio acudieron al ruido. Nuestros aventureros, más o menos maltratados, se dispersaron como una bandada de grullas.

Los guardias no encontraron a nadie en el bosquecillo. Aurora y el dominó negro habían desaparecido también como por encanto. Solo oyeron cerrarse la puerta del pabelloncito.

—¡Llevadme! —dijo Chaverny a Navailles—. ¡Vaya un zafarrancho! Quisiera saber quién es ese dominó para cumplimentarle por sus puños.

Encontraron a Nocé y a Gironne, que llevaban la cabeza baja. Choisy se había escondido en un rincón y enjugaba con un pañuelo la sangre que corría por una de sus mejillas. Montaubert se curó lo mejor que pudo su oreja casi desprendida. Cinco o seis más, tenían golpes más o menos fáciles de disimularse. Solo Oriol estaba incólume. Su obesa personalidad no había sufrido detrimento, gracias a sus pies.

Todos se miraron con aire compungido. La expedición había fracasado por completo. Se preguntaban, contemplando sus mutuos desperfectos personales, quién podía ser aquel vigoroso caballero. Conocían al dedillo todas las salas de armas de París, y en ninguna habían visto quien pudiera parecérsele. Ninguno, entonces, entre las notabilidades de la espada, era capaz de poner en huida, ni siquiera de hacer frente, a diez contrarios regulares, y el desconocido lo había hecho, al parecer, sin esfuerzo. Apenas si se había defendido dos o tres veces. ¡Tenía soberbios puños, había que hacerle justicia!

Debía ser extranjero: tal fue la conclusión de sus reflexiones.

Pero, ¿qué importaba quién fuese? Lo cierto es que les había ido mal aquella noche. El jorobado los maltrató con la lengua, y el desconocido con la espada.

Tenían dos revanchas que tomar.

—¡El baile, el baile!

—¡Su alteza real! ¡Las princesas! ¡Por aquí! ¡Por aquí!

—¡Law con milord Stairs, embajador de la reina de Inglaterra!

—¡No empujad, qué diablo! ¡Hay sitio para todos!

—¡Mal educado! ¡Insolente! ¡Bestia!

La multitud disfrutaba su placer favorito: empujarse, estrujarse, pisotearse. Todos se ahogaban, pero todos estaban contentos; sobre todo las mujeres, que, aun a pesar de no ver nada, sufrían su martirio con una resignación admirable. ¡Oh, para las mujeres, balancearse en medio de una masa indefinible, donde no se ven las manos, tiene un encanto poderoso!

—¡Law sube al trono con el Regente!

—¡Aquel dominó gris perla, es la señora de Parabére!

—¡Ese otro malva es la duquesa de Falaris!

—¡Qué encarnado esta Law! ¡Habrá comido bien!

—¡El Regente está pálido! ¡Habrá recibido noticias de España!

—¡Silencio! ¡Silencio! ¡Orden! ¡El baile empieza!

La orquesta, colocada alrededor de la fiesta, empezó a tocar.

El trono estaba colocado en uno de los más amplios salones de la planta baja, una de cuyas puertas daba al jardín. Esta puerta tenía una cortina, que, por un mecanismo invisible, se levantó lentamente, dejando ver el hermoso paisaje de la Luisiana, que representaba el jardín. Había selvas vírgenes, gigantes árboles que levantaban al cielo sus enormes brazos, y alrededor de los cuales las lianas se enroscaban como serpientes boas; praderas de perenne verdura, que no tenían límites, y colosales montañas azules. Pero lo que sobre todo atraía las miradas de la concurrencia, era el inmenso río de oro, el Mississipi, padre de las aguas. Sus orillas rientes presentaban encantadores panoramas, predominando en ellos, como es natural, el verde pálido, a que los pintores del siglo XVII eran tan aficionados. Los sotos floridos y deleitosos, recordando el paraíso terrestre, se sucedían sin interrupción ocupados por grutas tapizadas de musgo, donde Calipso hubiera muy bien podido aguardar al joven y frío Telémaco. Pero no se veía ninguna ninfa; el sol local nacía entonces. Dos jóvenes indias erraban bajo los árboles de espeso ramaje, con taparrabos de brillantes plumas; un recién nacido dormía en una cuna colgada de dos ramas de sasafrás. Los guerreros disparaban sus flechas o esgrimían sus lanzas, mientras los viejos fumaban sus pipas, adornadas con plumas, alrededor del fuego del consejo.

Al mismo tiempo que se descorrió la cortina del salón, salieron de la tierra varias decoraciones; de suerte que la estatua del Mississipi, colocada en el centro de la fuente, se halló encuadrada en un espléndido paisaje.

Tan maravilloso espectáculo se aplaudió unánimemente.

Oriol estaba enloquecido. Acababa de ver entrar en escena a su querida Nivelle, que desempeñaba en el baile el importante papel de la hija del Mississipi.

La casualidad habíale colocado entre el barón de Barbanchois y el de la Hunaudaye.

—¡Eh! —les dijo dándoles a cada uno un codazo—. ¿Qué tal les parece esto?

Ambos barones le miraron desdeñosamente.

—¿Tiene gracia, estilo, encanto, ligereza, brillantez? —prosiguió el comerciante de tejidos de algodón—. ¡Solo las enaguas me han costado ciento treinta pistolas, las alas treinta y dos luises, el cinturón quinientos francos y la diadema una acción entera! ¡Bravo, adorada mía, bravo!

Los dos barones se miraron.

—¡Tan bella criatura! —dijo el barón de Barbanchois.

—¡Vestirse a ese precio! —acabó Hunaudaye.

Y mirándose de nuevo tristemente, exclamaron.

—¡Ah! ¿Dónde vamos a parar por semejantes caminos de perdición?

Una tormenta de aplausos respondió a los bravos de Oriol. La Nivelle estaba deslumbradora. Y además bailó de un modo tan nuevo e inimitable… ¡Verdaderamente Law era un héroe, puesto que había descubierto un país en que se danzaba de aquel modo!

¡La multitud le sonrió, la multitud le adoraba! ¡La multitud no cabía en sí de gozo!

Solo dos personas, en medio del general regocijo, estaban tristes e inconsolables. Eran Cocardasse y Passepoil, que después de haber seguido durante diez minutos el dominó rosa de Cidalisa, sin saber cómo habíaseles desaparecido de improviso, como si la tierra se la hubiera tragado.

Fue detrás de la fuente y a la entrada de una tienda de papel que figuraba enormes ramas de palmera.

Cuando Cocardasse y Passepoil fueron a entrar, dos guardias les detuvieron con sus fusiles terciados. La tienda era el tocador de las bailarinas.

—¡Rayos y truenos! Camaradas…

—¡Fuera de aquí! —les contestaron.

—Mis buenos amigos… —dijo Passepoil.

—¡No se puede pasar!

Ambos se miraron con aflicción.

Su negocio era claro: habían dejado escapar la tórtola confiada a su vigilancia. ¡Todo se había perdido!

—¡Qué hacerle! —dijo Cocardasse tendiendo la mano a Passepoil—. Hemos hecho cuanto hemos podido.

—¡La broma no nos resulta! —respondió el normando.

—¡Ah, sí! ¡Hemos concluido nuestros días! Comamos bien y bebamos firme mientras estemos aquí… y luego, ¡sea lo que Dios quiera!

Passepoil suspiró ruidosamente, y dijo:

—Le rogaré que me despache de una estocada en el pecho. Creo que eso le dará lo mismo.

—¿Por qué? —preguntole el gascón.

Passepoil lloraba, lo que hacía más grotesca su cara enjuta y rugosa. Cocardasse se convenció entonces de que no era posible que hubiese en el mundo hombre más feo que su amigo.

Passepoil contestó:

—Mi noble camarada, deseo morir herido en el pecho, porque estando acostumbrado a agradar a las damas, me disgustaría aparecer con el rostro desfigurado ante alguna de ellas después de mi muerte.

—¡Pecador de mí! —gruñó Cocardasse—. ¡Habrase visto granuja más satisfecho de su cara de hipopótamo!

Sin embargo, como la situación era solemne, no tuvo valor para sonreír.

Y ambos dieron la vuelta silenciosamente alrededor de la fuente.

Parecían dos sonámbulos: nada veían ni entendían.

Nada más curioso se ha visto después, que aquel baile titulado *La hija del Mississipi*.

La hija del Mississipi, personalizada por la hermosa Nivelle, después de cazar mariposas entre los rosales y los nenúfares, llamaba graciosamente a sus compañeras, las nietas del Mississipi que acudían, llevando en las manos lindas guirnaldas de flores. Todas aquellas salvajes señoras, entre las que estaban Cidalisa, la Desbois, la Duplaut, la Fleury y otras muchas celebridades coreográficas de la época, bailaron una danza sorprendente que representaba la satisfacción y la alegría universal.

De pronto, espantosos indios, casi desnudos, salían a escena gesticulando y ejecutando un baile horrible. Ignórase el parentesco que pudiera unirles al Mississipi; pero tenían muy mala catadura indudablemente. Luego se acercaban a las jóvenes y parece que se proponían inmolarlas con sus hachas. Mas, para explicar claramente esta situación, bailaron todos juntos antes un minué, que fue repetido.

En el momento en que la hija y nietas del Mississipi iban a ser sacrificadas, unos clarines de guerra resonaron a lo lejos.

Una columna de marinos franceses llegó a la playa bailando un soberbio can-cán. Los salvajes, danzando siempre, les enseñaron sus robustos puños, mientras sus presuntas víctimas sin dejar sus ondulaciones de serpentina, alzaban los brazos al cielo. Era un baile-batalla. Durante la batalla, el jefe de los franceses y el de los salvajes bailaban una danza popular. Después seguía la victoria de los franceses, que eran unas seguidillas; y más tarde las nietas del Mississipi formaban preciosos arcos con sus guirnaldas por donde pasaban los vencedores, lo que indudablemente simbolizaba el triunfo de la civilización sobre la barbarie.

Pero lo preciosísimo era al final. ¡Ah, el final probaba que el autor del baile era un genio!

La hija del Mississipi, bailando con imperturbable encarnizamiento, arrojaba su guirnalda al suelo, cogía una hermosa copa de cartón y subía bailando por el sendero abrupto que conducía a la estatua del dios, su padre. Una vez allí, se sostenía sobre la punta de su pie derecho y llenaba su copa de agua del río. Tras una pirueta habilísima, rociaba con el agua mágica a los marineros que bailaban sobre el césped. ¡Y milagro sorprendente! No era agua lo que salía de la copa, sino brillantes y monedas de oro. ¡Qué delicada alusión! Como es lógico, seguía una danza frenética al borde del río durante la cual se recogían las monedas de oro. Luego, marineros, hija y nietas del Mississipi y hasta los salvajes que se habían humanizado, bailaban juntos con frenético ardor.

Aquel baile tuvo un éxito inmenso, colosal. Cuando los bailarines desaparecieron detrás de los rosales, tres o cuatro mil voces, que la emoción velaba, gritaron con entusiasmo:

—¡Viva Law!

Pero esto no era todo. Había también una romanza. ¿Y quién la cantaba? ¡Adivinadlo! La cantaba la estatua del río. La estatua era el señor Angelini, primer tenor del teatro de la Ópera.

La romanza era aún más ingeniosa que el baile, si eso es posible.

El genio de la Francia decía hablando del buen Law.

Et le fils immortel de la Calédonie,
aux rivages gaulois envoyé par les dieux,
apporte l'opulence avec que l'harmonie...[4]

Había también una estrofa dedicada al joven rey y otra para el Regente. Todos debían quedar contentos.

Cuando el dios cantó su romanza, dejó su puesto y continuó el baile.

El príncipe de Gonzaga tuvo que ocupar su puesto, junto al trono, durante la representación.

Su conciencia hacíale temer de continuo un cambio en el duque de Orleáns, pero la acogida que le hizo fue excelente. El Regente, se dijo, no ha sido prevenido en contra mía. Antes de subir y de reunirse al corte-

---

4   Y el hijo inmortal de Caledonia, enviado de los dioses a las riberas galas, lleva la opulencia y la fraternidad...

jo de su alteza, encargó a Peyrolles que no perdiese de vista a su mujer y que le advirtiese en seguida si algún desconocido se le acercaba. Ningún mensaje turbó su tranquilidad durante la representación. Todo marchaba, por tanto, perfectamente.

Después de la representación, Gonzaga fue a buscar a su confidente a la tienda india de la plazoleta de Diana. La princesa continuaba sola sentada sobre un banco rústico. Cuando Gonzaga iba a retirarse para no espantar con su presencia al pez a quien tendía su anzuelo, sus locos amigos invadieron la tienda riendo a carcajadas. Ya habían olvidado su mala ventura y hablaban pestes del baile y del cantante. Chaverny imitaba los gruñidos de los salvajes, y Nocé, haciendo gallos horribles, repetía la romanza:

Y el hijo inmortal de Caledonia, etc.

—¡Ha tenido un gran éxito! —gritaba el grueso Oriol.

—¡Y tú por consecuencia! —contestaron sus amigos—. ¡Tejamos una corona a Oriol!

—¡A ese hijo inmortal de los gorros de dormir!

La presencia de Gonzaga contuvo la alegría de aquellos atolondrados. Todos adoptaron una actitud cortesana, excepto Chaverny, y fueron a saludarle.

—¡Al fin se os encuentra, señor primo! —dijo Navailles—. Estábamos inquietos.

—¡Sin este querido príncipe no hay fiesta posible! —exclamó Oriol.

—¿Sabéis lo que pasa, primo? —preguntole seriamente Chaverny.

—Pasan muchas cosas —contestó Gonzaga.

—¿Te han referido lo que ha pasado aquí aún no hace una hora?

—Todo se lo he contado a monseñor —dijo Peyrolles.

—¿Te ha hablado del hombre del sable marino? —preguntó Nocé.

—Luego reiremos —dijo Chaverny—. El favor del Regente es mi único patrimonio y lo tengo en segunda mano. Mi cuidado exclusivo es que mi ilustre primo siga siendo distinguido con la amistad de la corte. ¡Si él pudiese ayudar al Regente con sus pesquisas!…

—Todos estamos a la disposición del príncipe —contestó el corro.

—Entretanto, ese negocio de Nevers, que después de tantos años aparece de nuevo, me interesa como una de las más sugestivas novelas. ¿Tienes algún indicio, primo?

—No —contestó Gonzaga.

Después dijo, como si se le ocurriera una idea.

—Es decir… Sí, hay un hombre…

—¿Quién?

—Sois demasiado jóvenes y no lo podéis conocer.

—¿Su nombre?

—Ese hombre —dijo Gonzaga como si hablase consigo mismo— podría decirnos quién hirió a mi pobre amigo Felipe de Nevers.

—¡Su nombre! —dijeron varias voces.

—El caballero Enrique de Lagardère.

—¡Y está aquí! ¡Entonces es el del dominó negro! —exclamó aturdidamente Chaverny.

—¡Cómo! ¿Le habéis visto? —preguntó Gonzaga con viveza.

—Se trata de un asunto un poco enojoso. No conocemos más que a Adán y a Eva a ese Lagardère, primo, pero si por casualidad se halla en este baile…

—Si está en este baile —dijo Gonzaga—, yo me encargo de señalar a Su Alteza Real al asesino de Felipe de Nevers.

—¡Yo soy! —exclamó detrás de él una voz grave y varonil.

Aquella voz hizo estremecer tan violentamente a Gonzaga, que Nocé tuvo que sostenerle.

VII. FRENTE A FRENTE

El príncipe de Gonzaga tardó un momento en reponerse de su emoción.

Sus cortesanos, al ver su turbación, quedaron asombrados y estupefactos.

Chaverny frunció las cejas y preguntó, poniendo la mano en la empuñadura de su espada:

—¿Es ese hombre Lagardère?

Gonzaga se volvió al fin y miró al hombre que había dicho:

—«¡Yo soy!»

Aquel hombre estaba de pie, inmóvil y con los brazos cruzados sobre el pecho. Llevaba la cara descubierta.

Gonzaga dijo en voz baja:

—¡Sí, es él!

La princesa, que desde el principio de aquella escena no se había movido de su sitio, preocupada por sombríos pensamientos, pareció despertar de un sueño al oír el nombre de Lagardère. No atreviéndose a acercarse se puso a escuchar.

Aquel hombre tenía en la mano su destino.

Lagardère llevaba traje de corte, de raso blanco, bordado de plata. Más que nunca era el bello Lagardère. Su talle, sin perder esbeltez, era ahora más amplio y majestuoso. La inteligencia viril y la noble voluntad brillaron en su rostro. Templaba el brillo de sus ojos no sé qué triste y dulce resignación, El sufrimiento conviene a las almas grandes, y él era un alma grande que había sufrido mucho. Pero era un cuerpo de bronce. Como el viento, la lluvia, la nieve y la tempestad pasan sobre la dura frente de las estatuas, el tiempo, la fatiga, el dolor, la alegría y las pasiones, habían pasado sobre su despejada y noble frente, sin dejar huella.

¡Era hermoso y joven! El tinte de oro pulido que el sol de España había dejado en sus mejillas, se armonizaba con el color de sus rubios cabellos. Era allí la oposición heroica, su espesa cabellera encuadraba orgullosa los fieros y atezados rasgos de un soldado.

Había allí trajes más ricos y más brillantes que el de Lagardère; pero ninguno poseía su gentileza ni su gallardía. Lagardère tenía el aire de un rey.

Lagardère no hizo caso de la fanfarronería de Chaverny. Dirigió una rápida mirada a la princesa, como diciéndole: esperadme; y luego cogiendo a Gonzaga por el brazo derecho le llevó aparte.

Gonzaga no opuso resistencia.

Peyrolles dijo en voz baja:

—¡Señores, preparaos!

Las espadas de todos se desenvainaron.

La princesa se interpuso entre el grupo que formaban su marido, Lagardère y los jóvenes.

Como Lagardère no hablaba, Gonzaga le preguntó con voz alterada:

—¿Qué me queréis?

Estaban colocados bajo la luz espléndida de una gran araña. Sus dos rostros resplandecían, iluminados por la misma viva claridad. Ambos estaban pálidos y cruzaban sus miradas. Al cabo de un instante, los ojos fatigados del príncipe se bajaron. Golpeaba el suelo furiosamente con el pie y trató de soltar su brazo mientras decía de nuevo:

—¿Qué me queréis?

Era una mano de acero la que le retenía. No solamente no pudo soltarse, sino que notó con extrañeza que Lagardère, sin perder su impasibilidad, empezaba a apretarle la mano hasta hacerle el dolor insoportable.

El brazo de Gonzaga se contrajo.

—¡Me hacéis daño! —murmuró, mientras el sudor corría por su frente.

Enrique guardó silencio y siguió apretando. El dolor arrancó un grito al príncipe de Gonzaga. Entonces, Lagardère, le quitó el guante.

—¿Sufriremos esto? —exclamó Chaverny dando un paso adelante, con la espada alta.

—Decid a esos hombres que no se muevan —ordenó Lagardère al príncipe.

Gonzaga se volvió a sus aliados y dijo:

—Os lo ruego, no os mezcléis en este asunto.

Su mano estaba descubierta. Lagardère señaló una larga cicatriz que el príncipe tenía en la muñeca.

—¡Fui yo quien os la hizo! —murmuró con emoción profunda.

—Sí, vos fuisteis —contestó Gonzaga apretando los dientes—. No lo he olvidado. ¿Qué necesidad tenéis de recordármelo?

—Es la primera vez que nos vemos cara a cara, y no será la última —dijo Enrique lentamente—. Solo tenía sospechas y necesitaba la certidumbre. ¡Vos sois el asesino de Nevers!

Gonzaga rio convulsivamente.

—Soy el príncipe de Gonzaga —contestó en voz baja, y levantando la cabeza—. Tengo bastantes millones para comprar la justicia de la tierra, y el Regente no ve más que por mis ojos. Solo tenéis un recurso contra mí: la espada. Desenvainadla solamente; os desafío a que lo hagáis.

Y dirigió una mirada a su escolta.

—Príncipe de Gonzaga: vuestra última hora no ha llegado —contestó Lagardère—. Yo escogeré el lugar y la ocasión oportunas. Os dije una vez: «Si vos no buscáis a Lagardère, Lagardère os buscará.» Ya veis que he venido. Vos, en cambio, no habéis ido a buscarme. Dios es justo y Felipe de Nevers va a ser vengado.

Después de decir esto, soltó la mano de Gonzaga, que retrocedió varios pasos.

Lagardère, cuando concluyó con él, dirigiose a la princesa, a la que dijo saludándola con respeto:

—Señora, estoy a vuestras órdenes.

La princesa dijo al oído a Gonzaga:

—¡Si intentáis algo contra ese hombre, me encontraréis en vuestro camino!

Volviéndose a Lagardère le ofreció su mano.

Gonzaga, que era bastante fuerte para disimular la ira que hacía hervir su sangre, dijo a sus afiliados:

—Señores: ese hombre quiere destruir de un golpe vuestra fortuna; pero es un loco y la suerte nos lo entrega. ¡Seguidme!

Y dirigiéndose a la escalinata del palacio, entró en las habitaciones del Regente.

La señal que anunciaba la hora de la cena, había sonado hacía poco.

El jardín se quedó desierto. Solo algún que otro rezagado se veía en las grandes alamedas.

Lagardère y la princesa quedáronse, pues, solos, bajo el hermoso paseo de los olmos.

—Caballero —dijo la princesa cuya voz temblaba—; he oído vuestro nombre. Después de veinte años, vuestra voz despierta en mí punzantes recuerdos, vos fuisteis, sí, estoy segura, quien recibió mi hija en sus brazos en el castillo de Caylus-Tarrides.

—Yo fui —contestó Lagardère.

—¿Y por qué me engañasteis entonces? Responded con franqueza, os lo suplico.

—Porque Dios me inspiró, señora. Pero esa es una larga historia cuyos detalles se os contarán más tarde. Yo defendí a vuestro esposo, yo recogí sus últimas palabras y yo salvé a vuestra hija… ¿Qué más necesitáis, señora, para creer en mí?

La princesa le miró.

—Dios ha puesto la lealtad en vuestra frente; pero no estoy convencida. ¡He sido engañada tantas veces!

Lagardère apareció frío, y su lenguaje era casi hostil.

—Tengo las pruebas del nacimiento de vuestra hija —dijo.

—Esas palabras que habéis pronunciado, esa divisa…

—¿Yo soy?

—Sí.

—No fue vuestro marido, sino los asesinos quienes me la revelaron.

—¿Las pronunciasteis en los fosos de Caylus?

—Y di por segunda vez la vida a vuestra hija, señora.

—¿Quién las ha pronunciado cerca de mí, hoy mismo, durante la asamblea, en el hotel de Gonzaga?

—Otro yo.

La princesa parecía meditar su respuesta.

Parece natural que una conversación entre la princesa y Lagardère, hubiera sido amistosa y hasta tierna. No obstante, se entabló entre ellos una lucha diplomática, cuyo resultado iba a ser una ruptura mortal. ¿Por qué? Entre ellos se interponía un tesoro, sobre el cual ambos tenían derechos, y esto excitaba sus celos. La madre, pobre mujer, quebrantada por el dolor y exaltada por la soledad, desconfiaba. El salvador, ante aquella mujer que no abría su corazón, sentía también terror y recelos.

—Señora —dijo fríamente Lagardère—, ¿tenéis dudas sobre la identidad de vuestra hija?

—No. Algo íntimo me dice que mi hija se halla en vuestras manos. ¿Qué precio exigís por lo que habéis hecho por ella? No temáis que vuestras pretensiones me parezcan exageradas: os daría, si pudiese, la mitad de mi vida.

La madre y la reclusa aparecían a un tiempo en esta pregunta. La princesa no conocía el mundo. Lagardère contuvo una amarga réplica, y se inclinó sin contestar.

—¿Dónde está mi hija?

—Antes es preciso que me escuchéis.

—Creo comprenderos. Ya os he dicho…

—No, señora, no me habéis comprendido, y me asalta el temor de que carezcáis de lo que es preciso para comprenderme —contestó severamente Lagardère.

—¿Qué queréis decir?

—Vuestra hija no está aquí.

—¿Está acaso en vuestra casa? —preguntó altaneramente la princesa. Luego, recobrándose, añadió:

—¡Claro, es lógico! Como habéis velado por ella desde su nacimiento, como nunca os habéis separado de ella…

—¡Nunca se ha separado de mí!

—Es natural que esté en vuestra casa. ¿Sin duda tendréis servidores?

—Cuando vuestra hija cumplió doce años, llevé a mi casa a una anciana y fiel sirviente de vuestro primer marido; a Francisca.

—¿Francisca Berrichon? —preguntó vivamente la princesa.

—Sí, señora.

La princesa, cogiéndole la mano, dijo:

—Caballero, os agradezco esa delicadeza.

Aquellas palabras azotaron como un látigo el rostro de Lagardère. La princesa estaba demasiado preocupada para reparar el efecto que le habían producido.

—Conducidme a donde está mi hija; estoy dispuesta a seguiros.

—Pero yo no estoy dispuesto a llevaros.

La princesa soltó su brazo.

—¡Ah, no estáis dispuesto! —exclamó la princesa, volviendo a sus desconfianzas.

Y le miraba fijamente, llena de espanto.

Lagardère añadió:

—Señora, nos rodean grandes peligros.

—¿A mi hija también? Llevadme a su lado, y veréis cómo la defiendo.

—¿Vos? —dijo Lagardère, sin poder contenerse—. ¿Vos, señora?

Sus ojos brillaban animados por extraño fuego.

—¿No os habéis hecho esta pregunta? ¿Por qué ese hombre ha tardado tanto tiempo en devolverme a mi hija?

—Sí, caballero; esa pregunta me la he dirigido más de una vez a mí misma.

—Y sin embargo, esa pregunta tan natural en una madre, ¿no me la habéis hecho?

—¡Mi dicha está en vuestras manos!

—¿Y os causo miedo?

La princesa no dijo una palabra. Enrique sonrió tristemente.

—Si vos me hubieseis dirigido esa pregunta —continuó Lagardère con firmeza—, os habría respondido tan francamente como lo hubieran tolerado la cortesía y el respeto.

—Pues bien; dadla por hecha y dejad a un lado la cortesía y los respetos.

—Señora —dijo Lagardère—, si he tardado tantos años en devolveros vuestra hija, es porque hasta mi destierro llegó una noticia extraña, inverosímil. Tan increíble me pareció al principio, que me reí de ella. ¡Esa noticia decía que vos, señora, la viuda de Nevers, habíais cambiado de nombre y os llamabais la princesa de Gonzaga!

Esta bajó la cabeza ruborizada.

—¡La viuda de Nevers! —repitió Enrique—. Señora, cuando me convencí de que la noticia era cierta, me dije: ¡La hija de Nevers no puede tener por asilo el hotel de Gonzaga!

—¡Caballero!

—Vos ignoráis muchas cosas, señora. Vos ignoráis por qué la noticia de vuestro matrimonio me pareció un sacrilegio; vos ignoráis por qué la presencia en el hotel de Gonzaga de la hija del que fue mi amigo durante una hora, y que me llamó su hermano en su último momento, me pareció un ultraje a su tumba, una blasfemia odiosa e impía.

—¿Me lo diréis vos, caballero?

—No, señora. Esta primera entrevista será corta y no se puede hablar en ella más que de cosas indispensables. Y os aseguro que veo con pena que no podremos entendernos. Cuando supe la noticia de vuestro casamiento, me hice también otra pregunta; conociendo mejor que vos el poderío de los enemigos de vuestra hija, me dije: ¿cómo podrá defender a su hija, si no ha sabido defenderse a sí misma?

La princesa se cubrió la cara con las manos.

—¡Caballero, caballero! —dijo con voz entrecortada por los sollozos—, ¡me destrozáis el corazón!

—¡Bien sabe Dios que no es ese mi propósito!

—¡Vos no sabéis qué clase de hombre era mi padre! Vos no conocéis las torturas del aislamiento, ni podéis suponer las amenazas que me dirigieron…

Lagardère se inclinó y le dijo:

—Señora, yo solo sé el santo amor que profesabais al duque de Nevers. La casualidad que puso en mis manos a vuestra hija, me hizo penetrar, sin quererlo, los secretos de una hermosa alma. Vos le amabais ardorosa y profundamente, lo sé. Esto me da la razón, señora. Puesto que erais una noble mujer, debíais haber sido una esposa fiel y valiente. Y sin embargo, cedisteis a la violencia.

—Para hacer constar mi primer matrimonio y el nacimiento de mi hija.

—La ley no admite esos subterfugios. Las verdaderas pruebas de vuestro matrimonio y del nacimiento de Aurora las tengo yo.

—¿Me las daréis?

—Sí, señora. Decía, que a pesar de vuestra firmeza y del reciente recuerdo de una dicha perdida, cedisteis a la amenaza. ¡Y bien! La violencia empleada contra la madre, ¿quién puede asegurar que no hubiese sido esgrimida también contra la hija? ¿No tenía derecho para preferir mi protección a la vuestra, yo que jamás he cedido ante la fuerza?

La princesa, antes de contestar, le miró con verdadero espanto. Reflexionó un momento y dijo:

—¡Ah, ya adivino! ¿Vais a negarme mi hija?

—No, no os negaré vuestra hija, señora. Para devolvérosla, he andado cuatrocientas leguas. Pero me he trazado una línea de conducta. Hace dieciocho años que defiendo a vuestra hija. Su vida me pertenece diez veces, porque diez veces se la he salvado.

—¡Caballero! —exclamó la pobre madre—, ¿sabré al fin si merecéis mi amor o mi odio? Mi corazón va hacia vos y vos lo rechazáis. Vos habéis salvado la vida de mi hija, vos la habéis defendido…

—Y seguiré defendiéndola aún, señora —contestó fríamente Enrique.

—¿Aun contra su madre? —dijo la princesa, irguiéndose.

—Puede ser —contestó Lagardère—, eso depende de vos.

Un relámpago de odio brilló en los ojos de la princesa.

—¡Jugáis con mi angustia! —murmuró—. Explicaos, porque no os entiendo.

—He venido para explicarme, señora, y deseo que la explicación termine cuanto antes. Escuchadme. No estoy satisfecho de vuestra acogida y creo que me juzgáis mal. El reconocimiento mal entendido, provoca a veces la cólera. Mi camino está trazado de antemano; lo sigo y lo seguiré sin vacilar. ¡Tanto peor para los obstáculos que encuentre en él! Hay que contar conmigo, por más de un concepto. Tengo derechos de tutor y los haré valer.

—¡De tutor! —exclamó la princesa.

—¿Qué nombre dais al que, por cumplir la voluntad de un muerto, haciendo caso omiso de su vida, se consagra a otro en absoluto? ¿Es demasiado, poco, verdad, señora, ese título de tutor? ¿Por eso habéis protestado y la turbación os ciega hasta el punto de no comprender que el cumplimiento de mi juramento y dieciocho años de protección incesante me dan una autoridad igual a la vuestra?

—¡Oh! ¡Igual! —protestó de nuevo la princesa.

—¡Aun es superior a la vuestra! —acabó Lagardère, alzando la voz—, pues la autoridad solemne delegada por el padre moribundo, es suficiente para compensar vuestra autoridad. Además, señora, esa autoridad ha sido comprada al precio de mi sangre; representa toda mi vida. Esto, sin embargo, señora, no me da más que un derecho: velar con más cuidado, con más ternura y con más solicitud por la huérfana. Y este derecho lo usaré aun cuando se halle al lado su madre.

—¿Desconfiáis de mí? —le preguntó.

—Vos habéis dicho esta mañana, señora, ante el consejo de familia: «Si mi hija hubiese olvidado por un instante la dignidad que debe a su raza, velaría mi rostro y me diría: Nevers ha muerto del todo para mí.»

—¿Debo temer?… —interrumpió la princesa frunciendo las cejas.

—¡No debéis temer nada, señora! La hija de Nevers, bajo mi guarda, es pura como los ángeles del cielo.

—En ese caso…

—Señora, si vos nada debéis temer, yo tengo miedo.

La princesa se mordió los labios.

Comprendíase que no podría contener por largo tiempo su cólera. Lagardère continuó:

—Yo llegué confiado, dichoso, y lleno de esperanza y una palabra vuestra me ha helado el corazón. Si no hubierais pronunciado esa palabra, vuestra hija estaría ya en vuestros brazos. ¡Cómo! —prosiguió exaltándose—. ¿Aun antes de ver a vuestra hija, a vuestra única hija, el orgullo habla en vos más alto que el amor? ¡Vengo buscando vuestro corazón y me ofrecéis vuestros escudos! Os lo digo con franqueza: tengo miedo.

Aunque yo no soy mujer, señora, comprendo lo que es el amor de madre, y si me dijeran: «vuestra hija está ahí; la hija única del hombre que habéis adorado espera vuestros brazos para confundir con vos sus lágrimas», me parece que no tendría más que un pensamiento, un deseo que, embriagándome de dicha, me volvería loca: ¡abrazar a mi hija!

La princesa lloraba; pero su orgullo le impedía enseñar sus lágrimas.

—¡No me conocéis, caballero, y me juzgáis! —contestó a Lagardère.

—Por una palabra, sí: os juzgo. Si se tratase de mí, yo esperaría; pero se trata de ella y no puedo perder tiempo. En esta casa, de que no sois dueña, ¿qué suerte espera a esa niña? ¿Qué garantías me dais contra vuestro marido y contra vos misma? Hablad, porque necesito saber lo que pensáis sobre esto. ¿Qué vida le reserváis? ¿Con qué dicha reemplazaréis la dicha que disfruta? Será más grande, más rica; ¿pero será feliz? Un necio orgullo puede reemplazar su tranquila virtud. Señora, nosotros no venimos a buscar riquezas ni honores. Nosotros daríamos todos los tesoros y grandezas del mundo, por una palabra espontánea salida del corazón, y esa palabra la esperamos todavía. ¿Dónde está vuestro cariño? Yo no lo veo. Habla vuestro orgullo y vuestro corazón calla. ¡Tengo miedo, mucho miedo, señora; no de Gonzaga, sino de vos; sí, de vos, su madre! El peligro sois vos, lo adivino, lo presiento. ¡Y si yo no defiendo a la hija de Nevers contra ese peligro, como la he defendido de otros muchos, no habré hecho nada y seré perjuro al muerto!

Se detuvo para esperar una respuesta, pero la princesa guardó silencio.

—Señora —continuó, haciendo esfuerzos para calmarse—, perdonadme, pero mi deber me ordena, me obliga a deciros mis condiciones. Quiero que Aurora sea dichosa, quiero que sea libre, pues antes de verla esclava…

—¡Acabad, caballero! —dijo la princesa, con aire provocativo.

Lagardère se detuvo.

—No, señora; no acabaré por vos misma. Me habéis comprendido demasiado.

La princesa de Gonzaga sonrió con amargura, le miró de hito en hito, y le arrojó a su cara estas palabras, con acento despreciativo e insultante:

—La señorita de Nevers es la más rica heredera de Francia. Cuando se tiene en las manos una presa de este género, se debe hacerla valer. Sí, os he comprendido perfectamente, caballero; mejor de lo que pensáis.

Lagardère se quedó estupefacto.

VIII. RESULTADO DE LA ENTREVISTA

Estaban al final de la alameda de los olmos, y llegaba hasta ellos el ruido que producían los comensales del banquete al chocar sus copas. Las voces roncas por la embriaguez, indicaban la próxima conclusión de la fiesta. El jardín, donde celebraban su entrevista Lagardère y la princesa, estaba completamente solitario. Nada anunciaba que llegasen a un acuerdo. El fiero orgullo de Aurora de Caylus había asestado un golpe terrible a Enrique.

Engañada sobre el efecto que produjeron sus palabras, prosiguió la princesa con más altivez:

—Si me habéis visto fría, caballero, y si no habéis oído salir de mi pecho ese grito de alegría de que habláis con tanto énfasis, es porque yo adiviné desde luego vuestros propósitos. Comprendiendo que la batalla no había concluido, no quise cantar victoria. Desde que os vi sentí frío en las venas. Sois bello, sois joven, no tenéis familia y vuestro patrimonio son vuestras aventuras. Era natural que se os ocurriese la idea de hacer de ese modo rápida fortuna.

—Señora, Dios que todo lo ve, me venga de vuestros ultrajes —exclamó Lagardère poniendo la mano derecha sobre su pecho.

—¿Osaréis decir —contestó con violencia la princesa de Gonzaga—, que no tenéis esa ambición insensata? ¿No os ha deslumbrado ese sueño con su magia?

Hubo una pausa. La princesa desafiaba con su mirada a Enrique. Este cambiaba frecuentemente de color. Luego dijo con voz grave y profunda:

—No soy más que un pobre caballero. No tengo nombre. El que llevo procede de las ruinas donde dormía durante las primeras noches de mi abandonada infancia. Ayer, era un proscripto. Tenéis razón, señora: ese sueño ha mecido más de una vez mis ilusiones. Esto que os confieso hoy, era ayer todavía un misterio para mí. Creedlo, ignoraba yo mismo…

La princesa sonrió irónicamente.

—¡Os lo juro, señora, por mi honra y por mi amor! —dijo Lagardère al ver su sonrisa.

La princesa le dirigió una mirada de odio.

—Dios es testigo de que ayer, mi único pensamiento era entregar a la viuda de Nevers el depósito sagrado que me confió un moribundo. Digo la verdad, señora, y me importa poco no ser creído, pues soy dueño de la situación y juez soberano de la suerte de vuestra hija. ¿En los días de fatiga y de lucha tuve tiempo de interrogar mi alma? Mis esfuerzos me hacían dichoso y mi cariño tenía en sí mismo su recompensa. Aurora era mi hija. Cuando abandoné a Madrid para venir en busca vuestra, no sentí pesar ninguno. Parecíame que la madre de Aurora debía abrirme los brazos y estrecharme contra su pecho, ebria de dicha. Pero durante el largo camino, a medida que la hora de la separación se aproximaba, sentí abrirse en mi pecho una herida que agrandándose se envenenaba cada vez más. Trataba mi boca de pronunciar esta palabra: «Hija mía», con estrangulada voz. Ese nombre es mentira. Aurora no era ya mi hija. Yo la miré con lágrimas en los ojos y ella, pobre ángel, me sonreía a pesar suyo, de otro modo que se sonríe a un padre.

La princesa, abanicándose nerviosamente, dijo con voz sorda:

—Vuestro papel es decirme que ella os ama.

—¡Si no lo creyese —respondió con fuego Lagardère—, quisiera morir en este instante!

La princesa dejose caer sobre un banco que bordeaba la alameda. Su pecho agitado, hacía anhelante su respiración. El odio y la ira la cegaban, cerrando sus oídos a toda persuasión. ¡Lagardère el raptor de su hija!

Su cólera era tanto más terrible, cuanto que no osaba dejarla desbordar. A ciertos malhechores hay que guardarse de herirles el amor propio, y de alargarles la bolsa, se decía la princesa. Lagardère no quería ser comprado con oro.

—¿Sabe Aurora el nombre de su familia?

—Se cree una niña abandonada, recogida por mí —respondió Lagardère sin vacilar.

Y como la princesa levantase la cabeza para mirarle, él añadió:

—Eso es una garantía para vos. Respirad, pues, a gusto. Cuando vuestra hija sepa la distancia que nos separa…

—¿Y la sabrá? —preguntó con desconfianza Aurora de Caylus.

—La sabrá, no lo dudéis. Si quiero que a vuestro lado sea libre, ¿cómo podéis suponer que intente yo esclavizarla? Decidme con la mano sobre vuestro corazón: «Por la memoria de Nevers os juro que mi hija vivirá a mi lado segura y libre», y os devolveré a vuestra hija.

La princesa estaba muy lejos de esperar este desenlace. No por eso, sin embargo, se desarmó. Creyó que el ofrecimiento era una nueva estratagema. Quiso oponer la astucia a la astucia. Su hija estaba en las manos de aquel hombre y creía tener derecho de valerse de todos los medios para recobrarla.

—Espero que me respondáis —dijo Lagardère viéndola dudar.

La princesa tendiole su mano.

Él hizo un gesto de sorpresa.

—Tomad mi mano y perdonad generosamente a una pobre madre que solo tiene enemigos a su alrededor. Si engañándome sobre vuestros sentimientos he podido ofenderos, os pediré perdón de mi falta, arrodillándome a vuestros pies.

—Señora…

—Lo confieso, os debo mucho. No era así como debíamos habernos visto. Tal vez, vos os habéis equivocado al hablarme como lo habéis hecho, y puede ser que yo os haya contestado con demasiado orgullo. Las palabras que pronuncié en el consejo de familia se dirigían al príncipe de Gonzaga y las provocó el aspecto de la joven que me presentaron como hija mía. Me irrité demasiado pronto; pero vos lo sabéis: los sufrimientos agrian los más bondadosos caracteres. ¡Y yo he sufrido tanto!

Lagardère estaba de pie ante ella en respetuosa actitud.

—Además —prosiguió Aurora de Caylus sonriendo melancólicamente—, ¿no habéis comprendido que tengo celos de vos? Vos habéis recibido sus lágrimas, sus gritos inarticulados de niña, su primera sonrisa y poseéis su ternura. ¡Oh, sí, estoy celosa! ¡Después de haber perdido dieciocho años de su adorada existencia, me disputáis lo que me queda! Ahí va mi mano, ¿queréis perdonarme?

—Soy muy dichoso de oíros hablar así.

—¿Me habíais creído un corazón de mármol? ¡Dejádmela ver! Soy vuestra deudora, caballero Lagardère, y os ofrezco mi amistad. Enseñádmela un instante y mi gratitud hacia vos será eterna.

—Yo nada valgo ni soy, señora; se trata de ella.

—¡Mi hija! —exclamó la princesa levantándose—. ¡Devolvedme mi hija! ¡Os prometo cuanto me habéis pedido por mi honor y en nombre de Nevers!

Una nube de sombría tristeza cubrió el rostro de Lagardère.

—Habéis jurado, señora, y vuestra hija os pertenece. Solo os pido el tiempo necesario para advertirla y prepararla. Es un alma tierna que una emoción demasiado fuerte podría destrozar.

—¿Necesitáis para eso mucho tiempo?

—Una hora.

—¿Está, pues, aquí?

—Está en lugar seguro.

—¿Y no puedo saber?…

—¿Mi retiro? ¿Para qué? Dentro de una hora mi querida huérfana será la señorita Aurora de Nevers.

—Haced lo que queráis. Hasta la vista, caballero Lagardère. ¿Nos separamos amigos?

—Nunca he dejado de serlo vuestro, señora.

—Yo comprendo que llegara a amaros. Confiad en mí y esperad.

Lagardère besó la mano de la princesa con efusión.

—¡Soy vuestro, señora; vuestro en cuerpo y alma!

—¿Dónde os encontraré?

—En la plazoleta de la estatua de Diana, dentro de una hora.

La princesa se alejó. Desde que salió de la alameda de los olmos, dejó de sonreír y corrió hacia el palacio.

—¡Tendré mi hija! —decía enloquecida—; ¡pero jamás, jamás, volveré a ver a ese hombre!

Lagardère estaba también loco, loco de alegría, de reconocimiento y de ternura.

—«¡Confiad en mí!» —se decía—. Lo he oído bien, sí: me ha dicho: «Esperad.» ¡Y cómo iba a engañarme esa santa mujer! Ella ha dicho: «Esperad», ¿le había pedido yo tanto? ¡Y yo que le regateaba su dicha, que desconfiaba de ella y que creía que no amaba a su hija! ¡Cuánto la voy a querer! ¡Qué placer voy a gustar al devolverle su hija!

Volvió sobre sus pasos por la Alameda para llegar a la fuente. A pesar de su febril alegría, no olvidó el asegurarse de que no era seguido. Cuando estuvo convencido de que nadie podía verle entró en el pabelloncito. Al pronto, no vio a Aurora. La llamó y no obtuvo respuesta. Después de un momento la apercibió asomada a una ventana; parecía escuchar. La llamó de nuevo y Aurora dejó en seguida la ventana para correr hacia él.

—¿Quién es esa mujer? —exclamó ella.

—¿Qué mujer? —preguntó Lagardère asombrado.

—Esa que hablaba con vos hace un momento.

—¿Cómo lo sabéis, Aurora?

—Esa mujer es vuestra enemiga, Enrique, ¿es cierto? ¡Vuestra enemiga mortal!

Enrique dijo sonriéndose:

—¿Por qué suponéis que sea mi enemiga?

—¿Sonreís, Enrique? ¿Me he equivocado? ¡Tanto mejor! Pero dejemos eso y decidme por qué me tenéis prisionera en medio de esta fiesta. ¿Tenéis vergüenza de mí? ¿No soy bastante bella? —Y se quitó respetuosamente el capuchón de su dominó, dejando al descubierto su hermosa cabeza.

—¡Bastante bella! —exclamó Lagardère—. ¡Vos, Aurora, sois la más hermosa de las mujeres!

Su entusiasta admiración, sin embargo, era distraída.

—¡Decís eso de un modo! —dijo la joven tristemente. Enrique pareció afligido y preocupado—. Ayer me prometisteis que hoy sería mi último día de ignorancia; y a pesar de eso no sé más que antes.

Lagardère la miraba con la fijeza del que medita.

—Pero no me quejo de eso —prosiguió sonriendo la joven—; ya he olvidado mi larga espera y soy dichosa. ¿Me llevaréis al baile?…

—El baile ha concluido —contestó Lagardère.

—Es verdad. Hace un rato que no oigo los alegres acordes de la orquesta que parecían burlarse de la pobre reclusa. Nadie paseaba por estos lugares ya. Solo he visto a esa mujer.

Lagardère le preguntó con gravedad:

—Decidme, Aurora, ¿qué os ha hecho pensar que esa mujer es mi enemiga?

—¡Me asustáis! —exclamó la joven—. ¿Os odia de veras?

—Respondedme, Aurora. ¿Iba sola cuando pasó por aquí?

—No. La acompañaba un gentilhombre vestido con un rico traje y que llevaba un cordón azul al cuello.

—¿No ha pronunciado ella su nombre?

—El vuestro sí. Eso es lo que me ha hecho adivinar que debía haber hablado con vos.

—¿Y habéis oído por casualidad lo que decía esa mujer?

—Algunas palabras solamente. Parecía colérica y casi loca. «Monseñor», decía.

—¡Monseñor! —repitió Lagardère.

—«Si Vuestra Alteza Real no llega en mi auxilio…»

—¡Era el Regente! —dijo Lagardère estremeciéndose.

Aurora palmoteo de alegría.

—¡Ah, era el Regente! ¡He visto al Regente!

—¿Y después? —volvió a preguntar Enrique.

—No he oído más.

—¿No decíais que ha pronunciado mi nombre?

—Sí, antes; pero estaban muy lejos. La mujer dijo: «¡La fuerza, no hay más que la fuerza para reducir esa voluntad indomable!»

—¡Ah! —dijo Lagardère dejando caer con desaliento los brazos a lo largo de su cuerpo—. ¿Ha dicho eso?

—Sí.

—¿Lo habéis oído?

—Sí, no lo dudéis, Enrique. ¿Pero por qué estáis tan pálido, por qué brillan tanto vuestros ojos?

Si le hubiesen clavado un puñal en el corazón no le habrían hecho sufrir tanto como las palabras que acababan de decirle.

—¡La violencia, la violencia después de la astucia! ¡Egoísmo profundo! ¡Corazón perverso! ¡Devolver bien por mal es lo que hacen los santos y los ángeles! Mal por mal y bien por bien, es la humana ley; ¡pero hacer daño al que nos quiere prestar un servicio! ¡Por Cristo! Eso es infame y odioso. ¡Ella me engaña! Ahora lo comprendo todo. ¡Me hará sucumbir al número! ¡Nos van a separar!…

—¡A separarnos! —repitió Aurora saltando como leona herida—. ¿Quién es esa miserable mujer?

—Aurora —dijo Lagardère—; vos no podéis decir nada malo de esa mujer.

Y la expresión de su fisonomía era tan extraña que la joven retrocedió con espanto.

—¡En nombre del Cielo! ¿Qué queréis decir? Explicaos.

Aurora se acercó a Lagardère, que tenía la cara oculta entre las manos y quiso rodearle el cuello con sus brazos. Él la rechazó espantado.

—¡Dejadme, dejadme! ¡Esto es horrible! ¡Una maldición pesa sobre nosotros!

Las lágrimas acudieron a los ojos de Aurora.

—¡Ya no me amáis, Enrique! —balbuceó la joven.

Lagardère la miró. Parecía loco. Retorcíase los brazos y una carcajada convulsiva y dolorosa levantaba su pecho.

Vacilando, como si estuviera ebrio, y sintiendo flaquear a la vez su inteligencia y su fuerza, exclamó:

—¡Ah! ¡No sé qué hacer; ignoro el camino del honor! ¿Qué hay en mi corazón? ¡La noche, el vacío! ¡Mi amor, mi deber! ¿Cuál es primero? ¿Qué ordena la conciencia en estos casos?

Y dejándose caer en una silla, murmuró con el acento plañidero y vago de los pobres locos:

—¡Conciencia, conciencia, dime qué es primero! ¿Mi deber o mi amor? ¿Mi vida o mi muerte? Esa mujer tiene sus derechos; pero, ¿no los tengo yo también?

Aurora no comprendía el significado de las palabras que casi inarticuladas salían de la garganta de su amigo; pero veía su angustia y su dolor.

—¡Enrique, Enrique! —dijo arrodillándose delante de él.

—¡Esos derechos sagrados no se compran —prosiguió Lagardère, en quien la postración seguía a la fiebre—; no se compran ni aun al precio de la vida! Yo he dado mi vida, es cierto; pero, ¿qué se me debe por ella? ¡Nada!

—¡En nombre de Dios, Enrique, calmaos!

—¡Nada! Y si he obrado por algún interés, ¿qué valen mi ternura y mis sacrificios? ¡Locura, locura!

Aurora cogió sus manos.

—¡Locura, locura! —repetía Enrique—. He edificado sobre la arena y el frágil castillo de mis esperanzas se lo lleva el viento de la realidad. ¡Mi sueño no era nada!

Lagardère no sentía la dulce presión de las manos de Aurora ni veía sus lágrimas.

—He venido aquí —continuó Enrique enjugando el sudor de su frente—, ¿para qué? ¿Me necesitan aquí para algo?, ¿quién soy, qué soy yo? Esa mujer tiene razón. ¡He hablado con orgullo, he hablado como un insensato!… ¿Quién me asegura que vos seríais dichosa conmigo?… ¿Lloráis?

—Lloro de veros así —balbuceó Aurora.

—Más tarde, si os veo llorar, moriré de dolor.

—¿Por qué he de llorar?

—¿Lo sé yo acaso, Aurora? ¿Quién puede vanagloriarse de conocer el corazón de las mujeres? ¿Sé siquiera si me amáis?

—¡Que si os amo! —exclamó la joven con pasión.

Enrique la contemplaba con ansiedad.

—¿Me preguntáis si os amo, Enrique? —repitió Aurora.

Lagardère le puso la mano sobre la boca. Ella la besó. Él la retiró como si hubiese tocado fuego.

—¡Perdonadme —dijo—, estoy trastornado! Y por otra parte… es preciso que sepa… Tal vez no os conocéis a vos misma, Aurora. Escuchadme y reflexionad bien. Jugamos aquí, en este instante supremo, la dicha o la desgracia de toda la vida. Responded, os lo suplico, a mis preguntas; pero meditadlas con cuidado, consultad antes vuestros sentimientos y vuestra conciencia. ¡Qué hable vuestro corazón!

—Os contestaré como a mi padre —respondió Aurora.

Lagardère se puso lívido y cerró los ojos balbuceando:

—¡Ese nombre, siempre ese nombre! ¡Dios mío, es el único que le he enseñado! Qué ve en mí sino a su padre —añadió, abriendo sus ojos húmedos.

—¡Oh, Enrique! —dijo Aurora, ruborizándose.

—Cuando yo era niño —continuó Lagardère—, los hombres de treinta años me parecían viejos.

Su voz era temblorosa y dulce al hacer esta pregunta:

—¿Qué edad creéis que tengo, Aurora?

—¡Qué me importa vuestra edad, Enrique!

Lagardère parecía un culpable que espera su sentencia.

El amor, ese terrible y poderoso sentimiento que gobierna a la humanidad, tiene extraños candores.

Aurora bajó los ojos mientras su corazón latía violentamente.

Por la primera vez veía Lagardère despertar el pudor celeste de la joven. La puerta del Cielo creyó que se abría ante él.

—No sé vuestra edad, Enrique —contestó Aurora—; pero sabed que ese nombre de padre que os doy siempre, me hace sonreír con frecuencia.

—¿Por qué, hija mía? Yo podría ser vuestro padre.

—Pero yo no puedo ser vuestra hija, Enrique.

La ambrosía que embriaga a los dioses, era hiel al lado de los encantos de aquella voz. Enrique, completamente dichoso, quiso beber su felicidad hasta la última gota.

—Cuando nacisteis, tenía más edad que vos ahora.

—Es verdad. De otro modo no hubierais podido tener en una mano mi cuna y en la otra la espada.

—Aurora, hija mía, no me miréis a través de vuestro reconocimiento; miradme tal como soy…

Ella, apoyando sus dos manos en los hombros de él, estuvo contemplándole largo rato.

Al fin, con la sonrisa en los labios y entornando los párpados, le dijo Aurora:

—No conozco nada en el mundo; pero no creo que en él haya nada más noble, más bueno y hermoso que vos, Enrique.

IX. DEMASIADO TARDE

Y era cierto; sobre todo en aquel instante en que la dicha hacía irradiar el rostro de Lagardère. Entonces era tan joven y hermoso como ella.

Si hubierais visto a la enamorada virgen ocultar el brillo de sus ojos tras la ancha franja de sus pestañas, podríais comprender lo que es el amor casto y grande; la santa ternura que funde en una sola dos existencias. El amor, cántico de sublime armonía de las almas, transfiguraba con celestial aureola el rostro de la joven.

Lagardère estrechó contra su corazón a su prometida.

—¡Gracias, gracias! —murmuró.

—Dime, Aurora —añadió después de una pausa—, ¿has sido siempre feliz a mi lado?

—Sí, muy dichosa.

—¿Y por qué has llorado hoy?

—¿Por qué lloran las jóvenes? —contestó Aurora tratando de eludir la pregunta.

—Pero tú no eres como la mayoría de las jóvenes. Tú, cuando lloras… Te lo suplico, dime por qué has llorado.

—Lloraba vuestra ausencia, Enrique. Os veo tan raramente que he llegado a pensar…

Aurora dudaba.

—¿Qué has pensado? —insistió Lagardère.

—Soy una loca, Enrique —balbuceó la joven confundida—. He pensado que hay muchas mujeres hermosas en París; he pensado que habrá algunas que desean veros agradable, y quizá…

—¿Quizá? —repitió Lagardère.

—Y que quizá amáis a otra…

—¡Dios me ha dado la felicidad! —exclamó Lagardère—. Lloro de gozo, ¿es posible creerlo?

—¡Es preciso creer, sí, que yo te amo! —dijo Aurora ahogando sobre el pecho de su amigo esta confesión que la espantaba.

—¡Me amas! ¡Tú me amas, Aurora! ¿Sientes latir tu corazón? ¡Oh! ¿Pero es cierto?… ¿Estás segura de ello? Aurora, hija mía, ¿lees bien en tu corazón?

—Mi corazón es el que ha hablado.

—Ayer eras aún una niña.

—Hoy soy ya una mujer. Enrique, Enrique, ¡yo te amo!

Enrique se llevó las dos manos al pecho para contener los latidos de su corazón.

—¿Y tú? —preguntó Aurora.

La voz de Lagardère temblaba y solo pudo balbucear:

—¡Oh, yo soy dichoso, muy dichoso!

La frente de Lagardère se nubló de nuevo. Al notarlo le preguntó Aurora golpeando el suelo con el pie:

—¿Qué tienes? ¿Qué nuevo temor te asalta?

—¿No sentirás algún día el haber seguido hoy los impulsos de tu corazón? —le preguntó Lagardère, besándole los cabellos.

—¿Estando tú a mi lado? ¡Jamás!

—Escucha. He descorrido un poco ante tus ojos esta noche la cortina que te ocultaba los esplendores del mundo. Has entrevisto la Corte, el lujo, la luz y has oído el ruido de las fiestas. ¿Qué te parece la Corte?

—La Corte es hermosa; pero no la he visto del todo, ¿verdad?

—¿Te agrada? Tu mirada brilla. ¿Te gustaría vivir en ese mundo?

—Contigo, sí.

—¿Y sin mí?

—¡Sin ti, no!

Lagardère le besó las manos.

—¿Te has fijado en las mujeres que pasaban junto a ti sonriendo?

—Parecían dichosas y eran muy bellas —contestó Aurora.

—Dichosas son en efecto esas mujeres. Tienen castillos y hoteles…

—Nuestra casa, a tu lado, me parece el mejor de los palacios.

—Ellas tienen amigos.

—¿No te tengo yo a ti?

—Ellas tienen una familia.

—Mi familia eres tú.

Aurora contestaba siempre sonriendo y sin vacilar. Su corazón era el que hablaba; pero Lagardère quiso probarla hasta lo último. Armándose de valor dijo después de una pausa:

—Y tienen una madre.

Aurora se puso pálida, y dejando de sonreír asomó a sus ojos una lágrima. Lagardère soltó sus manos.

—¡Una madre! —repitió la joven levantando los ojos al cielo—. Algunas veces creo estar a su lado. Después de vos, Enrique, la memoria de mi madre es lo único que amo en este mundo. Si ella estuviese aquí y os abriera sus brazos llamándoos hijo, creería estar en el Paraíso.

Después de una corta pausa añadió:

—Pero si fuese necesario escoger entre mi madre y vos…

Su cuerpo se estremeció y su encantadora fisonomía revelaba una melancolía profunda. Lagardère la escuchaba con ansiedad indescriptible reteniendo el aliento.

—Tal vez voy a decir una blasfemia; pero lo digo porque lo siento: si me dieran a elegir entre mi madre y vos…

No dijo más, pero se arrojó en los brazos de Lagardère diciendo entre sollozos:

—¡Te amo! ¡Te amo!

Lagardère la estrechó contra su pecho y dirigiéndose al Cielo, como si quisiera ponerle por testigo de lo que acababa de oír, exclamó:

—¡Dios mío! Tú que nos ves, tú que nos oyes y nos juzgas, tú me la das. ¡Yo la recibo de ti y juro por mi alma que será dichosa!

Aurora sonreía.

—¡Gracias, gracias! —prosiguió Lagardère, depositando un casto beso en la frente de la señorita de Nevers.

—Mira, Aurora, mira la dicha que me proporcionas. Ya lo ves, río y lloro. ¡Estoy loco, embriagado de felicidad! ¡Tú eres mía, completamente mía!… ¿Pero qué decía yo hace un momento? ¿Que soy viejo! ¡No, Aurora mía, no lo creas, te engañé! ¡Soy joven! Siento desbordarse en mí la juventud, la fuerza, la vida. ¡Vamos a ser dichosos! ¡Largo tiempo dichosos! Cierto que generalmente los hombres a mi edad son ya casi viejos. ¿Sabes por qué? Voy a decírtelo. Los jóvenes hacen lo que hacía yo antes de que la casualidad te depositara dormida sobre mis brazos. Amar, beber, jugar, ¡qué sé yo! Cuando los jóvenes como yo lo era, son ricos de energía, de fuerza, de temeridad, disipan en pocos años el tesoro inestimable de su juventud. Yo hubiera hecho lo mismo; pero tú te atravesaste en mi camino, Aurora, y me transformé al momento. Un instinto providencial detuvo las larguezas de mi corazón. Atesoraba todos mis sentimientos para guardar entera para ti mi alma. El fuego sagrado de mi juventud lo guardé en arca inasequible. Mi corazón, dormido, como la bella del bosque, despierta hoy con la energía de los veinte años. Me escuchas y sonríes: me crees loco. ¡Ah, sí, estoy loco de alegría! Y sin embargo, te digo la verdad. ¿Qué he hecho yo durante todos estos años? Los he invertido en verte crecer, los he pasado mirando el despertar de tu alma. Tu sonrisa ha sido mi alegría, mi solo placer. ¡Tienes razón! Estoy en edad de ser dichoso, en edad de querer. ¡Tú eres mía! ¡Seremos el uno del otro! ¡Fuera de nosotros nada existirá en el mundo! Nos iremos a cualquier ignorado retiro lejos de aquí; muy lejos; donde nadie pueda turbar nuestra ventura. ¡El amor arrullará nuestros sueños!… ¡Pero háblame, Aurora, háblame!

Ella le escuchaba embelesada.

—¡El amor! —repitió—. ¡Queremos siempre! ¡Qué felices vamos a ser!

—¡Rayos y truenos! —decía Cocardasse, agarrando por los pies al barón de Barbanchois—. ¡He aquí un anciano que pesa tanto como sus pergaminos!

Passepoil sostenía la cabeza del mismo. El austero noble, a quien las orgías de la regencia disgustaban tanto, no había tenido inconveniente en emborracharse.

Cocardasse y Passepoil, a quienes el barón de la Hunaudaye confió la misión de llevarle a su casa, atravesaban el jardín solitario y sombrío.

—Y bien, querido —prosiguió Cocardasse, pocos pasos más allá de la tienda donde habían cenado—, ¿no te parece que debemos descansar un poco?

—Me parece de perlas tu proposición. El viejo pesa mucho, y la paga es escasa.

Y, de común acuerdo, depositaron al barón de Barbanchois sobre el césped. La frescura de la noche le espabiló un poco, y empezó a decir su refrán favorito:

—¿Dónde vamos? ¿Dónde vamos?

—¡Pecador! —dijo Cocardasse—. ¡Este viejo borracho es muy curioso!

—Vamos a nuestra sepultura —suspiró con resignación Passepoil.

Ambos se sentaron sobre un banco, Passepoil sacó tranquilamente su pipa, y se puso a atacarla con gran cuidado.

¡Esa cena tan rica, será la última para nosotros! —dijo.

—¡Muy rica! —respondió Cocardasse, golpeando los ladrillos—. ¡Rayos y truenos! He comido pollo y medio.

—¡Qué linda era la joven de los cabellos rubios que estaba sentada delante de mí!

—¡Famosa! Pues, ¡y las alcachofas rellenas, gran Dios! —exclamó Cocardasse.

—¡Y su talle ligero y esbelto; y su cintura, que puede abarcarse con la mano!

—Me gusta más la mía —contestó Cocardasse.

—¿Aquella roja, pecosa y bizca?

Passepoil hablaba de la vecina de mesa de Cocardasse. Este le cogió por el cogote, y dijo:

—Pichón mío, no consentiré de ninguna manera que hables mal de mi cena. Dame al instante tus excusas, ¡vive Dios!, o, de lo contrario, te rajo sin piedad.

Ambos, para consolarse de sus penas, habían bebido dos veces más que el barón de Barbanchois. Passepoil, cansado de la tiranía de su amigo, no quiso presentarle sus excusas. Soltose de sus manos, y tirándose desesperadamente de los pelos, concluyó por caer sobre el cuerpo del austero Barbanchois, que, despertándose, volvió a decir:

—¿Dónde vamos, Dios mío? ¿Dónde vamos?

—¡Y yo que había olvidado a ese viejo petate! —dijo el gascón.

—Llevémosle —añadió Passepoil.

Pero, antes de recoger al borracho noble, abrazáronse con efusión, derramando abundantes lágrimas.

Luego, agarrando su fardo humano, emprendieron de nuevo la marcha.

—¿No la has visto? —preguntó Cocardasse.

—¿A la del dominó rosa? Ni rastro de ella. He recorrido inútilmente en su busca todas las tiendas.

—¡Ah, yo he entrado hasta en palacio! Había muchos dominó rosa; pero ninguno era el nuestro.

—Y a él, ¿le has visto?

Cocardasse contestó, bajando la voz:

—No, pero he oído hablar de él. El Regente no ha cenado, y ha estado hablando con Gonzaga más de una hora. Todos los secuaces del príncipe chillan y juran contra Lagardère. ¡Santo Dios! Si tuvieran la mitad del valor que pregonan, nuestro parisién se vería apurado para librarse de ellos.

—Tengo miedo de que nos desembaracen de él —suspiró Passepoil.

Cocardasse, que iba delante, se detuvo.

—Amigo mío, ten la seguridad de que dará buena cuenta de ellos. Se ha visto en mayores apuros.

—Sí; pero… tanto va el cántaro a la fuente…

Passepoil no pudo concluir su refrán. Un ruido de pasos se oyó hacia la fuente, y nuestros dos bravos, quizá obedeciendo a la costumbre, se ocultaron tras unos arbustos. A poco, un pelotón de hombres armados, a cuya cabeza iba el gran espadachín Bonnivet, escudero de la señora de Berri, pasó por delante de ellos. A su paso, iban apagándose todos los faroles del jardín.

Cocardasse y Passepoil oyeron este diálogo:

—¡Está en el jardín! —decía un sargento—. He interrogado a los centinelas de las puertas, y ninguno le ha visto salir. No puede haber equivocación, porque su disfraz es fácil de reconocer.

—¡Hay que tener cuidado con él! —repuso otro soldado—. Le he visto sacudir al príncipe de Gonzaga, como se sacude un manzano cuando se quiere comer su fruto.

—Ese buen muchacho debe ser paisano mío —murmuró Passepoil, entusiasmado por aquella metáfora normanda.

—¡Atención, muchachos! —dijo Bonnivet—. ¡Tened mucho ojo, ya· sabéis que es un peligroso compañero!

Y se alejaron.

Otra patrulla caminaba hacia la alameda de los olmos. Las luces que quedaban todavía encendidas en el jardín, fueron poco a poco apagándose. Hubiérase dicho que en aquella mansión del placer se preparaba alguna siniestra emboscada.

—Palomo mío —dijo Cocardasse—, es nuestro ahijado a quien buscan.

—No hay duda —respondió el normando.

—Ya había oído yo en el palacio que el príncipe había sido maltratado por él. Buscan a Lagardère.

—¿Y apagan las luces para buscarle?

—Las sombras favorecen las sorpresas.

—¡Horror! Van cuarenta o cincuenta contra uno. Si se les escapa esta vez…

—Querido, se les escapará. Ese tunante tiene el diablo en el cuerpo. En estas circunstancias, lo que debemos hacer nosotros es buscarle también y ofrecerle nuestros servicios y nuestras personas…

Passepoil, que era muy prudente por naturaleza, hizo un gesto y dijo:

—No es momento propicio.

—¡Rayos y truenos! ¿Quieres discutir conmigo? O ahora o nunca. ¡Si nos necesita, nos recibirá con la estocada Nevers, puesto que hemos desobedecido sus órdenes!

—¡Es verdad, le hemos desobedecido! ¡Pero que se me lleve el diablo, si tu intento no me parece un mal negocio!

Vean ustedes por qué aquella noche el barón de Barbanchois no durmió en su cama. El ebrio gentilhombre fue depositado sobre el césped, donde continuó su apacible sueño. Más adelante veremos dónde y cuándo se despertó.

Cocardasse y Passepoil empezaron sus pesquisas.

La noche era oscura. En el jardín, salvo la entrada de las tiendas indias, no quedaba ya un solo farol encendido.

En todas las ventanas del departamento del Regente se veía luz.

Su Alteza se asomó a una de ellas y dijo a sus invisibles servidores:

—Con vuestras cabezas me respondéis de su vida. ¡Es necesario prenderle vivo!

—¡Loado sea Dios! —gruñó Bonnivet que estaba emboscado con sus hombres en la plazoleta de la estatua de Diana—. ¡Si el bribón ha oído la advertencia, no va a dejar uno de nosotros para que cuente mañana la aventura!

Las patrullas obedecían las órdenes del Regente de muy mala gana. Lagardère tenía tan terrible reputación, que los soldados, a haber podido, hubiesen hecho antes testamento. Bonnivet, el famoso espadachín, tampoco estaba a gusto aquella noche.

Lagardère y Aurora acababan de decidir la huida. Lagardère, que no podía imaginarse lo que sucedía en el jardín, esperaba poder pasar con su compañera por la puerta de Le Bréant. Se puso su dominó negro y mandó a Aurora que ocultara de nuevo su rostro tras de la careta. Cuando salieron del pabellón encontraron dos hombres arrodillados sobre la arena.

—Hemos hecho cuanto hemos podido, caballero —dijeron a la vez Cocardasse y Passepoil—. ¡Perdonadnos!

—El dominó rosa era Satanás en persona y se evaporó como el humo ante nuestros ojos —dijo Cocardasse.

—¡Dulce Jesús! —exclamó Passepoil—. ¡Es ese!

Cocardasse se frotó los ojos.

—¡Levantaos! —les ordenó Lagardère.

Luego, al ver los fusiles de los soldados al final de la Alameda, preguntó:

—¿Qué quiere decir eso?

—¡Quiere decir que estás bloqueado, hijo mío! —respondió Passepoil.

Lagardère no pidió explicación de estas palabras que dictaba el vino del normando. Todo lo adivinó entonces. La fiesta había concluido y la huida era casi imposible. Las horas que embriagado con su felicidad le parecieron minutos, eran en aquel momento poderosos obstáculos a sus planes. No midió el tiempo y se le había hecho tarde. Solo el tumulto de la fiesta hubiera podido favorecer su fuga.

—¿Me sois francamente adictos? —preguntó a los bravos.

—¡Vivos o muertos, os pertenecemos en cuerpo y alma! —respondieron sus antiguos amigos llevándose la mano al corazón.

Y decían la verdad. La vista de su antiguo discípulo tenía el privilegio de embriagarles más que el vino.

Aurora temblaba por Lagardère, olvidándose en absoluto de sí misma.

—¿Han relevado la guardia de las puertas? —preguntó Enrique.

—Las han reforzado —respondió Cocardasse—. ¡Hay que pegar fuerte, gran Dios!

—¿Conocéis, por casualidad, a maese Le Bréant, portero de las habitaciones particulares del Regente?

—Como nuestros bolsillos —respondieron a un tiempo Cocardasse y Passepoil.

—Entonces no os abrirá su puerta —dijo con desaliento Lagardère.

Los dos bravos comprendieron la lógica de aquella conclusión. Solamente quien no les conociera podría abrirles la puerta de su casa.

Detrás del follaje se oyó un ruido vago. Hubiérase dicho que los soldados se aproximaban hacia allí con precaución. Lagardère y sus compañeros nada podían ver. En el lugar donde estaban había algunos faroles, mientras el resto del jardín permanecía a oscuras.

—Escuchad —dijo Lagardère—; es preciso jugar el todo por el todo. No os ocupéis de mí. Yo sé cómo salir de este negocio: tengo un disfraz que me librará de mis enemigos. Llevaos a esta joven. Entraréis con ella en el vestíbulo de las habitaciones particulares del Regente y diréis a Le Bréant:

—«Venimos de parte del que está en vuestro pabelloncito.»

Y os abrirá la puerta. Cuando hayáis salido esperadme detrás del oratorio del Louvre.

—Entendido —dijo Cocardasse.

—Una palabra, aún. ¿Sois capaces de dejaros matar antes de entregar a esta joven?

—¡Destrozaremos todo lo que se oponga a nuestro paso! —contestó Cocardasse.

—No tengáis cuidado —añadió Passepoil.

—¿De veras?

—Esta vez quedaréis satisfecho de nosotros —contestaron los dos.

Lagardère besó la mano a Aurora y le dijo:

—¡Valor! Esta es nuestra última prueba.

La joven se alejó escoltada por los dos valientes. Algunos pasos más allá de la fuente, dos soldados les dieron el alto.

—Acompañamos a una dama del cuerpo de baile —dijo Cocardasse.

Y apartando a uno de los centinelas, añadió:

—¡Su Alteza Real nos espera!

Los soldados se echaron a reír y les dejaron el paso franco.

Pero tras la sombra de unos naranjos había dos hombres en acecho. Eran Gonzaga y su confidente. Estaban allí esperando ver aparecer de un momento a otro a Lagardère. Gonzaga dijo algunas palabras al oído de Peyrolles. Este siguió con media docena de hombres armados a Cocardasse y Passepoil.

Bréant, como esperaba a Lagardère, abrió la puerta. Solamente que la abrió dos veces. La primera pasaron Aurora y su escolta; la segunda Peyrolles y sus compañeros.

Lagardère se deslizó hasta el final de un sendero para ver marchar a su prometida. Cuando quiso volver al pabellón, el paso estaba cerrado; un piquete de guardias le amenazó con sus armas.

—Caballero —dijo el jefe con voz un poco alterada—, no hagáis resistencia, os lo suplico; estáis acorralado.

Era cierto. Por todas partes se veían relucir los cañones de los fusiles.

—¿Qué se me quiere? —preguntó Lagardère sin sacar la espada.

El valiente Bonnivet, que avanzaba a paso de lobo por detrás de Enrique, le agarró los brazos. Lagardère no opuso resistencia pero añadió de nuevo:

—¿Qué se me quiere?

—Ya lo veréis —respondió el marqués de Bonnivet.

Luego añadió:

—¡Adelante, señores, vamos a palacio! Espero que seréis testigos de que yo solo he realizado tan importante captura.

Unos sesenta soldados rodearon a Lagardère, que fue conducido a las habitaciones de Felipe de Orleáns. Después se cerraron las puertas del jardín donde no quedó alma viviente, es decir, quedaba el austero barón de Barbanchois durmiendo como un justo sobre la fresca hierba.

X. LA EMBOSCADA

Lo que se llamaba gabinete particular del Regente, era un gran salón donde Su Alteza acostumbraba a recibir a los ministros y a reunir el consejo de la regencia. En el centro de este salón había una mesa redonda cubierta con un rico tapiz de seda y alrededor de ella un sillón para el Regente, otro para el duque de Borbón y sillas para los otros miembros titulares del consejo y los secretarios de Estado. Sobre la puerta principal el escudo de Francia y las armas de Orleáns. Allí se despachaban un poco a la ligera diariamente los negocios del reino, después de la comida. El Regente comía tarde, la función de la Ópera empezaba pronto, y por lo tanto no había tiempo que perder.

Cuando Lagardère entró en este salón, estaba lleno de gente. Parecía un tribunal. Veíase de pie a los señores Lamoignon, Tresmes y Machault, junto al sillón en que el Regente estaba sentado. Los duques de Saint-Simon, de Luxemburgo y Harcourt, se hallaban cerca de la chimenea. Había centinelas en todas las puertas, y Bonnivet, triunfante, se limpiaba el sudor ante un espejo.

—¡Hemos pasado un mal rato, pero ya le tenemos! ¡Ah, diablo de hombre! —decía Bonnivet a media voz.

—¿Se ha resistido mucho? —preguntó Machault.

—De no estar yo allí, ¡sabe Dios lo que hubiera ocurrido!

En el salón veíase también a Villeroy, al cardenal Bissy, a Argenson, a De Blanc, a Gonzaga y a sus amigos. Doce o quince hombres armados hasta los dientes escoltaban a Lagardère. Miró a todos los lados y solo vio a una mujer, a la princesa de Gonzaga, sentada a la derecha de Felipe de Orleáns.

—¡Caballero —dijo este con aspereza al ver a Enrique—, no estaba dentro de nuestras condiciones el que turbaseis nuestra fiesta e insultarais en nuestra propia casa a uno de los más grandes señores del reino! ¡Estáis acusado de haber desenvainado vuestra espada dentro del recinto del palacio real! Vuestra conducta incalificable nos hace arrepentimos de nuestra clemencia.

Desde su arresto, el semblante de Lagardère era de mármol.

Respondió con acento frío y respetuoso:

—Monseñor, no temo que se repita aquí lo sucedido entre el príncipe de Gonzaga y yo. Respecto al segundo cargo que Vuestra Alteza me hace, es verdad que he sacado la espada, pero ha sido para defender a una dama. Algunos de los que me escuchan, pueden daros fe de mis palabras.

Solo Chaverny contestó:

—Decís verdad, caballero.

Enrique le miró con asombro.

Tan leal confesión valió a Chaverny las reconvenciones de sus amigos. Pero el Regente, que estaba cansado y tenía sueño, no podía detenerse en semejantes bagatelas.

—Os hubiera perdonado todo esto, pero hay una cosa que no puedo perdonaros. ¿Es verdad que habéis prometido devolverle su hija a la princesa de Gonzaga?

—Sí, monseñor, lo he prometido.

—¿Me habéis enviado un mensajero que me ha hecho la misma promesa en vuestro nombre?

—Sí, monseñor.

—Espero que adivinaréis que estáis ante un tribunal. Los tribunales ordinarios no pueden entender en el hecho de que se os acusa. Sin embargo, caballero, os juro se os hará la justicia que merecéis. ¿Dónde está la señorita de Nevers?

—Lo ignoro —contestó Lagardère.

—¡Miente! —exclamó con ímpetu la princesa.

—No, señora. He prometido más de lo que cumplir podía, eso es todo —dijo Lagardère.

La asamblea entera prorrumpió en un murmullo de desaprobación.

Enrique añadió en voz más alta paseando una mirada por la concurrencia:

—No conozco a la señorita de Nevers.

—¡Es un impostor! —dijeron varias voces.

El Regente le miró con severidad y dijo:

—Reflexionad bien lo que decís.

—Monseñor, la reflexión no puede modificar la verdad.

—¿Sufriréis esto, monseñor? —dijo la princesa, que se contenía a duras penas—. Por mi honor os aseguro que ese hombre miente. Sabe dónde está mi hija y así me lo ha dicho hace un momento en el jardín.

—Responded —ordenó el Regente.

—Entonces, como ahora —contestó Lagardère—, dije la verdad. Cuando hice esa promesa esperaba cumplirla.

—¿Y ahora? —balbuceó la princesa fuera de sí.

—Ahora ya no es posible.

La princesa cayó desvanecida sobre su sillón.

La parte grave de la asamblea miraba con curiosidad a aquel extraño personaje, cuyo nombre tantas veces habían oído pronunciar en su juventud. ¡El bello Lagardère! ¡Aquel era el espadachín Lagardère! Aquella figura gallarda y grave, no era la de un hombre vulgar.

Algunos, más reflexivos, trataban de adivinar lo que ocultaba tras su tranquila apariencia. El rostro de Lagardère revelaba una resolución triste, pero inquebrantable.

Los amigos de Gonzaga se sentían demasiado pequeños en aquel lugar para hacer ruido. Habían entrado allí, gracias al nombre de su amo, parte interesada en el debate; pero el príncipe no iba.

El Regente prosiguió:

—¡Y fiado solamente en vagas esperanzas os habéis atrevido a escribirme! Cuando me mandasteis a decir: «La hija de vuestro amigo será devuelta…»

—Lo esperaba así.

—¿Lo esperabais?

—El hombre puede equivocarse.

El Regente consultó con la mirada a Tresmes y Machault, que parecían ser sus consejeros.

—Pero, monseñor —exclamó la princesa retorciéndose desesperadamente los brazos—. ¡No veis que ese hombre me roba mi hija! ¡Él la tiene, creedme! ¡Es a él a quien yo entregué mi hija la noche del asesinato, lo sé, lo juro!

—¿Lo oís, caballero? —preguntó el Regente.

Un imperceptible temblor agitó los labios de Lagardère. Sus cabellos estaban inundados de sudor; pero dijo sin desmentir su imperturbable calma:

—La señora princesa se equivoca.

—¡Oh —dijo esta—, y no poder confundir a este hombre!

—Sería necesario un testigo… —empezó a decir el Regente.

Se interrumpió porque vio a Enrique provocar con la mirada al príncipe de Gonzaga que acababa de aparecer en el dintel de la puerta principal.

La entrada de Gonzaga produjo entre los reunidos una pequeña sensación. El príncipe saludó a su mujer y al Regente y se quedó cerca de la puerta.

Su mirada se cruzó con la de Enrique, que dijo con acento de desafío:

—¡Que venga, pues, el testigo y se atreva a reconocerme!

Los ojos del príncipe no pudieron sostener la mirada del acusador y se bajaron. Todos observaron esto; pero al ver sonreír a poco al príncipe, se dijeron:

—¡Tendrá piedad de él!

En el salón no se oía el más pequeño ruido, cuando Gonzaga se acercó más a la puerta. Allí estaba Peyrolles, que dijo a su amo en voz baja:

—¡Es nuestra!

—¿Y los papeles?

—También.

El príncipe se puso rojo de alegría.

—¡Por el diablo! Hice bien en decir que ese jorobado valía en oro lo que pesa.

—Os confieso que dudaba de él —contestó Peyrolles—; le había juzgado mal.

—Ya lo veis, monseñor —dijo Lagardère—, nadie responde. Ya que sois juez, sed justo. ¿Quién está ante vos en este momento? Un pobre gentilhombre como vos engañado en su esperanza. Yo creí contar con un sentimiento que de ordinario es más poderoso que todos los demás sentimientos humanos; prometí con la temeridad del que espera su recompensa…

Se detuvo un momento, y después prosiguió:

—Pues yo creía tener derecho a una recompensa.

Bajó los ojos y la voz se ahogó en su garganta.

—¿Qué opináis de ese hombre? —preguntó el viejo Villeroy a d'Argenson.

El vicecanciller dijo:

—O es un gran corazón o es un solemne tunante.

Lagardère, haciendo un supremo esfuerzo, prosiguió:

—La suerte se ha burlado de mí, monseñor. Ese es todo mi crimen. Cuando esperaba la libertad, me castigo a mí mismo y me vuelvo al destierro.

—¡Eso es muy cómodo! —dijo Navailles.

Machault hablaba en voz baja al Regente.

—Me arrodillaré a vuestros pies, monseñor… —empezó a decir la princesa.

—Permaneced en vuestro asiento, señora —dijo Felipe de Orleáns.

Con un gesto imperioso reclamó silencio y todos callaron en el salón. Dirigiéndose a Lagardère, le dijo:

—Caballero, decís que sois gentilhombre y lo que habéis hecho es indigno. Tened por castigo vuestra propia vergüenza. ¡Entregadme vuestra espada!

Lagardère enjugó su frente sudorosa. En el momento de sacar su espada, una lágrima rodó por sus mejillas.

—¡Dios santo! —murmuró Chaverny, que sentía fiebre sin saber por qué—, mejor fuera que le matasen.

Cuando Lagardère entregó su espada a Bonnivet, Chaverny volvió la cabeza.

El Regente dijo:

—No vivimos en los tiempos en que se rompían las espuelas de los caballeros culpables de felonía; pero la nobleza existe aún y la degradación es el mayor castigo que puede darse a un soldado. Caballero, no tenéis derecho a llevar espada. Separaos, señores, y dejadle pasar. Ese hombre no es digno de respirar el aire que nosotros respiramos.

Hubo un instante en que pareció que Lagardère, como Sansón en el templo donde quedaron sepultados los filisteos, iba a abrazarse a las columnas de aquella sala para arruinarla. Su rostro reflejó un furor terrible, y los que estaban próximos a él se apartaron, más por miedo que por obedecer las órdenes del Regente. Pero la angustia sucedió en él, pronto, a la ira, y otra vez volvió a verse en su semblante la fría resolución que tenía antes.

—Monseñor, acepto el fallo de Vuestra Alteza Real y no apelaré de él.

En aquel instante pasó ante sus ojos el risueño cuadro de un lejano retiro, embellecido por el amor de Aurora. ¿No valía tanta dicha aquel martirio? Lagardère se dirigió hacia la puerta en medio del general silencio. El Regente había dicho a la princesa:

—Nada temáis, se le seguirá.

En mitad de la sala encontró Lagardère al príncipe que acababa de dejar a Peyrolles.

—Alteza —dijo Gonzaga, dirigiéndose al duque de Orleáns—, yo detengo el paso a este hombre.

Chaverny fue presa de una agitación horrible y tuvo deseos de arrojarse sobre el príncipe.

—¡Ah! —dijo—. ¡Si Lagardère tuviera aún su espada!

Taranne, dando con el codo a Oriol, le dijo:

—Chaverny se ha vuelto loco.

—¿Por qué impedís el paso a ese hombre? —preguntó el Regente.

—Porque Vuestra Alteza se ha equivocado. ¡La degradación no es el castigo que conviene a los asesinos!

Hubo un gran movimiento en toda la sala y el Regente se levantó.

—¡Y este hombre es un asesino! —añadió Gonzaga poniendo su espada en el hombro de Lagardère.

Lagardère no intentó desarmarle.

En medio del tumulto que armaron los partidarios de Gonzaga, se oyó una carcajada convulsiva de Lagardère. Separó la espada del príncipe, y cogiendo el puño de Gonzaga lo apretó con tal fuerza que la espada cayó al suelo. Llevó a Gonzaga, o mejor dicho, lo arrastró hasta la mesa y mostrando su mano, que el dolor había abierto, señaló una profunda cicatriz.

—¡Mi marca! ¡Reconozco mi marca!

La mirada del Regente se volvió sombría. Todos dejaron de respirar durante algunos momentos.

—¡Gonzaga está perdido! —murmuró Chaverny.

Pero Gonzaga era magníficamente audaz.

—Alteza —dijo el príncipe—, hace diez y ocho años que espero este momento. Nuestro hermano Felipe va a ser vengado. Esta herida la recibí defendiendo la vida de Nevers.

La mano de Lagardère cayó con desaliento a lo largo de su cuerpo. Quedó un instante aterrado mientras un grito general se oyó en la sala.

—¡El asesino de Nevers! ¡El asesino de Nevers!

Los amigos del príncipe exclamaron:

—¡Ese diablo de jorobado tenía razón!

La princesa se tapó con las manos el rostro, horrorizada. La pobre mujer no se movió: estaba desvanecida. Lagardère pareció despertar de un sueño cuando los soldados de Bonnivet le rodearon a una señal del Regente. Un rugido semejante al del león salió de su garganta y dijo:

—¡Infame!, ¡infame!, ¡infame!

Después, arrojando a diez pasos a Bonnivet que quería agarrarle del coleto, dijo con voz de trueno:

—¡Fuera de aquí! ¡Ay del que me toque!

Y volviéndose hacia Felipe de Orleáns, añadió:

—Monseñor, tengo un salvoconducto de Vuestra Alteza.

Y al decir esto sacó del bolsillo el pergamino que Felipe de Orleáns había entregado al jorobado.

—¡Libre, pase lo que pase! —leyó Lagardère en alta voz—. Vos lo habéis escrito, vos lo habéis firmado.

—¡Eso ha sido una sorpresa! —dijo Gonzaga.

—¡Desde el momento en que es un asesino…! añadieron Tresmes y Machault.

El Regente les impuso silencio con un gesto y dijo:

—¿Queréis dar la razón a los que dicen que Felipe de Orleáns no tiene palabra? Yo he escrito y firmado ese salvoconducto y ese hombre es libre. Tiene cuarenta y ocho horas para pasar la frontera.

Lagardère no se movió.

—Ya habéis oído —añadió con dureza dirigiéndose a Lagardère—: Salid.

Lagardère desgarró el pergamino y arrojó los pedazos a los pies del Regente.

—Monseñor —dijo—, vos no me conocéis. Os devuelvo vuestra palabra. De esa libertad que me ofrecéis, solo tomo la mitad, veinticuatro horas, para desenmascarar a un asesino y hacer triunfar una causa justa. ¡Basta de humillaciones! Levanto la cabeza y os juro, señores, por el honor de mi nombre, por el honor de Enrique de Lagardère, que vale tanto como el vuestro, que mañana a esta hora la princesa de Gonzaga tendrá su hija y Nevers su venganza o yo seré prisionero de Su Alteza Real. Monseñor, podéis convocar a mis jueces para esa hora.

Y saludando al Regente dijo a los que le rodeaban:

—Paso, señores, uso mi derecho.

Gonzaga había desaparecido del salón antes que él.

—¡Dejadle pasar, señores! —dijo el duque de Orleáns—. Caballero —añadió dirigiéndose a Enrique—, mañana a esta hora vuestros jueces os esperarán. ¡En nombre de Dios que se hará justicia!

Los aliados de Gonzaga se deslizaron hacia la puerta: ya nada tenían que hacer allí. El Regente quedó un instante pensativo. Después murmuró:

—¡Señores, he aquí un caso bien extraño!

—Es un osado bribón —dijo el jefe de policía.

—O un héroe de nuestros tiempos caballerescos —contestó el Regente—. Mañana lo sabremos.

Lagardère salió solo y sin armas. En el vestíbulo los amigos de Gonzaga estaban aguardándolo. Tres bandidos guardaban la entrada del corredor que conducía al cuarto de Bréant. Gonzaga estaba de pie en medio del vestíbulo con la espada desnuda. La gran puerta del jardín estaba abierta. A la legua se adivinaba que aquello era una emboscada. Lagardère no hizo caso: tenía el defecto de ser valiente y se creyó invulnerable. Marchó hacia Gonzaga que cruzó su espada ante él.

—No tengáis tanta prisa, caballero Lagardère; es preciso que hablemos. Todas las salidas están tomadas y nadie puede oírnos fuera de mis aliados. ¡Podemos, pues, hablar a gusto!

Y Gonzaga, al decir esto, reía satíricamente. Lagardère, deteniéndose, cruzó los brazos sobre su pecho.

—¿El Regente os abre las puertas? —continuó el príncipe—, pues yo os las cierro. Yo era, como el Regente, amigo de Nevers y tengo derecho a vengar su muerte. No perdáis el tiempo en llamarme infame —añadió sonriendo—; sabemos que el que no tiene razones, lanza contra su acusador injurias. Caballero Lagardère, ¿queréis que os diga una cosa que tranquilizará vuestra conciencia? Vos creéis haber mentido al decir que Aurora no estaba en vuestro poder…

El semblante de Enrique se alteró.

—Pues bien —continuó Gonzaga gozándose cruelmente de su triunfo—: no habéis mentido. Aurora ya no os pertenece.

—Si yo creyera… —empezó a decir Lagardère cerrando los puños—. ¡Pero mientes! Te conozco.

—Y sin embargo, es la pura verdad —contestó Gonzaga.

Lagardère quiso arrojarse sobre él; pero Gonzaga le puso la punta de la espada entre los dos ojos y murmuró dirigiéndose a sus amigos:

—¡Estad siempre atentos!

Después continuó, con su acento burlón:

—¡Dios mío, os hemos ganado, caballero, una linda partida! Sí, Aurora está en nuestro poder…

—¡Aurora! —exclamó Lagardère, con voz sofocada.

—Aurora y ciertos documentos…

El príncipe cayó pesadamente al suelo. De un salto Lagardère se lanzó al jardín. Gonzaga se levantó sonriendo.

—¿No hay ninguna salida? —preguntó a Peyrolles.

—Ninguna.

—¿Cuántos son en el jardín?

—Cinco —respondió Peyrolles escuchando.

—Son bastantes. Va sin espada.

Los dos salieron al jardín para escuchar. En el vestíbulo todos los cortesanos de Gonzaga escuchaban pálidos y anhelantes. El príncipe desde la víspera habíales habituado al olor de sangre. La pendiente por la que marchaban era suave y se deslizaban sin sentir. Gonzaga y Peyrolles se detuvieron en lo último de la escalinata.

—¡Cuánto tardan! —murmuró Gonzaga.

—El tiempo parece largo —dijo Peyrolles—. Están apostados detrás de la tienda.

El jardín estaba negro como un abismo y solo se oía el ruido que producían las hojas de los árboles al recibir la caricia del viento de otoño.

—¿Dónde os habéis apoderado de la joven? —preguntó Gonzaga que parecía querer entretener su impaciencia con el ruido de sus palabras.

—En la calle de Chartres, a la puerta de su casa.

—¿Estaba bien guardada?

—La defendían dos vigorosas espadas. Los dos guardianes huyeron cuando se les dijo que Lagardère había muerto.

—¿Visteis sus caras?

—No; pudieron conservar sus caretas hasta el fin de la lucha.

—Y los papeles, ¿dónde están?

Peyrolles no tuvo tiempo de responder. Un grito de agonía se oyó hacia el lugar donde estaba la tienda india. Los cabellos se le erizaron a Gonzaga.

—Puede ser uno de los nuestros —murmuró Peyrolles, temblando.

—No —dijo el príncipe—, he reconocido su voz.

En aquel momento cinco hombres se destacaron de la plazoleta de la estatua de Diana.

—¿Quién es el jefe? —preguntó el príncipe.

—Gendry —respondió su intendente.

Gendry era un mocetón muy robusto que había sido cabo de la guardia de palacio.

—Ha concluido el negocio —dijo acercándose al príncipe—. Hace falta una camilla y dos hombres.

Entonces se oyó un pequeño ruido en el vestíbulo. Nuestros jugadores no tenían una gota de sangre en las venas.

—Oriol, Montaubert —llamó Gonzaga—, vosotros llevaréis la camilla.

Y como les viese dudar, añadió:

—Todos le hemos matado, puesto que su muerte aprovecha a todos.

Era necesario darse prisa, pues el Regente, que tema costumbre de retirarse por allí a sus habitaciones, podía sorprenderles.

Oriol, medio desfallecido, y Montaubert, indignado, cogieron la camilla; Gendry los precedió. Todos marcharon en busca del cadáver de Lagardère.

—¡Hola! —exclamó Gendry al llegar a la tienda india—. ¿Dónde está? ¡Pues no cabe duda de que el bribón ha muerto!

Oriol y Montaubert estuvieron a punto de huir. Montaubert era un gentilhombre capaz de cometer algunos pecadillos; pero que nunca había concebido la idea de cometer un crimen. Oriol, pacífico por temperamento, sentía horror por la sangre. Gonzaga creía asegurar de este modo la discreción de sus partidarios. Habíanse vendido inconscientemente a él, y no podían retroceder ya. Abandonar la partida era exponerse a afrontar la venganza de un hombre ante quien nadie ni nada se resistía. El crimen les asustaba y a pesar de ello, ninguno osó desobedecer al príncipe. Carecían de fuerza moral para seguir los honrados impulsos de su conciencia.

Gendry añadió:

—Habrá ido a morir más lejos.

Y tanteando el suelo alrededor suyo, se puso a buscar el cadáver de Enrique. Un momento después, tocando un bulto que había sobre el césped, exclamó:

—¡Aquí está!

Oriol y Montaubert se acercaron. Dejaron la camilla en el suelo, y con la ayuda de Gendry metieron en ella el cadáver.

—Aún está caliente —dijo el antiguo cabo de las guardias—. ¡Andad!

Oriol y Montaubert llegaron con su fúnebre carga al pabellón. El grueso de los aliados de Gonzaga obtuvo permiso para marcharse. Estaban espantados. Al pasar por el pabelloncito de Bréant, habían oído un ruido como si alguien revolviese hojas secas, y hubiesen jurado que desde entonces les seguían unos pasos vacilantes. En efecto, el jorobado estaba detrás de ellos cuando llegaron a la escalinata. El jorobado estaba palidísimo, y parecía sostenerse con dificultad sobre sus flacas piernas. Pero reía siempre con su risita aguda y estridente. Sin la presencia de Gonzaga, lo hubiese pasado mal el pobre Esopo. Este dijo a Gonzaga, que no se fijó en la alteración de su voz:

—¿Veis cómo vino?

Todos entraron en el corredor. Maese Bréant no trató de saber el nombre del gentilhombre que iba en la camilla. Después de haber cenado fuerte… Los servidores del palacio real eran tolerantes y discretos.

Eran las cuatro de la mañana. Los faroles de las calles estaban ya apagados. Gonzaga y sus amigos se separaron. Él, con Peyrolles, se dirigió a su hotel. Oriol, Montaubert y Gendry, quedaron encargados de arrojar al río el cadáver. Dirigiéndose estos por la calle de Pierre-Lescot. Cuando llegaron a la orilla del Sena, a Oriol y a Montaubert les faltó valor para arrojar aquel cuerpo al agua. Mediante dos pistolas, obtuvieron de Gendry permiso para depositarlo sobre unos escombros. Dejaron algo más allá la camilla, y luego de embozarse bien en sus capas se fueron a dormir.

He aquí por qué al día siguiente por la mañana el Barón de Barbanchois se despertó en medio de una calle, en un estado inútil de describir. Era el cadáver que habían llevado Oriol y Montaubert en la camilla.

El Barón no se querelló de esta aventura; pero su odio contra la regencia se hizo imponderable. En tiempo del difunto rey había rodado veinte veces borracho bajo la mesa del festín, y nunca sucedió nada parecido. Al ir hacia su casa, decíase con rabia:

—¡Qué costumbres! Es indigno jugar una broma de esta clase a un hombre de mi calidad. ¿Dónde vamos? ¿Dónde vamos?

El jorobado salió el último del palacio, y tardó largo rato en andar la calle de las Risas, que no era larga. A la entrada de la plaza de las Fuentes y la calle de Saint-Honoré, tuvo que sentarse en el escalón de una puerta. Cuando se levantaba, un gemido salía de su pecho. Los amigos del príncipe se habían equivocado: Esopo II no estaba borracho. Si Gonzaga no hubiera estado tan preocupado, no habría dejado de notar que su risa era fingida.

Desde palacio hasta la casa de Lagardère solo había diez pasos, y sin embargo, el jorobado tardó diez minutos en llegar. Cuando llegó a la escalera no podía más y se vio precisado a subirla a gatas. La habitación de maese Luis estaba abierta. Todo estaba en desorden, todo mostraba huellas de violencia. Se arrastró hasta la escalerilla que conocemos, y la puerta del cuarto reservado de maese Luis había sido forzada también. El jorobado lanzó un gemido. Quiso llamar a Francisca, y le faltó la voz. Arrastrándose subió la escalerilla y llegó hasta el cofre que contenía el sobre con los tres sellos de lacre encarnado. El cofre estaba deshecho a hachazos, y el paquete había desaparecido. El jorobado cayó al suelo como una masa inerte. La primera claridad del día penetraba en la estancia de maese Luis, cuando el jorobado volvió en sí. Haciendo un poderoso esfuerzo de voluntad se incorporó lentamente, y desabrochando su jubón negro, sacó otro de raso blanco empapado en sangre. ¡Diríase que aquel brillante coleto había servido de cabezal a una gran herida!

Lanzando débiles gemidos el jorobado se arrastró hasta un arca, de donde sacó un trozo de lienzo. Después buscó agua, y estuvo curándose una extensa herida que tenía en el hombro.

El coleto era de Lagardère; pero la herida la tenía el jorobado.

Después de curarse, bebió agua, y sintiose más aliviado.

—¡Nada! —murmuró—. ¡Solo! ¡Todo se lo han llevado! ¡Mis armas y mi corazón!

Su cabeza cayó pesadamente entre sus manos. Pasados algunos momentos, levantó la cabeza y dijo con triste acento:

—¡Ayudadme, Dios mío! ¡Aún me quedan veinticuatro horas para acabar mi tarea de dieciocho años!

QUINTA PARTE: EL CONTRATO DE MATRIMONIO

I. OTRA VEZ «LA CASA DE ORO»

En el palacio de Gonzaga habían trabajado toda la noche. Las tiendecillas estaban concluidas. Desde por la mañana, los comerciantes que las adquirieron en la subasta, tomaron posesión de sus cuatro pies cuadrados y llevaron los enseres indispensables para el ejercicio de su industria. En el gran salón había un olor fortísimo a madera nueva, y la instalación del jardín era completa. Nada se veía en él de la antigua magnificencia. Solo quedaban algunos árboles que parecían avergonzados de la ruina de sus compañeros. En el centro de una plazoleta, situada cerca de la perrera de Medoro, frente a la escalinata del hotel, veíase sobre su pedestal la mutilada estatua del Pudor. La casualidad parece a veces un sarcasmo. ¿Quién sabe si nuestra actual Bolsa no servirá algún día de emplazamiento para un templo de la candidez? ¡Todo es posible!

El palacio, desde el amanecer, era un manicomio. Los comerciantes se agitaban e iban de un lado para otro como atacados de vértigo; vendían, compraban y mentían robándose recíprocamente con descaro inaudito.

Las ventanas de la princesa estaban cerradas. Las del príncipe solo tenían corridas sus cortinas bordadas de oro. Todos los habitantes del palacio dormían excepto Peyrolles. Había contado sus enormes ganancias al juego y las juntó al contenido de un cofrecillo de cedro que guardaba cuidadosamente. Era rico y avaro, o mejor dicho, ávido, pues si amaba el dinero con pasión era por los placeres y comodidades que proporciona. Los medios para adquirirlo le importaban poco. Lo recibía de todas las manos y esperaba ser un gran señor cuando fuera viejo.

Peyrolles era el Dubois de Gonzaga. El Dubois del Regente quería ser cardenal. Desconocemos la ambición particular del discreto confidente de Gonzaga, pero Peyrolles parece que solo quería ser *monseñor Millón*.

Gendry fue a referirle el resultado de su expedición. Le contó que Oriol y Montaubert se llevaron hasta la orilla del Sena el cadáver, donde lo arrojaron al agua.

Peyrolles ganaba siempre la mitad del sueldo de los tunantes que empleaba su amo. Pagó a Gendry y le dijo que por entonces nada tenía que encargarle. Gendry, antes de irse, le dijo:

—Los hombres aprovechables para nuestros negocios van escaseando. En el jardín de esta casa tenéis un hombre utilísimo para cualquier golpe de mano.

—¿Cómo se llama?

—Ballena, y es fuerte como un toro.

—Contrátale —respondió Peyrolles—, por si pudiera sernos útil; pero creo que han concluido las violencias.

Gendry bajó al jardín, donde Ballena, en el ejercicio de sus funciones, trataba de contrarrestar la creciente fama de su dichoso competidor Esopo II.

Peyrolles se levantó y fue a buscar a su amo. Cuando entró en el aposento del príncipe, vio con sorpresa que otros se le habían adelantado. El príncipe de Gonzaga, en efecto, daba audiencia a nuestros dos amigos Cocardasse y Passepoil. Los dos, a pesar de tan temprana hora, estaban compuestos, y habían dado una vuelta por la repostería.

—¿Dónde estuvisteis durante la fiesta, perillanes? —les preguntó Peyrolles.

Passepoil se encogió de hombros y Cocardasse le volvió la espalda.

—Serviros, Monseñor, es una dicha para nosotros —dijo Cocardasse al príncipe—; tan grande, como pena nos causa tener que tratar con vuestro intendente; ¿verdad, amigo mío?

—Mi amigo ha leído en mi corazón —contestó Passepoil.

—¿Me habéis comprendido? —preguntó Gonzaga, cuyo rostro reflejaba una gran fatiga—. Es preciso que os informéis esta misma mañana. Traedme noticias ciertas, pruebas palpables. Quiero saber si ha muerto o vive.

Cocardasse y Passepoil, después de saludar con la gracia que les era propia, pasaron provocativos ante Peyrolles y salieron de la cámara.

—¿Me permitís, monseñor, preguntaros quién queréis saber si está vivo o muerto? —dijo Peyrolles que estaba lívido.

—Lagardère —contestó el príncipe echando su fatigada cabeza sobre la almohada.

—¿Pero a qué viene esa duda? Acabo de pagar a Gendry.

—Gendry es un granuja, y tú te vas haciendo viejo, Peyrolles. Estamos mal servidos. Mientras tú dormías, yo he trabajado toda la mañana. He visto a Oriol y a Montaubert. ¿Por qué nuestros hombres no les acompañaron hasta el Sena?

—El negocio estaba concluido. Monseñor mismo dispuso que dos de sus amigos…

—¡Amigos! —interrumpió Gonzaga con desdén tan marcado, que Peyrolles se quedó con la boca abierta—. He hecho bien. Tienes razón, esos son mis amigos. Es preciso que lo sean. ¿De quién puede servirse uno ilimitadamente, sino de sus amigos? Quiero humillarlos y encadenarlos con triple cadena. Si Horn hubiese tenido detrás de él solo media docena de charlatanes, el Regente se hubiera tapado las orejas. El Regente ama, sobre todo, su reposo. No seré yo el que tema la desgraciada suerte del conde de Horn…

El príncipe se detuvo al ver fija sobre él la mirada de Peyrolles.

—¡Vive Dios! —continuó—, ¡he aquí uno que ya tiene carne de gallina!

—¿Es que vos tenéis que temer algo del Regente? —preguntó.

—Escucha —dijo Gonzaga apoyándose en la cama sobre su codo izquierdo y mirándole con extraña fijeza—. ¡Te juro ante Dios, que si yo caigo, tú estás perdido!

Peyrolles retrocedió tres pasos. Los ojos se le salían de las órbitas. Gonzaga lanzó una carcajada.

—¡Rey de los cobardes! No he estado nunca tan bien con la corte como ahora; pero esto no quiere decir que no pueda caer un día en desgracia. Quiero estar guardado en previsión de un ataque. Y para eso necesito más que amigos, esclavos; no esclavos comprados, sino esclavos encadenados que vivan con mi vida y que sucumban si yo sucumbo.

—Por mi parte —balbuceó Peyrolles—, monseñor no tiene necesidad…

—Es justo. Tú vienes a mi lado mucho tiempo. Pero los otros… Saben que hay hermosos y célebres nombres en mi banda… Esa compañía es un escudo. Navailles lleva en su alma sangre ducal; Montaubert es aliado de los Molé de Champlatreux, viejos nobles franceses, cuya voz resuena tanto como la gran campana de Nuestra Señora; Choisy es primo de Montemart; Nocé, está unido a los Sauzun; Gironne, a los Cellamare, y Chaverny a los príncipes de Soubise…

—¡Oh, ese!… —interrumpió Peyrolles.

—Ese será, como los otros, mi prisionero: no hay sino encontrar una cadena que deslumbre su fantasía. Si no la encuentro, tanto peor para él. A todos, a todos los tendré mañana arrodillados a mis pies.

Y arrojando las sábanas a un lado, saltó del lecho.

—Mis chinelas —dijo.

Peyrolles se arrodilló para calzarle.

Luego le ayudó a ponerse una preciosa bata de vivos colores.

—Te digo todo esto, Peyrolles —continuó Gonzaga—, porque tú también eres mi amigo.

—¡Oh, monseñor! ¿Me confundiréis con esas gentes?

—¿Por qué no? Ninguno seguramente merecéis mi amistad —prosiguió el príncipe con amarga sonrisa—, pero de tal modo eres mío, y hasta tal punto estás unido a mí, mi buen Peyrolles, que puedo, sin rebozo, hablarte como a mi confesor. Algunas veces se necesita hablar de estas cosas, pues ellas fortalecen la memoria y fijan claramente la situación de cada cual. Decíamos que es necesario tenerlos atados de pies y manos.

La cuerda que les he arrojado al cuello, aún no tiene más que una vuelta; pero tanto apretaré… Vas a juzgar por ti mismo lo que urge obrar con rapidez… Anoche hemos sido traicionados.

—¡Traicionados! —exclamó Peyrolles—. Y, ¿por quién?

—Por Gendry, Oriol y Montaubert.

—¡Es posible!

—Todo es posible mientras la cuerda no les estrangule.

—Y, ¿cómo sabe, monseñor?…

—Solo sé que esos bribones no han cumplido con su deber.

—Gendry acaba de decirme que arrojaron el cadáver al río.

—Gendry ha mentido. Confieso que empiezo a desesperar de poder desembarazarme de ese demonio de Lagardère…

—Y, ¿por qué esas dudas?

Gonzaga sacó de debajo de su almohada un papel muy doblado que desplegó lentamente.

—No sé si alguien quiere burlarse de mí; pero si esto es una broma, no sabe, quien tal hace, lo peligroso que es su juego.

Peyrolles esperaba impaciente que el príncipe se explicara.

—Por otra parte —prosiguió el príncipe—, Gendry tiene la mano segura y todos nosotros oímos el grito de agonía…

—¿Qué os dicen ahí, monseñor? —preguntó Peyrolles en el colmo de la inquietud.

Gonzaga le dio el papel y Peyrolles lo leyó ávidamente.

Aquel papel contenía la siguiente lista:

Capitán Lorena. — Nápoles.

Staupitz. — Nuremberg.

Pinto. — Turín.

El Matador. — Glasgow.

Joël de Jugan. — Morlaix.

Faënza. — París.

Saldaña. — ídem.

Peyrolles. —…

Felipe de Mantua, príncipe de Gonzaga. —…

Los dos últimos nombres estaban escritos con tinta roja. Carecían de dirección, porque tal vez el vengador ignoraba aún el sitio donde debía castigarlos.

Los siete primeros nombres estaban marcados con una cruz roja. Gonzaga y Peyrolles sabían perfectamente lo que significaba aquella marca.

Peyrolles temblaba como un azogado.

—¿Cuándo habéis recibido esto? —balbuceó.

—Al oír los primeros gritos de los comerciantes bajo esas ventanas.

—Y, ¿cómo lo habéis recibido?

Gonzaga le enseñó la ventana que estaba frente a su lecho y que presentaba un cristal roto. Peyrolles comprendió y buscó entre los tapices, bajo los cuales había una piedra junto a unos trozos de vidrio.

—Eso es lo que me ha despertado. Después de leer el papel se me ocurrió la idea de que Lagardère pudiera haberse salvado.

Peyrolles bajó la cabeza.

—A menos —prosiguió Gonzaga—, de que esa audaz provocación proceda de algún aliado suyo que ignore todavía su muerte.

—Esperemos —murmuró Peyrolles.

—De todos modos mandé llamar en seguida a Oriol y a Montaubert que, hábilmente interrogados, han concluido por confesarme que dejaron el cadáver sobre un montón de escombros en la calle de Pierre-Lescot.

—¡No es preciso averiguar más! —exclamó aterrado Peyrolles—. ¡Un herido puede recobrar la vida!

—Dentro de poco sabremos la verdad. Cocardasse y Passepoil han ido a informarse.

—¿Y os fiáis de esos renegados?

—No me fío de ninguno, amigo Peyrolles, ni siquiera de ti. Si pudiera hacerlo todo por mí mismo, no me serviría de nadie. Se han embriagado anoche y han hecho mal. Ellos lo saben y andarán derechos. Les he llamado y les he dado el encargo de que averigüen el nombre de los dos bravos que defendieron anoche a la joven aventurera que toma el nombre de Aurora de Nevers…

El príncipe no pudo reprimir una sonrisa al pronunciar este nombre. Peyrolles permanecía serio.

—He de remover cielo y tierra —acabó Gonzaga—, hasta averiguar si nuestra bestia negra se nos ha escapado de nuevo.

Hizo sonar una campanilla y entró un criado.

—Que preparen mi silla —dijo—. Tú, Peyrolles, sube, como de costumbre, a las habitaciones de la princesa, para ofrecerle la seguridad de mi respeto profundo. Abre bien los ojos y observa la fisonomía de la antecámara de la princesa. No dejes de fijarte en el tono con que te responda su doncella.

—¿Dónde encontraré a monseñor?

—Voy primero al pabellón, tengo prisa por ver a nuestra joven aventurera. Parece que doña Cruz y ella son amigas. Luego iré al hotel de Law, que parece desdeñarme; y por último al palacio real, donde mi ausencia no dejaría de ser comentada. ¿Quién sabe las calumnias que habrán inventado a mi costa?

—Todo eso será largo.

—Muy breve, Peyrolles. Necesito ver a mis amigos, a nuestros buenos amigos. Para esta noche preparo una cena… Pero ya hablaremos de eso.

Y acercándose a la ventana recogió la piedra que había llevado la lista.

—Monseñor, antes de marcharos debíais tomar alguna medida contra esos ganapanes…

—¿Cocardasse y Passepoil? Ya sé que te han maltratado, mi pobre Peyrolles.

—No se trata de eso. Algo me advierte que nos traicionan. La prueba es que ellos estuvieron en los fosos y sin embargo no figuran en la lista.

—¡Es verdad! —murmuró Gonzaga—. Sus nombres no están aquí. Pero si es Lagardère el autor de esa lista y se vale de ellos, hubiera escrito también sus nombres para disimular.

—Eso es demasiado sutil, monseñor. No hay que desdeñar ningún detalle, por nimio que sea, cuando se juega con la vida. Desde ayer camináis por lo desconocido. Además, ese jorobado, esa extraña y misteriosa criatura, que a pesar nuestro se introduce en todos nuestros negocios…

—Tú me haces pensar. Sí, es preciso saber quién es.

El príncipe se asomó a la ventana. El jorobado estaba en su perrera y miraba precisamente con fijeza a las ventanas del príncipe.

Esopo, al verle, bajó los ojos y le saludó profundamente.

Gonzaga miró aún la piedra.

—¡Lo sabremos —decía el príncipe—, lo sabremos todo! El día de hoy habrá que señalarlo con piedra blanca. Ve a hacer mi encargo, que ya está aquí mi silla. ¡Hasta pronto!

Peyrolles obedeció. Gonzaga subió en su silla y se hizo llevar a casa de doña Cruz.

Atravesando los corredores para ir a las habitaciones de la princesa, se decía Peyrolles:

—No siento por mi patria esa idiota ternura que he visto en otros. Con dinero, cualquier sitio de la tierra es patria. Mi tesoro es bastante grande, lo que no impide que en el transcurso de veinticuatro horas aligere un poco las arcas del príncipe. Gonzaga me parece que empieza a caer. Si las cosas no se arreglan de aquí a mañana, cojo mi maleta y me voy en busca de aires más saludables. ¡Qué diablo! De hoy a mañana, la mina tiene tiempo de estallar.

Cocardasse y Passepoil habían prometido multiplicarse para desvanecer las inquietudes del príncipe y, como eran hombres de palabra, nos los encontramos en una taberna de la calle de Aubry-le-Boucher, comiendo y bebiendo por cuatro.

La alegría iluminaba sus semblantes.

—¡No ha muerto, vive Dios! —decía Cocardasse alzando su vaso.

Passepoil, elevando el suyo, añadió:

—No ha muerto.

Y ambos bebieron a la salud del caballero Enrique de Lagardère.

—¡Rayos y truenos! —dijo el gascón—. Las necedades que cometimos anoche deben tenerle muy enfadado con nosotros.

—Estábamos borrachos, mi noble amigo, y la embriaguez es crédula. Y además le habríamos dejado en un mal paso.

—¡No hay malos pasos para ese tunante! —exclamó con entusiasmo Cocardasse—. Había de verle con una cuerda al cuello y aún tendría confianza de volver a verle fuerte y valeroso.

—La verdad es —contestó el normando saboreando el vino de su vaso—, que Lagardère no tiene rival en el mundo. El haberle educado es timbre de inmarcesible gloria para nosotros.

—Acabas de tocar la más delicada fibra de mi alma, amigo mío. Podrá abrirme en canal si quiere; pero soy suyo, completamente suyo.

Passepoil dejó sobre la mesa su vaso vacío.

—Mi noble amigo —dijo—, tus sentimientos son buenos, pero te falta elasticidad por el vino…

—¡Por el amor de Dios! Dime, palomo, ¿estabas anoche menos borracho que yo?

—¡Bien, bien!, dejemos eso —contestó el normando con gravedad—; desde el momento en que discutes de esa manera… ¡Hola, tabernera! Tráenos otros vasos.

Y el normando, cuando les llevó lo pedido la tabernera, le rodeó tiernamente con un brazo su talle de tonel.

Cocardasse le miraba con aire compasivo.

—¿De modo, querido —le dijo luego—, que tú ves la paja en el ojo ajeno, y no adivinas la viga en el tuyo?

Al entrar aquella mañana en el palacio de Gonzaga, estaban convencidos del fin violento de Lagardère.

Al amanecer habían estado en la calle de Chartres y habían encontrado las puertas abiertas. El piso bajo estaba vacío. Los vecinos no sabían qué había sido de Aurora ni de sus sirvientes. En el piso principal encontraron el cofre hecho pedazos, y la chupa ensangrentada de Lagardère. No cabía duda: los bandidos que atacaron a la joven del dominó rosa dijeron la verdad. ¡Lagardère había muerto!

Pero Gonzaga acababa de devolverles la esperanza al darles la comisión de comprobar su muerte. Gonzaga quería que se buscara el cadáver de su mortal enemigo. Gonzaga, sin duda, tenía para esto sus razones. Y no fue necesario más para que nuestros dos amigos se apresuraran a beber por la salud de Lagardère. Respecto a la segunda parte de su comisión, que consistía en buscar a los dos bravos que habían defendido la joven Aurora, era cosa hecha. Cocardasse, echándose de nuevo de beber, dijo:

—Es preciso inventar una historia.

—Dos historias —arguyó Passepoil—. Una para ti y otra para mí.

—¡Y eso qué importa! Yo soy mitad gascón y mitad provenzal y el inventar historias no me cuesta ningún trabajo.

—¡Pardiez! Yo soy normando. Veremos quién inventa mejor.

—¿Me provocas?

—Amigablemente, mi noble camarada. Estas son luchas del ingenio. Ten en cuenta, sin embargo, que en nuestra respectiva historia es preciso que figure el cadáver de Lagardère.

Cocardasse se encogió de hombros y añadió:

—¡Rayos y truenos! ¿Mi pobre tórtolo quiere enseñar a su maestro?

Aún era demasiado pronto para volver al hotel y Cocardasse y Passepoil se entretuvieron en inventar su respectivo cuento. Ya veremos cuál de los dos hilvanó mejor su historia.

Después, para entretener la espera, durmiéronse tranquilamente sobre la mesa.

Sus ronquidos sonoros probaban que si ellos habían dormido poco en cambio habían bebido mucho.

II. UNA JUGADA DE BOLSA BAJO LA REGENCIA

El jorobado entró de los primeros en el hotel de Gonzaga, acompañado de un mozo que llevaba una silla, un baúl, una almohada y un colchón. Cuando el jorobado amueblaba su perrera, indudablemente quería habitarla. Sucesor de Medoro, tenía como él derecho a dormir allí.

Los inquilinos de Gonzaga hubiesen deseado que los días tuvieran cuarenta y ocho horas. El tiempo era corto para su ambición de lucro. Hasta al dirigirse a sus casas negociaban y comían juntos para seguir conversando. Solo las horas consagradas al sueño perdían aquellos hombres. ¿No es humillante que el hombre, esclavo del sueño, no pudiese traficar también durmiendo?

El alza estaba en todo su apogeo. La fiesta del palacio había producido enorme efecto. Ninguno de los inquilinos del príncipe había puesto el pie en la fiesta; pero algunos afortunados habían entrevisto desde las azoteas de las casas vecinas el famoso baile. No se hablaba sino de él. Sobre todo, la hija del Mississipi, vertiendo de su copa una lluvia de oro, había producido en todos un efecto deslumbrante.

Resultado del baile, fue una nueva emisión de acciones.

Incesantemente entraban y salían del palacio de Gonzaga especuladores. Aquello era una Bolsa en toda regla. Se pregonaban con primas enormes las acciones de Law y no faltaba, sin embargo, quien se quedara con ellas.

Carros y mozos llegaban constantemente con cajas de ricas mercaderías que se cambiaban por acciones. La calle de Quincampoix tenía algún parecido con la California. Nuestro siglo no ha inventado sino extravagancias, comparado con aquello. Ni el oro ni la plata se admitían allí; solo se aceptaban las mercancías a cambio de aquellos maravillosos papelitos que todo el mundo se disputaba. Las amarillas, las blancas, *las madres, las hijas* y por fin *las nietas*, era lo que todos pedían a voz en grito; lo que excitaba el delirio de todos.

Reflexionad. Un luis valía siempre veinticuatro francos, mientras una acción de mil libras que aquella mañana costaba solo cien pistolas, podría llegar a valer por la noche dos mil escudos. ¡Abajo la moneda, pesada e inútil! ¡Viva el papel ligero como el aire, el papel precioso, el papel mágico que verificaba dentro de los bolsillos Dios sabe qué fecundo trabajo de alquimista! Había que levantar una estatua al buen Law, una estatua alta como el coloso de Rodas.

Esopo II beneficiábase lindamente con aquel tráfico. Su joroba, aquel precioso pupitre que la naturaleza le había dado, no reposaba un instante. Las monedas de seis libras y las pistolas caían sin descanso en su faltriquera. Pero sus ganancias le dejaban impasible. Era un especulador imperturbable. No tenía su habitual buen humor; parecía enfermo. A aquellos que le interrogaron sobre su palidez, les contestó:

—Estoy un poco fatigado de anoche.

—¿Dónde estuviste, Jonás?

—En palacio; me invitaron a la fiesta.

Los traficantes reían la gracia y firmaban sobre su joroba.

A las diez de la mañana una exclamación inmensa, terrible, espantosa, conmovió el palacio de Gonzaga. El cañón que anunciaba el nacimiento de las acciones azules, no producía tanto estruendo como aquellos gritos. Se aplaudía, se vitoreaba con entusiasmo a las *nietas*. ¡Salían frescas, vírgenes y diminutas de la imprenta real y llevaban la firma venerable de Labastide!

—¡Yo compro! —decía uno—. Doy el diez por ciento de prima.

—¡Quince! —contestaba el otro.

—¡Y yo veinte, en géneros!

—¡Veinticinco, en lana de Berri!

—¡En especias de la India, en seda griega, en vinos de Gascuña!

Y por este estilo mil gritos roncos e insultos atronaban los oídos delicados en el jardín de Gonzaga. ¡Las acciones azules tuvieron un éxito digno de ellas!

Oriol y Montaubert bajaron los escalones de la escalinata del hotel. Acababan de conferenciar con Gonzaga y estaban tristes y silenciosos.

—No es un protector —dijo Montaubert.

—Es un amo que nos lleva donde no queremos ir —contestó Oriol—. Deseo…

—¡Y yo! —interrumpió Montaubert.

Un criado con la librea del príncipe entregó a cada uno un paquete. Rompieron los sellos y contenía un fajo de acciones azules.

—Esto se llama ser delicado —dijo el grueso Oriol.

¡Ah, en cuanto a fino, no hay quien le gane!

Contaron las acciones, que ascendían a una respetable cantidad.

—¡Magnífico! —dijo Montaubert.

—¡Magnífico! —repitió Oriol.

Sus escrúpulos habían desaparecido. La alegría los venció al punto. Detrás de ellos dijeron varias voces:

—¡Soberbio, magnífico!

Eran los demás amigos de Gonzaga que bajaban al jardín, Todos estaban radiantes. Cada uno de ellos había recibido también un paquete con acciones azules que sirvió de consuelo a sus remordimientos. Todos formaron grupo para comentar la generosa delicadeza del príncipe.

—Señores —dijo Albret—, hay aquí comerciantes que llevan escudos hasta en las botas. Asociándonos, podemos hacer una bonita jugada. Tengo una idea…

—¡Asociémonos, asociémonos!

—¿Me necesitáis, señores? —preguntó una voz chillona, que parecía salir del bolsillo del Barón de Batz.

Todos se volvieron. Era el jorobado, sobre cuya giba firmaba dichoso un comerciante, la entrega de todo un almacén, por una docena de papelotes.

—¡Vete al diablo! —dijo Navailles retrocediendo—. No me gusta ese hombre.

—Márchate de aquí —exclamó brutalmente Gironne.

—Señores, soy vuestro servidor —dijo el jorobado acercándose más. Y agregó con exquisita política—: He alquilado mi covacha, y el jardín es tanto mío como vuestro.

—¡Cuando pienso —dijo Oriol—, que ese demonio que tanto nos ha intrigado anoche es un pupitre ambulante!

—Que piensa, que escucha y que habla… —contestó el jorobado subrayando cada palabra.

Saludó sonriendo y se fue a continuar su negocio. Navailles le siguió con la vista.

—Ayer no me daba miedo ese hombrecillo —murmuró.

—Es que ayer —contestó Montaubert—, aún podíamos elegir nuestro camino.

—¡Tu idea, Albret, veamos tu idea! —dijeron varias voces.

Todos se acercaron más al aludido, que les habló durante algunos minutos con vivacidad.

—Es soberbia —dijo Gironne—. He comprendido.

—¡A la obra! —exclamó Nocé—. Antes de una hora el negocio estará concluido.

El corro se dispersó. La mitad salió por la calle de Saint-Magloire para dirigirse a la calle de Quincampoix; los otros formaron pequeños grupos por el jardín y hablaban de sus negocios. Al cabo de un cuarto de hora, Taranne y Choisy volvieron al hotel. Hiciéronse paso a codazos, y dijeron en voz alta a Oriol que hablaba con Taranne:

—¡Es sorprendente! ¡Una locura! Las nuevas acciones se cotizan a treinta y cinco en la taberna de Venecia, y a cuarenta y cincuenta en casa de Julón. Dentro de una hora valdrán ciento. ¡Comprad, comprad!

El jorobado sonreía desde su perrera.

—Se te dará a roer un hueso, pequeño —le dijo Nocé.

—¡Sé discreto!

—Gracias, señor —respondió Esopo II humildemente—, eso es todo lo que me interesa.

La noticia de que iban a venderse con un ciento por ciento de prima antes de la noche las nuevas acciones, circuló por el jardín en un abrir y cerrar los ojos. Los compradores se presentaron a millares. Albret que tenía las acciones de la asociación, las vendió todas con cincuenta por ciento de beneficio. ¡Fue un negocio admirable!

Entonces entraron dos nuevos aliados en el jardín: sus caras revelaban una gran consternación. Al interrogarlos sus amigos contestaron:

—Divulgar ciertas noticias sería hacer bajar los fondos.

—¡Maniobra! ¡Maniobra! —gritó un grueso comerciante que llevaba los bolsillos llenos de nuevas acciones.

Pero un círculo compacto de curiosos les rodeó.

—Hablad, señores —decían de todas partes—. Decid lo que sepáis. Esa es la obligación de los hombres honrados.

—¡Una barbaridad! —contestó el barón—, ¡la bancarrota! ¡Cincuenta por ciento de baja! Eso hay.

—¡Cincuenta por ciento de baja!

—¡Imposible!

—¡En diez minutos!

—¡Eso es un desastre, una ruina!

—No exageramos nada, señores —añadió Montaubert—. Pueden convencerse por sí mismos si quieren.

—¡Veinte azules a quince! —gritaron algunos entonces.

—¡Quince azules a diez!

—¡Veinticinco a la par!

—Señores, señores, eso es una locura. La desaparición del rey no es aún un hecho oficial.

—Nada prueba —añadió Oriol—, que Law haya huido.

—Y que el regente esté prisionero en palacio —acabó Montaubert con acento desolado.

Hubo un movimiento de silencio profundo, de estupor. Luego se oyó un clamor inmenso compuesto de mil y mil gritos.

Decían:

—¡El rey robado! ¡Law huido! ¡El Regente prisionero!

—¡Treinta acciones con el cincuenta de pérdida! ¿Quién las quiere?

—¡Ochenta! ¡A sesenta!

—¡A ciento!

—¡A ciento cincuenta!

—Señores, os apresuráis —decía Oriol.

—¡Yo vendo todas las mías al trescientos de pérdida! —exclamó Navailles que no tenía una—. ¿Las queréis?

Oriol hizo un gesto negativo.

Las nuevas acciones se vendieron pronto con el cuatrocientos de pérdida.

Montaubert continuó:

—No se ha vigilado lo bastante al duque de Maine y ha podido formarse un partido poderoso. El canciller Aguesseau, el cardenal Bissy, Villeroy y el mariscal Villars, forman parte del complot. El marqués de Poncallec lleva a estas horas al joven rey camino de Nantes. El rey de España ha pasado los Pirineos al frente de un ejército de trescientos mil hombres y se dirige a París. Eso es lo que se dice.

—Yo tengo una acción —dijo el barón de Batz—. La doy por quinientos francos.

Nadie la quiso y las ofertas empezaron de nuevo.

—¿Quién tiene prisionero al Regente? —preguntó uno.

—Me preguntáis más de lo que sé, buen hombre —contestó Montaubert—. Yo no compro ni vendo. Dícese que el duque de Borbón está descontento. Se habla del clero… y hasta hay quien pretende que el Czar se ha mezclado a todo esto para proclamarse rey de Francia.

Oyose un grito de horror.

El barón ofreció su acción por cien escudos.

En aquel momento de pánico general, Albret, Gironne y Nocé que tenían los fondos sociales, empezaron a comprar acciones. Todos les señalaron con el dedo llamándoles idiotas. Pero ellos seguían comprando. En un minuto la multitud les rodeó, les sitió hasta casi ahogarles.

—No les digáis vuestras noticias —dijeron varios comerciantes al oído a Oriol y a Montaubert.

El grueso Oriol contenía a duras penas la risa.

—¡Pobres insensatos! —dijo señalando con el dedo a sus cómplices con un gesto de piedad.

Después añadió dirigiéndose a la multitud:

—Os hemos dicho nuestras noticias sin cobraros un cuarto. Haced lo que queráis: nosotros nos lavamos las manos.

Montaubert, yendo aún más lejos en su papel, decía:

—No os asustéis, señores, y comprad sin miedo. Si esas noticias fuesen falsas, realizaríais un magnífico negocio.

La giba de Esopo II no reposaba un instante. A veces firmaban dos a la vez. El jorobado cogía el dinero con ambas manos y no recibía sino monedas de oro. ¡Realizar, realizar! era el grito general. Las acciones de mil libras nominales en veinte minutos no valieron más que algunos centenares de francos. Taranne y sus secuaces acapararon las acciones. Sus bolsillos se llenaron de papelitos azules y el bolso de cuero de Jonás de monedas de oro. Jonás reía tranquilamente y prestaba su joroba a las febriles transacciones. El golpe estaba dado y Oriol y Montaubert desaparecieron.

Al cabo de un momento llegaron al hotel personas mejor informadas que contestaron a las preguntas:

—Law está en su hotel.

—El rey en las Tullerías.

—El Regente se desayuna ahora.

—¡Engaño! ¡Engaño! —gritaron de todas partes—. ¡Hemos sido vilmente engañados!

Se armó una algarabía infernal. Después de dos horas Albret se presentó de nuevo para realizar sus acciones. Y a pesar de lo que acababa de ocurrir y de las protestas de los que se habían arruinado, realizó una fabulosa ganancia.

Al firmar la última transferencia sobre la joroba de Esopo, le puso disimuladamente una bolsa en la mano. El jorobado gritó:

—Ven aquí, Ballena.

El antiguo soldado se acercó a Jonás porque había visto la bolsa. El jorobado se la arrojó a las narices.

Aquellos de nuestros lectores que encuentren demasiado burda la estratagema de los amigos del príncipe, les recomendamos que lean las notas de Berger o las *Memorias secretas* del abate Choisy, donde encontrarán invenciones más groseras coronadas por el más brillante éxito.

Mientras nuestros hábiles jugadores fueron a repartirse el botín, el príncipe y su confidente bajaron al jardín. El soberano iba a visitar a sus súbditos. El agio había recobrado de nuevo su furor. La *Casa de Oro*, invadida un momento por el pánico, recobraba su animación y su prestigio.

El príncipe tenía en la mano un sobre del cual colgaban tres sellos de lacre encarnado. Cuando Esopo II lo divisó, sus ojos relumbraron mientras la sangre afluía a sus pálidas mejillas. Continuó su tarea sin moverse; pero desde entonces no perdió de vista a Gonzaga y a su confidente.

—¿Qué hace la princesa? —preguntó el primero.

La princesa, que no ha dormido un instante, dice sin cesar: «Revolveré todo París y la encontraré.»

—¡Vive Dios! Será inútil. Ni una sola vez ha visto a la joven de la calle de Chartres.

—¿Se le parece?

—Como una gota de agua a otra gota.

—¿Te acuerdas de Nevers?

—Sí, era un hermoso joven.

—Lo mismo que su hija. La misma sonrisa, la propia mirada. ¡Es un ángel esa niña!

—¿Sonríe ya?

—Está con doña Cruz, a quien ella conoce y ama, y doña Cruz la consuela. Esa niña me ha puesto reflexivo. ¡Si yo tuviera una hija como ella, amigo Peyrolles, creo…! ¡Pero eso son locuras! ¿De qué puede acusárseme? Tengo mi objetivo y sigo derecho mi marcha. Si en el camino encuentro obstáculos…

—Tanto peor para los obstáculos —murmuró Peyrolles sonriendo.

Gonzaga se pasó la mano por la frente. Peyrolles tocó el sobre sellado.

—Monseñor, ¿creéis que es eso lo que buscábamos?

—No hay duda. El sello de Nevers y el gran sello de la capilla de Caylus cierran este sobre.

—¿Serán, pues, las páginas arrancadas al famoso registro?

—Estoy seguro.

—Monseñor, sería conveniente abrir el sobre, convencerse.

—¿Qué dices? —exclamó Gonzaga—. ¡Romper los sellos! ¡Ah, no sabes lo que hablas! Cada uno de estos sellos intactos vale por una docena de testigos. Romperemos los sellos cuando sea tiempo, cuando presentemos al consejo de familia a la verdadera heredera de Nevers.

—¿La verdadera? —repitió involuntariamente Peyrolles.

—La que para nosotros debe ser la verdadera. La evidencia saldrá de este sobre.

Peyrolles se inclinó. El jorobado no dejaba de mirarlos.

—¿Pero qué haremos con la otra, monseñor? —preguntó Peyrolles—. ¿No decís que tiene su mirada y su sonrisa?

—¡Demonio de jorobado! ¡Quieres estarte quieto, diablo! —decía mientras tanto el comerciante que estaba firmando sobre la giba de Esopo II—. ¿Por qué te mueves de ese modo?

El jorobado, en efecto, había hecho un movimiento involuntario para acercarse a Gonzaga.

Este reflexionaba.

—Ya he pensado en eso —dijo como hablando consigo mismo el príncipe—. ¿Qué harías tú de esa joven en mi caso, Peyrolles?

El intendente sonrió de un modo enigmático. Gonzaga le comprendió sin duda, porque dijo:

—No, no; no quiero eso. Tengo otra idea. Dime, ¿quién es el más perdido, el más loco, el más arruinado de todos nuestros satélites?

—Chaverny —contestó Peyrolles sin vacilar.

—¡Estate quieto, jorobado! —dijo a Esopo un nuevo endosador.

—¡Chaverny! —repitió el príncipe cuya fisonomía se iluminó—. Quiero a ese muchacho; pero me fastidia demasiado. Eso me desembarazará de él.

III. CAPRICHO DE JOROBADO

Nuestros especuladores, después de hacer sus particiones, volvieron al hotel. A los ojos de los agiotistas habían crecido tres codos sobre su talla ordinaria. Todos les miraban con respeto.

—¿Dónde está ese querido Chaverny? —preguntó Gonzaga.

En el momento en que Peyrolles iba a contestar se produjo un tumulto espantoso entre los especuladores. Todo el mundo se precipitó hacia la escalinata hacia donde dos guardias arrastraban de los pelos a un pobre diablo.

—¡Es falsa, es falsa! —decían.

—¡Es una infamia falsificar el signo del crédito!

—¡Profanar el símbolo de la fortuna pública!

—¡Dificultar tres transacciones! ¡Arruinar el comercio!

—¡Al agua, que arrojen al agua al falsario! ¡Miserable!

Oriol, Montaubert y sus amigos vociferaban más fuerte que nadie. Eso de estar sin pecado para arrojar piedras sobre otro, era en tiempos de nuestro Señor. Al fin fue llevado ante Gonzaga el pobre malhechor aterrado y medio muerto. Su crimen consistía en haber teñido de azul una acción blanca para aprovecharse de la prima que se pagaba por las nuevas acciones.

—¡Piedad, piedad! —clamaba el infeliz—. No había comprendido toda la enormidad de mi crimen.

—Monseñor —dijo Peyrolles—, es preciso que no haya aquí falsificadores.

—Monseñor —añadió Montaubert—, hace falta un castigo ejemplar.

—¡Horror! —gritaba la multitud—. ¡Que se le castigue! ¡Colgadle!

—Echadle fuera —dijo Gonzaga volviendo los ojos.

La multitud se apoderó al punto del pobre diablo, diciendo:

—¡Al río! ¡Al río!

Eran las cinco de la tarde y se había oído el primer toque de la campana que anunciaba el cierre del mercado. Los terribles sucesos que ocurrían diariamente habían obligado a las autoridades a impedir la negociación de acciones después de esa hora. En ese momento, el delirio de los agiotistas llegaba a su colmo. Los clamores crecían, si bien se escuchaba siempre el mismo aullido:

—¿Quién compra? ¿Quién vende? ¡Yo! ¡Yo!

El jorobado tenía muchísimo que hacer; pero su mirada no se apartaba un instante del príncipe. Había oído el nombre de Chaverny.

—¡Se va a cerrar! ¡Se va a cerrar!

Gritaba la multitud: «¡Despachemos!» Si Esopo II hubiera tenido varias docenas de jorobas, ¡qué ganancia más fabulosa habría hecho!

—¿Qué quería decirme del marqués, monseñor? —preguntó Peyrolles.

Gonzaga saludaba con un movimiento de cabeza a sus asociados. A los ojos de sus amigos, había adquirido el príncipe proporciones gigantescas, después de su delicado obsequio.

—¿Chaverny? —preguntó con aire distraído—. ¡Ah, sí! Recuérdamelo luego. Ahora tengo que hablar al jorobado.

—¿Y no es peligroso tener a la joven en el pabellón?

—Muy peligroso, pero estará poco tiempo. Esta noche daré una cena íntima en el pabellón. Prepáralo todo.

Y dijo algunas palabras luego al oído de Peyrolles que contestó inclinándose:

—Perfectamente, monseñor. Él es bastante.

—Jorobado —exclamó un endosador descontento—, no sabes tu oficio y tendremos que utilizar a Ballena.

Peyrolles se alejaba. Gonzaga le llamó.

—Encontradme vivo o muerto a Chaverny; le necesito —le dijo.

El jorobado hurtó su giba de otro comerciante que pretendía firmar sobre ella diciendo:

—Estoy cansado. Ya van a cerrar y necesito reposo.

Los porteros pasaban por el jardín sonando sus llaves y la campana daba la última señal. Cada cajón tenía su cerradura y las mercancías no vendidas quedaban allí depositadas. Los guardias echaban a los rezagados.

Los cortesanos se acercaron a Gonzaga saludando. Gonzaga tenía los ojos fijos sobre Esopo, que, sentado sobre una silla a la puerta de su perrera, se entretenía en contar sus ganancias. Entregado a aquella tarea, no parecía dispuesto a salir.

—Vinimos esta mañana a informarnos de vuestra salud —dijo Navailles al príncipe.

—Y supimos con satisfacción que no estabais demasiado fatigado de la fiesta de anoche —agregó Nocé.

—Hay algo que fatiga más que el placer y es la inquietud, señor —contestó el príncipe.

—Sí, la inquietud es terrible —dijo Oriol—. A mí me pasa lo mismo: cuando estoy inquieto…

El jorobado reía siempre sentado a la puerta de su covacha. Cuando acabó de contar su dinero, retorció cuidadosamente la boca de su bolsa y la ató con una cuerda. Luego se dispuso a entrar en su cuchitril.

—¡Vamos, Jonás! —le dijo un criado—. ¿Concluyes de marcharte? ¿Piensas quedarte a dormir?

—Sí, amigo mío —respondió el jorobado—. He traído un colchón para dormir aquí.

El criado se echó a reír. Los amigos del príncipe rieron también. Solo Gonzaga mirábale seriamente.

—¡Vamos, basta de bromas! —dijo el guardián—. ¡Cierra tu covacha y lárgate pronto!

El jorobado le dio con la puerta en las narices.

Y como el criado golpease fuertemente la puertecilla de la perrera de Medoro, el jorobado sacó su grotesca cabeza por un tragaluz que había en el techo y exclamó dirigiéndose a Gonzaga:

—¡Justicia, Monseñor!

—¡Justicia! —repitieron alegremente los amigos del príncipe.

—Si ese perverso y maldiciente Chaverny estuviese aquí —añadió Navailles—, le daríamos el encargo de fallar este pleito.

Gonzaga reclamó silencio con un gesto.

—Todos deben dejar su sitio a la hora de cerrar —dijo—; ese es el reglamento.

—Monseñor, debéis considerar que no me hallo en las mismas condiciones que vuestros demás inquilinos —contestó Jonás con el tono breve y preciso de un abogado que lee sus conclusiones—. Yo he alquilado la covacha de vuestro perro.

—¡Bien dicho! —exclamaron unos.

—¿Qué prueba eso? —añadieron otros.

—¿Medoro tenía o no costumbre de dormir en su perrera?

—¡Bien hablado! —dijo el corro.

—Si esto es verdad, como puedo probarlo, yo que soy su sustituto mediante el precio de treinta mil libras, tengo sus mismos derechos. No saldré, pues, de aquí sino por la violencia.

Gonzaga sonrió esta vez y a una seña suya el criado dejó tranquilo a Esopo en su perrera.

—¡Ven aquí! —le dijo el príncipe.

Jonás salió al momento de su covacha y se acercó al príncipe saludando políticamente.

—¿Por qué quieres vivir ahí dentro? —le preguntó Gonzaga.

—Porque es el lugar seguro para guardar mi dinero.

—¿Piensas hacer negocio con tu perrera?

—¡Ah, monseñor, es una cocina de oro! Ya lo adiviné yo.

Gonzaga le puso la mano sobre un hombro. El jorobado lanzó un pequeño gemido. Lo mismo le sucedió en el vestíbulo de las habitaciones particulares del Regente.

—¿Qué tienes? —preguntó el príncipe asombrado.

—Un recuerdo del baile, monseñor. Anoche me disloqué este brazo.

—Bailó demasiado —dijeron los amigos del Regente.

Gonzaga les miró desdeñosamente, y dijo:

—Nos burlamos de él y es él el que pudiera mofarse de nosotros, señores.

—¡Ah, monseñor! —dijo Jonás modestamente.

—Lo digo como lo pienso —dijo el príncipe—; es nuestro jefe.

Todos tenían deseos de protestar, pero no se atrevieron.

—¡He aquí nuestro jefe! —repitió el príncipe—. El solo me ha sido más útil que todos vosotros juntos. Nos prometió que Lagardère iría al baile del Regente y fue.

—Si monseñor nos hubiera encargado… —empezó a decir Oriol.

—Señores —prosiguió Gonzaga sin responder al obeso comerciante—; esto tiene un mérito indiscutible, porque no se maneja como se quiere a nuestro hombre. Quizá tengamos ocasión de convencernos pronto de esto.

Todas las miradas interrogaban al príncipe.

—Podemos hablar sin rebozo —dijo Gonzaga—, pienso comprar la discreción de este jorobado, porque tengo confianza en él.

El jorobado se irguió orgullosamente como un pavo al oír estas palabras. El príncipe continuó:

—Porque tengo confianza en él, os digo en su presencia: Si Lagardère no ha muerto, todos peligramos.

Todos callaron. El jorobado parecía lleno de asombro.

—¿Le habéis dejado escapar? —preguntó.

—No sé. Los hombres a quienes he encargado averiguar este extremo, tardan mucho. Estoy inquieto y haría cualquier cosa por saber a qué atenerme.

Alrededor de Gonzaga agiotistas y gentileshombres trataban de parecer tranquilos. Si había algunos acreditados de valientes como Nocé, Navailles y Gironne, en cambio veíanse también rostros pálidos y verdosos como los de Oriol y Batz.

—A Dios gracias, somos muchos y fuertes —dijo Navailles.

—Habláis de memoria —contestó Gonzaga—. Necesito que nadie tiemble si es preciso dar un gran golpe.

—Suceda lo que quiera, monseñor —exclamaron todos—, somos vuestros; completamente vuestros.

—Lo sé —contestó secamente el príncipe—. He tomado mis medios para que así sea.

Si allí había algún descontento, no se supo.

—Mientras tanto arreglemos lo pasado —añadió Gonzaga—. Amigo —dijo a Esopo—, me habéis prestado un gran servicio.

—¡No merece la pena, monseñor!

—Nada de molestias, os lo ruego. Habéis trabajado, pedidme vuestro sueldo.

El jorobado tenía aún en la mano su bolsa, donde sonaban los escudos.

—En verdad —balbuceó—, que eso no merece la pena.

—¿Esperas, pues, pedirnos una gran recompensa?

El jorobado le miró sin responder.

—Ya te he dicho —continuó algo impaciente el príncipe—, no acepto nada gratis. Todo servicio gratuito me ha parecido siempre demasiado caro, pues envuelve una traición. Pide el precio de tu servicio, lo quiero.

—Vamos, Jonás, amigo mío —dijo Cabanda—, desea algo. ¡Tú eres el rey de los genios!

—Puesto que monseñor lo desea… —dijo Esopo visiblemente turbado—. Pero, ¿cómo osar hacer mi demanda a monseñor?

Bajó los ojos, removió su saco y balbuceó:

—¡Monseñor va a burlarse de mí, estoy seguro de ello!

—¡Cien luises a que Jonás está enamorado! —exclamó Navailles.

Una gran carcajada acogió esta idea.

Gonzaga y el jorobado fueron los únicos que no tomaron parte en aquella hilaridad.

Gonzaga comprendía que aún iba a necesitar al jorobado.

Gonzaga era ávido, pero no avaro. El dinero no le costaba nada, y en ocasiones lo repartía pródigamente. En aquel momento, quería dos cosas: adquirir aquel misterioso instrumento y conocerle. Todas sus maniobras, pues, tendían a este doble propósito. Lejos de molestarle, sus cortesanos le servían para hacer más evidente la deferencia que mostraba al hombrecillo.

—Y, ¿por qué no ha de estar enamorado? —dijo con seriedad—. Si está enamorado y su dicha depende de mí, juro que será dichoso. Hay servicios que no se pagan solamente con dinero.

—Monseñor —dijo el jorobado con acento penetrante—; os agradezco vuestras palabras. Enamorado, curioso, ¡qué sé yo lo que soy! La pasión que me atormenta no tiene nombre. ¡Vuestros amigos ríen y yo sufro!

Gonzaga le tendió la mano. El jorobado la besó; pero sus labios temblaron. Luego continuó con un acento tan extraño que nadie se atrevió a reír:

—Curioso, ambicioso, enamorado… ¿Qué importa el nombre de mi mal? La muerte es la muerte y viene por diferentes caminos a buscarnos: el veneno, la fiebre, el acero…

Su mirada brillaba con poderoso resplandor.

—El hombre es pequeño —continuó—; pero remueve el mundo. ¿Habéis visto alguna vez el mar embravecido? ¿Habéis visto a las altas olas arrojar locamente su espuma al claro espejo del cielo? ¿Habéis oído su voz ronca y profunda, más profunda y ronca que la voz del trueno? ¡Es inmenso, inmenso! Y, sin embargo, el hombre lo surca en frágil embarcación de madera. El hombre, sin miedo, con un esfuerzo que parece increíble en la debilidad, ha dicho: «Quiero», y el océano, el gigante, el coloso, que pretende escalar las nubes, ha sido por él vencido.

Le escuchaban con atención. El jorobado había cambiado de aspecto para los que le rodeaban.

—El hombre es pequeño, muy pequeño —prosiguió—. ¿Habéis visto la flamígera cabellera del incendio? Su cabellera de humo, espesa y negra, lo envuelve todo; ahoga, atosiga. Es el símbolo del infierno. Sale la llama con su lengua brillante y devastadora, y asola, arruina y consume cuanto toca. Aurora horrible, esclarece con sombrío fulgor cuanto le rodea. Es grande el fuego, furioso como la tempestad y amenazante como el océano. Pero de pronto, entre las cenizas, el humo, las llamas y las ruinas, aparece una sombra, un átomo, un insecto, ¡un hombre! ¿Qué es lo que le hace grande? Su valor. ¿Qué es lo que le hace rey? Su voluntad. Dice «quiero», y el fuego se devora a sí mismo y muere.

El jorobado, enjugándose la frente, miró con socarronería a los que le rodeaban. Después lanzó su sardónica y burlona carcajada que repercutía en los oídos con extrañas sonoridades.

—¡Ja, ja, ja! ¡Ah! —añadió al ver que su auditorio se estremecía—. ¡Hasta aquí he arrastrado una vida miserable! ¡Soy jorobado, pero soy hombre!, ¿por qué, como vosotros, señores, no puedo estar enamorado?,

¿por qué no he de sentir ambición y curiosidad? No soy joven, ¡no lo he sido nunca! Me encontráis feo, ¿no es eso? Pues aún he sido más feo. Es el privilegio de la fealdad: se gasta con los años como la hermosura. Vosotros perdéis, yo gano. En el cementerio todos seremos iguales.

Y reía mirando el espanto de los afiliados de Gonzaga.

—Hay algo peor que la fealdad y es la pobreza. Yo era pobre y no tenía familia; creo que mis padres se espantaron de mí el día de mi nacimiento y me arrojaron a la calle. Cuando abrí los ojos, vi un cielo gris que arrojaba fría lluvia sobre mi pequeño cuerpo tembloroso. ¿Qué mujer me amamantó? Yo la hubiese amado, pero no la conocí. ¡No riáis, señores! Si alguien ruega a Dios por mí desde el cielo, es ella. La primera sensación de que me acuerdo, es del dolor que producen los golpes. Yo aprendí lo que conozco de la existencia, del látigo que desgarraba mis carnes. Mi lecho era el arroyo, mi comida la que sobraba a los perros. ¡Buena escuela, señores, buena escuela! ¡Si supierais lo familiarizado que estoy con el mal! El bien me asombra y me pone ebrio, como el vino a los que nunca han bebido más que agua…

—¡Debéis odiar mucho, amigo mío! —murmuró Gonzaga.

—Sí, bastante, monseñor. Cuando he oído a los dichosos de la tierra recordar con delicia sus primeros años, yo, que nunca he sido niño, sentía rebosar en mi corazón la amargura y la cólera. ¿Sabéis lo que provoca mi envidia? La alegría de los demás. Los otros eran bellos, y tenían padres. ¿Tuvieron al menos piedad los otros de mí, que estaba solo y triste? No. ¡Tanto mejor! Lo que ha formado y endurecido mi alma, es la burla y el menosprecio de mis semejantes. Tantos infortunios no me han matado. La maldad me ha revelado mi fuerza. Una vez fuerte, ¿he sido malvado? Mis buenos señores, no lo sé: lo que puedo deciros es que los que fueron mis enemigos no pueden burlarse más de mí.

Había algo tan extraño y solemne en estas palabras, que todos guardaron silencio. Los amigos de Gonzaga perdieron su sonrisa burlona. Gonzaga escuchaba atento y sorprendido. El efecto que había producido el jorobado semejaba al frío que da la amenaza proferida por miserable enemigo.

—Desde que soy fuerte, solo un deseo me domina: ser rico.

»Durante diez años he trabajado entre risas y burlas. El primer dinero es difícil de ganar, el segundo menos y el tercero se viene solo a las manos. He sudado sangre para ganar mi primer luis de oro y lo conservo. Cuando estoy cansado y el desánimo se apodera de mí, lo contemplo, y su vista reanima mi orgullo. El orgullo de la fuerza del hombre. Escudo a escudo amaso mi tesoro. Visto andrajos y duermo sobre el suelo. Entretengo mi hambre con un mendrugo y bebo mi alegría y el agua cristalina de las fuentes. Pero mi tesoro aumenta sin cesar.

—¿Eres avaro? —preguntó Gonzaga con afecto, como si tuviera interés en descubrir el lado débil de aquella extraña y misteriosa naturaleza.

—¡Ojalá, monseñor, fuese solo avaro! ¡Ojalá amase mis escudos como el amante adora a su querida! ¿Es una pasión esto? Si lo fuera, emplearía mi existencia atesorando. ¿Qué es la dicha, sino un pretexto para vivir? Me he esforzado en ser avaro, y no he podido. No soy avaro, monseñor.

Esopo suspiró mientras cruzaba los brazos sobre su pecho.

—Tuve un día feliz —continuó—, solo un día. Acababa de contar mi tesoro, y me hallé dos, tres veces más rico de lo que esperaba. Completamente embriagado, pasé largo rato diciendo: «¡Soy rico! ¡Soy rico! ¡Ya puedo comprar la dicha!», me dije. Miré a mi alrededor, y no tenía a nadie. Me miré a un espejo, y mi rostro estaba cubierto de arrugas y mis cabellos canos. ¡Ya!, exclamé. El espejo miente, me dije, y rompí el espejo. Una voz íntima me decía: Has hecho bien. Así debe tratarse a los irreverentes que dicen la verdad. La misma voz añadió: ¡El oro es hermoso, el oro es joven! Siembra el oro, jorobado, siembra el oro y recogerás juventud y belleza. ¿Quién hablaba así? Sin duda un loco, monseñor. Salí de mi casa, y anduve por las calles al azar buscando una mirada compasiva, una palabra amable; pero no pude encontrarla. Los hombres, a quienes tendía la mano, se reían de mí, y las mujeres, a las que ofrecía la virginidad de mi corazón lleno de ternura, me rechazaban. Todos reían, todos me señalaban con mofa, diciendo: ¡Jorobado, jorobado! ¡Mentía, pues, quien dijo que el oro es el rey del mundo!

—¡Debías haberles enseñado tu oro! —exclamó Navailles.

Gonzaga estaba pensativo.

—Lo enseñé —contestó Esopo—, y las manos se tendieron con codicia, no para estrechar mi mano, sino para vaciar mis bolsillos. Quise llevar a mi casa una querida, leales amigos, y solo llevé ladrones. Vosotros sonreís, yo lloré lágrimas de sangre. Pero solo lloré una noche. ¡La amistad, el amor! ¡Extravagancias! Desde entonces, tuve lo que tienen todos los que no poseen un amor verdadero: el placer que se vende… y la amistad que se compra porque se necesita…

—Amigo —interrumpió Gonzaga con impaciencia—, ¿sabré al fin lo que de mí deseáis?

—Ya voy a decíroslo —respondió el jorobado cambiando de tono—. Salí de nuevo de mi retiro, tímido, pero ardiente. La pasión de gozar, se apoderó de mí. Pero ya era filósofo. Anduve errante en busca de mi ilusión, y al fin encontré su pista. A través de intrincados callejones, pude adivinar de dónde soplaba aquel viento de desconocida voluptuosidad…

—¿Y bien?

—Príncipe —concluyó el jorobado inclinándose—, el viento venía de vuestra casa.

IV. GASCÓN Y NORMANDO

Estas últimas palabras fueron pronunciadas en tono alegre y risueño. Aquel diablo de jorobado parecía tener el privilegio de regular el diapasón del general humor. El príncipe y sus amigos, hacía un momento tan serios, echáronse a reír a la vez.

—¡Ah, el viento soplaba de mi casa! —dijo el príncipe.

—Sí, monseñor. Llegué, y desde el dintel mismo de la puerta de vuestro palacio, conocí que iba a entrar en un buen sitio. No sé qué perfume maravilloso ha trastornado mi cerebro en esta casa: sin duda, el perfume de la opulencia y de la nobleza. Me detuve para saborearlo. Este placer me embriaga, monseñor; lo deseo.

—¡No tiene mal gusto el señor Esopo! —exclamó Navailles.

—¡Qué goloso! —dijo Oriol.

El jorobado le miró frente a frente.

—Vos, que transportáis borrachos de un sitio a otro durante la noche, comprenderéis perfectamente que un hombre es capaz de todo por satisfacer un deseo.

Oriol se puso pálido. Montaubert preguntó:

—¿Qué quiere decir eso?

—¡Explicaos, amigo mío! —ordenó Gonzaga.

—Monseñor —contestó Esopo—, la explicación no será larga. Sabéis que anoche dejé el palacio al mismo tiempo que vos. Cuando iba hacia mi casa, vi dos hombres bien vestidos que llevaban una camilla. Como el caso era extraño por lo desacostumbrado, supuse que debían estar bien retribuidos para hacer aquel servicio.

—¿Y sabes…? —preguntó Oriol aturdido.

—¿Lo qué iba en la camilla? ¡Ja!, ¡ja!, ¡ja! ¡Ya lo creo! Un pobre gentilhombre embriagado, a quien presté la ayuda de mi brazo para que volviese a su hotel.

Gonzaga bajó los ojos y cambió de color. Una expresión de estupor profundo se retrató en todos los semblantes.

—¿Y sabéis también lo que ha sido de Lagardère? —preguntó Gonzaga, bajando la voz.

—¡Ja, ja! Gendry tiene buen puño y maneja bien la espada —contestó el jorobado—. Me hallaba cerca de él cuando le hirió, y os confieso que el golpe fue certero. Los hombres que habéis enviado a saber noticias de Lagardère os dirán lo demás.

—¡Tardan mucho!

—Para todo se necesita tiempo. Cocardasse y Passepoil…

—¿Los conocéis? —interrumpió Gonzaga asombrado.

—Monseñor, yo conozco a todo el mundo.

—Amigo mío, no me gustan los hombres que conocen tanta gente y saben tantas cosas.

—Puede ser peligroso, no lo niego, saber demasiado, monseñor; pero es también útil. Seamos justos. Si yo no hubiera conocido a Lagardère…

—¡Que el diablo cargue conmigo si yo me sirviera de este hombre! —murmuró Navailles detrás de Gonzaga.

Creía no haber sido oído, pero el jorobado contestó:

—Haríais mal.

Sin embargo, todos eran de la opinión de Navailles.

El príncipe dudaba. El jorobado prosiguió como si quisiera jugar con su irresolución:

—Si no me hubieran interrumpido, habría ya contestado a vuestra pregunta, monseñor. Cuando me detuve en el umbral de vuestra casa, dudé también un instante. Me preguntaba: ¿Es este el paraíso de Mahoma con todas sus bellezas reunidas? ¿Están aquí las mujeres, el vino y las ninfas coronadas de rosas que ofrecen a los elegidos el néctar y la ambrosía? Al cabo de un instante entré, Monseñor. Estaba dispuesto a todo por merecer la entrada en este edén voluptuoso y esconder mis miserias bajo el rico paño de vuestra capa de príncipe.

—¿De modo que estás dispuesto a todo? —preguntó Gonzaga.

—¡A todo! —contestó resueltamente el jorobado.

—¡Vive Dios! ¡Tenéis un furioso apetito de placeres y de nobleza!

—Hace cuarenta años que sueño. Cada uno de mis cabellos grises guarda un deseo no satisfecho.

—Escucha, la nobleza puede comprarse. Pregúntaselo a Oriol —dijo el príncipe.

—No quiero la nobleza que se compra.

—Pregunta a Oriol lo que pesa un nombre.

Esopo mostró su joroba con un gesto cómico.

—¿Pesa un nombre tanto como esto? —preguntó.

Luego añadió con acento más serio:

—Un nombre y una joroba son dos fardos que no abaten sino a los pobres de espíritu. Soy demasiado pequeño para ser comparado con ese opulento comerciante. Si le pesa su nombre, tanto peor para él. A mí no me molesta mi joroba. El mariscal de Luxemburgo es jorobado. ¿Volvió su joroba al enemigo en la batalla de Nerwinde? El héroe de las comedias napolitanas, el hombre invencible a quien nadie resiste, Polichinela, es jorobado por detrás y por delante. Tirteo era cojo y jorobado; giboso y cojo era también Vulcano, el forjador del rayo. Esopo, cuyo nombre glorioso me dais, era jorobado y sabio. La joroba del gigante Atlas era el mundo.

Sin colocar la mía al nivel de esas ilustres jorobas, os aseguro que vale cincuenta mil escudos de renta. ¡Es una mina de oro!

—Al menos tienes ingenio dentro de ella —dijo Gonzaga—. Te prometo que serás gentilhombre.

—Gracias, monseñor. ¿Cuándo me daréis mi ejecutoria?

—¡Peste! —dijo el corro—. ¡Y hasta tiene prisa!

—Será preciso esperar —contestó Gonzaga.

—Habéis dicho la verdad, señores, tengo prisa. Monseñor, excusadme; pero como me habéis dicho que no queréis recibir ningún servicio gratuito, estoy autorizado para pediros ahora mismo mi salario.

—¡Ahora mismo! ¡Pero eso es imposible, querido Esopo!

—No me refiero a mi deseo de ser noble.

Y aproximándose más al príncipe, añadió con acento insinuante:

—No hace falta, por ejemplo, ser noble para sentarse al lado de vuestro amigo Oriol en la cena de esta noche.

Todos rieron largo rato, a carcajadas, excepto Oriol y el príncipe.

—¿Quién te ha dicho eso? —preguntó este último frunciendo las cejas.

—Vuestras palabras oídas por casualidad, me han dado a conocer vuestros propósitos, monseñor —dijo el jorobado con humildad.

Los amigos del príncipe gritaron alegremente:

—¿Se cena, pues, esta noche?

—¡Ah, príncipe! —añadió el jorobado—. ¡Sufro el suplicio de Tántalo! Adivino vuestro pabelloncito con sus salitas disimuladas, su jardín umbrío y sus habitaciones donde el sol penetra más dulcemente a través de los tapices discretos y en cuyos muros y techos los pintores habrán pintado ninfas, amores, mariposas y florecillas brillantes.

»Veo el salón dorado, el salón de las fiestas voluptuosas, donde las alegres risas han dejado su eco sonoro y las arañas doradas, resplandecientes de luz, me deslumbran…

Esopo se puso la mano delante de los ojos y prosiguió:

—Veo las flores y respiro sus perfumes; veo los vinos cárdenos y rubios desbordar de las copas y veo un enjambre de adorables mujeres…

—¡Ya está ebrio, antes de haber sido invitado! —dijo Navailles.

—¡Es verdad! —contestó Esopo con los ojos brillantes como cabezas de fósforos húmedos—. Estoy embriagado.

—Si monseñor quiere —dijo Oriol al oído de Gonzaga—, prevendré a la señorita Nivelle.

—Está invitada —replicó el príncipe.

Y como si intentase exaltar aún más el extravagante capricho del jorobado, dijo:

—Señores, os advierto que la cena de que se trata, será una gran solemnidad.

—¿Asistirá el Czar de Rusia?

—No adivináis.

—¿Una comedia? ¿Irá Law?

—¡Algo mejor que eso, señores! ¿Os dais por vencidos?

—Sí, sí —contestaron los cortesanos.

—En nuestra cena se verificará una boda.

El jorobado se estremeció.

—¡Una boda! —dijo juntando las manos y entornando los ojos—. ¿Una boda después de una cena?

—¡Una boda de verdad! —contestó Gonzaga—. Un matrimonio con gran ceremonia.

—¿Y quién se casa? —preguntaron a un tiempo los cortesanos.

El jorobado detenía el aliento para no perder ni una palabra. Cuando Gonzaga iba a responder apareció Peyrolles diciendo:

—¡Ya están aquí nuestros hombres!

Detrás de él iban Cocardasse y Passepoil, llevando reflejada en la cara esa orgullosa calma que tan bien sienta a los hombres útiles.

—Amigo —dijo Gonzaga al jorobado—, aún no hemos concluido, no os alejéis demasiado.

—¡Quedo a las órdenes de monseñor! —contestó Esopo; y dejando al príncipe se encaminó a su perrera.

Su cabeza estaba en febril actividad. Cuando entró en su covacha y cerró la puerta, dejose caer sobre el colchón.

—¡Un matrimonio! —dijo—, ¡un escándalo! Pero eso no puede ser sino una horrible parodia: ese hombre no hace nada sin un fin. ¿Qué se propone con esa profanación? ¡La trama me es desconocida y el tiempo pasa!

Su cabeza cayó medio desvanecida entre sus manos crispadas.

—¡Oh, que quiera o no, asistiré a esa cena! —dijo con energía—. ¡Lo juro!

—¡Veamos cuáles son vuestras noticias! —exclamaron los cortesanos con curiosidad.

Cuanto se relacionaba con Lagardère comenzaba a interesarles personalmente.

—Estos dos valientes quieren hablar a solas con monseñor —dijo Peyrolles.

Cocardasse y Passepoil, confortados por un largo sueño de sobremesa en la taberna de Venecia, aparecieron frescos como rosas. Atravesaron el corro de cortesanos y se dirigieron adonde estaba el príncipe, saludándole con la majestuosa dignidad de verdaderos maestros de armas.

—Veamos lo que tenéis que decirme; hablad pronto —díjoles Gonzaga.

Cocardasse y Passepoil volviéronse el uno al otro en ademán de cederse la palabra.

—Habla tú, mi noble amigo —dijo el normando.

—No lo consentiré, pichón mío —replicó el gascón—. A ti te corresponde hablar primero.

—¿Vais a tenerme así mucho tiempo? —exclamó Gonzaga—. Decidme en seguida el resultado de vuestras pesquisas.

Y ambos empezaron a la vez ceremoniosamente a hablar:

—Monseñor, para merecer la honrosa confianza…

—¡Bastante! —dijo el príncipe—; hablad por turno.

Nuevo combate de política. Por fin, Passepoil tomó la palabra y dijo saludando de nuevo:

—Como más joven y modesto, obedezco a mi noble amigo y voy a referir el resultado de mis pesquisas. Debo decir que mi misión ha obtenido el más lisonjero resultado. Y que si he sido más dichoso que mi noble amigo, esto no depende de mi mérito.

Cocardasse sonrió con orgullo acariciándose las largas guías de su bigote.

No debemos olvidar que aquellos tunantes se habían desafiado a mentir.

Antes de presenciar su curioso combate de elocuencia es conveniente decir que ambos espadachines estaban sumamente intranquilos. Al salir de la taberna habían vuelto a la calle de Chartres, donde no pudieron obtener noticia alguna de Lagardère. ¿Qué había sido de él? Cocardasse y su amigo lo ignoraban.

—Sed breve —ordenó Gonzaga.

—Sed conciso —añadió Navailles.

—Os lo diré todo en dos palabras —contestó Passepoil—. La verdad nunca es larga de exponer. Mi noble amigo y yo nos dijimos esta mañana después de recibir las órdenes de monseñor: «Dos pesquisas valen más que una», y cada cual seguimos nuestra pista. Cuando nos separamos, yo me dirigí al palacio real, donde los obreros hacían desaparecer los restos de la fiesta de anoche. Escuché su conversación y oí que hablaban de un gran rastro de sangre que empezaba al lado de la tienda india. Lo seguí y llegué a la calle de Saint-Honoré, donde al pasar el vestíbulo del pabellón de su alteza, me preguntaron los criados: «¿Qué se os ha perdido amigo?» «El retrato de mi querida», contesté. Echáronse a reír y yo pensé que si hubiera de tener los retratos de todas mis queridas seríame preciso alquilar un local grandísimo para guardarlos.

—¡Abrevia! —dijo Gonzaga.

—En la calle de Saint-Honoré los caballos y las carrozas habían borrado las huellas de sangre y me dirigí al río…

—¿Por dónde? —interrumpió Gonzaga.

—Por la calle del Oratorio.

Gonzaga y sus afiliados cambiaron una mirada. Si Passepoil hubiese hablado de la calle de Pierre-Lescot, conocida ya la loca aventura de Oriol y Montaubert, no hubiera sido creído; pero Lagardère podía muy bien haber bajado por la calle del Oratorio.

Passepoil continuó ingenuamente:

—Os hablo como a mi confesor, ilustre principal. La huella de sangre empezaba de nuevo en la calle del Oratorio y seguía hasta la orilla del río. Allí todo indicio desapareció. Pero pregunté a unos marineros que, después de asegurarles que no era de la policía, me dijeron: «Eran tres los que vimos. El gentilhombre estaba herido. Después de quitarle la bolsa, le arrojaron al agua. Llevaba traje de raso blanco y una careta negra.» «Gracias, les dije, era mi señor.» «Pues encomendad al Altísimo su alma», me contestaron.

Las palabras del normando produjeron un murmullo general. Los cortesanos cambiaron señas y Gonzaga hizo con la cabeza un signo de aprobación. Solo Cocardasse sonreía escépticamente diciéndose:

—Mi pichón es un fino normando; ¡rayos y truenos!, pero ya me llegará el turno.

—Lo interesante viene ahora —prosiguió Passepoil alentado por el éxito de su cuento—; descendí a lo largo del Louvre, pasé por entre el río y las Tullerías, hasta la puerta de la Conferencia y llegué al Sevres. Tenía mi idea, ya veréis. Por fin me encontré en el puente de Saint-Cloud.

—¡Los filtros! —murmuró Oriol.

—¡Los filtros, sí —repitió Passepoil guiñando un ojo—, donde metí las manos!

—¡Mal hecho! —dijo Cocardasse—, será preciso hacer algo de este tunante de Passepoil.

—¿Y qué encontraste en los filtros? —preguntó Gonzaga frunciendo las cejas con aire de duda.

Passepoil empezó a desabrochar su jubón. Cocardasse abrió enormemente los ojos. El gascón no esperaba aquello. Lo que Passepoil sacó de su jubón, era nada menos que la chupa ensangrentada de Lagardère, que el normando había cogido con disimulo en la calle de Chartres. Passepoil tuvo buen cuidado de mojarla en una fuente antes de ir a palacio. El normando, dirigiendo a todos una mirada triunfante, arrojó la chupa de Lagardère a los pies del príncipe. Gonzaga retrocedió instintivamente, horrorizado. Todos reconocieron el despojo.

—Monseñor —dijo Passepoil con modestia—, el cadáver pesaba mucho y no he podido traeros más que esto.

—¡Rayos y truenos! —pensó Cocardasse—. Ese bribón tiene gran inventiva.

—¿Y viste el cadáver? —preguntó Peyrolles.

—¿En qué figón hemos bebido juntos? —le preguntó Passepoil irguiéndose—. Os lo ruego, no me tuteéis.

—Responded a la pregunta —dijo Gonzaga.

—El agua en aquel sitio lleva mucha corriente y es muy turbia… ¡Líbreme el Cielo de afirmar una cosa de que no estoy completamente seguro!

—¡Ah, creí que ibas a mentir y estaba indignado; te devuelvo mi estimación! —exclamó Cocardasse—. ¡Si mi pichón hubiera mentido, no vuelvo a saludarle en mi vida!

Y aproximándose al normando le dio la mano caballerosamente.

—¡Pero no, no has mentido, amigo mío! ¿Cómo podías ver el cadáver en los filtros si le he visto yo lejos de allí en tierra firme?

Passepoil bajó los ojos. Todas las miradas se volvieron a Cocardasse.

—Querido mío —dijo este dirigiéndose siempre a su amigo—, monseñor va a permitirme que rinda homenaje a tu sinceridad. Los hombres como tú son raros, y estoy orgulloso de tenerte por compañero de armas.

—Esperad —dijo Gonzaga—, quiero dirigir todavía una pregunta a ese hombre.

Y mostraba a Passepoil que tenía la inocencia y el candor pintados en su rostro.

—¿Y de los bravos defensores de la joven del dominó rosa, qué tenéis que decirme?

—Confieso, monseñor, que he dedicado todo mi tiempo al otro asunto.

—¡Rayos y truenos! —dijo Cocardasse encogiéndose de hombros—. No pidáis a este buen muchacho más de lo que puede dar de sí. Mi camarada ha hecho lo que ha podido, y estoy contento de él; pero eso no quiere decir que esté a mi altura.

—¿Habéis sido más afortunado que él? —preguntó con desconfianza Gonzaga.

—¡Indudablemente! Cuando Cocardasse se propone buscar, encuentra siempre algo más que chupas en el fondo del agua.

—Decidnos lo que habéis hecho.

—Primeramente he hablado con los bribones a que os referíais hace un momento, como ahora estoy hablando con vos; y por último, he visto el cuerpo…

—¿Estás seguro? —preguntó el príncipe.

—¿Es cierto? ¡Hablad, hablad! —añadieron los cortesanos.

—Procedamos con orden. Hace falta instinto y condiciones especiales para ciertos asuntos, y yo me enorgullezco de poseer ambas cosas. Tengo el ojo diestro, el oído delicado, el brazo fuerte y el corazón sereno. Al dejar a mi camarada me dije: Cocardasse, reflexiona un poco. ¿Dónde encontraríais a los defensores del dominó rosa? Metí la nariz en varios sitios, y por fin di con mi cuerpo en *La Cabeza Negra*, una taberna de la calle de Santo Tomás. ¿La conocéis? Está llena siempre de hombres de armas. A las dos de la tarde entraron dos tunantes, a quienes conocí en seguida como a mi padre y a mi madre. Me acerqué a ellos y les dije: Venid conmigo, amiguitos, que tenemos que hablar. Los llevé hacia Saint-Germain-l'Auxerrois, y en el antiguo foso de la abadía nos entendimos a poco perfectamente. Puedo aseguraros, señores, que no volverán a defender en su vida a nadie.

—¿Los habéis puesto fuera de combate? —preguntó Gonzaga, que no comprendía ni una palabra de cuanto estaba diciendo el gascón.

Cocardasse señaló en el aire dos estocadas a fondo. Después añadió:

—¡No eran más que dos los pobrecillos! ¡En otras ocasiones he puesto fuera de combate a algunos más que me hacían frente a la vez!

V. LA INVITACIÓN

Passepoil miraba a su noble amigo con admiración y ternura. Apenas empezó a hablar Cocardasse, Passepoil se confesó a sí propio vencido. Dulce y bondadosa naturaleza, alma modesta y sin hiel, era tan recomendable por sus humildes virtudes, como Cocardasse por sus brillantes cualidades.

Los cortesanos de Gonzaga cambiaban miradas de asombro. Después de un corto silencio, los amigos del príncipe empezaron a cuchichear entre sí. Cocardasse, acariciándose las guías de su enorme mostacho, continuó:

—Monseñor, me ha dado dos comisiones. Veamos ahora la otra. Al dejar a mi amigo, me pregunté: ¿Dónde suelen encontrarse los cadáveres? En el río. Y antes de buscar a mis dos truhanes, me di un paseo por la orilla del Sena. Pero para pasear por esos sitios, es preciso madrugar mucho. A poco el sol me achicharraba los sesos. ¡Claro, había olvidado el coche! Entonces exclamé: ¡Cocardasse, pimpollo mío, merecerías morir de vergüenza, si volvieses ante tu ilustre amo sin haber cumplido sus órdenes! Pero como por el hilo se saca el ovillo, decidí buscar el hilo yendo hasta el Puente Nuevo con las manos cruzadas detrás de la espalda. ¿Te acuerdas de Massabiou, aquel tunante que hurtaba las capas detrás de Nuestra Señora, Passepoil?

—¿Ha sido colgado?

—No, en verdad. Está hecho un buen muchacho, y goza de excelente salud. Se gana la vida vendiendo a los cirujanos carne fresca.

—¡Abreviad, abreviad! —dijo Gonzaga.

—No hay oficio malo, monseñor. El hecho es que encontré a Massabiou por la calle des Mathurins, y después de charlar un rato, le pregunté: ¿De dónde vienes? —Del hospital, de llevar mi mercancía…

Cocardasse hizo una pausa. Gonzaga se había vuelto hacia él. Los amigos del príncipe escuchaban ávidamente. Passepoil tenía deseos de arrodillarse para adorar a su noble amigo.

—El bribón volvía del hospital, efectivamente, pues llevaba aún su gran saco sobre su hombro. Después de adquirir estas noticias me despedí de Massabiou, y subí hasta Val-de-Grace.

—¿Y qué encontraste allí? —preguntó Gonzaga.

—Encontré a maese Juan Petit, cirujano del rey, que hacía ante sus discípulos la disección del cadáver vendido por Massabiou…

—¿Y lo viste?

—Con mis ojos, ¡rayos y truenos!

—¿Era Lagardère?

—El mismo. El propio original, con sus cabellos rubios, su talle, su rostro… El escalpelo le destrozaba. ¡Pero y la herida! —continuó señalando su hombro con un gesto de terrible cinismo—. ¡Ah! Las heridas, para nosotros, tienen fisonomía como los hombres.

—Es verdad —dijo Gonzaga.

Solo se esperaba esta palabra. Un largo murmullo de alegría se elevó entre los cortesanos.

—¡Ha muerto, ha muerto!

Gonzaga mismo, lanzando un largo suspiro de satisfacción, dijo:

—¡Bien muerto!

Y arrojó su bolsa a Cocardasse, que fue rodeado, interrogado y felicitado por todos los cortesanos.

Todos querían obsequiar al héroe. Este, a pesar de su orgullo, tomaba cuanto querían darle.

Un criado bajó la escalinata llevando una luz. En una bandeja de plata entregó a Gonzaga una carta.

—Para monseñor —dijo entregándosela.

Los cortesanos se separaron.

Gonzaga tomó la carta y la abrió. Su cara cambió varias veces de color. Dirigió una mirada penetrante a los dos aventureros.

A Passepoil se le puso la carne de gallina.

—Ven acá —dijo Gonzaga al gascón.

Cocardasse se acercó.

—¿Sabes leer? —le preguntó el príncipe sonriendo amargamente.

Y entregándole la carta dijo a sus amigos:

—Aquí tenemos noticias recientes.

—¿Del muerto? —preguntó Navailles—, la abundancia no daña.

—¿Qué dice el difunto? —preguntó Oriol echándoselas de valiente.

—Escuchad, vais a saberlo. Lee alto.

Cocardasse no era un hombre muy instruido, pero sabía leer medianamente… con la ayuda de Passepoil. Este, viendo su turbación y su apuro, miró sobre su hombro. Sus mejillas se colorearon pero fue de alegría. Cocardasse hacía grandes esfuerzos para no echarse a reír. Pero aquello fue cosa de un instante. Sus codos se encontraron, los dos amigos se habían entendido.

—¡He aquí una historia! —exclamó cándidamente Passepoil.

—¡Hay que verlo! —contestó el gascón con aire consternado.

—¿Qué es, qué es? —preguntaron los cortesanos.

—Lee tú, Passepoil, la voz me falta. ¡Esto es un milagro!

—Lee, Cocardasse, amigo mío. Yo tengo carne de gallina.

Gonzaga golpeó el suelo con impaciencia.

Cocardasse, dirigiéndose al criado, le dijo:

—Alumbra, amigo.

Cuando el criado le acercó la luz, Cocardasse empezó a leer en voz alta:

—«Príncipe: para arreglar definitivamente nuestros negocios, me invito a la cena que dais esta noche a vuestros amigos. Estaré a las nueve en punto en vuestro pabellón.»

—¿Y la firma? —preguntaron a un tiempo los amigos de Gonzaga.

Cocardasse contestó:

—«Caballero Enrique de Lagardère.»

Todos repitieron aquel nombre que para ellos era ya causa de espanto.

En el sobre que había contenido la carta, se encontró un objeto: era el guante que Lagardère arrancó al príncipe delante del regente. Gonzaga lo estrujó con ira mientras cogía la carta de manos de Cocardasse.

Peyrolles quiso hablarle, pero el príncipe le rechazó.

—Y bien, ¿qué decís de esto? —preguntó a los bravos.

—Digo —replicó dulcemente Passepoil—, que el hombre puede equivocarse. Yo he contado fielmente la verdad. Desde luego ese objeto ensangrentado es un testimonio irrecusable.

—Pero, y esta carta, ¿no es también irrecusable?

—Massabiou puede certificar si le he encontrado en la calle de Saint-Jacques. ¡Que se le haga venir! ¡Juan Petit es o no el cirujano del rey? He visto el cuerpo, he reconocido la herida…

—¿Pero y esta carta? —insistió Gonzaga frunciendo las cejas.

—Hace mucho tiempo que esos pillos os engañan —murmuró Peyrolles al príncipe.

Los cortesanos hablaban entre sí.

—Esto traspasa todo límite —dijo Oriol—. Ese hombre es un hechicero.

—¡Es el diablo! —exclamó Navailles.

Cocardasse dijo por lo bajo conteniendo la alegría:

—¡Es un hombre! ¿No es verdad, amigo mío?

—¡Es Lagardère! —contestó el normando.

—Señores —dijo Gonzaga con la voz alterada—, hay detrás de todo esto algo misterioso e incomprensible. Tal vez esos hombres nos traicionan…

—¡Ah, monseñor! —protestaron a la vez Cocardasse y Passepoil.

—¡Silencio! ¡El reto que me dirige, lo acepto!

—¡Bravo! —dijo Navailles débilmente.

—¡Bravo! ¡Bravo! —gritaron todos de mala gana.

—Si monseñor me permite un consejo, en lugar de esa cena proyectada… —dijo Peyrolles.

—¡Se cenará! —interrumpió Gonzaga con altanería.

—Entonces —insistió Peyrolles—, deben cerrarse las puertas.

—¡Se abrirán todas!

—Enhorabuena —dijo Navailles.

—Llevaréis todos espadas, señores —dijo el príncipe.

—Nosotros también —murmuró Cocardasse guiñando un ojo a Passepoil.

—¿Serviréis para el caso? —preguntó el príncipe a sus amigos.

—Si ese hombre va solo… —empezó a decir Navailles sin tratar de ocultar su repugnancia.

—Monseñor —dijo Peyrolles—; ese negocio corresponde a Gendry y sus compañeros.

Gonzaga examinaba a sus afiliados con las cejas fruncidas y los labios temblorosos.

—¡Por mi vida! —dijo el príncipe como si hablara consigo mismo—. ¡Todos irán!

—¡Los quiero esclavos o perecerán!

—Sígueme —dijo en voz baja Cocardasse a su compañero—. Es el momento.

Y los dos avanzaron solemnemente, hasta colocarse delante del príncipe.

—Monseñor —dijo Cocardasse—. Treinta años de una conducta intachable hablan muy alto en favor de dos valientes a quienes las apariencias acusan. No es justo que en un día se pierda el fruto de toda una vida honrada y laboriosa. ¡Miradnos! El Ser Supremo ha puesto en cada cara la huella de la fidelidad o de la felonía. Miradnos y mirad, también, a vuestro intendente, nuestro insidioso acusador.

Cocardasse, al decir esto, estaba magnífico. Passepoil aparecía modesto y candoroso como la propia inocencia. El desdichado Peyrolles semejaba expresamente engendrado para servir de punto de comparación en aquel momento. Desde hacía veinticuatro horas, su crónica palidez habíase convertido en un color verde-gris, repugnante. Era la imagen perfecta de los audaces sin valor, que hieren temblando y asesinan arrastrándose en la sombra. Gonzaga meditaba. Cocardasse continuó:

—Monseñor, vos que sois grande y poderoso, podéis juzgar desapasionadamente. No es de hoy nuestro conocimiento con vuestra excelencia: acordaos de las fosas de Caylus, donde estuvimos juntos…

—¡Callaos! —gritó Peyrolles espantado.

Gonzaga contestó sin conmoverse:

—Estos señores lo han adivinado ya todo y si algo ignoran se les dirá. Estos señores fían en nosotros, como nosotros fiamos en ellos. Entre nosotros existe una recíproca indulgencia. Nos conocemos perfectamente los unos a los otros.

Gonzaga subrayó sus últimas palabras. ¿Había uno solo de los que le escuchaban que no tuviera algún pecado de que acusarse? Algunos necesitaban del príncipe para rehuir las responsabilidades y rigor de las leyes y a los demás su conducta de la noche anterior les hacía cómplices de un asesinato. Oriol se sentía desfallecer; Navailles, Choisy y los otros gentileshombres bajaron los ojos. Si uno solo hubiera protestado, los demás le habrían seguido; pero ninguno protestó.

Gonzaga debía dar gracias a la casualidad que impidió asistir a aquella escena al marqués de Chaverny.

Este, a pesar de todos sus defectos, no se hubiera callado. Gonzaga pensaba desembarazarse por largo tiempo de él aquella noche.

—Quería decir solamente a monseñor —prosiguió Cocardasse—, que a viejos servidores como nosotros, no se les condena con tanta ligereza. Passepoil y yo, como todos los hombres de mérito, tenemos numerosos enemigos. Esta es mi opinión y la expongo con mi acostumbrada franqueza. Una de dos, o el caballero Lagardère ha resucitado, lo que no es verosímil; o esa carta está escrita por algún impostor que nos quiere mal.

—Temería añadir una sola palabra a las muy elocuentísimas que acaba de pronunciar mi compañero. Soy de su misma opinión —añadió el normando.

—No seréis castigados —dijo Gonzaga con aire distraído—. Alejaos.

Los dos maestros de esgrima no se movieron.

—Monseñor no nos ha comprendido —dijo Cocardasse con dignidad.

El normando añadió:

—No hemos merecido que se nos trate así.

—Se os dará vuestro sueldo —contestó Gonzaga impaciente—. ¿Qué más queréis?

—¿Que qué queremos, monseñor? Queremos la prueba plena de nuestra inocencia. Veo que no sabéis con quién tratáis.

—¡No, no lo sabéis! —dijo el normando con lágrimas en los ojos.

—Queremos una justificación brillante de nuestra conducta. Esa carta dice que Lagardère irá esta noche a cenar con vos, y nosotros os decimos que Lagardère ha muerto. ¡Que los acontecimientos sean nuestra paz! Somos vuestros prisioneros. Si hemos mentido y Lagardère va, nuestra vida os pertenece; y si por el contrario, el caballero Lagardère no acude a la cita, queremos que se nos dé una justa reparación. Monseñor, no recuséis los servicios de dos buenos y adictos espadas.

—¡Sea! —dijo Gonzaga—. Nos seguiréis al pabellón. Los acontecimientos os juzgarán.

Los dos amigos le besaron la mano con efusión.

—¡Apelamos al juicio de Dios! —dijeron.

Pero no era en ellos en quien el príncipe se fijaba en aquel momento. Gonzaga miraba con desdén la triste y cariacontecida fisonomía de sus cortesanos.

—¡Mandé que se hiciera venir a Chaverny! —dijo volviéndose a Peyrolles.

—Está avisado.

—Y bien —prosiguió el príncipe—; ¿qué tenéis; qué os pasa, señores? Estáis pálidos y mudos como fantasmas.

—¡No parecen, en efecto, muy alegres! —dijo Cocardasse.

—¿Tenéis miedo? —preguntó el príncipe.

Los gentileshombres se estremecieron.

Navailles contestó:

—¡Tened cuidado, monseñor!

—¡Si no tenéis miedo, es que os repugna seguirme!

Esta vez todos callaron…

—¡Tened cuidado vosotros, señores y amigos! —exclamó Gonzaga—. Acordaos de lo que os dije ayer en el salón de mi hotel. «Necesito obediencia pasiva. Yo soy la cabeza y vosotros el brazo.» Y todos pactasteis conmigo.

—Nadie quiere romper el pacto —dijo Taranne—. Pero…

—¡No hay pero que valga! Meditad bien lo que voy a deciros: Ayer hubierais podido todavía separaros de mí; hoy, no, porque tenéis mi secreto. Hoy el que no está conmigo, está contra mí. Si alguno falta a la cita de esta noche…

—Nadie faltará —dijo Navailles.

—¡Tanto mejor! Estamos cerca del fin. Si me creéis en desgracia, os equivocáis. Desde ayer he crecido el doble y vuestro caudal se ha aumentado. Sois ricos, sin saberlo, como los duques y los pares. Quiero que mi fiesta sea completa, es preciso…

—Lo será, monseñor —dijo Montaubert.

La promesa envuelta en las últimas palabras de Gonzaga reanimó a los vacilantes.

—¡Quiero que sea alegre! —añadió el príncipe.

—¡Lo será, pardiez! ¡Lo será!

—Yo, desde luego —dijo Oriol que sentía frío hasta en la médula—, estoy dispuesto a divertirme. ¡Cuánto vamos a reírnos!

—¡Nos reiremos! ¡Nos reiremos! —contestaron los demás—. No tengáis cuidado, príncipe.

En aquel momento apareció Peyrolles acompañado de Chaverny.

—¡No digáis ni una palabra de lo que aquí acaba de pasar! —dijo rápidamente en voz baja el príncipe.

—¡Chaverny! —gritaron todos afectando alegría—. ¿Dónde te has metido? Te estamos esperando.

Al oír este nombre, Esopo, que desde hacía largo tiempo estaba acostado en su covacha, apareció en el tragaluz que tenía en el techo de la perrera. Cocardasse y Passepoil le vieron a la vez.

—¡Escucha! —dijo el gascón.

—Está a su negocio —respondió el normando.

—¡Aquí me tenéis! —dijo Chaverny saludando.

—¿De dónde vienes? —le preguntó Navailles.

—De aquí cerca. ¡Ah, primo! ¿Tenéis dos odaliscas a la vez?

Gonzaga palideció. En el tragaluz la fisonomía del jorobado se iluminó. Esopo desapareció. Escuchaba reteniendo el aliento detrás de la puerta.

Aquella sola palabra había sido para él un rayo de luz.

—¡Loco, incorregible loco! —exclamó Gonzaga fingiendo alegría.

—¡Dios mío! —contestó Chaverny—. La indiscreción no ha sido grande. He escalado simplemente el muro para dar un paseo por el jardín de Arminda. Arminda es doble: faltan los dos *Renaud*.

Los cortesanos se asombraron de la calma del príncipe ante tanta audacia.

—¿Y te agradan? —preguntó riendo.

—Adoro a las dos. Pero, ¿qué te pasa, primo? ¿Por qué me llamas?

—Porque esta noche tienes que asistir a una boda.

—¡Bah! —dijo Chaverny—. ¿Pero es cierto? ¿Se casa todavía la gente? ¿Y quién se casa?

—Una dote de cincuenta mil escudos.

—¿Contantes?

—Contantes y sonantes.

—¡Buena boda! ¿Pero quién se casa?

Y su mirada examinó detenidamente la cara de los que le rodeaban.

—Adivínalo —contestó Gonzaga sin dejar de sonreír.

—Hay aquí muchas caras de maridos… No acierto… ¡Ah, sí! ¡Tal vez yo?

—¡Justo! —dijo Gonzaga.

Todos se echaron a reír.

El jorobado abrió suavemente la puerta de su chiribitil y apareció en el dintel.

Su rostro había cambiado de expresión. No estaba ya pensativo ni su mirada era ávida y profunda. Entonces el jorobado era Esopo II, el bufón.

—¿Y la dote? —preguntó Chaverny.

—Aquí está —contestó Gonzaga sacando un paquete de acciones de un bolsillo de su coleto.

Chaverny dudó un instante. Sus amigos le felicitaron riendo. El jorobado avanzó despacio y fue a presentar su joroba y su pluma mojada en tinta al príncipe.

—¿Aceptas? —preguntó Gonzaga antes de firmar el endoso.

—¡Sí, a fe mía! Es preciso formar una familia y conquistar una posición.

Gonzaga firmó. Luego preguntó al jorobado:

—Y bien, amigo mío, ¿continúas teniendo el mismo capricho?

—Más que nunca, monseñor.

Cocardasse y Passepoil le miraron con la boca abierta.

—¿Por qué más que nunca?

—Porque sé el nombre del marido.

—¿Y qué te importa ese nombre?

—No sabría decíroslo. Hay cosas que no pueden explicarse, ¿Cómo os explicaríais vos mi convencimiento, de que sin mí, Lagardère no cumplirá su fanfarrona promesa?

—¿Has oído eso?

—Mi perrera está cerca, monseñor, os he servido una vez.

—Sírveme dos y no desearás nada.

—Eso depende de vos.

—Toma, Chaverny —dijo Gonzaga dando al marqués las acciones firmadas.

Y añadió volviéndose al jorobado:

—Tú formarás parte de los convidados de la boda: yo te invito.

Los cortesanos aplaudieron. Cocardasse, cambiando una mirada rápida con su compañero, murmuró:

—¡Las ovejas introducen al lobo en el rebaño! ¡Rayos y truenos! Tienen razón. ¡Vamos a reírnos de lo lindo!

Los nobles cortesanos del príncipe repartieron sus felicitaciones entre el novio y el jorobado.

—Monseñor —dijo este inclinándose—, procuraré hacerme digno de tan alto favor. En cuanto a estos señores, tienen ingenio; pero no tanto como yo. Sin faltar al respeto que debo a monseñor, prometo alegrar la fiesta. ¡Veréis si el jorobado no parece un gentilhombre en la mesa! ¡Ya veréis! ¡Ya veréis!

VI. LA CENA

Existía aún bajo Luis Felipe, en la calle de Folie-Méricourt de París, un modelo de esa minúscula y preciosa arquitectura de los primeros años de la regencia. Era hija de la fantasía y veíanse en ella reunidos a veces los cuatro estilos helénicos y hasta el estilo chino. Eran kioscos, cuyas líneas caprichosas agradaban a la vista, si insultaban al arte verdadero. Eran lindas bomboneras, en toda la acepción de la palabra. Aún se fabrican en algunas confiterías numerosas cajas de cartón, con adornos turcos y siameses, hexágonas la mayor parte, cuyos relumbrantes matices hacen las delicias de los compradores de buen gusto. El pabellón de Gonzaga tenía el aspecto de un kiosco, disfrazado de templo. La empolvada Venus del siglo XVIII hubiera erigido allí sus altares. Tenía un pequeño peristilo blanco, flanqueado por las pequeñas galerías blancas también, cuyas columnas corintias sostenían el primer piso oculto tras de una terraza; el segundo piso, abandonando de pronto la forma cuadrada de la construcción, elevábase en forma de mirabel de seis hojas rematadas por un techo en forma de sombrero chino. Según la opinión de los inteligentes de entonces, era una construcción muy atrevida.

Los poseedores de ciertas *deliciosas* villas situadas en los alrededores de París, creen haber inventado ese estilo macarrónico. El sombrero chino y el mirabel datan de la infancia de Luis XV. Únicamente que el oro gastado con profusión daba a las excentricidades de entonces un aspecto que nuestras villas económicas, aunque *deliciosas*, no pueden tener.

El exterior de aquellas jaulas podría ser censurado por un gusto severo; pero eran coquetonas y elegantes. Respecto al interior, nadie ignora las fabulosas sumas que los grandes señores de la época tenían a gala encerrar entre las lindas paredes de tales casitas.

El príncipe de Gonzaga, más rico que media docena de grandes señores juntos, no podía dejar de rendir homenaje a la moda fastuosa de su tiempo. Su pabellón era considerado como una maravilla. Era un grande salón hexágono cuyos seis lados formaban el nacimiento de las seis hojas del mirabel. Tenía cuatro puertas que daban paso a otros tantos saloncitos que hubiesen tenido la forma de un trapezoide sin los tabiques adicionales que los regularizaban. Las otras dos puertas, que al mismo tiempo hacían el oficio de ventanas, daban sobre las terrazas descubiertas y cargadas de flores.

Tememos no explicarnos claramente.

Esta clase de construcciones era un refinamiento exquisito de que el París de la regeneración solo tenía tres o cuatro ejemplares.

Para ser mejor entendidos, suplicamos al lector que se imagine un primer piso que será un parterre y trace en él, sin preocuparse del espacio que sobra, un salón central de seis tabiques rodeado de cuatro saloncitos cuadrados, colocado como las alas de un molino de viento: los dos lienzos principales de pared se abren sobre dos terrazas. Los espacios sobrantes, tal cual eran, o modificados por la adición de gabinetes, formaban un parterre interior que comunicaba con las dos terrazas, dejando penetrar, a voluntad, la luz y el aire.

El duque de Antin había dibujado por sí mismo esta pequeña cruz de San Andrés guiándose por el kiosco suplementario que tenía en la aldea de Miroménil.

En el salón del pabelloncito de Gonzaga, el techo y los frisos eran de Vanloo el mayor y de su hijo Juan Bautista, que poseía entonces el cetro de la pintura francesa. Dos jóvenes, de los cuales el uno apenas tenía quince años, Cari Vanloo, hermano menor de Juan Bautista, y Santiago Boucher hicieron las panelas. Este último, discípulo del viejo maestro Lemoine, hízose rápidamente célebre, tanto fue el encanto y voluptuosidad.

Dio a luz dos composiciones: *El Nacimiento de Venus* y *Las redes de Vulcano*.

El adorno de los cuatro gabinetes era artístico.

Eran próximamente las ocho de la noche. La cena anunciada verificábase en el gran salón, esplendente de luz y adornado con flores.

La mesa, cubierta de manjares y el desorden de la vajilla, revelaba que la acción estaba empeñada desde hacía largo rato. Los convidados eran los cortesanos de Gonzaga, entre los cuales se distinguía el marqués de Chaverny por su embriaguez prematura, pues aún se hallaban a mitad de la cena; Choisy, Navailles, Montaubert, Taranne y Albret, tenían más sólida la cabeza o habían bebido menos, porque aún conservaban idea clara de sus actos y de las locuras que podían decir.

Había en la cena señoras, si bien la mayor parte eran coristas y bailarinas de la Ópera. Entre ellas veíase a la señorita Fleury, con quien el príncipe se mostraba deferente y bondadoso; la Nivelle que simbolizó a la hija del Mississipi, la gruesa Cidalisa, buena muchacha cuyo espíritu parecía una esponja que absorbía madrigales y cumplidos para devolverlos convertidos en tonterías; la Dubois, la Dorbigny y otras muchas, enemigas declaradas del mal humor y de los prejuicios. Todas eran bellas, jóvenes, alegres, atrevidas, locas y estaban siempre dispuestas a reír.

Gonzaga estaba ausente porque habían ido a llamarle del palacio real. Además de su sitio había otros tres vacíos: el de doña Cruz, que se levantó de la mesa después de la salida de Gonzaga; el segundo era el destinado a Lagardère, y el tercero pertenecía a Esopo II, a quien Chaverny acababa de vencer en singular combate cuyas armas eran copas de *champagne*.

En el momento en que penetramos en el salón, Chaverny, abusando de su victoria, cubría con servilletas, capas, abrigos y cuantos objetos pudo hallar a mano, el cuerpo del pobre Esopo, enterrado en una inmensa poltrona. El jorobado, completamente ebrio, no daba señales de vida bajo aquel montón de trapos que amenazaban ahogarlo.

Después de todo, le estaba bien empleado: Esopo no correspondió a las esperanzas que se tenían de él. Había estado taciturno, áspero, inquieto y preocupado. ¿En qué podía pensar aquel pupitre? ¡Abajo el jorobado! ¡Sería la última vez que le admitieran en una fiesta de aquel género!

Esopo, antes de embriagarse, habíase preguntado varias veces por qué asistía doña Cruz a aquel banquete. Gonzaga no hacía nunca nada al azar. Después de haberla ocultado con el celo de un tutor, sentarla al lado de aquellas entretenidas, era por lo menos extraño. ¿Qué ventaja podría reportar aquello al príncipe tratándose de una niña que deseaba presentar en la Corte con el nombre de señorita de Nevers? Era un secreto. Gonzaga nunca decía sino aquello que deseaba decir.

Chaverny preguntó si estaba allí su prometida. Gonzaga respondiole negativamente. Chaverny quiso saber a todo trance dónde estaba su futura, pero el príncipe le recomendó que tuviera paciencia.

Habíase bebido en grande. Las señoras estaban muy alegres, excepto la Nivelle, que concluyó por ponerse melancólica.

Solo Peyrolles conservaba su fisonomía cariacontecida, sin tomar parte en el común regocijo.

—¿No habrá nadie que haga callar a Oriol? —preguntó la Nivelle con acento triste y aburrido.

De diez mujeres galantes, la mitad, por lo menos, concluyen de este modo sus diversiones.

—¡Silencio, Oriol! —dijeron varias voces.

—No hablo tan alto como Chaverny —contestó el grueso comerciante—. La Nivelle está celosa: nunca más le volveré a referir mis calaveradas.

—¡Inocente! —murmuró la Nivelle bebiendo una copa de *champagne*.

—¿Cuánto te ha dado? —preguntó Cidalisa a la Fleury.

—Tres.

—¿Azules?

—Dos azules y una blanca.

—¿Volverás a verle?

—¡Jamás! ¡Jamás!

—Señoras —dijo la Desbois—, os participo que Mailly quiere ser amado por sí mismo.

—¡Qué horror! —contestó la parte femenina de la asamblea.

Chaverny se había sentado.

—Ese tunante de Esopo se despierta —dijo.

Después añadió, paseando su mirada opaca por toda la sala:

—No veo la divinidad de nuestro Olimpo, y necesito su presencia para explicaros mi posición.

—¡Guardaos vuestras explicaciones en nombre del Cielo! —dijo Cidalisa.

—La necesito —añadió Chaverny vacilando en su sillón—. Es cuestión de delicadeza… Cincuenta mil escudos no son el Perú, y si no estoy enamorado…

—¿De quién? —preguntó Navailles—. ¿No conoces a tu prometida?

—¡Ese es el error! Voy a explicaros mi situación…

—¡No, no! ¡Sí, sí! —gritaron los comensales.

—Entonces, si no queréis dejarme hablar, decidme dónde se encuentra doña Cruz. ¡Que venga doña Cruz!

—¡Doña Cruz! ¡Doña Cruz! —exclamaron todos—. Tiene razón Chaverny; que venga doña Cruz.

—Podíais decir la señorita de Nevers —dijo secamente Peyrolles.

Una carcajada general ahogó la voz del intendente. Todos dijeron luego:

—¡Es justo! ¡La señorita de Nevers! ¡Que venga! ¡Que venga!

Y se produjo un verdadero tumulto.

—Mi posición… —empezó Chaverny.

Los comensales huyeron de él para lanzarse a la puerta por donde doña Cruz había salido.

Chaverny golpeaba la puerta del gabinete donde suponía encerrada a la hermosa española, diciendo:

—¡Si no venís pronto, os sitiaremos!

—Señores, ¿qué vais a hacer? —exclamó Peyrolles asustado.

Chaverny le asió por el coleto y le dijo:

—¡Si no te callas, mochuelo, nos serviremos de ti como de un mazo para derribar la puerta!

Doña Cruz no estaba en el gabinete, cuya puerta cerró por dentro al retirarse. El gabinete comunicaba con el entresuelo por una escalera disimulada. Doña Cruz bajó por ella a su alcoba.

Sobre un sofá estaba echada la pobre Aurora, trémula y llorosa. Hacía quince horas que se hallaba en aquella casa, y sin doña Cruz hubiera muerto de pena y de miedo.

Era la segunda vez que bajaba allí doña Cruz, desde que había empezado la cena.

—¿Qué noticias me traes? —preguntó al verla Aurora con voz débil.

—Gonzaga ha sido llamado de palacio. Haces mal en tener miedo. Arriba se está bien, y si no fuera porque sé que tú estás triste, inquieta y afligida, me divertiría de todo corazón.

—¿Qué hacen en el salón? El ruido llega hasta aquí.

—Locuras. Se ríe a carcajadas y se bebe *champagne*. Esos gentileshombres son alegres, espirituales y encantadores, sobre todo uno que se llama Chaverny.

Aurora se pasó la mano por la frente como si quisiera recordar.

—¡Chaverny! —repitió.

—Es joven, brillante y no teme a Dios ni al diablo. Pero no debemos ocuparnos demasiado de él… Se casa.

—¡Ah! —dijo Aurora con acento distraído.

—¿Adivinas con quién?

—¡Qué sé yo! ¡Qué me importa!

—Te importa, sin duda. Es contigo con quien va a casarse el marqués de Chaverny.

Aurora sonrió tristemente.

—No bromeo —insistió doña Cruz.

—¿Y de él, no me dices nada, mi querida amiga?

—Nada sé.

La hermosa cabeza de Aurora cayó tristemente sobre su pecho.

—Ayer, los hombres que nos atacaron, dijeron: «¡Lagardère ha muerto!» —exclamó la joven llorando sin consuelo.

—Respecto a eso —contestó doña Cruz—, estoy segura de que no es verdad. Lagardère no ha muerto.

—¿En qué te fundas para asegurarlo?

—En dos cosas. La primera es que todavía tienen miedo de él; la segunda es que esa mujer que quieren darme por madre…

—¿Su enemiga?

—Sí, su enemiga. La he reconocido, por las señas que de ella me has dado. Decía que esa mujer le persigue siempre: su encarnizamiento no ha disminuido. Cuando he ido a casa del príncipe a quejarme del singular tratamiento de que fui víctima en tu casa anoche, oí decir a esa mujer, que hablaba con un señor de cabellos blancos: «¡En cuanto pasen las veinticuatro horas, será detenido aunque tenga que prenderle con mis propias manos!»

—¡Oh! No puede ser, en efecto, sino esa mujer. La reconozco en su odio. Más de una vez he pensado…

—¿El qué? —preguntó con interés doña Cruz.

—Nada. Sin duda estoy loca.

—Me queda por decirte el mensaje que el príncipe me ha dado para ti.

—¿Qué mensaje?

—Gonzaga me ha dicho que quiere casarte con Chaverny.

—¿Con qué derecho?

—Lo ignoro. No tengo gran confianza en él; pero ten la seguridad de que te quiero como a una hermana. Él no se preocupa demasiado de la cuestión de derecho. Gonzaga me ordenó repitiese estas palabras: «Si es obediente, salvará de un mortal peligro al que ama.»

—¿A Lagardère? —exclamó Aurora.

—Sí, creo que quería hablar de Lagardère.

Aurora ocultó la cabeza entre sus manos.

—¡Dios mío, tened piedad de mí! Mi razón se ofusca.

Doña Cruz la estrechó entre sus brazos.

—¿No es Dios quien me ha puesto a tu lado? —dijo dulcemente doña Cruz—. No soy más que una mujer; pero tengo valor para morir. Si te atacan, Aurora, no faltará quien te defienda.

Aurora le devolvió su abrazo. Empezó a oírse entonces el tumulto de los que llamaban a doña Cruz.

—¡Es preciso que suba! —dijo esta.

—¡Tengo miedo de estar sola! —balbuceó—. Esos criados que nos rodean me asustan.

—Nada temas; esos sirvientes saben que te amo y creen que ejerzo gran influencia sobre el espíritu de Gonzaga.

Después de reflexionar añadió:

—Y hay momentos en que yo lo creo también. Gonzaga, sin duda, tiene necesidad de mí.

En el piso superior el escándalo aumentaba.

Doña Cruz se levantó, recogiendo la copa de *champagne* que había dejado sobre la mesa.

—¡Aconséjame, guíame! —le dijo Aurora.

—Nada se ha perdido, si verdaderamente tiene Gonzaga necesidad de mí. Es preciso ganar tiempo…

—¿Pero y ese matrimonio? ¡Prefiero mil veces la muerte!

—Siempre hay tiempo de morir.

Y como doña Cruz hiciese ademán de retirarse, Aurora, asiéndola del brazo, le preguntó:

—¿Vas a dejarme ya?

—¿No oyes? Me están llamando. ¡Pero qué loca soy! —añadió como si de pronto se acordase de algo importante—. ¡No te he hablado del jorobado!

—No —respondió Aurora—. ¿De qué jorobado?

—Del que me condujo anoche a tu casa. Está aquí.

—¿En la cena?

—En la cena. Como me acuerdo de que tú me has dicho que ese extraño personaje es el único amigo de Lagardère…

—¿Será el mismo?

—Lo juraría. Pues bien; en esta confianza me acerqué a él y le dije que en caso necesario podía contar conmigo.

—¿Y qué?

—Es el jorobado más extravagante del mundo. ¿Lo creerás? Fingió no conocerme y me fue imposible sacarle una palabra. Estaba completamente consagrado a esas damas que se burlan de él y le han hecho beber tan furiosamente que por fin ha caído bajo la mesa.

—¿Hay mujeres arriba? —preguntó Aurora.

—¡Ya lo creo!

—¿Quiénes son esas mujeres?

—Damas de la Corte —contestó la gitanilla de buena fe—. Ésas son las parisienses que yo había soñado. Las damas de la Corte cantan, ríen, beben y juran como mosqueteros. ¡Son encantadoras!

—¿Estás segura de que sean damas de la Corte?

Doña Cruz contestó casi ofendida:

—¡Cómo puedes dudarlo!

—¡Quisiera verlas sin ser vista! —dijo Aurora.

—¿Y no quieres ver también a ese lindo marqués de Chaverny? —preguntó doña Cruz maliciosamente.

—*Sí* —contestó Aurora sencillamente—. También deseo verle.

La gitana, sin darle tiempo para reflexionar, la cogió del brazo y la arrastró riendo hasta la escalera excusada. Las dos jóvenes solo estaban separadas del festín por el espesor de una puerta. Desde allí oyeron veinte voces que gritaban entre el choque de las copas y de las risas:

—¡Sitiemos el gabinete! ¡Al asalto, al asalto!

VII. UN SITIO VACÍO

El señor Peyrolles, representante poco digno del dueño de la casa, veía su autoridad completamente desconocida. Chaverny y otros le habían preguntado ya varias veces por sus orejas. Era completamente inútil, pues, para reprimir el tumulto. Del otro lado de la puerta, Aurora, más muerta que viva, sentía amargamente haber dejado su retiro. Doña Cruz, traviesa e intrépida, reía alegremente mientras apagaba las bujías del saloncito para que nadie pudiera ver a su compañera.

—Mira —le dijo señalando la cerradura.

Pero la curiosidad de Aurora se había disipado ya.

—¿Vais a dejarnos largo rato por esa señorita? —preguntó Cidalisa.

—¡Como vale tanto! —añadió la Desbois.

—Esas marquesas me tienen envidia —dijo doña Cruz a su amiga.

Aurora miraba por la cerradura.

—¿Son marquesas esas mujeres? —preguntó con acento de duda.

Doña Cruz contestó encogiéndose de hombros:

—No conoces la Corte.

—¡Doña Cruz, que venga doña Cruz! ¡Queremos a doña Cruz!

La gitana sonrió orgullosamente.

—¡Me llaman! —murmuró.

Golpearon la puerta después y Aurora retrocedió vivamente. Doña Cruz miró por la cerradura.

—¡Qué triste figura hace el señor Peyrolles! —exclamó riendo.

—La puerta resiste —dijo Navailles.

—He oído hablar —añadió Nocé.

—¡Una barra, un pico!

—¿Por qué no un cañón? —preguntó la Nivelle despertándose.

—¡Una serenata es mejor! —gritó Chaverny—, con los vasos, los cuchillos, las botellas y los platos —añadió mirando a la Nivelle.

—Es encantador ese marquesito —dijo doña Cruz.

—¿Cuál es? —preguntó Aurora acercándose otra vez a la puerta.

—Reconozco al jorobado —dijo la gitana en lugar de responder.

—¿Estáis dispuestos? —gritaba en aquel momento Chaverny.

Aurora trataba de ver por la cerradura a su enamorado de Madrid; pero entre tanta confusión le era imposible reconocerle.

—¿Cuál es? —repitió.

—El más borracho de todos —contestó doña Cruz.

—¡Estamos! ¡Estamos! —dijo el corro de ejecutantes.

Cada uno tenía en la mano su instrumento y se preparaba a armar un estruendo formidable. Peyrolles, para que no molestase con sus observaciones, fue atado a una butaca.

—¿Quién canta? —preguntó una voz.

—¡Chaverny, Chaverny!

Y el marqués, pasando de mano en mano, concluyó por ponerse delante de la puerta. Aurora le reconoció en seguida y se separó vivamente.

—¡Bah! ¿Te asusta que esté un poco mareado? Es la moda de la Corte. Es encantador.

Chaverny reclamó silencio. Todos callaron un instante.

—Señoritas y señores: antes he de explicaros mi posición…

Aquellas palabras provocaron una tempestad de protestas.

—¡Fuera discursos! ¡Canta o cállate!

—Mi posición es sencilla, siquiera a primera vista pueda aparecer…

—¡Muera Chaverny! ¡Una jaula! ¡Atémosle como a Peyrolles!

—¿Porque quiero explicar mi posición? —siguió diciendo el marqués con la imperturbable tenacidad de la borrachera—. Es que la moral…

—¡Abajo la moral!

—Si cantas —dijo Nocé—, se te dejará explicar tu posición.

—¿Lo juráis? —preguntó Chaverny con seriedad.

Todos adoptaron la postura de Horacio en la escena del juramento.

—¡Lo juramos! ¡Lo juramos! —dijeron.

—Entonces dejadme explicar antes mi posición.

Doña Cruz no podía tenerse de risa; pero los del salón empezaban a incomodarse de veras y hablaban ya de tirar por la ventana a Chaverny.

—Seré breve —continuó este—. En el fondo mi posición es bien clara. Como no conozco a mi mujer, no puedo detestarla. Adoro a las mujeres todas; luego mi matrimonio es un matrimonio de inclinación.

—¡Que cante, que cante!

Chaverny tomó un plato y un cuchillo de manos de Taranne.

—Voy a complaceros —dijo—. ¡Atención!

Y acompañado con su extraño instrumento, cantó.

—¡Mal, muy mal! —dijo la galería, cuando hubo concluido.

—¡El estribillo!

—¡No tengas miedo! —decía a la pobre Aurora doña Cruz abrazándola.

—¡La segunda copla. Chaverny! ¡Venga la segunda!

Chaverny cantó:

A la banque
du bon Regent,
rien ne manque,
sinon l'argent.[5]

Al oír este irrespetuoso final, Peyrolles hizo sobrehumanos esfuerzos por desatarse, pero como no pudo, exclamó:

—¡Señores, señores! ¡En nombre del príncipe de Gonzaga!

Nadie le hizo caso; mientras, él, en sus esfuerzos, volcó la butaca y cayó al suelo.

—¡Es falso! —exclamaron unos.

—¡Es verdad! —exclamaron los otros.

---

5   Al banco del buen regente, nada falta sino el dinero.

—¡Law tiene los tesoros del Perú en su cueva!

—¡Viva Chaverny!

—¡Muera!

Las damas rompían los platos y las copas.

—¡Chaverny, ven a abrazarme! —gritó la Nivelle.

En el gabinete, Aurora, con la cara oculta entre sus manos, decía con voz alterada:

—¡Siento frío en el alma! La idea de que quieren entregarme a ese hombre…

—¡Bah! —contestó doña Cruz—. Yo le volvería bueno como un cordero. ¿No te parece gallardo?

—¡Llévame de aquí!

Aurora se tambaleó. Doña Cruz la sostuvo. La gitana era el mejor corazón del mundo; pero no compartía los escrúpulos de su amiga. Aquel era el París de sus sueños.

—Ven —dijo aprovechando un momento en que se restableció el silencio.

Chaverny, mientras tanto, pedía en la sala, con lágrimas en los ojos, que le dejaran explicar su posición. Bajando la escalera, dijo doña Cruz:

—Ganemos tiempo. Finge obedecer, créeme. Por ahorrarte una lágrima, soy capaz de convertirme en mujer de Chaverny.

—¿Harías eso por mí? —preguntó Aurora conmovida.

—¡Dios mío, sí! Si eso te consuela… Aurora, quédate aquí. En cuanto pueda escaparme, volveré a verte.

Y subiendo la escalera con la copa de *champagne* en la mano, decía:

—Cierto, para obligarle… Con ese Chaverny debe pasarse alegremente la vida.

Al llegar a la puerta del gabinete se detuvo para escuchar. Chaverny decía con acento indignado:

—¿Me prometisteis, sí o no, que podría explicar mi posición?

—¡Jamás! ¡Chaverny abusa de la nuestra! ¡Que se eche de aquí a Chaverny!

—Decidamente, señores —dijo Navailles—, es preciso dar el asalto. Doña Cruz se burla de nosotros.

Doña Cruz abrió entonces la puerta y apareció sonriente y alegre levantando sobre su cabeza la copa de *champagne*.

Una salva de aplausos saludó a la joven.

—¿Por qué hacéis tanto ruido? ¡Si solo se os oyera detrás de esa puerta!

Doña Cruz vació de un trago una copa de *champagne* que le ofrecieron.

Chaverny contemplaba a doña Cruz con admiración.

—¡Deliciosa! ¡Adorable! —murmuró.

Doña Cruz buscaba con los ojos al jorobado. Su instinto le advertía que, a pesar de sus bufonadas, aquel hombre era un aliado. Al no verle y no sabiendo a quién dirigirse, preguntó para saber si se había ido con Gonzaga.

—¿Dónde está monseñor?

—Su carroza acaba de llegar —respondió el infeliz Peyrolles—. Debe estar dando algunas órdenes.

—Encargando la orquesta, sin duda —añadió Cidalisa.

—¿Vamos a bailar? —preguntó doña Cruz con alegría.

Las damas le dirigieron una mirada desdeñosa.

—He conocido un tiempo —dijo sentenciosamente la Nivelle—, en que encontrábamos siempre algo bajo nuestros platos cuando cenábamos aquí.

Y alzando el suyo, continuó:

—¡Nada! La regencia decae, amigas mías.

—La regencia envejece —apoyó Cidalisa.

—¡La regencia se marchita! ¿Aunque encontráramos dos o tres azules a los postres se arruinaría por eso Gonzaga?

—¿Qué son azules? —preguntó ingenuamente doña Cruz.

Chaverny metió la mano precipitadamente en el bolsillo donde guardaba el dote y sacando una docena de acciones las entregó a la gitana.

—Gracias —dijo esta—. El príncipe os las devolverá.

Después repartió los codiciados papelitos entre aquellas damas diciendo:

—Señoras, aquí tenéis vuestro postre.

Estas tomaron las acciones y declararon que aquella joven era detestable.

—Vamos —prosiguió doña Cruz—, es preciso que monseñor no nos encuentre dormidos. ¡A la salud del marqués de Chaverny! Marqués, vuestra copa.

Este presentó su copa lanzando un suspiro.

—¡Si supierais! —murmuró—. ¡Si pudiera deciros!…

—¡Tened cuidado! ¡Os va a explicar su posición!

—¡No quiero nada con vosotros! No quiero más auditorio que doña Cruz. No sois dignos de comprenderme.

—Y, sin embargo, vuestra posición es sencillísima: la del hombre que está ebrio —dijo la Nivelle.

Todos celebraron el chiste. Oriol por poco se ahoga de risa.

—¡Peste! —dijo el marqués rompiendo su copa sobre la mesa—. ¿Hay aquí alguno bastante atrevido para burlarse de mí? ¡Doña Cruz, no es adulación; pero sois aquí una estrella del cielo asombrada de hallarse entre míseras candilejas!

Las damas protestaron calurosamente.

—¡Es demasiado! —dijo Oriol.

—¡Cállate! —contestó Chaverny—. Pero volviendo a mi posición… —añadió cogiendo las dos manos de doña Cruz.

—La conozco. Monseñor me lo ha dicho. Os casáis esta noche con una mujer encantadora —contestó doña Cruz.

—¿Encantadora? —exclamaron todos.

—Encantadora, joven, buena, espiritual —repitió doña Cruz—, y que no tiene la menor idea de las azules.

—¿Un epigrama? —dijo la Nivelle.

—Montáis en una silla de posta y os lleváis a vuestra mujer —continuó doña Cruz dirigiéndose siempre a Chaverny.

—¡Ah! ¡Si esa mujer fuerais vos, adorable niña!

Doña Cruz le llenó la copa.

—Señores —dijo Chaverny antes de beber—. Doña Cruz acaba de explicar mi posición mejor que yo lo hubiera hecho. Es una posición bien romántica.

—¡Bebed! —dijo la gitana riendo.

—Permitidme. Hace rato que se me ha ocurrido una idea…

—¡Veamos tu idea!

Chaverny se levantó como si fuera a pronunciar un discurso.

—Señores —dijo—, hay aquí varios sitios vacíos. Ese pertenece a Gonzaga, el otro al jorobado; pero, ¿y el otro?

Y señalaba un sillón colocado frente al del príncipe y en el cual efectivamente nadie se había sentado desde el principio de la cena.

—¡He aquí mi idea, señores —prosiguió Chaverny—; quiero que ese sitio sea ocupado por la novia!

—¡Es justo, es justo! —gritaron todos—. La idea de Chaverny es razonable. ¡La novia! ¡La novia!

Doña Cruz quiso coger el brazo del marqués; pero nada era capaz de distraerle.

—¡Qué diablo! —murmuró agarrándose a la mesa—. Sé lo que me digo. Yo no estoy embriagado.

—¡Bebed y callaos! —le dijo doña Cruz al oído.

—Sí, beberé, astro divino. Dios es testigo de que quiero beber y de que no quiero callarme. Mi idea es justa y dimana de mi posición. Pido a la novia. Escuchad…

—¡Escuchadle! ¡Es bello como el dios de la elocuencia!

La Nivelle fue quien dijo esto.

Chaverny, dando un puñetazo en la mesa, prosiguió:

—Digo que es absurdo…

—¡Bravo, Chaverny! ¡Soberbio, Chaverny!

—Absurdo, completamente absurdo, es dejar un sitio vacío…

La asistencia entera aplaudió.

El marqués hacía esfuerzos extravagantes para coordinar ideas.

—Cuando se deja un sitio vacío —concluyó, agarrándose al mantel para guardar el equilibrio—, es porque se espera a alguien.

En el instante en que una salva de entusiastas aplausos acogía este laborioso final del discurso de Chaverny, Gonzaga apareció en la puerta de la galería, y dijo:

—Efectivamente, primo mío, esperamos a un invitado.

VIII. UN ALBÉRCHIGO Y UN RAMO

—Primo —dijo Chaverny cayendo pesadamente en su sillón—, os esperaba con impaciencia… para hablaros un poco de mi posición.

Gonzaga, acercándose a la mesa, le quitó la copa de la mano y le dijo con tono seco y breve:

—¡No bebas más!

—¿Cómo es eso? —protestó Chaverny.

Gonzaga arrojó la copa por la ventana, y repitió:

—¡No bebas más!

Chaverny le miraba con asombro.

Los convidados se sentaron. La palidez había reemplazado en más de una cara a los encendidos colores de la embriaguez naciente. La inquietud que el ruido y el vértigo de la orgía habían disipado un instante, volvía de nuevo a torturar el ánimo de los cortesanos de Gonzaga.

El aspecto preocupado de este la aumentó.

Peyrolles quiso hablar a su amo; pero doña Cruz lo impidió diciendo:

—¡Una palabra, si queréis, monseñor!

Gonzaga le besó la mano y la llevó aparte.

Los hombres no se fijaron en la conversación del príncipe con doña Cruz. La mayor parte de ellos miraban al mantel distraídamente como si reflexionaran. Solo Chaverny cantaba, sin cuidarse de aquella sombría inquietud que se había apoderado de los cortesanos.

—¿Habrá malas noticias? —preguntó Oriol al oído de Peyrolles.

El príncipe no terminaba su conversación con la gitana; y a medida que el silencio se hacía más largo, la impresión de malestar y de tristeza eran mayores.

No fue una franca alegría la que reinó en el barullo que hemos descrito. Aquello no era una fiesta para los amigos del príncipe, que deseaban aturdirse, y para realizar su objeto cada cual hizo cuanto pudo. El vino había hecho subir el diapasón de las voces y enrojecer los rostros; pero el desasosiego no dejó de existir un solo instante detrás de las carcajadas de mentirosa alegría. Para hacer cesar el ficticio regocijo fue bastante el fruncido entrecejo del príncipe. Lo que Oriol había dicho, lo pensaban todos. El príncipe les llevaba malas noticias.

Gonzaga besó por segunda vez la mano de doña Cruz.

—Tened confianza en mí —le dijo Gonzaga con paternal acento.

—¡Monseñor, es mi única amiga, mi hermana! —contestó la gitana dirigiéndole una mirada suplicante.

—No sé negaros nada, querida niña. Dentro de una hora será libre.

—¿Es verdad eso, monseñor? —exclamó doña Cruz con alegría—. Dejadme que vaya a anunciarle su dicha.

—No, ahora no. Esperad. ¿Le habéis participado mi deseo?

—¿Ese matrimonio? Sí; pero ese deseo vuestro le inspira horrible repugnancia.

—Monseñor —balbuceó Oriol a un signo imperioso de la Nivelle—, perdonadme que os interrumpa; pero estas señoras reclaman la orquesta.

—¡Dejadme! —contestó Gonzaga, separándole con la mano.

—¡Algo extraño sucede! —murmuró la hija de Mississipi.

Gonzaga continuó mientras estrechaba la mano de doña Cruz:

—No os digo más que esto: hubiera querido salvar al que ama.

—Pero, monseñor, si vos quisierais explicarme en qué puede ser útil ese matrimonio a Lagardère, yo trasladaría vuestras palabras a la pobre Aurora para decidirle a seguir vuestro consejo.

—Es un hecho; pero nada puedo añadir a mi afirmación. ¿Creéis que soy dueño de los acontecimientos? Prometo, sin embargo, hacer cuanto pueda por complaceros.

Gonzaga quiso alejarse, doña Cruz le retuvo.

—Os lo suplico —dijo—, dadme permiso para volver a su lado. Vuestras reticencias me asustan.

—No puede ser: en este momento os necesito.

—¿A mí? —preguntó asombrada doña Cruz.

—Van a decidirse aquí cosas que esas damas no deben escuchar.

—¿Y yo las oiré?

—Tampoco. No nos vamos a ocupar de vuestra amiga. Vos sois el ama de la casa y debéis hacer los honores de ella. Llevad a esas señoras al salón de Marte.

—Os obedezco, monseñor.

Gonzaga le dio las gracias y se fue hacia la mesa. Los cortesanos trataron de leer en su cara. Gonzaga hizo una seña a la Nivelle que se le acercó en seguida.

—Amiga mía, haced lo posible por distraerme a esa niña —le dijo señalando a doña Cruz—; es preciso que no se entere de lo que vamos a decir.

—¿Nos despedís, monseñor?

—Se os llamará cuando sea tiempo. En el salón donde vais a ir, hay una canastilla de boda.

—Comprendido, monseñor. ¿Nos cedéis a Oriol?

—No. ¡Andad!

—Amigas mías —dijo la Nivelle—, doña Cruz desea que veamos la canastilla de boda de la novia. Venid.

Las señoras se levantaron a la vez y entraron precedidas de doña Cruz en el salón de Marte, que estaba frente al gabinete donde antes hemos visto a las dos amigas. En el saloncito había, en efecto, una canastilla de boda.

Gonzaga hizo una seña a Peyrolles para que cerrara la puerta detrás de ellas. Apenas vio esto doña Cruz quiso mirar por la cerradura, pero la Nivelle corrió hacia ella diciéndole:

—Sois vos quien debéis enseñamos el ajuar de la novia, hermosa mía.

En el salón no quedaron más que hombres. Gonzaga ocupó su puesto en la mesa en medio de un silencio profundo. Aquel silencio espantó al marqués de Chaverny.

—Y bien, ¿dónde están esas damas?

Y como nadie le contestase, murmuró:

—Recuerdo haber visto en el jardín dos encantadoras criaturas. ¿Debo yo casarme verdaderamente con una de ellas, o es un sueño? ¡A fe mía que lo ignoro! Primo —dijo bruscamente—, esto está muy lúgubre: me voy con las señoras.

—¡Quédate! —contestó Gonzaga.

Luego, mirando detenidamente a toda la asamblea, preguntó:

—¿Estáis todos en vuestro cabal juicio?

—¡Todos!

—¡Pardiez, primo! —exclamó Chaverny—, ¿no habéis sido vos quien nos ha hecho beber?

Gonzaga miró a Chaverny y meneó la cabeza con aire descontento. Después consultó el reloj.

—Disponemos justamente de media hora para hablar —dijo—. Tregua a las locuras, Chaverny.

Este, desde que Gonzaga le mandó quedarse, estaba sentado sobre la mesa.

—No os inquietéis por mí —dijo con la gravedad de los borrachos—; desead que no haya aquí nadie más beodo que yo. Estoy preocupado con mi posición. Es sencilla…

—Señores —dijo Gonzaga—, nos pasaremos sin él, si es necesario. He aquí el hecho. En este momento, una joven nos estorba. Nos estorba, ¿entendéis? Nos estorba a todos, pues nuestros intereses están más estrechamente unidos de lo que pensáis. Puedo decir que vuestra fortuna es la mía. He tomado mis medidas para que el lazo que nos une sea una verdadera cadena.

—Estamos al lado vuestro, monseñor —dijo Montaubert.

—Cierto, cierto —contestaron todos sin entusiasmo.

—Esa joven… —continuó Gonzaga.

—Puesto que esa circunstancia se agrava —dijo Navailles—, tenemos el derecho de saber. ¿Esa joven, robada ayer por nuestros hombres, es la misma de que se habló ante el Regente?

—¿La que Lagardère había prometido llevar a Palacio? —añadió Navailles.

—La señorita de Nevers, en fin —concluyó Nocé.

La cara de Chaverny cambió de expresión. El marqués repitió por lo bajo con extraño acento:

—¡La señorita de Nevers!

—¿Qué os importa su nombre? —dijo con acento colérico el príncipe—. Nos estorba y debe ser separada de nuestro camino.

Nadie contestó; Chaverny cogió la copa; pero volvió a dejarla sin haber bebido.

Gonzaga continuó:

—Tengo horror a la sangre, señores y amigos, tanto o más que vosotros. La espada no es siempre buen recurso; por tanto renuncio a ella. Me gusta más la dulzura. Chaverny, dilapido cincuenta mil escudos y los gastos de tu viaje para conservar la paz de mi conciencia.

—Es caro —gruñó Peyrolles.

—No comprendo —dijo Chaverny.

—Vas a comprender. Entrego a la suerte el destino de esa hermosa niña.

—¿La señorita de Nevers? —preguntó cogiendo maquinalmente la copa.

—Si le agradas… —dijo Gonzaga en lugar de responder.

—En cuanto a eso —contestó Chaverny dejando de beber—, estad tranquilo; le agradaré.

—¡Tanto mejor! En ese caso te tomará por esposo voluntariamente.

—No la acepto por mujer si no es así.

—Ni yo te la daría —contestó Gonzaga sonriendo equívocamente—. Una vez casados, te la llevas a cualquier provincia y haces durar la luna de miel eternamente, a menos que prefieras volver solo.

—¿Y si rehúsa?

—Si rehúsa, mi conciencia nada me reprochará y será libre.

Gonzaga bajó los ojos a pesar suyo al decir estas palabras.

—Decís —murmuró Chaverny—, que su vida la dejáis a la suerte. Si acepta, vivirá, y si rehúsa, es libre… No entiendo ni una palabra.

—Porque estás embriagado —contestó secamente Gonzaga.

Los demás cortesanos guardaban profundo silencio. Bajo el resplandeciente brillo que despedían las risueñas pinturas del techo y de los muros, reinaba no se sabe qué atmósfera siniestra que hacían más triste la revuelta mesa, las flores ajadas, los frascos vacíos y los rostros preocupados de los comensales. De vez en cuando se oían las risas de las mujeres. Aquellas risas hacían daño. Gonzaga tenía la frente alta y la sonrisa de la alegría en los labios.

—Estoy seguro de que comprendéis, ¿verdad?

Nadie contestó, ni aun el desalmado Peyrolles.

—Es necesaria una explicación —continuó Gonzaga sin dejar de sonreír—. Será corta porque no podemos perder tiempo. La situación, claramente expuesta, es la que voy a deciros. La existencia de esa joven causaría nuestra completa ruina. No lo dudéis; es la verdad —añadió al ver en los labios de sus amigos una sonrisa de duda—. Si mañana pierdo yo la herencia de Nevers, no tenemos otro recurso que la huida.

—¿Nosotros? —exclamaron todos.

—Vosotros —contestó Gonzaga irguiéndose—. Vosotros sin excepción. No se trata de vuestros antiguos pecadillos. El príncipe de Gonzaga ha seguido la moda y lleva sus libros de contabilidad como el último comerciante. En esos libros figuráis vosotros, amigos míos. Peyrolles sabe arreglar admirablemente las cosas. Mi bancarrota os acarreará la ruina completa.

Todas las miradas se volvieron a Peyrolles, que no pestañeó.

—Además, cuando ese momento llegue… ¡Pero dejemos las amenazas! Estáis debidamente sujetos, eso es todo; y me seguiréis en la adversidad como compañeros fieles. Se trata, pues, de saber si estáis dispuestos a darme esta prueba de afecto.

El príncipe no obtuvo respuesta. Su sonrisa se hizo más burlona.

—Veo que me comprendéis y me alegro. La joven será libre, lo he dicho y lo sostengo. Libre para salir o quedarse. ¿Esto os asombra?

Miradas estupefactas interrogaban al príncipe. Chaverny bebía lentamente con aire sombrío. Gonzaga, por la primera vez, llenó su copa y la de sus vecinos.

—Os lo he dicho con frecuencia, señores y amigos —continuó con tono ligero y festivo—: las buenas costumbres, las maneras delicadas, la poesía espléndida, los perfumes exquisitos, todo, en fin, nos viene de Italia. No se estudia, sin embargo, bastante, ese bello país. Escuchad y aprended.

Y después de beber un sorbo de *champagne*, continuó:

—Voy a referiros una anécdota de juventud, de esos dulces años que no vuelven más. El conde Aníbal Canozza, descendiente de los príncipes de Amalfi y primo mío, era un dichoso mortal, a fe mía. Era rico, muy rico, pues tenía cuatro castillos en la orilla del Tíber, veinte granjas en Lombardía, dos palacios en Florencia, dos en Milán, dos en Roma, y además la célebre vajilla de oro de los cardenales de Allaria, nuestros venerables tíos. Yo era el único heredero de mi primo Canozza, pero este tenía veintisiete años y prometía vivir un siglo. En mi vida he visto salud más excelente que la suya. ¿Sentís frío? ¡Bebed, señores, bebed! Un trago reanima los corazones que desmayan.

Todos obedecieron porque sentían necesidad de beber.

—Una tarde —prosiguió el príncipe de Gonzaga—, invité a mi primo Canozza a visitar mis viñas de Espoleto. Es un sitio encantador, ¡con unas cepas!… Pasamos la velada sobre la terraza, respirando la brisa perfumada y hablando, creo, de la inmortalidad del alma. Canozza era un estoico, salvo las mujeres y el vino. Cuando nos separamos, se alejó por un sendero que la luna esclarecía con su luz argentada. ¡Aún me parece verle subir en su carroza! Seguramente era libre, ¿no es cierto? Libre de ir donde le pareciera, a un baile, a una cena, a una cita amorosa… pero libre también de quedarse…

El príncipe vació su copa, y como todos los ojos le interrogasen, continuó:

—El conde Canozza, mi primo, hizo uso de esta última libertad y se quedó.

Un movimiento convulsivo agitaba a todos los cortesanos. Chaverny apretó coléricamente su copa.

—¡Se quedó! —repitió.

Gonzaga tomó un albérchigo de un frutero y se lo tiró. El albérchigo fue a caer sobre las rodillas de Chaverny.

—¡Estudia a Italia, primo! —dijo el príncipe.

Después, como si cambiara de idea, dijo:

—Chaverny está demasiado ebrio para comprenderme, y puede ser que esto sea una ventaja. Estudiad a Italia, señores.

Y mientras decía esto, dio un albérchigo a cada convidado.

—Había olvidado deciros —prosiguió en tono breve y seco— esta frívola circunstancia: antes de separarse de mí el conde Aníbal Canozza comió un albérchigo.

Cada convidado depositó precipitadamente sobre la mesa la fruta que tenía en la mano. Gonzaga llenó de nuevo su copa. Chaverny hizo lo mismo.

—Estudiad a Italia. Solamente allí se sabe vivir. Aquí, señores, solo se apela a la idiota fuerza. ¿Para qué es buena la violencia? En Italia, por ejemplo, cuando hay necesidad de deshacerse de una joven que estorba —esto es nuestro caso—, se busca un hombre que consienta en ser su marido y en llevársela lejos… Si acepta, todo está arreglado. Si rehúsa y está en su derecho, lo mismo en Italia que aquí, entonces, inclinándose respetuosamente y pidiéndole perdón de la libertad que os habéis tomado, la dejáis partir después de ofrecerle galantemente un ramo de flores…

Diciendo esto, Gonzaga cogió un ramo de flores naturales que adornaba el centro de la mesa.

—¿Puede rehusarse un ramo? Se aleja libre, libre como mi primo Aníbal, para ir donde quiera, a su casa, a la de una amiga, a la de su amante… pero también es libre para quedarse.

Y alargó el ramo. Todos los cortesanos retrocedieron, estremeciéndose.

—¿Y se queda? —preguntó Chaverny, apretando los dientes.

—Se queda —contestó fríamente Gonzaga, mirándole con fijeza.

Chaverny, se levantó.

—¡Esas flores están envenenadas! —exclamó.

—Siéntate —dijo Gonzaga riendo—. Estás borracho.

Chaverny se pasó la mano por la frente sudorosa.

—Sí; debo estar ebrio —murmuró—. De otro modo…

El marqués se tambaleaba. Todo daba vuelta a su alrededor, con el vértigo del mareo.

IX. LA NOVENA CAMPANADA

El príncipe miró a los convidados con la audacia y el imperio a que su fuerza le autorizaba.

—No está en su juicio —murmuró—, y por eso le excuso, pero si hubiera alguno entre vosotros…

—Aceptará, monseñor —dijo Navailles, para tranquilizar su conciencia—, aceptará la mano de Chaverny.

Esta era, seguramente, una protesta bien tímida. Los demás no se atrevieron a tanto. La amenaza de ruina había surtido su efecto, sobre todo en aquellos tiempos de tráfico en que las caídas eran rápidas y profundas.

Gonzaga comprendió entonces que todo podía permitírsele. Aquellos hombres eran sus cómplices, sus esclavos. El príncipe dejó en su sitio el ramillete.

—Dejemos ese asunto puesto que todos estamos de acuerdo —dijo—. Hay, sin embargo, otro negocio más grave. Las nueve no han dado aún.

—¿Ha sucedido alguna novedad, monseñor? —preguntó Peyrolles.

—Nada; pero tomo mis medidas. Todos los alrededores del pabellón, están guardados. Gendry con cinco hombres, defiende la entrada del callejón; Ballena y otros dos están en la puerta del jardín; en este, Lavergne y cinco hombres hacen guardia, y en el vestíbulo, todos los criados esperan armados.

—¿Y esos dos bribones? —preguntó Navailles.

—¿Cocardasse y Passepoil? No les he confiado ningún puesto: esperan, como nosotros. Están allí.

Y mostró la galería, donde se habían apagado todas las luces desde su llegada, y cuya puerta estaba abierta.

—¿Qué esperan y qué esperamos? —preguntó Chaverny, cuya mirada opaca se animó un instante con el brillo de la inteligencia.

—¿No estabas ayer con nosotros, cuando recibí esta carta, primo? —dijo Gonzaga, enseñándole la de Lagardère.

—No. ¿A quién esperáis?

—Al que ha de ocupar ese sitio —contestó Gonzaga, señalando el que había estado vacío desde el principio de la cena.

—¡El callejón, el vestíbulo, la escalera, todo está lleno de hombres armados! —dijo Chaverny, haciendo un gesto de menosprecio—. ¿Y para recibir a un hombre solo tantas precauciones?

—Es que ese hombre se llama Lagardère —contestó Gonzaga con involuntario énfasis.

—¡Lagardère! —repitió Chaverny, y luego como hablando consigo mismo:

—¡Le odio! He estado debajo de él y ha tenido piedad de mí.

Gonzaga se acercó al marqués para escuchar mejor. Luego dijo:

—Señores, ¿creéis que las precauciones tomadas son suficientes?

Chaverny se encogió de hombros, riendo.

—¡Veinte contra uno! —murmuró Navailles—. ¡Sobra!

—No tenemos miedo —dijo Oriol, animado con la idea de la formidable guarnición que les protegía.

—¿Pensáis —continuó Gonzaga— que veinte hombres son suficientes para esperarle, sorprenderle y apoderarse de él, vivo o muerto?

—¡Demasiados, monseñor! —exclamaron los cortesanos.

—Lo celebro. Así, ninguno puede luego censurarme de falta de previsión y de prudencia.

—No es prudencia lo que falta —contestó Chaverny.

—Tenía necesidad de que así lo reconocierais todos. Y, sin embargo, ¿queréis que os diga mi opinión?

—¡Decid, monseñor, decid!

—Mi opinión —dijo con voz lenta y grave—, es que todas esas precauciones no servirán de nada. Conozco a ese hombre. Lagardère ha dicho que a las nueve vendrá, y a las nueve le tendremos entre nosotros; lo sé, lo juraría. No hay ejército que pueda impedir a Lagardère venir a la cita dada bajo su firma. ¿Bajará por la chimenea, saltará por la ventana, surgirá del suelo? No lo sé. Pero a la hora indicada, le veremos sentarse a nuestra mesa.

—¡Pardiez! —exclamó Chaverny—. Dejadme que me entienda con él yo solo.

—¡Cállate! —contestó Gonzaga duramente—. No me gustan los combates de enanos y gigantes más que en la feria. Esta convicción es en mí tan profunda, que ahora mismo voy a probar el temple de mi espada.

Y desenvainándola se puso a doblar la hoja de acero delgada y brillante.

—La hora se acerca —acabó mirando la esfera del péndulo de la sala—. Os recomiendo que no confiéis en otro auxilio que vuestras espadas.

Todas las miradas se fijaron entonces en el reloj. Los minuteros marcaban las nueve. Los convidados recogieron de las sillas las espadas.

—Dejad que me bata yo solo con él —repitió Chaverny.

—¿Dónde vas? —preguntó Gonzaga a Peyrolles al ver que iba hacia la galería.

—A cerrar esta puerta.

—He dicho que todas estarán abiertas y así se hará. Es también una señal. Cuando se cierren, alegraos. Eso nos anunciará que el enemigo ha sucumbido. Mientras tanto las veáis abiertas, velad.

Peyrolles se puso en la última fila con Oriol, Taranne y los negociantes. Al lado de Gonzaga se pusieron Choisy, Navailles, Nocé, Gironne y los demás gentileshombres. Chaverny estaba al otro lado de la mesa, casi junto a la puerta.

Todos tenían la espada en la mano y la mirada fija en la oscura galería.

Aquella solemne inquietud daba una gran idea del hombre que iba a llegar. El reloj produjo ese rumor de escape de ruedas que precede siempre a la hora.

—¿Estáis preparados, señores? —preguntó el príncipe mirando a la puerta.

—Estamos —contestaron todos.

Se contaron con la vista. El número da con frecuencia el valor.

Gonzaga, cogiendo su copa de encima de la mesa, dijo con fanfarronería en el momento en que empezaron a dar las nueve.

—¡A la salud del caballero Lagardère! ¡Recibámosle con la copa en una mano y la espada en la otra!

—¡A su salud! —repitió el coro.

Luego quedaron mudos con la copa llena en lo alto y la espada en guardia. Esperaban ojo avizor y oído atento. De pronto, se oyó fuera un ruido de espadas. El reloj daba la hora lentamente. Parecieron un siglo aquellas nueve campanadas. A la octava el ruido cesó, a la novena las puertas se cerraron bruscamente. Un viva entusiasta y prolongado resonó en el salón. Las espadas se bajaron.

—¡Por Lagardère muerto! —dijo Gonzaga.

—¡A la muerte de Lagardère! —repitieron los convidados, vaciando de un trago sus copas.

Solo Chaverny no bebió y guardó silencio. En el momento de llevarse la copa a los labios, Gonzaga se estremeció. En medio de la estancia las capas y abrigos amontonados, arrojados sobre Esopo, oscilaron y se levantaron. Gonzaga no se acordaba del jorobado ni sabía el fin de su loca aventura. El príncipe había dicho: «Bajará por la chimenea, saltará por la ventana o surgirá del suelo; pero a la hora dicha le tendremos entre nosotros.» Y a la vista de aquella masa que se movía dejó de beber y se puso en guardia. Una carcajada seca y estridente dejose oír debajo de las capas.

—¡Soy de los vuestros! —exclamó una voz chillona—. ¡Aquí estoy!

No era Lagardère.

Gonzaga se echó a reír diciendo:

—¡Es nuestro amigo el jorobado!

Este salió de entre las ropas y acercándose a la mesa cogió una copa.

—¡A la salud de Lagardère! —dijo—. ¡El poltrón habrá sabido que yo estoy aquí y no se ha atrevido a venir!

—¡Viva el jorobado! —exclamó el coro riendo—. ¡Viva Esopo!

—Señores —dijo este con sencillez—. El que como yo no conozca vuestro valor, al veros tan alegres creería que habíais pasado un soberbio miedo. ¿Pero qué quieren esos bravos?

Y mostraba a Cocardasse y Passepoil que estaban en la puerta inmóviles como estatuas. Tenían el aire triunfante.

—Venimos a traeros nuestras cabezas —dijo el gascón hipócritamente.

—¡Herid! —añadió el normando—. Enviad al Cielo dos almas.

—Reparación de honor —contestó alegremente el príncipe—. Que se dé una copa a esos dos valientes y que beban con nosotros.

Chaverny les miraba con el mismo disgusto que si viese al verdugo y se acercó a la mesa cuando ellos se acercaron.

—¡Palabra! —dijo a Choisy que estaba a su lado—. Si viene Lagardère me pongo de su parte.

—¡Silencio! —contestó Choisy.

El jorobado, que le había oído, preguntó al príncipe señalando al marqués:

—Monseñor, ¿estáis seguro de ese hombre?

—No —respondió el príncipe.

Cocardasse y Passepoil bebían con los cortesanos, Chaverny les escuchaba. Passepoil hablaba de la chupa ensangrentada y Cocardasse volvió a referir la historia del anfiteatro de Val-de-Grace.

—¡Pero eso es infame! —dijo Chaverny dirigiéndose a Gonzaga—. ¿Pero es verdad que se habla de un hombre asesinado?

—¡Eh! —dijo el jorobado fingiendo asombro—. ¿Pero de dónde sale este?

Cocardasse, insolente y burlón, presentó su copa a Chaverny que se volvió horrorizado.

—¡Perdido! —dijo de nuevo Esopo II—. ¡Ese gentilhombre me parece que tiene singulares repugnancias!

Los convidados callaban. Gonzaga puso su mano sobre el hombro de Chaverny.

—Ten cuidado, primo —dijo—, estás demasiado ebrio.

—Al contrario, monseñor —contestó Esopo al oído del príncipe—; vuestro primo me parece que no ha bebido bastante. Creedme, tengo buen ojo…

Gonzaga le miró con desconfianza.

El jorobado sonreía como hombre que está seguro de lo que dice.

—Puede que tengas razón —contestó Gonzaga—. Te lo entrego.

—Gracias, monseñor —respondió Esopo.

Luego acercándose con la copa en la mano a Chaverny le preguntó:

—¿Desdeñaréis, también, beber conmigo? ¡Me debéis la revancha!

Chaverny se echó a reír y presentó su copa.

—¡A la salud de vuestra prometida! —dijo el jorobado.

Y ambos se sentaron frente a frente, acompañados de sus padrinos y jueces. El duelo báquico empezó entre ellos.

Aquel salón, donde la orgía dejó un instante plaza al miedo, volvió de nuevo a recobrar su alegre aspecto. Los convidados, libres de la enorme preocupación de Lagardère, reían otra vez. Lagardère había muerto, sin duda, cuando no acudía a la cita.

Gonzaga mismo no dudaba de ello. Si ordenó a Peyrolles inspeccionar las guardias fue por exceso de prudencia italiana; la precaución no estorba nunca. Los hombres a quienes se confió la vigilancia del pabellón estaban pagados para toda la noche y nada impedía dejarlos en sus puestos. Pasado el miedo, la alegría reinó en la sala del festín. Entonces empezaba verdaderamente la fiesta. Los gentileshombres no se acordaban de haber temblado y los comerciantes parecían valientes como César.

Sin embargo, a todo ridículo como a toda falta, es preciso buscar un culpable. El pobre Oriol fue la víctima escogida para expiar el miedo general. Solo él había temblado. Tal fue la opinión de aquellos señores.

—¡Las damas, las damas! ¡Que vengan!

A una seña del príncipe, Nocé abrió la puerta del gabinete. Las señoras entraron en el salón como una banda de pájaros. Gritaban quejándose todas a la vez de la larga espera.

La Nivelle dijo a Gonzaga señalando a doña Cruz:

—Es muy curiosa vuestra protegida. La he quitado diez veces del agujero de la cerradura.

—¡Dios mío! —contestó el príncipe cándidamente—. ¿Y qué hubiera podido ver? Os hemos alejado en interés vuestro. Hablábamos de negocios y como sabemos que estas conversaciones os aburren…

—¿Para qué nos habéis llamado? —preguntó la Desbois.

—¿Va a ser ya la boda? —preguntó la Fleury.

Y Cidalisa, acariciando con una mano la barba de Cocardasse y con la otra la mejilla ruborosa de Passepoil, les preguntó:

—¿Sois de la orquesta?

Passepoil se estremeció de la cabeza a los pies al sentir el contacto de aquella mano suave y perfumada. Quiso hablar y no pudo.

—Señoras —dijo Gonzaga besando la mano a doña Cruz—, no queremos tener secretos para vosotras. Si nos hemos privado por un momento de vuestra compañía ha sido para arreglar los preliminares de la boda que debe tener lugar esta noche.

—¡Pero es verdad! ¿Vamos a presenciar la comedia?

Gonzaga protestó.

—Se trata de una unión seria.

Y acercándose a doña Cruz le dijo:

—Ya es tiempo de que prevengáis a vuestra amiga.

Doña Cruz le miró inquieta y dijo:

—Me habéis hecho una promesa.

—Todo lo que prometo lo cumplo.

Y llevando a doña Cruz hasta la puerta, añadió:

—Puede rehusar, si quiere; pero por ella misma y por otro que no quiero nombrar, desead que acepte.

Doña Cruz ignoraba la suerte de Lagardère y no podía adivinar la hipocresía del príncipe. Sin embargo, dijo antes de salir del salón:

—Monseñor, ignoro los motivos que os obligan a obrar como lo hacéis; pero desde ayer pasan cosas muy raras. Somos dos pobres jóvenes y carecemos de la experiencia que se necesita para adivinar enigmas. Por amistad a mí, por compasión a esa pobre niña desolada, decidme una palabra, una sola que explique la situación y me sirva de argumento contra su resistencia. Yo tendré energía, si puedo decirle en qué beneficia ese matrimonio al caballero Lagardère.

—¿No tenéis vos confianza en mí? —dijo Gonzaga, con tono de reproche—. ¿No tiene ella confianza en vos? Yo afirmo y vos me creéis; afirmad vos y os creerá ella. Y daos prisa —añadió con acento más imperioso—, porque quedo esperándoos.

Doña Cruz se alejó.

En este momento un gran tumulto se produjo en el salón, formado por clamores alegres y sonoras sonrisas.

—¡Bravo Chaverny! —decían unos.

—¡El jorobado es muy atrevido! —exclamaban otros.

—¡La copa de Chaverny está más llena!

—¡No bebáis más! ¡Eso es un duelo a muerte!

Y las mujeres:

—¡Van a matarse! ¡Están locos!

—¡El jorobado es el diablo!

—¡Si el jorobado tiene tantas azules como se dice, me siento inclinada a adorarle!

—¡Ved cómo beben!

—¡Son dos esponjas!

—¡Dos simas! ¡Bravo, Chaverny!

—¡Bien, jorobado!

El jorobado y el marqués, sentados uno frente a otro, estaban rodeados de un círculo que engrosaba cada vez más. Era la segunda vez que los luchadores empezaban el duelo.

La invasión de las costumbres inglesas había puesto de moda entonces esta clase de combates.

Se habían consumido una docena de botellas. Chaverny estaba lívido y sus ojos inyectados en sangre parecían querer saltársele de las órbitas. A pesar de su esbelto talle y de la poca capacidad aparente de su estómago, era un bebedor terrible. El jorobado, al contrario, parecía solo más animado y sus ojos brillaban extraordinariamente. Hablaba y se movía como tres, lo que según los entendidos en esta clase de duelos, es una desventaja. La charla marea tanto como el vino. Todo campeón de la botella debe ser mudo en un combate serio. El partido estaba por Chaverny.

—¡Cien pistolas! —exclamó Navailles—. ¡Apuesto cien pistolas a que Chaverny hace volver bajo las capas al jorobado!

—¡Apuesto! —respondió el jorobado tambaleándose en su sillón.

—¡Todo lo que llevo en mi portamonedas por el marqués! —dijo la Nivelle.

—¿Cuánto tiene el portamonedas? —preguntó Esopo después de vaciar su copa.

—¡Cinco acciones azules! ¡Toda mi fortuna!

—¡Van contra diez que yo apuesto! —contestó el jorobado—. Echad de beber.

—¿Cuál te gusta más? —murmuró Passepoil al oído de su noble amigo señalando a las damas.

—¡Rayos y truenos! ¡Va a anegarse! —respondió el gascón que no apartaba los ojos del jorobado—. Jamás he visto a un hombre beber tanto.

Esopo II dejó su asiento. Todos creyeron que iba a caerse. Pero se sentó gallardamente en la mesa después de dirigir a los que le rodeaban una mirada cínica y burlona.

—¿No hay copas mayores? —exclamó tirando la suya—. Con estas cáscaras de nuez vamos a estar así hasta mañana.

X. TRIUNFO DEL JOROBADO

Volvamos de nuevo a la habitación del piso bajo, donde hemos visto antes a Aurora y a doña Cruz. Aurora estaba sola, arrodillada sobre la alfombra. Pero no oraba.

El ruido que llegaba hasta ella de la sala del festín, había aumentado desde hacía algunos momentos. Eran las exclamaciones que provocaba el singular combate de Chaverny y el jorobado. Aurora nada notó. Meditaba. Sus bellos ojos, enrojecidos por las lágrimas, fijábanse distraídos hacía ya largo rato sobre un mismo punto. Tan grande era su abstracción, que no oyó el ruido que produjo doña Cruz al entrar en el dormitorio. La gitana, al verla en aquella postura, aproximose a su amiga, andando sobre la punta de los pies, y le besó con cariño los cabellos. Aurora volvió lentamente la cabeza. El corazón de la gitana se conmovió al ver sus mejillas pálidas y sus ojos sin brillo.

—Vengo a buscarte —le dijo después de besarla.

—Estoy dispuesta a seguirte.

—¿Has reflexionado ya?

—He rezado, y cuando se reza, las cosas inexplicables se aclaran a nuestros ojos.

—¿Y qué has adivinado?

—Estoy dispuesta a morir —contestó Aurora.

—¡Pero si no se trata de morir, hermosa mía!

—Hace mucho tiempo que se me ocurrió por primera vez esta idea —dijo Aurora con desaliento—; yo he labrado su desgracia, yo soy el peligro que le acecha sin cesar, yo soy su ángel malo. ¡Sin mí será libre, dichoso y vivirá tranquilo!

Doña Cruz le escuchaba sin comprenderla.

—¿Por qué —continuó Aurora enjugando una lágrima—, no he hecho ayer lo que medito hoy? ¿Por qué no he huido de su casa? ¿Por qué no he muerto?

—¿Qué estás diciendo? —preguntó doña Cruz.

—No puedes comprender, Flor, hermana mía, la diferencia que hay entre ayer y hoy. Una vida entera de alegrías, delicias y venturas, habíase presentado un instante a mis ojos, deslumbrándome. ¡Me ama, Flor, anoche me lo dijo!

—¿Y no lo supiste hasta ayer?

—Si lo hubiera sabido, nos habríamos ahorrado los peligros inútiles de este viaje. Yo dudaba y tenía miedo. ¡Oh, qué locas somos, hermana mía! Debíamos estremecernos y temblar en vez de extasiarnos, cuando se nos ofrecen esas grandes alegrías que hacen descender para nosotros, sobre la tierra, la felicidad celeste. La dicha no es posible aquí abajo.

—¿Pero qué has resuelto? —interrumpió la gitana, cuyo temperamento no podía entender aquel misticismo.

—Obedecer para salvarle.

—Subamos, pues. El príncipe nos espera.

Luego, una sombra de tristeza veló su sonrisa.

—Sabes —dijo—, que paso mi vida siendo heroica por ti. No amo como tú, es verdad; pero, apenas quiero a un hombre, te atraviesas siempre en mi camino.

Los ojos asombrados de Aurora la interrogaron.

—No te inquietes por eso —contestó doña Cruz sonriendo—, no moriré víctima de mi amor, te lo prometo. Espero amar así más de una vez antes de mi muerte; pero confieso que sin ti no hubiera renunciado al rey de los caballeros errantes, al hermoso Lagardère. Y también te digo que después del bello Lagardère, el único hombre que ha hecho latir mi corazón, es el aturdido Chaverny.

—¡Cómo!…

—Ya sé, ya sé que su conducta es algo ligera; pero, ¡qué quieres!

Aurora le cogió la mano sonriendo.

—Hermana mía, tu corazón vale más que tus palabras. ¿Y por qué habrás tú de tener las altiveces de las grandes razas?

—¿Parece que no crees en mi alto nacimiento?

—Soy yo la señorita de Nevers —respondió Aurora.

—¿Lagardère te lo ha dicho? —preguntó doña Cruz sin pensar en hacer objeciones.

—No. Es la única falta que puedo reprocharle en mi vida. Si me hubiese dicho…

—¿Entonces, quién ha sido?…

—Nadie. Lo sé desde ayer; los diferentes acontecimientos de mi vida han tomado a mis ojos una nueva significación. Recuerdo, comparo, y la consecuencia que acabo de decir se desprende de ellos lógicamente. La niña que dormía en los fosos de Caylus mientras asesinaban a su padre, era yo. Aún veo la mirada de mi amigo cuando visitamos el lugar funesto. ¿No me hizo besar Enrique la efigie del duque de Nevers, en el cementerio de Saint-Magloire? Y ese Gonzaga, cuyo nombre me ha perseguido desde mi infancia, ese Gonzaga, que hoy va a asestarme el último golpe, ¿no es el marido de la viuda de Nevers?

—¡Pues si es él quien quiere devolverme a mi madre! —dijo doña Cruz.

—Flor querida, no podemos explicárnoslo todo, lo sé bien. Somos dos jóvenes a quienes Dios ha reservado puro el corazón. ¿Cómo, pues, podremos sondar el abismo de las perversidades? Lo que Gonzaga quiere hacer de ti, lo ignoro; pero sin duda eres un instrumento en sus manos. Desde ayer he adivinado esto y desde que te hablo también ves tú lo mismo.

—Es verdad —contestó doña Cruz, que había fruncido las cejas.

—Ayer fue cuando Enrique me confesó su amor.

—¡Ayer!

—¿Por qué no me reveló antes lo que pasaba en su alma? ¿Había, pues, un obstáculo entre nosotros?, ¿qué obstáculo podría separarnos sino el honor escrupuloso del hombre más leal del mundo? ¿Era la grandeza de mi nacimiento o la cuantía de mi fortuna, lo que le alejaba de mí? ¿Tendré que arrepentirme de haberte hablado con tanta franqueza? —murmuró la joven.

—No te enfades conmigo —dijo la gitana, abrazándola—. Sonreía pensando que yo habría adivinado esos obstáculos. Eso no tiene nada de particular, puesto que yo no soy princesa.

—Ojalá no lo fuese yo tampoco —exclamó Aurora, llorando—. La grandeza tiene sus alegrías y sus sufrimientos. Yo, que voy a morir a los veinte años, no he conocido más que las lágrimas de la grandeza.

Al ver que su amiga iba a protestar, le cerró la boca con una caricia.

—Estoy tranquila —prosiguió Aurora—; tengo fe en la bondad de Dios. Aunque hablo de morir, no temas que atente contra mi vida. El suicidio es un crimen que cierra las puertas del cielo. ¿Y si yo no fuera al cielo, dónde podría reunirme con el que amo? No, otros se encargarán de librarme de la carga de la vida. Esto no es que lo adivine: lo sé con toda seguridad.

Doña Cruz se puso pálida.

—¿Qué dices? —preguntó con voz alterada.

—Cuando me dejaste sola, reflexioné en todo lo que acabo de decirte. El velo que ocultaba los misterios de mi vida, se aclaró poco a poco.

Porque soy la señorita de Nevers, me capturaron ayer; porque soy la heredera de Nevers, la princesa persigue a Enrique con su odio. Este último pensamiento me ha quitado el valor, amiga mía. La idea de encontrarme entre mi madre y él, enemigos, me ha herido el corazón como un puñal. La hora de escoger entre los dos, llegaría. ¿Qué iba a hacer yo? Desde que conozco el nombre de mi padre su alma se ha revelado en mí. El deber se me aparece por vez primera y su voz es tan imperiosa en mí ya, como la voz de la dicha. Ayer no comprendía que hubiese aquí abajo nada capaz de separarme de Enrique; hoy…

—¿Hoy? —repitió doña Cruz.

Aurora volvió la cabeza para enjugar una lágrima, y doña Cruz la miraba conmovida.

—Hermana mía —dijo—, eres Aurora de Nevers, no lo dudo. La más orgullosa duquesa tendría a gala llamarte hija. Pero hace un momento has pronunciado palabras que me inquietan y me dan miedo.

—¿Qué palabras?

—Has dicho: «otros se encargarán de libertarme…».

—¡Ah, sí! Olvidaba contarte lo que he hecho durante tu ausencia. Estaba aquí sola, con la cabeza ardiente y el corazón intranquilo… Sin duda la fiebre me dio valor; y salí de esta estancia. Por el camino que tú me enseñaste, llegué hasta la puerta, tras de la cual los del banquete te llamaban antes. Miré por la cerradura y no vi ninguna mujer en la mesa.

—Nos habían mandado salir —contestó doña Cruz.

—¿Sabes por qué?

—Gonzaga nos ha dicho…

—¡Ah! —dijo Aurora estremeciéndose—. ¿Ese hombre que manda a los otros, es Gonzaga?

—Sí.

—No sé lo que os habrá dicho; pero ha debido engañaros.

—¿Por qué sospechas eso?

—Porque si os hubiera dicho la verdad, no vendrías tú a buscarme, mi querida Flor.

—¿Cuál es la verdad? Dímela por favor, si no quieres que me vuelva loca.

—¿Has visto el ramillete que adorna la mesa?

—Sí, es muy hermoso.

—¿Y Gonzaga no te ha repetido: «Si rehúsa será libre.»?

—Son sus mismas palabras.

—Pues bien, Gonzaga era el que hablaba cuando miré por el agujero de la cerradura. Los convidados le escuchaban inmóviles, mudos y pálidos. Apliqué el oído para oír lo que decía, y…

Un ruido se oyó entonces hacia la puerta.

La figura de Peyrolles apareció ante las dos jóvenes.

—Os esperan —dijo saludando.

Aurora se levantó.

—Os sigo —dijo.

Al subir la escalera doña Cruz se aproximó a su amiga y le dijo en voz baja:

—Concluye. ¿Qué ibas a decirme de las flores?

Aurora le estrechó la mano cariñosamente, y respondió sonriendo:

—Como gran señor, Gonzaga es muy galante. Si rehúso su proposición, no solo seré libre, sino que me regalará el hermoso ramo que adorna la mesa.

—¡Bravo, jorobado, se te nombrará rey de las tencas!

—¡Mantente firme, Chaverny!

—¡Chaverny acaba de verter media copa sobre sus encajes! ¡Eso no vale!

Se llevaron copas mayores. El jorobado llenó la suya con media botella de *champagne*. Chaverny quiso hacer lo mismo; pero su mano temblaba.

—¡Vas a hacerme perder mis cinco azules, Chaverny! —exclamó la Nivelle.

—Estamos al principio —dijo el jorobado riendo—. Ayudad al marqués a llenar su copa.

Los que estaban a su lado llenáronle la copa hasta que rebosó.

—¡Cómo se desperdician los frutos de Dios! —suspiró Cocardasse.

Passepoil miraba con los ojos en blanco a las damas.

—¡A vuestra salud, señores! —dijo el jorobado, levantando su enorme copa. Y luego añadió:

—Esta copa debe ser bebida de un trago y sin respirar.

—¡Es una alhaja este tunante! —pensó el gascón.

—¡Vais a matarle! —dijeron algunas señoras.

—¡Firme, firme, marqués! —exclamó la Nivelle, pensando en sus acciones.

El jorobado acercó la copa a sus labios y la vació de un trago.

Los del corro aplaudieron con entusiasmo.

Chaverny, sostenido por sus padrinos, bebió también: pero comprendieron que aquel sería su último esfuerzo.

—¡Otra! —propuso el jorobado dispuesto y alegre—. ¡Venga otra copa!

—¡Vengan diez! —respondió Chaverny tambaleándose.

—¡Toma, marqués, y no mires las luces! —exclamaron los que apostaban por él.

Chaverny sonrió como un idiota.

—¡Estaos quietos y no meneéis la mesa! —dijo—. ¿No veis que da vueltas?

La Nivelle se decidió.

—Tesoro mío —dijo al jorobado—. Ha sido pura broma. Antes de apostar contra ti, me estrangularía.

Y guardando su portamonedas, dirigió una mirada desdeñosa a Chaverny.

—¡Vamos, vamos a beber! Tengo sed.

—¡A beber! —repitió Chaverny—. ¡Me bebería el mar! ¡Pero no me empujéis!

Las copas se llenaron de nuevo.

El jorobado cogió la suya con mano firme.

—¡A la salud de estas damas! —dijo.

—¡A la salud de estas damas! —murmuró Passepoil al oído de la Nivelle.

Chaverny hizo un supremo esfuerzo para levantar la suya; pero se cayó de sus manos temblorosas, con grande indignación de Cocardasse.

—¡Rayos y truenos! —dijo—. ¡Debía encerrarse en una prisión a los que derraman el vino!

—¡A empezar! —dijeron los partidarios de Chaverny.

El jorobado ofreció galantemente su copa para que la llenaran. Pero los párpados de Chaverny empezaron a moverse como las alas de las mariposas que los niños traspasan con un alfiler, para clavarlas en las paredes. Ya no podía más.

—¿Desmayas, Chaverny? —exclamó Oriol.

—¿Chaverny, vacilas?

—¡Viva el jorobado! ¡Viva Esopo II!

—¡Chaverny amenaza ruina!

—¡Sumérgete, Chaverny! ¡Desaparece, Chaverny!

Chaverny cayó bajo la mesa. Un segundo viva, más estruendoso, celebró el triunfo del jorobado. Este, de pie sobre la mesa, levantaba, contento, su copa llena otra vez y la bebió a la salud del vencido. Era firme como una roca. La sala retemblaba con los aplausos.

—¿Qué es eso? —preguntó el príncipe acercándose.

Esopo II se bajó de la mesa prestamente, y dijo:

—Vos me lo entregasteis, monseñor.

—¿Dónde está Chaverny? —preguntó otra vez Gonzaga.

El jorobado levantó el mantel y enseñó el cuerpo de Chaverny tendido bajo la mesa.

—Vedle —contestó.

Gonzaga arrugó el entrecejo mientras murmuraba:

—¡Medio muerto! ¡Es demasiado! Ahora teníamos necesidad de él.

—¿Para la boda, monseñor? —preguntó Esopo arreglando como un gentilhombre su jubón arrugado y colocando gallardamente su sombrero bajo el brazo.

—Sí —contestó Gonzaga.

—¡Pardiez! —dijo Esopo II—. Nada hay perdido, príncipe. Si uno se ha ido, otro queda. Tal como me veis, monseñor, no me disgustaría tomar estado… y si puedo serviros, me ofrezco para sustituir al marqués.

Una carcajada celebró esta propuesta inesperada.

—¿Sabes lo que es preciso hacer para reemplazarle? —preguntó Gonzaga.

—Sí —contestó el jorobado—. Lo sé, monseñor.

—¿Y te sientes con fuerzas?…

Esopo II le interrumpió con una carcajada que era a la vez orgullosa y cruel.

—No me conocéis, monseñor. ¡He hecho más que eso!

XI. FLORES DE ITALIA

El príncipe de Gonzaga y el jorobado se separaron un poco, de la mesa. El príncipe observaba siempre al hombrecillo con recelosa atención. Parecía querer escrutar sus pensamientos secretos a través de la máscara burlona que cubría su rostro.

—Monseñor, ¿qué garantías necesitáis?

—Quiero saber ante todo lo que has adivinado.

—No he adivinado. He oído la parábola del albérchigo, la historia de las flores de Francia y el panegírico de Italia.

Y el jorobado le mostraba con el dedo la butaca donde había estado oculto bajo las capas.

—Es verdad; estabas allí. ¿Por qué esa comedia?

—Quería saber y reflexionar. Chaverny no era el hombre que os convenía.

—Es verdad, tenía con él debilidades.

—La debilidad es siempre una falta, porque de ella nace un peligro. Chaverny duerme ahora; pero se despertará.

—¡Sabrá!… —murmuró Gonzaga—. Pero dejemos ahora a Chaverny. ¿Qué te parece la parábola del albérchigo?

—Es bonita; pero demasiado fuerte para vuestros amigos.

—¿Y la historia de las flores?

—Graciosa, pero también demasiado fuerte. Les ha dado miedo.

—No hablo de esos señores: los conozco mejor que tú.

—¡Quién sabe!

Gonzaga se echó a reír y dijo:

—Responde por ti mismo.

—Todo lo que viene de Italia me agrada extraordinariamente. No he oído en mi vida contar anécdota más graciosa que la que habéis referido de vuestro primo en Espoleto. Pero yo no se la hubiese contado a esos señores.

—¿Te crees, pues, más fuerte que ellos?

El jorobado se acarició el mentón sin bajar los ojos.

—He sido casado —repitió—, y soy viudo.

—¿Y eso te da ventajas sobre Chaverny?

La cara del jorobado se puso sombría.

—Mi mujer era hermosa, muy hermosa —dijo en voz baja.

—¿Y joven?

—Y joven. Su padre era pobre.

—Comprendo. ¿La amabas?

—Con delirio. Pero nuestra misión fue corta.

La fisonomía del jorobado era cada vez más sombría.

—¿Cuánto tiempo duró vuestro matrimonio?

—Día y medio.

—Es extraño. Explícate.

El jorobado sonrió forzadamente.

—¡Para qué explicarme, si vos me comprendéis!

—No te comprendo.

El jorobado bajó los ojos y parecía dudar.

—Después de todo, puede ser que me haya equivocado, ¡Tal vez no necesitéis más que un Chaverny!

—¡Explícate! —dijo el príncipe imperiosamente.

—¿Vos habéis referido la historia del conde Canozza?

El príncipe apoyó su mano en el hombro del jorobado.

—Al día siguiente de nuestra boda —continuó Esopo—, pues le di un día para acostumbrarse a la idea de ser mi mujer, no quiso concederme las caricias.

—¿Y qué hiciste? —preguntó Gonzaga, mirándole con más atención.

El jorobado cogió una copa y le miró frente a frente. Sus miradas se cruzaron. La del jorobado era tan cruel, tan implacable, que el príncipe murmuró:

—¿Siendo tan joven, tan bella, no tuviste piedad?

El jorobado, con ademán convulsivo y violento, estrelló la copa sobre el suelo.

—Quiero que me amen —dijo con feroz acento—. ¡Tanto peor para aquellos que no puedan quererme!

Gonzaga quedó un momento silencioso. El jorobado había recobrado su aspecto frío y burlón.

—Que se lleven a este hombre de aquí —dijo de pronto el príncipe señalando el cuerpo de Chaverny.

Esopo respiró con libertad. Tuvo que hacer un esfuerzo para ocultar su alegría.

Cocardasse y Passepoil cargaron con él.

Gonzaga les hizo una seña significativa; pero cuando pasaron cerca de Esopo, este les dijo en voz baja:

—¡Si estimáis vuestra vida, no toquéis a un solo cabello de este hombre y llevad esta carta a su destino!

Cocardasse y su amigo salieron del salón con su fardo.

—Hemos hecho lo que hemos podido —dijo Navailles.

—Hemos sido fieles a la amistad hasta el fin —añadió Oriol.

—Después de todo, el matrimonio de ese jorobado será más gracioso —dijo Nocé.

—¡Casemos al jorobado! ¡Casemos al jorobado! —exclamaron las damas.

Esopo II se puso de un salto sobre la mesa.

—¡Silencio! —dijeron todos a la vez—. Jonás va a pronunciar un discurso.

—¡Señoras y señores! —dijo Esopo gesticulando como un abogado—. Os agradezco en el alma el interés lisonjero que os inspiro y que tan francamente os habéis dignado manifestarme. Y aunque la conciencia de mis escasos méritos debería volverme mudo…

—¡Bravo, Esopo! ¡Bravo!

—¡Gracias, señoras y señores, gracias! Vuestra indulgencia me da valor para tratar de hacerme digno de vosotros y de las bondades del ilustre príncipe a quien deberé mi compañera.

—¡Muy bien! ¡Bravo, Esopo! ¡Más alto! ¡Habla más alto!

—¡Mueve la mano izquierda! —dijo Navailles.

—¡Canta algo adecuado a las circunstancias! —exclamó la Dubois.

—¡Baila un minué!

—Señoras y señores: Eso son antiguallas —respondió gravemente Esopo—. Os testimoniaré con algo más digno de vosotros: Os reservo la primera representación de una canción inédita.

—¡Una obra escrita por Jonás! ¡Bravísimo! ¡Va a representar una comedia!

—Será una improvisación. Con ella pretendo demostraros que el arte de la seducción es superior a la Naturaleza…

Los cristales del salón retemblaron movidos por el estrépito de una aclamación inmensa.

—¡Va a darnos una lección de galantería! —exclamó el auditorio—. ¡*El arte de agradar*, por Esopo II!

—¡Tiene en el bolsillo el cinturón de Venus!

—¡Bravo, jorobado! ¡Eres soberbio! ¡Magnífico!

Esopo, saludando a todos con gracia inimitable, acabó sonriendo:

—Ahora que me traigan a mi esposa y haré lo que pueda por divertiros.

—¡Que venga la mujer del jorobado! —vociferaban todos.

En aquel momento la puerta del gabinete se abrió. Gonzaga reclamó silencio. Doña Cruz entró sosteniendo a Aurora, que se tambaleaba pálida como una muerta. Peyrolles las seguía. La presencia de Aurora produjo un largo murmullo de admiración.

Todos aquellos señores olvidaron en seguida la loca alegría que acababan de prometerse. El jorobado no halló eco cuando con acento cínico dijo, después de mirar con sus gemelos:

—¡Cáspita, mi mujer es muy bella!

Un sentimiento de compasión había brotado en el fondo de todos aquellos corazones, más dormidos que perversos.

Algunos, los más depravados, tuvieron vergüenza de su emoción y dijeron:

—¡Es dichoso ese diablo de jorobado!

Tal fue también la opinión de Passepoil, que volvía entonces con su noble amigo.

No estaban en el secreto de la comedia; pero no dudaban de que iban a ver algo extraño. Se tocaron ambos con el codo y cambiaron una mirada. Aquella mirada quería decir: ¡Atención! Y como obedeciendo a un mismo pensamiento, se aseguraron de que sus espadas estaban en su sitio.

A una mirada del jorobado, Cocardasse respondió con un ligero movimiento de cabeza.

—El hombrecillo deseaba saber si hemos entregado su carta —dijo Cocardasse en voz baja a su compañero—. No hemos tenido que correr mucho.

Doña Cruz buscaba con los ojos a Chaverny.

—Puede ser que el príncipe haya cambiado de opinión —dijo al oído de su amiga—. No veo al marqués.

Aurora no levantó sus párpados para mirar a los convidados. Solo se la vio mover tristemente la cabeza. Evidentemente no esperaba gracia. Cuando Gonzaga se volvió hacia ella, doña Cruz, tomándole la mano, le hizo avanzar. El jorobado hizo lo que pudo para adoptar una postura galante. Los ojos de doña Cruz se encontraron con los suyos. En los de la gitana se leía una interrogación; los de Esopo permanecieron mudos.

—Querida niña —dijo Gonzaga, cuya voz pareció a algunos temblorosa—. ¿Os ha dicho la señorita de Nevers lo que esperamos de vos?

Aurora respondió sin levantar los ojos, pero con voz firme:

—La señorita de Nevers soy yo.

El jorobado se estremeció tan violentamente que su emoción fue notada en medio de la sorpresa general.

—¡Diablo! —exclamó reponiéndose al punto—. ¡Mi mujer es de buena casa!

—¡Su mujer! —repitió doña Cruz.

Durante un minuto se cuchicheó de un extremo a otro del salón. Las mujeres no tuvieron para la recién llegada la celosa animadversión con que habían recibido antes a doña Cruz. Sobre aquella cándida cabeza cuadraba bien el nombre de Nevers.

Gonzaga dijo furioso volviéndose a doña Cruz.

—¿Habéis sido vos la que ha dicho tales mentiras a esa pobre niña?

—No he sido yo —contestó doña Cruz a quien la cólera del príncipe importaba poco—. Pero, ¿y si fuera verdad?…

Gonzaga se encogió de hombros con desdén.

—¿Dónde está el marqués y qué significan las palabras de ese hombre? —volvió a decir la gitana señalando al jorobado.

—Señorita de Nevers —contestó Gonzaga—, vuestro papel en este asunto ha concluido. Si estáis de humor para ceder vuestros derechos, a Dios gracias estoy yo aquí para defenderlos. Soy vuestro tutor. Cuantos nos rodean forman parte del tribunal de familia que se reunió ayer en mi hotel y casi son su mayoría. Si fuese menos clemente, de seguro tendría que mostrarme severo con esa atrevida impostora; pero no quiero que termine trágicamente lo que solo debe ser comedia.

Gonzaga se detuvo; doña Cruz no comprendió absolutamente ni una palabra. Aurora tal vez comprendía, porque una sonrisa triste y amarga asomó a sus labios. Todos los ojos se bajaron excepto los de las mujeres que escuchaban con curiosidad, y los del jorobado, que parecían esperar con impaciencia el fin de aquel sainete.

—Hablo así para vos sola, señorita de Nevers —prosiguió el príncipe dirigiéndose siempre a doña Cruz—; pues vos sola aquí tenéis necesidad de ser persuadida. Mis honorables amigos comparten mi opinión y mi boca no hace sino traducir su pensamiento.

Nadie protestó.

—Porque os he dicho antes mi deseo de ser clemente, mis bellas amigas nos honran con su presencia. Si se tratara de un castigo proporcionado a la falta, no estarían aquí.

—Pero, ¿de qué falta habláis? —preguntó la Nivelle.

—¿Qué falta? —contestó Gonzaga fingiendo indignarse—. Es seguramente una grave falta: la ley la califica de crimen. ¿Os parece poco querer introducirse fraudulentamente en el seno de una familia ilustre, usurpando un nombre y una fortuna?

—¡Pero si la pobre Aurora no ha hecho nada que pueda censurarse!

—¡Silencio! —interrumpió Gonzaga—. Hace falta un dueño que refrene la atrevida imaginación de esta bella aventurera. Dios es testigo de que no quiero hacerle ningún mal. Gasto una cantidad de importancia para que termine alegremente su odisea, y la caso.

—Enhorabuena. ¡Esa es la conclusión! —dijo Esopo.

—Y le digo —continuó Gonzaga tomando la mano del jorobado—: os presento a un hombre honrado que os ama y aspira al honor de ser vuestro esposo.

—¡Ahora lo adivino todo! —dijo doña Cruz dirigiéndose al jorobado—. Vos sois quien teje los hilos de esta intriga y quien ha denunciado el retiro de mi amiga.

—¡Je, je! Soy ciertamente bien capaz de ello —contestó Esopo—. Monseñor, esta joven tiene el defecto de hablar demasiado e impide a mi mujer que conteste.

—Si fuera al menos el marqués… —empezó a decir doña Cruz.

—Si fuera el marqués le rechazaría como rechazo a ese hombre —dijo Aurora con acento glacial.

El jorobado no pareció desconcertarse con esta respuesta y contestó:

—Ángel mío, esa no es vuestra última palabra.

Doña Cruz se interpuso entre él y Aurora.

—¿No respondéis? —dijo Esopo avanzando un paso con el sombrero bajo el brazo—. Vos no me conocéis, hermosa mía; soy capaz de pasarme la vida adorándoos de rodillas.

—Y bien, señores —dijo Gonzaga—, ¿por qué no se bebe?

Las copas se llenaron en silencio; nadie tenía sed.

—Escuchadme, bella niña —decía mientras tanto el jorobado—: seré para vos lo que queráis; vuestro marido, vuestro amante, vuestro esclavo…

—¡Es un sueño espantoso! —dijo doña Cruz—. Yo quisiera mejor morir.

Gonzaga golpeaba impaciente el suelo con el pie mientras sus ojos fulminaban mil amenazas sobre su protegida.

—Monseñor —dijo Aurora con la calma de la desesperación—, no prolonguéis más esta escena: sé que el caballero Enrique de Lagardère ha muerto.

Por segunda vez el jorobado se estremeció violentamente; pero no dijo nada.

Un silencio profundo reinó en el salón.

—¿Quién os ha instruido tan bien, señorita? —preguntó Gonzaga con grave cortesanía.

—No me interroguéis, monseñor. Lleguemos al desenlace que esta comedia tiene señalado de antemano. Lo deseo y lo acepto.

Gonzaga parecía dudar. No esperaba que le pidiesen su ramillete de Italia. La mano de Aurora se dirigió hacia las flores.

Gonzaga miró a aquella joven tan hermosa y resignada.

—¿Preferís otro esposo? —dijo el príncipe al oído de la joven.

—Me habéis mandado a decir, monseñor, que si rehusaba sería libre, y reclamo el cumplimiento de vuestra palabra —dijo Aurora.

—¿Y sabéis?… empezó a decir el príncipe, siempre en voz baja.

—Lo sé —interrumpió Aurora alzando al fin sus castos ojos para mirar al príncipe—, y espero que me ofrezcáis esas flores.

XII. LA FASCINACIÓN

Las únicas que no podían comprender lo que la situación que presenciaban tenía de horrible, eran doña Cruz y las señoras. La parte masculina de la asamblea sentía frío en las venas. Cocardasse y Passepoil miraban fijamente al jorobado como dos perros en acecho que solo esperan la señal de acometer. En presencia de aquellas mujeres asombradas, inquietas, curiosas, y de aquellos hombres enervados por el disgusto, pero a los que faltaba fuerza para romper su cadena, Aurora estaba tranquila, hermosa, radiante, resignada, como el mártir que espera su última prueba para subir al Cielo. La mano de Gonzaga se extendió hacia las flores, pero no llegó a ellas. Aquella situación le encontraba desprevenido. Esperaba una lucha, una resistencia, después de la cual la entrega de aquel ramillete hubiese sido justificada y habría sellado la complicidad de los suyos. Pero, frente a aquella bella y dulce criatura, la perversidad de Gonzaga hallábase sin armas. Lo que quedaba de humano en su corazón corrompido, se sublevó, desconcertándole. El conde Canozza era, al fin, un hombre.

El jorobado fijaba en él sus ojos chispeantes y burlones. El reloj del salón marcó las tres de la madrugada. Entonces una voz áspera, la voz de Peyrolles, incapaz de conmoverse por nada, dijo al príncipe:

—El tribunal de familia se reunirá mañana.

Gonzaga volvió la cabeza y murmuró, como si despertase de un sueño:

—Haz lo que quieras.

Peyrolles cogió el ramo, cuyo objeto le había revelado el príncipe. Doña Cruz, que experimentó entonces un vago terror, dijo a su amiga:

—¿Qué me decías de esas flores?

—Señorita —dijo Peyrolles—, soy libre. Todas estas damas tienen ramillete y vos no; permitidme, pues, que os ofrezca uno.

Su cara en aquel instante revelaba la infamia y la bajeza de su alma. Aurora alargó la mano para coger las flores.

—¡Rayos y truenos! —dijo Cocardasse, enjugándose la frente—. Todo esto debe encerrar alguna villanía.

Doña Cruz, instintivamente, quiso lanzarse sobre las flores; pero otra mano se le adelantó. Peyrolles, rechazado con violencia, retrocedió algunos pasos, tambaleándose. El ramillete se escapó de sus manos y el jorobado lo pisoteó fríamente. Todos los pechos respiraron con libertad.

—¿Qué quiere decir esto? —exclamó Peyrolles, llevando la mano a su espada.

Gonzaga miró al jorobado con desconfianza.

—¡Fuera las flores! —dijo Esopo—. Yo solo tengo derecho a obsequiar a mi prometida. ¡Qué diablo! Estáis todos aterrados como si hubierais visto caer una exhalación. ¡No ha caído nada más que un ramo de flores marchitas! He dejado precipitarse los sucesos para conquistar todo el mérito de la victoria. ¡Envainad aprisa, amigo! —añadió dirigiéndose a Peyrolles—. Monseñor —continuó volviéndose al príncipe—, ordenad a ese caballero de la triste figura que no turbe nuestros placeres. ¡Bondad del Cielo! ¡Os admiro! ¡Os paráis antes de dar el asalto! Eso es romper las negociaciones. Permitid que no renuncie tan pronto.

—¡Tiene razón! ¡Tiene razón! —exclamaron todos.

—¡Pardiez! Ya sé que tengo razón —contestó Esopo—. ¿Qué os había prometido? Una lección de esgrima amorosa. ¿Y obráis sin mí, sin dejarme pronunciar una palabra? Esta joven me gusta, la quiero y será mía.

—¡Enhorabuena! —dijo Navailles—. ¡Eso es hablar!

—Veamos si eres tan fuerte en lides amorosas como en las luchas báquicas —dijo Oriol, muy satisfecho de su frase.

—Seremos jueces —añadió Nocé—. Que empiece la batalla.

El jorobado miró a Aurora y luego a los que le rodeaban. Aurora, aniquilada por el supremo esfuerzo que acababa de hacer, se había arrojado en los brazos de su amiga. Cocardasse acercó una butaca donde la joven dejose caer sin fuerzas.

—Las apariencias no están en favor del novio —murmuró Nocé.

Gonzaga permanecía serio y todos le imitaron. Las mujeres solo se ocupaban de Aurora, excepto la Nivelle, que pensaba:

—Tengo idea de que el jorobado es un Creso en miniatura.

—Monseñor, permitidme dirigiros una súplica. Sois demasiado noble para haber querido burlaros de mí. Si se le dice a un hombre: corre, seguramente no es lógico trabarle antes los pies. La primera condición de mi éxito, es la soledad. ¿Dónde habéis visto enamorar un hombre a una mujer rodeado de miradas curiosas? ¡Sed justo, eso es imposible!

—¡Tiene razón! —dijeron los convidados.

—Esta reunión la espanta —continuó Esopo—. Y yo mismo pierdo una parte de mis recursos; pues el amor, la ternura, la pasión, están siempre cerca del ridículo. ¿Cómo encontrar esos acentos que embriagan a las débiles mujeres en presencia de un auditorio burlón?

Era verdaderamente gracioso aquel hombrecillo pronunciando un discurso con aire presumido y fatuo, con las piernas arqueadas, las manos sobre las caderas y la insolencia pintada en su fisonomía grotesca. Sin la atmósfera siniestra que reinaba aquella noche en la casa del príncipe, la comedia hubiera sido divertidísima.

—Concededle lo que pide —dijo Navailles a Gonzaga.

—¿Qué quiere? —preguntó el príncipe, distraído y preocupado.

—Que nos dejéis solos a mi prometida y a mí un instante —contestó Esopo—. Cinco minutos me bastarán para hacer desaparecer las repugnancias de esta encantadora niña.

—¡Cinco minutos! —exclamó el corro—. ¡No puede negársele eso, monseñor!

Gonzaga guardaba silencio. El jorobado se aproximó a él y le dijo al oído:

—Monseñor, se os observa. Vos castigaríais con la muerte al que os traicionara como os estáis traicionando vos.

—Gracias, amigo, por la advertencia —contestó el príncipe, variando la expresión de su rostro—. Decididamente tenemos grandes cuentas que arreglar. Creo que serás gentilhombre antes de morir.

Luego, dirigiéndose a sus amigos, añadió:

—Señores, pensaba en vosotros. Hemos ganado esta noche una partida terrible. Mañana, según todos los indicios, nos hallaremos al fin de nuestros afanes; pero es preciso no encallar antes de entrar en el puerto. Perdonad mi distracción y seguidme.

Su fisonomía era entonces sonriente. Todas las caras se iluminaron.

—No vayamos demasiado lejos —dijeron las damas—. Es conveniente enterarse de lo que hace el jorobado.

—¡A la galería! —dijo Nocé—. Dejaremos la puerta entreabierta.

—¡A tu asunto, Jonás! ¡Ya tienes el campo libre!

—¡A ver cómo te portas! Te damos, reloj en mano, diez minutos en vez de los cinco que has pedido.

—Señores, se admiten apuestas —dijo Oriol.

Las apuestas se hicieron a ciento contra uno a favor de Jonás.

Al pasar cerca de Cocardasse y Passepoil les dijo Gonzaga:

—¿Volveríais a España mediante una buena suma?

—Obedeceremos en todo a monseñor —contestaron los dos amigos.

—No os alejéis, pues —añadió el príncipe saliendo con sus amigos del salón.

Cuando todos salieron, el jorobado se volvió hacia la galería, en la que se veía una triple hilera de cabezas curiosas.

—¡Bien, bien! —dijo—. Con tal de que no me molestéis, todo va bueno. No apostéis demasiado contra mí, por si acaso, y consultad vuestros relojes. ¡Pero olvidaba una cosa! —añadió interrumpiéndose, y atravesando el salón dirigiose a la galería—. ¿Dónde está monseñor?

—Aquí —contestó Gonzaga—. ¿Qué deseas?

—¿Tenéis preparado el notario? —preguntó Esopo.

Nadie esperaba la pregunta y cuantos la oyeron echáronse a reír a carcajadas.

—Bien reirá quien ría el último —murmuró Esopo.

Gonzaga contestó impaciente:

—Un notario real espera en mi habitación.

El jorobado saludó y volvió adonde esperaban las dos jóvenes. Doña Cruz le vio acercarse, con espanto. Aurora ni siquiera levantó los ojos. El jorobado se arrodilló delante de ella. Gonzaga, en vez de mirar este espectáculo que tanto divertía a sus cortesanos, se paseaba aparte con Peyrolles.

—De España —decía Peyrolles— se puede volver.

—Se muere lo mismo en España que en París —contestó Gonzaga.

Y añadió después de un corto silencio:

—Aquí, no puede ser. Nuestras damas adivinarían y no podríamos hacer callar a doña Cruz.

—Chaverny… —empezó a decir Peyrolles.

—Será mudo —interrumpió el príncipe.

Cambiaron una mirada, y ambos se entendieron.

—Es preciso que al salir de aquí esa joven sea libre, completamente libre, hasta la esquina de la calle próxima.

Peyrolles se inclinó entonces para escuchar lo que pasaba en la calle.

—Es la ronda, que viene hacia aquí —dijo Gonzaga.

Ruido de armas, en efecto, se oyó fuera; pero ese ruido fue sofocado por el murmullo que se produjo en la galería en aquel momento.

—¡Es asombroso! ¡Es un prodigio! —exclamaron los que miraban al salón.

—¿Estamos alucinados? ¿Qué diablo le dirá?

El jorobado continuaba de rodillas a los pies de Aurora. Doña Cruz quiso interponerse entre ellos; pero el jorobado la rechazó, diciendo:

—¡Separaos!

Hablaba en voz baja; pero su acento había sufrido tan extraño cambio, que doña Cruz se apartó, a pesar suyo, asombrada. En vez del acento estridente que había siempre oído salir de aquella boca, oyó una voz dulce, armoniosa, grave y profunda. Aquella voz pronunció el nombre de Aurora. Doña Cruz sintió estremecerse entre sus brazos a su joven amiga, que murmuró débilmente:

—¡Sueño, sin duda!

—Aurora —repitió el jorobado, siempre de rodillas.

La joven se cubrió la cara con las manos, y el llanto corría entre sus dedos temblorosos. Los que miraban a doña Cruz desde la puerta entreabierta, creían asistir a un experimento de fascinación. Doña Cruz estaba de pie, la cabeza echada hacia atrás, la boca abierta y los ojos fijos en el jorobado.

—¡Por el Cielo! —exclamó Navailles—. Eso es un milagro.

—¡Silencio! Mirad cómo la otra parece atraída por un poder irresistible.

—¡El jorobado posee algún talismán, algún encanto!

Era verdad lo que decían los espectadores de aquella escena. Aurora habíase inclinado, a pesar suyo, hacia aquella voz que la llamaba.

—¡Yo sueño! ¡Yo sueño! —balbuceó la joven, sollozando—. ¡Esto es espantoso: sé que ya no existe!

—¡Aurora! —repitió el jorobado por tercera vez.

Y como viese que doña Cruz iba a hablar, le impuso silencio con un gesto imperioso.

—No volváis la cabeza —continuó dulcemente, dirigiéndose a la señorita de Nevers—. Estamos al borde de un abismo. Un gesto, un movimiento, nos perdería irremisiblemente.

Doña Cruz tuvo que sentarse al lado de Aurora, porque le flaquearon las piernas.

El jorobado prosiguió:

—No soñáis, Aurora; vuestro corazón no os engaña: soy yo.

—¡Vos! —murmuró la joven—. No me atrevo a abrir los ojos. Flor, amiga mía, mírale tú.

Doña Cruz se acercó a ella, y le dijo con acento casi imperceptible:

—¡Es él!

Aurora separó un poco sus manos y deslizó una mirada. El corazón quiso saltarle del pecho; pero estaba prevenida, y ahogó un grito, quedándose muda e inmóvil.

—Esos hombres que no creen en el Cielo —dijo el jorobado después de haber dirigido una rápida mirada hacia la puerta—, creen en el infierno. Son fáciles de engañar, fingiendo el mal a sus ojos. Obedeced, no a vuestro corazón, Aurora, amada mía, sino a una extraña atracción que, según ellos, es obra del demonio. Apareced fascinada por esta mano que os conjura…

E hizo algunos pases ante la frente de Aurora, que se inclinó obediente hacia él.

—¡Obedece! —exclamó Navailles, estupefacto.

—¡Obedece! —gritaron todos los convidados.

Oriol se dirigió asombrado en busca del príncipe.

—Monseñor, perdéis de ver lo más interesante —dijo—. ¡Venid! El espectáculo es digno de presenciarse.

Gonzaga se dejó arrastrar hacia la puerta.

—¡Silencio! ¡Silencio! No les turbemos —dijeron todos cuando llegó el príncipe.

Este se quedó también estupefacto. El jorobado continuaba sus pases, y Aurora, arrastrada, seducida, encadenada a su voluntad, inclinábase cada vez más hacia él. El jorobado tenía razón. Los que no creían en Dios, tenían fe en aquellos sortilegios. Los filtros, los encantos, los bebedizos, los poderes ocultos, la magia importada de Italia sobre todo, estaba entonces de moda y tenía muchos partidarios. Gonzaga, el propio Gonzaga, el espíritu escéptico y fuerte, murmuró:

—¡Ese hombre posee un maleficio!

Passepoil, que estaba cerca de él, se santiguó ostensiblemente, y Cocardasse dijo:

—El tunante posee algún amuleto: la cuerda de algún ahorcado, no admite duda.

—Dame tu mano —decía en voz baja el jorobado a Aurora—, lentamente, muy lentamente, como si una fuerza invencible te obligase a dármela, a pesar tuyo.

Una de las manos de Aurora se separó de su rostro por un movimiento automático. ¡Si los de la galería hubiesen podido ver su adorable sonrisa! Lo que veían era su seno agitado y su linda cabeza casi oculta bajo la masa de sus cabellos. Todos miraban con espanto al jorobado.

—¡Rayos! ¡Da la mano a esa araña! —exclamó Cocardasse.

—¡Hace cuanto quiere! ¡Ese hombre es el diablo! —contestaron todos.

—¡Estas cosas es preciso verlas para creerlas! —añadió el gascón mirando significativamente a Passepoil.

—Yo, aunque lo estoy viendo, no creo ni una palabra de esa comedia —dijo Peyrolles detrás de Gonzaga.

—¡No puede negarse la evidencia! —protestaron todos, Peyrolles meneó la cabeza con aire incrédulo.

—No olvidemos ningún detalle —continuó el jorobado, que tenía sus razones, sin duda, para contar con la complicidad de doña Cruz—. Gonzaga nos contempla y es preciso engañarle por completo. Cuando tu mano toque la mía debes estremecerte y mirarme con estupor. ¡Bien! Así me gusta, adorada mía.

—¡Ved cómo le da la mano!

—Hay simpatía y sugestión diabólica.

—Ahora —continuó Esopo—, vuélvete hacia mí despacio, con mucha lentitud.

Y se levantó del suelo dominándola con la mirada.

—Levántate también —prosiguió—, como un autómata. ¡Así; eso es! Mírame, da un paso y déjate caer en mis brazos.

Aurora obedeció. Doña Cruz estaba inmóvil como una estatua.

Una tempestad de aplausos estalló en la galería.

La encantadora Aurora apoyó su cabeza en el hombro del jorobado.

—¡Justos cinco minutos! —exclamó Navailles.

—¿Ha cambiado a la linda señorita en estatua de sal? —preguntó Nocé.

Los convidados invadieron el salón tumultuosamente. El jorobado, con su carcajada seca y estridente, dijo:

—Monseñor, esto es bastante difícil.

—Monseñor —dijo Peyrolles—, en todo esto hay algo incomprensible. Este bufón debe ser un atrevido malabarista. Desconfiad.

—¿Y tienes miedo de que te escamotee la cabeza? —preguntó Gonzaga.

Luego, volviéndose a Esopo, añadió:

—¡Bravo, amigo! ¿Nos revelarás tu secreto?

—Se vende, monseñor.

—¿Y llegarás hasta el acto del matrimonio así?

—Sí; pero no más allá.

—¿En cuánto vendes tu talismán, jorobado? —preguntó Oriol.

—Barato; pero para utilizarlo se necesita una droga que cuesta cara.

—¿Cuál?

—Ingenio —respondió—. Ve al mercado por ella, amigo mío.

Oriol se ocultó entre sus amigos, que rodearon a doña Cruz haciéndole mil preguntas.

—¿Qué le decía? ¿Hablaba en latín? ¿Tenía en la mano alguna redoma?

—Hablaba en hebreo —respondió doña Cruz, reponiéndose.

—¿Y ella le comprendía?

—Perfectamente. Metió la mano izquierda en un bolsillo y sacó una cosa que parecía… ¿cómo diré yo?

—¿Un anillo mágico?

—¿Un paquete de acciones? —preguntó la Nivelle.

—Parecía un pañuelo blanco —contestó doña Cruz volviéndoles la espalda.

—¡Pardiez! Eres un hombre admirable, amigo mío —dijo Gonzaga poniendo la mano en el hombro de Esopo—. Estoy encantado y satisfecho de ti.

XIII. LA FIRMA DEL CONTRATO

A su vuelta de palacio, la princesa encontró su retiro lleno de amigos. Todos los que le aconsejaron que no acusara al príncipe preguntaron en seguida lo que el Regente había decidido respecto a él.

Gonzaga, que presentía por instinto una tempestad próxima, no vio, sin embargo, las nubes que se amontonaban sobre su horizonte. ¡Era tan poderoso, tan rico! ¡Y los sucesos de aquella noche, por ejemplo; cuando fueran referidos al día siguiente, los desmentirían con tal habilidad! ¿Quién no reiría, en efecto, al oír la historia de las flores envenenadas y del matrimonio de Esopo II? Quien se hubiera atrevido a decir que el jorobado tenía la misión de asesinar a su joven esposa, habría provocado terribles carcajadas.

La tempestad, ciertamente, no sería de aquel lado: se acercaba por el hotel del príncipe. Aquel largo y triste drama de dieciocho años de matrimonio forzado iba tal vez a tener un desenlace.

A las cinco de la tarde, Magdalena Giraud entregó a la princesa una carta del jefe de policía. Este le participaba que Lagardère había sido asesinado la noche anterior al salir del palacio real. La carta terminaba con estas frases sacramentales:

—«No acuséis a vuestro marido.»

La princesa pasó el resto del día sola. De nueve a diez de la noche Magdalena le entregó otra carta, advirtiéndole que había sido llevada por dos aventureros. Aquel billete de letra desconocida recordaba a la princesa que el plazo de veinticuatro horas, concedido a Lagardère por el Regente, expiraba a las cuatro de la próxima madrugada. Decía también que Lagardère estaría a dicha hora en el pabellón de recreo del príncipe de Gonzaga.

¡Lagardère en casa de Gonzaga! ¿Por qué? ¿Cómo? ¿Y la carta del jefe de policía que anunciaba su muerte? ¿Qué quería decir todo aquello?

Sabemos que la fiesta dada en el pabellón del príncipe tenía por objeto el casamiento del marqués de Chaverny con una joven desconocida, a quien el príncipe había dotado con cincuenta mil escudos.

El novio había consentido y el príncipe tenía sus razones para esperar la conformidad de la novia. Por lo tanto, preparó todo lo necesario para que no sufriese retraso la unión en proyecto. Un notario real hallábase en el gabinete y el vicario de Saint-Magloire esperaba revestido para acudir al primer aviso.

La aventura de Chaverny impidió su boda. ¡Tanto peor para él! Desde que el jorobado se avino a substituirle, las cosas adquirieron otro aspecto más lisonjero para el príncipe. El jorobado, según él, era un hombre que servía para todo. Era uno de esos hombres que pagan a la sociedad en odio las injurias de su propia miseria y la pesada carga de sus imperfecciones físicas.

—La mayor parte de los jorobados son malos y vengativos —pensaba el príncipe—. Los jorobados son crueles y no tienen piedad de nadie.

Cuando Gonzaga pidió el notario, Oriol, Albret y Montaubert corrieron a buscarle. Cocardasse y Passepoil se hallaron solos un momento en la galería.

—Amigo mío —dijo el gascón—, la noche no pasa sin que granice.

—Habrá estocadas, te lo aseguro.

Y ambos bajaron al jardín. No encontraron a nadie. Los satélites de Gonzaga habían desaparecido. Dirigiéronse al sitio donde Peyrolles encontró los cadáveres de Faënza y Saldaña y encontraron abierta la puerta. Los dos espadachines se miraron sorprendidos. ¿Qué quería decir aquello? Asomáronse al callejón y también estaba desierto.

—Sin duda lo que pasa es obra de Lagardère —murmuró el gascón.

—¡Ya sabes que es capaz de todo! —respondió Passepoil.

Entonces oyeron un ruido confuso hacia la iglesia.

—Quédate aquí —dijo el gascón—. Voy a ver lo que sucede.

Y se deslizó silenciosamente a lo largo del muro del jardín, mientras su amigo quedaba de guardia en la puerta.

Al final de aquel muro estaba el cementerio de Saint-Magloire. Cocardasse vio el cementerio lleno de guardias.

—¡Palomo mío —dijo Cocardasse juntándose con su amigo—, si no hay danza no será por falta de orquesta!

Mientras tanto, Oriol y sus compañeros entraron en el gabinete de Gonzaga, donde maese Griveau, notario real, estaba recostado tranquilamente sobre un canapé, ante el cual se veía un velador con restos de espléndida cena.

Maese Griveau, después de saludar con exquisita cortesía al príncipe y a sus convidados, se dispuso a redactar el contrato cuya minuta llevaba preparada. Era preciso rectificar el nombre del novio.

El notario empezó su misión. Gonzaga y sus amigos rodeaban al jorobado.

—¿Tardaréis mucho? —preguntó este dirigiéndose al notario.

—Maese Griveau —dijo el príncipe riendo—, haceos cargo de la natural impaciencia de los novios, os lo suplico.

—Solo necesito cinco minutos.

—¡Precisamente el tiempo indispensable para conquistar a una mujer! —exclamó Esopo.

—¡Bebamos, ya que tenemos tiempo, por la felicidad del próximo himeneo! —dijo Gonzaga.

Se descorcharon nuevas botellas de *champagne* y esta vez la alegría se impuso a las preocupaciones. La inquietud habíase desvanecido en el ánimo de todos.

Doña Cruz llenó por sí misma la copa del príncipe.

—¡Por su dicha! —dijo bebiendo alegremente.

—¡Por su dicha! —repitieron todos.

—¿No hay aquí ningún poeta que componga un epitalamio? —preguntó Esopo.

—¡Un poeta! ¿Dónde hay un poeta? —vociferó el coro.

—No puede hacerse todo a la vez —dijo con voz discreta y dulce maese Griveau, poniéndose la pluma detrás de la oreja—. Señores, cuando concluya de redactar el contrato, tendré el honor de improvisar algunos versos cantando la felicidad de los novios.

El jorobado le dio las gracias con noble gesto.

—¡Poesía del Chatelet! ¡Madrigales de notario! ¡Negad que vivimos en la edad de oro! —dijo Navailles.

—¿Quién piensa en negarlo? —contestó Nocé—. ¡Y veremos dentro de poco fuentes de espumoso vino por las calles!

—¡Y nacerán rosas entre los cardos! —añadió Choisy.

—¡Puesto que los escribanos componen versos!

El jorobado dijo con orgullosa satisfacción:

—Estoy contentísimo de que mi boda dé motivo a tanto ingenio. Pero no podemos perder tiempo. La novia aún está sin componer. ¡Y yo, pardiez! ¡Yo doy grima! Estoy desgreñado y mis puños se han roto en la orgía. Es preciso que la novia se vista. ¿No habéis hablado de una canastilla de boda, señores?

Nivelle y Cidalisa entraron en el gabinete de Marte y volvieron a poco con la canastilla. Doña Cruz asumió la dirección del tocado.

—¡Démonos prisa —dijo—; la noche pasa y es preciso que nos quede tiempo para bailar! ¡Vamos a mi tocador!

Y desapareció con la novia.

—¡Te la van a despertar, jorobado! —dijo Navailles.

—Hermosa mía —dijo Esopo a la Desbois en lugar de responder—, ¿queréis hacerme el favor de arreglarme por detrás la peluca?

Luego, volviéndose a Navailles, añadió:

—No tengáis cuidado; esa joven es mía ya como vosotros sois del príncipe de Gonzaga, como Oriol es de su orgullo, como la linda Nivelle es de su avaricia, como todos sois de vuestra ambición. Preciosa Fleury, ¿queréis arreglar el nudo de mi corbata?

—Ya está —dijo en este momento maese Griveau—; se puede firmar.

—¿Habéis puesto los nombres de los novios? —preguntó Gonzaga.

—Los ignoro.

—¿Tu nombre, amigo? —preguntó el príncipe a Esopo.

—Firmad, monseñor —respondió Esopo con tono ligero—. Firmad todos, señores, hacedme este honor. Escribiré yo mismo mi nombre. Tan raro es que os hará reír.

Gonzaga se quitó sus puños de encaje y se los arrojó al novio. Luego se acercó a la mesa para firmar. Todos se ingeniaban en buscar un nombre a propósito para el jorobado.

—No os quebréis la cabeza, señores —dijo Jonás poniéndose los ricos puños del príncipe—; no acertaríais nunca. ¡Señor de Navailles, tenéis un precioso pañuelo bordado!

Navailles le regaló su pañuelo. Todos quisieron añadir algo al tocado del novio; un alfiler, un bucle, un lazo de raso, cualquier cosa, Jonás dejábales hacer mirándose a un espejo. Todos fueron firmando detrás del príncipe y ya solo faltaban los novios.

—¡Id a ver sí mi mujer está dispuesta! —dijo el jorobado a Choisy que le arreglaba el jubón.

—¡La novia, aquí está la novia! —gritaron las mujeres.

Aurora apareció en el salón con su vestido blanco de desposada y la simbólica corona de azahar.

Estaba extraordinariamente hermosa; pero los rasgos de su pálida fisonomía conservaban una extraña inmovilidad que le hacía parecer una estatua. Continuaba bajo la influencia del maleficio.

Su presencia produjo un largo murmullo de admiración. Cuando las miradas se apartaron de ella para compararla con el jorobado, este palmoteó mientras repetía:

—¡Cuerno, tengo una mujer hermosísima! Vamos a firmar, querida mía, nos ha llegado el turno.

Y tomó su mano de la de doña Cruz. Todos esperaban ver entonces algún movimiento de repugnancia en la joven; pero Aurora le siguió con sorprendente docilidad.

Al volverse para dirigirse a la mesa donde estaba el contrato, la mirada de Esopo se encontró con la de Cocardasse que acababa de entrar en el salón con su compañero. Esopo le hizo una rápida seña señalando al mismo tiempo su costado. Cocardasse comprendió, porque, cortándole el paso, dijo:

—¡Rayos! ¡Falta a tu atavío una cosa, pecador!

—¿Qué le falta? —preguntaron todos.

—¿Qué me falta? —preguntó con acento cándido Esopo.

—¿Desde cuándo se casa sin espada un gentilhombre? —contestó Cocardasse.

—¡Es verdad, es verdad! ¡Reparemos el olvido! ¡Una espada al jorobado! ¡Estará gracioso con ella!

Navailles medía con la vista todas las espadas, mientras Jonás contestó:

—No tengo costumbre y me impediría andar.

Entre las espadas de gala de los convidados, había una larga y fuerte, de combate, propiedad de Peyrolles, que no se había usado jamás. Navailles se apoderó de ella y se la entregó a Esopo.

—No es necesario —decía.

Este la tomó en broma; pero Cocardasse y Passepoil notaron que al tocar la empuñadura se estremeció de alegría. Cuando se la hubo ceñido dejó de protestar. Aquella arma le daba un aspecto de extraña arrogancia. Empezó a pavonearse de un lado a otro de modo tan burlesco, que nadie pudo contener la risa. Todos quisieron abrazarle, llorando de risa, y le llevaron en triunfo como si fuera un muñeco. Jonás obtuvo un éxito loco. Cuando llegó a la mesa exclamó:

—Dejadme, idos de aquí, que me arrugáis el traje. No os acerquéis tanto a mi mujer, os lo ruego. Dadme una tregua, señores y amigos míos, para que pueda regularizarse el contrato.

Maese Griveau le preguntó: vuestros nombres, apellidos, estado y lugar de nacimiento…

El jorobado le preguntó:

—¿Habéis firmado vos?

—Sin duda.

—Pues dejadme; yo haré lo demás —dijo Esopo rechazándole suavemente de su asiento y sentándose en su lugar.

La asamblea volvió a reír: todo lo que hacía el jorobado les parecía gracioso y oportuno.

Peyrolles hablaba en voz baja al príncipe, quien se encogía de hombros. Peyrolles veía en cuanto estaba sucediendo motivos de inquietud y de alarma. Gonzaga se burlaba de él llamándole cobarde.

—¡Vais a ver, vais a ver! —murmuraba el jorobado.

Y añadió sonriendo burlonamente:

—¡Vais a asombraros, palabra! Bebed entretanto.

Todos siguieron su consejo. Mientras las copas se llenaban, el jorobado, con mano firme, llenó los blancos del contrato.

—¡Al diablo la espada! —dijo, tratando de colocarla en posición menos molesta.

Nuevas risas. El pobre Esopo parecía cada vez más embarazado con su arma. La gran espada de Peyrolles parecía un instrumento de tortura para él.

—¿Escribirá? —dijeron unos.

—¡No escribirá! —contestaron los demás.

El jorobado, en el colmo de la impaciencia, desenvainó la espada y la colocó a su lado sobre la mesa. Las risas continuaron. Cocardasse apretó el brazo de Passepoil.

—¡Ya está dispuesto! —murmuró.

—Sigamos todos sus movimientos. La marimorena va a empezar —contestó Passepoil.

El reloj dio las cuatro.

—Firmad, señorita —dijo el jorobado presentando la pluma a Aurora.

La joven dudó: él la miraba.

—¡Firmad con vuestro verdadero nombre, puesto que lo sabéis! —dijo.

Aurora firmó. Doña Cruz, que miraba sobre el hombro de su amiga, hizo un movimiento de sorpresa.

—¿Está? ¿Está? —preguntaron los curiosos.

El jorobado, después de contenerlos con un gesto, tomó la pluma y firmó también.

—¡Ya está! Venid a ver. Vais a asombraros.

Todos se acercaron. El jorobado había dejado la pluma y tomó negligentemente la espada.

—¡Atención! —murmuró Cocardasse.

—¡El instante ha llegado! —dijo su amigo.

Gonzaga y Peyrolles llegaron los primeros, y al leer el encabezamiento del contrato retrocedieron asombrados.

—¿Qué nombre ha escrito? ¡Decid el nombre!

El jorobado había prometido asombrarlos y cumplía su palabra. Entonces presenciaron todos un extraño espectáculo. Las torcidas piernas del jorobado se enderezaron, su tronco creció y la espada afirmose en su mano.

—¡Rayos y truenos! —gruñó Cocardasse—. El tunante hacía en otra época en la plaza de las Fuentes más notables descoyuntamientos.

El jorobado, al enderezarse, arrojó hacia atrás sus cabellos y sobre su cuerpo esbelto y robusto apareció una noble y hermosa cabeza: la cabeza de Lagardère.

—¡Leed este nombre! —dijo fijando su brillante mirada en la multitud estupefacta.

Y al mismo tiempo la punta de su espada señalaba la firma.

Todos los ojos leyeron con avidez aquel nombre y un clamor inmenso, que tenía mucho de terror y no poco de sorpresa, llenó la sala:

—¡Lagardère! ¡Lagardère!

—Lagardère, sí; Lagardère que no falta jamás a sus citas.

En aquel momento, en que el estupor dominaba a sus enemigos, pudo lanzarse sobre ellos y ponerlos en desorden; pero no se movió. Con una mano estrechaba contra su pecho la de Aurora y con la otra sostenía en guardia la espada. Cocardasse y Passepoil, que habían desenvainado, se colocaron detrás de él. Gonzaga desenvainó también y los suyos le imitaron. Doña Cruz se puso entre los dos campos; pero Peyrolles la sacó de allí en brazos.

—¡Es preciso que ese hombre no salga de aquí! —dijo Gonzaga a los suyos, pálido y apretando los dientes de furor—. ¡Adelante!

Navailles, Nocé, Choisy, Gironne y otros cargaron impetuosamente. Lagardère ni siquiera se cuidó de colocar la mesa entre él y sus enemigos. Sin soltar la mano de Aurora la cubrió avanzando. Cocardasse y Passepoil apoyaron sus planes.

—¡Muy bien, muy bien! Da gusto pelear después de un largo reposo —decía el gascón—. Vamos con ellos, palomo mío.

—¡Yo soy! —exclamó Lagardère dando una estocada.

Después de algunos segundos, las gentes del príncipe retrocedieron: Gironne y Albret se revolcaban en el suelo sobre un mar de sangre.

Lagardère y los dos valientes, sin herida alguna e inmóviles como tres estatuas, esperaban la segunda acometida.

—Príncipe de Gonzaga, quisisteis hacer una parodia del matrimonio y habéis caído en la trampa. El matrimonio es válido, tiene vuestra firma.

—¡Adelante, adelante! —gritó el príncipe con la boca espumosa de furor.

Esta vez avanzó al frente de los suyos.

Pero antes de cruzar los aceros oyose un gran ruido de armas en el jardín. En la puerta principal dieron varios golpes, después de los cuales dijo una voz:

—¡En nombre del rey, abrid!

Era sumamente extraño el aspecto que presentaba el salón donde se había verificado la orgía. La mesa estaba cubierta de platos y botellas. Las copas, al caer, durante el combate, habían dejado grandes manchas de vino que se mezclaban con las manchas de sangre. En el gabinete, donde hemos visto la canastilla de boda, se refugió maese Griveau, más muerto que vivo. Formando grupo, Lagardère y los dos maestros de esgrima continuaban inmóviles y mudos en medio del salón; Gonzaga y los suyos se habían detenido en su ataque al oír el grito de «¡En nombre del rey!» y miraban con espanto a la puerta de entrada. Las mujeres se habían agazapado por los rincones. Entre los dos bandos, véianse dos cadáveres.

Los guardias que a aquella hora llamaban a la puerta del príncipe contaban sin duda con que no les abriesen; porque al hacer la tercera intimación la puerta saltó de sus goznes. En el salón se oía perfectamente subir la escalera a los asaltantes. Gonzaga sintió frío hasta en la medula. ¿La justicia iba en busca suya?

—Señores —dijo envainando—, a los soldados del rey no se resiste.

Y añadió en voz baja:

—¡Hasta ver qué quieren!

El capitán apareció en la puerta del salón y repitió:

—¡Señores, en nombre del rey!

Luego, saludando fríamente al príncipe, se separó de la puerta para que entrasen en el salón sus soldados.

—¿Qué significa esto, capitán? —preguntó Gonzaga.

El capitán miró los dos cadáveres y el grupo que formaban Lagardère y sus compañeros, siempre en guardia.

—¡Pardiez! ¡Bien dicen que es un valiente! Príncipe —añadió volviéndose a Gonzaga—, esta noche estoy a las órdenes de vuestra esposa.

—¿Y es mi mujer…? —empezó a decir Gonzaga furioso.

No pudo concluir, porque la viuda de Nevers entró en el salón. Iba, como siempre, vestida de luto. A la vista de aquellas mujeres, de las características pinturas que adornaban el techo y los muros, y de aquellos restos de orgía y de batalla, la princesa dejó caer el velo sobre su rostro.

—No vengo por vos —dijo dirigiéndose a su marido.

Después avanzó hacia Lagardère y exclamó:

—Las veinticuatro horas concedidas han pasado ya, caballero Lagardère. Entregad la espada. Vuestros jueces os esperan.

—¡Y esa mujer es mi madre! —balbuceó Aurora cubriéndose el rostro con las manos.

—Señores —prosiguió la princesa dirigiéndose a los guardias—, cumplid con vuestro deber.

Lagardère arrojó su espada a los pies del capitán. Gonzaga y los suyos no hacían ni un movimiento ni pronunciaban una palabra; cuando el capitán mostró la puerta con la mano a Lagardère, este avanzó hacia la princesa de Gonzaga llevando siempre de la mano a Aurora.

—Señora —dijo—, estaba arriesgando mi vida para defender a vuestra hija.

—¡Mi hija! —repitió la princesa con voz trémula.

—¡Miente! —dijo Gonzaga.

Lagardère no hizo caso de esta injuria.

—Pedí veinticuatro horas para devolveros la señorita de Nevers —dijo Lagardère con lentitud, mientras con su altiva cabeza dominaba a los cortesanos y soldados—, y las veinticuatro horas han pasado y os digo: Ahí tenéis a vuestra hija.

Las manos frías de la madre y de la hija se pusieron en contacto. La princesa abrió sus brazos y Aurora se arrojó en ellos llorando.

Una lágrima asomó a los ojos de Lagardère.

—Protegedla, señora —dijo haciendo supremos esfuerzos para dominar su angustia—, y amadla: desde este momento no tiene a nadie más que a vos.

Aurora se arrancó de los brazos de su madre para correr hacia él. Enrique la rechazó dulcemente.

—Adiós, Aurora —dijo—; nuestras bodas no tendrán mañana. Guardad ese contrato que os hace mía ante los hombres, ya que ya lo sois ante Dios desde ayer. La señora princesa os perdonará esa alianza con un muerto.

Y besando la mano de la joven, saludó profundamente a la princesa y salió diciendo:

—¡Llevadme ante mis jueces!

SEXTA PARTE: EL TESTIMONIO DEL MUERTO

I. LA ALCOBA DEL REGENTE

Serían cerca de las ocho de la mañana cuando el marqués de Cossé, el duque de Brissac, el poeta La Fare y tres damas, en una de las cuales, el viejo Bréant, conserje de la plaza de las Risas, creyó reconocer a la duquesa de Berri, salieron por la puertecilla de que ya hemos hablado varias veces.

El Regente estaba solo con el abate Dubois, en su alcoba, y hacía en presencia del futuro cardenal los preparativos para acostarse.

Se había cenado en el palacio real como en el pabellón del príncipe de Gonzaga, pues tales cenas estaban de moda; pero la de Felipe de Orleáns acabó más alegremente.

Felipe de Orleáns tenía el vino soñoliento. Aquella mañana, mientras le desnudaba su ayuda de cámara, y Dubois, medio ebrio (en apariencia al menos), le cantaba las excelencias de las costumbres inglesas, se quedó dormido de pie; al Regente le gustaban mucho los ingleses, pero entonces no le escuchaba y le dijo mientras concluían de desnudarle:

—Vete a acostar, Dubois, amigo mío y futuro prelado, y no me martirices más los oídos.

—Me iré a acostar ahora mismo; ¿pero sabéis la diferencia que existe entre vuestro Mississipi y el Ganges, entre vuestras escuadrillas y sus flotas y entre las cabañas de vuestra Luisiana y los palacios de su Bengala?

—Estás un poco achispado, mi venerable preceptor, ve a acostarte.

—¿Vuestra Alteza desconoce todo esto, verdad? —prosiguió el abate riendo—, no añadiré más que una palabra: estudiad a Inglaterra y estrechad su amistad.

—¡Vive Dios! —exclamó el Regente—, ya has hecho bastante para ganar la pensión que te paga por tu adhesión lord Stairs. Abate, vete a acostar.

Dubois tomó refunfuñando su sombrero, y se fue hacia la puerta. Esta se abrió y un ujier anunció a Machault.

—¡Al mediodía le recibiré! —contestó Felipe de Orleáns, de mal humor—, esas gentes juegan con mi salud y acabarán por matarme.

—El jefe de policía —insistió el criado— tiene importantes comunicaciones que hacer a Vuestra Alteza.

—Las conozco. Querrá decirme que Cellamare intriga, que el rey Felipe de España es de carácter tétrico, que Alberoni quiere ser papa y que la duquesa de Maine quiere ser regente. ¡A la una le recibiré! Ahora me siento mal.

El criado salió. Dubois volvió al centro de la cámara, y dijo:

—Cuando contéis con el apoyo de Inglaterra, os podréis burlar de todas esas intrigas.

—¡Acabarás de irte, tunante! —exclamó el Regente.

Dubois volvió a dirigirse hacia la puerta y de nuevo se abrió esta y apareció el ujier que anunció:

—El secretario de Estado.

—¡Vaya al demonio! —contestó el Regente disponiéndose a meterse en cama.

El ujier no salió sin añadir:

—Tiene que hacer importantes comunicaciones a Vuestra Alteza.

—Todos tienen importantes comunicaciones que hacerme. A la una los recibiré, mejor dicho, a las dos; tengo mucho sueño y me sentará bien dormir hasta esa hora.

Al cabo de un instante se oyó su respiración. Dormía.

Al salir Dubois, Machault y el secretario de Estado estaban aún en la antecámara.

La aparición de Dubois había interrumpido la conversación de Machault y del secretario de Estado.

—¡Ese pillo —dijo el jefe de policía—, ni siquiera se toma el trabajo de ocultar las faltas de su amo!

—Así le gustan los lacayos a S. A. Pero, ¿sabéis la verdad de lo sucedido anoche en el jardín del príncipe de Gonzaga? —respondió Le Blanc.

—Sí; que los soldados encontraron dos muertos e hicieron tres presos, de los cuales el uno es Lagardère. La princesa, entrando a la fuerza en la casa de recreo de su esposo en nombre del rey, sorprendió a todos en medio del combate. ¡Ah!, se me olvidaba deciros que la encerrona dio por resultado el hallazgo de dos niñas... Y esto es un enigma que nadie, a no ser esfinge, podrá descifrar.

—Una de las dos es seguramente la heredera de Nevers.

—No se sabe. La una la presenta el príncipe de Gonzaga; la otra, Lagardère.

—¡Cuando el asunto sea conocido del Regente, ya puede prepararse el príncipe!

—¡Quién sabe! Lo mismo puede perder que ganar.

—¿Creéis que Su Alteza se halle dispuesto a proteger al príncipe?...

—Me abstendré de creer nada hasta no saber si Gonzaga sigue disfrutando la amistad de Su Alteza.

La puerta de la antecámara se abrió en aquel instante. El príncipe de Gonzaga entró. Los tres cambiaron afectuosos saludos.

—¿No se ha levantado Su Alteza? —preguntó Gonzaga.

—Acaba de acostarse y nos ha negado la entrada —dijo Machault.

—Entonces no hay duda de que no recibirá a nadie.

El jefe de policía dijo a un ujier:

—Anunciad al señor príncipe de Gonzaga a Su Alteza.

Gonzaga miró a Machault con desconfianza. Esta mirada no pasó desapercibida a los dos magistrados.

—¿Ha dado para mí órdenes particulares? —preguntó.

Esta pregunta envolvía una evidente inquietud.

El jefe de policía y el secretario de Estado inclináronse sonriendo.

—Hay, simplemente —respondió Machault—, que Su Alteza Real, que no quiere recibir a sus ministros, puede querer recibiros a vos que sois su mejor amigo.

El ujier dijo desde la puerta:

—Su Alteza Real consiente en recibir al señor príncipe.

Gonzaga, emocionado, saludó a los dos ministros y siguió al ujier.

Desde la antecámara, separada por un corredor de la alcoba del Regente, el príncipe solo tuvo un segundo para reflexionar; pero lo empleó bien. El encuentro de los dos funcionarios modificó radicalmente el plan que llevaba preparado. Aquellos señores nada le habían dicho; pero al dejarlos, la sagacidad de Gonzaga adivinó que una nube amenazaba su estrella.

Tal vez temía algo peor. El Regente le tendió la mano. Gonzaga, en vez de llevarla a sus labios, como hacían algunos cortesanos, la estrechó entre las suyas y se sentó a la cabecera del lecho sin obtener permiso. El Regente continuaba echado y con los ojos a medio cerrar; pero el príncipe veía perfectamente que le observaba con atención.

—Ya ves, Felipe, cómo todo se averigua —dijo el Regente con acento afectuoso.

Gonzaga tenía el corazón oprimido, pero nada dejó adivinar su rostro.

—¡Eres desgraciado y nada sabíamos! —continuó el Regente—. Es una grave falta de confianza.

—Falta de valor, monseñor —dijo Gonzaga en voz baja.

—Te comprendo, no es agradable enseñar a nadie las miserias del hogar propio. La princesa, si puede decirse, está lacerada.

—Monseñor debe saber cuán grande es el poder de la calumnia.

—Sí, es verdad. Yo he sido calumniado en mi honor, en mi probidad, en mis afecciones de familia, en todo aquello que es al hombre más caro; pero no adivino por qué me recuerdas una cosa que mis amigos tratan de hacerme olvidar.

—Monseñor —contestó Gonzaga inclinando la cabeza sobre su pecho—, os ruego que me perdonéis. El sufrimiento es egoísta; pensaba en mí, no en Vuestra Alteza.

—Te perdono, Felipe, te perdono con la condición de que me cuentes tus penas.

Gonzaga dijo, moviendo la cabeza y en voz tan baja que el Regente apenas pudo oírle:

—Vuestra Alteza y yo estamos habituados a burlarnos y a ridiculizar las cosas que con el corazón se relacionan. No tengo de qué quejarme, puesto que soy cómplice; pero hay sentimientos…

—¡Bien, Felipe! Ya comprendo que estás enamorado de tu mujer, que es una noble y bella criatura. Algunas veces cuando estamos ebrios, es cierto, nos reímos de estas cosas; pero también nos reímos de Dios…

—Hacemos mal, monseñor —contestó Gonzaga con voz alterada—. Dios se venga luego de nuestra impiedad.

—Dices eso de un modo… ¿Tienes algo que comunicarme?

—Muchas cosas, monseñor. Esta noche se han cometido dos asesinatos en mi pabellón.

—¡Apostaría a que ha muerto Lagardère! —exclamó Felipe de Orleáns que se sentó en la cama—. ¡Has hecho mal, Felipe! Con eso confirmas suposiciones…

Ya no tenía sueño y sus cejas se fruncieron mientras miraba a Gonzaga. Este se levantó; su bella cabeza tenía una admirable expresión de altivez.

—¡Suposiciones! —repitió—. ¡Suposiciones! ¿Monseñor desconfía, pues, de mí?

—Pues bien, sí —contestó el Regente al cabo de un corto silencio—. Tu presencia las desvanece, pues tu mirada es la de un hombre honrado. Trata de borrarlas por completo con tus palabras. Te escucho.

—¿Monseñor quiere hacer el favor de decirme cuáles son esas suposiciones?

—Las hay antiguas y modernas.

—Sepamos primero las antiguas, si le agrada a monseñor.

—La viuda de Nevers era rica, tú, pobre y Nevers, nuestro hermano…

—¿Y no debiera haberme casado con la viuda de Nevers?

El Regente no contestó.

—Monseñor —continuó Gonzaga bajando los ojos—, ya os lo he dicho. Nuestras burlas hacen que ciertas cosas suenen mal entre nosotros.

—¿Qué quieres decir? Explícate.

—Quiero decir, que si hay en mi vida una acción de que deba enorgullecerme, es esa precisamente. Como ya os he dicho en otra ocasión, nuestro querido Nevers murió en mis brazos; también sabéis que me hallaba en el castillo de Caylus para persuadir al testarudo marqués, enojado con nuestro Felipe porque se hallaba unido sin su consentimiento a su hija.

La cámara ardiente de que ahora os hablaré, me ha oído ya esta mañana como testigo.

—¡Ah! Dime, ¿qué ha sentenciado la cámara? ¿Lagardère, pues, no ha sido muerto en tu casa?

—Si monseñor me dejara proseguir…

—Prosigue, prosigue. Quiero que me digas la verdad, te lo advierto, toda la verdad.

—Os hablo no como a mi amigo, sino como hablaría a mis jueces. Lagardère no ha sido asesinado esta noche en mi casa; es él quien ha matado allí a Gironne y a Albret.

—¡Ah! —dijo por segunda vez el Regente—. ¿Y cómo estaba Lagardère en tu casa?

—Creo que mi mujer podrá decíroslo mejor que yo.

—¡Ten cuidado! Tu mujer es una santa.

—Que detesta a su marido, monseñor. No tengo fe ninguna en las santas que Vuestra Alteza canoniza.

—Vamos, mi pobre Felipe, sosiégate. Tal vez he estado un poco duro contigo; pero ya comprenderás que hay escándalo. Eres un gran señor y los escándalos que proceden de tu altura, producen tanto ruido que conmueven el trono. Yo que me siento cerca, lo sé. Pero volvamos al principio de nuestra conversación. Pretendes que tu matrimonio con Aurora de Caylus fue una buena acción. Pruébalo.

—¿No es una buena acción —dijo Gonzaga con un fuego admirablemente fingido—, cumplir la última voluntad de un moribundo?

—No osarías engañarme en cosa tan sagrada; te creo —dijo al fin el Regente.

—Me tratáis de tal suerte, monseñor, que esta será nuestra última entrevista. Las gentes de mi casa no están acostumbradas a oír hablar, ni aun a los príncipes de la sangre, como vos me estáis hablando. Que yo me justifique de las acusaciones que se me dirigen y diré adiós para siempre al amigo que me abandona en la desgracia.

—¡Felipe —murmuró el Regente, conmovido—, justificaos y veréis si os amo!

—¿Entonces estoy acusado? —dijo Gonzaga.

Como el duque de Orleáns guardase silencio, el príncipe prosiguió con la altiva dignidad de que en ocasiones sabía revestirse:

—Interrogadme y os responderé, monseñor.

El Regente meditó un momento y dijo:

—¿Vos asististeis al sangriento drama de Caylus?

—Sí, monseñor. Y defendí con riesgo de mi vida a nuestro amigo, como era mi deber.

—¿Y recibisteis su último suspiro?

—Con sus últimas palabras.

—¿Y qué os dijo? Quiero saberlo.

—No es mi intención ocultarlo a Vuestra Alteza. Nuestro desgraciado amigo me dijo estas palabras: «Sé el esposo de mi mujer para que seas el padre de mi hija.»

La voz de Gonzaga no tembló al decir esta impía mentira. El Regente estaba absorto en sus reflexiones. Sobre su fisonomía inteligente y pensativa la fatiga se reflejaba, pero las huellas de la embriaguez se habían disipado.

—Habéis hecho bien en cumplir la voluntad del moribundo. Era vuestro deber. ¿Pero por qué ocultar esta circunstancia durante tantos años?

—Amo a mi mujer —respondió el príncipe sin vacilar—; ya lo he dicho a monseñor.

—¿Y en qué podía ese amor cerraros la boca?

Gonzaga bajó los ojos y se enrojeció un poco.

—Hubiera sido preciso acusar al padre de mi mujer —murmuró.

—¡Ah! ¿El asesino fue el marqués de Caylus?

Gonzaga lanzó un suspiro. Felipe de Orleáns no apartaba de él su mirada escrutadora.

—Si el asesino fue el marqués de Caylus, ¿qué reprocháis a Lagardère?

—Lo que se reprocha al hombre que vende su brazo para cometer un asesinato.

—¿El marqués de Caylus compró la espada de Lagardère?

—Sí, monseñor; pero este papel subalterno solo lo desempeñó un día. Lagardère lo cambió por el activo que representa hace dieciocho años. Lagardère se llevó la hija de Aurora y las pruebas de su nacimiento.

—¿Qué pretendisteis, pues, ayer ante el tribunal de familia?

—Monseñor —replicó sonriendo amargamente Gonzaga—, agradezco a Dios con toda mi alma este interrogatorio. Me creía por encima de toda pregunta y esta era mi desgracia. No se puede confundir sino al enemigo que se presenta, y no es posible refutar más que la acusación que se formula francamente. ¡El enemigo se presenta y se formula la acusación! Enhorabuena. Vos me habéis forzado a iluminar las tinieblas que mi piedad conyugal se afanaba en sostener. Vos me forzáis también ahora a descubriros el lado bueno de mi vida. Aunque mi modestia sufra os lo confesaré todo. He devuelto bien por mal y he derrochado la nobleza contra la ingratitud con una paciencia digna de mejor suerte, durante veinte años; he arriesgado mil veces mi vida, noche y día, en un trabajo silencioso y heroico; he prodigado mi inmensa fortuna; he hecho callar en mí la voz de la ambición noble y justa; he dado lo que me restaba de fuerza, de juventud y de ilusiones y hasta una parte de mi sangre…

El Regente hizo un movimiento de impaciencia. Gonzaga prosiguió:

—Me alegro demasiado. ¿No es eso lo que pensáis? Escuchad, pues, mi historia, monseñor, vos que fuisteis mi amigo y mi hermano, como fuisteis el hermano y el amigo de Nevers. Escuchadme con atención e imparcialidad. Os escojo por árbitro, no entre mi mujer y yo, ¡Dios me libre de alegar nada contra ella!, ni entre Lagardère y yo tampoco; me estimo demasiado para eso; sino entre nosotros dos, supervivientes de los tres Felipes: entre vos, Felipe de Orleáns, Regente de Francia, cuya mano disponía del poder real para vengar al padre y proteger a la niña, y yo, Felipe de Gonzaga, simple gentilhombre que para tan santa misión solo ha contado con su corazón y con su espada. ¡Sí, os damos por árbitro, y cuando haya concluido, os preguntaré si es a vos, Felipe de Orleáns, o a mí, Felipe de Gonzaga, a quien nuestro hermano Nevers aplaude y sonríe desde el Cielo!

II. LA DEFENSA

El golpe, aunque atrevido, fue certero. El Regente entornó los ojos bajo la mirada severa de Gonzaga. Este, maestro en las lides de la palabra, había preparado de antemano el efecto. El relato que iba a hacer no era una improvisación.

—¿Os atreveríais a decir que he faltado a los deberes de la amistad? —murmuró el Regente.

—No, monseñor; pero forzado a defenderme, voy a poner mi conducta en parangón con la vuestra. Estamos solos, nadie nos escucha y Vuestra Alteza no tendrá que enrojecer.

Felipe de Orleáns se había repuesto de su turbación.

—Nos conocemos desde hace mucho tiempo, príncipe —dijo—. Creo que vais demasiado lejos. ¡Tened cuidado!

—¿Castigaríais el respeto y el amor que he guardado a la memoria de nuestro hermano? —preguntó Gonzaga mirándole frente a frente.

—Se os hará justicia, no lo dudéis.

Gonzaga esperaba más cólera. La calma del Regente hizo abortar un efecto oratorio del que el príncipe se prometía mucho.

—A mi amigo Felipe de Orleáns hubiera contado mi historia en otros términos que a V. A. La primera cosa que debo deciros, es que Lagardère es no solo un espadachín de la más peligrosa especie, sino un hombre inteligente y astuto, capaz de alimentar largos años una ambición, y que no repara en los fines con tal de llegar a la meta de sus esperanzas. No es creíble que desde el primer momento concibiese la idea de casarse con la heredera de Nevers, pues para esto érale preciso esperar quince o dieciséis años. Su primer plan, sin duda alguna, conociendo las inmensas riquezas que poseían los Caylus y los Nevers, debió ser pedir por la niña un crecido rescate. Yo, que le he perseguido sin descanso desde la noche del crimen, sé todas sus ambiciones y sus obras. La heredera de Nevers era para él la promesa de una gran fortuna. Mis esfuerzos por apoderarme de él son quizá la causa de que mudase de propósitos. Esto le dio a conocer pronto que toda transacción exagerada era imposible. Pasé la frontera después que él, y logré alcanzarle en una pequeña aldea de Navarra; pero a pesar de la superioridad numérica y a despecho de todas nuestras precauciones, logró escapársenos e internarse en España. No es posible contaros al detalle, porque la narración nos haría emplear bastantes horas, el número de encuentros que hemos tenido. Su fuerza, su valor y su habilidad, son verdaderamente prodigiosos. Además de la herida que me hizo en los fosos de Caylus, defendiendo a nuestro desgraciado amigo…

Gonzaga se quitó el guante, y mostró la marca de Lagardère.

—Además de esta herida, llevo en otras partes de mi cuerpo la huella de su mano. No hay maestro de armas que pueda hacerle frente. Sostenía a mis expensas un verdadero ejército, pues mi intención era prenderle vivo para que por sí mismo confesara la identidad de mi joven y querida pupila. Mi ejército lo formaban los más renombrados prebostes de armas de Europa: el capitán Lorena, Joël de Jugan, Staupitz, Pinto, el Matador, Saldaña y Faënza. Todos han muerto…

—Vos sabéis que él también pretende haber recibido la misión de proteger a la hija de Nevers y de vengar a nuestro desgraciado amigo.

—Sí, y ya lo he dicho, que es un impostor audaz y hábil. Espero que el duque de Orleáns, antes de elegir entre nuestras dos afirmaciones, considerará los títulos de cada uno.

—Así lo haré —dijo lentamente el duque de Orleáns—. Proseguid.

—Pasaron los años, sin que Lagardère enviase a la viuda de Nevers ni una carta ni un mensaje. Faënza, que era un hombre diestro y a quien yo había enviado a Madrid para vigilar al raptor, me hizo, al volver, un relato sobre el cual llamo la atención de V. A. Lagardère, que en Madrid se llamaba don Luis, había cambiado con unos gitanos de León la hija de Nevers por otra. Lagardère tenía miedo de mí, me sentía sobre su pista y quería engañarme. La gitanilla fue educada por él, mientras la verdadera heredera de Nevers vivía errante por los caminos con los bohemios. Yo dudaba, y esta fue la causa de mi primer viaje a Madrid. Me avisté con los gitanos cerca de El Escorial, y adquirí la certidumbre de que Faënza no me había engañado. Pude ver a la niña, cuyos recuerdos aún frescos acabaron de convencerme. Entonces tomé mis medidas para apoderarme de ella y conducirla a Francia. La idea de ver a su madre, le devolvió su alegría. La noche fijada para dar el golpe, cenamos en la tienda del jefe para no despertar su desconfianza y vigilar desde más cerca; pero sin duda fuimos traicionados, porque a la mañana siguiente nos despertamos sobre la hierba y los gitanos habían desaparecido sin dejar huella alguna.

Gonzaga mentía de tal modo, que las declaraciones de Aurora y Lagardère no podían parecer sino versiones desfiguradas de la verdad.

El Regente le escuchaba con atención y frialdad.

—Fue aquella una preciosa ocasión desperdiciada —continuó el príncipe—. Si entonces nos hubiésemos apoderado de la niña, ¡qué de lágrimas nos hubiéramos ahorrado, y qué de desgracias habríamos evitado! No pude encontrar a los bohemios y volví a Madrid. Lagardère había partido para un viaje, y la supuesta hija de Nevers la dejó en el convento de la Encarnación. Al principio, Lagardère trocó las niñas para despistarme; es evidente que entonces pensaba recobrar la verdadera y servirse de ella cuando llegara la ocasión. Pero mudó de propósito. Enamorado de la gitana, concibió el sueño de colocar en sus sienes la corona ducal. Haciéndola luego su esposa, sería dueño de la fortuna de Nevers.

Felipe de Orleáns no daba gran crédito al romántico relato del príncipe; pero la intención atribuida a Lagardère le pareció verosímil. La naturaleza del Regente repugnaba lo trágico y amaba la comedia. Le pareció tan natural todo aquello, que no adivinó la destreza con que Gonzaga sentó las premisas de este hipotético argumento. La historia entera tomó a sus ojos un tinte de realidad inconcusa. La ambición de Lagardère era tan presumible y tan lógica, que no admitía duda. Era demasiado listo el príncipe para no conocer el efecto que había producido su relato, y el éxito enardeció su energía y centuplicó sus facultades privilegiadas.

—Monseñor —dijo— puede estar persuadido de que no doy importancia a este detalle. Lagardère, dada su audacia y su inteligencia, no debía obrar de otro modo. La princesa, mi mujer, de quien no puede sospecharse parcialidad respecto de mí, certificará a V. A. cuanto acabo de consignar.

»Pero volvamos a nuestro relato. El viaje de Lagardère duró dos años. Durante este tiempo la gitana, educada por las monjas de la Encarnación, estaba desconocida. Lagardère, al verla, debió concebir el designio de que acabo de hablaros. Lo más curioso de toda esta historia es que la gitana y la heredera de Nevers se conocían y se amaban. No puedo creer que la querida de Lagardère ignore su impostura; sin embargo, no es imposible: él es bastante hábil para haberle hecho creer que la comedia que representa es verdadera. Lagardère prohibió un día, sin embargo, bajo el pretexto de que su conducta era bastante ligera, que la gitana se tratase con su amiga, la verdadera hija de Nevers.

Aquí Gonzaga sonrió amargamente.

—La princesa —continuó— ha dicho ante el tribunal de familia que si su hija ha olvidado un instante los deberes que su raza le impone, considerará muerto para ella en absoluto a su primer esposo. ¡Ay, monseñor!

La infeliz pensaba que quería burlarme de su miseria, cuando le hablé por vez primera de su raza y de sus derechos a una cuantiosa fortuna. Pero vos seréis de mi parecer: una madre no puede privar a un hijo de sus derechos fundada en vanas delicadezas. ¿Tiene Aurora la culpa de haber nacido contra la voluntad de su abuelo? La primera falta es de la madre. La madre puede llorar el pasado solamente. Su hija se halla en toda la integridad de sus derechos y Nevers muerto tiene aquí abajo un representante, mejor dicho dos, que harán reconocer su prole a despecho de todos.

»Vuestro rostro ha cambiado, monseñor; dejadme deciros que vuestra bondad se impone a vuestras prevenciones y rogaros me digáis la boca que en vuestro oído ha depositado contra mí la calumnia, hasta el punto de haceros olvidar en un día treinta años de consecuente afecto.

—Príncipe —dijo el Regente con voz que quería ser severa, pero que traicionaba su emoción—, no puedo sino repetiros mis anteriores palabras: Justificaos y veréis si soy vuestro amigo.

—Pero, ¿de qué se me acusa? ¿Es un crimen de veinte años? ¿Es un crimen de ayer? ¿Felipe de Orleáns ha podido creer durante un minuto que esta espada…? Quiero saberlo, decídmelo.

—Si lo hubiese creído… —respondió el duque de Orleáns.

Gonzaga tomó su mano y la apoyó sobre su corazón.

—¡Gracias! —dijo con lágrimas en los ojos—. Ya veis, estoy reducido a daros las gracias porque vuestra voz no se une a las demás para acusarme de infamia.

Y enderezándose como si se avergonzara de su debilidad, añadió:

—Perdonadme, monseñor, si me he olvidado un instante de que estaba a vuestro lado. Sé las acusaciones que se me dirigen o al menos las adivino. Mi lucha contra Lagardère me ha arrastrado a actos que la ley reprueba. Ya me defenderé si la ley me ataca. Además, la presencia de la señorita de Nevers en mi pabellón consagrado al placer… Pero no anticipemos los sucesos. Lo que me resta por deciros no fatigará demasiado la atención de V. A., monseñor recordará el asombro que le produjo mi petición de la embajada de Madrid, pues sabía mi aversión por los negocios públicos. Mi relato habrá explicado a vuestros ojos aquel deseo. Quería volver a España con un cargo oficial que pusiera a mi disposición la policía de Madrid. En pocos días descubrí el asilo de la querida niña que es la esperanza de una gran raza. Lagardère la había abandonado y se ganaba la vida bailando en las plazas públicas. Quería apoderarme a la vez de la gitana y de Lagardère; pero estos se me escaparon y solo pude traer a Francia a la hija de nuestro malogrado amigo.

—La que pretendéis que lo es —rectificó el Regente.

—Sí, monseñor, La que pretendo que es la señorita de Nevers.

—Eso no basta.

—Permitidme creer lo contrario. Como comprenderéis, no iba a obrar ligeramente en asunto de tanta importancia. Hace veinte años que trabajo y he logrado al fin el fruto de mis afanes. La presencia de las dos jóvenes y del impostor era necesaria; pues aquí están los tres…

—No por vuestros trabajos.

—Por mí, únicamente por mí. ¿En qué época ha recibido V. A. la primera carta de Lagardère?

—¿Os he dicho…? —empezó a decir el duque de Orleáns con altanería.

—Si V. A. no quiere responderme, lo haré yo. La primera carta de Lagardère, la que pide el salvoconducto y está fechada en Bruselas, llegó a París en los últimos días de agosto, es decir, cuando ya hacía cerca de un mes que Aurora estaba a mi lado. No me tratéis peor que a un acusado ordinario y dejadme al menos el beneficio de la evidencia. Durante veinte años Lagardère no ha dado señales de vida. ¿Pensáis que no tenía motivos sobrados para solicitar su vuelta cuando lo hizo? Lagardère se dijo al saber que yo tenía en mi poder a Aurora: «Si dejo que Gonzaga presente la verdadera Aurora de Nevers, ¿qué será de mis esperanzas? ¿Qué haré de esta gitana si pierdo los millones de la herencia?»

—Podéis volver el argumento —objetó el Regente.

—Que Lagardère, al saber que yo iba a presentar una falsa Aurora, vino a traernos la verdadera.

El Regente hizo con la cabeza un signo afirmativo.

—Pues bien, monseñor, queda probado cuando menos que la venida de Lagardère ha sido obra mía.

»Lo que pensé ha sucedido. Lagardère ha caído en manos de la justicia y la verdad puede saberse.

—¿Sabíais que Lagardère estaba en París cuando me pedisteis permiso para reunir el tribunal de familia?

—Sí, monseñor —contestó Gonzaga sin dudar.

—¿Por qué no me previnisteis?

—Ante la moral ni ante Dios, no tengo por qué acusarme. Delante de la ley y por consecuencia ante vos, que asumís su representación, mi esperanza disminuye. Con la letra que mata, tal vez un juez inicuo pueda condenarme. Comprendo que debía haber reclamado vuestros consejos y vuestros auxilios; pero, ¿será preciso justificar ante vos ciertas repugnancias? Deseaba poner término al desgraciado antagonismo que existe entre la princesa y yo, y vencer a fuerza de beneficios una repulsión violenta que nada motiva; ¡os lo juro por mi dicha! Esperaba firmar la paz de mi casa antes de que nadie supiera la guerra. Este es el grave motivo que me ha obligado a obrar, y no dudo hacerlo valer ante vos, como argumento, pues mejor que nadie conozco, que bajo una máscara de escepticismo, esconde Vuestra Alteza un alma delicada y sensible que sabrá comprenderme.

Pero hay otra razón, pueril tal vez, si lo que atañe al orgullo puede calificarse de puerilidad. Había yo empezado solo esta noble empresa y solo quería participar del triunfo. Pero la actitud de mi mujer en el consejo de familia, me hizo sospechar que estaba prevenida. Lagardère, sin esperar mi ataque, se adelantó. Monseñor, no siento vergüenza en confesar que la astucia no es mi fuerte. Por eso Lagardère me ha vencido. Es más hábil y astuto que yo. No creo que ignoréis que ha disimulado su presencia entre nosotros bajo un hábil disfraz. Puede ser que la misma grosería de la astucia le haya dado el triunfo. Es preciso, también, tener en cuenta que el antiguo oficio de nuestro aventurero le da facilidades que no se hallan a la disposición de todo el mundo.

—¿A qué oficio os referís?

—Al de saltimbanqui, que aprendió antes que el de asesino. ¿No os acordáis de un desgraciado niño que se ganaba la vida hace años, aquí, bajo vuestras ventanas, en la plaza de las Fuentes, haciendo equilibrios e imitando a los jorobados?

—¡Lagardère! —dijo el Regente, recordando—. ¡Ah, sí! ¡El pequeño Lagardère! Ahora me acuerdo.

—¡Ojalá hubiera aparecido en vuestra mente este recuerdo hace dos días! Desde que supe que Lagardère estaba en París formé mi plan: apoderarme de la joven que le acompaña y de los papeles que justifican la legitimidad de Aurora. A pesar de la destreza portentosa de Lagardère, no pudo impedir la realización de mis propósitos.

—¿Dónde está la joven?

—La tiene mi mujer.

—¿Y los papeles? Os advierto que esto es vuestro mayor peligro.

—¿Y por qué esos documentos han de ser un peligro para mí? —preguntó Gonzaga sonriendo orgullosamente—. ¿Pensáis, tal vez, que los he falsificado? ¡Pobre idea tenéis de mí! Pero estad tranquilo. Los documentos son legítimos y se hallan bajo un sobre que muestra incólume los sellos de la capilla de Caylus. Se encuentran en mi poder y estoy dispuesto a entregarlos bajo recibo.

—Esta noche os los reclamaremos.

—Esta noche los presentaré. Voy a concluir. Después de apoderarme de los documentos y de la joven, Lagardère estaba vencido. Pero su disfraz maldito cambió el aspecto de las cosas. Yo mismo le he introducido en mi casa. Amo todo lo sobrenatural, ya lo sabéis. Ese jorobado alquiló la covacha de mi perro por una suma fabulosa, y esto le dio a mis ojos una apariencia fantástica. ¿A qué negar que me ha engañado? Lagardère es el rey de los juglares. Una vez el lobo dentro del rebaño, enseñó los dientes. Yo no quería ver nada y uno de mis más fieles servidores, Peyrolles, previno secretamente a la princesa.

—¿Podríamos probar eso?

—Fácilmente. El propio Peyrolles lo atestiguará. Pero los guardias llegaron demasiado tarde para evitar la muerte de mis pobres amigos Albret y Gironne. El lobo había mordido.

—¿Lagardère estaba solo contra todos vosotros?

—Eran cuatro, contando al marqués de Chaverny.

—¡Chaverny! —repitió asombrado el Regente.

Gonzaga respondió con acento hipócrita:

—Había conocido en Madrid, durante mi embajada, a la querida de Lagardère. Debo decir a monseñor, que he solicitado de Argenson una orden de arresto contra él.

—¿Y los otros dos?

—Han sido también arrestados. Son dos aventureros que han seguido en sus correrías a Lagardère.

—Falta explicar la actitud que habéis tomado esta noche ante vuestros amigos.

Gonzaga miró sorprendido al duque de Orleáns. Luego dijo sonriendo burlonamente:

—¿Lo que me han dicho es, pues, cierto?

—Ignoro lo que hayan podido deciros.

—Cuentos buenos para dormir… cosas absurdas e incompatibles con vuestra sabiduría y mi dignidad.

—Hablad, os lo ruego.

—Si es una orden, obedezco. Mientras yo estuve anoche al lado de Vuestra Alteza, parece que la orgía adquirió en mi casa proporciones extravagantes y forzaron la puerta de mi habitación particular, donde guardaba a las dos jóvenes para depositarlas por la mañana en manos de la princesa. No tengo que decir a Vuestra Alteza quiénes fueron los instigadores de la violencia. Un duelo báquico se concertó entre Chaverny y el falso jorobado. El precio del torneo debía ser la mano de la gitana que pretende ser la señorita de Nevers. Cuando volví a mi casa encontré a Chaverny debajo de la mesa, y el jorobado, triunfante cerca de su querida, se había hecho un contrato que firmaron todos, y en el cual aparece falsificada mi firma.

El Regente quería creer las palabras de su amigo; pero deseaba igualmente hacer justicia. El temor de que se le acusase en asunto tan grave de venalidad, mantuvo su reserva y excitó sus desconfianzas y su suspicacia. ¡Desgraciados de los enemigos de Gonzaga si era inocente!

—Felipe —dijo vacilando—, Dios es testigo de que seré dichoso si conservo vuestra amistad; la calumnia se ha cebado en vos; tenéis muchos envidiosos.

—Lo debo a los beneficios de monseñor.

—Sois fuerte contra la calumnia por vuestra posición y por vuestra inteligencia. La verdad se descubrirá, en efecto; pues yo mismo presidiré esta noche el tribunal de familia.

Gonzaga le estrechó las manos y dijo:

—Monseñor ya no dormirá esta mañana. La antecámara está llena y todos se preguntan, de seguro, si saldré de aquí para la Bastilla, o disfrutando más que nunca vuestro favor. Yo reclamo también esa alternativa: V. A. me envía de aquí a la prisión que me salvaguarde o me da una prueba pública de amistad que me devuelva el crédito perdido.

El Regente agitó una campanilla y dijo al ujier:

—Que entren todos los que esperan.

Cuando entraron los cortesanos, besó en la frente a Gonzaga y dijo:

—¡Amigo Felipe, hasta la noche!

III. TRES PISOS DE CALABOZOS

La cámara ardiente había sido convocada la víspera para las cuatro de la madrugada, de orden del duque de Orleáns. A las cuatro y media, el caballero Enrique de Lagardère compareció ante la cámara.

El acta de acusación le hacía cargo de la tergiversación de una niña y de un asesinato. Se oyó a varios testigos, entre ellos al príncipe de Gonzaga y a su mujer.

Las declaraciones fueron tan contradictorias, que la cámara, habituada a sentenciar por el menor indicio, aplazó hasta la una de la tarde su sesión, para más amplio informe. Debía oírse a tres nuevos testigos: a Peyrolles, Cocardasse y Passepoil.

La propuesta presentada por el abogado al rey para que declarase la heredera de Nevers ante el tribunal, no fue tomada en consideración.

Se había preparado todo para conducir a Lagardère al cuarto de ejecuciones nocturnas de la Bastilla.

El aplazamiento de la sentencia fue causa de que se le buscase una prisión próxima a la sala de audiencia con el objeto de que pudiera acudir en seguida al llamamiento.

El carcelero, al encerrarle en su calabozo, hizo saber a Lagardère que quedaba incomunicado, Enrique le dio cuanto tenía para que le facilitase medios de escribir; pero el carcelero tomó el dinero y dijo que lo depositaría en la escribanía, pues le era imposible acceder a su petición.

Lagardère, al entrar en su prisión, quedó un instante inmóvil y como abrumado bajo el peso de sus reflexiones. Estaba preso, paralizado, impotente: su enemigo, en cambio, era poderoso, rico y libre, y gozaba del favor del Regente.

De una mirada abarcó la estancia y todos sus detalles. A diferencia de otras del mismo edificio, solo tenía un taburete, un cántaro, un pan y un montón de paja. Le habían dejado las espuelas, y quitándose una se pinchó en un brazo, con lo que tuvo tinta. El pañuelo le sirvió de papel, y una paja fue la pluma. Con tales utensilios es difícil escribir, pero puede escribirse. Lagardère escribió algunas palabras. Luego, con la misma espuela, levantó una baldosa del suelo de su prisión. No se había engañado: dos calabozos se hallaban bajo el suyo. En el primero, el marqués de Chaverny dormía como un bendito su borrachera, y en el segundo, Cocardasse y Passepoil, acostados en la paja, filosofaban sobre la mutabilidad de los tiempos y la inconstancia de la fortuna.

Chaverny soñaba también, pero de diferente manera. Los sucesos de la noche le agitaban como una pesadilla.

—¡Una copa más, jorobado! —decía con voz ronca y entrecortada—. ¡Finges beber, tunante!… Veo el vino correr por tu jubón…

Chaverny se revolvía inquieto y a veces reía con la imbécil y estúpida risa de la embriaguez. No notó el ligero ruido que se oía en el techo: era preciso un cañonazo para despertarle. El ruido continuaba acompasado e incesante. El piso era delgado, y al cabo de algunos minutos, pedazos de cascote y tierra empezaron a caer sobre la cara de Chaverny. Este se llevó dos o tres veces la mano a la cara como para espantar un insecto importuno.

—¡Qué endiabladas moscas! —murmuró.

Un pedazo de yeso le cayó entonces sobre la mejilla.

—¡Diablo! ¿Te familiarizas, endiablado Esopo, hasta el punto de arrojarme migas a la cara?

Un agujero se abrió en el techo, precisamente encima de su cabeza, y un cascote fue a caer sobre su frente.

—¿Somos pilletes, para apedrearnos? A ver, echemos al río al jorobado… —dijo Chaverny.

El agujero se agrandaba cada vez más en el techo; una voz, que parecía llegar del Cielo, decía el marqués:

—Quienquiera que seáis, ¿queréis responder a un compañero de infortunio? ¿Estáis incomunicado también? ¿No os ha visitado nadie?

Chaverny continuaba durmiendo, pero su sueño era ya menos profundo y oyó la voz, aunque sin darse cuenta de lo que decía.

—¿Me habéis oído? —preguntó Lagardère.

Chaverny continuó roncando.

Un objeto del grueso de una pelota cayó por el agujero y fue a dar en la cara de Chaverny. Este se puso de pie de un salto y llevose ambas manos a la mejilla izquierda.

—¡Miserable! ¡Una bofetada a mí! —dijo.

Pero el fantasma que veía en sueños se desvaneció al abrir los ojos. La mirada atónita de Chaverny recorrió la celda.

—¡Ah! —exclamó frotándose los ojos—. ¡Sin duda sueño!

La voz de arriba dijo entonces:

—¿Habéis recogido el lío que os he echado?

—¡Bueno! El jorobado estará oculto en cualquier parte por aquí y me estará jugando una mala partida. ¡Pero qué mal aspecto tiene esta habitación!

Y levantando la cabeza vio el agujero. Entonces gritó con todas sus fuerzas:

—¡Ya veo tu agujero, jorobado maldito! Luego nos entenderemos. Ve a decir que me abran.

—No os oigo —dijo la voz—, estáis demasiado lejos del agujero; pero os veo y os reconozco. Marqués de Chaverny, aunque hayáis pasado vuestra vida en miserable compañía, sé que sois aún un hombre honrado. Por eso he impedido que os asesinaran anoche.

El marqués escuchaba asombrado.

—¡No es la voz del jorobado! ¿Pero qué habla de asesinato? ¿Quién se atreve a usar conmigo tono protector?

—Soy yo, el caballero Lagardère —dijo en este momento la voz, como si hubiera querido responder a la pregunta del marqués.

—¡Ah! —dijo Chaverny estupefacto—, ¡he ahí uno que puede alabarse de ser como Fénix!

—¿Sabéis dónde estáis? —preguntó la voz.

Chaverny movió enérgicamente la cabeza haciendo un signo negativo.

—Estáis en la prisión del Chatelet, segundo piso de la torre nueva.

Chaverny se dirigió hacía la pequeña ventana que iluminaba débilmente su celda.

La voz prosiguió:

—Habéis sido preso esta mañana en vuestra casa en virtud de una orden del Regente.

—¡Pedida por mi querido y leal primo! —murmuró el marqués—; creo recordar que manifesté anoche algo de disgusto respecto de ciertas infamias.

—¿Os acordáis de vuestro duelo báquico con el jorobado?

Chaverny hizo un signo afirmativo.

—Era yo quien representaba el papel de jorobado.

—¿Vos? ¡El caballero Lagardère!

Este no oyó y dijo:

—Cuando estuvisteis ebrio, Gonzaga dio orden de haceros desaparecer porque le molestabais. Teme el resto de lealtad que queda en vuestro corazón. Pero los dos bravos a quienes se confió el asunto, estaban a mis órdenes y les mandé conduciros a vuestra casa.

—¡Gracias! —dijo Chaverny—. Todo esto es algo increíble… razón de más para darle entero crédito.

—El objeto que os he arrojado, es un mensaje. He trazado con sangre algunas palabras sobre mi pañuelo. ¿Tenéis medio de hacer llegar la misiva a manos de la princesa de Gonzaga?

Chaverny hizo un signo negativo.

Y al mismo tiempo recogió el pañuelo para enterarse de cómo una carta pudo darle tan soberana bofetada. Lagardère había atado a un pico del pañuelo un trozo de baldosa.

—¿Queríais romperme el cráneo? —gruñó Chaverny—. Sin duda mi sueño era demasiado profundo cuando no me he dado cuenta de mi cambio de residencia.

Y doblando el pañuelo lo guardó en su bolsillo.

—No sé si me equivoco; pero creo que deseáis servirme.

Chaverny contestó que sí. Lagardère continuó:

—Según todas las probabilidades, seré ejecutado esta noche. Daos, pues, prisa. Si no tenéis a quien confirmar ese mensaje, haced como yo un agujero y probad fortuna en el piso que se halla bajo el vuestro.

—¿Con qué habéis hecho vuestro agujero?

Lagardère no oyó; pero había comprendido sin duda, porque una espuela de plata cayó a los pies de Chaverny. Este se puso al punto a trabajar con verdadero entusiasmo. A medida que la embriaguez se disipaba, su imaginación exaltábase con el pensamiento del mal que Gonzaga había querido hacerle.

—¡Si no arreglamos hoy nuestras cuentas, no será por culpa mía! —murmuraba.

Y trabajaba con furor.

—Tened cuidado, marqués. Hacéis demasiado ruido y os van a oír —decía mientras tanto Lagardère.

—¡Gran Dios! —decía Cocardasse en el piso principal—, por lo que se ve, bailan ahí encima.

—Debe ser algún desgraciado que se estrangula —contestó Passepoil que aquella mañana se sentía inclinado a las ideas lúgubres.

—¡Eh! Si es alguno que se estrangula, tiene derecho de patalear —contestó Cocardasse.

Un gran golpe se oyó en aquel momento seguido de un crujido sordo y de la caída de una parte del techo.

El yeso cayó entre los dos amigos, levantando una especie de nube de polvo.

—¡Encomendemos a Dios nuestras almas! —dijo Passepoil—. Estamos sin espadas y sin duda se proponen jugarnos una encerrona.

—¡Calla, cobarde! —replicó el gascón—. Vendría por la puerta. ¡Pero ve ahí uno!…

—¡Eh! —dijo Chaverny cuya cabeza apareció en el agujero.

Cocardasse y Passepoil habían levantado la cabeza.

—¿Estáis encerrados? —preguntó el marqués.

—Como veis —contestó Cocardasse—. ¿Pero a qué conduce ese estrago?

—Poned la paja bajo el agujero, que voy a saltar.

Chaverny agrandaba su agujero cada vez más.

—¡Rayos y truenos! ¡A quién se le ocurre hacer de papel los techos de las prisiones! —dijo Cocardasse.

—¡Esta torre es de barro! —agregó el normando.

—¡La paja, la paja! —gritaba impaciente Chaverny.

Los dos bravos no se movían. Chaverny tuvo la buena ocurrencia de pronunciar el nombre de Lagardère, y al punto el montón de paja fue colocado debajo del agujero.

—¿Está con vos? —preguntó Cocardasse.

—¿Tenéis noticias suyas? —dijo Passepoil.

Chaverny, en vez de contestar, metió las piernas en el boquete. Era delgado, pero sus caderas no pasaban a causa de las desigualdades de la abertura. Cocardasse se echó a reír al verle pernear con rabia. Passepoil, prudente siempre, se puso a escuchar a la puerta del calabozo. El cuerpo de Chaverny, aunque con trabajo, se deslizaba poco a poco por el boquete.

—¡Ven aquí! —dijo Cocardasse a su amigo—. Va a caer… y hay demasiada altura para que no se rompa las costillas.

Passepoil midió con la mirada la distancia que había.

—Es bastante, en efecto —dijo—. Al caer es indudable que pueda rompemos cualquier cosa, si cometemos la necedad de servirle de colchón.

—¡Bah! ¡Pesa poco!

—Es cierto; pero una caída de doce o quince pies…

—¡Rayos y truenos! Viene de parte de Lagardère. ¡A tu puesto!

Passepoil no se hizo de rogar más. Cocardasse y Passepoil con sus brazos vigorosos enlazados, se colocaron debajo. Casi en el mismo momento se oyó un segundo crujido del techo. Los dos valientes cerraron los ojos, y se abrazaron a su pesar, a causa de la tracción violenta que la caída del marqués ejerció sobre sus brazos extendidos. Los tres rodaron por el suelo, cegados por el polvo de yeso que cayó detrás de Chaverny. Este fue el primero que se levantó, y sacudiendo su traje se echó a reír.

—Sois dos buenos muchachos —dijo—. La primera vez que os vi os tomé por dos solemnes bribones, por dos malhechores escapados de presidio. No os enfadéis, os digo la verdad. Forcemos la puerta, caigamos los tres sobre el carcelero y tomemos las de Villadiego.

—¡Rayos y truenos! El pecador nos dará una satisfacción cuando salgamos. Mientras tanto, me agrada su idea. ¡Forcemos la puerta, vive Dios!

Passepoil les detuvo en el instante en que iban a poner en práctica su idea.

—¡Escuchad! —dijo.

Se oía, en efecto, un ruido de pasos en el corredor. En un instante fueron recogidos los restos de yeso y la paja estuvo en su sitio. Una llave se introdujo en la cerradura.

—¿Dónde me oculto? —dijo Chaverny riendo.

Fuera se oía el ruido de fuertes cerrojos que se descorrían rechinando. Cocardasse se quitó su coleto rápidamente y Passepoil hizo lo mismo. Mitad entre la paja, mitad por los jubones, el marqués quedó oculto. Los dos valientes, en mangas de camisa, se pusieron uno frente a otro, y simularon un asalto de armas.

La pesada y maciza puerta giró sobre sus goznes. Dos hombres, un carcelero y un vigilante, se apartaron para dejar paso a un tercer personaje que llevaba un hermoso traje de corte.

—No os alejéis —dijo este último entornando la puerta.

Era el señor Peyrolles. Los dos amigos le reconocieron en seguida, pero continuaron su entretenimiento.

—¡Buenos días, valientes! —dijo Peyrolles después de asegurarse que la puerta estaba solo entornada.

—¡Hola, mi amigo! ¿Qué tal os va? Precisamente decíamos ahora mí compañero y yo, que si nos devolvieran nuestras espadas podríamos siquiera pasar el tiempo.

—¿Y si os devolviesen vuestras espadas os abriríais estas puertas?

—¡Otras cosas más difíciles hemos hecho!

—¿Qué es preciso hacer para conseguir eso?

—Poca cosa, amigos míos; muy poca cosa. Dar las gracias a un hombre a quien vosotros habéis tenido siempre por enemigo y que, sin embargo, os aprecia.

—¿Quién es ese excelente hombre?

—Yo mismo, mis viejos compañeros. ¡Pensad que hace más de veinte años que nos conocemos!

—Veintitrés años hará en San Miguel que por encargo de Maulevrier os di detrás del Louvre la más soberbia paliza que puede darse a nacido.

—¡Passepoil! —exclamó severamente Cocardasse—. Esos recuerdos no son ahora oportunos. Yo siempre he creído en el afecto sincero de este buen señor Peyrolles. Preséntale tus excusas, ¡vive Dios!, ¡y a escape!

Passepoil, obediente, dejó su sitio y avanzó con el sombrero en la mano hacia donde estaba Peyrolles.

Este, que no estaba muy tranquilo, apercibió entonces las manchas de yeso que habían quedado en el pavimento. Su mirada se dirigió naturalmente al techo. Al ver el agujero se puso pálido. Pero no se atrevió a gritar porque Passepoil, siempre amable y sonriente, habíase ya colocado entre él y la puerta. Sin embargo, retrocedió, por instinto, hasta el montón de paja, para tener las espaldas libres. Se hallaba ante dos hombres fuertes y resueltos; pero los guardianes estaban en el corredor y él tenía espada. Cuando se detuvo con la espalda vuelta al montón de paja, el jubón de Cocardasse se levantó un poco y apareció la cara sonriente de Chaverny.

IV. IR POR LANA

Preciso es decir al lector lo que el señor Peyrolles iba a hacer a la prisión de Cocardasse y Passepoil.

Los dos amigos debían comparecer como testigos ante la cámara ardiente del Chatelet y esto no era del agrado del príncipe de Gonzaga, Peyrolles llevaba el encargo de hacerles una proposición deslumbrante y suponía que los dos amigos no debían tener demasiado empeño en confesar su participación en el trágico fin de Nevers.

Veamos por qué Peyrolles no pudo lucir sus talentos diplomáticos:

La cabeza del marqués, con su fisonomía burlona, apareció bajo el coleto de Cocardasse en el instante mismo en que Peyrolles, ocupado en observar los movimientos de los dos bravos, volvía la espalda al montón de paja. Chaverny hizo una seña a sus aliados. Estos se aproximaron suavemente a Peyrolles.

—¿No os parece, mi buen amigo, que no está bien hecho meter a dos gentileshombres en un calabozo tan mal cubierto? —dijo Cocardasse.

—¡Camaradas! —exclamó Peyrolles, en el colmo de la inquietud—, ¡no tratéis de apelar a la violencia! Si me forzáis a sacar la espada…

—¡Sacar la espada contra nosotros! —suspiró Passepoil.

—¡Dos hombres desarmados! ¡Vive Dios, eso no puede ser! —añadió Cocardasse.

Los dos amigos se acercaban siempre a Peyrolles, antes de que la violencia hiciese fracasar su negociación.

—¿Qué ibais a hacer? Lo adivino: queríais evadiros por ese agujero; mas os falta la escala. ¡Alto ahí! ¡Si dais un paso más, desenvaino! —añadió interrumpiéndose y llevando la mano a su costado.

Pero otra mano se había anticipado a la suya y sujetaba ya la empuñadura de su espada: la mano del marqués de Chaverny, que estaba de pie tras de él, y que apretándole la garganta le dijo en voz baja:

—¡Una palabra, pronuncia una sola y te ahogo, bribón!

En menos tiempo del que es preciso para contarlo, Peyrolles quedó tendido en tierra y atado con las corbatas de Passepoil y Cocardasse y con la boca perfectamente tapada.

—Ahora —dijo el marqués—, poneos cada uno a un lado de la puerta, y cuando los dos guardianes quieran entrar, haremos con ellos la misma operación que con el buen intendente de mi primo.

—¿Pero entrarán? —preguntó Cocardasse.

—Colocaos en vuestros puestos y veréis cómo todo nos sale a pedir de boca. Peyrolles nos servirá de reclamo.

Los dos amigos obedecieron. Chaverny destapó la boca de Peyrolles y amenazándole con la punta de la espada, le mandó gritar. Los gritos del intendente llevaron al calabozo a los dos guardianes, que en un instante quedaron reducidos también a la impotencia.

Chaverny cerró la puerta del calabozo y registrando los bolsillos del carcelero encontró un paquete de cuerdas con que ató diestramente a los tres.

—¡Cuerpo de Baco! ¡No he visto en mi vida marqués más gentil que vos! —dijo Cocardasse.

Passepoil unió sus felicitaciones a las de su noble amigo; pero Chaverny les dijo impaciente:

—¡Al asunto, pues aún no estamos en la calle! Tú, gascón, quita al carcelero sus ropas y póntelas tú; normando, haz lo mismo con el vigilante.

Cocardasse y Passepoil se miraron.

—He aquí un caso embarazoso —dijo Cocardasse rascándose la oreja—. ¡Gran Dios! No sé si será conveniente a gentileshombres…

—¿No voy a ponerme yo el traje del mayor canalla?

Al cabo de algunos minutos los tres presos habían transformado su personalidad exterior completamente.

Chaverny estaba completamente desconocido con el rico traje de Peyrolles.

—Hijos míos —dijo continuando el papel de Peyrolles—, ya he cumplido mi misión cerca de estos miserables. Os ruego, por lo tanto, que me acompañéis hasta la puerta.

Y los tres salieron del calabozo cuya puerta cerraron con doble vuelta de llave, sin olvidar los cerrojos.

Peyrolles y los dos guardianes quedaban perfectamente atados y amordazados. Nuestros tres prisioneros atravesaron el primer corredor sin dificultad.

—Amigo mío —dijo Chaverny al portero—, tenéis en el número 9 dos peligrosos tunantes: vigiladlos bien.

El portero saludó profundamente.

Cocardasse y Passepoil atravesaron el patio sin dificultad. En la sala de guardia, Chaverny simuló ser un curioso que visita una prisión. Lo miraba todo con atención y dirigía preguntas que eran siempre contestadas con respeto. Le enseñaron el lecho donde el conde de Horn reposó diez minutos al salir de la última audiencia. Aquello parecía interesarle.

Solo faltaba atravesar el patio, cuando Cocardasse tropezó con un criado que llevaba varios platos y lanzó un sonoro ¡vive Dios! que hizo volver a todos la cabeza. Passepoil se estremeció intensamente.

—Amigo —dijo Chaverny—, podías cuidar de no blasfemar de Dios. Ese muchacho te ha tropezado sin malicia.

Cocardasse bajó la cabeza y un soldado, al fijarse en él, exclamó:

—No conozco a ese carcelero.

La puerta se abrió en aquel momento para dejar paso a un sirviente que llevaba un soberbio faisán asado. Cocardasse y Passepoil no pudieron moderar más su impaciencia y franquearon de un salto el umbral que les separaba de la calle.

—¡Detenedlos, detenedlos! —gritó el soldado.

El centinela se lanzó tras de ellos; pero Cocardasse le detuvo lanzándole en plena cara su manojo de llaves. Los dos bravos echaron a correr y desaparecieron pronto tras la esquina de un callejón.

Volvamos a la severa cámara donde vimos a la princesa el día de la reunión del tribunal de familia. Todo permanecía en ella lo mismo que entonces y, sin embargo, algo así como un suave tinte de alegría iluminaba ahora su fúnebre y triste aspecto.

Magdalena confesó a su señora su conformidad con el jorobado y el origen de la advertencia que tanto le había conmovido.

En vez de incomodarse, la princesa la abrazó, y Magdalena se puso tan contenta como si la joven encontrada fuese hija suya.

La princesa estaba sentada al otro lado de la cámara. Dos mujeres y un muchacho la rodeaban. Cerca de ellas veíanse esparcidas las hojas del manuscrito junto a la caja que debía haberlo guardado. Eran la caja y el manuscrito de Aurora. Aquellas líneas escritas con la ardiente esperanza de que fuesen a parar un día a las manos de una madre desconocida, pero adorada, habían al fin llegado a su destino. La princesa acababa de leerlas y las lágrimas corrían por sus mejillas.

Cómo la caja y la joven llegaron al hotel de Gonzaga, es fácil de suponer cuando digamos al lector que una de las dos mujeres que estaban junto a la princesa era Francisca Berrichon y el muchacho el malicioso paje de Aurora. La otra mujer manteníase un poco aparte y era doña Cruz.

—¿Y vos estuvisteis al servicio de Nevers? —preguntó la princesa a Francisca.

—Todos los Berrichon han sido servidores de tan noble casa.

—¿Fue vuestro hijo quien me llevó una carta al castillo de Caylus?

—Sí, noble señora. Y Dios sabe que toda su vida recordó aquella noche. Él me ha contado mil veces los horribles sucesos que se relacionaron con el asesinato de vuestro esposo. En los fosos de Caylus vio por vez primera al caballero Lagardère, de quien decía que era tan hermoso como el san Miguel Arcángel de la iglesia de Tarbes. Mi hijo nos contó que Lagardère y Nevers estaban citados para batirse y que, a pesar de esto, Lagardère defendió a Nevers durante más de media hora contra más de veinte bandidos.

Aurora de Caylus le hizo señas de que se detuviera. Aquellos recuerdos le oprimían el corazón.

—Felipe, esposo amado —murmuró—, veinte años han pasado sobre tu tumba, y, sin embargo, la herida de mi corazón sangra como si se hubiera abierto ayer.

Doña Cruz contemplaba con admiración aquel inmenso dolor. Francisca meneó la cabeza con un movimiento maternal, y dijo:

—Cuando Lagardère fue a buscarme hace cinco o seis años a mi país, para preguntarme si quería servir a la hija del difunto duque de Nevers, acepté en seguida. ¿Por qué? Pues porque Berrichon, mi pobre hijo, me había contado todo lo sucedido. El duque, al morir, llamó al caballero por su nombre y le dijo: «¡Hermano mío! Sé el padre de mi hija y véngame.»

—¿Y durante el tiempo que habéis vivido con ellos —preguntó la princesa—, ese hombre, el caballero Lagardère?…

—¡Ah, Dios mío! Noble señora, ¿qué decís? —exclamó indignada Francisca—. ¡No, no, no! Os lo juro por mi salud. En los seis años que he vivido con él he llegado a amarle como si fuera hijo mío. Y si otra persona que vos se hubiera atrevido a suponer… Pero perdonadme: me olvidaba del respeto que os debo. Dígoos, sin embargo, que el caballero Lagardère es un santo, y que vuestra hija, señora, ha estado junto a él tan guardada como hubierais podido guardarla vos. ¡La trataba con un respeto, con una bondad, con una ternura, tan dulce y honesta!

—Hacéis bien de defender al que no merece ser acusado —contestó fríamente la princesa—. Pero dadme detalles, os lo ruego. ¿Mi hija vivía retirada?

—Sola, siempre sola, demasiado sola, señora, y esto le hacía estar triste. Si me hubieran hecho caso…

—¿Qué queréis decir?

Francisca dirigió una mirada a doña Cruz.

—No hubiera frecuentado la amistad de una joven de sus mismos años que cantaba y bailaba en las plazas públicas. Tal compañía no la consideraba yo la más a propósito para la heredera de un duque.

La princesa se volvió a doña Cruz y vio asomar a sus ojos una lágrima.

—¿No tenéis nada más que reprochar a vuestro señor?

—¿Reprochar? ¡Pero si yo no le reprocho! Además, cuando la amiga de mi señorita iba a verla, yo vigilaba siempre. Esa amistad concluyó por fortuna pronto.

—Está bien, buena mujer —dijo la princesa—; podéis retiraros. Vos y vuestro nieto formáis parte de mi casa.

Doña Cruz se dirigió también hacia la puerta.

—¿Dónde vais, Flor? —preguntó la princesa.

Doña Cruz creyó haber oído mal.

La princesa continuó:

—¿No es así cómo os llaman? Venid, Flor, venid, que quiero abrazaros.

Y, como la joven dudase, la princesa se levantó y la estrechó entre sus brazos. Doña Cruz sintió que los sollozos la ahogaban.

—Ella os ama —murmuró la princesa—; lo ha escrito en esas páginas que guardaré toda mi vida como una reliquia, y en las cuales late todo su corazón. Vos sois su gitanilla, su primera amiga. Más afortunada que yo, habéis visto su infancia. ¡Qué hermosa debía ser! ¿Verdad. Flor?

Y continuó con pasión de madre:

—Todo lo que ella ame quiero amarlo yo. Yo te amo, pues, Flor, mi segunda hija. Abrázame. Y, ¿tú podrás amarme? ¡Si supieras cuán dichosa soy! ¡Tan dichosa, que quisiera que el mundo entero participase de mi alegría! ¡Hasta ese hombre que me ha robado el corazón de mi hija, si ella le quiere, creo que también llegaré a amarle!

V. CORAZÓN DE MADRE

Doña Cruz sonreía a través de sus lágrimas. La princesa la estrechaba apasionadamente contra su corazón.

—¿Podrás creer, mi querida Flor —murmuró la princesa—, que no me atrevo a abrazarla como te abrazo a ti? Y, sin embargo, al abrazarte, creo estrecharla a ella.

Y de pronto, se separó de ella para mirarla desde lejos.

—¡Tú, hija mía, bailabas en las plazas públicas! —continuó con acento melancólico—. Tú no tienes familia. ¿La hubiera yo adorado menos si la hubiera encontrado así? ¡Dios mío, Dios mío! ¡Qué loca es la razón! El otro día dije yo: «Si la hija de Nevers hubiera olvidado lo que...» ¡No! ¡No concluiré! Siento frío en las venas al pensar que Dios haya podido oír mis palabras. ¡Ven Flor, demos gracias a Dios!

Y la arrastró hacia el altar.

—¡Nevers, Nevers! ¡He recobrado nuestra hija! ¡Haz que Dios vea la alegría y el reconocimiento de mi corazón!

La princesa quedó un instante en sublime éxtasis.

—¿Eres cristiana, Flor? ¡Ah, sí! Ya me acuerdo. Ella lo dice en sus memorias. ¡Qué bueno y qué hermoso es nuestro Dios! ¿Verdad? Dame tus manos y colócalas en mi pecho.

—¡Ay! —dijo la pobre gitana, anegada en llanto—. ¡Si yo tuviese una madre como vos!

La princesa la abrazó otra vez.

—¿Te hablaba de mí? —preguntó—. ¿De qué tratabais en vuestras conversaciones? ¡Ah, creo que me tiene miedo! Yo moriría si esto fuese verdad. Pero tú le hablarás de mí; ¿es cierto, mi querida Flor? ¡Te lo ruego!

—Señora —respondió doña Cruz—, ¿no habéis leído cuánto os ama?

—Sí, sí. Pero no sabría explicar lo que he sentido al leerlo. No es triste y grave como yo; mi hija tiene el corazón animoso y alegre de su padre.

La princesa pasose la mano por su ardorosa frente.

—¿Has visto volverse loca a alguna mujer? —preguntó.

Doña Cruz la miró con aire inquieto.

—No temas nada —prosiguió la princesa—. ¡Empero, es una cosa tan nueva para mí la dicha! ¿Te has fijado cuánto se parece a mí mi hija? Su alegría ha desaparecido en el instante mismo en que ha entregado su corazón. En las últimas páginas de su manuscrito se ven huellas de lágrimas.

Y apoyándose en el brazo de doña Cruz volvió a su asiento.

—¡Me ama, sí! —decía mirando al diván donde Aurora descansaba—, ¡no lo dudo! Pero la sonrisa que veía en su cuna de la que ella se acuerda, es la de ese hombre. Él es quien le ha dado sus primeras lecciones, le ha enseñado el nombre de Dios. ¡Oh, por piedad, Flor! No le digáis nunca lo que hay en mí de cólera, de celos y de rabia contra ese hombre.

—Es que cuando habláis así, no es vuestro corazón el que dicta vuestras palabras, señora —murmuró doña Cruz.

—¡Sí, es mi corazón; mi corazón, no lo dudes! Los dos iban juntos, los domingos, por los campos de Pamplona, y él se tomaba niña para jugar con ella. ¿Habría podido hacer más una madre? Cuando volvía del trabajo le llevaba siempre un juguete o una golosina. ¡Hubiese podido hacer yo más si hubiera sido pobre? ¡Bien sabía él que me robaba toda su ternura!…

—¡Oh señora! —dijo doña Cruz.

—¿Vas a defenderle, tú, también? —preguntó mirándola con desconfianza—. Estás de su parte, ¿verdad? Lo adivino, no te tomes el trabajo de negarlo —añadió con amargo desaliento—. Le amas más que a mí. ¡Oh, ese hombre! Soy viuda y no me resta más que el corazón de mi hija.

Doña Cruz estaba absorta ante aquella explosión suprema del amor maternal. Ella también, con su organismo vehemente, llevaba en su alma el germen de todos los amores apasionados y celosos. La princesa cogió el manuscrito de Aurora y le daba incesantes vueltas, preocupada, entre sus manos nerviosas.

—¡Cuántas veces —dijo—, le ha salvado la vida!

—Pero vos sois su madre —insinuó doña Cruz dulcemente.

—¿Qué quieres decir? Intentas consolarme, ¿no es cierto?, poniendo ante mis ojos el deber que un hijo tiene de amar a su madre. Pero, ¡si mi hija no me ama más que por deber, vive segura de que el dolor me matará!

—¡Señora, señora! Leed de nuevo las páginas de ese manuscrito, donde habla de vos, y os convenceréis de la ternura y del respeto que le inspiráis.

—¡Recuerdo todo lo que dice, mi querida Flor! La severidad y las embozadas amenazas que esas líneas encierran para mí, me impiden leerlas de nuevo.

En el otro extremo de la cámara, Aurora de Nevers se agitó en su sueño, e incoherentes palabras empezaron a salir de sus labios. La princesa se estremeció. Luego, levantándose, se acercó a su hija de puntillas e hizo seña a doña Cruz para que le siguiera.

La princesa se arrodilló ante Aurora, y doña Cruz quedó de pie a uno de los lados del diván. Aurora de Caylus permaneció largo rato contemplando en silencio el rostro de su hija y conteniendo los sollozos que querían salir de su pecho. Aurora estaba pálida. Un sueño intranquilo había destrenzado sus cabellos. La princesa cogió sus manos y cubriolas de besos, cerrando los ojos.

—¡Enrique! —murmuró Aurora soñando—. ¡Enrique, amigo mío!

La princesa se puso tan pálida, que doña Cruz se acercó a sostenerla.

—La primera vez que te vi, Flor, me asombré de que mi corazón permaneciese mudo y frío. Y, sin embargo, niña mía, tú eres bella y tienes el tipo español que pensaba encontrar en mi hija. Pero, ¡mira esta frente, mira!

Y la princesa separó suavemente los cabellos que ocultaban el rostro de Aurora.

—Las sienes de mi hija son iguales a las de Nevers. Cuando la vi y ese hombre me dijo: «¡Esa es vuestra hija!», mi corazón no dudó un instante.

Me pareció que la voz de Nevers, descendiendo del cielo de improviso, me decía como Lagardère: «¡Esa es tu hija!»

La princesa hablaba muy bajo, y, sin embargo, al pronunciar el nombre de Lagardère, Aurora se estremeció.

—Va a despertarse —dijo doña Cruz.

La princesa se levantó asustada. Cuando vio que iba a abrir los ojos se echó vivamente hacia atrás.

—¡No le digas en seguida que estoy aquí! —dijo la princesa a doña Cruz con voz alterada—. Adviérteselo poco a poco; es preciso tomar grandes precauciones.

Aurora extendió los brazos, y se incorporó lentamente en el diván. Sus ojos retrataron el asombro al examinar la estancia.

—¡Ah! ¿Estás aquí, Flor? ¡Ya me acuerdo! ¿De modo que no he soñado?

Aurora se llevó la mano a la frente, como si deseara coordinar sus ideas.

—Sí, esta es la cámara donde estuvimos anoche. Luego, ¿es verdad que he visto a mi madre?

—La has visto —respondió doña Cruz.

La princesa, que había retrocedido hasta el altar, sintió que sus ojos se llenaban de lágrimas de alegría. ¡Para ella había sido el primer pensamiento de su hija! Y dio gracias a Dios, porque le proporcionaba aquella felicidad.

—Pero, ¿por qué me siento tan mal? —preguntó Aurora—. Cada movimiento me produce un dolor, y el aliento desgarra mi pecho. En Madrid, después de la grave enfermedad que pasé en el convento de la Encarnación, cuando el delirio y la fiebre me dejaron, me acuerdo de que me sucedía lo mismo. Sentía vacía la cabeza y un peso enorme sobre el corazón. Cada vez que trataba de pensar, sentía vértigos y parecía que la cabeza iba a partírseme en pedazos.

—Has tenido fiebre, has estado muy enferma —respondió doña Cruz.

Y miró a la princesa como diciéndole: «Es de vos de quien habla. Venid.» Pero la princesa continuó en su sitio, tímida y adorando desde lejos, con las manos juntas, a su hija.

—No sé cómo explicar lo que siento —continuó Aurora—. Mi pensamiento está como dormido, y mi espíritu parece envuelto en tinieblas. ¡Por más esfuerzos que hago, no puedo coordinar mis ideas!

Su cabeza, debilitada aún más por aquel esfuerzo, cayó sobre el almohadón mientras murmuraba:

—¿Está enfadada conmigo mi madre?

Al decir esto, sus ojos se iluminaron y casi tuvo conciencia clara de su posición; pero aquello no duró.

La princesa se estremeció al oír las últimas palabras de su hija. Con un gesto imperioso, detuvo la respuesta de doña Cruz. Se acercó rápidamente y depositó un beso, un largo beso, en la frente de su hija. Aurora sonreía dichosa, como el niño que recibe todas las mañanas la misma caricia.

—Madre —murmuró—, he soñado contigo y te veía llorar en mi sueño. ¿Por qué está aquí Flor? Flor no tiene madre. ¡Cuántas cosas pueden pasar en una noche!

—Ven, que te vea, madre —continuó—, cerca de mí y ponme sobre tus rodillas.

La princesa, riendo y llorando a un tiempo, sentose en el diván y cogió a Aurora entre sus brazos. ¡Cómo expresar lo que la viuda de Nevers sentía en aquellos instantes! ¿Es que pueden hallarse palabras, en alguna lengua, que revelen el inmenso egoísmo del amor maternal? La princesa poseía su tesoro por entero. Su hija estaba sobre sus rodillas, debilitada de cuerpo y de espíritu: era una niña, una verdadera niña, la hija que sus brazos mecían con infinita dulzura. La princesa veía las lágrimas de Flor; pero ella era dichosa arrullando a Aurora como las tórtolas en el nido a sus polluelos. Aurora escondía su adorable cabeza en el seno de su madre.

Doña Cruz volvió la cabeza.

—Madre —dijo Aurora—, el pensamiento es rebelde a mi voluntad. Me parece que eres tú la que no quieres que piense. Siento en mí algo inexplicable que no he sentido nunca y creo que debería estar ante vos de otra manera, madre mía.

—Estás sobre mi corazón, hija querida. No te preocupes de otras cosas. Reposa tranquilamente sobre mi pecho, y sé dichosa con la felicidad que me proporcionas.

—Señora —dijo doña Cruz al oído de la princesa—, su despertar será terrible.

La princesa hizo un gesto de impaciencia. Quería abismarse en aquella extraña voluptuosidad. ¡A qué advertirla que todo aquello no era más que un sueño!

—Madre, creo que, si tú me hablaras, la venda que cubre mis ojos caería al instante. ¡Si supieras cuánto sufro!

—¡Sufres! —repitió la princesa estrechándola apasionadamente contra su pecho.

—¡Sí, mucho! Tengo miedo, un miedo horrible sin saber de qué…

Y llorando desconsoladamente se apretaba las sienes con las manos. La princesa sentía un choque interior en aquel pecho que juntaba al suyo.

—¡Oh, dejadme! De rodillas es como debo contemplaros, madre mía. ¡Me acuerdo! Hace un instante pensaba que nunca me había separado de vuestro seno.

Aurora miró a su madre con los ojos azorados. Esta trató de sonreír; pero su semblante revelaba el espanto.

—¿Qué tenéis, madre mía? ¿Estáis contenta de haberme encontrado?

—¡Muy contenta, niña adorada!

—Sí, eso es, os he encontrado… Yo no tenía madre…

—Dios que nos ha reunido, hija mía, no nos separará más.

—Dios —dijo Aurora, cuyos ojos se fijaban insistentemente en el vacío—. No podría rezarle en este momento: he olvidado todas mis oraciones.

—¿Quieres rezar conmigo? —preguntó la princesa.

—Sí, madre mía. ¡Esperad! Hay otra cosa.

La princesa empezó a rezar en voz alta.

Aurora, entonces, en vez de repetir las palabras de su madre, prosiguió:

—Hay otra cosa. Flor, tú que la sabes, dímela.

—Hermana mía… —balbuceó la gitana.

—¡Tú la sabes, tú la sabes! ¡Oh! —añadió llorando—. ¡Nadie quiere ayudarme a disipar las tinieblas que envuelven mi pensamiento! ¡Nadie me socorre!

Y enderezándose de pronto, miró a su madre frente a frente y le preguntó:

—¿Esa plegaria me la habéis enseñado vos?

La princesa inclinó la cabeza y de su garganta se escapó un gemido. Aurora fijaba en ella sus ardientes ojos.

—No, no habéis sido vos —murmuraba.

Su cerebro hizo un supremo esfuerzo y un grito desgarrador salió de su pecho.

—¡Enrique, Enrique! —dijo—. ¿Dónde está Enrique?

Se había puesto de pie. Su mirada huraña no se apartaba de la princesa. Flor trató de cogerle las manos. Aurora la rechazó con fuerza. La princesa sollozaba convulsivamente.

—Respondedme —continuó Aurora—, ¿Dónde está Enrique? ¿Qué ha sido de él?

—No he pensado más que en ti, hija mía —balbuceó la princesa.

Aurora se volvió bruscamente hacia doña Cruz.

—¿Le han matado? —preguntó levantando la cabeza y fijando en ella su mirada ardiente.

Doña Cruz no respondió. Aurora miró entonces a su madre. Esta se puso de rodillas murmurando:

—Me destrozas el corazón, hija. Ten piedad de mí.

—¿Le han matado? —repitió.

—¡Él, siempre él! —exclamó la princesa retorciéndose las manos.

—¡No quieren decirme si le han matado!

Aurora se tambaleó. La princesa tendió sus brazos para recogerla, y la joven cayó en ellos desvanecida.

—Creo —dijo Aurora— que no habréis hecho nada con él…

—¡Aurora, Aurora! —dijo doña Cruz, poniéndole una mano sobre la boca.

—El que habla con dignidad, no amenaza —contestó Aurora—. Solo desde hace algunas horas nos conocemos mi madre y yo y es bueno que nuestros corazones se contemplen sin trazas, Mi madre es princesa y yo una pobre muchacha. Esto me da el derecho de hablarle con franqueza. Si mi madre fuese pobre, débil, abandonada, continuaría hablándole de rodillas.

Aurora besó las manos de la princesa, que la contemplaba con admiración. ¡Qué bella era! La angustia profunda que torturaba su corazón realzaba su hermosura.

—Para mí no hay nadie en el mundo más que tú, hija mía —contestó la princesa—. Sin ti soy la mujer más débil, más abandonada y más miserable de la tierra. Júzgame si quieres; pero júzgame con la piedad que se debe a los que sufren.

Aurora miró a la puerta.

—¿Quieres dejarme? —exclamó la princesa despavorida.

—Es preciso. Algo me dice que Enrique me llama en este momento y que tiene necesidad de mí.

—¡Enrique, siempre Enrique! —murmuró la princesa con desesperación—. ¡Todo para él y nada para la madre!

—Si fuerais vos, señora, la que estuvierais lejos de aquí en peligro de muerte, yo no hablaría más que de vos.

—¿Es verdad eso? —exclamó la princesa, encantada—. ¿Me amas tanto como a él?

Aurora dejose caer en sus brazos, murmurando:

—¡No lo habéis comprendido antes, madre mía!

La princesa la cubrió de besos.

—Escucha —dijo la princesa—, yo sé lo que es amar. Mi noble y querido esposo, que me oye, y cuyo recuerdo llena este retiro, debe sonreír a los pies de Dios al leer en mi alma. Sí, te amo más que amo a Nevers, porque en ti se pinta mi amor de mujer y mi amor de madre. En ti adoro a la hija y al esposo malogrado. ¡Aurora, mi esperanza querida, mi dicha, escucha! Para que me ames, amaré yo a ese hombre. Sé que si le rechazara, no me amarías; lo has escrito, Aurora. Pues bien: le abro mis brazos.

—¿Le abriréis vuestros brazos?

La princesa calló. El corazón le latía violentamente.

Aurora se arrancó de sus brazos.

—¡No sabéis mentir! —exclamó la joven—. ¡Ha muerto!

¡Vos lo creéis muerto!

Antes que la princesa pudiese contestar doña Cruz apareció en la puerta a tiempo para detener a Aurora que quería salir. Doña Cruz estaba dispuesta para ir a la calle.

—Hermana mía, ¿tienes confianza en mí? —preguntó doña Cruz—. Tus fuerzas traicionan tu valor. Lo que tú desees hacer lo haré yo.

Luego, dirigiéndose a la princesa, añadió:

—Dad orden de que enganchen la carroza.

—¿Dónde vas? —preguntó Aurora, desfallecida.

—Donde vuestra madre me diga que es preciso ir para salvarle —contestó con acento firme doña Cruz.

VI. CONDENADO A MUERTE

Doña Cruz esperaba de pie junto a la puerta. La madre y la hija estaban una frente a otra. La princesa acababa de ordenar que enganchasen.

—Aurora, para hacer lo que debo, no he esperado la iniciativa de tu amiga —dijo—. ¿Cómo ha podido creer Flor que yo prolongaba el sueño de tu inteligencia para impedirte obrar? ¡Ah, eso no!

Doña Cruz se aproximó involuntariamente a la princesa. Esta prosiguió:

—Ayer, lo confieso, era enemiga de ese hombre. ¿Sabes por qué? Me había robado mi hija, y las apariencias me hacían creer que tu padre murió por su mano.

Aurora se puso pálida y bajó los ojos.

—Proseguid, señora —dijo—, os escucho. Veo en vuestro semblante que habéis conocido la calumnia que esa suposición encierra.

—He leído tus recuerdos, hija mía —respondió la princesa—. Ellos son su más elocuente defensa. El hombre que bajo su techo ha guardado durante veinte años tan puro tu corazón, no puede ser un asesino; el hombre que me ha devuelto a mi hija tal como la soñaron mis más grandes ambiciones maternales, debe poseer una conciencia sin tacha.

—Gracias por él, madre mía. ¿No tenéis otras pruebas?

—Sí, los testimonios de una digna mujer y de su nieto. Enrique de Lagardère…

—Mi marido, madre mía.

—Tu marido, sí —dijo bajando la voz la princesa—. Tu marido no hirió a Felipe de Nevers, sino que le defendió con su espada en los fosos de Caylus.

Aurora se abrazó al cuello de su madre y, despojándose repentinamente de la frialdad, besola con frenesí en las mejillas y en la frente.

—¡Es por él!

—Es por vos —respondió Aurora, llevando a los labios las manos de su madre—. Por vos, madre mía, a quien recobro por completo al cabo; por vos a quien adoro y a quien él amará como a una madre. ¿Y qué has hecho?

—He enviado al Regente una carta que prueba la inocencia de Lagardère.

—¡Gracias! ¡Oh, gracias, madre querida! Pero, ¿por qué no viene?

La princesa hizo seña a doña Cruz para que se acercara.

—Te perdono, niña —dijo besándola en la frente—. La carroza espera en la puerta y en ella irás a buscar la contestación o la pregunta de mi hija. Parte y vuelve pronto: te esperamos con impaciencia.

Cuando doña Cruz llegaba a la antecámara, oyó el ruido de una disputa en la escalera. Una voz que creyó reconocer, reñía a los criados y camareras de la princesa.

—¡Insolentes y pillos! —decía la voz—, id a decir a vuestra señora que su primo, el marqués de Chaverny, desea hablarle con urgencia.

—¡Chaverny! —repitió asombrada doña Cruz.

Del otro lado de la puerta, los criados parecían consultarse con la vista lo qué debían hacer. Habían concluido por reconocer al marqués a pesar de su extraña indumentaria y del yeso de sus pantalones.

Pero, a lo que parece, el marqués halló la duda demasiado larga, porque doña Cruz oyó ruido de lucha. Los criados rodaron por la escalera, se abrió la puerta y el gentil Chaverny entró en la antecámara.

—¡Victoria! —exclamó, huyendo de los criados que le perseguían—. ¡Esos endemoniados tunantes han estado a punto de encolerizarme!

Y dándoles con la puerta en las narices, echó el cerrojo. Al volverse apercibió a doña Cruz. Antes que esta pudiese retroceder ni defenderse, le cogió las dos manos y se las besó sonriendo. Las ideas se sucedían en su cerebro sin transición ninguna y de nada se asombraba.

—Ángel mío —le dijo—, he soñado con vos toda la noche.

La joven retiró las manos entre confusa y alegre. Chaverny continuó:

—La casualidad, que me tiene esta mañana muy ocupado, me impide haceros una declaración en toda regla. Así, pues, bruscamente, sin preliminares de ningún género, caigo de rodillas ante vos y os ofrezco mi corazón y mi mano.

Chaverny se arrodilló, en efecto, en la mitad de la antecámara. Doña Cruz no estaba mucho más embarazada que el marqués, pero sí sorprendida, y dijo, haciendo grandes esfuerzos para conservar la seriedad:

—Yo también tengo mucha prisa. Dejadme pasar, os lo ruego.

Chaverny se levantó y la abrazó francamente.

—¡Seréis la más maravillosa marquesa del mundo! Es cosa hecha, nos casamos. No creáis que obro a la ligera; he reflexionado todo esto durante el camino.

—Pero, ¿y mi consentimiento? —objetó doña Cruz.

—Ya lo he pensado. Si no consentís, os robo. No hablemos más de esto, que es negocio concluido. Traigo importantes noticias y quiero ver a la princesa.

—La princesa está con su hija y no recibe —contestó doña Cruz.

—¡Con su hija! ¡Con la señorita de Nevers! ¡Ahí mi mujer de anoche! Encantadora criatura. Pero a vos es a quien amo y con quien me casaré hoy. Escuchadme, adorada mía, hablo seriamente: si la señorita de Nevers está con su madre, razón de más para que se me introduzca.

—¡Imposible!

—¡No hay nada imposible para mí! —dijo Chaverny con gravedad.

Y abrazando de nuevo a doña Cruz, la dejó luego a un lado y pasó.

—No conozco el camino —prosiguió—; pero el dios de las venturas me guiará. ¿Habéis leído las novelas de La Calprénede? Un hombre, que lleva un mensaje escrito con sangre, sobre un pergamino de batista, pasa por todas partes.

—¿Un mensaje escrito con sangre? —preguntó doña Cruz, poniéndose seria.

Chaverny estaba ya en el salón. La gitana corrió hacia él, pero no pudo impedirle abrir la puerta del oratorio y penetrar en él de improviso.

Entonces los modales de Chaverny cambiaron un poco.

—Mi noble prima —dijo inclinándose respetuosamente ante la princesa—, no he tenido nunca el honor de depositar a vuestros pies mis homenajes y no me conocéis. Soy el marqués de Chaverny, primo de Nevers por parte de mi madre.

Al oír el nombre de Chaverny, Aurora, asustada, se estrechó contra su madre. Doña Cruz acababa de entrar también en el oratorio.

—¿Y qué venís a hacer a mis habitaciones, caballero? —preguntó levantándose irritada la princesa.

—Vengo a expiar las faltas de un loco que se me parece —contestó Chaverny, volviéndose hacia Aurora y dirigiéndole una mirada suplicante—. Y en lugar de presentar a la señorita de Nevers unas excusas que no serían aceptadas, compro su perdón trayéndole un mensaje.

Y se puso de rodillas ante Aurora.

—¡Un mensaje! ¿De quién? —preguntó la princesa, frunciendo las cejas.

Aurora, temblando y palideciendo, había ya adivinado.

—Un mensaje del caballero Enrique de Lagardère —contestó el marqués.

Y al mismo tiempo sacó del bolsillo el pañuelo donde Enrique había trazado algunas palabras con su sangre. Aurora quiso levantarse, pero cayó desvanecida sobre el diván.

—Y, ¿qué es eso? —dijo al ver las manchas rojas, algo difuminadas por la absorción de la tela.

—Su misiva tiene una apariencia algo lúgubre; pero no os asustéis. Cuando no se dispone de tinta ni de papel para escribir…

—¡Vive! —murmuró Aurora, lanzando un gran suspiro.

Sus bellos ojos, empañados en lágrimas, miraron al cielo para dar gracias a Dios. Tomó después el pañuelo teñido de sangre y lo besó con pasión.

La princesa volvió la cabeza. Aquella debía ser la última protesta de su orgullo.

Aurora quiso leer; pero las lágrimas la cegaban y, además, los caracteres eran casi indescifrables.

La princesa, doña Cruz y Chaverny se ofrecieron a ayudarla, pero los largos jeroglíficos eran ininteligibles para ellos.

—¡Yo lo leeré! —dijo Aurora enjugando sus ojos con el pañuelo-mensaje.

Y aproximándose a la ventana, se arrodilló ante el pañuelo extendido sobre la alfombra.

Aurora leyó, en efecto:

«Suplicó a la señora princesa de Gonzaga que me deje ver a Aurora una vez más antes de morir.»

Aurora quedó un momento inmóvil, absorta. Cuando ayudada por su madre se levantó, dijo a Chaverny:

—¿Dónde está?

—En la prisión del Chatelet.

—¿Ha sido condenado?

—Lo ignoro. Solo sé que está incomunicado.

Aurora se arrancó de los brazos de su madre.

—Voy al Chatelet —dijo.

—Iréis con vuestra madre, hija mía —murmuró la princesa con acento de reproche—, vuestra madre es desde hoy vuestro apoyo y vuestro guía. Vuestro corazón no ha hablado. Debisteis decir: madre mía, llevadme a la prisión del Chatelet.

—¡Cómo! ¿Consentiréis? —balbuceó Aurora.

—El esposo de mi hija es hijo mío —contestó la princesa—; si sucumbe le lloraré, ¡y si puede ser salvado, se le salvará!

Y se dirigió la primera hacia la puerta.

—¡Que Dios os recompense, madre mía! —respondió Aurora siguiéndola.

La sesión de la cámara ardiente había sido menos larga que el almuerzo. De los tres testigos que faltaba oír, dos, Cocardasse y su compañero, habían huido y solo se tomó declaración al señor Peyrolles. Fueron tan precisas sus manifestaciones y tan abrumadores sus cargos, que el procedimiento se simplificó extraordinariamente.

Concluida la sesión y dictada sentencia, preguntó el marqués de Ségré:

—¿Qué hora es?

—Las dos, señor presidente —contestó uno de los consejeros.

—La baronesa me espera. ¡Peste de sesiones! Informaros —dijo a un criado— de si está preparada mi silla.

Ya se disponía a salir cuando un ujier entró a anunciarle que dos señoras deseaban hablarle.

—¡Litigantes! ¡Que se vayan; no estoy para nadie! ¿Qué aspecto tienen?

—Vienen cubiertas con grandes velos.

—Traje de causa perdida. ¿Cómo han venido?

—En una carroza con las armas del príncipe de Gonzaga.

—¡Ah, diablo! Puesto que el Regente… Hazlas esperar. Ya voy.

Cuando estuvo completamente acicalado, entró en la sala de la escribanía y preguntó dirigiéndose a las damas:

—¿A quién tengo el honor de hablar, señoras?

—Señor, soy la viuda de Felipe de Lorena, duque de Nevers.

El presidente hizo tres o cuatro saludos de corte y se precipitó en la antecámara.

—¡Sillones, tunantes! Será preciso que os ponga en la calle un día de estos.

—No hay necesidad, señor presidente, de que os molestéis —dijo la princesa que permanecía de pie—; venimos mi hija y yo…

—¡Ah, no sabía que el príncipe de Gonzaga!…

—Mi hija es la señorita de Nevers. Venimos a ilustrar a la justicia.

—Comprendo que venís a traer nuevas pruebas de la culpabilidad de ese miserable…

—¿No habéis, pues, recibido ninguna orden de Su Alteza? —preguntó la princesa con voz sorda.

—Ninguna, señora princesa; pero no era necesaria; hace media hora que he formulado la sentencia.

—¿Pero no habéis recibido nada del Regente?

—¿Qué más queréis? —exclamó el señor Ségré—. ¿Deseabais que le arrastrasen vivo por la plaza de la Grève? Su Alteza no gusta de tales ejecuciones.

—¿Ha sido condenado a muerte? —balbuceó Aurora.

—¿Y a qué más, encantadora niña, podía condenársele?

Aurora se dejó caer desfallecida sobre un sillón.

—¿Qué tiene esa niña? —preguntó el marqués—. Señora, las jóvenes no pueden oír hablar de esas cosas; pero confío en que me excuséis.

Y, saludando reverentemente, salió.

La princesa quedó de pie y con los ojos fijos en la puerta por donde el marqués había desaparecido.

De pronto, Aurora extendió los brazos hacia la puerta.

—¡Ahí está! —exclamó con un grito inexplicable—. ¡Él, él es quien viene! ¡Reconozco sus pasos!

La princesa, que escuchaba y nada oía, miró a su hija.

—Sí, viene; oigo sus pasos. ¡Quisiera morir antes que él!

Pasaron algunos minutos y la puerta se abrió. Dos guardias entraron en la sala. Lagardère iba en medio de ellos con la cabeza descubierta y las manos atadas. Detrás de él iba un sacerdote que llevaba en la mano un crucifijo. Dos lágrimas rodaron por las mejillas de la princesa. Aurora miraba con los ojos secos y sin moverse. Lagardère se detuvo al ver a las dos mujeres. Sonrió melancólicamente, y con la cabeza hizo una seña a la princesa, como para darle las gracias.

—Permitidme que diga una palabra solamente a estas señoras —dijo Enrique al oficial que le acompañaba.

—Nuestras órdenes son muy severas.

—Soy la princesa de Gonzaga y prima de Su Alteza. ¡No le neguéis lo que pide!

El oficial la miró con asombro.

Luego, volviéndose al condenado, le dijo:

—Nada puede negarse a un hombre que va a morir.

VII. LA ÚLTIMA ENTREVISTA

La puerta del salón quedó abierta. Esta suprema entrevista no tenía testigos inoportunos. Aurora se levantó para recibir a Lagardère. Besole las manos, que las ligaduras agarrotaban, y le presentó su frente tan pálida que parecía de mármol. Lagardère puso sus labios sobre la frente de la joven sin pronunciar palabra. Las lágrimas humedecieron, al fin, los ojos de Aurora, al mirar a su madre que lloraba silenciosamente.

—¡Enrique! ¡Enrique! ¡Es así como debíamos volver a vernos! —exclamó Aurora.

—Nunca me habéis parecido tan bella, Aurora, ni vuestra voz ha llegado a mis oídos tan armoniosa y dulce como en este instante. ¡Gracias por haber venido! Las horas de mi cautiverio no me han parecido largas:

vuestra imagen y vuestro recuerdo las han hecho felices y breves. ¡Gracias por haber venido, ángel mío! ¡Gracias a vos, señora; a vos, sobre todo, que habéis consentido en traerla para proporcionar a mi corazón esta última ventura! Vos hubierais podido rehusarme esta postrer alegría.

—¡Rehusárosla! —exclamó Aurora impetuosamente.

La mirada del prisionero iba del altivo semblante de la joven al rostro abatido de la madre. Todo lo adivinó.

—Eso no está bien —dijo Lagardère—. Habéis faltado a vuestros deberes. Este es el primer reproche que en veinte años sale de mi boca contra vos, Aurora. Vos habéis ordenado y vuestra madre obedecido, lo comprendo. No respondáis, Aurora —dijo interrumpiendo a la joven, que iba a hablar—. El tiempo pasa y no podré daros más lecciones. Amad a vuestra madre y obedecedla. Hoy tenéis la excusa de la desesperación; pero mañana…

—¡Mañana, Enrique, si vos habéis muerto, moriré yo también! —contestó resueltamente la joven.

Lagardère retrocedió un paso y su semblante adquirió una expresión severa.

—Un consuelo y una alegría mitigaban mis sufrimientos presentes y hacíanme abandonar sin pena este mundo: la esperanza de que dejaba tras de mí mi obra, y que Nevers me recibiría en el Cielo sonriendo al ver a su hija y a su esposa felices por mis esfuerzos.

—¡Dichosa! ¡Dichosa sin vos!

—¡Pero me equivocaba, bien lo veo! —prosiguió Lagardère—. ¡Me arrebatáis mi único consuelo y desvanecéis mi suprema alegría! ¡He trabajado veinte años para ver mi obra rota e inútil en la postrera hora de mi existencia! ¡Qué dolor! Esta entrevista ha durado ya bastante. ¡Adiós, señorita de Nevers!

La princesa se acercó al prisionero y, como Aurora, besó sus manos amoratadas.

—¡Y sois vos quien defiende mi causa! —murmuró.

La princesa sostuvo en sus brazos a Aurora.

—¡Oh! No la riñáis más. Soy yo quien tiene la culpa de todo. Mi envidia, mis celos, mi orgullo nos han perdido…

—¡Madre, madre mía! Me destrozáis el corazón.

Y las dos mujeres cayeron abrazadas sobre un sillón. Lagardère estaba de pie ante ellas.

—Vuestra madre se equivoca, Aurora —dijo Lagardère—. Os equivocáis, señora. Vuestro orgullo y vuestros celos eran hijos de vuestro amor. Vos sois la viuda de Nevers. ¿Quién ha olvidado esto sino yo? Hay un culpable, y ese ¡soy yo!

Su noble semblante reveló una emoción dolorosa.

—Escuchad atentamente lo que voy a deciros, Aurora. Mi crimen no ha durado más que un instante, y tiene por excusa un sueño alucinador, que me mostraba abiertas las doradas puertas del paraíso. Pero mi crimen ha sido bastante grande para borrar mi abnegación de veinte años. ¡Un momento, un solo momento, duró mi deseo de arrebatar la hija a la madre! Dios me ha castigado y voy a morir.

—Pero, ¿no queda recurso? —preguntó la princesa.

—¡Morir —continuó Lagardère—, en el momento en que mi vida iba a abrirse como una flor! He obrado mal; pero el castigo es bien cruel. Dios se irrita contra aquellos que manchan mil acciones buenas con una falta. Esto pensaba en mi prisión. ¿Con qué derecho desconfiaba de vos, señora? Yo debía habérosla entregado sin vacilaciones de ninguna especie y habérosla dejado abrazar a vuestro gusto. Luego ella podía haberos dicho: «¡Él me ama y le amo!» Y habríamos caído de rodillas a vuestros pies, suplicándoos vuestra bendición.

Lagardère se arrodilló, Aurora hizo lo mismo.

—Y vos nos la hubierais dado, ¿verdad, señora?

La princesa dudaba, no en bendecirlos, sino en responder.

Los dos se inclinaron. La princesa, con los ojos levantados al Cielo y las mejillas bañadas de lágrimas, exclamó:

—¡Señor, Dios mío, haced un milagro!

Luego besó la frente de los dos, diciendo:

—¡Hijos míos, hijos míos!

Aurora se levantó para arrojarse en sus brazos.

—Nuestras bodas han obtenido la aprobación del Cielo. ¡Gracias, señora, gracias, madre mía! ¡No creía yo que se pudieran verter aquí lágrimas de alegría! Y ahora —dijo cambiando de expresión—, debemos separarnos, Aurora.

Esta se puso pálida como si fuera a morir.

—No para siempre —añadió Lagardère—, aún nos veremos por lo menos una vez. Pero es preciso que os alejéis un poco, Aurora: tengo que hablar con vuestra madre.

La señorita de Nevers apoyó las manos de Enrique contra su corazón y se fue hacia una ventana.

—Señora —dijo el prisionero, cuando Aurora se separó—, la puerta por donde han salido mis guardianes se abre con impaciencia a cada instante y aún me quedan que deciros varias cosas. Os creo sincera y no dudo que me habéis perdonado; ¿pero consentiréis en ejecutar la última súplica de un condenado a muerte?

—Viváis o no, caballero, os juro que daría toda mi sangre por vuestra vida; os prometo por mi honor que nada os rehusaré. ¡Nada! Buscaba en el pensamiento si había algo en el mundo que pudiera rehusaros y no encuentro nada que rehusar puesto que lo que más adoro os pertenece.

—Escuchadme, pues, señora, y que Dios os recompense vuestra bondad con el amor de vuestra hija. Estoy condenado a muerte, lo sé, aunque no me han leído la sentencia, y no hay memoria de que se haya revocado un fallo de la soberana cámara ardiente que acaba de juzgarme.

—Si queda alguna esperanza…

—Ninguna. Son las tres y anochece a las siete. Cuando llegue la noche, vendrá una escolta para conducirme a la Bastilla. A las ocho me llevarán al lugar de la ejecución.

—¡Os comprendo! Si durante el trayecto, amigos nuestros…

—No, señora; no me habéis comprendido. Me explicaré.

Entre el Chatelet, de donde voy a salir, y la Bastilla, habrá una estación: el cementerio de Saint-Magloire.

—¡El cementerio de Saint-Magloire!

—¿No es preciso que el asesino sufra un ejemplar castigo ante la tumba de la víctima?

—¡Vos, Enrique! —exclamó la princesa con brío—. ¡Vos, el defensor de Nevers!

—No habléis tan alto. Ante la tumba de Nevers, habrá un tajo y un hacha. Mi mano derecha será cortada allí.

La princesa se cubrió la cara con las manos.

—Eso es injusto, ¿verdad, señora? Por oscuro que mi nombre sea, vos comprenderéis la angustia de mi última hora al verlo manchado de infamia. ¡Un recuerdo indigno es lo último que puede dejarse en el mundo!

—Pero, ¿por qué esa inútil crueldad?

—El presidente Ségré ha dicho: «¿Puede matarse a un duque, Par de Francia, como se mata a cualquiera? Es preciso un castigo ejemplar, para que el hecho no se repita.»

—¡Pero eso no reza con vos! El Regente no sufrirá…

—El Regente lo podía todo antes de pronunciarse la sentencia; ahora, salvo el caso de la confesión del culpable… Pero no nos ocupemos de esto, os lo suplico, señora. He aquí mi último ruego. Vos podéis hacer que mi muerte aparezca como es: un martirio; vos podéis rehabilitar mi nombre a los ojos de todos. ¿Queréis?

—¡Sí quiero! ¿Qué es necesario hacer?

—La escalinata de la iglesia está cerca. Si la señorita de Nevers, vestida de novia, estuviese en el templo con un sacerdote revestido aguardando mi llegada, y vos compraseis a mi escolta con el objeto de que me concediese unos minutos para arrodillarme ante el altar…

—¡Acabad, acabad!

—Si el sacerdote, con el consentimiento de la princesa de Gonzaga, bendijera la unión del caballero Enrique de Lagardère con la señorita Aurora de Nevers…

—¡Os juro que así será! —interrumpió Aurora de Caylus, irguiéndose—. ¡Estad tranquilo!

Los ojos de Lagardère brillaron de alegría y de reconocimiento. Sus labios buscaron las manos de la princesa; pero esta no quiso dárselas a besar. Aurora, que se había vuelto, vio a su madre abrazar al prisionero. Otros también la vieron, pues en aquel instante la puerta del salón se abrió. La princesa, sin fijarse en ellos, prosiguió exaltada:

—¿Y quién osará suponer que la viuda de Nevers, que ha llevado luto veinte años, ha concedido la mano de su hija al asesino de su esposo?

—¡Oh, vos me adivináis! Y vos me hacéis sentir más la muerte. Creía perder un tesoro…

—¿Quién osará decir eso? —continuó la princesa—. El sacerdote esperará, lo juro, en la iglesia de Saint-Magloire. El sacerdote será mi propio confesor. La escolta nos dará tiempo, aunque para comprarla deba vender mis joyas.

—¡Silencio, señora, en nombre de Dios! No estamos ya solos —dijo Lagardère.

—Caballero —dijo el oficial—, he ido mucho más allá de mi deber, y os suplico que me sigáis.

Aurora fue a buscar al prisionero. La princesa le dijo al oído:

—¡Contad conmigo! Pero a más de esto, ¿no podría intentarse algo a favor de vuestra causa?

—Escuchad. El tribunal de familia se reúne a los ocho. A esa hora pasaré yo por allí. Si pudierais obtener de Su Alteza Real permiso para que se me introdujera en la asamblea.

La princesa le estrechó la mano en silencio. Aurora siguió con una mirada desolada a Enrique, a su amigo, a quien los soldados rodearon de nuevo. El cortejo desapareció por la puerta que conducía a la Torre Nueva.

La princesa tomó de la mano a su hija y salió.

En el momento en que la carroza partió, otro coche se puso también en movimiento. Una voz alterada salió por la portezuela y dijo al cochero:

—Si no llegas a la plaza de las Fuentes antes que la carroza de la princesa, te despido.

En el interior de aquel coche iba Peyrolles.

Cuando la princesa de Gonzaga solicitó audiencia del Regente, obtuvo una negativa seca y perentoria.

El príncipe de Gonzaga hallábase solo en su gabinete de trabajo. Y se ponía, sin la ayuda de sus criados, una fina cota de malla que ocultaría luego su traje.

En aquel momento en que la preocupación, martirio de los delincuentes, habíase apoderado por completo de él, el estrago de los años, que, ordinariamente, disimulaba con gran fortuna, veíase de modo indudable sobre su rostro.

—¡Ha sido condenado! —se decía—. El Regente ha dejado hacer. ¿Su pereza le ha llevado hasta ese extremo o he logrado convencerle?

En aquel momento llamaron discretamente a la puerta.

—Entra —dijo Gonzaga—; te estoy esperando.

—No me riñáis, monseñor. Salgo de la prisión del Chatelet.

Afortunadamente los dos bribones, al escaparse, han llevado a satisfacción el motivo de mi embajada. No han comparecido a la sesión, en la cual he sido único testigo. El negocio ha terminado a satisfacción nuestra. Dentro de unas horas ese diablo del infierno se hallará sin cabeza.

Como Gonzaga no comprendía ni una palabra de su discurso, Peyrolles le contó en dos segundos su malaventura en la Torre Nueva y la huida de los dos aventureros en compañía de Chaverny.

Peyrolles le refirió también su encuentro con la princesa y Aurora en la sala de escribanos del Chatelet.

—He llegado tres segundos antes que ellas a palacio y ha sido bastante. Monseñor me debe dos acciones de 5,250 libras que he deslizado en la mano de Nanty por rehusar audiencia a esas damas.

—Está bien —repitió Gonzaga sacando un pergamino.

—¿Qué es eso? —preguntó Peyrolles.

—Mi nombramiento de enviado secreto con misión real, firmado por el ministro.

—¿Y ha hecho todo eso por su cuenta?

—Me creen más amigo del Regente que nunca. ¿Se equivocan? Es preciso que yo sea muy fuerte para que Su Alteza me haya dejado en libertad. Si la cabeza de Lagardère cae bajo el hacha esta noche, me elevaré a tales alturas que he de produciros vértigo. El Regente no sabrá cómo pagarme las suposiciones de hoy.

Peyrolles preguntó:

—¿Es verdad que Su Alteza va a presidir el tribunal?

—Yo lo he dispuesto.

—¿Y podéis contar con doña Cruz?

—Más que nunca. Me ha jurado asistir a la sesión.

Peyrolles le miró con inquietud. El príncipe sonrió.

—¿Qué hacer si doña Cruz desaparece? ¿No es esto lo que piensas? Tengo enemigos interesados en que así suceda, es verdad; pero esa niña ha existido y los miembros del tribunal la han visto. Esto basta a mis planes.

—Es que… —empezó a decir Peyrolles.

—Veremos esta noche cosas muy extrañas, amigo Peyrolles. La princesa podía haber hablado con el Regente, sin que eso me inquietara lo más mínimo. Tengo las pruebas y tengo algo que vale más que eso.

—En ese caso —insistió Peyrolles—, ¿para qué habéis convocado a vuestros amigos? Al venir he encontrado el salón lleno de gente armada como para una campaña.

—¿Qué aspecto tienen mis amigos?

—El de perros apaleados.

—¿Falta alguno?

—Ninguno, excepto Chaverny.

El príncipe de Gonzaga llamó y dijo al criado:

—¡Que entren los gentilhombres que esperan!

VIII. ANTIGUOS GENTILESHOMBRES

Todos iban vestidos con traje de campaña.

—Aquí estamos una vez más a vuestras órdenes, primo mío —dijo Navailles, que entró el primero.

—Está bien; veo que no falta ninguno.

—Faltan Albret, Gironne y Chaverny.

—Gironne y Albret han cumplido sus deberes. Respecto a Chaverny, como tiene el vino escrupuloso, le he encerrado —contestó Gonzaga.

—Monseñor, ¿qué queréis decir? Nos han hablado de la Bastilla —dijo Navailles.

—La Bastilla es grande y hay sitio para otros muchos.

—Señores —agregó Gonzaga cambiando de tono—, os suplico que no os ocupéis más de Chaverny ni de nadie. Creedme, tenéis bastante con pensar en vosotros mismos.

—Cada una de vuestras palabras parece una amenaza.

—No soy yo quien amenaza, es la suerte.

—¿Qué pasa?

—Poca cosa. Juego el fin de la partida y necesito todas mis cartas. El tribunal de familia se reúne esta noche y el Regente lo preside.

—Lo sabemos y por eso nos sorprende que nos hayáis exigido venir con este traje. ¿Cómo presentarnos así en semejante asamblea? —dijo Taranne.

—No os necesito en el tribunal, porque me hacéis falta en otra parte. El traje y las espadas de corte no sirven para lo que queda por hacer. Se ha firmado una sentencia de muerte; pero ninguno de vosotros ignora el refrán castellano que dice: «De la copa a los labios…» Pues bien: del hacha al cuello, hay también mucho terreno, y pueden suceder cosas inesperadas. El verdugo espera a un hombre esta noche en la Bastilla.

—A Lagardère —dijo Nocé.

—O a mí —contestó fríamente Gonzaga.

—¡A vos, monseñor! —exclamaron todos.

—No tembléis —prosiguió el príncipe sonriendo con orgullo—, no es el verdugo quien ha de escoger. Pero con ese demonio de Lagardère, que se crea poderosos aliados aun dentro de la prisión, no hay nunca seguridad completa y solo podremos estar tranquilos cuando seis pies de tierra cubran su cadáver. ¡Mientras viva; mientras tenga las maños atadas y la inteligencia libre; mientras pueda hablar, debemos sujetar con una mano la espada y con la otra nuestras cabezas!

—Monseñor —replicó Navailles—, traspasáis todo límite al hablarnos. No es con amenazas como nos retendréis a vuestro lado. Hemos sido fieles amigos vuestros, mientras nos habéis llevado por caminos por donde podían andar gentileshombres; pero ahora parece que queréis confiarnos un asunto de la competencia de Gendry y los suyos. ¡Adiós, monseñor!

—¡Adiós, monseñor! —respondieron todos a la vez.

Gonzaga sonrió con amargura.

—¡Y tú también, Peyrolles! —dijo el príncipe al verle deslizarse entre los fugitivos—. ¡Cómo os había conocido! ¿Dónde vais? ¿Será necesario que os diga que esa puerta es el camino de la Bastilla?

Navailles se detuvo y llevó la mano a su espada. Gonzaga reía ruidosamente.

—¿No comprendíais que esperaba esto, que os conocía y que he tomado mis medidas para que no podáis escaparos? Hoy poseo como nunca la amistad del Regente y me he aprovechado bien de su favor. La tempestad puede que me envuelva y me arrastre; pero antes os hará desaparecer a vosotros.

Ninguno salió.

—¡Os seguiremos, os seguiremos! —continuó Gonzaga repitiendo con sarcasmo las palabras pronunciadas por sus cortesanos días antes—. Sin vacilar, ciegamente. Formaremos a vuestro alrededor un batallón sagrado. ¿Quién decía esto? ¿Vosotros o yo? ¡Y al primer soplo de la tempestad busco en vano un soldado al lado mío! ¿Dónde están mis fieles servidores? ¡Huyen! Pero no podéis huir. Yo estoy detrás de vosotros, fusilaré a los cobardes.

Gonzaga los dominaba a todos.

—¿Mis negocios no son los vuestros? —continuó con acento más despreciativo y penetrante—. Os juro, mis virtuosos amigos, que mis negocios os importan tanto como a mí o más en este momento crítico. Os presenté el cebo y mordisteis con avidez; tanto peor para vosotros si el cebo estaba emponzoñado. ¿Habéis querido subir a mi altura impulsados por vuestra ambición? ¡Pues ahora, aunque os pese, seguid subiendo conmigo, seguid subiendo hasta el cadalso!

Todos sintieron un escalofrío.

—¡Vosotros, vosotros, gentileshombres! ¡Vosotros, degradados, pervertidos, indignos negociantes de acciones! ¡Callaos! ¡Mis gentileshombres: os desafío a que me miréis, no sin reír como los antiguos augures de Roma, sino sin enrojecer hasta el blanco de los ojos! ¿Cuáles son vuestros hechos heroicos y vuestros méritos?

Su semblante cambió y se acercó a ellos.

—La noche —continuó— no es bastante oscura para disimular vuestra palidez. Miraos los unos a los otros temblorosos, inquietos y colocados como en un cepo entre mi victoria, que será la vuestra, y mi derrota, que os destrozará…

»¿Estáis ante el puerto y queréis ahogaros? Cualquiera que sea la suerte de la batalla os he salvaguardado de antemano. Mañana seréis los primeros en París o cargados de oro y de esperanzas caminaréis en dirección de España. El rey Felipe nos espera, ¿y quién sabe si Alberoni no bajará los Pirineos en otro sentido que no esperaba Luis XIV? En este momento Lagardère dejará la prisión del Chatelet para dirigirse a la Bastilla; pero no irá derecho. La sentencia manda que dé pública satisfacción por el asesinato ante el sepulcro de Nevers. Tenemos en contra nuestra dos mujeres y un sacerdote. Vuestras espadas nada pueden contra ellos. La madre, la hija y el sacerdote, esperan a Lagardère en la iglesia de Saint-Magloire. La hija llevará traje de desposada. Todo lo he adivinado y vosotros hubieseis adivinado también en mi lugar, que se trata de representar una comedia para conseguir la clemencia del Regente. Un matrimonio *in extremis*, tras del cual la virgen-viuda iría a arrojarse a los pies del Regente. Es preciso que nada de esto suceda.

—Eso es fácil. Basta con impedir la comedia.

—¿Es cosa convenida?

—Convenida —contestaron todos.

Detrás de la puerta cerrada de la iglesia de Saint-Magloire, la princesa de Gonzaga sostenía a su hija vestida de blanco, con el velo de las desposadas y coronada de azahar. El sacerdote estaba revestido. Doña Cruz oraba de rodillas. En la sombra se veían tres hombres armados. Las ocho dieron en el reloj de la iglesia y en el mismo momento se oyó la campana de la Sainte Chapélle que doblaba para anunciar la salida del reo.

—¡Ha llegado la hora, madre mía!

—Es preciso separarnos, lo sé —contestó—. Pero me parece que solo estás segura teniendo tus manos entre las mías.

La princesa, en vez de salir, se dirigió al grupo de los tres hombres, formado por Chaverny, Cocardasse y Passepoil.

—¡Pardiez! —dijo el gascón, sin dejarla hablar—. Este gentilhombre, que es un diablo cuando quiere, combatirá hasta morir a los ojos de su bella; y nosotros, este tuno de Passepoil y yo, nos haremos matar por Lagardère. Id a vuestros negocios descuidada.

IX. EL MUERTO HABLA

La gran sala del hotel de Gonzaga resplandecía bajo el brillo de las infinitas bujías de su araña central, encendida. En el patio se oían las pisadas de los caballos de los húsares de Saboya; el vestíbulo estaba lleno de soldados y el marqués de Bonnivet, con los suyos, guardaba todas las puertas. Se adivinaba que el Regente había querido dar a aquella solemnidad de familia todo el brillo y gravedad posibles. Estaba sentado sobre un trono, detrás del sillón presidencial.

Cuando la princesa entró se la puso detrás del cardenal de Bissy, que se sentaba ahora a la derecha de la presidencia. El príncipe, al contrario, estaba sentado ante una mesa iluminada con dos bujías, en el mismo sitio que ocupó, en la sesión precedente, su mujer.

El príncipe llegó antes que su mujer y saludó respetuosamente a la presidencia y a la asamblea. Se notó que Su Alteza le hizo con la mano una seña amistosa.

El conde de Tolosa, hijo de Luis XIV, fue a buscar a la princesa a la puerta por orden del Regente. El Regente mismo dio algunos pasos hacia ella y le besó la mano.

—Vuestra Alteza Real no se ha dignado recibirme hoy —dijo la Princesa.

Esta se detuvo al ver la mirada de asombro que le dirigió el duque de Orleáns. Gonzaga seguía todos sus movimientos con el rabillo del ojo aparentando clasificar cuidadosamente los papeles esparcidos sobre la mesa.

Entre aquellos papeles había un pliego de pergamino del que colgaban tres sellos de lacre encarnado.

—Vuestra Alteza tampoco se ha dignado tomar en consideración mi mensaje —añadió la princesa.

—¿Qué mensaje? —preguntó el Regente en voz baja.

Los ojos de la princesa volviéronse a pesar suyo hacia su marido.

—Mi carta ha debido ser interceptada… —empezó a decir la princesa.

—Señora —interrumpió precipitadamente el Regente—, nada se ha hecho, todo sigue lo mismo. Obrad sin temor, y según vuestra conciencia. Entre vos y yo nadie puede ya colocarse.

Luego, elevando la voz, dijo:

—Es un gran día este para vos, señora. No es solamente por nuestro primo Gonzaga, por quien hemos querido presidir esta asamblea de familia. La hora de la venganza ha sonado para Nevers; su asesino va a morir.

—¡Ah, monseñor! —dijo la princesa—. Si Vuestra Alteza hubiera recibido mi mensaje…

—Todo lo que pidáis —murmuró el duque de Orleáns rápidamente—, os lo concederé… Tomad asiento, señora, os lo ruego —añadió en voz alta.

Y dirigiéndose a su sitio se sentó también. El presidente Lamoignon le dijo algunas palabras al oído.

—Las formas —respondió Su Alteza—; yo soy muy amigo de las formas y espero que al fin vamos a saludar a la verdadera heredera de Nevers.

Y diciendo esto se cubrió dejando la dirección del debate al presidente. Este concedió la palabra al príncipe de Gonzaga.

¡Cosa extraña! El viento soplaba del mediodía y de vez en cuando el tañido de la campana que doblaba en la Sainte Chapélle llegaba hasta allí quejumbroso y triste. En la calle se oía un sordo y prolongado rumor. La campana llamaba a la multitud y esta ocupaba su puesto en las calles. Cuando Gonzaga se levantó para hablar, la campana redobló tan fuerte que hubo un silencio forzado, de algunos segundos.

El príncipe dijo:

—Monseñor y señores: Mi vida y mis acciones, conocidas son de todos, y siempre he obrado como si estuviera en la plaza pública. Los hábiles ardides y los caminos tortuosos, los desconozco en absoluto, porque me falta el más importante de los sentidos para luchar en la sombra: la astucia. Vosotros me habéis visto buscar recientemente la verdad con entusiasmo y ansia. Este ardor y este afán se han enfriado en mí un poco en el día de hoy. Las acusaciones que se acumulan contra mí en el misterio me han cansado. Estoy cansado, sí, señores, de encontrar siempre en mi camino la ciega suposición injuriosa y la calumnia abyecta. Yo presenté aquí la que afirmaba ayer y afirmo hoy, que es la verdadera hija de Nevers. En este instante la busco en vano en el sitio que debiera ocupar. Su Alteza Real sabe que he renunciado esta mañana a su tutela. Que esté aquí o no ¡poco importa! Yo me preocupo ya de otra cosa que de demostraros a todos de qué parte se hallan en este asunto la buena fe, el honor, la verdad y la grandeza de alma.

Y cogiendo de la mesa el pergamino añadió enseñándolo:

—Yo presento la prueba indicada por la misma princesa: las hojas arrancadas al registro de la capilla del castillo de Caylus.

Aquí están guardadas bajo triple sello. Como yo aduzco mis pruebas, que aduzca a su vez las suyas la princesa.

Y se sentó después de saludar a la asamblea. Algunos murmullos acogieron sus últimas palabras.

Gonzaga no tenía allí entonces a sus partidarios de la sesión precedente. ¿Pero para qué le hacían falta? Gonzaga no pedía sino que se reconociera su lealtad y la probaba con documentos irrecusables. La prueba estaba allí, sobre la mesa. La prueba irrecusable estaba en sus manos.

—Esperemos —dijo el Regente— la respuesta de la señora princesa.

—Si la señora princesa quiere confiarme sus pruebas, yo la defenderé —dijo el cardenal de Bissy.

Aurora de Caylus se levantó y dijo:

—Monseñor: Tengo a mi hija y las pruebas de su nacimiento. Miradme todos los que habéis visto mis lágrimas, y comprenderéis en mi alegría que he encontrado a la hija de Nevers.

—Esas pruebas de que habláis, señora... —dijo el presidente Lamoignon.

—Esas pruebas serán presentadas al consejo —interrumpió la princesa—, en seguida que su Alteza Real conteste a la petición que le ha dirigido humildemente la viuda de Nevers.

—La viuda de Nevers —respondió el Regente— no me ha presentado ninguna petición.

La princesa dirigió hacia su marido una mirada firme.

—Es una grande y hermosa cosa la amistad —dijo—. Desde hace dos días, cuantos por mí se interesan, me repiten sin cesar: «¡No acuséis a vuestro marido, no acuséis a vuestro marido!» Esto significa, sin duda, que una ilustre amistad hace invulnerable al príncipe de Gonzaga. Yo no acusaré a nadie y diré solamente que he dirigido a Su Alteza Real una humilde súplica, y que una mano, ignoro cuál, ha interceptado mi mensaje.

Gonzaga dejó asomar a sus labios una sonrisa de resignación.

—¿Qué nos pedíais en vuestro mensaje, señora? —preguntó el Regente.

—Invocaba ante vos, monseñor, otra amistad, la amistad de Nevers. No acusaba a nadie; imploraba solamente. Decía a Vuestra Alteza, que la satisfacción pública ante el sepulcro de Nevers, no era bastante.

La fisonomía de Gonzaga cambió.

—Decía a Vuestra Alteza —prosiguió la princesa—, que se debe otra satisfacción pública, más digna y más completa, a la memoria de Nevers: la de que el reo oiga su sentencia de rodillas, aquí mismo, en este hotel de Nevers, ante el jefe de Estado, ante esta ilustre asamblea que va a proclamar a la hija del muerto.

Gonzaga tuvo necesidad de cerrar los ojos para ocultar el brillo de sus pupilas. La princesa mentía, pues su carta estaba aún en el bolsillo del príncipe. En aquella carta la princesa afirmaba al Regente la inocencia de Lagardère. ¿Por qué aquella mentira? ¿Qué propósito ocultaba aquella audaz estratagema? Por primera vez en su vida, Gonzaga sintió en las venas el frío que produce el peligro desconocido y terrible. Sentía que bajo sus pies iba a estallar espantosa mina. Pero ignoraba el medio de prevenir la explosión. ¿El abismo estaba cerca de él? ¿Pero a qué lado? Lo ignoraba. Solo sabía que un paso, uno solo, podía despeñarle en el fondo y cualquier movimiento, el más nimio, traicionarle. Adivinaba todos los ojos fijos en él, y por un esfuerzo poderoso de voluntad, recobró su calma. Esperaba.

—Es cosa inusitada —dijo el presidente Lamoignon.

Gonzaga le hubiese dado un abrazo.

—¿Qué motivo alega la señora princesa para justificar su petición? —dijo el mariscal Villeroy.

—Yo me dirijo a Su Alteza —contestó la princesa—. La justicia ha empleado veinte años en buscar al asesino, y la justicia debe algo a la víctima que ha esperado tanto tiempo su venganza. La señorita de Nevers, mi hija, no puede entrar en esta casa, sino después de esta suprema y justa satisfacción. ¡Y yo, yo misma, señores, no podré gastar alegría ninguna hasta que no haya visto los ojos severos de nuestros abuelos fijos, desde lo alto de esos cuadros de familia, en el culpable, humillado, vencido y castigado!

—¿Cuál es, a este propósito, la opinión del príncipe de Gonzaga? —preguntó el duque de Orleáns.

—¿Y por qué he de tener yo una opinión sobre tan extraño capricho?

—¿Sabéis dónde puede encontrarse al condenado? —preguntole el Regente.

La princesa, en vez de contestar, extendió la mano hacia la ventana. Un clamor sordo se oía en la calle.

El Regente llamó al marqués de Bonnivet, y le dijo algunas palabras en voz baja. Bonnivet se inclinó y salió. La princesa se había sentado de nuevo. Gonzaga dirigió a la asamblea una mirada que creyó tranquila, pero sus labios temblaban y sus ojos se parecían al fuego. A poco se oyó ruido de armas en el vestíbulo. Todos se levantaron involuntariamente; tanta era la curiosidad que inspiraba aquel atrevido aventurero, cuya historia constituía desde la víspera el tema de todas las conversaciones. Algunos le vieron, cuando el Regente le quitó en el baile la espada; pero para la mayoría era desconocido.

Cuando la puerta se abrió y apareció Lagardère, bello como Cristo, rodeado de soldados y con las manos atadas sobre el pecho, un largo murmullo de admiración se produjo en la asamblea. El Regente no apartaba sus ojos del príncipe, que continuaba inmóvil. Lagardère fue conducido hasta el tribunal. El escribano portador de la sentencia, que según lo mandado debía ser leída mitad ante el sepulcro de Nevers, antes de cortar al reo la mano derecha, y la otra mitad en la Bastilla, antes de la ejecución, empezó a leerla por orden del Regente.

El escribano leyó:

«…Oídos el acusado, los testigos y el abogado defensor: vistas las pruebas e indicios, la cámara condena al señor Enrique de Lagardère, que se llama caballero, y acusado de asesinato cometido en la persona del alto y poderoso príncipe Felipe de Lorena-Elbeuf, duque de Nevers: 1.º, a la satisfacción pública, seguida de mutilación a los pies de la estatua del dicho príncipe y señor Felipe, duque de Nevers, en el cementerio de la parroquia de Saint-Magloire; 2.º, a que el verdugo corte la cabeza del referido señor Enrique de Lagardère en el patio de las ejecuciones de la Bastilla, etc., etcétera.»

—¿Estáis satisfecha, señora? —preguntó el Regente a la princesa.

—¡Hablad, Lagardère! —exclamó la princesa, presa de indecible exaltación—. ¡Hablad, hijo mío!

La asamblea entera se estremeció como si hubiera estado en contacto con una corriente eléctrica.

—¿Tiemblas, Felipe? —preguntó el Regente a Gonzaga.

—¡No, ni ahora, ni nunca!

—¡Alteza! —dijo el condenado con voz sonora y tranquila—, la sentencia que me condena es inapelable. Vos no tenéis derecho de hacer gracia ni yo la pido; pero vos tenéis el deber de hacer justicia y ¡yo reclamo justicia!

El presidente Lamoignon, conmovido de un modo inusitado, dijo:

—Para anular la sentencia de una cámara ardiente se necesita previa confesión del culpable.

—Tendremos la confesión del culpable —contestó Lagardère.

—¡Hablad, pues, amigo! —dijo el Regente.

—Voy a hacerlo, monseñor. Permitid, sin embargo, que os diga que todo lo que prometo lo cumplo. Yo juré por el honor de mi nombre que devolvería a la viuda de Nevers la hija que me había confiado y con peligro de mi vida se la he devuelto.

—¡Mil veces seáis bendito! —murmuró Aurora.

—Juré —prosiguió Lagardère—, entregarme a vuestra justicia a la veinticuatro horas de libertad y a la hora ofrecida entregué mi espada.

—Es verdad —dijo el Regente.

—Y juré, por último, que haría brillar mi inocencia delante de todos, desenmascarando al culpable. Heme aquí. Vengo a cumplir mi último juramento.

El príncipe no soltaba de la mano el pergamino robado en la calle de Chartres, que era su escudo y su defensa.

—Monseñor —dijo bruscamente—, creo que la comedia dura demasiado.

—Todavía no os ha acusado nadie, me parece —contestó el duque de Orleáns.

—¿Una acusación salida de la boca de semejante loco? —dijo Gonzaga con menosprecio.

—Ese loco va a morir —replicó severamente el duque de Orleáns—, y la palabra de los reos de muerte, como la de los moribundos, es sagrada.

—Si vos no sabéis aún lo que vale la suya, monseñor —contestó Gonzaga—, me callo. Pero creedme; es un ejemplo peligroso y repugnante el pasatiempo que Vuestra Alteza se proporciona en esta ocasión.

Lagardère se volvió lentamente hacia él.

—Sufrir que semejante miserable —prosiguió Gonzaga—, se presente ante mí, príncipe, sin testigos ni pruebas…

Lagardère dio un paso hacia el príncipe y dijo:

—Tengo testigos y pruebas.

—¿Dónde están vuestros testigos?

—No busquéis —respondió el condenado—. Mis testigos son dos. El primero está aquí y sois vos.

Gonzaga quiso sonreír con aire de piedad, pero su esfuerzo solo produjo una espantosa convulsión.

—El segundo —prosiguió Lagardère, envolviendo al príncipe en una mirada fría y sugestiva— está en la tumba.

—Los que están en la tumba no hablan.

—¡Hablan cuando Dios quiere! —replicó Lagardère.

En la asamblea reinó un silencio profundo.

—Esos son mis testigos —continuó Lagardère—. El muerto hablará, lo juro, mi cabeza responde de ello. Respecto a las pruebas, las tenéis vos en vuestra mano, señor de Gonzaga. La prueba de mi inocencia está bajo ese sobre triplemente sellado. Vos mismo habéis robado con afán ese pergamino, que es vuestra perdición. Ahora no podéis hacerlo desaparecer: pertenece a la justicia y la justicia nos rodea. Vos mismo os habéis procurado esa arma de dos filos que os hiere. ¡Por poseerla habéis penetrado en mi domicilio favorecido por las sombras de la noche, como un ladrón, y para robármela habéis forzado mi puerta y destrozado el arca donde la guardaba! ¡Vos, un príncipe!

—¡Monseñor, imponed silencio a ese desgraciado!

—¡Defendeos vos, príncipe! —exclamó Lagardère con voz vibrante—, y no pidáis que se me tape la boca. Se me dejará hablar lo mismo que a vos, aunque os pese, porque el muerto está entre nosotros dos, y Su Alteza Real lo ha dicho: «¡La palabra de los que van a morir es sagrada!»

Gonzaga cogió magistralmente el pergamino que un instante antes había dejado sobre la mesa.

—¡Ahí está! Esa es la prueba. Ya es tiempo: romped los sellos… ¡Rompedlos! ¿Por qué tembláis? Ahí dentro hay solamente un pergamino: el acta de nacimiento de la señorita de Nevers.

—¡Romped los sellos! —ordenó el Regente.

Las manos de Gonzaga temblaban paralizadas. Lagardère avanzó un paso hacia la mesa; sus ojos relucían como una hoja de acero.

—Príncipe de Gonzaga, adivináis lo que ese sobre encierra, ¿no es eso? —dijo bajando la voz.

Todas las cabezas se inclinaron para oír mejor.

—Voy a deciros, sin embargo, lo que ese pergamino contiene. Al dorso de la partida de nacimiento de Aurora de Nevers, hay tres líneas escritas con sangre. ¡Así es como hablan los que han bajado a la tumba!

La voz de Lagardère sonaba sordamente en aquella asamblea conmovida por extraña emoción.

—Dios ha tardado veinte años en desgarrar las sombras que envolvían el crimen de Nevers —prosiguió el prisionero con acento solemne—. Es porque Dios no quería que la voz del vengador resonara en la soledad. Dios ha reunido aquí a los primates del reino presididos por el jefe del Estado. Es la hora conveniente y señalada por el Hacedor Supremo para la venganza. Nevers estaba a mi lado la noche del asesinato. Antes de la batalla, un minuto antes y cuando ya veía relucir en la sombra las espadas de los asesinos que atravesaban el puente para atacarnos, Nevers trazó con sangre en ese documento el nombre del único que podía desear su muerte. Sí, señores: El duque de Nevers, luego de encomendar a Dios su alma, escribió mi inocencia en ese pergamino.

Los dientes de Gonzaga castañeteaban violentamente. Retrocedió hasta un extremo de la mesa y sus manos crispadas parecían querer pulverizar aquel pergamino que le quemaba. Cogió una de las bujías y la alzó tres veces sin mirar a Lagardère. Era la señal convenida con los suyos.

—¡El nombre está ahí escrito! —continuó Lagardère levantando sus manos agarrotadas para señalar el pergamino—. ¡El verdadero nombre del asesino con todas sus letras!

Gonzaga, con los ojos espantados y la frente bañada de sudor, miró furiosamente al tribunal. Bonnivet y los suyos no le perdían de vista. Gonzaga volvió la espalda a la vez que su mano trémula buscó la llama por detrás. El sobre se prendió. Lagardère lo veía; pero en vez de denunciarle dijo:

—¡Leed, leed alto! ¡Que se sepa el nombre del asesino!

No se oyó más que un clamor en toda la asamblea, cuando Bonnivet y los suyos se volvieron hacia Gonzaga.

—¡Ha quemado el sobre! ¡Ese sobre que guardaba el nombre del asesino!

El Regente se levantó con viveza. Lagardère, mostrando el pergamino cuyos restos llameaban aún en el suelo, dijo:

—¡El muerto ha hablado!

—¿Qué había ahí escrito? —preguntó el Regente visiblemente emocionado—. Dilo, se te creerá, puesto que ese hombre acaba de venderse.

—¡Nada! ¡Nada! ¿Lo oís, príncipe de Gonzaga? Os he tendido un lazo y vuestra conciencia culpable ha caído en él. Habéis quemado el pergamino con que os amenazaba como un testigo. Vuestro nombre no estaba ahí, pero lo habéis escrito vos mismo. ¡Es la voz del muerto que ha hablado!

—¡El muerto ha hablado! —repitió la asamblea.

—Hay confesión del culpable —dijo el presidente Lamoignon—. La sentencia puede revocarse.

El Regente, que, sofocado por la indignación, había guardado silencio hasta entonces, exclamó:

—¡Asesino! ¡Asesino! ¡Que se detenga a ese hombre!

Pero Gonzaga desenvainó su espada con rapidez y de un salto pasó ante el Regente y dirigió una furiosa estocada al pecho de Lagardère.

—¡No te gozarás en tu victoria! —gritó Gonzaga furioso.

Luego, esquivando el cuerpo a Bonnivet y los suyos, llegó hasta los tapices. Cuando ya le creían acorralado, Gonzaga desapareció como si un abismo le hubiese tragado.

Lagardère fue el primero que atacó la puerta. Tenía ya las manos libres. La estocada le cortó las ligaduras sin hacerle más que una pequeña herida. La puerta estaba cerrada debidamente. Cuando el Regente daba orden de que se persiguiera al fugitivo, una voz afligida se oyó en la sala:

—¡Socorro! ¡Socorro!

Doña Cruz, con los cabellos en desorden y el vestido descompuesto, cayó a los pies de la princesa.

—¡Mi hija! —exclamó esta—. ¿Le ha ocurrido alguna desgracia a mi hija?

—Hombres… en el cementerio… —dijo sin aliento—. ¡Han forzado la puerta de la iglesia y quieren robarla!

Entre el horrible tumulto de la sala, oyose una voz, la de Lagardère, que decía:

—¡Una espada! ¡Dadme una espada!

El regente le dio la suya.

—¡Gracias, monseñor! Ahora gritad desde esa ventana a vuestros soldados que no me detengan, pues el asesino de Nevers va delante y ¡pobre el que me cierre el paso!

Y besando la espada desapareció como un relámpago.

X. SATISFACCIÓN PÚBLICA

Cuando el cortejo pasó cerca de la calle de Chartres, todas las comadres del barrio reconocieron a un tiempo al misterioso cincelador, el amo de Francisca y de Juan María.

La multitud no podía preceder al cortejo porque ignoraba el sitio a que se dirigía.

La noche era oscura y en el cementerio no se veía otra claridad que la que salía por las ojivas de la iglesia.

A la derecha de la capilla había una plazoleta plantada de cipreses. Los cortesanos del príncipe se emboscaron allí.

Peyrolles, Montaubert y Taranne, no perdían de vista las ventanas del gran salón del hotel, sobre todo una, donde se veía la silueta del príncipe y la luz vacilante de una bujía.

A algunos pasos de allí, tras de la puerta septentrional de la iglesia de Saint-Magloire, esperaba otro grupo. El confesor de la princesa estaba ante el altar. Aurora, siempre de rodillas, parecía una de esas estatuas que los escultores colocan prosternadas sobre las tumbas. Cocardasse y Passepoil, con la espada desnuda en la mano, estaban de pie. Chaverny y doña Cruz hablaban en un ángulo en voz baja.

La lámpara perpetua que ardía ante la tumba del último duque de Nevers, iluminaba la bóveda. De pronto, nuestros dos maestros de armas se estremecieron. Doña Cruz y Chaverny dejaron de hablar.

—¡Virgen Santísima, tened piedad de él! —dijo Aurora.

Un ruido de naturaleza inexplicable pero próximo, les hizo redoblar a todos la atención. Era que los amigos de Gonzaga se disponían a obrar. Peyrolles, que miraba fijamente la ventana del hotel, había dicho un minuto antes:

—¡Atención, señores!

Y todos pudieron ver la luz solitaria subir y bajar tres veces a lo lejos.

No habían creído en la posibilidad de la crisis de que era síntoma aquella seña, y aun después de verla, la suponían innecesaria.

Gonzaga, sin duda, jugaba con ellos.

—Después de todo —dijo Navailles—, no se trata sino de un rapto.

—Por robar a una joven no se deshonra a nadie.

Entonces fue cuando salió doña Cruz por una puerta lateral de la iglesia para demandar refuerzos.

Todos se lanzaron contra la iglesia. Al primer esfuerzo, la puerta cedió pacíficamente, pero tras de ella apareció un muro formado por tres espadas desnudas.

En este momento se oyó un gran tumulto hacia el hotel de Gonzaga, como si un choque súbito hubiese conmovido a la multitud.

En el primer encuentro Navailles hirió a Chaverny, que había dado imprudentemente un paso adelante. El marqués cayó llevándose las manos al pecho. Al reconocerle Navailles retrocedió y arrojó su espada.

—¡Y bien! —dijo Cocardasse—. ¿Qué esperabais sino eso? ¡Cobardes, acercaos más!

No hubo tiempo de contestar a Cocardasse. Un paso rápido cruzó el cementerio, y un torbellino se desencadenó sobre los asaltantes. ¡Un torbellino irresistible! En un abrir y cerrar de ojos, las gradas de la iglesia quedaron desocupadas. Peyrolles lanzó un grito de agonía, Montaubert quedó moribundo, y Taranne soltó la espada, llevándose las dos manos al pecho.

Y sin embargo, aquel ciclón lo había producido un solo hombre, que llevaba la cabeza y los brazos desnudos y una espada en la mano. La voz de aquel hombre vibraba como un trueno en el silencio, diciendo:

—¡Que se retiren los que no sean cómplices del asesino Felipe de Gonzaga!

Las sombras se perdieron en la oscuridad de la noche.

Lagardère, pues era él, al subir la escalinata encontró caído a Chaverny.

—¿Estáis muerto? —preguntó.

—¡Todavía no! —respondió el marqués—. ¡Pardiez! Nunca había visto, caballero, caer un rayo. Se me pone carne de gallina al pensar en aquella calle de Madrid… ¡Sois el diablo!

Lagardère le abrazó y dio la mano a los dos bravos. Un instante después, Aurora estaba en sus brazos.

—¡Al altar! —dijo Lagardère—. Aún no hemos concluido. ¡Encended las antorchas! La hora esperada durante veinte años va a sonar. ¡Óyeme, Nevers, y mira a tu vengador!

....

Al salir del hotel, Gonzaga encontró ante su paso una barrera infranqueable: la multitud. Nadie sino Lagardère podía abrirse paso, como un jabalí a través de aquel muro de carne humana. Lagardère pasó, y Gonzaga tuvo que dar un rodeo.

He aquí por qué Lagardère, que salió el último del hotel, llegó al cementerio el primero.

Gonzaga entró en el cementerio por el portillo. La noche era tan lóbrega, que le costó trabajo encontrar el camino de la capilla fúnebre.

—¡Me persiguen, pero no tendrán tiempo para alcanzarme! —dijo Gonzaga.

Cuando sus ojos, deslumbrados por el brillo de la luz se fijaron en el sitio en que se hallaba, creyó ver por todos lados las negras siluetas de sus compañeros.

—¡Hola, Peyrolles! —decía—. ¿Habéis concluido ya?

El silencio respondió con el eco de su pregunta.

—¿No hay nadie? —continuó—. ¿Han partido sin mí?

Creyó oír una voz que le contestó: «¡No!» Pero no estaba seguro, porque el ruido de las hojas secas que pisaba le impedía oír bien. Un ruido claro y que iba creciendo cada vez más le dio a entender que sus perseguidores se acercaban.

Masculló una horrible blasfemia y dijo:

—¡Quiero saber, es preciso!

Ante él apareció entonces una sombra; esta vez no era un árbol. La sombra blandía en la oscuridad una espada.

—¿Dónde están? ¿Dónde está Peyrolles? —preguntó el príncipe.

La espada del desconocido le indicó el muro.

—¡Peyrolles está ahí!

Gonzaga se bajó y lanzó un grito. Su mano acababa de tocar sangre todavía caliente.

—¡Montaubert también está ahí! —repitió el desconocido.

—¿También muerto? —gimió Gonzaga.

—¡Muerto, sí!

Y empujando con el pie un cuerpo inerte que se hallaba entre los dos, añadió el desconocido:

—¡Y aquí Taranne!

—¡Me ha adelantado Lagardère! —dijo entre dientes Gonzaga.

Y retrocedió un paso para huir, sin duda, pero una roja claridad brilló a su espalda iluminando el semblante de Lagardère que estaba ante él. Se volvió y reconoció a Cocardasse y Passepoil que llevaba cada uno una antorcha. Los tres cadáveres salieron de la sombra. Del otro lado de la iglesia otros hombres avanzaban hacia ella llevando también antorchas. Gonzaga reconoció al Regente a quien seguían los principales magistrados y señores que componían el tribunal de familia, y pudo oír sus órdenes.

—¡Que nadie franquee los muros de este recinto! Poned guardias en todas partes.

—¡Por la muerte de Dios! ¡Se cierra el campo como en tiempos de la caballería! ¡Felipe de Orleáns se acuerda una vez en su Vida de que es hijo de héroes! ¡Sea! Esperemos a los jueces de campo —exclamó Gonzaga.

Y al decir esto, y mientras Lagardère respondía: «¡Esperemos!», le tiró a fondo una estocada al estómago.

Pero una espada en ciertas manos, es como un ser vivo que tiene su instinto de defensa.

La espada de Lagardère se levantó, paró el golpe y contestó.

El pecho de Gonzaga produjo un sonido metálico. La cota de malla había hecho su efecto y la espada de Lagardère se hizo pedazos.

Sin retroceder un paso, este evitó con un rápido movimiento otro golpe desleal de su enemigo y cogió la espada que le presentaba Cocardasse. Con este movimiento los dos campeones cambiaron de sitio.

Ambos enemigos se pusieron de nuevo en guardia. Gonzaga era un buen espada y solo tenía que defender su cabeza.

Pero Lagardère parecía jugar con él.

En el segundo encuentro, la espada de Gonzaga saltó de su mano y al bajarse a recogerla, Lagardère puso el pie encima.

—¡Ah, caballero! —dijo el Regente que llegó en aquel momento.

—Monseñor —respondió Lagardère—, nuestros antepasados llamaban a esto el juicio de Dios. En nuestros días ha huido la fe de los espíritus; pero la incredulidad niega a Dios con el mismo fundamento que el ciego al sol.

El Regente habló en voz baja un minuto con sus ministros y consejeros.

—No es conveniente —dijo Lamoignon—, que la cabeza de Gonzaga caiga en el cadalso.

—Aquí está la tumba de Nevers —continuó Lagardère—, y la expiación justa tendrá lugar ante ella. La satisfacción pública es necesaria y no será la mano del verdugo, sino yo quien la obtenga.

—¿Qué hacéis? —preguntó el Regente.

—¡Monseñor, esta espada ha herido a Nevers, la reconozco, y ella va a castigar a su asesino!

Y arrojó a los pies del príncipe la espada de Cocardasse que la tomó estremeciéndose.

El tribunal de familia formó círculo alrededor de los dos campeones. Cuando se pusieron en guardia, el Regente, tal vez sin darse cuenta, tomó la antorcha de Passepoil.

¡El Regente Felipe de Orleáns alumbrando un duelo!

—¡Cuidado con la lata! —murmuró Passepoil detrás de Lagardère.

No era necesario advertirle. Lagardère se había transfigurado de pronto. Su alta estatura lucía con toda majestad; el viento desplegaba su rica cabellera, y sus ojos relampagueaban como brasas. Hizo retroceder a Gonzaga hasta la puerta de la capilla. Cuando le tuvo allí, su espada, llameante, describió un rápido círculo y fue a hundirse en la frente del príncipe.

—¡La estocada de Nevers! —exclamaron a la vez los dos maestros de esgrima.

Gonzaga rodó muerto a los pies de la estatua de Felipe de Lorena, con un horrible agujero en mitad de la frente.

Cocardasse se acercó a él para recoger su espada. Luego dijo a Passepoil:

—¡Fíjate, amigo, es la primera vez que Petronila ha esgrimido en la mano de un bribón!

La princesa de Gonzaga y doña Cruz sostenían a Aurora.

A algunos pasos de este grupo, un médico vendaba la herida al marqués de Chaverny.

El Regente y su séquito penetraron en la iglesia de Saint-Magloire.

Lagardère estaba de pie en el centro de la iglesia.

—Monseñor —dijo la princesa al Regente—, os presento a la heredera de Nevers, mi hija, que si Vuestra Alteza Real lo permite se llamará mañana la señora de Lagardère.

El Regente tomó la mano de Aurora, y después de besarla la puso en la mano de Enrique.

—¡Gracias! —exclamó Felipe de Orleáns, dirigiéndose a Lagardère.

Luego, afirmando su voz, que la emoción había hecho temblona y balbuciente, añadió estrechando la mano de Enrique:

—Conde de Lagardère, solo el rey, cuando sea mayor de edad, puede haceros duque de Nevers.

FIN

93121146R00241

Made in the USA
Columbia, SC
05 April 2018